재난의 시대를 위한 희망의 인문학

전 지구적 위기 속에서 인간성 쇄신에 관한 에세이

The Humanities of Hope in the Age of Disaster

나의
믿음, 소망, 사랑의 도반(道伴)
이소영에게

나의
평안(平安)의 전령사들,
혜연, 혜진에게

이론과
비평 총서

18

정정호

재난의 시대를 위한 희망의 인문학

*The Humanities of Hope in the
Age of Disaster*

전 지구적 위기 속에서 인간성 쇄신에 관한 에세이
Essays on Innovation of the Human in the Global Crisis

푸른사상
PRUNSASANG

이 순간 내가
별들을 쳐다본다는 것은
그 얼마나 화려한 사실인가

오래지 않아
내 귀가 흙이 된다 하더라도
이 순간 내가
제9교향곡을 듣는다는 것은
그 얼마나 찬란한 사실인가

그들이 나를 잊고
내 기억 속에서 그들이 없어진다 하더라도
이 순간 내가
친구들과 웃고 이야기한다는 것은
그 얼마나 즐거운 사실인가?

두뇌가 기능을 멈추고
내 손이 썩어가는 때가 오더라도
이 순간 내가
마음 내키는 대로 글을 쓴다는 것은
허무도 어찌하지 못할 사실이다.

— 피천득의 시, 「이 순간」 전문

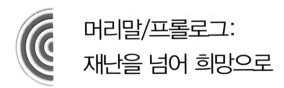

머리말/프롤로그:
재난을 넘어 희망으로

엉망이 된 시대, 아, 이 저주스러운 실패
내가 그것을 바로잡으려 태어나다니.

　　　　　　　　　　　　　　—『햄릿』1막 5장, 196~197행

작가들은 처방책을 내놓지 않아요. 그들은 다만 두통거리만 내놓습니다.

　　　　　　　　— 치누아 아체베,『사바나의 개미언덕』, 이소영 역, 296쪽

1. 시작하며

　　2014년 남한에서는 큰 재앙이 터졌다. 4월 16일에 대형여객선 세월호가 진도 부근에서 침몰한 대참사가 발생한 것이다. 지난 수십 년 동안 압축 근대화와 초고속 산업화와 민주화를 이루는 과정에서 누적되었던 한국 사회의 위기와 위험이 재난과 재앙으로 이어진 이것들은 파국의 시대의 예고편인가? 이중에서도 종교 장사꾼인 유병언 씨 일가가 배후에 있었던 세월호 참사는 신자유주의의 막장 후기 자본주의로 치달아온 한국 사회의 가장 징후적인 "사건"(event)이다. 1948년 대한민국 건국 이래 중층적으로 누적되었던 모든 문제들이 판도라 상자처럼 한꺼번에 터진 형국이다. 발전과 번영만을 위해 맹목적으로 앞만 보고 달려온 우리들은 무력감과 자책감, 자괴감에

깊이 빠졌고, 급기야 한국 사회는 점점 일시 집단 공황상태에 빠지더니 그 후유증으로 집단 우울증에 시달리고 있다. 그러나 우리는 정관계와 기업들의 집단 부패, 소통을 통해 문제해결 능력이 실종된 막장 정치판, 검경의 사정 기능 마비, 사회 구성원들의 도덕불감증, 안전의식 마비 등에 비추어 우리 자신들을 심각하게 반성하고 조롱하는 기회를 가져야 할 것이다.

모든 재난과 위험의 원인은 우리 사회의 구조적 병폐와 모순에 기인하지만 결국에는 이 사회의 구성원들인 우리 자신들 즉 "인간 개인의 문제"로 귀착된다. 한국 사회와 문화를 주재하고 운영하는 것은 결국 우리 자신들이 아닌가? 이런 사태 속에서 인문 지식인들이 할 일은 무엇인가? "나/우리는 과연 누구인가?"라는 간단하지만 근본적인 정체성에 대한 질문으로부터 시작하자. 그동안 우리는 개발과 발전 신화, 무한경쟁의 시장주의, 승자독식주의, 천민자본주의 등에 철저히 침윤되어 우리 자신에 대한 최소한의 성찰과 비판도 잊어버린 채 살아왔다. 이러한 한국적인 위기와 사고에서 겸손과 두려움으로 우리 자신의 내면에 대한 철저한 비판과 평가가 이루어져야 한다. 그렇다면 자본의 위기, 사회의 위기, 환경생태의 위기 등으로 야기된 "위험 사회"라는 이러한 사태를 치유하고 회복하기 위해 인문학은 무엇을 할 수 있을까? 한마디로 인문학을 통한 희망을 위한 상상력 교육과 통섭력의 배양만이 지혜로운 해결책이 될 수 있다. 따라서 문제는 사랑, 배려, 공감, 관용이 쇠퇴하는 인간의 내면세계를 쇄신할 수 있는 다시 "인문학적" 조망이다.

4·16 재난은 어떻게 시작한 것인가? 이전의 여러 가지 "위기"(crisis)와 "위험"(danger)들이 해소되지 않은 채 누적되어 생겨난 것이 "재난"이나 "재앙"(plague, disaster)이다. 이러한 재난이 발생했을 때 우리가 재난 예방을 위해 합당한 인적 쇄신과 제도 개선을 하지 않아 재난이 또 반복된다면 우리는 "파국"(catastrophe)에 이르게 될 것이다. 파국을 정지시킬 수 없을 때 끝내는 "종말"(apocalypse)을 맞을 수밖에 없을 것이다. 위험이나 위기가 계속되면 재난이나 재앙으로 발전되고 급기야 파국에 이르고 결국에는 종말에 이르는 길이 돼버린다.[1]

그렇나면 재난은 어떻게 생기는 것일까? 재해나 재난에는 두 종류가 있다. 첫째는 흔히 천재(天災)라 불리는 자연재난이다. 외계 충격이나 빙하기 도래, 지각 변동으로 인한 화산 폭발이나 쓰나미 같은 인간의 힘으로 어쩔 수 없는 자연재해들이다. 둘째는 인간이 만들어낸 재해나 재난이다. 국가 간 종족 간의 이해 충돌로 인한 전쟁이나 충성과 맹신에서 오는 무분별한 종교 분쟁, 환경생태계의 교란과 생물 종의 다양성 파괴, 각종 테러리즘, 탐욕스런 자본으로 인한 빈부 격차, 종족 간 계층 간 착취와 갈등, 공직자의 부패와 공동체 구성원들의 사회적 책임 실종 등이 이른바 인간들이 만들어낸 인재(人災)이다. 어떤 의미에서 인재가 자연재해보다 더 문제적이다. 외계 충격 등 자연 재해는 어쩔 수 없더라도 대부분의 인재들은 예방 가능한 인간 스스로가 만들어낸 것들이기 때문이다. 따라서 결국 재난의 궁극적인 문제는 '인간 자신'이다. 여기에서 새로운 인간상이 필요해진다. 인간성의 조화와 통일성이 우리의 목표가 되어야 한다. 인간 생태계는 육성(肉性), 감성(感性), 지성(知性), 영성(靈性)의 네 가지 요소로 구성된다. 이 네 가지 요소가 역동적으로 그리고 상호적으로 균형을 이루어야 한다.

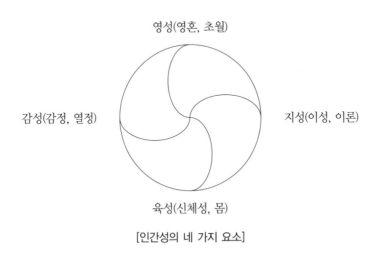

[인간성의 네 가지 요소]

---

1) 재난에 관한 논의로는 다음 특집들이 유익하다. 특집 「재난과 자본주의」(『문화과학』 72호(겨울), 2012, 18~165쪽)과 특집 「4·16 재난의 시간」(『문화과학』 79호(가을), 2014, 20~103쪽).

오래전에는 인간에게 지능지수(IQ, Intelligent Quotient)가 가장 중요한 것으로 여겨지기도 했으나, 사회에서 이웃들과 화평한 공동생활을 위해서 감성지수(EQ, Emotional Quotient)를 통한 공감의 능력이 강조되기 시작했다. 최근 들어서는 그동안 별로 중요시되지 않았던 신체지수(PQ, Physical Quotient)가 크게 부상하였다. "건전한 정신은 건강한 몸에서 온다"는 말처럼 우리의 몸은 이제 인간의 모든 것의 토대로 간주되고 있다. 인간은 근대 이후의 합리주의 사상과 지나치게 세속적인 일상적 삶 속에서 무엇인가 초월적이고 신비스러운 우리의 이성이나 지각으로 파악하기 어려운 세계에 대해 잊고 있었다. 그것이 바로 영성이다. 그동안 인간은 영성의 상실로 인해 자연과 생명에 대한 경외감도 가지지 못했고 모든 것을 이성과 과학으로만 설명하고자 했고, 그것들로 해명되지 않는 것들을 인정하지도 않고 참지 못하는 오만하고도 왜곡된 이성주의에 빠져 있었다. 우리는 이성이나 과학으로 설명할 수 없는 영역이 있다는 것을 겸손히 인정해야 할 것이다. 쉽게 말하면 이것은 여러 종교에서 말하는 영성(spirituality)일 것이다. 따라서 이제 21세기를 살아가는 우리는 영성지수(SQ, Spiritual Quotient)에도 관심을 가져야 한다. 만일 우리가 균형 잡힌 인간학을 새로 정립하기 위해서 인문학을 개입시킨다면 인문학은 위와 같은 인간의 네 가지 기본 지수들을 높이는 데 큰 도움이 될 것이다. 그렇다면 다시 인문학은 무엇인가?

지금까지 우리가 처해 있는 많은 문제점들은 지나치게 오도된 도구적 이성주의의 결과이다. 우리는 이성만으로 지배되어온 이 사회를 상상력으로 보완하고 그 상상력을 타자들과의 사회적 갈등을 해소하고 화합하는 사랑의 철학으로 바꿔야 한다. 공감적이고 상애적(相愛的)인 상상력은 우리에게 좀 더 평등한 사회를 위한 대안 논리를 제시할 뿐만 아니라 이제는 피할 수 없는 윤리적 선택으로 다가왔다. 지적 사유만을 강조하는 도구적 이성 시대의 산물인 지능지수(IQ)의 시대에서 감성을 통한 상상력의 시대를 위해 감성지수(EQ)의 시대로 한 걸음 더 나갔다면 이제 지나친 세속을 초월하는 영성(SQ)의 시대로 넘어가야 한다. 상상력은 새로운 천년대의 첫 10년 이상을 이미 보내버린 우리에게 기존의 문명 자체마서 쇄신할 수 있는 대변혁의 틀을 제공해줄 수 있을 것이다. 결론적으로 상상력(훈련)을 통해 우리는 사랑, 책임감, 애타심, 절제, 양보, 관용, 조화, 질서, 평등과 같은 해묵은 도덕률들을 새롭게 부활시킬 수 있을 것이다.

2. 인문학은 상상력이다

인간은 독특한 사유 능력을 가지고 있다. 그 사유 능력이란 이성과 상상력을 가리킨다. 인간이란 동물이 지구상에서 문명을 세우고 문화를 이룩한 것은 모두 인간의 이러한 사유 능력 때문이다. 이성이란 어떤 관념이 다른 관념에 대해서 가질 수 있는 대상들 간의 여러 가지 관계를 고찰하고 분석하는 능력이고, 상상력이란 독자적인 빛으로 상념들을 채색하고 작동하여 다른 상념들을 만들어내는 능력이다. 이성은 분석의 원리에 따른 수학적 논리적 능력이고, 상상력은 이와 같은 수량의 가치를 지각하는 것이다. 이성은 사물의 상이점을 찾아내지만, 상상력은 사물 간의 공통적인 유사점을 중시한다. 따라서 인간 사회의 발전을 위해서는 이성과 상상력의 역동적인 상호관계가 유지되어야 함은 물론이다.

우리 인류는 특히 서구의 경우 계몽주의적 근대화 이후 이성에 토대를 둔 합리주의 사상과 논리에 따라 학문의 진보, 과학의 발전, 물질적 번영을 이루어왔다. 그러나 역사와 문명이 발전함에 따라 인간의 지성은 지나치게 이성과 비합리주의에 의존하게 되어 이성은 더욱 도구적이 되었다. 다시 말해 이성과 상상력은 분리되기 시작하였으며, 도구적 이성은 인간의 문명과 사회를 과학적 효율주의, 경제적 팽창주의, 권력의 경쟁 체제로 이끌게 되었다.

근대 신화에 따른 이러한 체제는 과대 개발로 인하여 자연, 사회, 인간의 균형 관계를 깨뜨렸으며 종족 간, 국가 간의 경쟁으로 인해 패권주의와 전쟁을 일으켰다. 이 모든 인간 문명과 사회의 파행적 발전은 모두 지나친 도구적 이성에 토대를 둔 합리주의의 결과이다. 다시 말해 이것은 인간의 또 다른 능력인 이성과 감성을 통합하는 상상력의 결여에서 온 결과이다. 따라서 이제 우리는 우리 시대의 여러 사회 문제를 해결하기 위해 새로운 사유 틀인 공감력을 회복시키고 이성과 반대 균형을 이루도록 해야 할 것이다.

상상력이란 우리 마음을 최대한 폭넓게 심화·확장시켜 대상에 작동시키는 능력이다. 그것은 우리의 의식을 타인의 의식에 접속시켜 그의 입장이나 처지를 일단 이해하고 받아들이는 능력이다. 상상력을 통한 의식의 이러한 상호 침투와 교류는 주체와 대상 간의 관계 정립에 기본적인 윤리가 된다. 여기서 "틈새 만들기"는 다시 말하면 "마음 비우기"이다. 탐욕이나 이기주의로 가득 찬 마음속에 어떤 무엇이 비집고 들어가기 위해서 마음의 공영역을 마련해야 한다. 타자를 위해 이미 언제나 마음의 빈 공간을 만들어내는 것은 감정 이입을 통한 우리 시대 윤리학의 새로운 시작이다. 이런 의미에서 상상력은 대화주의적이다. 대화적 상상력은 결코 "이성적이 아닌" "이성이 가능할 뿐인" 인간에게 잘못된 이성이 가져다준 편견과 광기에서 벗어날 수 있게 하는 우리의 윤리적 결단이 되었다. 잘못된 근대의 계획은 우리 사회를 발전시킨 것이 사실이지만 우리 사회를 돌이킬 수 없는 파국의 상태로 몰아넣은 것도 사실이다. 이러한 파국은 상호 이해와 포용의 원리인 사랑의 힘, 즉 상상력의 결핍에서 오는 것이다. 따라서 이제 의미 있는 타자에 대한 사랑의 철학인 상상력을 다시 회복하고 그것에 새로운 가치를 부여해야 한다.

이러한 척박한 시대와 고단한 삶의 한가운데서 우리는 우리 시대의 수많은 위기와 재앙들에 대해 가르치고 감동을 주는 동시에 같이 대화하고 토론하며 서로 배워야 한다. 이러한 교육은 "상상력"(想像力) 교육에서 시작되어야 한다. 우리 시대의 경제효율 제일주의와 과학기술 만능주의라는 실용주의적 구호 아래서 마비되고 있는 교육은 인간학의 토대 학문인 인문학의 회복과 부활이 전제되어야 한다. 인문학 교육은 상상력 교육에 다름 아니다. 상상력 교육만이 우리의 암울한 사태를 탈영토화할 수 있는 "탈주의 선(線)"을 마련할 수 있다. 상상력 교육으로 인간성이 혼란에 빠진 시대를 광정하

고 재난의 시대를 치유할 수 있는 새로운 인문학의 시대를 열자.[2]

작금의 한국 사회의 모든 위험과 재난은 모두 자기 자신과 집단의 이익만을 맹목적으로 생각했기 때문이다. 머리를 들어 하늘을 보며 중요한 우리 이웃의 타인들을 조금이라도 생각했다면 지금과 같은 파국은 없었을지도 모른다. 문명의 역사는 야만이라고 한 사람도 있지만 우리는 결코 "희망"을 버려서는 안 된다. 희망 없는 개인과 사회는 방향을 잃은 난파선이다. 인문 지식인들은 인간의 상상력 복원을 통해 조용히 변혁과 쇄신 작업을 수행해야 한다. 인문학은 즉시 처방이나 만병통치약을 제시할 수 없지만 변화와 개혁은 오래 걸리는 혁명의 시작이다. 우리는 쉽게 분노하고 절망하고 포기하고 망각해서는 안 된다. 공동체를 위한 희망을 통해 자기 절제와 각고의 인내를 가지고 변혁을 꿈꿀 수 있다. 작금의 사태들이 난국으로 치달아 파국에까지 이르게 해서는 안 된다. 그러나 파국으로의 접근은 "새로운" 시작의 씨앗이 될 수 있다. 이것이 역설적으로 파국이 가져다주는 축복이다. 이 역설 속에 인문학적 상상력의 무한한 가능성이 놓여 있는 것이다. 문학, 역사, 철학은 수천 년 전부터 탐욕스럽지만 약한 인간에 대한 수많은 각성과 지혜의 샘이 되고 있다. 인문학적 상상력이야말로 메말라 가고 있는 인간성과 날로 광포해지는 문명을 치유하고 회복할 수 있는 하나의 해독제이다.

3. 인문학은 융복합/통섭이다

흔히 문사철(文史哲), 즉 문학, 역사, 철학으로 불리는 인문학은 한때 동서양을 막론하고 학문과 담론의 중심이었다. 그러나 근대 이후의 분과학문체

---

2) 최근 문학적 논의도 문학의 치유적 효과에 주목하고 있다. 이미 공자가 『시경』(詩經)의 효과에 대해 '사무사'(思無邪) 즉 사특한 것을 없앤다고 언명하여 문학의 사회적 정화와 정신적 치유의 기능을 밝혔고 아리스토텔레스는 『시학』(詩學)에서 비극의 심리적 효과에 대해 배설이나 순화의 의미를 가진 카타르시스론을 천명한 바 있다. 최근 논의로는 소설 치료론을 다룬 엘라 베르투와 수잔 엘더킨의 『소설이 필요할 때』(The Novel Cure)(이경아 역. 알에이치코리아, 2014) 참조.

계가 도입되고 난 후에 모든 종합적 학문은 분화되어 작은 전문분야들로 파편화되었다. 진정한 인간학으로서 인문학은 궁극적으로 분과학문들을 통섭하는 역할을 해야 한다. 분열은 통합으로 치유되어야 하고 단순화는 복합화로 보완되어야 한다. 인간의 삶과 사회를 다루는 데는 때로는 조용한 화음보다는 시끄러운 불협화음이 필요한 경우도 많다. 그러나 신자유주의 자본주의 시장경제 체제하에 비실용적인 것으로 분류되고 '전문화'로 왜소화된 인문학은 점점 세상과 멀어지고 그 결과 외면되고 무시되었다. 설상가상으로 실용주의와 과학주의는 인문학을 한층 더 가치 없는 하나의 장식품쯤으로 치부하기에 이르렀다.

그렇다면 앞서 말한 상상력은 어떻게 우리를 깨울 것인가? 우선 상상력은 현재의 위기와 재앙에 대한 비판과 쇄신의 원동력이며 우리에게 미래에 대한 도전과 개척 정신을 부여한다. 또한 상상력은 근대 이후 분과학문이라는 전문주의가 야기한 분열의 깊은 상처를 치유할 수 있는 해독제이다. 융복합 및 통섭은 세계시민주의 시대의 새로운 지구윤리학이다. 복합/다문화 시대는 순종보다는 잡종의 시대이다. 섞고 합치고 경계를 넘어 서로 침투하는 것이 혼종의 미학이며 정치학이다. 그러나 무엇보다도 상상력의 최대의 선물은 소통 결핍증에 걸린 우리들을 위한 공감과 배려의 실천 철학이다. 인문학은 오래된 미래인 인간 지혜의 저수지를 퍼 올리는 작업이고, 복잡하고 교활한 현실을 혁파하여 새로운 비전을 세우는 기술(예술)이다. 상상력은 인문학 정신을 작동시키는 영감의 발전소이다.

문, 사, 철 사이의 소통과 교류도 활발해야 한다. 나아가 인문학이 결국 인간에 대한 학문이고 보면, 사회과학은 물론 자연과학과도 소통과 교류가 필요하다. 문과(인문사회)와 이과(자연과학) 사이의 소위 이분법적인 "두 개의 문화"는 극복되어야 하고, 두 문화 간 간극과 벽을 허물어야 자기 전문분야밖에 모르는 우리 시대의 부분적(편협한) 지식인이 명실공히 균형 잡힌 온전한 지식인으로 될 수 있을 것이다. 요즈음 와서 많이 논의되고 있는 통섭적 접근으로 복합/다문화적인 세계화 시대를 돌파해야 한다. 전문주의에 빠져 한 구멍을 파는 '쥐식인'이 아니라, 통합하고 내화하는 통섭 지식인인 온전한 전인적 인간이 우리의 목표가 되어야 한다. 경계를 가로지르는 과감한 혼합/혼종 나아가 통섭만이 극단적으로 분열된 우리 시대에 어떤 치유책이라도 내놓을 수 있지 않겠는가.

다음으로는 인문학이 좀 더 학제화, 융복합화, 통섭화되어야 할 것이다. 문학, 역사, 철학으로 구성된 인문학은 문, 사, 철 사이에서도 소통과 교류를 많이 하지 않았다. 문학의 경우만 예를 들어봐도, 한국문학, 영문학, 독문학, 불문학이 비교문학과 세계문학의 입장에서 서로 교류하지 않고 대화가 별로 없다는 것은 놀라운 일이다. 문학들 간의 상황이 이럴진대 다른 학문들과의 소통과 대화는 말할 것도 없으리라. 우리는 그동안 언어 차이라는 장애물에 지나치게 칸막이 지어진 국민문학(민족문학)의 우리 속에 갇혀 있었던 것이다. 국가간 언어의 경계를 허물고 가로질러 모든 문학을 일반문학, 세계문학으로 논해야만 여러 국민문학들의 공통주제인 보편적인 문학론이 논의될 수 있을 것이다.

모든 것에 이미 시장논리로 최면을 걸어 우리의 영혼까지 마비시켜버리고 마는 물신화된 신자유주의 자본주의적 삶의 야시장 바닥에서 인간학으로서의 인문학 정신의 강력한 '힘'으로 부상하고 있는 "통섭의 인문학"을 향해 우리 모두 나가자! '창조적 비전'과 '대화적 상상력'을 언제나 힘차게 작동시키자! 통섭의 인문학은 이제 다른 것들과의 단순한 공존을 넘는 화이부동(和而不同)의 정신을 넘어 적극적으로 소통하며 같은 것을 추구하고 다른 것들은 그대로 두는 구동존이(求同存異)의 실천으로 나가야 하리라!

4. 인문학은 희망 만들기이다

"희망"은 어디서 어떻게 찾을 것인가? 우리는 지금까지 우리의 희망을 지나치게 용이하고 낙관적으로 생각한 것은 아니었을까? 4·16 재난 이후에도 한국 사회에 어떤 희망의 사다리를 놓을 수 있을 것인가? 우리는 합리적으로 그리고 지속가능한 방식으로 희망을 다시 세우기를 배워야 할 것이다. 지나치게 단순하게 그리고 낙관적으로 접근해서도 안 되고 그렇다고 너무 복잡하게 생각해서 비관적으로 나아가 자포자기에 이르러서는 결코 안 될 것이다. 우리는 "비극적 환희"를 가진 즐거운 견인주의자가 되어 현실과 사태를 끈질기게 응시하며 무엇인가 해결의 실마리를 찾아야 한다. 2차 대전 후 독일의 좌파 지식인이었던 에른스트 블로흐의 주저 『희망의 원리』에서 방법의 단서를 찾아보자.

> 우리는 누구인가? 어디에서 와서, 어디로 향해 가는가? 우리는 무엇을 기대하며, 무엇이 우리를 맞이할 것인가? … 문제는 희망을 배우는 일이다. 희망의 행위는 체념과 단념을 모르며, 실패보다는 성공을 더욱 사랑한다. 두려움보다 우위에 위치하는 희망은 두려움과 같이 수동적이 아니며, 어떤 무(無)에 갇혀 있는 법이 없다. 희망의 정서는 희망 자체에 비롯하는 것은 아니다. 그것은 인간의 마음을 편협하게 만든다기보다는, 그 마음을 넓혀 준다. 희망의 정서는 비록 외향적으로는 인간과 결속되어 있지만, 내향적으로는 목표를 설정함에 있어서 모든 것을 미리 충분히 알려주지 않는다. 그러므로 이러한 희망을 찾아내려는 작업은 다음과 같은 인간형을 필요로 한다. 즉 고유의 자신을 되찾으려고 스스로 변모시키며 고유의 자신을 투영하려는 인간형 말이다. … 삶의 두려움에 대항하여 공포를 뿌리치는 행위는 근본적으로 (겉으로 모습을 드러내고 있는) 두려움과 공포의 근원에 대항하는 행위이다. 그것은 이 세상에 도움을 주는 무엇을 세상 속에서 발견해낸다. (에른스트 블로흐, 『희망의 원리』 제I권, 박설호 역, 15~16쪽)

2015년 을미년은 상서로운 청양(靑羊)의 해라고 한다. 120년 전인 구한말 개화기의 1895년 을미년에는 명성황후 시해 등 끔찍한 사건들이 많이 있었다. 필자가 초등학교 2학년이었던 60년 전인 1955년은 6·25 전쟁이 휴전된 후로 여러 가지로 척박하고도 궁핍한 시대였다. 그렇다면 올해는 어떤 양띠 해가 되기를 바랄까. 피천득의 시를 떠올린다.

양아 양아
네 마음은 네 몸같이 <u>희고</u>

양아 양아
네 마음은 네 털같이 <u>부드럽고</u>

양아 양아
네 마음은 네 음성같이 <u>정다웁고나</u>

(피천득, 「양」(1932) 전문. 밑줄 필자)

올해 청양의 해에는 피천득의 시에서처럼 양을 닮고 싶다. 아무리 어려운 일이 있다 하더라도 순수하고 정직하고 화평하게 지내고 싶고, 겸손, 온유하고 온순하기를 기대하고, 타자들과 공감하고 친절하여 이웃사랑을 실천하고 싶다. 우리가 양처럼 조용히 기다리면 우리가 희망하는 양의 해의 꿈들을 이룰 수 있지 않을까?

어떤 의미에서 지난 수년간 나의 사유와 저술 작업의 초점은 우리 인간들이 그동안 자연과 문명과 역사에 지은 "죄에 놀라" 자조적인 탄식에 빠져 있는 우리 시대를 위해 인문학이 다시 무엇을 할 수 있는가의 문제에 맞춰져 있었다. 그 결과로 저작선집의 마지막권인 제4권을 인문학을 주제로 꾸몄다. 관련된 잡다한 글들을 모아 문학, 역사, 철학 3부로 나누어 실었다. 그러나 여기 실린 글들은 쓴 시기에도 20년 간의 편차가 있고 학술 논문에서부터 여행기, 대담도 포함되어 있고 또한 서평 수준에 이르는 글들도 있고 더욱이 일부는 영어로 된 논문을 번역한 글들도 있어 통일성이 결여되어 있다. 좋게 말하면 다성성(多聲性)은 확보될지 모르지만 일관성이 부족한 모순이 문제이다. 책의 부피 때문에 몇 편의 글들이 부득이 여기에 포함되지 못한 것이 아쉽다. 그러나 정년퇴임을 바로 코앞에 두고 유목적 인문 지식인으로서 인문학에 관한 나의 생각을 밝히는 것으로는 이 정도의 분량으로도 충분하다는 생각이 든다. 각 주제에 대한 깊은 사유와 넓은 연구를 거치지 않은 조야한 글들을 독자들에게 보여드리게 되어 송구하고 부끄러울 따름이다. 비전문가 아마추어의 만용에 대해 강호 제현들의 너그러운 질정을 구하는 바이다.

2015년 1월 1일
해방 70년, 분단 70년을 맞아 올해가 남북한
평화 통일의 원년이 되기를 간절히 희망하며,
지은이 씀

차례

차례

제3부 철학

— 사유의 이미지와 인간의 미래

제1부

문학
— "이야기하는 동물"과 공감의 상상력

전쟁할 때 북소리는 아주 중요해요. 치열한 전투 자체도 중요하고 나중에 이야기하는 것도 나름대로 중요합니다. … 하지만 여러분이 그중 어느 것이 독수리 깃털을 얻겠는가 묻는다면 분명히 단언컨대 이야기입니다. …

그러니까 무엇 때문에 이야기가 그의 친구들 중에서 최고라고 말하는 걸까요? … 오로지 이야기만이 전쟁과 용사를 능가하여 지속될 수 있기 때문이지요. 전쟁의 북소리와 용감한 투사들의 위업보다 더 오래 지속되는 게 이야기 아닙니까. 다른 게 아니라 이야기야말로 우리의 자손들이 눈먼 거지들처럼 뾰족한 선인장 담장에 부딪치는 걸 막아줄 테니까요. 이야기는 우리의 호위병이지요. 그게 없으면 우리는 장님이에요. … 우리 또한 이야기의 주인이 아닙니다. 그보다는 이야기가 우리의 주인이 되어 우리를 인도하는 거지요.

…

이야기꾼들은 위험을 초래하기 때문이지요. 그들은 모든 통제의 달인에게 위협이 되고 국가, 교회나 회교사원, 정당회의, 대학 또는 그 어디에서든지 인간정신의 자유권을 빼앗는 사람들의 간담을 서늘하게 만들지요.

— 치누아 아체베, 『사바나의 개미언덕』, 이소영 역, 234~234, 282쪽

1장 이야기의 이야기의 이야기
— 세계 최초의 문학 『길가메시 서사시』의 '대홍수' 이야기의 원형서사적 기능

이미 있던 것이 훗날에 다시 있을 것이며 이미 일어났던 일이 훗날에 다시 일어날 것이다. *이 세상에 새 것이란 없다. '보아라, 이것이 바로 새 것이다'하고 말할 수 있는 것이 있는가?* 그것은 이미 오래전부터 있던 것, 우리보다 앞서 있던 것이다. 지나간 세대는 잊혀지고, 앞으로 올 세대도 그 다음 세대가 기억해 주지 않을 것이다.

— 구약 성서 「전도서」, 1장 9~11절. 강조 필자

만일 대부분의 라틴 작가들과 모든 그리스 작가들을(아마도 호메로스, 핀다로스와 아나클레온을 제외하고) 모방한 작품들이 많다. *그러나 … 그들은 실제가 아니라 우연한 원조가 되었다. 그들이 모방한 작품들은 거의 예외 없이 유실되고 없다.* 그들은 그들의 아버지의 죽음으로 합법적인 후계자가 되었고 그들의 영역에서 명성을 얻게 되었다.

— Edward Young, "Conjectures on Original Composition", 1759. 강조 필자

1. 들어가며: 유대 『성서』 중 「창세기」(6~9장)의 대홍수와 노아의 방주 이야기는 최초의 원형서사인가?

1) 『길가메시 서사시』 이야기: 문자 기록상으로 남아 있는 인류의 가장 오래된 문학이다

우리는 아직도 서양문학 또는 세계문학의 기원을 유대 성서인 『구약』의 이야기들과 그리스 최초의 서사시인 호메로스의 『일리아드』와 『오디세이』라고 생각해왔다. 그러나 19세기 중반인 1853년에 중동 지방 특히 유프라테스강과 티그리스강 사이의 지역인 메소포타미아 지역의 고대 왕국들인 아시리아, 바빌로니아, 페르시아의 역사적 유적을 발굴한 고고학자들에 의해 현재 이라크 북부 고대 아시리아 왕국의 수도였던 니네베 지역에서 인류 역사상 가장 오래된 문자인 수메르의 쐐기문자(cuneiform)로 기록된 점토 서판(clay tablet)들이 엄청나게 발굴되었다. 이들 대부분이 현재 대영박물관(British Museum)에 보존되어 있다. 특히 영국의 고고학자인 오스텐 레이어드(Austen Layard)와 그의 현지인 조수였던 호르무즈 라삼(Hormuzd Rassam, 1817~1894)에 의해 지난 2천여 년 이상을 6~7미터 높이의 모래더미에 묻혀 있던, 후에 『길가메시 서사시』로 불려지게 된 점토서판의 일부가 발견되었다. 길가메시는 깨어져 조각난 점토서판에 쐐기문자로 기록된 기원전 2700년 현재 이라크의 남부인 우루크 지역을 통치했던 역사적 인물이었다. 길가메시 왕에 관한 이야기의 일부 특히 대홍수에 관한 부분이 1872년 12월 3일 영국의 대영박물관의 임시직 직원이었던 조지 스미스(George Smith, 1840~1876)에 의해 해독, 발표되어 당시 전 세계적으로 큰 반향을 일으켰다. 이는 유대 『성서』가 역사적 근거를 가질 수 있다는 의미와 동시에 성서 이전에 이미 선행 서사가 있었다는 것이 증명되는 두 가지 이유 때문이었다.

인류의 현존하는 가장 오래된 문자는 메소포타미아 지역에서 기원전 3000년경에 사용되었던 쐐기꼴 문자인 수메르어(Summerian)였다. 길가메시라는 왕이 기원전 2700년 무렵에 현재 이라크 남부 지역에 성을 쌓아 도시를 만들어 통치하였고 죽은 후부터 이 지역에서 영웅으로 노래되기 시작하였고 그의 이야기는 나중에는 그 지역에서 거의 신화를 형성해나갔다. 기원전 2100년에 하나의 통일된 이야기라기보다 개별적인 이야기들로 구성되기 시작하여 기원전 1600년경에는 이라크 북부 언어인 아카디아어(Akkadian)로도 쓰여지기 시작하였다. 그 후 아시리아 왕국의 사제이며 예언가인 신-리케-우니니(Sîn-liqe-unninni)가 아키디아어로 열두 부분으로 이루어진 "표준판"을 완성했다. 이 판본은 기원전 650년경에 신아시리아 제국의 아수르바니팔(Ashurbanipal) 왕이 수도인 니네베에 건립한 왕립도서관에 보존되어 있다가 왕국이 외적에 멸망당한 후 땅속에 수천 년 동안 묻혀 완전히 잊혀졌다. 그 후 1872년에 발견되어 처음으로 근대 서구인들에 알려졌다. 이 표준판이 바로 "최초의 진정한 세계문학 작품"인『길가메시 서사시』가 되었다.

전설적인 길가메시 왕의 이야기는 고대 중근동 지방에서 가장 인기 있는 영웅 이야기 또는 신화가 되어 수천 년 동안 바빌로니아, 아나톨리아(지금의 터키), 팔레스타인, 시리아, 페르시아 등지에 광범위하게 구전이나 또는 지역의 언어로 번안되어 불리고 전수되었다. 그 후 이를 토대로 길가메시 서사시의 중요 내용들이 팔레스타인 지역에 살았던 유대 민족뿐 아니라 지중해 지역에 살았던 그리스 민족에게도 엄청난 영향을 주었다. 사실 유대 민족의 조상인 아브라함은 원래 길가메시 왕이 통치했던 지역 근처인 우르 출신이었다. 아브라함은 신의 계시를 받고 고향을 떠나 이라크 북부 하란을 거쳐 팔레스타인에 정주하였다. 아마 아브라함도 길가메시 왕의 전설을 틀림없이 들었을 것이다. 그 후 창조신화, 대홍수 이야기 등 구약성서의 많은 이야기들과 호메로스의『일리아드』와『오디세이』에게도 피할 수 없는 영향을 주게 되었다. 기원전 8세기에 지중해 연안에 살았던 호메로스도 번역되어 전해 내려온 길가메시 왕의 전설을 알고 있었음이 틀림없다. 이런 맥락에서 볼 때『길가메시 서사시』는 원천서사로서 후대의 많은 신화, 역사, 서사에 일정한 영향을 주었다고 말할 수 있다.

『길가메시 서사시』의 내용은 주인공인 우루크의 지배자 길가메시 왕의 영웅적 일대기를 서술하고 있다. 길가메시는 여신인 어머니와 왕인 아버지 사이에 난 3분의 2는 신(神)이고 3분의 1은 인간인 반신반인이다. 그는 메소포타미아의 하류지대인 우루크의 성을 높게 쌓아 올리고 방비를 튼튼히 하였다. 그러나 그는 지나치게 싸움을 즐기고 남녀노소의 백성들을 동원하였으므로 백성들의 원성이 자자했다. 이에 백성들은 신들에게 길가메시 왕의 통치 방식을 개선시켜달라고 탄원한다. 그동안 그 도시의 여신인 이슈타르(Isthar)가 길가메시에게 구애를 한다. 그러나 길가메시는 이슈타르를 지조 없는 여인으로 매도하면서 여신을 내친다. 이에 분노한 이슈타르는 다른 신들에게 길가메시의 파멸을 공언한다. 이렇게 해서 신들은 숲 속에 사는 반인반수인 엔키두(Enkidu)를 끌어내어 길가메시와 대적시키고자 한다. 이를 위해 문명을 모르고 숲 속에서 동식물과 살고 있는 엔키두에게 창녀 샴해트(Shamhat)를 보내 그를 유혹한다. 7일 낮과 밤 동안 사랑을 즐기면서 창부는 엔키두가 인간 사회로 돌아올 수 있도록 문명화 교육을 시킨다. 결국 그녀는 엔키두를 데리고 우루크 성으로 돌아와 길가메시 왕을 만나게 한다. 그둘은 곧 친해진다. 그 후 그들은 숲 속 깊숙이 살고 있는 괴물 훔바라(Humbara)를 격퇴하려 떠난다. 천신만고 끝에 길가메시와 엔키두는 괴물을 격퇴하여 죽여버린다. 그러나 전투 중의 부상으로 엔키두는 죽는다. 이에 그와 깊은 우정을 쌓았던 길가메시는 매우 슬퍼하며 그를 못 잊어 한다.

길가메시는 엔키두를 잃은 후 인간의 삶에서 죽음의 문제를 진지하게 사유하기 시작한다. 그래서 그는 대홍수 이전부터 살았던 현인 우트나피쉬팀을 찾아가기로 결심한다. 우트나피쉬팀은 후에 유다의 여호와 하나님으로부터 인류를 멸망시킬 대홍수를 대비해 방주를 만들라고 명을 받은 노아(Noah)처럼 그의 신들에게 큰 배를 만들라는 명을 받아 대홍수에서 살아남았을 뿐 아니라 신들로부터 '영생'(eternal life)을 얻게 되었다. 길가메시는 우트나피쉬팀을 찾아가 영생을 얻기 위한 여러 가지 어려운 과제들을 받았으나 완수해내지 못했다. 결국 길가메시는 영생을 얻는 데 실패하고 다시 세상으로 돌아온다. 그 후 길가메시는 그 이전과는 다른 어진 정치를 베풀어 나라를 통치했다.

『길가메시 서사시』는 내용과 더불어 주제들도 매우 보편적이다. 우정과 사랑과 증오, 야만과 문명, 죽음과 영생, 국가 통치 문제 등 인류 최초의 서사시로서 갖추어야 할 중요한 주제는 잘 담고 있으며 후일 문학들이 인간의 보편적인 문제들을 주제로 다루는 데 있어 최초의 전범을 보였다고 할 수 있다. 다음에서 신화이든, 전설이든, 서사시든, 소설이든 인류의 모든 이야기의 원형(archetype)으로 불릴 수 있는 『길가메시 서사시』에서 "홍수 이야기" 부분만을 제시한다. 그런 다음 천여 년 뒤에 나온 유대 성서인 『구약』의 「창세기」에서 노아의 홍수 이야기를 수록한다. 이에 중세시대 말인 14세기 말에 영국문학의 아버지인 제프리 초서(1340~1400)의 장시 『캔터베리 이야기들』 중에서 홍수 이야기와 관련된 「방앗간 주인의 이야기」와 21세기 초 캐나다 작가인 마거릿 애트우드(1939~)의 소설 『홍수』(2009)의 홍수 이야기와 관련된 부분을 발췌 소개한다. 필자가 거의 동시에 나란히 홍수에 관한 세 가지 이야기들을 『길가메시 서사시』의 후속편으로 제시하는 것은 필자의 해설보다 독자들이 직접 작품들을 읽고 원형서사에 해당되는 『길가메시 서사시』의 홍수 이야기와 비교해보게 하기 위해서이다.

2) 이야기 1. 원형서사 『길가메시 서사시』의 대홍수 이야기

"우트나피쉬팀이여. 제가 당신을 바라보고 있습니다만 당신 모습은 특별하지 않습니다. 당신은 저와 같습니다! 당신 자체로는 별다를 것이 없습니다. 당신은 저와 같습니다! 저는 당신을 위대한 용사로 생각했었습니다. 그러나 당신은 등을 대고 편안히 기대어 있습니다. 말해주십시오. 어떻게 당신이 신들의 회합에 나설 수 있었는지를! 그리고 어떻게 영생을 얻게 되었는지를!"

"길가메시, 내가 너에게 숨겨진 사실을 말해주리라. 신들의 비밀을 네게 말해주리라! 너도 분명히 알고 있는 슈루파크라는 도시가 유프라테스 강둑에 있었지. 정말로 오래된 도시였고, 그곳에서 신들이 살고 있었다네. 위대한 신들이 사람에게 홍수로 벌을 주기로 마음을 굳혔는데, 그들의 아버지 아누가 비밀을 지킬 것을 맹세했지. 용감한 엔릴은 그들의 고문관이었으며, 닌우르타는 그들의 의전관이었고, 엔누기는 그들의 운하감독관이었는데, 지혜의 왕자 에아가 그들과 함께 맹세했네. 그런 그가 그들이 나눈 대화를 갈대 담에 대고 반복해서 말했지.

'갈대 담, 갈대 담! 담이여, 담이여! 오, 슈루파크의 사람이여. 우바르투투의 아들이여, 집을 부수고 배를 만들어라! 재산을 포기하고 생명을 찾아라! 소유물을 내버리고 생명을 유지하라! 살아 있는 모든 생명은 배에 태우고, 네가 만들어야 할 배는 그 치수를 각각 똑같이 해야 한다. 즉, 그 길이는 너비와 같게 하고, 압수처럼 지붕을 해 덮어라.'

'나의 주님이시여. 당신이 제게 주신 명령이 이와 같으니 저는 유념하고 그대로 따르겠습니다. 하지만 도시 사람들에게, 주민들에게, 장자들에게 뭐라고 답해야 할까요?'

그러자 막 여명이 밝아오고, 땅의 사람들이 내 주위로 모여들었지. 목수가 도끼를 들고 왔고, 갈대밭 노동자가 돌을 들고 왔고, …젊은 사람들은… 뛰어 돌아다니고, 아이들이 역청을 들고 왔고, 가난한 사람들도 필요한 다른 것들을 무엇이든 다 가져왔어. 5일째 되는 날, 나는 배의 윤곽을 잡았지. 전체 바닥 면적은 1이쿠였어. 벽의 높이는 각각 10가르였고, 지붕 모서리 역시 10가르였네. 외부 윤곽을 잡아 도면을 그렸지. 갑판 층으로는 여섯을 두고, 그것을 다시 일곱 부분으로 나누었고, 내부는 아홉 부분으로 나누었고, 그 중앙에 물을 막는 마개를 두었어. 나는 삿대를 검사하고, 그것을 필요한 곳에 두었다네. 가공하지 않은 역청 3샤르를 가마에 퍼부었고, 하역 노동자들이 3샤르 통의 기름을 가져왔고, 그 외에 뱃사람이 1샤르의 기름을 집어넣었고, 뱃사람이 2샤르의 기름을 저장해두었다네. 사람들에게 먹일 황소를 도살하였고, 매일같이 양을 잡아 죽였지. 작업자들에게 술, 맥주, 기름,

포도주를 강물처럼 내주었고, 그래서 그들은 신년 축제처럼 파티를 벌였지. 나는 연고통을 열어 손에 연고를 발랐어. 해거름에 배가 완성되었네. 진수(進水)는 무척 어려웠네. 사람들은 배의 3분의 2가 물속으로 들어갈 때까지 도르래 바퀴를 교환하는 일을 반복해야만 했다네. 내가 가지고 있는 모든 것을 실었지. 가지고 있는 모든 은을 실었고, 가지고 있는 모든 금을 실었어. 가지고 있는 모든 생명들을 실었고, 모든 일가친척들을 배에 오르게 하였고, 들판의 모든 야수와 동물들과 장인들을 태웠네. 샤마쉬가 '그때'를 정해주었지.

그 정해진 때가 왔지. 아침에 그가 빵 덩어리를 빗발치듯 내리게 했고, 저녁에는 밀가루를 비처럼 내리게 했어. 나는 날씨 상황을 주시했네. 보기에도 끔찍한 폭풍이었어! 나는 배 안으로 들어가서 입구를 봉했지. 선원 푸주르아무리에게 '위대한 집'과 모든 짐의 항해를 맡겼다네. 새벽이 되어 세상이 밝아지기 시작하자, 지평선에서 검은 구름이 떠올랐지. 아다드가 그 속에서 으르렁대고 있었고, 그보다 슐라트와 하니쉬가 앞장서서 산과 땅 위로 폭풍의 전령처럼 일어났어. 에라갈이 배를 매어둔 장대를 뽑았고, 닌우르타가 앞으로 나와 제방을 터뜨렸네. 아눈나키 신들이 횃불을 위로 들었고, 그 불꽃으로 땅은 환했어. 아다드가 몰고 오는 기절할 것 같은 전조가 하늘을 덮쳤고, 빛나던 모든 것들이 어둠으로 변해버렸어…. 땅은 단지처럼 깨졌지. 하루 종일 남풍이 불었고… 거세게 불었고, 산들을 물속에 잠수시켰고, 전쟁처럼 사람들에게 불어닥쳤어. 형이 동생을 볼 수 없었고, 하늘에서 보면 어떤 인간도 더 이상 보이지 않았지. 심지어 신들도 홍수의 공포로 충격을 받아서 물러났으며, 아누의 하늘로 올라갔네. 신들은 개처럼 움츠리고 외벽에 웅크렸어. 이슈타르가 분만하는 여자처럼 비명을 질렀고, 달콤한 목소리를 지닌 신들의 여왕이 울부짖었네.

아눈나키 큰 신들이 그녀와 함께 울고 있었고, 신들은 초라하게 앉아서 울고 있었고, 슬픔에 젖어 흐느끼고 있었고, 입술이 타고 있었고, 갈증으로 말라 있었네. 6일 낮, 7일 밤 동안 바람과 홍수가 몰려왔고, 폭풍이 땅을 쓸어버렸지. 7일째 되던 날, 산통으로 몸부림치는 여인처럼 몰아쳤던 폭풍과 홍수는 공격을 멈추었어. 바다는 고요해졌고, 정적이 흘렀으며, 폭풍과 홍수는 멈추었어. 나는 날씨를 관찰했지. 조용해졌고, 모든 인간은 흙으로 변해 있었네! 지형은 지붕처럼 납작해져 있었어. 내가 배의 구멍을 열자 빛이 내 뺨으로 쏟아졌지! 나는 무릎을 꿇었고, 앉아서 울고 있었고, 뺨에 눈물을 줄줄 흘리고 있었네. 모든 방향을 살폈으나 모든 곳이 바다였다네. 12리 그 거리에 한 섬이 나타났지. 배는 니무쉬 산(山)에 단단히 걸려 있었어. 니무쉬 산이 배를 잡고 놓아주지 않았지. 첫째 날과 둘째 날, 니무쉬 산은 배를 잡고 움직이지 못하게 하였어. 다섯째 날과 여섯째 날에도 니무쉬 산은 배를 잡고 움직이지 못하게 하였지. 일곱째 날이 되었을 때, 나는 비둘기 한 마리를 꺼내 날려보냈네. 비둘기가 날아갔다가 다시 왔지. 앉을 만한 자리가 보이지 않아서 내게 돌아온 것일세. 나는 다시 제비 한 마리를 꺼내 날려보냈네. 제비가 날아갔다가 다시 왔지. 앉을 만한 자리가 보이지 않아서 내게 돌아온 것일세. 나는 다시 까마귀 한 마리를 꺼내서 날려보냈지. 까마귀가 가서 물에 빠지는 것을 보았네. 까마귀는 먹이를 찾아 먹었고, 주변을 돌아다녔고, 깍깍거리더니 내게 돌아오지 않았어. 그래서 나는 사방으로 모든 동물들을 놓아주었고, 사방으로 제물을 바쳤지. 산꼭대기에서 제주(祭酒)를 따랐고, 14개의 제기(祭器)들을 차려놓았고, 그 밑에 갈대, 삼목, 은매화(銀梅花)를 쌓았다네. 신들이 그 향기를 맡았고, 향기로운 냄새를 맡았고, 파리처럼 번제물로 모여들었네. 그때 위대한 여왕이 도착했지. 그녀는 아누가 그녀의 욕망을 충족시켜주려고 만든 멋진 보석을 들어올렸네.

엔릴이 배 안으로 올라와서 내 손을 잡고, 나를 일으켰지. 그는 내 아내도 일으켜서 내 곁에 무릎을 꿇게 했어. 그는 우리 이마에 손을 대고, 우리 사이에 서서, 우릴 축복해주었네.

'예전에 우트나피쉬팀은 인간이었다. 그러나 이제 우트나피쉬팀과 그의 아내는 우리 신들처럼 되었다! 우트나피쉬팀은 멀리 있는 곳, 강 입구에 살게 되리라.'

그래서 신들은 나를 데리고 가서 강 입구, 멀리 있는 곳에 살게 한 것이란 말일세."

(김산해, 『최초의 신화 길가메쉬 서사시』, 휴머니스트, 2013)

여기까지가 『길가메시 서사시』에서 소개한 인류 역사상 가장 오래된 홍수 이야기이다. 홍수 전에 인간이었던 우트나피쉬팀은 신의 명령에 따라 행동하며 대홍수를 잘 견디어내어 신의 반열에 올라 영생을 얻게 된다. 그러나 길가메시 왕은 신이 되는 여러 가지 시험을 넘기지 못하고 인간으로 남게 된다.

3) 이야기 2. 「창세기」의 대홍수 이야기(노아와 방주)

노아도 유대의 신인 여호와(야훼)로부터 대홍수 속에서 살아남기 위한 여러 가지 명령과 지침들을 잘 이해하여 홍수 이후의 새로운 인간 역사의 시조가 되었다. 그러나 노아의 신인 여호와는 우트나피쉬팀이나 길가메시의 신처럼 다신(多神)이 아니고 우주와 만물, 그리고 인간을 창조한 절대능력을 가진 유일신으로 나타난다. 노아의 방주 이야기는 기독교인이 아닌 사람들도 대부분은 알고 있는 이야기지만 여기에 주요 부분을 게재한다.

> 6장
>
> 11 하나님이 보시니, 세상이 썩었고, 무법천지가 되어 있었다. 12 하나님이 땅을 보시니, 썩어 있었다. 살과 피를 지니고 땅 위에서 사는 모든 사람들의 삶이 속속들이 썩어 있었다. 13 하나님이 노아에게 말씀하였다. "땅은 사람들 때문에 무법천지가 되었고, 그 끝날이 이르렀으니, 내가 반드시 사람과 땅을 함께 멸하겠다. 14 너는 잣나무로 방주 한 척을 만들어라. 방주 안에 방을 여러 칸 만들고, 역청을 안팎에 칠하여라. 15 그 방주는 이렇게 만들어라. 길이는 삼백 자, 너비는 쉰 자, 높이는 서른 자로 하고, 16 그 방주에는 지붕을 만들되, 한 자 치켜 올려서 덮고, 방주의 옆쪽에는 출입문을 내고, 위층과 가운데층과 아래층으로 나누어서 세 층으로 만들어라. 17 내

가 이제 땅 위에 홍수를 일으켜서, 하늘 아래에서 살아 숨쉬는 살과 피를 지닌 모든 것을 쓸어 없앨 터이니, 땅에 있는 것들은 모두 죽을 것이다. 18 그러나 너하고는, 내가 직접 언약을 세우겠다. 너는 아들들과 아내와 며느리들을 모두 데리고 방주로 들어가거라. 19 살과 피를 지닌 모든 짐승도 수컷과 암컷으로 한 쌍씩 방주로 데리고 들어가서, 너와 함께 살아남게 하여라. 20 새도 그 종류대로, 집짐승도 그 종류대로, 땅에 기어다니는 온갖 길짐승도 그 종류대로, 모두 두 마리씩 너에게로 올터이니, 살아 남게 하여라. 21 그리고 너는 먹을 수 있는 모든 먹거리를 가져다가 쌓아 두어라. 이것은 너와 함께 있는 사람들과 짐승들의 먹거리가 될 것이다." 22 노아는 하나님이 명하신 대로 다 하였다. 꼭 그대로 하였다.

7장

10 이레가 지나서, 홍수가 땅을 뒤덮었다. 11 노아가 육백 살 되는 해의 둘째 달, 그 달 열이렛날, 바로 그 날에 땅 속 깊은 곳에서 큰 샘들이 모두 터지고, 하늘에서는 홍수 문들이 열려서, 12 사십 일 동안 밤낮으로 비가 땅 위로 쏟아졌다. 13 바로 그 날, 노아와, 노아의 세 아들 셈과 함과 야벳과, 노아의 아내와, 세 며느리가, 함께 방주로 들어갔다. 14 그들과 함께, 모든 들짐승이 그 종류대로, 모든 집짐승이 그 종류대로, 땅 위를 기어다니는 모든 길짐승이 그 종류대로, 날개 달린 모든 날짐승이 그 종류대로, 방주로 들어갔다. 15 살과 피를 지닌 살아 숨쉬는 모든 것들이 둘씩 노아에게 와서, 방주로 들어갔다. 16 하나님이 노아에게 명하신 대로, 살과 피를 지닌 살아 숨쉬는 모든 것들의 수컷과 암컷이 짝을 지어 방주 안으로 들어갔다. 마지막으로 노아가 들어가니, 주님께서 몸소 문을 닫으셨다. 17 땅 위에서는 홍수가 사십 일 동안 계속되었다. 물이 불어나서, 방주가 땅에서 높이 떠올랐다. 18 물이 불어나서 땅에 크게 넘치니, 방주가 물 위로 떠다녔다. 19 땅에 물이 크게 불어나서, 온 하늘 아래에 있는 모든 높은 산들이 물에 잠겼다. 20 물은 그 높은 산들을 잠그고도, 열다섯 자나 더 불어났다. 21 새와 집짐승과 들짐승과 땅에서 기어다니는 모든 것과 사람까지, 살과 피를 지니고 땅 위에서 움직이는 모든 것들이 다 죽었다. 22 마른 땅 위에서 코로 숨을 쉬며 사는 것들이 모두 죽었다.

8장

6 사십 일이 지나서, 노아는 자기가 만든 방주의 창을 열고서, 7 까마귀 한 마리를 바깥으로 내보냈다. 그 까마귀는 땅에서 물이 마르기를 기다리며, 이리저리 날아다니기만 하였다. 8 그는 또 비둘기 한 마리를 내보내서, 땅에서 물이 얼마나 빠졌는지를 알아보려고 하였다. 9 그러나 땅이 아직 모두 물속에 잠겨 있으므로, 그 비둘기는 발을 붙이고 쉴 만한 곳을 찾지 못하여, 그냥 방주로 돌아와서, 노아에게 왔다. 노아는 손을 내밀어 그 비둘기를 받아서, 자기가 있는 방주 안으로 끌어들였다. 10 노아는 이레를 더 기다리다가, 그 비둘기를 다시 방주에서 내보냈다. 11 그 비둘기는 저녁때가 되어서 그에게로 되돌아왔는데, 비둘기가 금방 딴 올리브 잎을 부리에 물고 있었으므로, 노아는 땅 위에서 물이 빠진 것을 알았다. 12 노아는 다시 이레를 더 기다리다가, 그 비둘기를 내보냈다. 그러나 이번에는 그 비둘기가 그에게로 다시 돌아오지 않았다. 20 노아는 주님 앞에 제단을 쌓고, 모든 정결한 집짐승과 정결한 새들 가운데서 제물을 골라서, 제단 위에 번제물로 바쳤다. 21 주님께서 그 향기를 맡으시고서, 마음속으로 다짐하셨다. "다시는 사람이 악하다고 하여서, 땅을 저주하지는 않겠다. 사람은 어릴 때부터 그 마음의 생각이 악하기 마련이다. 다시는 이번에 한 것 같이, 모든 생물을 없애지는 않겠다.

9장

1 하나님이 노아와 그의 아들들에게 복을 주시며 말씀하셨다. "생육하고 번성하여 땅에 충만하여라. 2 땅에 사는 모든 짐승과, 공중에 나는 모든 새와, 땅 위를 기어 다니는 모든 것과, 바다에 사는 모든 물고기가, 너희를 두려워하며, 너희를 무서워할 것이다. 내가 이것들을 다 너희 손에 맡긴다. 11 내가 너희와 언약을 세울 것이니, 다시는 홍수를 일으켜서 살과 피가 있는 모든 것들을 없애는 일이 없을 것이다. 땅을 파멸시키는 홍수가 다시는 일어나지 않을 것이다." 12 하나님이 말씀하셨다. "내가 너희 및 너희와 함께 있는 숨 쉬는 모든 생물 사이에 대대로 세우는 언약의 표는, 13 바로 무지개이다. 내가 무지개를 구름 속에 둘 터이니, 이것이 나와 땅 사이에 세우는 언약의 표가 될 것이다.

『일러스트레이션 성경전서』(표준 새번역 개정판), 한국성서공회, 2003)

여기에서 『길가메시 서사시』의 홍수 이야기와 『구약』의 「창세기」에서의 노아와 홍수 이야기를 비교해보자.

대홍수 이야기 비교와 대조

I.『길가메시의 서사시』점토서판 제11번	주제	II.『구약』성서 「창세기」(6~9장)
인간들이 너무 많아져서 시끄럽게 신들이 편안하게 지낼 수가 없어서 벌주기로 결정	방주 건조에 대한 이유	6장 13절 땅은 사람들 때문에 무법천지가 되었고, 그 끝날이 이르렀으니, 내가 반드시 사람과 땅을 함께 멸하겠다
"집을 부수고 배를 만들어라! 재산을 포기하고 생명을 찾아라! 소유물은 버리고 네가 만들어야 할 배는 그 치수를 똑같이 해야한다.	방주 건조의 명령, 규격에 대한 구체적 지시, 명령 순종	6장 14절 너는 잣나무로 방주 한 척을 만들어라 6장 14~16절: 구체적인 지시 방주 안에 방을 여러 칸 만들고
살아 있는 모든 생명을 배에 태우고 모든 은과 모든 금을 실었어. 모든 일가 친척, 들판의 모든 야수와 동물들과 장인들을 태웠네.	방주에 들어 갈 수 있는 사람들과 물건들	노아의 직계 가족, 동물 암수 1쌍씩만
목수가 도끼를 들고 왔고 갈대 밭 노동자가 돌을 들고 왔고 … 아이들은 역청을 들고 왔고	방주를 만든 사람들	노아와 그 직계가족
6일 낮 7일 밤 동안 바람과 홍수가 몰려 왔고, 폭풍이 땅을 쓸어 버렸지	홍수 기간	장기간
일곱째 날: 비둘기 제비 까마귀	새를 날려 보내기	까마귀와 비둘기
신들에게 제단 세우고 번제를 드림	방주에서 나오기	유일신 여호와 하나님께 제단을 세우고 번제를 드림
우트나피쉬팀은 신의 일원이 되어 강 입구에 살면서 영생을 얻었다	방주에서 나온 뒤 우프나피쉬팀과 노아의 삶	노아와 그의 직계 가족들을 번성하게 하고 지구를 운영하게 함(무지개를 그 언약의 징표로 삼음)

이 비교표에서 볼 수 있듯이 『길가메시 서사시』의 홍수 이야기와 「창세기」의 홍수 이야기는 세부 항목에서는 일부 차이가 있지만 본질적으로는 같은 이야기라고 볼 수 있다. 이렇게 볼 때 『구약』의 홍수 이야기는 인류의 홍수

에 관한 최초의 이야기가 아닌 것만은 분명하다.

4) 이야기 3. 초서의 『캔터베리 이야기』 중 「방앗간 주인의 이야기」

『구약』의 홍수 이야기보다 2500여 년 이후에 쓰여진 중세 영국의 시인 제프리 초서의 「방앗간 주인의 이야기」는 『구약』의 홍수 이야기에 토대를 두고 있음이 분명하다. 우선 작품을 읽어보자.

> 나이든 목수 존에게는 젊은 아내 앨리슨이 있다. 앨리슨은 자신의 집에 하숙을 하고 있는 교구의 젊은 신학생인 니콜라스에게 마음을 두고 있으나 집사인 압솔론에게는 냉정하게 대한다. 니콜라스는 목수 남편에게 두 번째 대홍수가 올 것이므로 위층 다락방에 세 개의 큰 통을 매달면 존과 아내 그리고 자신 세 사람 모두가 대홍수가 났을 때 안전하게 물 위에 뜰 수 있을 것이라고 설득하자 존은 그대로 실행하였다.

> "주인장, 이건 정말인데
> 저 밝은 달을 관찰해본 결과를
> 점성학으로 풀어서 발견한 것이지요.
> 요다음 월요일, 밤 아 홉시,
> 비가 내리기 시작해서 무섭게 퍼부을 텐데,
> 그 결과는 노아의 홍수가 어림도 없을 대홍수가 될 거요.
> 단 한 시간도 못 되어 온 세계가
> 빗물 속에 묻혀버리고, 무섭게 쏟아지는 빗물에
> 전 인류가 빠져서 결국 익사하고 말겠소."
> 대목은 "아, 내 마누라, 이 일을 어쩌나.
> 우리 앨리슨도 빠져 죽을까? 아이고 앨리슨!"
> 하면서 슬퍼서 곧 쓰러질 지경이 되어
> "어떻게 살아날 도리가 없을까?" 하고 물었다.

"아, 있고 말고요." 하고 니콜라스는 말했다.

"그렇지만 내가 가르쳐준 대로 해야지.

당신 멋대로 하다간, 야단이요.

어진 임금 솔로몬이 말한 대로,

가르침대로 하면 후회하는 법이 없소.

만일 당신이 내가 하라는 대로 한다면,

돛대도 돛도 없이,

주인마님과 당신과 내 자신을 구할 것을 약속하죠.

하느님이 노아에게

홍수가 나서 온 세상이 멸망하리라고 미리 경고하셨을 때,

노아가 어떻게 구함을 받았는지 아시오?'

"아, 옛날에 들은 얘기지"

"그리고 노아가. 그 마누라를 배에 태울 때까지

얼마나 고생을 했는가 하는

얘기도 들었겠죠?

그때, 심정으로 하면

가진 검은 염소를 죄다 팔아서라도, 마누라에게는 혼자 탈

배를 하나 마련해서 떼어놓을 수 있었다면 했을 거요.

그러니 이렇게 합시다.

이 일은 급히 서둘러야 하고

또 급할 때는 길게 설교할 이유는 없소.

그러니 지금 곧 가서

큼직한 빵 반죽통이나 낮은 술통을

한 사람에게 하나씩 돌아가게 집 안으로 들여 오시오,

그런데, 그 속에서 마치 거룻배 속에서와 같이 헤엄칠 수 있을

정도로 큼직한 것을 골라오시오.

그리고 그 속에다가는 하룻 동안 먹을 양식을 저장한다 이거예요.

그다음 걱정은 할 것 없소."

...

당신이, 형편없는 둔자가 아닌 다음에야, 노아 정도의

은총을 받아서 살아남는 것만으로도 충분히 만족할 테시.
부인은 무슨 일이 있어도 구해드릴 테니,
…

목수는 나가서 우선 반죽통을 하나 구했고,
그다음에 물통과 술통을 하나씩 구해다가는
집 안으로 몰래 끌어넣은 다음
지붕 밑에다가 매달았다.
손수 사닥다리를 단단하게 만들고,
그것을 타고
대들보에 달아놓은 통으로 기어오를 수 있게 해놓고는,
통 하나하나에다
빵과 치즈와 좋은 맥주 한 병씩을 넣었는데,
그것은 하루치 식량으로 충분한 분량이었다.
그런데 이런 모든 준비를 하기 전에,
그는 종과 식모를
멀리 런던으로 심부름을 보냈다.
그리고 월요일 밤이 되자,
초도 켜들지 않고 문을 걸어 잠그고,
니콜라스가 이른 대로 되어 있나를 다짐하고는,
곧 세 사람은 각기의 통 속으로 기어올랐다.
세 사람은 서로 멀찍이 떨어져 죽은 듯이 소리없이 앉아 있었다.
"자, 주기도문을 외시오, 쉬."
"쉬" 하고 존이 주의했다. "쉬―" 하고 앨리슨이 받았다.
목수는 기도문을 외고
가만히 앉아서, 다시 기도를 올리는 한편, 혹시 빗소리가
들리지 않나 하고 귀를 기울이면서, 홍수를 기다렸다.

분주한 하루의 피로가 한꺼번에 닥쳐와서
그 목수는 깊이 잠이 들었는데,
그것은 소등 시간이나 그보다 좀 더 지나서라고 생각된다.

잠결에도 정신이 산란했던지, 크게 신음하고,

머리가 잘못 놓였던 탓인지, 코도 골았다.

이때 니콜라스는 살금살금 사닥다리를 기어 내려오고,

앨리슨이 또한 가만가만 뒤따라 내려왔다.

그리고는 목수가 늘 자는 침대 속으로

서로 아무 말 없이 얼싸안고 들어갔다.

그곳에는 환락과 음악이 있었다.

아침 기도 시간을 알리는 종이 울리고,

중들이 경을 읽기 시작할 무렵까지,

니콜라스와 앨리슨은

기쁘고 즐거운 사업에 밤새는 줄을 몰랐다.

...

이때 니콜라스는 방귀를 한 방 터뜨렸는데,

그 소리가 마치 벼락치는 소리만 했고, 원래 방귀와는 상극인 압솔론은

그 바람에 거의 눈이 멀 지경이었다.

그러나 그에게는 달아오른 보습 날이 있었으니,

그것으로 니콜라스의 궁둥이를 힘껏 찔렀다.

손바닥만 한 넓적한 살 껍질이 떨어져 나가고

궁둥이의 그만큼이 엉망이 되었다.

그리고 그 덴 자리가 아파서 죽을 지경이었다. 그래서, 난봉꾼

니콜라스는 꼭 미친놈같이 큰 소리로 비명을 올린다는 것이

"사람 살류, 사람 살류, 물야, 물, 제발" 하고 외쳤다.

이 소리에 잠이 깬 것은 대목 영감,

누가 미친 듯이 "물야, 물" 하고 외치는 소리를 듣고는,

"아, 이제 노아님의 홍수로구나."

하고 생각하고, 아무 말 않고 일어서서

도끼로 천장에 맨 줄을 잘라버리니,

사람이고 반죽통이고, 송두리째 밑으로 떨어질 밖에.

빵이며, 맥주병은 아랑곳없고, 통째로 떨어진 대목 영감은

아래 방바닥 위에 쓰러져서 기절하고 말았다.

그 마누라 앨리슨과 간부 니콜라스는 일어나,

이제 숫제 거리로 뛰어나가 "사람 살류, 살인이야" 하고 고래고래 소리를
질렀다.

이웃 사람들은, 늙은이 어린이 할 것 없이

아직도 새파랗게 질려서 넋을 잃고 누워 있는

불쌍한 목수를 구경하기 위해서 몰려들었다.

그런데 엎친 데 덮친 격으로 떨어질 때 한쪽 팔이 부러졌다.

그렇지만 그런 재난에 동정을 해주는 사람은 하나도 없었다.

왜냐하면 얘기를 하려고 하면 곧 그의 마누라와 니콜라스가

뛰어나와서는 그의 얘기를 가로막아버렸기 때문이다.

앨리슨과 니콜라스는 몰려든 남녀노소에게 호소하듯이

그 목수가 돌아서,

노아의 홍수가 온다고, 미리 겁을 집어먹고는,

어디선지 반죽통 세 개를 구해와서는

지붕 밑에다 달아맨 이야기와

자기네 두 사람한테도 동무 삼아 같이 지붕 밑 통 속에

들어가 앉자고 애원하더라는 이야기를 했다.

동네 사람들은 목수의 광상에 조소를 퍼붓고,

지붕 밑까지 올라가서는 이모저모로 따져가면서,

목수의 수난을 한낱 웃음거리로 만들어버렸다.

그 목수가 아무리 변명을 해보아도

소용이 없었다. 돈 사람의 말을 누가 믿겠느냐.

온 대학촌 사람들이 그 목수를 아주 미친 사람으로

자신 있게 돌려버리고,

거기에 학생들이 가세해서

"여보게, 그자는 미친놈이야." 하고 떠들어댔다.

이 이야기는 마침내 온 시내의 웃음거리가 되고 말았다.

이리해서, 남편의 감시와 질투에도 불구하고

그 목수의 마누라는 서방질을 했다.

압솔론은 앨리슨의 똥구멍에 입을 맞추었다.

그리고 니콜라스는 궁둥이를 데었다.

이것이 이 이야기의 끝인데, 여러분, 변변치 않은 것을 잘
들어주셨습니다.

(『캔터베리 이야기』, 김진만 역, 탐구당, 1976)

　목수인 늙은 남편 존이 자신의 젊은 아내의 정부인 니콜라스가 시키는 대로 다락방 천장에 큰 통을 매달고 음식까지 준비하는 것은 여호와 하나님이 자신이 이제 죄로 가득 찬 이 세상을 모든 생명체들을 홍수로 쓸어버릴 테니 방주를 만들겠다고 선언하고 유일한 의인으로 칭찬한 노아에게 방주를 준비할 것을 지시하자 그대로 따르는 것과 매우 유사하다. 그렇다면 목수 존은 노아란 말인가. 순종한 노아는 대홍수 이후에 하나님에게 구원받아 방주를 통해 살아나는 생명체들과 함께 새로운 세계의 시조가 되었다. 그러나 목수 존은 천장에서 물통과 함께 떨어져 팔까지 부러지고 동네 사람들에게 웃음거리가 되었다. 목수 남편 존이 젊은 아내 앨리슨과 그 정부인 니콜라스의 부정한 애정 행각을 알아차리지 못한 것에 대한 징벌인가? 아니면 초서가 앨리슨과 니콜라스의 거짓말에 속아 넘어간 동네 사람들의 어리석음을 풍자한 것인가? 그러나 남의 아내를 탐낸 압솔론은 앨리슨의 똥구멍에 키스했고 남의 아내와 놀아난 니콜라스는 똥구멍에 크게 화상을 입었으니 기본적인 권선징악은 이루어진 셈이다. 아마도 초서는 「창세기」(6~8장)의 대홍수와 노아 방주 사건과의 대비를 통해 무질서한 당대 인간들의 탐욕과 무지를 희화적으로 풍자하기 위함이었을 것이다. 14세기 초서는 이야기 1인 『길가메시 서사시』의 존재는 몰랐을 것이다. 초서는 이야기 2인 성서의 「창세기」에서 노아의 홍수 이야기를 선행 서사로 삼고 자신의 이야기를 꾸미는 데 있어서 르네상스 시대의 인본주의 사상이 본격적으로 시작되었던 14세기 말을 살아간 작가로서 「창세기」의 무거운 인류의 종말이라는 장중한 주제에서 벗어나 근대 초기 유럽 문명의 지극히 세속적인 남녀 간의 불륜의 사랑 이야기를 이끌어냈다. 신화 시대의 하늘나라와 관계되는 대사건에서

남녀 간의 사소한 사건으로 희화시켰다.

5) 이야기 4. 마거릿 애트우드의 『홍수』

이 방대하고 복잡한 소설은 21세기 캐나다 여류소설가 애트우드의 지구
종말 시리즈의 마지막 권에 해당된다. 기독교 『성서』에서의 인유가 많아 성
서의 내용에 익숙지 않은 독자들은 이해에 어려움을 겪을 것이다. 우선 소
설의 제목에 나오는 "홍수"(Flood)란 말이 구약의 「창세기」 6~9장에 나오는
노아 시대의 대홍수이다. 유대인의 유일신 여호와 하나님은 자신이 창조한
인간들의 죄악이 하늘에까지 이르자 물로 이 세상을 멸망시키고자 한다. 하
나님은 노아를 의인(義人)으로 부르면서 방주를 제작할 것을 명령한다. 그
러나 이 소설에 작가는 홍수란 말을 이와는 다르게 지구상의 모든 생명체를
멸망시키는 "대재앙"의 의미를 빌려왔다. "물 없는 홍수"인 대재앙은 인간들
이 만들어낸 유전공학과 생명과학자들이 만들어낸 슈퍼 바이러스가 지구적
으로 가져온 대역병이다.

「창세기」의 노아의 홍수는 하나님이 가져온 대재앙이지만 대역병은 인간
들이 스스로 야기한 인류를 거의 멸절시킨 전염병이다. 이 소설의 전개는
"물 없는 홍수"인 전염병이라는 대재앙이 지난 이후 살아남은 두 여성 주인
공을 중심으로 이루어진다. 40대 여성인 토비와 20대 초반의 여성인 렌은
대재앙 이전과 이후의 여러 가지 사건들을 교차시키면서 등장한다. 우선 몇
몇 관련된 장면들을 제시한다.

> 하지만 생명체는 여전히 존재한다. 새들이 지저귄다. 분명 참새들일 게다.
> 그 자그마한 목소리가 유리 위를 손톱으로 긋는 것처럼 날카롭고 청아하다.
> 새소리를 삼키던 자동차 소리는 더 이상 들리지 않는다. 저 고요함을 새들은
> 알아챌까? 자동차가 다니지 않는다는 것을? 만일 안다면 그들은 더 행복할
> 까? 토비는 전혀 알 길이 없다. 다른 정원사들, 그러니까 눈빛이 한층 더 날
> 카로웠다든지 약물을 과다 복용한 것 같은 다른 몇몇 정원사들과 달리, 토비

는 새들과 대화를 나눌 수 있다는 환상에 빠져본 적이 한 번도 없었다.

태양이 동쪽 하늘을 밝히면서 멀리 바다가 있다는 걸 말해주는 청회색 아지랑이가 붉게 물든다. 수력발전소의 장대 위에 앉아 있던 독수리들이 검은 우산과도 같이 날개를 활짝 펴고 파닥대며 물기를 말린다. 한 마리, 또 한 마리가 날아올라 상승기류를 타고 나선형을 그리며 하늘 높이 올라간다. 독수리가 갑자기 땅으로 곤두박질치듯 내려온다는 건 죽은 동물을 봤다는 뜻이다. (14쪽)

하지만 물 없는 홍수가 휩쓸고 간 지금은 혹시라도 내가 글을 써놓는다 해도 그건 매우 안전하다. 나를 비난하기 위해 그 글을 이용할 사람들은 이미 죽었을 가능성이 매우 높기 때문이다. 그러므로 이제는 무엇이든지 내가 원하는 걸 글로 쓸 수 있다. (19쪽)

난 운이 좋다. 정말이지 억세게 운이 좋다. 너의 행운을 세어보렴. 예전에 아만다가 해준 말이다. 그래서 나는 세어본다. 첫째, 홍수가 들이닥쳤을 때 운 좋게도 나는 여기 비늘클럽에서 일을 하고 있었다. 둘째, 나를 안전하게 지켜준 걸 생각하면 내가 이렇게 격리 구역에 갇히게 된 건 한층 더 놀라운 행운이었다. 바이오필름으로 만든 내 보디글러브가 찢어졌다. (19쪽)

물 없는 홍수가 시작되던 바로 그날 밤, 나는 검사결과를 기다리고 있었다. 혹시라도 전염성 있는 뭔가가 발견될 경우에 대비해 그들은 나를 몇 주 동안 격리 구역에 가뒀다. 안전하게 밀봉한 구멍을 통해 음식을 넣어줬을 뿐만 아니라 스낵을 넣어둔 미니 냉장고가 있었고 물은 들어올 때나 나갈 때 필터를 통과시켰다. 필요한 건 뭐든지 다 있었다. 하지만 그 안에 있으면 지루했다. 운동기구가 있어서 나는 운동을 아주 많이 했다. 곡예 무용수는 끊임없이 연습할 필요가 있기 때문이다. (21쪽)

통상적인 유행병이 아니었다. 사망자가 수십만 명에 이른 상황에서 바이오툴이나 표백제로 봉쇄하면 사라질 그런 병이 아니었다. 정원사들이 그토록 자주 경고했던 물 없는 홍수였다. 모든 징후가 나타났다. 병은 마치 날개라도 던 것처럼 공기를 통해 이동했고 불처럼 수많은 도시를 몽땅 태웠으며 병균에 시달린 폭도들, 공포, 살육 행위가 사방으로 퍼져나갔다. 전 지역에 정전 사태가 발생했고 뉴스는 어쩌다 한 번씩만 전해졌다. 운영자들이 죽는 바람에 시스템도 작동되지 못했다. (39쪽)

자, 이제 방주 축제를 위한 우리의 헌신에 대해 생각합시다.

이날 우리는 한편으로 한탄하면서 다른 한편으로는 기뻐합니다. 그것이 언제 발생한 일이건 간에 우리는 생명체를 절멸시킨 첫 번째 홍수 때 사라진 이 땅의 모든 피조물의 죽음을 슬퍼합니다. 하지만 우리는 또한 물고기와 고래, 산호초, 바다거북과 돌고래, 성게, 그리고 또 상어, 이 모든 생명체가 살아남았기에 기뻐합니다. 억수같이 쏟아지는 담수로 인한 바닷물의 온도나 염도의 변화가 우리가 알지 못하는 몇몇 종에게 해를 입히지만 않았다면 말입니다.

우리는 동물들 사이에서 발생한 대학살을 슬퍼합니다. 화석 기록이 증명해 주듯이, 신에게는 분명 무수한 생물종을 없앨 뜻이 있었습니다. 하지만 오늘날까지 수많은 종이 보존되었으며 이것들은 신이 우리에게 돌보라고 새롭게 맡겨주신 생물종들입니다. 만약에 여러분이 탄복할 만한 교향곡을 작곡했다면 여러분은 그것을 없애버리고 싶겠습니까? 그런 까닭으로 대지와 음악, 우주와 그 안에 들어 있는 조화로움, 이것들이 신의 창조력으로 탄생한 작품들이며, 인간의 창조성은 단지 그것의 보잘것없는 그림자에 불과합니다.

신이 인간에게 주신 말씀에 의하면, 선택된 종을 구조하는 작업은 사람들 중에서 깨어 있던 자를 상징하는 노아에게 맡겨졌습니다. 노아만이 미리 통고를 받았습니다. 노아는 본래 아담에게 부여된 관리자 직분을 혼자 떠맡아 홍수로 인한 물이 다 빠져나가 그가 만든 방주가 아라랏 산에 걸려 머무를 때까지 신의 사랑하는 생물종들을 안전하게 지켰습니다. 그런 다음 노아는 마치 두 번째 창조인 것처럼 구조된 모든 동물들을 땅에 풀어놓았습니다.

첫 번째 창조 때는 모든 것이 기뻤습니다. 하지만 두 번째 사건은 제한적이었지요. 신은 더 이상 이전처럼 좋아하지 않으셨습니다. 그의 마지막 창조물인 인간에게 뭔가 상당히 잘못된 점이 있다는 것을 아셨지만 그걸 회복시키기에는 너무 늦어버린 것입니다. 하나님은 「창세기」 8장 21절에서 "내가 다시는 사람으로 말미암아 땅을 저주하지 아니하리니 이는 사람의 마음이 계획하는 바가 어려서부터 악함이라 내가 전에 행한 것같이 모든 생물을 다시 멸하지 아니하리니."라고 말합니다.

그래요, 나의 친구들이여. 이 땅에 더 이상의 저주가 있다면 그것은 신이 아니라 인간 스스로가 야기한 결과입니다. 지중해의 남쪽 해안을 생각해보세요. 그곳은 한때 비옥한 농지였지만 지금은 사막입니다. 아마존 강 유역에 초래된 황폐함을 보십시오. 총체적인 생태계의 파괴를 살펴보시기 바랍니다. 세세한 부분 하나하나까지 무한히 돌보시는 하나님의 손길을 반영하지 않습니까? … 하지만 이 문제는 다른 날 이야기하지요.

그런 다음 신은 주목할 만한 말씀을 하십니다. "땅의 모든 짐승과 공중의 모든 새… 가 너희를," 즉 인간을 "두려워하며 너희를 무서워하리니 이것들은 너희의 손에 붙였음이니라"라고 「창세기」 9장 2절에서 말씀하십니다. 이 말은 몇몇 사람들이 주장하듯이, 인간에게 모든 동물을 파멸시킬 권리가 있다는 게 아닙니다. 그보다는 신이 사랑하는 피조물에게 주는 경고의 말입니다. "인간을 그리고 그의 사악한 마음을 조심하라."

그리고 나서 하나님은 노아, 그의 후손들, 그리고 "모든 생물"과 언약을 맺습니다. 많은 사람들이 노아와의 언약은 상기하면서 모든 다른 생물들과의 언약은 잊고 있습니다. 그렇지만 신은 그것을 잊지 않습니다. 우리가 요점을 확실하게 깨닫도록 신은 "모든 짐승," 그리고 "모든 생물"이라는 말을 수차례 되풀이해서 말합니다. (144~146쪽)

(『홍수』, 이소영 역, 민음사, 2013)

이 소설의 저자인 애트우드가 「창세기」의 노아의 홍수에서 인유를 가져오는 데 있어서 중요하게 재해석한 부분은 바로 여호와 하나님의 대홍수 이후의 새로운 세계에 대한 언약이다. 지구를 경영하는 인간에게 새로운 사명을 준 것이다. 하나님은 노아와 아들들에게 "생육하고 번성하여 땅에 충만하라"고 이르고 "땅에 사는 모든 짐승과, 공중에 나는 모든 새와, 땅 위를 기어다니는 모든 것과, 바다에 사는 모든 물고기가, 너희를 두려워하며, 너희를 무서워할 것이다. 내가 이것들을 다 너희 손에 맡긴다"고 명하였다. 그러나 인간들은 이러한 위탁 경영을 인간 위주로 제멋대로 해석하여 모든 생물이 더불어 함께 사는 생태계의 질서를 크게 교란시키고 있다. 무절제한 개발로 인한 녹지의 급격한 감소, 과도한 서식지 잠식으로 종의 다양성 급감, 과다한 육식의 섭취, 동물들에 대한 지나친 억압과 착취, 전 지구적인 물 부족 현상, 석유 등 탄소연료의 과다 사용 등으로 인한 대기오염과 지구 온난화와 기후 변화, 이 밖에 유전공학과 생명과학의 무절제한 유전자 조작을 통한 복제사업, 항생제 등 지나친 의약품 개발과 복용 등으로 인한 슈퍼 박테리아의 출몰 등 지구에서 인간의 시대는 아이러니컬하게도 재앙의 시대라는 디스토피아 시대가 전개되고 있다.

인간이 하나님이 준 균형 잡힌 지구 경영권을 남용하고 있다. 인간 중심 중독에 빠진 인간은 신 앞에서 자연 앞에서 좀 더 겸손하고 지혜로워야 한다. 이 소설에서 애트우드는 점점 황폐화되어가고 있는 지구의 상황을 놓고 성서의 대홍수 이야기를 빌려서 현대 인간 중심의 문명의 위기와 위험을 경고하고 있다. 우리 인간이 지구 환경 자체에 대해 진정으로 미래지향적으로 각성하지 못하면 노아의 홍수처럼 대재앙이 닥쳐 인류 멸망의 종말이 다가올 수 있다. 작가는 자신의 소설이 "공상과학소설"(science fiction)로 구분되기를 거부하고 지구에서 재앙으로 치닫고 있는 인간문명에 대해 우리가 진지하게 사유하기를 바라는 의미로 새로운 장르인 "사색소설"(speculative fiction)이라 부르기를 원한다. 이런 의미에서 21세기 소설가 애트우드는 이야기 4인 자신의 소설에서 14세기 중세의 영국 시인 제프리 초서의 이야기 3인『캔터베리 이야기』와는 또 다른 맥락에서 이야기 1의『길가메시 서사시』와 이야기 2인 성서의「창세기」의 홍수 담론을 새롭게 재창조하고 있다고 볼 수 있다.

2. 나가며: 이야기는 영원히 늙지 않고 새롭게 다시 태어난다

『길가메시 서사시』의 대홍수 이야기의 우트나피쉬팀은 그 후 유대 성서의 「창세기」에서 유대의 유일신 여호와 하나님이 내린 명을 받든 노아로 연결된다. 따라서 대홍수 이야기의 기원은 기록상으로 보아 「창세기」가 처음이 아니라 이보다 훨씬 앞선 『길가메시 서사시』임을 알 수 있다. 이를 토대로 볼 때 서양문학 또는 세계문학의 원천(시작, 기원)은 이미 많은 연구 결과에 따라 『성서』나 『일리아드』와 『오디세이』가 아니라 『길가메시 서사시』가 되어야 한다. 또한 이야기는 시대와 지역의 필요에 따라 항상 새롭게 다시 쓰여진다. 처음으로 시작된 이야기를 "원형서사"라 부른다면, 『길가메시 서사시』는 내용이나 주제에 있어서 그 이후의 수많은 이야기들의 우두머리인 원형서사이다. 인간은 서사 충동과 서사 본능을 가진 동물로 이전의 이야기들을 토대로 하여 자신의 시대와 지역의 희망, 욕구, 필요에 따라 언제나 이야기를 변형하고 재창조한다. 이렇게 "이야기하는 동물"(homo narrans)인 인간은 다양한 이야기를 통해 문명, 문화, 역사를 만들어낸다고 말할 수 있고 이야기를 만들어내지 못하는 개인이나 집단은 지속되지 못하고 소멸될 수밖에 없다고까지 말할 수 있다. 모든 문학의 원천이라고 할 수 있는 "이야기/서사"는 따라서 인간 문명의 토대라 할 수 있고 이야기는 다른 이야기를 만들어내고 그것은 또 다른 이야기를 만들어 내는 "이야기의 바다"로서의 세계 각처의 문학은 인간 문명을 지탱시키는 제일의 동력이라고 할 수 있겠다. 이런 의미에서 인류의 모든 이야기의 "시작"인 『길가메시 서사시』의 세계문학사적인 의미는 크다고 하지 않을 수 없으리라.

2장 T. S. 엘리엇의『거룩한 숲』『황무지』 『문화론』함께 읽기

— 환경생태 사상을 찾아서

[러디어드 키플링의] 작품에서 가장 중요한 것은 땅에 의지해 사는 사람
들에 대한 키플링의 비전이다. 그것은 기독교적 비전이 아니고 적어도 이교
도적 비전이다. —물질주의적인 견해에 대한 부정이다. 왜냐하면 … 재수립
되어야 하는 것은 자연과의 조화에 대한 통찰력이기 때문이다. 그가 전달하
고자 노력하는 것은 다시 말해 농업개혁프로그램이 아니라 산업화된 마음
은 이해할 수 없는 견해이다.

— *On Poetry and Poets*, 250쪽

1. 들어가며: 근대적 산업화를 위반하며

오늘날 인류의 문명 세계가 미증유의 생태계 교란과 환경 위기에 빠져 있
다는 말은 너무나 흔하고 진부해서 이제 우리는 위기를 위기로 느끼지 못하
면서 살고 있다. 환경생태 위기에 대한 무지한 낙관주의와 부도덕한 해이의
시대에 왜 지난 세기의 시인 T. S. 엘리엇을 다시 찾는가? 우리는 오늘날 20
세기 전반부 세계 문단에 커다란 영향을 끼친 엘리엇을 모더니즘의 혁신적
인 시를 쓰고 신비평을 유행시킨 장본인으로 그리고 후일 종교로 귀의한 그
효력이 이미 끝나버린 보수주의 문인으로 치부해버린다. 그러나 엘리엇은

우리의 예상과는 달리 20세기 초 구미의 지나친 산업화, 도시화, 상업화 등에 따른 자연과 인간의 유리 등 환경생태 문제에 각별한 관심을 가진 문학 지식인이었다. 이 글은 20세기 초반 유럽 문명의 황무지적 상황에 대한 엘리엇의 논의를 다시 반추함으로써 시, 비평, 문화의 영역에서 엘리엇의 생태학적 상상력을 타작해내고자 한다.

엘리엇(T. S. Eliot)은 1933년 가을 미국 남부의 버지니아 대학교에 초청받아 페이지-바버(Page-Barbour) 강연으로 세 편의 글을 발표했다. 그 강연은 그 이듬해 영국에서 『이신을 쫓아서: 현대 이단 서설』(*After Strange Gods: A Primer of Modern Heresy*)이란 제목으로 출간되었다. 이 책은 엄청난 파장을 일으켰고 엘리엇 자신도 출판을 금지시켰다. 그러나 필자는 오늘 이 글을 그 책의 논의로부터 시작하고자 한다. 엘리엇은 1934년 1월에 런던에서 쓴 머리말에서 전년도에 강연한 버지니아 대학교에 대해서 "전통적 교육의 흔적이 남아 있는 미국 교육기관 중 오래되고, 작고 아주 우아한 곳 중 하나"(14쪽)로 평가하면서 다음과 같이 자신의 희망을 밝히고 있다.

> 나는 그러한 기관들이 과거와의 소통을 유지하기 위해 격려할 수 있기를 바란다. 왜냐하면 그렇게 함으로써 그 기관들이 소통할 가치가 있는 미래와도 소통을 유지할 것이기 때문이다. (14쪽)

엘리엇은 남부의 유서 깊은 버지니아 대학교 같은 교육기관이 "과거"와 교통을 하고 "미래"의 기획과도 연계하기를 바란다고 천명하고 있다. 결국 그는 인간과 자연 간의 오래된 소통을 부활시키고 새로운 소통을 창출하려고 노력하는 것이다.(*The Sacred Wood*, viii쪽)

엘리엇은 첫 번째 강연의 서두에서 1919년에 발표한 「전통과 개인의 재능」에서 다루었던 "전통"의 문제를 다시 제기하면서 특히 남부의 "농본 운동"(agrarian movement)에 깊은 관심을 보여준다. 엘리엇은 뉴잉글랜드의 보스턴에서 뉴욕으로 여행하면서 산업화의 확장으로 변해버린 환경에 놀랐다고 고백한다. 뉴잉글랜드 산들의 생태학적 교란의 역사를 원시림에서, 양목초지, 그리고 은행나무나 자작나무 숲에서 제재소, 제조공장으로 쇠락의 과정으로 파악한 그는 뉴잉글랜드보다 아직 산업화라는 블랙홀에 빨려 들어가지 않은 풍요로운 땅 버지니아에서 토착문화를 다시 수립할 가능성이 더 높다고 언명한다.

엘리엇은 경제적 결정론은 오늘날 우리가 경배하는 신이 되었다고 탄식하며 남부의 신-농본주의는 오래전에 사라진 희망 없는 대의명분이 아닐까 하고 우려하면서 전통이 부활되거나 수립되는 것의 어려움을 토로하였다. 엘리엇은 동시에 오래된 맹목적인 전통에 매달리는 것은 중요한 것과 비본질적인 것, 실제적인 것과 감상적인 것을 혼동할 위험이 있고 전통을 움직일 수 없는 것으로 간주하고 변화에 적대적인 것으로 만들어버리는 것의 위험성을 지적하였다. 나쁜 전통도 있지만 최상의 전통도 있다. 여기에서 비판적 자세가 필요한 것이다. 우리는 좋은 전통은 가려서 받아들이고 회복시켜야 한다.

> 우리는 열등한 종족들에 대한 우리의 우수성을 주장하기 위해 전통에 매달려서는 안 된다. 우리가 할 수 있는 일은 지성이 없는 전통은 유지할 가치가 없다는 것을 염두에 두고 우리의 정신을 사용하여 정치적인 추상체가 아니라 특정한 장소에서 특정한 종족으로서 우리에게 최선의 삶이 무엇인가를 찾아내는 것이다. 다시 말해 과거에서 보존할 가치가 있는 것이 무엇이며 거부되어야 할 것은 무엇인가이다. 그리고 어떤 상황이 우리가 사용할 수 있는 힘의 범위 안에서 우리가 바라는 사회를 부양해야 하는가이다. … 도시와 농촌, 산업 발전과 농업 발전이 적절한 균형을 유지해야 한다. … 또한 우리는 … 지방자치정부는 언제나 가장 항구적이어야만 하고 국가의 개념이 결코 고정되거나 불변적이 아니라는 사실도 잊어서는 안 될 것이다. (*After Strange Gods*, 19~20쪽)

엘리엇은 이 글에서 도시, 전원, 산업과 농업의 균형적 발전의 저해를 걱정하고 있으며, 국가 개념도 결코 고정적이고 불변적이 아니라고 말하면서 작은 단위의 지역사회의 중요성을 강조하고 있다. 이는 오늘날의 생태학자들의 표어인 "작은 것은 아름답다"라든가 "전지구적으로 사고하자, 그러나 행동은 지역에 알맞게 하자"와 맥을 같이한다고 보아도 과언은 아닐 것이다.

근대의 다른 이름인 산업주의와 자본주의는 근대 이전의 농경 주도의 전통적 사회로의 복귀에 의해서 광정될 수 있을 것이다. 여기가 "과거"의 전통이 "미래"의 탈근대와 만나는 지점이다. 탈근대는 전근대의 일부를 포함하기 때문이다. 따라서 전통은 탈근대의 새로운 가능성을 담보해 줄 수도 있는 것이다.

> 전통은 직접적으로 목표를 삼을 것이 아니라 올바른 삶의 부산물로 간주될 수 있다. 전통은 말하자면 두뇌보다는 피와 관계가 있다. 전통은 과거의 활력이 현재의 삶을 풍요롭게 만드는 수단이다. 피와 두뇌가 협동해야 사상과 감정이 화합이 된다. (30쪽)

전통이란 올바르게 살다 보면 생기는 부산물이 되어야지 문화처럼 의식적으로 노력해서 만드는 것이 아니다. 사상과 느낌의 화합이 그러하듯이 과거의 생명력은 현재의 삶을 윤택하게 만드는 것이다. 엘리엇은 전근대적인 전통이 "오래된 미래"로서 근대의 산업화와 자본주의에 저항하는 생태 문화 윤리를 세울 수 있다고 믿고 있다.

1) 『거룩한 숲』에 나타난 문학의 생태학

T. S. 엘리엇도 세계 1차 대전(1914~1919) 직후 1920년에 첫 평론집 『거룩한 숲』(*The Sacred Book*)을 출간했다.[1] 어떤 학자로부터 20세기 문학 비평

---

1) 왜 엘리엇은 평론집의 제목을 이렇게 지었는가? 엘리엇은 당시 지성계에 심대하게 영향을 끼쳤던 제임스 프레이저의 『황금가지』(*The Golden Bough*, 1890~1911년, 전12권)에 나오는 "성스러운 숲"을 지키는 "숲의 왕"의 전설에 대한 이야기에서 이 제목을 가져온 것이 분명하다. 세

의 "성서"(the sacred book)라고 불린 이 책의 재판 서문에서 엘리엇은 무엇보다도 문학(시)의 본체론적인 자족론과 유기체론을 주장하고 있다. 엘리엇은 시는 시 자체로서 생명을 가진 것으로 보아야지 다른 것으로 보아서는 안 된다고 주장한다. 시는 다른 것의 도구나 이용의 대상이 아니라 그 자체로 존재하는 개체이다. 이것은 시를 도덕, 정치, 종교, 사회, 심리학에 봉사하는 것이 아니라 개체 생명체로서 유기적 자족체로 인정하는 것이다. 엘리엇에게 시는 식물과 같은 유기체이다. 시는 녹색식물이다. 태양에서 나와 우주를 떠도는 창공의 자유로운 에너지를 잎을 통해 받아 대지의 뿌리와 줄기를 통해 물과 양분을 끌어올려 놀라운 광합성 작용을 통해 지구의 모든 생명체의 먹이인 "엽록소"를 만들어낸다. 이것은 시가 창조되는 과정과도 유사할 뿐 아니라 문학 자체가 생태학이라고 해도 과언이 아니다. 녹색식물인 문학을 통해 사람과 자연은 서로 교통하고 통합된다. 문학은 자연의 무늬(紋)이다. 삼라만상이 상호침투적이고 상호소통하는 관계의 망을 형성하는 것이 바로 자연의 생태학적 존재방식이다. 인간과 자연은 분리될 수 없고 이미 언제나 하나이다. 이러한 천인상감(天人相感)에 따라 인간은 언어, 시, 문학을 통해 자연과 소통하고 조화를 이루고 하나가 될 수 있는 것이다. 이런 의미에서 문학은 생태적이다. 문학은 이제 자연에 이르는 길이요, 자연은 문학을 통해서 그 모습을 드러낸다. 문학은 이제 산업화, 도시화, 상업화에 멍든 자연 속의 상생과 치유의 지대인 국립공원이다.

계1차 대전 이후의 불모의 땅이 되어버리고 숲이 사라진 유럽의 황무지 상황 아래서 재생과 부활을 꿈꾸기 위해 엘리엇은 자신을 숲의 왕으로 자임한 것일까? 엘리엇은 조이스의 소설 『율리시스』(Ulysses, 1922)의 신화적 방법을 논하면서 자신의 방법을 다음과 같이 옹호하고 있다: "신화를 사용하여 현대성과 고대성 사이의 지속적인 평행관계를 조종하면서 조이스 씨는 다른 사람들이 반드시 그를 따라야 하는 방법을 추구하고 있다. … 신화적 방법은 단지 우리 당대의 역사인 허무와 무정부라는 거대한 파노라마를 통제하고, 질서화하고 영상과 의미를 부여하는 방식이다. 그것은 예이츠 씨에 의해서 이미 암시된 방법으로 그 방법을 의식한 첫 번째 사람이 그이다. … 심리학, 민족학 그리고 『황금가지』는 불과 몇 년 전만 해도 불가능했던 것을 가능케 만들었다. 서사적 방식 대신에 우리는 이제 신화적 방법을 사용할 수 있다. 나는 그 방법이 현대세계를 예술의 소재로 가능하게 만들고 … 질서와 형태를 향한 한 단계라고 진지하게 믿는다."(Kermode, 177~178쪽)

이제부터 1920년 전후로 발표된 엘리엇의 비평문인 「전통과 개인의 재능」(1919), 「햄릿과 그의 문제들」(1920), 「형이상학파 시인들」(1921)에서 나온 비평용어들인 "전통", "몰개성시론", "객관적 상관물", "감수성의 분열"("통합된 감수성")을 생태학적 관점에서 살펴보자.

1919년에 발표된 「전통과 개인의 재능」은 20세기 전반기의 가장 중요한 문학비평문이다. 이 글은 20세기 초의 새로운 모더니즘 문학비평과 시 창작의 원리를 가장 혁명적으로 제시하고 있기 때문이다. 우선 "전통"에 대한 엘리엇의 널리 알려진 견해를 다시 들어보자.

> 전통은 좀 더 커다란 의미를 가진다. 전통은 전수될 수 없으며 만일 우리가 전통을 가지기를 원한다면 우리는 치열한 노력에 의해 전통을 획득해야만 한다. 전통은 무엇보다도 먼저 25세가 지나서도 계속 시인이 되고자 하는 어떤 사람에게도 필수적이라고 부를 수 있는 역사 감각이다. 그리고 이러한 역사 감각은 과거의 과거성뿐 아니라 현재의 과거성에 대한 지각력이다. 역사 감각은 우리에게 자신의 세대를 위해 글을 쓰게 만들 뿐 아니라 호머 이래의 유럽 문학 전체와 자신의 문학 전체가 동시적으로 존재하고 동시적인 질서를 구성한다는 느낌을 가지고 글을 쓰게 만든다. 시간성의 의식뿐 아니라 무시간성의 의식인 이러한 역사 감각은 한 작가를 전통적으로 만드는 어떤 것이다. (14쪽, 이창배 역. 이하 동일)

여기에서 전통은 "역사 감각"(historical sense)과 연결된다. 그것은 유럽 문학에서 호메로스에서부터 동시대에 이르는 동시적 질서를 인식하는 능력이다. 전통이 무너지는 시대에 "전통"은 무의식처럼 우리의 과거와 현재를 연결시켜 시인들로 하여금 새로운 맥락에서 글을 쓰게 만드는 "이념적 장치"로서의 동인(動因)이다. 개인의 재능은 전통과 분리되는 것이 아니다. 재능과 전통이 역동적인 대화적 관계를 유지할 때 살아 있는 역사를 창조할 수 있다. 따라서 전통은 억압이나 규범만이 아니라 현대/현재를 위해 언제나 열려 있는 창조의 마당이다.

"전통"은 생태학적 상상력의 추동력이다. 대체로 근대화 이전의 전근대에 대한 인식 체계인 전통은 관계론적 비개성주의에 다름 아닌 "역사 감각"을 통해 소생되고 새로운 질서를 창출한다. 엘리엇이 말하는 "동시적 질서"는 온생명 체계(생태계)이다. 개체 생명으로서의 각각의 문학작품은 각 존재들의 상호관계의 망 속에서 커다란 공동체에 편입되는 것이다. 법고창신(法古創新)의 원리가 아니겠는가? 시인 개인의 재능과 커다란 문학적 전통과의 관계는 언제나 대화적이며 상호침투적이다. 인간이란 개체 생명의 하나의 작은 고리가 어찌 거대한 자연 존재의 거대한 고리에서 이탈하여 생존할 수 있겠는가?

이 글에서 또 다른 문학이론의 원리는 유명한 "몰개성론"(Impersonal theory of poetry)이다.

> 한 예술가의 성장은 지속적이고 자기희생이며 개성의 지속적인 소멸이다. … 정직한 비평과 감식력 있는 감상은 시인이 아니라 시에 주의를 집중시킨다. … 시인은 표현해야 할 "개성"이 아니라 인상과 경험이 특별하고 예기치 못한 방식으로 조합되는 개인이 아니고 매개체에 불과한 어떤 특수한 매개체이다. … 시는 감정의 분출이 아니다. 감정으로부터의 도전이다. 시인으로부터 시로 관심을 돌리는 것은 칭찬할 만한 목적이다. … 예술의 감정은 비개성적인 것이다. (52~53, 58~59쪽)

몰개성론은 엘리엇이 혐오했던 19세기 낭만주의와 감정주의와 시를 비평하는 데 작가인 시인의 삶이 중요한 요소로 간주되는 역사주의 비평을 동시에 거부하는 것이다. 엘리엇은 "시"란 시인 자신의 감정이나 사상을 쏟아 붓는 장치가 아니라 "시" 자체의 자족적인 독립체라고 정의 내렸다. 시는 한 작가나 시대의 사상이나 이념을 매개하는 것이 아니라 시 밖의 모든 요소들과 독립되어 그 자체로 유기적인 구조를 가진 구성체이다. 엘리엇은 존재론적 의미에서 시의 고유한 정체성을 인정했다. 다시 말해 시에 독립적 지위를 확고하게 부여했다. 동시에 개성으로부터의 탈주를 통해 인간중심주의인 근대적 자아와 주체에서 벗어나 새로운 윤리적 가능성까지 보여주고 있다. 이러한 반인본주의는 타자 의식은 물론 인간 이외의 동물과 무생물(사물)과의 대화까지도 가능케 만든다. 여기서 몰개성이란 개성을 없애거나 버리는 것이 아니라 마음을 비우는 것이다. 마음을 비워야 그 사이와 틈 속으로 다른 타자들이 들어올 수 있고 그래야 모든 교류, 교환, 대화, 상호작용이 시작되는 것이다. 마음을 비우고 여는 것이 사랑의 시작이다. 사랑이란 자신의 일부를 버리고 타자를 받아들이고 타자가 되는 것이다. 녹색식물은 하나의 통과를 통해 거대한 역사를 이룬다. 태양의 빛과 땅의 물을 통과시키고 받아들여 위대한 창조를 만들어내기 때문에 몰개성이란 결국 하나의 통과이며 대화이며 창출이다.

1920년에 발표한 「햄릿과 그의 문제들」이라는 글에서 엘리엇은 셰익스피어의 비극 『햄릿』(*Hamlet*)은 걸작이기는커녕 확실하게 "예술적으로 실패작"이라고 단언한다. 실패의 원인은 셰익스피어 극작 기술과 사상이 불안한 상태에 놓여 있어서 햄릿 자신의 감정(emotion)이 혼란에 빠져서 다루기 어려운 상태로 빠져들었기 때문이라는 것이다. 이 지점에서 엘리엇은 유명한 "객관적 상관물"을 제안한다.

> 예술의 형식으로 감정을 표현하는 유일한 방법은 "객관적 상관물"을 찾아내는 것이다. 다른 말로 하면 그 특별한 감정의 공식이 될 수 있고 일련의 사물들, 상황, 일련의 사건들이다. 감각적 경험 속에서 외부적 사실들이 주어졌을 때 그 감각이 즉각적으로 환기되는 그러한 것이다. (145쪽)

객관적 상관물은 추상적인 관념으로부터의 탈주의 선이다. 좋은 시는 관념이나 사상의 재현이 아니다. 객관적 상관물은 영혼의 집인 신체로 돌아가는 것이다. 그것은 물질적 상상력이다. 그것은 사물의 미학이며 구체성의 정치학이다. 구체적 사물은 현실 세계를 환기시켜 실재를 지탱시켜주는 힘이다. 감정들을 강력하고 표현하는 능력에 의해 느낌을 살아 있게 만드는 것이다. 시인의 감정에 어떤 구체적인 대상물을 제시해야 한다는 엘리엇의 주장은 제1차 세계대전 전후의 하나의 분위기를 드러내기 위해 하나의 대상물을 환기시키는 기술로서의 "상징주의"와 지성과 감정의 복합물로서 "이미지즘"과도 연결되어 있음이 분명하다. 객관적 상관물은 사물에 대한 "직접적인 경험"(immediate experience)을 할 수 있는 장치이며, 기계이다. 엘리엇의 사물의 시학을 물성(物性)의 회복을 통해 사물 자체의 존재성을 인정하는 것이다. 근대적 인간은 사물 자체보다 관념 속에서 살아왔기 때문에 모든 사물을 일단 인간에게 이용가치가 있는 유용한 것인가를 따져서 보류한다. 이렇게 근대적 인간은 지구의 삼라만상을 이용가치의 기준에 따라 식민화 하였다. 엘리엇은 이러한 사물의 식민지화를 객관적 상관물을 통해 '탈' 식민화한다. 이 지점에서 비약이 허용된다면 엘리엇의 몰개성론이나 객관적 상관물은 삼라만상주의, 상생주의, 생물종의 다양성 인정과 생태의 문화윤리적으로 맞닿고 있다고 하겠다. 여기서 객관적 상관물이란 객관적 사물(자연)을 우리의 정서와 대화시켜 인간이 자연과의 교감을 가능케 하는 이른바 "정경교융"(情景交融)의 시학은 아니겠는가?

"객관적 상관물"과 연계된 또 다른 중요 개념은 "감수성의 분열"(the dissociation of sensibility)이다. 엘리엇에 따르면 이 용어는 17세기 영국의 존 던(John Donne)과 형이상학파 시인들에 대한 열정의 표시이다. 엘리엇은 1차 대전 이후의 시를 쓰기 위해서는 "통합된 감수성"의 필요성을 절감했다. 이 비평 개념을 설명한 글인 「형이상학파 시인」(1921)은 그리어슨(H. J. C. Grierson) 교수가 편집한 『형이상학파 시인 선집』에 대한 엘리엇의 서평 형식으로 된 글이었다. 엘리엇에 따르면 영국 시사에서 17세기 중반 이후 무렵 특히 밀턴과 드라이든 이후에 "감수성의 분열"이 생겨났다는 것이다. 그러나 엘리엇은 17세기 초의 형이상학파 시인 중의 하나인 존 던은 감수성이 분열되지 않은 통합의 상태를 지녔다고 지적하였다.

테니슨(A. Tennyson)과 브라우닝(R. Browning)은 시인들이다. 그리고 그들은 사유한다. 그러나 그들은 자신들의 사상을 장미의 향기처럼 즉각적으로 느끼지 않는다. 던에게 사상은 하나의 경험이었다. 사상이 그의 감수성을 변형시켰기 때문이다. 한 시인의 마음이 이러한 작업을 완전히 수행할 수 있을 때, 그 마음은 이질적인 경험을 끊임없이 혼합시킨다. 반면에 보통사람의 경험은 혼란스럽고, 불규칙적이고 단편적이다. 보통사람이 사랑에 빠지거나 스피노자를 읽는다. 그리고 이 두 가지 경험은 서로 아무런 관계를 맺지 못하고 또 타자기의 소리와 요리하는 냄새와도 아무런 관계를 맺지 못한다. 그러나 시인의 마음속에서 이러한 경험들은 언제나 새로운 전체를 형성한다. (287쪽)

분열된 경험들을 혼합하는 능력은 잡종의 시대인 21세기 우리 시대에도 가장 필요한 기술이다. 사상을 장미의 향기처럼 느끼는 것은 얼마나 놀라운 능력인가? 세계화 시대에는 외국 문물과의 무차별 교류 속에서 우리 정체성을 찾아낼 수 있는 능력이 중요하다. 이분법적으로 대립된 시각을 절합하는 것도 통합된 감수성의 영역이다. 쇠똥구리 냄새 속에서 지구의 삼라만상의 대연결고리를 강렬하게 느낄 수 있다면…. 과학기술과 사이버 공간을 시와 결합시킬 수 없을까? 소비 자본주의와 대중문화 시대에서 고급 예술의 가능성도 엘리엇이 17세기 초 형이상학파 시에서 찾아낸 놀라운 생태학적 상상력에 달려 있다.

감수성이 통합된 시인들은 "어떤 종류의 경험도 삼켜버릴 수 있는 감수성의 기재"를 가지고 "사상을 감성으로 직접적으로 이해"하고 "사상을 감정으로 재창조"하는 사람들이다. 문학의 문(紋)은 가슴에 무늬를 만드는 것이기도 하다. 다시 말해 가슴에 문양을 칼로 피를 흘리며 파는 것이다. 이것은 일종의 폭력이다. 예술은 자연을 우리 몸에 각인시키는 고통스러운 가해 행위이다. 문학은 자연의 무늬를 조화롭게 재현하고 평화로운 과정만은 아니다. 이런 의미에서 문학적 창조는 하나의 폭력이며 고통이기도 한 것이 아니겠는가? 이러한 고통 속에서도 창조력이 좋은 시인들만이 21세기 전 지구적 자본주의 시대의 복잡하고 다양한 문물의 현상을 치열하게 생태학적으로 재현해낼 수 있을 것이다.

> 우리 문명의 시인들은 … 난해할 수밖에 없다는 것은 개연성이 있다고 말
> 할 수 있다. 우리 문명은 엄청난 다양성과 복잡성을 포함한다. 그리고 이러
> 한 다양성과 복잡성은 세련된 감수성과 작용하며 다양하고 복잡한 결과를
> 만들어낸다. 시인들은 … 언어를 자신의 의미로 강제로 만들기 위해서 점점
> 더 포괄적이 되고 암시적이 되고 비직접적이 되어야만 한다. (289쪽)

우리는 문학을 통해 엄청난 종의 다양성을 가진 자연을 이용 대상으로만
보는 것이 아니라 그 자체의 개체 생명 가치를 인정하여 대화하고 상호 교
류할 수 있는 "통합된 감수성"을 회복시켜야 한다. 오늘날과 같은 환경생태
위기 시대에 문학의 책무는 생태학적 상상력과 교육을 통해 인간과 근대 문
명을 함께 광정하고 치유하는 것이다.

2) 『황무지』[2]에 나타난 마음의 생태학

20세기 전 세계 문단에 가장 큰 영향을 미쳤던 모더니즘의 기념비적인
시는 의심할 바 없이 1922년에 발표된 엘리엇의 『황무지』(*The Waste Land*)
이다. 이 시의 형식과 내용은 한마디로 20세기 시문학의 혁명적인 대전환을
가져왔다. 엘리엇은 이 시에서 신화와 제식의 방식을 채택하여 자연과 문명

---

2) 엘리엇은 이 시의 제목을 Jessie L. Weston의 『제식에서 로만스로』에게 빌려왔다.(12쪽) 이 시의
신화적 구조에 관한 탁월한 논의로는 이재호 교수의 논문이 있다. 이상섭 교수는 "The Waste
Land"를 "황무지"라고 번역하는 것을 틀렸다고 지적하며 "불모지"로 바꾸어야 한다고 주장한
다; 황(荒)은 잡초가 마구 자라는 것을 뜻하여 무(無) 역시 그 뜻을 나타낸다. 요컨대 갈지 않고
내버려둔 땅을 "황무지"라고 하는데 "Waste Land"는 분명히 아주 메말라 어떤 돌이라도 자라지
못하는 몹쓸 땅, 곧 '불모지'(不毛地)를 말한다.(152쪽) 필자도 이 주장에 일부는 동의하지만 지
금까지 황무지가 널리 알려졌으므로 편의상 그대로 쓰기로 한다. 그러나 이 시를 환경생태적
으로 읽는다면 waste land를 "쓰레기장(터)"으로 번역할 수도 있을 것이다. 동시에 waste land의
뜻이 어떤 의미에서 도시 주변에 잡초만 무성한 "사용하지 않고 버려지거나 놀려두는 땅"의
의미로 본다면 이상섭 교수가 주장한 '불모지'와는 정반대로 다시 잡초가 우거진 '황무지'로 볼
수 있다.

이 대화하고 조화를 이루던 시대의 풍요를 회복함으로써 1차 세계대전 이후의 서양 문명의 불모의 황무지적 상황을 비판하고 어떤 소생의 가능성을 탐구하고 있다. 기법에 있어서도 엘리엇은 과거와 현재, 서양과 동양 등 수많은 인용들을 무질서하게 병치시킴으로써 어떤 혼란스러운 근대 산업사회의 도시적 삶의 잡종적인 모습을 재현하고자 했다. 동시에 그는 그러한 생태적 무정부주의적 상황에 함몰되지 않고 자연과 인간의 조화로운 질서를 다시 꿈꾸며 모든 것을 소생시킬 수 있는 가능성을 추구하였다. 다시 말해 흔히 『황무지』가 희망 없는 현대 문명에 대한 시인의 고발이며 탄식이라고 여겨지기도 하지만 이 시에는 분명 파편화된 삶을 유기적으로 다시 통합하고자 하는 노력이 있다. 이것은 엘리엇이 상호의존적인 전 지구적 생태계 안에서 삼라만상이 주체와 객체의 이분법을 벗어나 대화하고 교류하는 상호침투적이고 상호유기적인 여럿이면서 하나인 역동적인 상호의존의 조화의 세계를 꿈꾸고 있기 때문이다.

> 4월은 가장 잔인한 달,
> 죽은 땅에서 라일락을 키워내고
> 기억과 욕망을 뒤섞으며
> 봄비로 잠든 뿌리를 뒤흔든다.
> 차라리 겨울은 우리를 따뜻하게 했었다. (이창배 역, 이하 동일)

위의 인용은 466행의 장시인 『황무지』의 시작 부분이다. "주검의 매장"이란 제목이 붙은 제1부의 이 첫 부분에서 엘리엇은 봄이 되어도 만물처럼 다시 소생되지 못하는 고통을 노래하고 있다. 어린 싹이 그 차가운 땅을 뚫고 지상으로 올라오는 것은 얼마나 어렵고 고통스러운 일인가? 이것은 또한 하나의 작은 폭력이기도 하다. "나다", "살다", "기르다"의 뜻을 가진 "생"(生)이라는 한자의 자원은 상형으로 풀의 싹이 땅 위로 솟아 나오는 모습에서 온 것이다. 봄에 녹색식물의 새순이 땅 위로 나오지 못함은 바로 지구상의 모든 생명의 죽음에 다름 아니다. 1차 대전 후 서구 황무지의 인간들에게 4월은 봄이 와도 새로운 삶을 시작하지 못하는 "가장 잔인한 달"이 될 수밖에 없다.

> 이 엉겨 붙은 뿌리들은 무엇인가? 돌더미 쓰레기 속에서
> 무슨 가지가 자란단 말인가? 인간의 아들이여.
> 너희들은 말할 수 없고, 추측할 수도 없어, 다만
> 깨진 영상의 무더기만을 아느니라. 거기에 태양이 내리쬐고
> 죽은 나무 밑엔 그늘이 없고, 귀뚜라미의 위안도 없고
> 메마른 돌 틈엔 물소리 하나 없다.

황무지의 주민들이 볼 수 있는 것은 "돌더미 쓰레기", "죽은 나무", "메마른 돌"뿐이다. "나뭇가지"는 자라지 못하고 "그늘"도 없고 "귀뚜라미의 위안"도 "목소리 하나"도 없다. 오로지 불모지의 파편들만이 있을 뿐이다. 봄과 더불어 함께 오는 동식물의 활동도 생명의 원천인 물도 없다. 대니얼 키스터 교수는 황무지의 상황을 앞서 지적한 "객관적 상관물"과 다음과 같이 연계시킨다: "『황무지』의 황폐한 시적 풍경은 인간 경험과 자연현상 사이에 많은 원형적 상관물로부터 만들어진 메마른 인간 상호관계에 대한 객관적 상관물을 이룬다."(14쪽)

인간은 근대화를 고도로 산업화되고 상업화된 도시에서 자연과 소외된 고달프고 척박한 삶을 이어가고 있을 뿐이다.

> 비실재의 도시,
> 겨울날 새벽 갈색 안개 속으로
> 군중이 런던교 위로 흘러간다, 저렇게 많이,
> 나는 죽음이 저렇게 많은 사람을 죽게 했다고는 생각지 못했다.
> …
> 자네가 작년에 정원에 심었던 시체에선

싹이 트기 시작했던가? 올해에 꽃이 필까?
아니면 갑자기 서리가 내려 그 꽃밭이 망쳐졌는지?

런던으로 대표되는 황량한 "도시" 생활의 모습이다. 도시의 인간들은 본질적인 것을 이룰 수 없는 "비실재적"(unreal)인 상황에서 자연과 유리된 자아의 주체성을 박제당한 채 유령처럼 "갈색 안개 속"에서 살아간다. 그들은 죽음 속에서 삶을 사는 사람들이다. 농경사회에서 봄의 제사인 식물제는 전 세계적인 공통의식이다. 겨울 뒤의 봄은 자연이 소생하는 과정이다. 그러나 시인은 황무지화된 도시적 삶 속에서 봄의 소생을 확신하지 못하고 있다. 시체(죽음, 겨울)에서 다시 싹이 트고 꽃이 될 것인가? 아니면 서리로 인해 이 모든 것이 망쳐질 것인가? 이처럼 근대 산업 문명에서의 모든 죽음은 자연의 순환의 원리에 거슬러 재생으로 이어지지 못한다.

제2부의 소제목은 "장기 두기"이다. 이 제목은 르네상스 시대의 극작가 토머스 미들턴(1570~1627)의 작품 『여성은 여성을 조심하라』의 제2막 2장에서 주인공이 어느 미망인을 장기놀이에 열중하도록 해놓고 자신은 바로 옆방에서 그 미망인의 수양딸을 끈질기게 유혹하는 내용에서 따온 것이다. 제2부는 따라서 여성의 장이며 능욕당하는 여성의 모습을 그리고 있다. 무의미하고 공허한 삶을 영위하는 유한계급의 여성들과 뒷골목 술집에서 몸을 파는 타락한 하류계급의 여성들이 등장한다. 풍요와 생성의 상징인 여성성이 타락하는 것은 여성적 원리의 쇠락이다. 이 시에서 겁탈당하거나 폭행당하는 여성은 착취당하는 여성이다. 그리고 능욕당하는 여성은 파괴되고 착취당하는 여성에 다름 아니다. 인간이 자연을 착취하고 파괴하듯 여성이 남성에게 능욕당한다는 의미에서 여성과 자연은 가부장제 근대문명에서 모두 타자들이다. 시인은 여기에서 여성성이 무의미하게 취급되고 여성성인 풍요와 재생의 역할이 박탈되고 있는 우리 시대의 문명을 슬퍼하고 있다. 지나치게 남성화된 근대의 개발 문명, 경쟁 문화를 광정하고 치유할 수 있는 건강한 여성적 원리를 어떻게 회복시킬 수 있을 것인가?

제3부인 "불의 설교"에서도 대도시의 한구석에서 외롭고 무의미한 "여인"들의 생활이 다음과 같이 묘사되고 있다. 저녁 후 남자친구와의 기계적인 성행위를 끝낸 도시의 한 여인은 무료할 뿐이다.

> 여자는 돌아서서 잠시 거울을 들여다본다.
> 떠나간 애인의 생각은 이제 거의 없이.
> 하나의 희미한 생각이 여자의 머리를 지나간다.
> "자, 이젠 끝났다. 끝나서 기쁘다."
> 아름다운 여인이 어리석은 행동에 몸을 빠뜨리고,
> 혼자서 다시 방 안을 거닐 때에,
> 기계적인 손길로 머리를 쓰다듬고,
> 축음기에 레코드를 거는 것이다.

이러한 남녀 간의 사랑에는 어떤 재생과 구원의 의미가 있을까? 무의미하고 공허하여, 쾌락마저 없는 성만이 남아 있을 뿐이다. 황무지에서 인간과 자연과의 관계가 무너졌듯이 남자와 여자 사이에 원초적 사랑의 작업은 사라져버렸다.

"물에 의한 죽음"이라는 제목이 붙은 4부에서 시인은 풍요신의 매장의 신화를 제시하고 있다.

> 페니키아 사람 플레바스는 죽은 지 2주일,
> 갈매기 울음도 깊은 바다의 물결도
> 이득도 손실도 다 잊었다.
>> 바다 밑의 조류가
> 소곤대며 그의 뼈를 줍는다. 솟구쳤다 가라앉을 때
> 그는 노년과 청년의 뭇 층계를 지나
> 소용돌이에 휩쓸렸다.

물에 빠져 죽은 플레바스는 과연 생명의 원천이고 창조의 바다 속에서 재생할 수 있을 것인가? 그러나 시인은 부활의 가능성을 애매하게 암시할 뿐이다.

제5부 「우레가 말한 것」은 우리가 주목할 부분이다. 우레 즉 천둥소리는 풍요의 상징이다. 왜냐하면 우레는 비의 예고이기 때문이다. 물은 생명과 위안의 원형이 아닌가? 그러나 황무지에는 또다시 물이 없다. 물이 없다는 것은 풍요와 생산이 없는 황폐한 자연의 모습이다.

> 여기엔 물은 없고 다만 바위뿐
> 바위 있고 물은 없고 모래길뿐
> 이 길은 꾸불꾸불 산속으로 올라간다
> 이 산은 물 없는 바위산
> 물이 있다면 우리는 발을 멈추고 마실 것인데
> 바위틈에서 우리는 멈출 수도 없고 생각할 수도 없다.
> 땀은 마르고 발은 모래에 파묻힌다.
> …
> 여기에서 우리는 설 수도 누울 수도 앉을 수도 없다.
> …
> 다만 금 간 흙벽집 문에서
> 시뻘건 음산한 얼굴들이 비웃으며 소리지른다.

물이 없어 나무도 없고 모래뿐인 바위산에서 우리는 서거나 눕거나 앉거나와 같은 기본적인 생활을 할 수 없다. 물론 어떤 위안이나 즐거움도 없다. 이 바위산은 도시의 삭막한 아파트촌인가? 근대의 개발 윤리와 진보 신화에 침윤된 이 황폐한 바위산에서 목 타게 비를 기다리는 우리를 구원하고 치유할 성배 기사는 언제 올 것인가?

그러나 이제 어떤 소리가 들린다. 그것은 여성의 슬픈 웃음소리이다.

공중에 높이 들리는 저 소린 무엇인가
모성적인 슬픔의 웃음소리
끝없는 벌판 위에 떼지어 가는 후드를 쓴 군중들은 누구인가
다만 팽팽한 지평선에 에워싸여
갈라진 대지에서 고꾸라지며 가는 그들은 누구인가?
산 너머 저 도시는 무엇인가
보랏빛 대기 속에 개지고 다시 서고 터진다.
무너지는 탑들
예루살렘 아테네 알렉산드리아
비엔나 런던
비실재의

이번에 여성은 어머니이다. "모성적인 슬픔의 웃음소리"는 개발과 착취로 황폐화된 자연의 통곡 소리이다. 자연은 어머니-자연(mother nature)이 아닌가. 여기서 자연 = 어머니 = 대지의 등식이 성립된다. 자연은 우리의 집이고 어머니는 그 집의 살림을 꾸린다. 앞서 지적했듯이 모성은 "죽임"이 아니라 잉태, 출산, 양육, 돌봄, 다시 말해 "살림"이다. 그러나 그 모성은 전쟁, 경쟁, 개발, 탐욕이라는 가부장제의 남성 원리에 의해 파괴되어 위기에 빠진 문명을 위해 지금 울고 있다. "떼지어 가는 후드를 쓴 군중들은" "고꾸라지며" 간다. 그 군중들 속에 바위산 너머 자연과 격리되어 있는 유령과 같은 ("비실재의") 도시들은 자본의 욕망과 개발논리에 따라 "무너지고", "깨지고", "다시 서고", "터진다." 신흥 도시도 말할것도 없겠지만 역사적으로 세계의 대도시들도 모두 마찬가지이다. 엘리엇의 시대보다 오늘날의 도시들의 모습은 더 기괴하다. 지탱 불가능할 정도로 비대해졌고 오염된 대기와 먹을 수 없는 강(물)이 흐르고 자본가들의 비인간적인 음모와 개발중독자들의 광기가 난무하고 있다. 이 대도시는 지상의 낙원이 결코 아닌 지상의 지옥으로 변해갈 뿐이다. 남성적 원리에 의해 파괴된 대지의 살림을 맡고 있는 모성은 "슬픈 웃음소리" 이외는 무슨 일을 할 수 있을까? 문명 타락의 환

유로서 대도시는 이제 여성적 원리에 의해 대지와 자연과 더불어 다시 살아날 수 있을 것인가?

이 시의 말미에 가서 시인은 재생의 가능성이 희박한 서양을 버리고 인도로 떠난다. "동양으로의 대전환"이다. 이것은 분명 좋은 적극적인 "오리엔탈리즘"일 것이다.

> 갠지스 강은 바닥이 나고 축 늘어진 나뭇잎들이
> 비를 기다렸다, 멀리 히말라야 산 위에
> 먹구름이 몰렸다.
> 밀림은 말없이 허리를 굽혀 웅크리고 있다.
> 그때 우레가 말했다.

비를 기다리던 메마른 강과 나무들은 이제 히말라야 산 위의 "먹구름"을 보았다. 비는 곧 내릴 것이다. 이제 "밀림"은 조용히 공경심을 가지고 비를 기다린다. 그때 우레가 말한다.

> 따
> 주라 우리는 무엇을 주었던가?
> 친구여! 가슴을 뒤흔드는 피
> 분별 있는 나이의 사람도 삼갈 수 없는
> 일순간에의 굴복 그 엄청난 과감성
> 이것으로 이것만으로 우리는 생존해왔느니라
> …
> 따
> 동정하라, 나는 언젠가 문에서
> 열쇠가 도는 소리를 들은 일이 있다, 단 한 번
> 우리들은 각자 감방에서 열쇠를 생각한다.
> 열쇠를 생각하며 각자 감방을 확인한다.
> …

따

자제하라, 배는 돛과 노에 익숙한

선원의 손에 호응하여 가벼이 움직였고

바다는 평온했다, 그때의 마음도 부름을 받았을 때엔

즐거이 순종의 고동 울리며

그저 조종자의 손에만 응했으리라.

엘리엇은 이 말미에 오기 전까지는 자연과 격리된 황무지적 운명과 극도로 인위적인 불모성을 소개했다. 그러나 시인은 동양으로 선회하면서 이 모든 병폐적 문제들의 근원은 결국 "'사람의 마음'에 있음을 선언한다." 이른바 "마음의 생태학"[3]으로의 초대인가? 시인이 여기에서 기대고 있는 힌두교의 교리는 "불이론(不二論)"이다. 모든 것은 이분법적 대립이 아니라 하나라는 것이다. 자연과 문명, 자연과 인간, 인간과 사회, 인간과 인간 등은 서로 상호침투적이고 상호의존적이다. 인간이 결국 닫힌 자아를 열고 주체를 자제하면서 자연, 인간, 동물 등의 타자들에게 주고 동정하면 재생 없는 죽음의 덫에 걸린 인간의 근대 문명을 소생시킬 수 있을 것이다. 도시적 황무지를 밀림의 녹지로 만드는 것은 결국 비(물)이다. 비를 가져다주는 우레가 우리에게 제시하는 해결책, 다시 말해 주라, 동정하라, 자제하라는 가르침을 통해 현재 지구를 경영하는 인간의 마음을 바꾸라는 충고를 우리는 거부할 수 있을 것인가.

만일 우리가 히말라야 산 위 우레가 말하고 있는 힌두 가르침을 따른다면 어떤 일이 일어날 것인가? 우레는 지금 먹구름을 준비하고 있을지도 모른다.

낚시질했다, 뒤엔 나는 강가에 앉아

최소한 내 땅이나마 정돈할까?

런던교가 무너진다. 무너진다. 무너진다.

---

3) 이 용어는 필자가 Gregory Bateson의 *Steps to an Ecology of Mind*의 결론에서 가져온 것이다.

"그리고서 그는 정화의 불 속에 뛰어들었다"
"언제 나는 제비처럼 될 것인가"—제비여, 제비여
"폐허의 탑 안의 아키턴 왕자"
이러한 단편으로 나는 나의 폐허를 지탱해 왔다.

시인은 드디어 비온 뒤 물이 풍성한 강가에 앉았다. 메마른 벌판과 황폐한 도시는 뒤로한 채 낚시질하는 것은 풍요의 상징인 물고기를 낚기 위함이다. 이제 황무지화되었지만 "최소한 내 땅이나마 정돈"한다는 것은 적어도 자기가 사는 지역만이라도 포기하지 않고 절망하지 않는다는 말일 것이다. 이렇게 되어 황무지적 도시의 상징인 런던 다리는 사라지기를 희망할 수도 있다. 이제 시인은 좀 더 적극적이 된다. 재생의 불은 정화의 불 속에 뛰어들어 더럽고 병든 근대 문명을 모두 태워버리고 새롭게 부활하려 한다. 그리고 예수의 십자가 위를 날았던 새로 부활을 상징하는 새가 되기를 기대한다. 지금까지의 이러한 몇 개의 작은 가능성들("단편")은 아직도 "황무지"라는 "폐허의 탑" 안에 갇힌 시인을 지탱시켜주는 ("지탱 가능한"?) 현재로는 유일한 소중한 지주이다.

시인은 다시 우레의 가르침을 다시 한 번 확인하면서 힌두교의 축복하는 말로 끝을 맺는다. 인간 문명의 모든 문제는 결국 결자해지의 차원에서 인간의 마음에서 해결책이 나와야 한다. 이것이 바로 엘리엇이 바라는 "마음의 생태학"이다.

그러면 당신 말씀대로 합시다.
주라, 동정하라, 자제하라,
샨티 샨티 샨티

3) 『문화론』에 나타난 문화의 생태학

엘리엇은 영국 성공회로 개종한 1927년을 기점으로 종교적인 시를 많이 썼으나 후년에 가서는 문화, 종교, 교육에 관한 글을 많이 썼다. 특히 세계 2차 대전 중인 1943년에 잡지에 발표했다가 1948년에 간행된『문화론』(*Notes Towards the Definition of Culture*)에서 문화에 대한 자신의 생각을 소상히 밝히고 있다. 우선 엘리엇의 "문화"의 개념을 살펴보자. 그의 문화의 개념은 그보다 앞선 19세기의 선배 문인이며『문화와 교양』(1869)을 펴낸 매슈 아널드의 고급문화에 집중된 문화개념과는 달리 훨씬 광범위한 인류학적 개념에 의지하고 있다.

> 나는 '문화'라는 말을 제일 먼저 인류학자들이 의미하는 것, 즉 어떤 일정한 장소에서 공동생활을 영위하는 어떤 특정한 사람들의 생활방식을 의미하는 것으로 본다. 그런 문화는 그들이 만드는 예술, 그들의 사회제도, 그들의 풍속 · 습관, 그들의 종교 가운데서 구체화하고 있다. 그러나 이러한 것들을 한데 모아놓기만 해서는 문화가 구성되지 않는다. 우리는 다만 편의상 그런 것들을 문화의 내용인 것같이 말하고 있을 뿐이다. 이러한 것들은 인간의 신체가 해부될 수 있는 것처럼, 하나의 문화를 해부한 결과 거기서 나타나는 각 부분에 지나지 않는다. 그러나 마치 한 인간은 그의 신체 각 구성 부분의 집합 이상의 어떤 것인 것같이, 하나의 문화도 그 예술 · 습관 · 종교적 신념 이상의 것이다. 이러한 것들은 서로서로가 작용을 미치고 있다. 그리고 그 중의 하나를 완전히 이해하기 위해서는 그 전부를 이해하지 않으면 안 된다. … 그러나 하나의 건전한 사회에 있어서는, 이것들은 모두 동일한 문화의 각 부분에 지나지 않는다. 그리하여 예술가도 시인도 철학자도 정치가도 노동자도 하나의 문화를 공유하는 것이다. (120쪽, 김용권 역. 이하 동일)

이러한 문화에 대한 정의는 고급문화 개념에 집착했던 동시대의 F. R. 리비스와는 다르고 후속 세대에 속하는 레이먼드 윌리엄스의 포괄적인 문화론과는 아주 유사하다. 다시 말해 한 사람이 속하는 지역사회의 생활방식, 습관, 종교, 전통 모두를 포함하는 개념으로 1980년대에 부상된 "문화학" 또는 "문화연구"(Cultural Studies)에서 제시하는 문화 개념과도 또한 유사하다.

요컨대 엘리엇의 문화 개념의 요체는 부분과 전체의 조화의 상관관계를 강조하는 유기체적인 성격에 있다. 엘리엇의 문화들이 종교의 우위 주장과 유럽문화의 통일성과 나아가 유럽중심주의를 주장하는 혐의를 벗을 수 없으나 이 자리에서는 주로 일반적인 문화론만을 논의하기로 한다. 엘리엇은 결국 "문화란 삶을 살 만한 가치가 있는 것으로 만드는 것으로 단순하게 설명될 수 있다"(『문화론』, 27쪽)고 말하면서 문화의 중요성을 강조하고 있다. 여기에서 문화란 개념은 오늘날 생태환경이란 말로 바꾸어도 무방한 최종심급의 문제이다.

엘리엇은 나아가 어떤 특정한 계급이나 집단의 문화만이 중요하고 다른 문화들을 사소하다고 말한다. 다시 말해 여러 수준의 문화들이 공존해야 한다는 것이다.

> 중요한 것은 그것이 정점에서 [저변]에 이르기까지 문화적 수준이 연속적 단계를 이루고 있는 것 같은 그러한 사회제도라야 한다는 것이다. 우리들이 기억해야 할 대한 일은 우리들이 상부의 수준이 하부의 수준보다 더 많은 문화를 소유한다고 생각하지 말고 차라리 그것은 보다 자각적인 문화, 보다 특수화한 문화를 대표하는 것으로 생각해야 하는 데 있다. 진정한 민주주의라면 이와 같은 서로 다른 문화 수준을 포함하고 있지 않는 한 그 자신을 유지할 수 없는 것이라고 나는 믿고 싶다. (『문화론』, 48쪽)

생태학의 제1원칙인 "모든 것은 서로 관련되어 있다"는 상호관계성이 엘리엇의 주장에도 들어 있다.

이와 더불어 엘리엇은 한 국가 내에서도 중앙문화와 지방문화의 상호 교류가 중요하다고 지적하고 있다. 구심적인 중앙문화와 원심적인 지방문화의 정태적인 조화 관계가 아닌 좀 더 적극적이고 역동적인 대화나 투쟁을 추천한다. 그의 말을 직접 들어보자.

사회의 제계급 간의 관계의 경우에도, 그리고 일국의 각 지역 사이의 상호관계 및 각 지역과 중앙권력과의 관계의 경우에도 거기에서 작용하는 구심력과 원심력과의 간단없는 긴장이 희구되는 것이라 할 수 있을 것이다. 이 긴장이 없다면 균형이 유지될 수 없으며, 만일 그중의 어느 한 세력이 승리를 차지한다면 그 결과는 슬픈 일이 될 것이기 때문이다. … 그러나 그 통일의 내부에 … 일국의 문화는 지리적 사회적인 여러 구성요소의 문화의 번영과 더불어 번영한다. 그러나 또한 일국의 문화도 그 자체는 보다 큰 문화의 일부분일 것이 필요하다는 것을 발견했던 것이다.

그 커다란 문화는 세계연방주의자가 기획하는 것 가운데 포함된 의미와는 별개의 의미를 가진 하나의 세계문화라는 궁극적 이상을, 아무리 실현 불가능한 것이라고 하더라도 필요로 하는 것이다. 그리고 또한 하나의 공통 신념이 없이는 각 국민을 문화적으로 결합시키고자 하는 온갖 노력도 한낱 통일성의 환영을 일으키는 데 그치고 말 것이다. (『문화론』, 82쪽)

여기에서 엘리엇은 "문화들의 생태학"("the ecology of cultures", 58쪽)이라는 용어를 만들어낸다. 엘리엇은 영국에서 중심문화와 주변문화의 관계에서 상호성이나 대화성이 결핍되면 힘을 가진 중심문화로 통합되어 다양성이 결여될 것이고, 단일하기만 한다면 그 국가의 문화는 질적 저하를 막을 수 없을 것이라 지적한다.

엘리엇은 나아가 문화란 성장해야 하는 어떤 것이라는 점은 우리가 나무를 심고 돌보고 그것이 성장하기를 기다리는 것이지 우리가 나무를 만들어 세울 수 없는 점에서 분명해진다고 말한다. 엘리엇은 유럽 문화의 건강을 위해서 각 나라의 문화의 독특성과 주체성을 유지하면서 유럽 전체 문화 체계 속에서 상호관계성을 인정하는 것이 필수적이라고 지적한다.(119쪽) 이 말은 온생명 체계와 개별 생명과의 상호관계를 중시하는 생태계의 원리를 크게 벗어나는 것은 아니다. 이러한 상호관계가 활성화될 때 어떤 한 개체 생명(인간이란 동물)이 지배하고 창궐하는 것이 아니라 온생명 체계가 전체적으로 조화를 이루며 살아가는 공생과 창조의 관계가 이루어진다. 이러한 사유 방식은 오늘날과 같은 복합문화주의가 토대가 되는 세계화 시대에 민족문화의 주체성과 위상에 대해서도 중요한 시사점을 준다. 엘리엇은 미래 세계로 여겼던 20세기 말과 21세기 시작의 시점에서 세계에서 상호의존적 관계가 중대하다고 예언하였다. 따라서 한 민족의 문화가 외래 문화를 받아들이지 않으면 고립될 것이고 자국의 문화를 주지 못하고 받아들이기만 한다면 상호성이 결여되게 된다. 이러한 상호주의의 관계에서 엘리엇은 한 전통의 쇄신, 창조 그리고 발전을 위해서 두 가지 요건을 강조하고 있다. 그 하나는 외국에서 영향을 받아들이고 주체화시키는 것이고, 다른 하나는 동시에 자국의 전통과 원천으로 돌아가 배워야 한다는 것이다.(113쪽) 이것은 생태학의 또 다른 원리인 "생각은 전 지구적으로 하고 행동은 지역적으로 하라"(Think globally, Act locally!)와 같은 맥락에서 이해될 수 있을 것이다. 이것은 바로 엘리엇이 말하는 "문화의 생태학"에 다름 아니다.

2. 나가며: 공경의 생태 윤리학을 향하여

엘리엇은 문화의 바깥 지역인 환경 문제 즉 자연과 인간의 관계 속에서 근대화와 산업화 가치에 경도된 어떤 공경심을 가져야 한다고 전제하고 이러한 공경심을 신과의 관계로 설명하고 있다. 우리가 자연을 신과 동격에 놓고 신을 공경할 수만 있다면 생태학의 최고 경지인 삼라만상주의에까지 이르는 것이 아닐까? 다음은 엘리엇의 생태학적 상상력이 가장 잘 드러나는 부분이어서 길이에도 불구하고 인용하고자 한다.

> 현대의 이교주의와 구별되는 종교는 자연에 순응하는 생활을 의미한다고 말할 수 있을 것입니다. 자연의 생활과 초자연의 생활은 기계적인 생활에 대해서는 가질 수 없는 일치점을 상호간에 가지고 있다는 것을 인정할 수 있을 것입니다. … 그러나 '자연과의 일치'라는 것을 나는 이보다 더 넓은 뜻으로 생각하고 있습니다. 대중의 희생과 사적인 이윤을 원칙으로 하는 사회

조직은 무절제한 산업주의에 의해서 인간을 왜곡하고, 자연의 자원을 고갈하게 한다는 것을 우리들은 점차로 깨닫게 되었습니다. 또한 우리들의 엄청난 물질적인 발달은 대부분 우리의 다음 세대 사람들이 고가의 희생을 지불하지 않으면 안 될 발달이라는 것도 알게 되었습니다. 현재 누구나 다 목전에 볼 수 있는 하나의 실례로서, '토지 침식'의 결과를 보아도 곧 알 수 있습니다. 상업상의 이익을 위해서 두 세대에 걸쳐 대규모로 토지를 개발했습니다. 목전의 이익은 궁핍과 황폐에 직결되어 있습니다. … 내가 말하고자 하는 것은, 자연에 대한 그릇된 태도는 어느 면에서 신에 대한 그릇된 태도를 의미하며, 그 결과는 불가피적인 파멸의 운명이 될 것이라는 것뿐입니다. 오랫동안 우리들은 기계화되고 상업화되고 도시화된 생활양식에서 우러나오는 가치만을 믿어왔습니다. 그러나 신이 우리 인간들로 하여금 이 지구상에서 생존하게 하신 영원한 조건을 우리들은 다시 똑바로 바라보아야 하겠습니다. 야만인들의 생활을 감상적으로 동경하는 것은 아니지만, 우리들이 원시적이며 미개하다고 해서 멸시하는 사회에도, 우리가 보다 높은 수준에서 본받아야 할 사회적-종교적-예술적 활동이 하나로 합치되어 있다는 것을 인정할 만한 겸손은 있어서 마땅한 일일 것입니다. 우리들은 '발전'이라는 것을 불가결한 것으로 생각하는 습관이 있습니다. … 우리가 근원으로 더듬어 내려가는 것은, 보다 커다란 정신적인 지식을 가지고, 다시 우리 자신의 위치에 돌아올 수가 있기 위해서입니다. 종교적 공포의 감각을 회복할 필요가 있다는 것은, 종교적 희망에 의해서 그것을 극복하기 위해서입니다.

(*The Idea of Christian Society*, 80~81쪽. 박기열 역)

여기에서 이성을 도구화하는 과학주의와 이익 창출을 최고의 가치로 여기는 천민자본주의와 같은 "나쁜" 근대에 대해 엘리엇은 생태학적 저항을 시도하고 있다. 엘리엇이 자연을 황폐시키는 무분별한 산업주의와 도시화를 반대한다고 해서 반동적인 보수주의자로 볼 수는 없을 것이다. 그가 책임 없는 진보 신화와 맹목적인 개발 논리에 반대하는 것은 자연과 인간의 유기적 관계를 훼손시키는 근대 문명과 문화를 반성하고 비판하자는 것이다. 이러한 근대의 근본적인 문제들을 생태학적으로 제기한다는 점에서는 엘리엇은 반동적인 보수주의자일 것이다. 엘리엇이 근대적 계몽주의에 잠재된 인간적 가능성에 대해 궁극적으로 부정적인 입장을 취하는 것은 잘못된 근대화가 자연과 삶의 유기적인 일체성을 파괴하고 다시 말해 소위 문명화 과정에서 자연의 파괴와 동시에 인공물의 절대적 증가에 따라 자연이 인간의 삶의 현장에서 멀어지기 때문이다. 결론적으로 엘리엇은 문화이론가 또는 문명비평가로서 근대 문명의 반생태적인 성격을 잘 지적해내고 있다 하겠다.

엘리엇은 인간과 자연과의 순응 문제를 단지 인간과 자연의 문제로만 보지 않고 자연을 제3의 차원인 초자연적인 차원 즉 신의 차원까지 끌어올려 논의하고 있다. 바로 이 점이 엘리엇의 자연에 대한 접근의 특이한 점이다. 다시 말해 자연을 인간과 구별되는 초자연과 연계시킴으로써 일종의 생태중심주의 또는 삼라만상주의에 이르게 하고 있다. 엘리엇은 자연을 초자연과 일치시킴으로써 근대 인간들이 불러온 생태환경적인 위기와 재앙을 인간적인 것과 분리시키려 하고 있다. 이것은 바로 인간중심주의 문화를 광정하기 위해 물질적 자연과 정신적 초자연에 의존하는 것이다. "만약 이 '초자연'이 억압되는 경우에는 … 인간과 자연의 이원성이 당장에 무너진다. 인간이 인간인 것은 인간이 초자연적인 것을 만들어낼 수 있기 때문이 아니라 그것을 인식할 수 있기 때문이다."(*Selected Essays*, 485쪽) 또한 "인간의 모든 것은 아래로[자연]부터의 발전으로 초래될 수 있거나 또는 어떤 것은 위로[초자연]부터 와야 한다. 이 딜레마를 피하는 것은 불가능하다. 왜냐하면 우리는 자연주의자가 되거나 또는 초자연주의자가 되어야만 한다. 만일 우리가 '인간'이란 단어에서 초자연적인 것에 대한 신념이 인간에게 주어온 모든 것을 제거한다면 우리는 인간을 궁극적으로 지극히 영리하고, 적응할 수 있고 그리고 장난기 있는 작은 동물에 불과하다고 간주할 수 있을 것이다."(앞의 책, 405쪽) 따라서 우리에게 가장 필요한 것은 겸손의 미덕이다. 겸손은 우리가 믿을 수 있는 유일한 지혜이다. 인간의 교만은 인간, 자연, 초자연의 삼각관계에 상호성을 무너뜨리고 지구에서 인간중심주의라는 길로 접어들게 한다. 결국 자기중심주의는 역설적으로 인간을 파멸로 이끄는 길이기도 하다. 왜냐하면 인간의 오만은 인간 자신 이외의 자연이나 초자연주의 타자와의 공감, 대화, 교류 등의 관계 맺기가 없는 메아리 없는 외침만을 만들어낼 뿐이기 때문이다.

엘리엇은 1965년 1월 4일에 세상을 떠났다. 2월 4일 런던 웨스트민스터 사원에서 기념예배를 가졌고 4월 17일에 엘리엇의 조상이 17세기에 미국으로 이주하기 전의 고향이었던 영국 서머싯 주 이스트 코커의 성 마이클 교회에 유해가 묻혔다. 그러나 엘리엇은 그보다 훨씬 전에 이곳을 방문하여 16세기를 배경으로 「이스트 코커」(East Coker)를 지었다. 아마도 이 시는 그가 꿈꾸던 생태적 낙원이 아니었을까? 그러나 그는 시의 말미에서 꿈에서 깨어나 어두운 현실에 살고 있는 우리 모두에게 다음과 같이 충고한다.

> 아, 어둡다. 어둡다. 모두 어둠 속으로 들어간다.
> 별과 별 사이의 텅 빈 공간, 공허가 다시 공허로,
> 장군도, 은행업자도, 이름난 문사도,
> 관대한 예술 후원가도, 정치가도, 지배자도,
> 훌륭한 문관들, 여러 위원회의 장들도,
> 산업계의 제왕들, 조그만 청부업자들, 모두 어둠 속으로 들어간다.
> 해도 달도 어둡고, 고다의 연감(年鑑)도,
> 주식거래소의 통보도, 이사 명부도 모두 어둠, 어둠으로 들어가,
> 그리고 우리들 모두 그들과 함께 간다. 침묵의 장의로,
> 그 누구의 장의도 아니다. 매장할 자가 없으니.
> 나는 내 영혼에게 말했다. 조용히 하라, 그리고 어둠의 내습을 받아라.
> …
> 흐르는 시냇물의 속삭임과 겨울의 번개,
> 숨어 핀 야생 백리향과 들딸기.
> 정원에서의 웃음소리, 메아리치는 환희,
> 그것은 낭비가 아니라 필요한 것이고
> 죽음과 탄생의 고뇌를 가리켜주는 것.

...

그대가 있는 그곳에 도달하자면, 그대가 있지 않을 그곳에서 빠져나가
자면.

그대는 환희가 없는 길을 가야 한다.
그대가 모르는 것에 이르자면
그대는 무지의 길로 가야 한다.
그대가 소유치 않은 것을 소유코자 한다면
그대는 무소유의 길을 가야 한다.
그대가 아닌 것에 이르자면
그대가 있지 않는 길로 가야 한다. (이창배 역)

산업화, 도시화로 인해 인간과 유리된 "자연"에 대한 엘리엇의 태도는 분
명하다. 그는 비관주의적이지만 견인주의적 입장에서 조심스러운 희망을
가진다. 그러나 엘리엇은 근대화로 훼손되고 황폐화된 자연을 버리고 순수
하고 이상적인 자연으로의 회귀만을 노래하지는 않는다. 근대화의 결과로
생겨나 우리가 살아내야만 하는 "인위적인" 자연에 대해 어떻게 마음, 문학,
문화가 환경생태적으로 개입될 수 있는가를 알아내는 것도 중요하리라는
것을 엘리엇은 우리에게 암시하고 있다.

3장 이상(李箱) 시의 형이상학적 상상력

— 기독교 이미지에 대한 시론(試論)

1. 들어가며

17세기 초반 영국 형이상학파 시인들에 대한 관심은 20세기 초가 되어서야 영국 시문학사에서 생겨났다. 이 시인들에 대한 평가는 시 속에서 쓰인 작법과 그에 따른 효과에 대해 문단이 얼마나 긍정적이냐 부정적이냐에 따라 달라졌는데, 영국의 18세기, 19세기 시단과 평단의 경우 17세기 초 형이상학파를 기이하고 부자연스러운 유파라고 무시하거나 비난하였다. 그러나 20세기 초 영국의 시단에서는 오히려 그 이전 세기인 19세기 낭만주의 시 유파들을 지성이 결핍되었을 뿐만 아니라, 감정 우위에 견고치 못한 감상주의적 시인이라며 거부하였다. 20세기 초 T. S. 엘리엇과 같은 모더니즘의 새로운 시인들은 시 창작의 새로운 원천을 17세기 초 형이상학파 시인들에게서 찾아낸 것이다. 그에 따라 지난 200여 년간이나 영국 시사에서 자취를 감추었던 형이상학파 시인들은 처음으로 화려하게 부활하게 되었다. 그렇다면 20세기 초엽의 1930년대 영국이 아닌, 수만 리 떨어진 동아시아의 끝자락인 한국에서 형이상학파 시인들은 어떤 역할을 하였을까? 이러한 논의는 꼼꼼한 비교문학적인 논의가 선행되어야 할 것이다. 필자는 이 글에서 모더니즘 시 운동이 본격적으로 시작되었던 1930년대 조선에서 시를 쓰기 시작한 이상(李箱, 1910~1937)의 독특한 시 작법과 기교를 형이상학적 상상력과 거칠게나마 비교해보고자 한다.

1930년대 한국 문단의 모더니즘을 주도했던 김기림은 1939년 『인문평론』에 발표한 글 「모더니즘의 역사적 위치」란 글에서 이상을 "최후의 모더니스트"라고 칭하며, "그는 그의 문학적인 전 생애를 통해 오직 모더니즘으로 일관하였다. 모더니스트로서 이상은 서구 지향 의식이 강했던 반전통주의자였고, 반도덕주의자였으며, 권위적 실험정신의 형식파괴주의자"(이창배, 「모더니스트로서의 이상」, 86쪽에서 재인용)라고 규정하였다. 이창배는 1976년 『심상』지에 실린 글인 「모더니스트로서의 이상」에서 이상을 "한국 최초의 모더니스트"(389쪽)라고 불렀으며, 1989년 『비교문학』지에 등재된 「1930년대 한국문학의 비교문학적 연구」라는 논문에서 한계전 등 네 명의 연구자들은 이상을 "완전한 모더니스트"라고 불렀다. 특히 이창배는 식민지 지식인이었던 이상의 "추방당한 시인의 자아의식"을 "이상 시의 모더니티"로 보고 다음과 같이 설명하였다.

> 현대시에 나타나는 불안과 공포와 고독과 우울의 감성은 대부분 시인이 처한 이러한 소외와 차단의 궁지에서 느끼는 감정이다. … 엘리엇(T. S. Eliot)이 「프루프록의 연가」에서 "나는 차라리 바다 밑바닥을 어기적거리는 게 발이나 되었으면"하고 심한 인간 소외의 고독감을 말하는 것도 그러한 감정이다. 그리고 엘리엇의 대부분의 인물들에게서 보는 속악성(俗惡性), 신경질적 불안, 좌절감 등은 모두가 그들의 생활이 사회와 유리되고 산업과 과학이 지배하는 현대문명에서 방향도 목적도 찾을 수 없는 인간의 필연적인 감성이다. 흔히 현대문명의 비평시라고 알려진 엘리엇의 「황무지」도 시인 자신은 그것을 자기의 사사로운 울분을 토로한 시라고 말하고 있는 것이다. 그는 현대 문맹의 기아(棄兒)이다. (383~384쪽)

이창배는 20세기 초 새로운 현대시의 혁명을 주도했던 영국 시인 엘리엇의 초기 주요 시들과 이상을 연계시켰는데, 여기에서 주목할 점은 현대시 전통의 창조에 있어서 엘리엇이 받은 가장 큰 영향력이 영국의 "형이상학파 시인들"로부터 기인한다는 것이다. 이 지점이 20세기 초 이상 시와 17세기 초 형이상학파 시의 접합점일는지도 모르겠다. 나아가 형이상학파 시인들과 엘리엇의 시에서 주요한 주제가 종교였다는 것은 주목할 만한 점이다. 세속 세계에서의 절망과 방황의 끝에는 언제나 초월 세계의 종교적 비전이 번뜩거리기 마련이기 때문이다.

인간의 종교와 영적 문제는 근대 이후 언제나 존재의 중심부에 존재하는 무의식의 지대인 동시에 초월적인 주변부로도 존재해왔다. 인간의 종교적 상상력이란 것이, 언제나 생로병사를 넘어서는 인간 존재의 궁극적 문제, 즉 초월적인 문제를 다루기 때문에 형이상학적 상상력과 밀접하게 관계되어 있다. 이 글에서 필자는 17세기 영국의 형이상학파 시인들의 작품 중에서 종교적(기독교적)인 주제를 다룬 시가 특히 주류를 이루는 것에 착안하였다. 지금까지 국내에서는 이상 시의 기독교적 요소에 대한 논의가 별로 없었기에, 이러한 요소에 초점을 맞추고자 한다. 17세기 초 영국의 형이상학파 시인들과 20세기 초 한국의 시인 이상은 형이상학적 기법과 종교적 주제에서 어떤 형태로든지 만날 수 있을 것이다.

2. 「이상한 가역반응」과 형이상학적 상상력

17세기 초의 "형이상학파 시인"들에 대한 특징들을 가장 탁월하게 설명해낸 사람은 18세기 후반의 영국 시인–비평가 새뮤얼 존슨(Samuel Johnson, 1709~1784)이다. 우선 그가 『카울리 평전』(*Life of Cowley*)에서 형이상학파 시인에 대해 내린 정의를 들어보자.

> 형이상학파 시인들은 서로 다른 이미지들의 결합이거나 명백하게 다른 사물들 안에서 기이한 유사성을 찾는다. 가장 이질적인 생각들이 전적으로 폭력에 의해 합쳐진다. 자연과 예술은 예를 들고 비교하고 인유되기 위해

약탈당한다. 그들의 학식은 가르침을 주고 그들의 미묘함은 놀라게 한다. … 그들의 시도는 언제나 분석적이다. 그들은 모든 이미지들을 파편으로 쪼개어 나눈다. (Johnson, 208~209쪽)

존슨은 에이브러햄 카울리(Abraham Cowley, 1618~1667)를 비롯한 형이상학파 시인들의 특징을, 이질적인 것들이 강제적이고 매우 부자연스럽게 통합되는 것(*discordia concors*)으로 파악하고 있다. 이는 형이상학파 시인들의 창작 기법의 정곡을 찌른 해석이다. 존슨은 계속해서 형이상학파 시인들의 문제점들을 자세히 논의하는데, 문학이 현실의 모방이라는 재현주의의 입장에서 보면 형이상학파 시인들의 시는 자연이나 인생을 그렸다고 볼 수 없으며, 그들의 시가 새롭기는 해도 별로 자연스럽지 못한 데다 뜻이 명확하지 않으며 적절하지도 않아, 그 시들을 읽는 독자들에게 별다른 감동을 주지 못한다는 것이다.

> 그들의 학식은 가르침을 주고 그들의 미묘함은 놀라움을 준다. 그러나 독자들은… 간혹 존경하기는 하나 별로 즐거움을 얻지 못한다. …형이상학파 시인들은 감정을 표현하거나 감동을 주는 데 성공하지 못했다. 그들의 시작품들은 전적으로 예상할 수 없고 놀라운 어떤 것을 위해 쓰이기 때문에 우리가 다른 사람들의 고통이나 즐거움을 생각하고 자극할 수 만드는 동일한 감정을 중시하지 않는다. (Johnson, 208쪽)

결국 존슨은 형이상학파 시인들이 놀라운 기상(奇想, conceit)이나 과장법 등으로 우리를 놀라게 할 수는 있지만, 그들의 시가 이성적이거나 보편적인 것을 다루고 있지 않아, 정작 그 시 속에는 정합성(어울림, decorum)이 결여되어 있다는 것이다. 여기에서 형이상학시의 가장 핵심적인 인식소는 "이질적인 것들의 기이한 결합"인데, 서로 이질적인 것을 무리할 정도로 결합시키는 것을 의미한다. 존슨은 이처럼 형이상학파 시인들의 핵심을 보았지만 그것을 부정적으로 평가하였다.

20세기 초에 와서 영국의 새로운 시 전통을 창조하고자 했던 엘리엇(T. S. Eliot, 1888~1965)은 존슨의 설명을 이어받아 좀 더 상세한 설명을 전개하고 있다. 엘리엇은 형이상학파 시인들이 "사상을 직접 감각적으로 파악하는 힘, 다시 말하면 사상을 감성으로 개조하는 힘"(319쪽)과 "사상을 장미의 향기처럼 직접 느낄 수"(321쪽) 있는 힘을 가지고 있다고 말하며, 존 던(John Donne)을 대표로 하는 그들의 특징을 다음과 같이 정의 내린다.

> 단(Donne)의 사상은 한 경험이며, 그 경험이 그의 감성을 가감수정한다. 시인의 정신이, 활동하기 위하여 완전 준비되었을 때에는, 분산된 경험을 끊임없이 통합하는데, 일반인의 경험은 무질서하고 불규칙하고 단편적이다. 시인이 아닌 사람은 연애를 하거나 스피노자를 읽기는 하지만, 이 두 가지 경험은 서로 하등의 관계를 이루지 못하며, 타이프라이터 소리나 요리하는 냄새와도 아무 관계가 없다. 시인의 마음속에서 이런 경험들이 항상 새로운 전체를 형성하고 있는 것이다. (『T. S. 엘리엇 문학비평』, 이창배 역, 321~322쪽)

엘리엇은 계속해서 "…어떤 종류의 경험이고 탐식할 수 있는 감수성의 메카니즘(기구)"(322쪽)을 상실한 "감수성의 분열"이 17세기 초 형이상학파 이후에 일어났다고 규정하고, 그 이후의 "시인들은 추리적인 것, 기술적(記述的)인 것에 반항하고, 기본적으로 감수하고 균형"을 잃은 채 "명상"만 하여 시를 만드는 일에 실패했다는 것이다.(322~323쪽)

엘리엇이 새뮤얼 존슨의 정의를 확장시킨 것은 사실이지만, 그는 존슨의 비평을 배격해서는 안 되며 "반대하기에는 위험한 인물"(326쪽)이라고 말하는 동시에, 존슨 논의의 핵심을 '통합'이라는 말로 비켜가고 있다. 또한 그는 유럽에서 발발한 1차 세계대전의 결과로 생긴 무질서와 아노미 현상을 치유하기 위해 이질적인 요소들의 통합을 성급하고 지나치게 강조함으로써, 이질적인 요소들 간의 역동성과 복잡성이 약화되고 정태화되거나 단순해지는 문제를 야기시켰다. 따라서 필자의 견해로는 이상의 시를 논의하는 데 있어서 20세기의 엘리엇의 통합 이론보다는 18세기 존슨의 분열 이론이 더 설득력 있어 보인다. 이러한 비교비평적 관점에서 이상의 시를 논의하는 것은 거의 없는 것 같다.

이상의 시를 논의하는 데 있어서 "형이상학적 열정과 충동"(metaphysical passion and impulse)의 통합만을 고려할 수는 없다. 이상은 새로운 실험과 기이한 기법으로 기존의 제작 방식을 전복시키고자 했기 때문이다. 형이상학적 충동 또는 상상력의 1차적인 추동력은 복합적인 이질성으로부터의 "부자연스러움"(unnaturalness) 또는 "이상스러움"이다. 이상이 1933년 『가톨릭 청년』 7월호에 발표한 시 「꽃나무」에 나오는 "이상스러운 흉내"가 바로 이것이며 1931년 7월 『조선의 건축』지에 발표한 일본어로 된 처녀시 중 하나인 「이상한 가역반응」이 바로 그러하다.

> 이상한 가역반응.
> 임의의 반경의 원(과거분사의 시제)
> 원내의 일점과 원외의 일점을 결부한 직선
> …이 종류의 존재의 시간적 영향성
> (우리들은 이것에 관한 무관심하다)
> 직선은 원을 살해하였는가.

여기서 제시된 이 시의 시작 부분에서는 원(圓)과 점(点), 그리고 점과 점이 연결되어 생긴 선(線) 사이의 변형과 갈등 관계가 곧 "형이상학적 상상력"에 다름 아니다. 원과 점과 선은 결코 쉽사리 화합되거나 통합되는 것이 아니다. 이 셋의 공존은 언제나 부자연스러움과 이상스러움을 만들어내는 "이상한 가역반응"이 된다. 이승훈의 해설에 따르면 "'가역반응'은 A물질로부터 B물질을 생성하는 화학반응이 상황을 달리하는 경우 B물질로부터 A물질을 생성하는 것처럼 역(逆)으로 진행할 수 있는 반응"(이승훈 편, 『이상문학전집 1: 시』, 97쪽)이다. 이러한 시에서의 "가역반응" 또는 "형이상학적 충동"은 어떤 특정한 시의 유파에만 국한되는 특징들은 아닐 것이며, 거의 모든 시대의 시마다 정도의 차이는 있겠지만 본질적이고도 보편적인 특징이라고 보아도 무방할 것이다.

　이상의 시대는 우리에게 있어서 몇 겹의 상상력이 필요한 시대였다. 우선 피식민지 지식인 작가이자 시인으로서 이상은 공적인 억압을 극복하고 가난, 건강 등의 문제로 인한 개인적 좌절과 울분을 달래야 했으며, 일본제국을 통해 서구의 근대와 유럽 현대문학을 간접적으로 받아들여야 하는 서양문학 이입의 한계에 노출되어 있었다. 게다가 이상은 중국을 중심으로 한 동아시아의 고전문학 전통과 새로운 서구 문학, 그리고 한국 고유의 문학 전통 사이에서 시적 주체성의 분열의 한가운데 놓여 있었다. 이러한 통시적이며 공시적인, 복잡한 갈등과 혼성적인 상황 속에서 이상은 단순해지고 순수해질 수만은 없었을 것이다. 이러한 잡종적 갈림길에서 이상은 시인으로서 시대와 개인의 절망과 좌절을 극복하기 위해 주제와 기법, 형식과 내용 면에 있어 새로운 실험을 시도할 뿐만 아니라, 나아가 형이상학적 감수성을 발휘할 수밖에 없었을 것이다. 이상은 소설『날개』의 첫 부분과 끝 부분에서 그의 예술론이나 창작론의 일단(一段)을 잘 보여주고 있다.

　　나는 윗트와 파라독스를 바둑 布石처럼 느러놓스오. 可恐할 常識의 病이오. … 智性의 極致를 흘낏 좀 드려다 본 일이 있는 말하자면 一種의 精神奔逸者 말이요. … 나는 아마 어지간히 人生의 諸行이 싱거워서 견댈수가 없게끔 되고 그만 둔 모양이오 꾿 빠이.
　　꾿 빠이, 그대는 있다금 그대가 제일 실여하는 飮食을 貪食하는 아일로니를 室踐해보는 것도 좋을 것 같스오. 윗트와 파라독스와……
　　그대 自身을 僞造하는 것도 할 만한 일이오. 그대의 作品은 한 번도 본 일이 없는 旣成品에 依하야 차라리 輕便하고 高邁하리다.

　　十九世紀는 될 수 있거든 封鎖하야 버리오. … 人生혹은 그 模型에 있어서 띠테일 때문에 속는다거나 해서야 되겠오? …
　　나는 내 非凡한 發育을 回顧하야 世上을 보는 眼目을 規定 하얏오. (『정본

이상문학전집 2: 소설』, 262~263쪽)

이상은 여기에서 지금까지의 모든 전통과 관습을 버리고 새로운 기법을 위한 실험을 선언하고 있다. 첫 번째 인용문에서 이상이 제시하는 "윗트"(wit), "파라독스"(paradox), "아일로니"(irony)의 개념은 18세기에 중요시된 것은 물론, 오늘날의 상상력(imagination)과 거의 동일한 의미로 쓰였다. 이 개념들은 "윗트"만 제외한다면 영국 현대 문학비평사에서 중요한 용어들이기도 하다.

이 중에서 패러독스(역설)에 대해 살펴보자. 역설(paradox)은 형이상학적 감수성의 중요한 방법 중 하나로서, 그는 현실적 대응보다 "역설적 대응"을 택하였다. 김윤식의 말을 들어보자.

> 이 역설적 방법이라는 기교는 이상 문학을 규정하는 가장 핵심 개념이다. 이상 이전 한국 사회에서의 글쓰기는 사회적 목적(개혁이라든가 고발 또는 민족의식, 휴머니즘 옹호)과 밀접하게 연관되었고, 이상은 내부 공포에서 벗어나기 위한 방법으로 글쓰기를 선택하였다. 철저한 무목적적 글쓰기는 하나의 새로운 세계를 열어보였다. 이 무목적적 글쓰기는 예술의 자율성을 내세운 것으로, 세계를 '형성'으로 보는 게 아니라 '제작'의 일종으로 보는 비유기체 이론의 영역 안에 속한다. 이것이 바로 이상 문학의 새로움이다. (김윤식 외, 『우리 문학 100년』, 143쪽)

필자에게 이상의 시는 이미 언제나 "이상한 가역반응"을 일으키는 수수께끼이다. 억압적인 현실 속의 식민지 지식인이자 시인인 이상은 답답한 현실에서 조바심(불안)을 낸다. 가족 관계에서 장남으로서의 중압감, 각혈이 이미 시작된 폐결핵 말기의 공포, 건축가와 화가로서의 좌절 등 여러 난관 앞에서, 이를 극복하고 현실을 넘어서기 위해 이상은 초현실적 방식을 선택한다. 상식적인 어법의 파괴와 언어의 전도, 이질적인 것을 병치시키는 놀라운 역설의 유희, 이성과 논리의 과감한 위반과 전복, 일상적 의식을 혼란시키는 낯선 비유들의 무도회가 이상을 읽는 장애물의 고통이면서 동시에 긴장된 즐거움이기도 한다. 그는 우리의 문학에 대한 기존의 개념과 의미를 무장해제시킨다. 기존의 방식을 망각하지 않으면 이상의 시 세계는 접근 불가능하다.

1930년대 초 한국 문단에서는 마르크스적인 카프 문학이 퇴조하고 순수 문학과 예술을 위한 모임 구인회(九人會)가 시작되고 있었다. 이때 이상은 정지용, 박태원의 추천으로 구인회의 회원이 되었다. 전환기 시대의 시인 이상은 1934년 여름에 "어느 시대에도 그 현대인은 절망한다. 절망이 기교를 낳고 기교 때문에 절망한다"고 말하며 전혀 새로운 기교를 실험하기 시작했다. 절망에서 벗어나려는 이상의 기교는 새로운 언어 장치와 기이한 사유 방식을 불러왔는데, 필자에게 이상이 말하는 기교는 모순적 복합체인 현실의 시적 재현을 위해서는 이질적인 것들을 거의 폭력적으로 결합하는 "형이상학적 상상력"에 다름 아닌 것으로 보인다. 권영민은 이러한 상황을 다음과 같이 요약하고 있다.

> 이상의 문학은 그러므로 1920년대까지 한국에서 유행하던 서정시의 시적 진술법이라든지 소설의 서사 기법만으로는 이해되지 않는다. 그의 문학은 시의 낭만적 태도나 소설의 리얼리즘적 관점을 통해 이해하기에는 너무나 모호하고 그 의미가 애매하다. 그의 문학은 한국 사회의 근대화 과정에서 등장하기 시작한 부르주아 계급의 삶을 전체적으로 묘사하고 그 전망을 노래했던 방식과는 달리, 사물에 대한 보다 직접적이고 감각적인 접근법을 채택한다. 이것은 세계에 대한 인식뿐만 아니라 사물을 대하는 주체의 시각을 새롭게 변형시키기 위한 획기적인 방안이 되었던 것이다. … 1930년대 중반 이후 계급 문단의 붕괴와 리얼리즘적 경향의 퇴조에 뒤이어 등장한 문학의 모더니즘적 경향은 식민주의적 근대성에 대한 비판적 인식을 문학을 통해 문제 삼을 수 있게 되었다는 점에서 매우 중요한 의미를 지니고 있다. '시문학'과 '구인회'라는 동인 활동을 통해 구체화되기 시작한 모더니즘 문학의 경향은 정치적 이념성을 거부하고 있었다는 점에서 문학적 순수주의 또는

순수문학의 경향으로 평가된 적도 있다. 이 새로운 문학이 집단주의적 논리와 역사에 대한 과도한 전망 자체를 부인하고 있는 것은 문학이 개인주의적인 취향으로 회귀하고 있음을 의미하며, 문학적 주제 의식에서 일상성의 의미가 그만큼 중시되고 있음을 의미한다. 그러나 무엇보다도 중요한 것은 이시기에 본격적으로 문학의 매체로서의 국어에 대한 새로운 인식이 자리 잡게 되고, 언어적 기법과 문체 자체가 문학적 성과를 좌우할 정도로 강조되었다는 점이다. (「비판적 도전과 창조적 실험」, 3~4, 7쪽)

이렇게 제작된 이상의 시는 무한한 가능성을 지닌 "열린 텍스트"가 되었다. 이상의 시 세계로 들어가는 길은 수없이 많다. 따라서 그의 시는 모든 접근들을 가능하게 만들어, 의미 파악에 있어서 독자와 비평가들에게 엄청난 자유를 누릴 수 있게 허락한다. 문학의 해석은 작가 고유의 것도 아니요, 어떤 특정 비평 유파의 전유물도 될 수 없다. 어떤 작품의 의미와 중요성을 생산하는 것이 어떤 독자에 의해서도 가능하다는 점에서 매우 민주적인 작업이다. 가능한 많은 의미망을 생산해내는 작품이야말로 가장 훌륭한 작품일 것이다.

3. 순교자로서의 이상과 기독교 이미지

필자는 한 사람의 또 다른 이상 시의 독자로서 권리를 행사하여 이상의 역설적 방법은 기독교의 역설과 분명히 맞닿아 있는 부분이 있으리라고 믿는다.[1] 먼저 이상의 시 몇 편을 기독교적 시각으로 읽어보기로 한다. 이상은

---

1) 1940년대와 50년대 미국에서 문학 텍스트의 "꼼꼼히 읽기"(close reading)를 강조했던 신비평(New Criticism)의 대가였던 브룩스(Cleanth Brooks)는 모든 시의 언어는 기본적으로 "역설"(逆說, paradox)이 바탕에 깔려 있다고 파악하였다. 그는 17세기 영국의 형이상학파의 대표적인 시인이었던 존 던의 시 「성도가 되다」(Canonization)를 분석하면서 다음과 같이 언명하였다: "시인이 말하고 싶은 참으로 많은 중요한 것들이 역설(逆說)의 방법으로 말해져야 하는 이유를 생각하면 과히 놀랍지 않을 것이다. 애인들의 언어는 대부분 그러하고—「성도가 되다」는 한 좋은 예이다—"목숨을 구하고자 하는 이는 그것을 잃을 것이요", "끝난다는 것은 시작한다는 것이다" 등 과연 위대한 시의 보증이 될 만한 중요한 통찰력은 거의 모두 이런 식으로 진술돼

아마도 유신론자이기보다는 무신론자일 가능성이 크다. 혹은 그는 불가지론자일지도 모르겠다. 어떤 곳에서도 자신의 종교성이나 종교적 취향에 대해 이상 자신이 언급한 곳을 찾을 수 없으니 이렇게 추정할 수밖에 없다. 또한 이 글에서 필자가 이상의 시 몇 수를 기독교적으로 읽어본다고 해서 이상이 기독교에 경도되었다고 말하고자 하는 것은 결코 아니다. 다만 이상이 자신의 시에서 지식으로 알고 있던 기독교의 이미지를 어떻게 인유하는가를 검토해보는 것이다. 김승구는 "카페와 다방 경영의 실패 이후 구본웅 부친 소유의 '조선기독교창문사'에서의 경험이 이상이 기독교와 맺은 유일한 실질적인 관계라 할 수 있다"(김승구, 『이상: 욕망의 기호』, 163쪽)고 언명한 바 있다. 이상은 분명히 20대였던 당시 1930년대 기독교에 대해 상당히 알고 있었을 것이다. 이상이 10세 때인 1919년 3·1만세사건에서 독립선언문에 서명한 33인 중에서 반 이상이 기독교인이라는 사실 역시 알고 있었을 것이다. 당시 기독교는 19세기 말 개화기 때부터 교육과 의료 분야 등에서 조선의 근대화에 기여하고 있었고, 1910년 8월 29일 강제 한일 합방이 이루어진 국치일을 기점으로 조선의 주권이 일본제국으로 넘어간 뒤로는 조선의 해방과 독립을 위해 민족진영과 깊은 협업 관계를 맺고 있었다. 그리고 당시 명동성당 안에서 편집되었던 『가톨릭 청년』지에 그 잡지의 문예란을 책임지고 있던 독실한 가톨릭 신자인 정지용의 강력한 추천으로 이상의 여러 초기 시들이 게재된 것을 보면, 그는 기독교에 대해 그다지 큰 반감을 가지지는 않았을 것으로 추정된다.

1935년 9월에서 10월 사이에 경성고공의 동기생이었던 원용석이 기사로 근무하던 평안남도 성천을 이상은 3주 정도 방문하였는데, 그 결과로 나온

야 한다. 아이러니와 경이감이 쌍으로 반드시 따르는 역설의 특질을 제거하면 던의 시의 내용은 전기적, 사회학적, 경제적인 "사실들"로 풀려지고 만다."(225쪽) 여기에서 브룩스는 형이상학파 시인 존 던과 성경을 포함한 모든 종교적인 경전의 글이 모두 역설로 이루어졌다고 결론 내리고 있다. 형이상학파 시인들이 종교(기독교)적 인유를 많이 사용한 것도 불가피하게 역설의 방법을 차용한 것과도 밀접한 관련성을 가지고 있다 하겠다.

글이 「산촌여정」(山村餘情)이다. 이 글을 보면 교회에 대한 내용이 나온다.

> 교회가 보고십헜습니다 그래서 『예루살렘』 성역을 수만리 ㅅ더어져 잇는
> 이마을의 농민들ㅅ가지도 사랑하는 神 앞헤서 회개하고 십헜습니다 발길이
> 찬송가 소리나는 곳으로 감니다. (『정본 이상문학전집 3: 수필, 기타』, 51쪽)

이 글에서 성천 같은 시골에도 교회가 있는 것을 보면 당시 평안도 지방
에 중국 등지에서 온 기독교 개신교회들이 많이 들어섰던 것을 알 수 있다.
당시 평양은 동방의 예루살렘이라고 부를 정도로 기독교 열풍이 강하였다.
이상은 교회에 가보고 싶다고 말하며, 이곳의 가난한 농민들도 사랑하는 예
루살렘에서 온 기독교의 신, 그리고 그 신 앞에서 자신의 죄를 회개하고 싶
다고까지 말하고 찬송가 소리에 매혹되기도 한다. 그렇다고 이상이 곧 기독
교인이 된 것은 아니겠지만 위 구절은 일제 식민지 상황하에서 공인이자 개
인으로서 이상이 내놓은 기독교에 대한 의미 있는 발언이라고 할 수 있다.

이상은 1932년 11월 14일에 일본어로 쓴 시인 「習作 쇼오원도우 數点」의
마지막 연에서 폐병으로 스러져가는 자신의 육신과 그럼에도 정신이 밝아
지는 것을 다음과 같이 노래하고 있다.

> 달밤의 氣圈은 冷藏한다.
> 肉体가 식을 대로 식는다.
> 魂魄만이 달의 光度로써 충분히 燃燒한다.

소설 「날개」의 첫 부분에서 이상은 "육신(肉身)이 흐느적흐느적하도록 피
로(疲勞)했을 때만 정신(精神)이 은화(銀貨)처럼 맑소"(『정본 이상문학전집 2:
소설』, 262쪽)라고 적고 있다. 이상은 육체와 육신의 세계를 떠나 이미 혼백
과 정신의 세계인 영혼의 초월적 세계로 진입하고 있었는지도 모른다. 김승
구는 이 시를 "시간의 진행 과정을 몰락과 고통으로 파악하는 이상의 '데카

당스' 감각(김승구, 앞의 책, 159쪽)"으로 파악하고, 다음에 소개하는 시「咯血의 아침」과 연결시켜 "고난과 구원의 원초적 서사인 기독교 서사의 주인공 그리스도와의 동일시를 상상하도록 유인한다(앞의 책, 159쪽)"라고 지적하고 있다.

이상은 1933년 1월 20일에 쓴 시「각혈의 아침」에서 자신을 "가장 불세출의 그리스도"라고 여기고 있다.(『정본 이상문학전집 1: 시』, 208쪽) 이상은 왜 자신을 예수라고까지 생각하는 것일까? 순수예술의 새로운 사도로서 식민지 치하에서 생명력을 잃으며 죽어가는 시문학의 생명을 구원할 수 있는 구세주로 여기는 것일까? 아니면 1,900여 년 전에 팔레스타인 지역에서 로마의 식민지 주민들의 죽어가던 영혼을 새로운 복음으로 구원하기 위해 온갖 고난을 겪고서 결국은 십자가 위에서 비참한 죽음으로 자신을 희생시킨 예수와 동일시하는 것인가? 이상은 이제 가난, 폐병, 좌절로 인해 절망에 빠진 보잘것없고 가냘픈 자신을, 억압된 통치하의 식민지 조선에서 죽음 속의 삶을 겨우 이어가고 있는 동족들을 위해 죽음을 각오한 순교자, 혹은 구세주로 임명한 것이다. 이상은 조선의 정치적 독립을 위해 문인으로서 문학의 순교자가 되고자 한 것일까?

이상은 1934년 7월 24일부터 8월 8일까지 『오감도』(烏瞰圖)란 제하의 시 15편을 일간지 『조선중앙일보』지에 연재하였다. 발표하자마자 말썽이 많았던 『오감도』는 첫 번째 시인 「시 제1호」가 가장 유명하다.

> 13人의 兒孩가 道路로 疾走하오.
> (길은막다른골목이適當하오.)
>
> 第1의兒孩가무섭다고그리오.
> 第2의兒孩도무섭다고그리오.
> 第3의兒孩도무섭다고그리오.
> 第4의兒孩도무섭다고그리오.

第5의兒孩도무섭다고그리오.

第6의兒孩도무섭다고그리오.

第7의兒孩도무섭다고그리오.

第8의兒孩도무섭다고그리오.

第9의兒孩도무섭다고그리오.

第10의兒孩도무섭다고그리오.

第11의兒孩가무섭다고그리오.

第12의兒孩도무섭다고그리오.

第13의兒孩도무섭다고그리오.

第13人의兒孩는 무서운兒孩와 무서워하는兒孩와그렇게뿐이모였소.

(다른事情은없는것이 차라리 나았소)

그中에1人의兒孩가무서운兒孩라도좋소.

그中에2人의兒孩가무서운兒孩라도좋소.

그中에2人의兒孩가무서워하는兒孩라도좋소.

그中에1人의兒孩가무서워하는兒孩라도좋소.

(길은뚫린골목이라도適當하오.)

13人의兒孩가道路로疾走하지아니하여도좋소.

(『증보 정본이상문학전집 1: 시』, 86~87쪽)

이 시를 해석하는 데 있어서 첫 번째 문제는 "13"이라는 숫자이다. 이상과 동갑내기로 18세부터 이상의 집에 하숙했던 친구인 문종혁(1910~ ？)이 「몇 가지 異議」란 글에서 언급한 말이 이 시를 읽는 데 하나의 실마리가 될 수도 있겠다.

나는 이 시를 읽을 때마다 상(箱)과의 옛날 일을 상기하게 된다. 언젠가 그는 예수가 십자가에 못 박힐 때의 일을 상세히 얘기한 다음

그러기에 일본 사람들이 사자(四字)나 구자(九字)를 싫어하듯이 서양 사람들은 13과 금요일을 싫어하고 그러기에 서양 사람들에게는 호텔이나 병원에 13호실은 없다.

이렇게 들려주었다. 그에 '13'은 '불길(不吉)'로 통했으며 나 또한 그 영향을 받아 요즘도 식당 같은 데 가면 13번 자리는 피해서 앉는다. (김유중 외, 『그리운 그 이름, 이상』, 134쪽)

이상이 기생 출신의 애인 금홍과 헤어지고, 1936년 6월 초 신흥사에서 정식 결혼을 했던 변동림(예명 김향안)도 회고담인 「理想에서 창조된 李箱」에서 『오감도』의 본뜻에 대해서 "동양의 불길한 '까마귀'와 서양의 불길한 숫자 '13'을 구성해서, 무서운 그림을 그린 거다"(183쪽)라고 단언하고 있다. 이 회고담에 따르면 중요한 단서는 역시 예수가 십자가에 못 박혀 죽은 날이 "13일" 금요일이라는 것임이 다시 한 번 확인된다. 구인회 모임에서부터 이상과 절친하였던 1930년대 한국 모더니즘 문학 운동의 기수 김기림이 1946년 4월에 발표한 「쥬피타 추방—이상의 영전에 바침」이란 추모시에서도 몇 가지 기독교의 이미지들이 나온다.

> 쥬피타의 품안에 자빠진 비둘기 같은 천사들의 시체.
> …
> 저마다 그리스도 몸짓을 숭내내나
> 함부로 돌아가는 붉은 불 푸른 불이 곳곳에 사고만 일으킨다.
> …
> 쥬피타 승천하는 날 예의없는 사막에는
> 마리아의 찬양대도 분향도 없었다
> 길 잃은 별들이 유목민처럼
> 허망과 바람을 숨쉬매 떠 댕겼다
> 허나 노아의 홍수보다 더 진한 밤도

어둠을 뚫고 타는 두 눈동자를 끝내 감기지 못했다.

『그리운 그 이름, 이상』, 359~361쪽에서 재인용)

이 시에서 "비둘기", "그리스도", "마리아" "노아의 홍수"와 같은 구절들이 눈에 띈다.

이제부터 기독교적 맥락에서 「시 제1호」를 살펴보자. 이 연작시의 제목이 왜 『조감도』가 아니라 『오감도』인가? 우선 "까마귀"라는 상서롭지 못한 새가 내려다보는 그림이다. 여기서 까마귀는 모든 것을 감시하는 일본 식민 제국주의의 불길한 새이다. 모든 식민지적 상황의 불안과 긴장이 두려움("무섭다")으로 표현되고 있다. 일반 새가 아닌 까마귀가 감시하는 세상은 정상적이지 못하고 언제나 부자연스럽고 이상하다. 무엇인가 이질적인 것에 가위눌린 무서운 상황이다. 여기서 모든 시각은 뒤틀리고 정상적이지 못하다. "13"이란 숫자는 앞서 지적했듯이 예수가 골고다 언덕에서 십자가에 못 박혀 죽은 불안하고 무서운 날이다. 임종국은 "13"을 최후의 만찬에 참석한 예수와 12제자를 합친 숫자로 보고 있다.

이 시에서 "아이"는 "아해"(兒孩)로 바뀌어 있다. 아이를 굳이 아해로 사용한 것은 이승훈이 지적하듯이 "'아이'라는 낱말이 환기하는 일상적 습관성을 낯설게 만들려는 의도"(19쪽)라고 볼 수 있다. 또한, 아해(아이)가 도로를 질주한다는 것은 자연스러운 일은 아니다. 여기서 아해가 식민지 통치하에 감시받고 있는 조선 사람들이라고 생각했을 때 13명의 아이들이 모두 "무섭다"고 한 것을 보면, 식민지 상황이 얼마나 암울하고 불안하였는지를 알 수 있다. 그러나 이 아이들 역시도 "무서운" 아이들과 "무서워하는" 아이들로 구분지을 수 있다.

시 첫부분에 나오는 "막다른 골목"과 끝부분에 나오는 "뚫린 골목"은 서로 차이가 없이 "적당"할 뿐이다. "질주하는" 것과 "질주하지 아니"하는 것도 결국 차이가 없어진다. 기독교적 맥락에서 볼 때 "아이가 무섭다"고 한다는 것 자체가 문제다. 다시 말해 아이들을 무섭게 하면 안 되는 것이다. 예수는 어린아이들을 안수하며 천국은 어린아이들 같은 사람들만을 받아들인다고 강조하고 있다.

> 사람들이 예수께서 만져주심을 바라고 어린아이들을 데리고 오매 제자들이 꾸짖거늘 예수께서 보시고 노하시어 이르시되 어린아이들이 내게 오는 것을 용납하고 금하지 말라 하나님의 나라가 이런 자의 것이니라. 내가 진실로 너희에게 이르노니 누구든지 하나님의 나라를 어린아이와 같이 받들지 않는 자는 결단코 그곳에 들어가지 못하리라 하시고 그 어린아이들을 안고 그들 위에 안수하시고 축복하시니라. (「마가복음」 10장 13~16절)[2]

어린아이들이 무서워하는 세상은 결국 지옥의 상황일 것이기 때문이다.

이 밖에 『오감도』의 「시 제12호」에는 기독교 이미지가 강한 "흰 비둘기"가 보인다.

> 때무든빨내조각이한뭉탱이空中으로날너떠러진다. 그것은흰비닭이의떼다.
> 이손바닥만한한조각하늘저편에戰爭이끗나고平和가왓다는宣傳이다.
> 한무덤이비닭의떼가깃에무든때를씻는다. … (1934)

여기서 '흰 비닭이'는 흰 비둘기이다. 기독교에서 비둘기는 여러 가지 은유와 상징을 가지지만 가장 중요한 이미지는 이 시에서 평화이다. 흰 비닭이는 이 시에서 검은 전쟁(무든 때)을 이기는 평화의 상징이다. 성경에서 비둘기는 신구약에서 다양한 의미를 가지고 여러 번 등장한다. 이 구절과 관계되는 구절은 「창세기」 8장이다. 인류의 죄악("때묻은빨내조각")의 결과로 홍수 심판을 결심한 하나님께서 명한 대로, 노아는 방주를 만들어 그곳으로

---

2) 구약성서의 「시편」 8편 2절에 보면 다음과 같이 어린아이에 관한 구절이 나온다. "주의 대적으로 말미암아 어린아이들과 젖먹이들의 입으로 권능을 세우심이여. 이는 원수들과 보복자들을 잠잠하게 하려 하심이니이다." 이 구절에서 예수의 선조로 여겨지는 구약 시대의 다윗 왕은 하나님께서는 어린아이들의 찬양을 통해 적대자들을 침묵케 하신다고 노래하고 있다.

들어갔다. 40주야를 비가 땅에 쏟아진 후에 40일이 지나자 노아는 물이 빠져 육지가 생겼는지를 알아보고자 하여 비둘기를 날려 보냈다. 첫 번째 비둘기는 그냥 돌아왔으나 두 번째 비둘기는 올리브나무의 새 잎사귀를 입에 물고 돌아왔다. 입에 올리브가지를 물고 있는 비둘기는 평화의 표시이다. 이제 대홍수의 환란은 끝나고 평화가 찾아왔다.

「실락원」(失樂園)이란 시에 보면 '天使'와 '파라다이스'가 나온다.

> 天使는 아무데도 없다. 『파라다이스』는 빈터다.
> 나는 때때로 二三人의 天使를 만나는수가 있다.
> 제 名名 다섭사리 내게 『키스』하야 준다. 그러나 忽然히
> 그 당장에서 죽어버린다. 마치 雄蜂처럼—
>
> 天使는 天使끼리 사홈을 하였다는 所聞도 있다.
> …
> 天使를 다시 불러서 돌아오게 하는 應援旗같은 旗는 없을가
> …

이 시에서 이상은 '천사'와 '천국'의 부재를 아쉬워한다. 이상이 "다시 불러서 돌아오게" 하려는 천사는 좋은 천사일 것이다. 그러나 나쁜 천사, 즉 하나님께 반항하여 싸우는 천사인 사탄(Satan)도 있다. 사탄은 지옥의 천사이다. 타락한 천사가 우리에게 다가와 키스하면 우리를 죽게 만드는 "지옥의 매력"이 있다. 이상은 결국 천사끼리 서로 싸우는 혼란스러운 세상과 천사와 키스하면 영생(永生)을 얻는 것이 아니라 죽음을 맞이하는 참혹한 현실에 절망한다.

이상은 앞서 논의한 시편들보다 앞서 『조선과 건축』(1931년 8월호)에 발표한 「조감도」란 제목하에 일어로 된 시 「二人……1……」과 「二人……2……」 두 편을 발표했다.

기독은남루한행색으로설교를시작했다.
아아르카아보네는감람산을산채로납촬해갔다.

1930년이후의일—
네온싸인으로장식된어느교회입구에서는뚱뚱보카아보네가봄의상흔을
신축시켜가면서입장권을팔고있다.

여기에서 "남루한 행색을" 한 기독교는 불법 사업으로 큰돈을 벌어 갱단 두목이 된 미국의 자본가 알 카포네(Al Capone, 1895~1947)와 비교되고 있다. 카포네가 예수가 수시로 기도하던 감람산을 통째로 사들였다는 사실은 자본에 의해 타락한 제도 이전의 기독교를 의미한다. 황금의 신인 맘몬 신이 접수한 교회는 천국의 입장권을 파는 타락에 빠졌다. 이상은 이 시에서 사랑의 종교인 기독교 자체를 풍자하기보다 악랄한 자본주의를 비판하고 있다.(김승구, 앞의 책, 161쪽) 그러나 그다음 두 번째 시의 마지막 행 "카아보네가드레싱으로보내어준프록코트를기독은최후까지거절하고말았다는것은유명한이야기거니와의당한일이아니겠는가"에서 이상은 세속적 배금주의와 싸울 수 있는 것은 여전히 교회뿐이라고 생각하는 듯하다.

「조감도」—이인(二人) 1편과 2편과 관련하여 김유중은 기독교와 연계시켜 밀도 있게 해석하였다. 김유중은 "근대에 대해 지나치리만치 예민한 반응을 보였던 이상이 그것의 한 줄기를 형성하는 기독교에 관심"(김유중, 「조감도—이인(二人)·1/2」의 해석」, 18쪽)을 가졌다고 보고, 이상의 의식 세계를 "현저히 키에르케고르적인 양상"(28쪽)을 보인다고 말하면서, 다음과 같이 정리하고 있다.

단순한 선과 악, 정의와 불의 사이에 대립이라기보다는 근대 세계에서 기독교가 처한 상황과 그 상황 속에서 가로놓인 왜곡된 양상에 대한 것이라고 할 수 있다. 그것은 서구 기독교 문명의 타락상에 대한 날카로운 비판이며,

그러한 비판의 저변에는 근대 문명의 한계에 대한 이상 특유의 통찰력이 가로놓여 있는 것으로 판단된다. … 「조감도—이인」(1931.8)에서 그가 근대 기독교 사상의 문제점을 직시했던 것은 그것의 연장에서 행한, 대단히 의미있는 작업으로 이해될 수 있기 때문이다. (김유중, 앞의 글, 27쪽, 31쪽)

영성(spirituality)을 버리고 세속화를 선택한 근대로 인해 타락한 기독교를, 근대에 대한 비탄의 일환으로 이상이 지지하지 않았다는 김유중의 논지는 크게 보아 틀리지 않을 것이다. 그러나 이 주장은 근대에 의해 기독교가 타락했다는, 키르케고르와 이상과의 확인 불가능한 상관관계를 지나치게 강조하고 있다. 필자가 보기에 이상은, 근대 이후 지나친 제도권화와 세속화로 경건성을 잃어버리고 타락한 기독교에 대해서 당연한 비판적 자세를 취하고 있으면서도, 기독교의 본질적 부분 즉 인간들의 죄와 타락 그리고 십자가 죽음을 통한 예수님의 구원과 사랑에 대한 기대와 향수는 저버리지 않은 것으로 보인다.

위의 『조선과 건축』 같은 호에 실린 「홍행물 천사—어떤 후일담」에서는 타락한 천사에 대한 이미지가 나타난다.

천사는웃는다,천사는고무풍선과같이부풀어진다.
천사의홍행은사람들의눈을끈다.
사람들은천사의정조의모습을지닌다고하는원색사진판그림엽서를산다.

원래 천사는 순결하고 깨끗한 이미지를 가지고 있다. 그러나 홍행물 천사는 타락한 천사, 즉 홍행물이 된, 남에게 몸을 파는 여자를 가리킨다. 앞서도 언급한 바 있듯이 천사라고 모두 다 정결하고 거룩한 존재는 아니다. 사탄은 타락한 천사의 우두머리이기 때문이다.

이상은 앞서도 잠시 언급한 1933년 1월에 발표한 시 「각혈의 아침」에서 자신을 스스로 예수라고 동일시하면서 다음과 같이 노래하고 있다.

가브리엘 천사菌(내가 가장 不世出의 그리스도라 치고)
이 살균제는 마침내 폐결핵의 혈담이었다(고?)
폐 속 빨끼칠한 십자가가 날이면 날마다 발돋움을 한다
…
하얀 천사가 나의 폐에 가벼이 노크한다.
황혼 같은 폐 속에서는 고요히 물이 끓고 있다
고무 전선을 끌어다가 성 베드로가 도청을 한다
그리곤 세 번이나 천사를 보고 나는 모른다고 한다
그때 닭이 홰를 친다

이상은 폐결핵으로 죽음에 한 발 한 발 다가가고 있는 자신의 초췌한 모습을 십자가에서 인간의 구원을 위해 죽어가는 예수의 모습과 병치시킨다. 당시 폐결핵에 의한 죽음은 예술가의 가난과 고뇌로 인한 죽음(순교)과 동일시되었다. 예술을 위해 죽는 자신과 인류 구원을 위해 죽은 예수와 비교함으로써, 이상은 죽음에 대한 절망, 고통, 슬픔을 승화시키려고 노력하고 있다. 이것은 이상을 『가톨릭 청년』지에 소개한 가톨릭교도 정지용이 그의 글 「시의 옹호」에서 "진정한 애(愛)의 시인은 기독교 문화의 개화지 구라파에서 축출되었다. 영맹한 이교도일지라도, 그가 지식인일 것이면 기독교 문화를 다소 반추하는 것임에 틀림없다"(『정지용 전집 2: 산문』, 244쪽)고 말한 것처럼 이상은 기독교 신자로서가 아니라 지식인으로서 당대 널리 알려져 있는 기독교 이미지를 차용했다고 할 수 있을 것이다.

그러나 구세주 예수의 죽음은 자신에게 가장 절절한 실존적 상황으로 다가왔을 것이다. 특히 예수가 십자가에 달리기 전 세 번씩이나 예수를 부정했던 수제자 베드로를 빗대며, 이상은 자신의 생명을 구해줄 수 없는 의사들과 자신의 시를 이해하지 못하는 수많은 독자들과 평론가들을 풍자하고 있다. 바로 여기가 예수(기독교)의 역설과 이상(실험시)의 역설이 만나는 지점이 아니겠는가. 1936년 10월에 『조선일보』에 발표한 시 「육친」(肉親)에서는 예수 그리스도에 대한 매우 다른 이미지가 등장한다.

크리스트에 혹사(酷似)한 한 남루한 사나이가 있으니 이이는 그의 종생과 운명까지도 내게 떠맡기려는 사나운 마음씨다. 내 시시각각에 늘어서서 한 시대나 눌변인 트집으로 나를 위협한다. 은애(恩愛)—나의 착실한 경영이 늘 새파랗게 질린다. 나는 이 육중한 크리스트의 별신(別身)을 암살하지 않고는 내 문벌(門閥)과 내 음모를 약탈당할까 참 걱정이다. 그러나 내 신선한 도망이 그 끈적끈적한 청각을 벗어버릴 수가 없다.

여기서 그리스도는 억압과 위협의 존재가 된다. 예수를 아주 닮은 아버지("한 남루한 사나이")가 자신을 유교 윤리에 따른 "아버지 법칙" 속에 가두고자 한다. 자신 나름대로의("내 문벌과 내 음모") "은애"(恩愛)를 계획하고 있지만 허용되지 않는다. 은애는 부모 자식 간의 은혜와 사랑이기도 하지만 기독교에서 하나님 아버지는 의(義)를 요구하시는 엄격한 아버지이면서 동시에 "은혜와 사랑"이 충만한 분이다. 그러나 이 시에서 화자는 아버지로부터 탈주할 수 없다. 이것은 마치 에덴동산에서 뱀의 유혹에 빠져 선악과를 따먹는 죄를 저지른 후 숨어 있던 아담과 이브에게 "너는 어디 있느냐"고 묻는 하나님의 음성과 같다.

다음으로 앞서 논의한 「각혈의 아침」과 유사한 「내과」라는 시의 첫 부분을 보자.

—自家用 福音
—或은 엘리엘리 라마싸박다니

이 부분에서 "복음"은 자기만을 위한 것으로서, 내과에 가서 자신의 병을 진단하고 치료하는 것을 가리킨다. 복음은 끊임없이 죄를 짓고 고통 속에 사는 불쌍한 인간들을 구원하기 위한 예수가 전하는 기쁜 소식이다. 그러나 그 다음 행에서 그러한 분위기는 역전된다. "엘리엘리 라마싸박다니"는 예수가 십자가에 못 박혀 죽기 직전 아버지 하나님에게 간절하게 외친 말로 "주여 왜 나를 버리시나이까"라는 뜻이다. 예수는 신이기도 했지만 인간이기도 했기에 육신의 극심한 고통을 참기 어려울 것이다. 이 시의 화자도 폐결핵으로 인해 육신의 고통이 심해지고 죽음이 시시각각으로 다가옴에 따라 십자가 위의 예수처럼 조물주(하나님)에게 절규로 애원하고 싶었던 것이다.

이상은 『가톨릭 청년』(1955년 4월호)에 발표한 시 「정식」(正式)의 네번째 시에는 문밖에서 기다리는 예수의 모습이 보인다.

> 너는 누구냐그러나門밖에 와서門을두다리며門을열라고외치니나를찾는一心이아니고또내가너를도무지모른다고한들나는차마그대로내어버려둘수는없어서門을열어주려하나門은안으로만고리가걸린것이아니라밖으로도너는모르게잠겨 있으니안에서만열어주면무엇을하느냐너는누구기에구태여닫힌門앞에誕生하였느냐

이 시는 문을 사이에 두고 서로 소통이 되지 않는 인간관계를 그리고 있다. 안팎으로 서로 문고리가 걸려 있기 때문에, 안이나 밖 어떤 한 사람만의 교류 의지로는 서로 소통하고 만나는 것이 불가능하다. 이 경우 문은 교류의 수단이 아니라 단절을 의미하는 벽이 된다. 성서에서는 예수가 항상 문밖에서 기다린다. "구하라 그리하면 너희에게 주실 것이요 찾으라 그리하면 찾아낼 것이요. 문을 두드리라 그리하면 너희에게 열릴 것이니"라고 적혀 있다.(「마태복음」, 7장 7절) 성서에서는 실내에 있는 우리가 문을 열면 예수를 만날 수 있다. 문만 열면 기다리던 예수가 우리를 구원할 것임에도, 우리는 쉽게 문을 열지 않는다. 이상의 경우는 상황이 더 어렵다. 안과 밖의 두 사람이 모두 고리를 풀어야 서로 만날 수 있다. 문을 열고 예수를 영접하는 것보다 더 어려운 일인 것이다. 따라서 이 시는, 인간끼리의 소통과 교류가 이렇게 어렵단 말인가라는 이상의 절규라고 볼 수 있다.

이 밖에 「골편에 관한 문제」라는 시에서 "하느님"이란 말을 두 번 사용했고 「Le Urine」(오줌, 1931)이란 시에서 "새까만 마리아"라는 말을, 그리고 또 다른 시 「수인이 만들은 소정원」에서 마지막 행을 화자는 "죄를 내어버리고

싶다. 죄를 내어던지고 싶다"는 절규를 통해 기독교식으로 회개하는 모습도 보인다. 1949년에 출간된 『이상 전집』의 서문을 쓴 모더니즘 계열의 시인이며 이상의 친구인 김기림은 이상을 "'절대의 애정'을 찾아 마지않은 한 '퓨리탄'"(권영민, 『이상 텍스트 연구』, 438쪽) 또는 "고약한 현실에 대한 순교자"(앞의 책, 438쪽)와 "비통한 순교자"(앞의 책, 439쪽)로 부르면서 다음과 같이 말했다.

> 무명처럼 엷고 희어진 얼굴에 지저분한 검은 수염과 머리털, 뼈만 남은 몸뚱어리, 가쁜 숨결—그런 속에서도 온간 지상의 지혜와 총명을 두 날 초점에 모은 듯한 그 무적(無敵)한 눈만이, 사람에게는 물론 악마나 신에게조차 속을 리 없다는 듯이, 금강석처럼 차게 하고 있는 것이다. 그것은 인생과 조국과 시대와 그리고 인류의 거룩한 순교자의 모습이었다. '리베라'에 필적하는 또 하나 아름다운 '피에타'였다. (권영민, 앞의 책, 439~440쪽)

위 인용문에 나오는 후세페 데 리베라(José de Ribera, 1591~1652)는 스페인에서 태어나 17세기 이탈리아에서 활동하면서 "피에타"(pietà)를 주제로 많은 작품을 남긴 기독교 종교화가이다. 이상은 김기림에 의해 순교자로 성자의 반열에 들어선 것이다.

4. 맺음말

20세기 초 영국에서 새로운 영감의 원천으로서 발굴되기 시작한 17세기 형이상학파 시인들의 의미가 100년이 지난 새 천년대의 시작인 21세기에도 유효할 것인가? 필자의 생각으로는 전 지구적 자본, 인력, 지식과 정보의 활발한 교류로 인해 시작된 근대적 시민사회는 그 국가주의적 경계를 넘어 바야흐로 초국가적인 세계시민주의(cosmopolitanism) 시대로 들어가고 있다. 이러한 시대의 새로운 문화윤리학이란 융·복합 및 통섭이다. 21세기에는 지난 세기에 르네 웰렉(René Wellek)이 논의했듯이, 국민문학은 비교문학을 통해 보편문학으로서의 일반문학과 세계문학으로 점점 변형될 것이다. 아니면 국민문학은 아마도 서로 간의 차이와 다름이라는 다양성을 유지하면서도, 커다란 역동적 공존이라는 형이상학파 시인들의 시적 창조의 전략들을 새롭게 개발하여야 할 것이다.

이런 맥락에서 20세기 초 한국에서 치열하게 문학적 실험을 수행하였던 이상이라는 시인의 역사적 의미를 찾을 수 있을 것이다. 이상은 일본어로 쓴 「悔恨의 章」이란 시에서 자신의 역사적인 위상에 대해 절망하고 있다.

> 양팔을 자르고 나의 職務를 회피한다
> 이제는 나에게 일을 하라는 자는 없다
> 내가 무서워하는 支配는 어디서도 찾아볼 수 없다
> 歷史는 무거운 짐이다
> 세상에 대한 辭表 쓰기란 더욱 무거운 짐이다
> 나는 나의 문자들을 가둬버렸다
> 圖書館에서 온 召喚狀을 이제 난 읽지 못한다
>
> 나는 이젠 세상에 맞지 않는 옷이다
> 封墳보다도 나의 의무는 적다
> 나에겐 그 무엇을 理解해야하는 苦痛은 완전히 사라져버렸다
>
> 나는 아무 대문에 보지는 않는다
> 그렇기 때문에 나는 아무것에도 또한 보이지 않을게다
> 처음으로 나는 완전히 卑怯해지기에 성공한 셈이다.
> (이승훈 편, 『이상문학전집 1: 시』, 244쪽)

이상은 회한 속에서 "양팔을 자르고 나의 직무를 회피한다"고 말하고 있지만 "세상에 대한 사표 쓰기란 더욱 무거운 짐"이라는 것을 분명히 하고 있

다. 이상이 "나는 이젠 세상에 맞지 않는 옷"이라고 한 것은 자신이 시대에 뒤떨어져서가 아니라 뒤떨어진 세상이 자신을 이해하지 못함을 말하는 것이다. 이상은 더 이상 "보이지 않는" 시인은 아니다. 그러나 한국을 넘어 동북아시아 나아가 이상을 세계로 "보이게" 하는 것이 우리의 직무이며, 이상의 회한을 풀어주는 것이 우리가 받고 있는 소환장의 책무이다. 이상은 분명 한국의 시인이다. 또한 그는 동아시아의 시인이며 나아가 세계의 시인이 될 수 있다. 필자가 시론(試論)적으로나마 이상 시의 "이상한 가역반응"을 "형이상학적 상상력"과 연계시키고 이상 시의 기독교적 인유에 관해 논의한 소이도 바로 여기에 있다.

이상 시세계의 이상(異狀)과 이상(理想)은, 그 당시 국가패권주의가 판을 쳤던 20세기 초뿐 아니라 세계시민주의 시대인 21세기에도 시대를 넘어서는 징후적인 것이다. 이상은 근대를 넘어 탈근대로 향하는 모퉁이돌이요, 문지방이다.[3] 이것이 이상이 날고자 하는 이유이다.

나는 것든 걸음을 멈추고 그리고 다시 한 번 이렇게 외쳐보고 싶었다

---

3) 20세기 후반 프랑스의 탈근대 철학자인 질 들뢰즈(Gilles Deleuze)는 프랑스 문학보다 영미 문학을 매우 좋아했다. 그는 자신의 철학적 개념 창출에 있어서 문학 특히 영미 문학과 자주 연계시켜왔다. 다음에서 들뢰즈가 영미 문학에 관해 쓴 논평은 이상에게도 그대로 적용될 수도 있을 것 같다.

기이한 영미 문학. 토마스 하디로부터, D. H. 로렌스로부터 맬컴 로우리에 이르기까지, 헨리 밀러로부터 앨런 긴즈버그와 잭 케루악에 이르기까지, 이들은 어떻게 떠나며, 코드를 뒤흔들고, 흐름들을 순환시키고, 기관 없는 신체의 사막을 횡단하는지를 알고 있다. 그들은 한계를 극복하고 자본주의의 장애물인 벽을 무너뜨린다. 그리고 물론 그들은 그 과정을 완수하는 일에 실패하지만 결코 실패하는 것을 멈추지 않는다. … 막다른 골목들과 삼각형들을 관통하며 정신분열증적 흐름은 저항할 수 없이 흐른다. 정자(精子), 강, 하수구, 달아오른 생식기의 점액, 코드화되지 않도록 하는 언어의 흐름, 이것은 너무도 유동적이고 너무도 접착성이 강한 리비도이다. 이것은 통사법에 대항할 폭력, 기표에 대한 함의된 파괴, 흐름으로서 세워진 무의미, 모든 관계에 회귀하는 다성성. 그 문학의 문제가 이데올로기로부터 시작한다면 얼마나 잘못된 접근인가. (*Anti-Oedipus*, 132~133쪽)

지금까지 이상은 모더니즘의 작가로 주로 논의되었지만, 앞으로는 포스트모더니즘(탈근대)의 시각으로 접근할 수 있다. 정치한 논의가 더 이루어져야겠지만 필자의 견해로는 이상은 한국 "최초의" 포스트모던 작가가 될 수 있다고 본다.

날개야 다시 돋아라

날자, 날자, 날자. 한 번만 더 날자ㅅ구나.

한 번만 더 날아보자ㅅ구나. (『정본 이상문학전집 2: 소설』, 290쪽)

이상은 남루한 이상(異狀)에서 은화처럼 빛나는 이상(理想)에 다다르지 못했는지도 모른다. 이상은 시대와 삶의 밑바닥까지 치고 내려갔다. 그는 시적 모더니즘에 탐닉해 있는 듯 보이나 실상은 서구 근대성(모더니티)과 그것의 논리적 결과물인 식민주의와 제국주의에 대해서 풍자와 비판을 아끼지 않았던 것이다. 이는 이상 문학이 1930년대라는 시대를 타고 넘어서 가질 수 있는 보편성이다. 이제 남은 일은 페가소스의 날개를 타고 하늘로 날아오르는 일이다. 우리는 이상의 날개를 돋아나게 하여 비상을 준비해야 한다.

이상 문학은 이미 수많은 접근법으로 다양하게 논의되었다. 이상은 "박제가 되어버린 천재"가 아니고 그의 시 세계는 아직도 무한히 열려 있다. 이상을 20세기 1930년대로 가두어놓아서는 안 된다. 이상 문학은 특정한 비평적 유파들이나 이념적 편향에 의한 평가를 넘어서야 한다. 이상은 27세의 나이로 요절하였으나 백발이 성성한 80세를 넘은 연구자에 의해 연구될 수 있다. 이상을 지나치게 신비화하며 과대평가하는 것도 거절해야 하지만 부적절하게 과소평가하려는 유혹도 뿌리쳐야 한다. 2010년에 이상 탄생 100주년을 맞은 한국 문단과 학계는 이상의 세계화라는 새로운 우리들의 과업을 위해 이상 문학의 시대적 의미를 찾아내는 일을 결코 잊어서는 안 될 것이다. 커다란 맥락에서 자리매김하기 위해서는 이상의 문학을 앞으로 좀 더 비교문학적인, 그리고 세계문학적인 조망 속에 배치하고 논의할 필요가 있다.

4장 피천득 시(詩) 새로 읽기
— 생명의 노래와 사랑의 윤리학

선생의 시는 보석처럼 진귀하다고 말할 수 있다. 보석이 단단하고 빛깔이
아름답듯이 선생의 시도 정확하고 단단한 이미지와 절제된 언어로 아름다
움을 지향한다. … 복잡한 사랑의 감정을 몇 마디로 압축하여 나타냄으로써
더 이상의 긴 설명이 필요 없게 만든다. 피선생의 간결한 시에는 사족을 찾
아볼 수 없다. 이러한 언어의 절제는 동양적이며 한시의 영향이 아닌가 한
다. … 피천득 선생의 시에 담긴 절제된 언어는 생활의 절제와도 연관되어
있다. 과욕을 부리지 않는 청빈한 생활, 세속적인 것 다 잊고 별을 처다보는
것조차 '화려함'을 느끼는 복된 시인의 삶이 이 시집에 고스란히 담겨 있기
도 하다. … 전체적으로 볼 때 피천득 선생의 시에는 시각적이며 청각적인
이미지 이외에 영탄에 가까운 서정성이 바탕을 이루고 있음을 알 수 있다.
… 솔직한 감탄이 공감을 자아내게 한다. … 피천득 선생의 시는 결코 과장
이나 짧고 왜소함으로 치부할 것은 아니다. 말이 너무 많고 관념과 구호가
뒤섞인 요즘의 시에 비하면 선생의 노력은 오히려 값진 것이라 하겠다.

— 윤삼하, 214, 218~219, 221~222쪽

1. 시(詩)에서 출발한 금아 문학

피천득은 그동안 수필가로만 알려져왔지만 본질적으로는 "시인"이다. 시

는 금아 문학의 뿌리이며 정수라고 할 수 있다. 10세에 이미 시를 쓰기 시작한 피천득은 만 20세 때인 1930년 4월 7일자『동아일보』에 첫 시「차즘(찾음)」을 발표하고『신동아』에 시「서정소곡」,「소곡」,「파이프」를 계속해서 발표했으며 그 이듬해에도『동광』에「편지」,「무제」,「기다림」등의 시를 발표했다. 이렇듯 금아 문학은 시로부터 출발하였다. 피천득의 말을 직접 들어보자.

> 나는 열다섯 살 무렵부터 일본 시인의 시들 그리고 일본어로 번역된 영국
> 과 유럽의 시들을 읽고 시에 심취했습니다. 좀 세월이 흘러서는 김소월, 이육
> 사, 정지용 등 우리나라 시인들의 시를 애송했습니다. 말하자면 시에 대한 사
> 랑이 내 문학인생의 출발이었던 셈입니다. (「서문」,『내가 사랑하는 시』, 9쪽)

피천득이 대학에서 영문학을 전공하게 된 이유는 영시들을 제대로 읽기 위함이었으며 나아가 시인이 되고자 함이었다. 그렇기에 금아는 "독자들이 내가 쓴 수필과 산문을 많이 사랑하게 되면서 내가 쓴 시들이 그것에 가려진 듯한 느낌이 듭니다"(앞의 책, 10쪽)라고 말하며 자신이 시인으로서 더 인정받지 못한 것을 아쉬워한다. 그러나 고등학교 국어 교과서에 수록되어 유명해진 금아의 수필도 시로 쓴 산문에 다름 아니다. 산문인 수필은 절필한 지가 오래되었지만 시는 2000년대 들어와서도 몇 편 썼다. 금아 선생은 영문학 교수로서 일생 동안 주로 영미시를 가르쳤고, 적지 않은 수의 시를 번역하였다.

피천득은 자신의 문학 세계에 대해 다음과 같이 말한 바 있다.

> 내가 시와 수필에서 가장 중요하게 생각하는 것은 순수한 동심과 맑고 고
> 매한 서정성, 그리고 위대한 정신세계입니다. 특히 서정성은 세월이 아무
> 리 흘러도 변하지 않는 것입니다. 나는 시와 수필의 본령은 그런 서정성을
> 창조하는 데 있다고 생각합니다. 그래서 나는 수필도 시처럼 쓰고 싶었습니
> 다. 맑은 서정성과 고매한 정신세계를 내 글 속에 담고 싶었습니다. (앞의 책,
> 10~11쪽)

우리는 위의 언명에서 금아 문학의 세 가지 주제를 찾아낼 수 있다. 바로 "순수한 동심", "맑고 고매한 서정성," "위대한 정신세계"이다. 필자는 이것을 금아 문학의 세 가지 주제로 보편화시켜보고자 한다. 순수한 동심은 순진한 "어린아이"이며, 맑고 고매한 서정성은 자연스레 흐르는 "물"이고, 위대한 정신세계는 돌봄과 베풂의 모성애로 대표되는 "여성"으로 나타난다. 이러한 구체적인 것들을 좀 더 크게 추상화시키면, 인간의 궁극적 주제인 "생명"과 "사랑"으로 일반화시킬 수 있다. 어린아이, 물, 여성은 생명의 본질적 토대이자 사랑의 핵심적 요소이다. 따라서 이 글은 물, 여성, 어린아이란 주제를 중심으로 피천득의 시에 접근할 것이다. 금아 시에 대한 이와 같은 접근은 지금까지 거의 없었으며, 이 글은 금아 피천득의 문학 세계를 본격적으로 포괄적으로 논의하기 위한 첫 시도가 될 것이다.

본격적인 주제적 논의에 앞서 금아 시의 형식 또는 양식의 특징을 잠깐 이야기해보자. 피천득 시를 탁월하게 논의한 「진실의 아름다움」에서 석경징은 "절약"을 통해 오히려 "여유"를 가질 수 있다고 말하며 "언어의 극단적 절약, 기법의 정확성만으로는 서술 자체를 철학적 추상성이나 논리적 기호성으로만 지탱하는 것이 되기 쉬워 시에서 윤기나 여유를 빼앗아가는 수가 많습니다. 절약과 여유를 함께 이야기한다는 것은 모순되는 것 같기도 합니다만 언어의 절약과 정서의 여유가 공존할 수 없는 것이 아님"(141~142쪽)을 주장하였다. 석경징은 계속해서 피천득의 언어, 형식, 주제를 동시에 연결시키면서 그들의 상호관계에 대해 다음과 같이 쓰고 있다.

> 시가 진실을 담아낸다면 그것은 아마도 세 가지 측면에서일 것입니다. 시의 재료인 언어, 또 시의 모양인 형식, 그리고 시에서 말하고 있는 내용으로 말입니다. "비에 젖은 나비"나 "잉어같이 뛰는 물살"이 보여주는, 절제되었으나 정확하기 이를 데 없는 비유를 비롯하여, 뛰어나고 진실된 언어구사가 있음에도 불구하고, 여전히 해결되지 않고 남아 있는 문제는 바로 시의 모양에 관한 것입니다. (「진실의 아름다움」, 『생명』, 149~150쪽)

석경징이 해결되지 않았다고 남겨둔 "시의 모양"은 다름 아닌 금아 시 형식의 비밀일 것이다. 다시 말해 시와 산문이 함께 호흡하며 춤추는 수필 같은 시 또는 산문시일 수도 있고, 이야기 있는 시 혹은 리듬이 살아 있는 서정시가 아닐까.

시인 이만식은 피천득 시의 문체적 내지 형식적 특징을 "수필적인 시"로 파악하였다. 아마도 이 개념이 석경징의 "시의 모양"에 대한 의문부호를 풀어줄는지도 모르겠다.

> 피천득은 자신의 유명한 수필 세계에서 성공적으로 드러난 자신의 내면세계를 시세계에서 표현하는 시인입니다. … 피천득은 시를 수필처럼 썼던 것입니다. 어떠한 형식에도 구애받지 않고 자기의 느낌·기분·정서 등을 표현하는 산문 양식의 한 장르인 수필처럼 시를 쓴다는 것이 어떻게 가능할 것인지 … 피천득의 수필과 시가 동일한 주제로 쓰인 경우는 드물지만, 대응되는 수필이 발견되지 않는 시편들에서도 수필적 세계관이 발견됩니다. … 피천득은 자신의 기분을 거의 형식에 구분을 받지 않으면서도 운문의 형식으로 표현하여 놓았습니다. 수필처럼 시가 쓰인 것입니다. (18, 22~23, 24쪽)

피천득 자신도 "이야기"를 삶과 문학의 중요한 부분으로 인식하였다. 수필 「이야기」에서 금아는 "사람은 말을 하고 산다", "나는 이야기를 좋아한다"고 전제하면서 인간은 이야기를 하는 동물이 될 수밖에 없다고 결론짓는다.

> 우리는 이야기를 하고 산다. 그리고 모든 경험은 이야기로 되어 버린다. 아무리 슬픈 현실도 아픈 고생도 애 끊는 이별도 남에게는 한 이야기에 지나지 않을 것이다. 그리고 세월이 흐르면 당사자들에게도 한낱 이야기가 되어 버리는 것이다. 그날의 일기도 훗날의 전기도 치열했던 전쟁도 유구한 역사도 다 이야기에 지나지 아니한다. (「이야기」, 『인연』, 241쪽)

금아의 서정 소곡들의 토대는 이야기이며 이것은 이야기로서의 금아의 수필과 시가 함께 만나는 지점이기도 하다. 수필가 이창국은 색다른 제안을 한다. 그는 금아 시의 양식적 특징으로서 "이야기성"에 주목한다. 짧은 서정시들이 대부분인 금아 시에서 서사성을 발견한다는 것은 탁견이 아닐 수 없다.

> 이 시인이 가장 좋아하고 또한 이 시인을 가장 기쁘게 만드는 일이 있다면 그것은 다른 사람과 이야기를 하는 일이다. 그는 어떤 종류의 이야기에도 진진하고 비상한 흥미를 보이며, 그 이야기에 항상 새로운 의견과 통찰력을 보탠다. 그에게 흥미 없는 이야기는 없으며, 그런 것이 있다 하더라도 그것을 재미있는 것으로 만드는 재주를 그는 갖고 있다. 정 이야기가 없을 때에는 … 몇 마디 말로 재미있고 아름다운 이야기를 만들어 우리에게 들려준다. (「시인 피천득」, 145쪽)

2. 생명의 노래─물, 여성, 어린아이

이제부터 금아의 시를 구체적으로 읽어보자. 무엇보다도 필자는 그의 유일한 시집의 제목과 같은 「생명」이란 시에 주목해보고자 한다. 여기에 전문을 싣는다.

> 억압의 울분을 풀 길이 없거든
> 드높은 창공을 바라보라던 그대여
> 나는 보았다
> 사흘 동안 품겼던 달걀 속에서
> 티끌 같은 심장이 뛰고 있는 것을
>
> 실연을 하였거든
> 통계학을 공부하라던 그대여
> 나는 보았다
> 시계의 초침같이 움직거리는

또렷한 또렷한 생명을

살기에 싫증이 나거든
남대문 시장을 가보라던 그대여
나는 보았다
사흘 동안 품겼던 달걀 속에서
지구의 윤회와 같이 확실한
생(生)의 생의 약동을! (「생명」, 『생명』, 68~69쪽)

"생명"은 금아의 시 세계에 있어서 가장 중요한 주제이다. 금아는 무엇보다도 생명 현상에 놀라움을 금치 못한다. 이 시에는 살아 있음의 축복과 고마움, 생(生)의 약동과 생의 신비에 대한 경탄과 생명에 대한 근원적인 숭고한 감정이 들어 있다.

삶의 "순간"이 "점"(点)이 되어 "영원"으로 이어지는 "선"(線)이 되는 것이니 어찌 "화려"하고 "찬란"하며 "즐겁"지 아니할 것인가? 별(자연) 보기, 제9 교향곡(음악) 듣기, 친구들(인간)과 웃고 이야기하기, 자유롭게 글쓰기는 점을 연결하여 선을 만드는 영원회귀의 구체적 작업이다. 규칙적으로 숨을 들이쉬고 내쉼, 그리고 심장과 맥박의 끊임없이 박동하는 순간들이 삶과 생명의 표상들이다.

"생명"을 노래하는 시인 금아는 「이 봄」이란 시에서 이 글에서 논의하고자 하는 세 가지의 지배적 주제 또는 이미지를 온전히 보여주고 있다.

봄이 오면 칠순(七旬)
고목(古木)에 새순이 나오는 것을
들여다보고 또 들여다본다

연못에 배 띄우는 아이같이
첫나들이 나온 새댁같이

이 봄 그렇게 살으리라. (「이 봄」, 『생명』, 119쪽)

금아는 70세가 되던 해인 1980년 봄에 이 시를 썼다. 첫 연에서 그는 70세 노인이 된 자신처럼 오래된 "고목"에서 새싹이 돋아나오는 것을 보고 놀라워하면서, 둘째 연에서 새로운 각오를 하고 있다. 이 둘째 연에서 시인은 앞으로 "연못"에서 배 띄우며 노는 "아이"처럼, 그리고 시집간 후 첫 나들이 나온 "새댁"처럼 살고자 결심한다. 바로 이 지점에서 금아 시의 대주제가 부상한다. 그것은 연못이라는 "물", 아이의 "어린아이", 새댁이라는 "여성"이다. 금아 시의 핵심 요소인 물, 아이, 여성은 금아의 시편들을 관통하여 흐르는 지배적인 심상(imagery)이다. 물, 아이, 여성은 금아 시집 『생명』에서 끊임없이 반복되고 변형되는 영원 회귀적 생명과 사랑의 뿌리들이다.

1) 물—생명의 원천, 정화 그리고 변형

목이 마르면 엎드려 시내에 입을 대고 차디찬 물을 젖 빨듯이 빨아 마셨다. 구름들이 놀다가 가는 진주담 맑은 물을 들여다보며 마냥 앉아 있기도 했다. (「수상스키」, 『인연』, 49쪽)

위의 인용은 피천득이 1930년대 초 금강산에 머물 때 만폭동 가던 경험을 쓴 수필에 나오는 이야기이다. 피천득은 금강산 계곡을 따라 흐르는 맑은 시냇물을 젖 빨듯 마시고는 오랫동안 물가에 앉아 물에 대한 몽상을 하고 있다.

탁월한 수필가였던 치옹 윤오영은 금아 피천득 선생이 회갑을 맞은 1970년에 쓴 축하 글에서 금아 문학의 핵심을 "물"로 보고 있다.

문학은 사람에 따라 호사도 될 수 있고 명예도 될 수 있고 출세의 도구도 될 수 있지만, 사람에 있어서는 인생의 외로움을 달래는 또 하나의 외로움인 동시에 사랑이다. 금아의 글은 후자에 속한다. 도도하게 굽이쳐 흐르는 호탕한 물은 아니지만, 산곡간에 옥수같이 흐르는 맑은 물이다. 탁류가 도도하고 홍수가 밀리는 이때, 그의 길이 더욱 빛난다. ··· 옥을 쪼는 시냇물은 그 밑바닥에 거친 돌뿌리와 아픈 자갈이 깔려 있다. (「수금아회갑서」, 『곶감과 수필』, 192쪽)

금아는 물의 시인이다. 그에게 있어 물은 물질적 상상력의 뿌리이다. 그래서인지 그의 시 세계는 온통 물바다이기도 하다. 금아의 몽상(꿈)의 밑바닥(무의식)을 살펴보아도 그곳에는 언제나 시내, 강, 호수, 바다가 있다. 그런 의미에서 그의 꿈의 세계, 시의 세계는 물의 이미지로 가득 차 있다고 볼 수 있다.

우리가 "물"을 떠올렸을 때 가장 먼저 생각나는 것은 생의 약동이다. 이러한 심상을 담고 있는 그의 시 「비 개고」를 읽어보자.

햇빛에 물살이
잉어같이 뛴다.
"날 들었다!" 부르는 소리
멀리 메아리친다. (「비 개고」, 『생명』, 18쪽)

소낙비가 내리고 난 후 개울의 "물살"이 힘 좋은 잉어같이 뛰어오른다는 표현 속에서 우리는 빠르게 흐르는 개울물이 "잉어"로 비유되고 있음을 알 수 있다. 여기서의 물살은 생명의 충동이며 원천의 이미지를 담고 있다. 펄쩍펄쩍 뛰는 잉어는 생(生)의 충일함 그 자체이다. 전통적으로 잉어는 출산 직후 산모들이 원기 회복을 위해 먹었던 보양식이다. 그는 수필 「춘원」에서 역동적인 이광수를 "싱싱하고 윤택하고 '오월의 잉어' 같았다"(『인연』, 173쪽)고 묘사한 적도 있다.

금아의 시에서 바닷물은 정열의 표시가 되기도 한다.

저 바다 소리칠 때마다

내 가슴이 뛰나니
저 파도 들이칠 때마다
피가 끓나니
아직도 나의 마음
바다로 바다로 달음질치나니 (「바다」, 『생명』, 20쪽)

이 시에서 화자의 가슴은 바다(물)와 조응하고, 화자의 피는 파도(물)와 감응한다. 바다로 시작된 몸(가슴)의 작동이 "마음"을 움직여 "바다"(물)로 달려가게 만든다. 몸과 마음이 공명과 울림의 상태를 이루고 있다.

금아의 시 세계에서 물은 감정의 정화제 역할도 맡는다. 그의 시 속 화자는 때때로 물을 통해 설움과 울분 등을 다스리는 모습을 보인다.

설움이 구름같이
피어날 때면
높은 하늘 파란 빛
쳐다봅니다

물결같이 심사가
일어날 때면
넓은 바다 푸른 물
바라봅니다 (「무제」(無題), 『생명』, 48쪽)

이 시에서 물은 마음의 안정과 몸의 평정을 가져오는 평강의 이미지인 반면, "설움"이나 "심사"는 어지럽고 뜨거운 불의 이미지이다. 이러한 불의 열기가 "넓은 바다 푸른 물"로 다스려지니 물이 불을 삼키는 형상이다. "파란/푸른 빛"은 "높은 하늘"을 "넓은 바다"라는 물의 이미지로 바꾸어버린다. 서러울 때도 심사가 일어날 때도, 화자는 무조건 자연("높은 하늘", "넓은 바다")에 조응하고 순응하면서 살아간다.

자연의 순환적 원리에 따라 물은 변형 송(頌)의 주제가 되기도 한다. 금아의 시「기억만이」를 읽어보자.

> 햇빛에 이슬 같은
> 무지개 같은
> 그 순간 있었느니
>
> 비바람 같은
> 파도 같은
> 그 순간 있었느니
>
> 구름 비치는
> 호수 같은
> 그런 순간도 있었느니
>
> 기억만이
> 아련한 기억만이
>
> 내리는 눈 같은
> 안개 같은 (「기억만이」, 『생명』, 134~135쪽)

화자는 마치 세례 요한처럼 이 시에서 물로 치유되고 있다. 금아는 기억의 치유력을 물의 이미지로 풀고 있다. 그에게 시는 기억이며, 기억은 물이다. 기억은 물처럼 모든 것을 닦아주고 씻어주고 살려주는 생명수이다. 이런 이미지들은 마지막 연에서 "눈"(기체도 아니고 고체도 아닌 물의 결정체)과 "안개"(수증기로 변한 물)가 된다.

이 얼마나 놀라운 물의 조화이며 변형인가. 물의 아름다운 변형 신화이다. 하얀 "눈"은 악취, 더러움, 고통, 슬픔 등을 덮음으로써 새로운 은빛 세계를 만들어낸다. 이 눈 덮인 세계는 물이 만들어내는 몽상의 세계이자, 금아의 시세계이다. 몽상의 세계는 중간 지대이기도 하다. 금빛도 아니고 구릿빛도 아닌 은빛의 중간 지대는 차디찬 이성의 "현실"도 아니고 놀라운 비이성의 "꿈"의 세계도 아니다. 그러나 금아는 이 시의 마지막 행을 "안개 같은"으로 끝내고 있다. 안개는 태양광선이 내리쬐는 광명의 세계도 아니고, 먹구름에 뒤덮인 암흑의 세계도 아니다. 이 역시 그 중간 세계라고 말할 수 있다. 그 세계는 "안개 같은", 분명하지 않고 희미하며 신비스러운 세계이다. 물의 이미지로 가득 찬 금아의 시 세계는 "안개"라는 몽상의 세계이다. 안개의 세계는 우리에게 "위안"과 "휴식"을 준다. 안개의 미학은 광속과 같이 빠른 우리 시대에 "느림"의 윤리학을 가져다준다.

이 시에서 물의 변신은 다양하다. 이슬로 시작하여 무지개, 비바람, 파도, 호수, 눈, 안개로 이어진다. 삶이 순간들의 연속적 기억이듯이, 화자의 기억은 영롱한 "이슬"과 같이 생겨나서 "무지개" 빛 희망을 가지고 살다가 거친 "비바람"과 일렁이는 "파도"가 닥치기도 하고, 맑은 "호수"처럼 잔잔해지기도 하며, 결국에는 조용한 "눈"이 되어 신비스러운 동시에 어렴풋한 "안개"가 되어버린다. 이는 한때 정열적이던 (이슬, 무지개) 사랑이 점점 식어가고 사라져 희미해져가는 안타까움을 노래한 것일까? 이 시는 삶과 사랑의 도전을 "물"의 이미지로 잘 풀어내고 있다.

다음 시에서는 삶 자체를 물같이 자연스럽게 흐르는 삶으로 살아내겠다고 결심한다.

> 저 내를 따라서 가려네
> 흐르는 저 물을 따라서 가려네
>
> 흰 돌 바위틈으로 흐르는 물
> 푸른 언덕 산기슭으로 가는 내
>
> 내 저 내를 따라서 가려네
> 흐르는 저 물을 따라서 가려네 (「시내」, 『생명』, 19쪽)

피천득은 물 흐르는 대로 따라가며 정경 조응의 자연에 순응히며 살기로 마음먹는다.

최근에 다시 주목을 받고 있는 『도덕경』에 나타나는 무위자연(無爲自然)은 노장철학의 핵심이며 그 요체는 무(無)와 도(道)인데, 이는 무엇을 상징하는가? 시인이자 비교문학자였던 송욱은 노자가 자연의 토대로 물과 여성과 갓난아이를 들고 있다고 지적하였다. 여기서는 물의 예만 들기로 하자. 물은 부드럽고 약한 것의 상징이자, 생명의 근원인 무(無)의 상징이기도 하다.

> 으뜸가는 선(善)은 물과 같다. 물은 곧잘 모든 것을 이롭게 하지만, 다투지 않고 뭇사람이 얕보는 곳에 자리잡는다. 그러므로 물은 도(道)에 가깝다. 도(道)에 가까운 사람이 있는 터전은 높지 않아 물처럼 곧잘 낮은 땅에 자리잡고 마음은 못물처럼 곧잘 깊고 고요하게 갖는다. 그가 남에게 줄 때는 물처럼 곧잘 어질게, 말은 물이 흐르는 곳을 따르는 것처럼 곧잘 믿음을 따라 한다. 나라 일은 높고 낮은 곳을 물처럼 공평하게 잘 다스리고, 일은 물처럼 경우에 알맞게 곧잘 능하게 처리하며, 움직이면 곧잘 때를 맞춘다. 물은 오직 다투지 않는다. 그러므로 허물을 쓰지 않는다. (8장, 송욱 번역)

물의 특징이 인간적으로 구현된 것이 노자의 이상적 인간(聖人)이다. 노자는 후에 "이 세상에서 가장 부드러운 것이 이 세상에서 가장 단단한 것을 마음대로 부린다"(43장)고 말했다. 물은 어떤 구체적 물질의 형태를 갖추고 있기에 무(無)인 도(道) 그 자체는 아니다. 그러나 물은 도에 가장 가깝다. 인간 중에서도 성인(聖人)은 물과 같이 부드럽고 다투지 않으며 무리 없이 일을 처리한다는 의미에서 도에 가까운 형상이다.

금아 시의 "물"은 노장사상의 요체인 무위(無爲)와 연결된다.

오늘도 강물에
띄웠어요

쓰기는 했건만
부칠 곳 없어

흐르는 물 위에
던졌어요 (「편지」, 『생명』, 42쪽)

이 시에서는 어떤 목적이 있어서 쓴 편지가 수취인의 이름도 잃어버린 채
흐르는 물이 인도하는 대로 내던져졌다. 이 같은 모습에서 우리는 무위 사
상을 분명하게 발견할 수 있다.

산다는 것은 때로 풀잎 위의 "이슬"처럼 잠깐 만에 스러져버리는 것이기
도 하다.

그리도 쉬이 스러져 버려
어느제 맺혔던가도 하시오리나
풀잎에 반짝인 것은 이슬이오니
지나간 순간은 의심치 마소서

이미 스러져 없어진 것을
아모레 여기신들 어떠시리만
그래도 그 순간이 가엾사오니
지나간 일이라 의심치 마소서 (「이슬」, 『생명』, 55쪽)

풀잎 위에서 이슬이 반짝인 순간만은 사실이며, 이는 시 속 화자의 기억
속에 있다. "순간"을 저장하여 "영원"으로 이어주기 때문에 기억이나 추억은
중요시 여겨지는 것이다. 이런 의미에서 "물"은 영원회귀의 원소이다. 물은
이슬처럼 "순간"도 되지만 지나간 일로 영원히 살아남는다.

금아는 문학의 본질을 "정"(情)이라 했다. 여기서 정은 물론 파토스이다.
우리가 흔히 말하는 정은 감정, 정서, 동정이다. 금아의 문학 속에서 정은

물이라는 물질적 특성으로 나타나며, 물은 생명의 필수적이고 가장 기본적인 물질이다. 그의 시집 『생명』은 물로 가득하다. 따라서 『생명』의 기본적인 물적 구조는 물의 이미지로 가득 차 있고 물에 대한 몽상이며 물의 상상력이며 물의 문학이라고 말할 수 있다.

금아의 물의 시학은 「꿈 1」, 「꿈 2」에서도 계속된다. 금아의 꿈(몽상)의 세계, 즉 시의 세계는 물을 물질적 상상력의 토대로 삼고 있다. 금아의 몽상의 근저에는 언제나 시내, 강, 호수, 바다가 있다. 「꿈 1」부터 살펴보자.

> 숲 새로 흐르는 맑은 시내에
> 흰 돛 단 작은 배 접어서 띄우고
> 당사실 닻줄을 풀잎에 매고
> 노래를 부르며 기다렸노라
>
> 버들잎 늘어진 푸른 강 위에
> 불어온 봄바람 뺨을 스칠 때
> 젊은 꿈 나루에 잠들여 놓고
> 피리를 불면서 기다렸노라 (「꿈 1」, 『생명』, 46쪽)

물의 이미지로 가득 차 있는 「꿈 1」에서도 물이 금아의 상상력을 촉발하여 꿈(몽상)의 지대로 이끌고 있다. 금아는 꿈(몽상)속에서 "맑은 시내" 가에서 "노래를 부르며 기다"렸고 "푸른 강 위에"서 "피리를 불면서 기다렸"다. 물의 세계에서 금아는 피리를 불며 꿈을 꾸고 몽상에 빠진다.

금아가 즐겨 천명하는 "문학은 '정(情)'이다"라는 명제에서 "정은 물이다"라는 말과 "문학은 물이다"라는 말이 서로 다르지 않아 문학=情=물=생명의 등식이 성립된다. 금아에게 정의 문학은 물의 문학이자 생명의 문학이고, 궁극적으로 문학은 생명이 된다. 여기서 잠깐 쉬어가는 의미로 금아 선생이 좋아하던 조선 시대 기생이며 여류시인이었던 황진이의 시 한 편을 읽어보자. 금아의 "피리"와 황진이의 "피리"를 비교해보기로 한다.

다음은 황진이의 「소세양과 삼가 작별하면서」라는 시의 한 구절이다.

> 흐르는 물이 거문고 소리에
> 젖어 차갑고
> 매화가 피리에 들어
> 향기로운 가락이여!

이 시에서도 "흐르는 물"이 나온다. "거문고"는 금아의 아호인 "금"(琴)이다. 아호의 뜻이 "거문고를 타는 아이"가 아니던가. 흐르는 물은 슬픈 거문고 소리와 서로 조응하여 더욱 차가워지고, 매화 향기는 피리 소리에 스며들어 그 가락은 더욱 더 향기로워진다. 금아의 피리와 황진이의 피리는 어떻게 다른가? 황진이는 흐르는 물가에서 판서 소세양과의 이별이 서러워 피리를 불고, 금아는 강 위에서 행복한 꿈(몽상)속에서 피리를 불고 있다.
「꿈 2」에서 금아는 다시 물가로 간다.

> 흡사
> 버들가지 같다 하기에
> 꾀꼬리 우는 강가로 갔었노라
>
> 흡사
> 백조라기에
> 수선화 피는 호수로 갔었노라 (「꿈 2」, 『생명』, 47쪽)

"꾀꼬리 우는 강가"는 금아가 꿈속에서 그리는 시의 세계이다. "수선화 피는 호수"는 금아의 몽상 세계이다. 이 두 세계는 모두 물의 이미지로 충만하다. 금아의 물의 시학이 여기에서 시작된다. 황진이 시의 결구는 다음과 같다.

내일 아침 서로 헤어진 뒤엔

정(情)이야 물결 따라 푸르고 깊어라.

황진이는 헤어진 뒤에도 소세양과의 "정"이 물결처럼 푸르고 계속될 것이라고 말한다. "정의 문학"을 믿는 금아에게도 "정"이 깊고 오래가는 것은 바람직한 일이다. 황진이든 금아든, "정"은 물의 이미지에서 비롯되었다. "물"이 가지는 보편적인 물질적 특징뿐 아니라 정서적 특징이 황진이와 금아의 시 모두에 나타난다. 17세기 여류시인 황진이나 20세기 금아에게 물은 "물의 이미지", "물의 몽상", "물의 상상력", 나아가 "물의 시학"으로까지 발전한다.[1)]

2) 여성—생명의 생성과 사랑의 실천

> 여성의 미는 생생한 생명력에서 온다. … 특히 젊은 여인이 풍기는 싱싱한 맛, 애정을 가지고 있는 얼굴에 나타나는 윤기, 분석할 수 없는 생의 약동, 이런 것들이 여성의 미를 구성한다. … 여성의 미는 이른 봄 같은 맑고 맑은 생명력에서 오는 것이다. (「여성의 미」, 『인연』, 43~44쪽)

금아는 한 인터뷰에서 자신의 생애에서 가장 잊을 수 없는 여성에 대해 다음과 같이 말했다.

> 1930년대였지요, 제가 상하이에서 공부를 할 때 병이 나서 도산 안창호 선생이 입원을 시켜준 적이 있었어요. 그런데 입원한 다음날 아침, 작은 노

---

1) 동북아시아 문화권에서 노장사상에서만 "물"을 중요시하는 것만은 아니다. 유광종은 『손자병법』에서 물의 중요성을 다음과 같이 적고 있다: "『孫子兵法』은 수단과 방법을 가리지 않고 전쟁에서 이기기 위한 모략을 망라한 책이다. 손자는 책에서 '전략을 운용하는 것을 물과 같아야 한다'고 말했다. 높은 곳에서 낮은 곳으로 자연스럽게, 깊은 곳에서 일단 숨을 고른 뒤 다시 흐르고 얕은 곳은 거침없이 흘러 지나가는, 상황과 때와 지형조건에 맞춰 스스로 변화하는 물과 같아야 한다는 말이다."(30쪽)

크 소리와 함께 한 간호사가 병실로 들어와 "안녕히 주무셨어요?" 하고 한국 말로 인사를 한단 말이에요. 그곳에 한국인 간호사가 있을 줄은 꿈에도 생각을 못했던 터라 그때의 놀람과 기쁨은 어떻게 표현할 수가 없는 것이었어요. 그 간호사는 틈만 나면 제 병실에 찾아와 자기 고향 이야기도 하고, 선물로 받았다는 예쁜 성경도 빌려 주었어요. 그녀는 '누가복음'을 좋아한다고 했고, 저한테 타고르의 「기탄잘리」를 읽어 줄 때도 있었죠. 저 역시 그 사람에게 진심으로 열정을 쏟았죠. 그 후 상하이사변이 일어났을 때 제가 큰 위험을 무릅쓰고 찾아가 한국으로 함께 가자고 했더니 그녀는 "저의 책임으로나 인정으로나 환자들을 버리고 갈 수는 없습니다"라고 하더군요. 한동안 머물며 간곡히 설득했지만 마음을 바꾸지 않아 어쩔 수 없이 저만 한국으로 왔어요. 그 여자 이름이 바로 '유순'이에요. (『대화』, 33~35쪽)

이 이야기 속에 여성에 대한 금아의 생각이 모두 들어 있다. 젊고 청순한 여성의 보살핌, 자상한 돌봄, 그리고 사랑의 실천이 그것이다. 물론 금아에게 있어서 "유순"은 이성(異性)으로서의 의미를 가지지 않는다. 그에겐 일찍 돌아가셔서 언제나 그리운 엄마, 한없이 사랑스러운 딸 서영이, 항상 감사하게도 내조를 해준 아내가 있고, 황진이, 아사코, 잉그리드 버그먼도 있었다. 이들 모두가 금아의 "구원의 여상(女像)"이었는데, "유순" 역시 금아에게 "구원의 여성(女性)"인 것이다.

노자는 『도덕경』에서 모든 생명의 근원인 물을 노자철학의 핵심인 무(無)와 도(道)의 중심에 두었다. 노자에게서 나타나는 물의 이미지는 생명의 이미지이다. 노자는 나아가 약하고 여린 것으로 물과 함께 여성을 들었다.

사람이 태어날 때는 부드럽고 약하고, 죽으면 단단하게 굳어진다. 풀과 나무, 그리고 모든 것이 싹틀 때는 여리고 부드럽지만, 죽으면 메마르고 단단하다. 그러므로 단단하고 굳센 것은 죽음과 같은 따위요, 부드럽고 약한 것은 생명과 같은 따위다. (76장, 송욱 번역)

노자는 이와 관련지어 여성과 어머니를 모든 존재의 근원인 도(道)와 무(無)에 비유한다.

> 골짜기의 신(神)은 죽지 않는다. 이를 현묘(玄妙)한 여자라고 부른다. 현묘한 여자는 문(門)과 같은데, 이를 하늘과 땅의 뿌리라고 한다. 그는 은밀하게 연달아 있는 것 같고, 힘쓰지만 항상 지치지 않는다. (6장)

> 고달픈 몸을 태우고도 한결같은 도(道)를 껴안고 떠나지 않을 수 있겠는가?… 모든 것과 모든 일이 태어나는 하늘의 문(門)은 열리고 닫히지만 여성(女性)다움을 지킬 수 있겠는가?… 모든 것을 알면서도, 안다는 마음은 없을 수 있겠는가? 도(道)는 모든 것을 낳고 기른다. 그러나 낳지만 가지지 않고, 해놓은 보람을 자랑하지 않으며 길러 놓아도 주장하지 않는다. 이를 현묘(玄妙)한 기운[德]이라고 한다. (10장, 송욱 번역)

노자는 나아가 "어머니처럼 길러주는 도(道)를 섬긴다"(20장)고 말하며 어머니를 모든 것을 낳고 기르는 "현묘한 여성"으로 보고 있다.

금아의 「아침」이라는 시를 보면 삶의 근원으로서의 "엄마"를 볼 수 있다.

> 아침 일찍 일어나
> 해 떠오르는 바다를 바라봅니다
>
> 구름 없는 하늘을 쳐다보면서
> 그곳 계신 엄마를 생각합니다 (「아침」, 『생명』, 44쪽)

이 시에서 "바다"는 땅의 것이지만, "하늘"은 공중의 바다이다. 서로 조응하는 바다와 하늘은 시인의 생명의 근원인 "엄마"의 거처이다. 바다(海)와 하늘(天)과 엄마(母)는 시 속에서 하나가 된다.

아기는 엄마가 낳고 기른다. 이 아가는 커서 다시 엄마가 되어 아기를 낳고 기른다. 이렇게 해서 생명은 반복되고 이어진다. 이것이 엄마의 위대함이다. 어떤 사람들은 힘든 임신과 출산을 여성에게 내린 저주라고도 하지만 아가는 엄마의 축복이요, 자랑이다.

> 아가는
> 이불 위를 굴러갑니다
> 잔디 위를 구르듯이
>
> 엄마는
> 실에 꿴 바늘을 들고
> 그저 웃기만 합니다
>
> 차고 하얀
> 새로 시치는 이불
> 엄마도 구르던 때가 있었습니다. (「아가는」, 『생명』, 31쪽)

때로 아가는 "공주"가 될 수도 있고 "복음"이 될 수도 있다.

> 내 그대의 시(詩)를 읽고
> 무지개 쳐다보며 소리치는 아이와 같이
> 높이 이른 아침 긴 나팔을 들어
> 공주(公主)의 탄생을 알리는 늙은 전령(傳令)과 같이
> 이 나라의 복음을 전달하노라 (「찬사」, 『피천득 시집』, 102~103쪽)

여기서 "공주의 탄생"은 "여성의 탄생"에 다름 아니며, 그것은 또한 "이 나라의 복음"이 될 수 있다. 금아의 시 「너는 아니다」에서 좀 더 구체적으로 여성의 이미지가 떠오른다.

너같이 영민하고
너같이 순수하며

너보다 가여운
너보다 좀 가여운

그런 여인이 있어
어덴가에 있어 (「너는 아니다」, 『생명』, 82쪽)

금아의 여성은 "영민"하고 "순수"하고 "가"엾다. 여기서 "가여운"이란 단어 속에 여성의 특질이 모두 드러난다. 이 시에서 "가여운"은 곱고, 연약하고, 따스하고, 부드럽고 동정을 불러일으키고 나아가 모성까지 깨우는 의미는 아닐까? "가여운"은 단순히 약한 것이 아니라 휘더라도 부러지지 않는 강인함을 가진다. 이것이 여성성의 비밀이다. 굳고 딱딱한 것에선 그 무엇도 잉태되거나 자라날 수가 없다. 『성경』의 구약 중 「아가」를 보면 금아의 여성과 비슷한 이미지가 등장한다. "고운 뺨"을 가진 "시집가는 색시"의 이미지이다.

　　내 누이, 내 신부야 네 사랑이 어찌 그리 아름다운지 네 사랑은 포도주보다 진하고 네 기름의 향기는 각양 향품보다 향기롭구나/내 신부야 네 입술에서는 꿀 방울이 떨어지고 네 혀 밑에는 꿀과 젖이 있고 네 의복의 향기는 레바논의 향기 같구나. … /너는 동산의 샘이요 생수의 우물이요 레바논에서부터 흐르는 시내로구나 (「아가」 4:10~11, 15)

금아의 시 「어떤 무희(舞姬)의 춤」에 등장하는 여성은 춤과 같은 여인이다. 춤추는 여인은 금아가 꿈꾸는 여성의 모든 것을 가지고 있다.

　　자작나무 바람에 휘듯이

그녀 선율에 몸을 맡긴다.

물결 흐르듯이
춤은 몹시 제약된 동작

"어찌 가려낼 수 있으랴
무희(舞姬)와 춤을"

백조(白鳥) 나래를 펴는 우아(優雅)
옥같이 갈아 다듬었느니 (「어떤 무희(舞姬)의 춤」, 『생명』, 62쪽)

　시 속 무희의 춤은 바람에 휘는 자작나무와 같고 물결 흐르듯이 유연하고 부드럽다. 그러나 춤추는 동작이 무한히 자유로울지라도 거기엔 엄격한 제약이 따른다. 절제 없이 아무렇게나 움직이거나 흔드는 게 결코 아니다. 그럴 때 춤과 춤꾼은 하나가 되고 우아함과 아름다움이 함께 드러나는 것이다. 시 속의 여성은 춤꾼처럼 자연의 흐름과 나름대로의 절제를 통해 최고의 순간을 성취하고 있다. 금아가 인용한 시 구절은 Y. B. 예이츠의 시 「학교 어린이들 사이에서」로부터 가져온 것이다. 그 시의 제8연 마지막 4행을 여기에 소개한다.

오, 밤나무여, 거대한 뿌리로 꽃 피우는 자여,
너는 잎이냐, 꽃이냐, 아니면 줄기냐?
오, 음악에 맞추어 흔들리는 육체여, 오, 빛나는 눈이여,
우리는 어떻게 춤과 춤추는 이를 구별할 수 있는가? (「학교 어린이들 사이에서」 중에서, 윤삼하 역)

　나무의 뿌리, 잎, 줄기와 꽃이 하나가 되고 춤과 춤꾼과 자연이 하나가 되는 "황홀의 순간"은 "존재의 통일"이 아니겠는가.
　금아 피천득의 "구원의 여상(女像)"은 누구인가? 앞서 언급했던 조선 중

종(1506~1544) 시대의 여류시인이자 명기였던 황진이다. 좀 길지만 금아의 수필 「순례」의 일부를 소개한다.

> 황진이. 그는 모드 곤[W. B. 예이츠의 애인]보다도 더 멋진 여성이요 탁
> 월한 시인이었다. 나의 구원의 여상이기도 하다. 그는 결코 나를 배반하지
> 않는다.
>
> 동짓달 기나긴 밤을
> 한 허리를 둘에 내어
> 춘풍 이불 아래
> 서리서리 넣었다가
> 어른님 오시는 날이면
> 굽이굽이 펴리라
>
> 진이는 여기서 시간을 공간화하고 다시 그 공간을 시간으로 환원시킨다.
> 구상(具象)과 추상(抽象)이, 유한(有限)과 무한(無限)이 일원화되어 있다.
> 그 정서의 애틋함은 말할 것도 없거니와 그 수법이야말로 셰익스피어의 소
> 네트 154수 중에도 이에 따를 만한 것은 하나도 없다. 아마 어느 문학에도
> 없을 것이다. (「순례」, 『인연』, 273쪽)

금아의 여성적 특질을 가장 예술적으로 승화시킨 여인이 바로 황진이다. 셰익스피어의 소네트보다 한 수 위라는 금아의 황진이 예찬은 좀 지나친 감도 있지만, 출중한 미모와 높은 학식과 각종 기예를 가졌고 무엇보다도 탁월한 시인으로서의 멋쟁이 황진이는 피천득뿐 아니라 단테의 베아트리체처럼 뭇 남성의 구원의 여상이 될 수도 있을 것이다.

3) 어린아이―어린이다움의 생명력과 영원성

구름을 안으러 하늘 높이 날던 시절

날개를 적시러 푸른 물결 때리던 시절
고운 동무 찾아서 이 산 저 산 넘나던 시절
눈 나리는 싸릿가지에 밤새워 노래 부르던 시절
안타까운 어린 시절은 아무와도 바꾸지 아니하리 (「어린 시절」, 『생명』, 38쪽)

금아 피천득의 시세계는 어린아이들의 세상이다. 금아 본인이 일생을 어린아이처럼 순박하고 단순하게 살고자 노력했다. 금아는 "무지개를 보고 소리 지르는 어린아이"를 좋아했다. 금아는 갓 태어난 아기를 생명의 역동성이 충만한 존재로 보았다. 인간은 나이가 들면서 조금씩 이러한 생명력을 잃어버린다. 금아의 "애기" 시에는 당연히 추상적 개념어들보다는 특별히 "쌔근거린다"와 같은 의성어나 "뒤챈다"와 같이 살아 움직이는 생명의 원초적 몸동작에 관한 어휘가 많다.

뒤챈다
뒤챈다
뒤챈다

아이 숨차
아이 숨차
쌔근거린다

웃는 눈
웃는 눈
자랑스레 웃는 눈 (「백날 애기」, 『생명』, 24쪽)

다음의 시 「아가의 오는 길」에서는 이런 경향이 한층 더 두드러진다.

재깔대며 타박타박 걸어오다가

앙감질로 깡충깡충 뛰어오다가
깔깔대며 배틀배틀 쓰러집니다

뭉게뭉게 하얀 구름 쳐다보다가
꼬불꼬불 개미 거동 구경하다가
아롱아롱 호랑나비 쫓아갑니다 (「아가의 오는 길」, 『생명』, 27쪽)

　막 걸음마를 배우는 아가의 모습이 의태어로 아주 생생하게 그려지고 있
다. "타박타박", "깡충깡충", "배틀배틀", "꼬불꼬불", "아롱아롱"은 아름답고
정겨운 우리의 모국어이다. 거의 동물적 수준의 어린 아가들의 활기찬 모습
이 매우 인상적인데, 이는 자랑스러운 인간 문명의 시작이다.

　노자의 자연무위(自然無爲) 사상의 출발인 도(道)는 모든 것의 근본이자
토대이다. 도의 신기하고 묘한 것을 알기 위해서는 없음(無)을 거쳐야 한다.
모든 차별을 초월하여 만물을 생성하는 참된 무(無)를 지나야 한다. 이것은
최고의 역설이다. 노자는 무와 도의 상징으로 물과 여자와 갓난아이를 들고
있다. 여기서는 갓난아이의 예를 들어보자. 굳세고 힘찬 것보다 어린아이의
여리고 부드러운 것이 도(道)에 가깝다는 게 노자의 기본 사상이다. 갓난아
이는 노자의 역설적 진리의 상징이다. 갓난아이는 "극진한 조화, 그리고 변
함 없이 항시 생명을 이끌어가는 도를 표시한다".(송욱, 148쪽)

　　도(道)에서 우러나오는 원기(元氣)를 함뿍 품고 있는 사람은 갓난아기와
　　같다. 벌과 전갈 따위도 그를 쏘지 않고 호랑이와 표범 따위도 발톱으로 할
　　퀴어 붙잡지 않으며, 독수리도 날개로 치지 않는다. 갓난아기는 뼈가 약하
　　고 힘줄이 부드럽지만 고사리 같은 주먹이야 단단히 쥔다. 아직껏 남자와
　　여자가 합침을 알 바 없지만, 고추 모양이 일어선다. 정기(精氣)를 극진하
　　게 간직한 까닭이다. 왼종일 울어대도 목이 쉬지 않음은 조화(調和)를 극진
　　하게 갖춘 까닭이다. 조화를 아는 것을 상도(常道)라고 하며 상도를 아는 것
　　을 밝음이라 한다. 구태여 생명을 더하고자 함을 불길한 징조라고 하며, 마

음이 억지로 원기를 부림을 굳세다고 한다. 무엇이든지 굳세고 장하면 늙기 마련이요, 이를 도(道)가 아니라고 한다. 도(道)가 아닌 것은 곧 끝난다. (55장, 송욱 번역)

　어른들은 어린아이에게 가르칠 것이 아니라 오히려 그들에게서 배우고 동심의 세계 속에서 살아가는 사람들이 되어야 한다. 호기심 많던 어린 시절을 완전히 상실하고, 마술을 믿지 못하고, 상상의 세계를 잃어버린, 경직되고 불행한 어른이 아니라 적어도 자연과 공감하고 타인을 사랑할 수 있는 인간이 되어야 한다. 동심의 세계를 잃어버린 우리 시대 많은 사람들은 꿈과, 환상, 신비로운 것, 숭고한 것에 대한 사랑과 믿음을 미신으로, 또 이성이 결여된 유치한 것으로 치부해버렸고, 이미 오래전에 감성과 상상력이 결여된 무감각한 기계들이 되어버렸다. 어린아이의 마음은 정적이거나 수동적인 세계가 아니라 오히려 동적이고 능동적인 생명의 (생명과 가장 가까운) 세계이다. 역동적인 상상력을 통하여 생명력이 약동하고 몸과 마음과 영혼이 혼연일체가 되어 부드러우면서도 힘차게 흘러가는 동심의 세계로 돌아가야 할 것이다. 동심의 세계는 척박한 시대의 고단한 삶을 살아가는데 힘과 지혜를 얻을 수 있는 "영감의 발전소"이다.

　금아는 다음 시에서 "너"라는 어린아이(딸 서영)의 일상생활을 자연스럽게 그리고 있다. 어린아이의 삶은 아무런 꾸밈이나 무리함이 없는 작고 소박한 삶이다.

　　　새털 같은 머리칼을 적시며
　　　너는 찬물로 세수를 한다

　　　"다녀오겠습니다" 인사를 하고
　　　너는 아침 여덟 시에 학교에 간다

　　　학교 갔다 와 목이 마르면

너는 부엌에 가서 물을 떠먹는다

집에 누가 찾아오면
너는 웃으면서 문을 열어 준다

까만 눈을 깜박거리며
너는 산수 숙제를 한다

하늘 가는 비행기를 그리다가
너는 엎드려서 잠을 잔다 (「새털 같은 머리칼을 적시며」,『생명』, 34~35쪽)

"어린이는 어른의 아버지이다"라고 노래한 19세기 영국 낭만주의 시대의 시인 윌리엄 워즈워스(William Wordsworth, 1770~1850)는 인간의 어린 시절을 중시하였다. 그는 인간의 어린 시절이 자연과 조응하고 신과 교감하는, 타락 이전의 인간이 가졌던 능력의 시기로 본다. 어린 시절 우리는 못 느꼈을지 모르지만 영원불멸(immortality)을 느끼는, 영원회귀로 돌아갈 수 있는 시기이다. 어린이는 성장하면서 인위적인 교육을 받음으로써 이러한 능력을 서서히 상실한다. 워즈워스는 19세기 초 영국이 도시화와 산업혁명이 한창이던 때 인간정신이 점점 물신화되고 세속화되는 것을 슬퍼하며, 이에 저항하여 인간의 초심(初心)을 회복하기 위해 어린 시절로 돌아갈 것을 노래했다. 현대 문명이 겪고 있는 아노미 현상의 치유책이 인간중심적인 문명 이전인 인류의 어린 시절, 아니 인간의 어린 시절에 있다는 것이다.

천국이 우리의 어린 시절엔 우리 주위에 있다!
감옥의 그늘이 자라나는 소년에게
덮이기 시작한다
그러나 그는
빛을 본다, 그리고 빛의 원천을,

그는 환희에 차 그것을 본다;
매일 동쪽에서 멀리 여행해야만 하는
청년은, 아직도 자연의 사제이며,
그의 도중에도
찬란한 환상이 동반한다;
드디어 대인이 되면 그것이 죽어 없어지고
평일의 빛으로 이우는 것을 깨닫게 된다.
(워즈워스, 「어린 시절 회상하고 영생불멸을 깨닫는 노래」, 이재호 역)

그래서 어린 시절은 매우 소중한 것이다. 어린 시절은 그 이후의 삶의 원천이며, 생명을 소생시켜주는 거대한 기억의 저수지이다.

신약성서에서 예수는 제자와 성도들에게 항상 어린아이와 같이 되라고 가르쳤다. 모든 사랑의 시작은 "타자" 되기(becoming)이다. 자기 속에만 갇혀 있지 않고 자기 이외의 타자가 되는 것은 영적 상상력이며, 이것이야말로 이웃 사랑의 토대이다. 타자 되기는 이웃뿐 아니라 식물과 동물 나아가 무생물까지도 적용될 수 있다. 여자 되기, 남자 되기, 고양이 되기, 고등어 되기, 나팔꽃 되기, 바람 되기 등등. 그러나 예수가 특히 강조하는 것은 "어린아이 되기"이다. 어린아이가 되어야 비로소 천국에 갈 수 있다. 어린아이처럼 단순하고 순수하고 온유해야 한다.

진실로 너희에게 이르노니 너희가 돌이켜 어린아이들과 같이 되지 아니하면 결단코 천국에 들어가지 못하리라 그러므로 누구든지 이 어린아이와 같이 자기를 낮추는 사람이 천국에서 큰 자니라 또 누구든지 내 이름으로 이런 어린아이 하나를 영접하면 곧 나를 영접함이니 (「마태복음」, 18장 3~5절)

예수께서 그 어린아이들을 불러 가까이 하시고 이르시되 어린아이들이 내게 오는 것을 용납하고 금하지 말라 하나님의 나라가 이런 자의 것이니라 내가 진실로 너희에게 이르노니 누구든지 하나님의 나라를 어린아이와 같이 받아들이지 않는 자는 결단코 거기 들어가지 못하리라 하시니라 (「누가복음」 18장 16~17절)

갓난 아기들같이 순전하고 신령한 젖을 사모하라 이는 그로 말미암아 너희로 구원에 이르도록 자라게 하려 함이라 (「베드로전서」, 2장 2절)

어린아이의 마음은 세속의 고단하고 험난한 세상에서 어쩔 수 없이 죄와 잘못을 저지르며 사는 우리를 구원하고 천국에 이르는 영원히 변치 않는 이정표이다.[2]

끝으로 금아의 「어린 벗에게」란 산문시의 일부를 좀 길지만 들어보자.

그러나 어린 벗이여, 이 거칠고 쓸쓸한 사막에는 다만 혼자서 자라는 이름 모를 나무 하나가 있습니다. 깔깔한 모래 위에서 쌀쌀한 바람에 불려 자라는 어린 나무 하나가 있습니다.

어린 벗이여, 기름진 흙에서 자라는 나무는 따스한 햇볕을 받아 꽃이 핍니다. 그리고 고이고이 나리는 단비를 맞아 잎이 큽니다. 그러나 이 깔깔한 모래 위에서 자라는 나무는, 쌀쌀한 바람에 불려서 자라는 나무는, 봄이 와도 꽃필 줄을 모르고 여름이 와도 잎새를 못 갖고 가을에는 단풍이 없이 언제나 죽은 듯이 서 있습니다.

그러나 벗이여, 이 나무는 죽은 것이 아닙니다. 살아 있는 것입니다. 자라고 있는 것입니다. (「어린 벗에게」, 『생명』, 39~40쪽)

이 시는 "나무"에 관한 시이다. 아니 사막에 있는 나무이다. 이 시에는 사막이란 말이 아홉 번이나 나온다. 시인이 사막 속에서 (어린) 나무 이야기를

---

2) 성서 「시편」에도 어린아이와 갓난이로 하여금 찬양케 함으로써 적대자들을 잠잠케 하는 구절이 있다: "여호와 우리 주여, 주의 이름이 온 땅에 어찌 그리 아름다운지요. 주의 영광이 하늘을 덮었나이다. 주의 대적으로 말미암아 어린아이들과 젖먹이들의 입으로 전능을 세우심이여 이는 원수들과 보복자들을 잠잠하게 하려 하심이니이다."(8편 1~2절)

"어린 벗에게" 하는 이유는 무엇인가? 그것은 물 없는 사막에서 살아가야 하는 어린 나무(어린 벗)에게 하는 말이다. 한일 강제병합인 경술국치의 해 1910년 5월에 태어난 금아는 7세에 아버지를, 10세에는 어머니마저 잃었다. 어린 나이에 이 넓은 세상에서 기댈 데가 없었다. 그는 얼마나 외롭고 쓸쓸하고 두려웠을까? 어린 금아는 일제 치하라는 척박한 시대에 얼마나 고단한 삶을 살아야 했을까? 여기서 어린 벗은 금아 자신이고 사막은 부모 없는 어린 고아가 사는 세상이다. 그래서 이 시는 자신을 위로하기 위한 고백 시이다.

그러나 "어린"아이는 제 아무리 척박한 곳이라도 끝까지 살아남는 식물처럼 꿋꿋하게 자란다. 생명은 끈질기고 모진 것이다. "춥고 어두운 밤 사막에는 모진 바람이 일어"도 "어린 나무"는 죽지 않는다. 여기서 나무는 생명이다. 나무가 없다면 지구상의 생명의 먹이사슬 체계는 유지되지 못할 것이다. 나무는 흙과 햇빛과 단비를 받아야만 꽃 피울 수 있다. 어린 나무, 즉 어린아이는 새순처럼 끈질긴 생명력의 상징이다. 이 시는 위대한 어린이 찬가이다. 이 시는 어린아이와 어린 나무를 통해 우리에게 우주와 세계와 삶의 비밀을 보여준다. 1913년 인도의 시성 라빈드라나트 타고르(Rabindranath Tagore, 1861~1941)가 동양인으로서는 최초로 노벨문학상 수상에 결정적 기여를 했던 시집 『기탄잘리』(Gitanjali)의 그 유명한 서문을 쓴 영국의 시인 윌리엄 버틀러 예이츠(William B. Yeats, 1865~1939)도 마찬가지로 말한다. 예이츠는 그의 서문에서 결론으로 타고르의 시 「바닷가에서」의 한 구절을 인용하고 있다.

그들은[아이들은] 모래로 집 짓고 빈 조개껍질로 놀이를 합니다. 가랑잎으로 그들은 배를 만들고 웃음 웃으며 이 배를 넓은 바다로 띄워 보냅니다. 아이들은 세계의 바닷가에서 놀이를 합니다.

그들은 헤엄칠 줄을 모르고 그물 던질 줄도 모릅니다. 진주잡이는 진주 찾아 뛰어들고 장사꾼은 배를 타고 항해하지만 아이들은 조약돌을 모으고 다시 흩뜨립니다. 그들은 숨은 보물을 찾지도 않고 그물 던질 줄도 알지 못

합니다. (「바닷가에서」,『기탄잘리』, 김병익 역, 60쪽)

예이츠는 타고르의 이 시에서 "순진성"과 "단순성"을 가진 아이들을 거의 "성자들"이라고 말한다.(Tagore, 13쪽) 필자는 금아의 시「어린 벗에게」와 타고르의 시「바닷가에서」의 주제가 같다고 믿는다. 이 두 시에서 어린아이들은 세속을 벗어나 영원한 생명의 상징이 되고 있기 때문이다.

3. 사랑의 윤리학을 위하여

금아 선생은 1996년 수필집의 신판인『인연』을 펴내면서 자신이 글 쓰는 이유를 "그동안 나는 아름다움에서 오는 기쁨을 위하여 글을 써왔다. 이 기쁨을 나누는 복이 계속되고 있음에 감사한다"(5쪽)고 적고 있다. 금아가 좋아하던 존 키츠의 장시『희랍 항아리 송가』에 "아름다운 것은 진실하고 진실한 것은 아름답다"와 "아름다운 것은 영원한 기쁨이다"라는 구절이 있다. 금아는 결국 "아름다움"과 "기쁨"을 위해 글을 썼다.

수필「만년」(晚年)에서 금아는 "사랑"이 자신의 삶의 최고 목표라고 말한다.

> 하늘에 별을 쳐다볼 때 내세가 있었으면 해 보기도 한다. 신기한 것, 아름다운 것을 볼 때 살아 있다는 사실을 다행으로 생각해 본다. 그리고 훗날 내 글을 읽는 사람이 있어 '사랑을 하고 갔구나' 하고 한숨지어 주기를 바라기도 한다. 나는 참 염치없는 사람이다. (「만년」,『인연』, 320쪽)

사랑의 실천이 궁극적 목표였던 금아 문학에서 핵심적인 단어들 정(情), 사랑, 아름다움, 기쁨은 결국 그의 시 세계의 지배적 이미지들인 물, 여성, 어린아이를 통해 반복되고 변형되어 구체화된다. 이것들은 다시 충일한 생명의 노래가 되고 실천하는 사랑의 윤리학이 된다.

생명의 근원인 "물", "여성", "어린아이" 이미지들은 금아 문학의 형식과 주제(사상)를 결정한다. 이 세 가지 생명의 이미지에서 금아 시의 형식은 (1) 서정시, (2) 정형시, (3) 단시(짧은 시)로 전개되며, 이 세 가지 시 형식은 금아 시의 주제에도 가장 잘 어울리는 양식이다. 서정성을 통해 인간과 인간, 인간과 자연 간의 정과 사랑을 노래하고, 규칙적 형식을 통해 음악성에 기초한 생의 리듬과 반복이 드러나며, 짧은 시를 통해 응축되고 강력한 음악적 효과를 성취할 수 있다. 금아 시의 주제(사상)는 (1) 단순, 소박, 검소, (2) 정과 사랑, (3) 겸손과 온유(부드러움)이다. 금아의 절친한 친우였던 수필가 윤오영은 다음과 같이 금아라는 인간을 규정하였다.

> "손때 묻고 오래 쓰던 가구를 사랑하되, 화려해서가 아니라 정든 탓이라"
> 고 했다. 그는 정의 사람이다. 그는 "녹슨 약저울이 걸려 있는 가난한 약방"
> 을 자기 집 서재에서 그리워하고 있다. 그는 청빈의 사람이다. 그는 "자다가
> 깨서 보려고 장미 일곱 송이를 샀다" 그는 관조의 사람이다. 그는 도산 장례
> 에 참례 못한 것을 "예수를 모른다고 한 베드로보다도 부끄럽다"고 했다. 그
> 는 진솔의 사람이다. 그는 진실과 유리된 붓을 희롱하지 않는 사람이다. ("수
> 금아회갑서」, 『곶감과 수필』, 192~193쪽)

이런 특징들이 동서양을 아우르고자 했던 금아 문학의 "구체적 보편"(concrete universal)으로 이어진다. 이러한 보편성이야말로 금아 문학이 오늘날과 같은 세계시민주의 시대에도 지속 가능성을 가질 수 있는 근거가 된다. 1910년 태어난 금아 피천득은 1919년에 있었던 3·1운동을 통과하고 기나긴 식민지 시대를 거쳐 해방과 한국전쟁, 4·19, 5·16, 1988년 올림픽 그리고 2002년의 월드컵까지 근대 한국의 다양한 역사를 가로지르며 100세 가까이 살았다. 혼돈과 격변의 시대를 겪어온 작가로서 자신을 온전하게 지키는 데에는 위에서 언급한 생존전략들이 필요했을 것이다.

피천득 선생은 공식적으로 가톨릭교의 세례를 받았기에 기독교도라고 부를 수가 있겠지만 여하튼 그는 어떤 종교인보다도 종교적인 삶을 살았다. 금아 선생의 삶과 문학과 사상은 일치하고 있다. 모순과 배반의 시대에 선

생만큼 생명을 경외하고 사랑을 완성하고자 한 시인도 흔치 않을 것이다. 노장사상과 성서에도 중요하게 등장하는 물, 여성, 어린아이를 통해 금아 시를 읽는 접근 방식을 더욱 확대시켜 그의 수필문학은 물론 번역과 시문학 에도 적용할 수 있을 것이다. 결국 금아에게 시, 수필, 번역시는 하나였다. 금아의 문학세계는 이 세 장르를 서로 유기적으로 연계시켜 논의할 때 온전 히 드러날 수 있으리라. 그의 창작시는 그가 사랑했던 영미, 중국, 일본, 인 도의 번역시들과 분리될 수 없을 것이다. 이런 의미에서 금아 문학의 원류 는 한국 고전시(황진이)와 동시대 시인들(소월 등), 나아가 그가 암송할 정도 로 좋아했던 많은 외국 시들과의 비교문학적 안목에서 폭넓게 규명될 필요 가 있다. 이런 작업이 제대로 이루어질 때 금아 문학은 가장 한국적이면서 도 동시에 세계적인 의미를 가지게 될 것이다.

지금까지 필자는 주제별로 금아의 시를 논의하였다. 그러나 이런 지나치 게 분석적인 논의의 한계는 분명하다. 이제는 간략하게나마 물, 여성, 어린 아이가 가지는 사회 역사적 상황과 연계시켜 보기로 한다.

작가와 학자가 역사와 현실의 억압구조 아래서 취할 수 있는 방식은 크 게 보아 두 가지이다. 우선 역사와 현실의 진흙 구덩이 속에 들어가 같이 뒹 굴고 싸우면서 일어나는 방식이 있다. 아니면 역사와 현실에 일정한 거리를 두고 현실 분석에 토대를 두고 새로운 이론과 방책을 세우고자 노력하는 것 이다. 일반적으로 전자의 적극적 투쟁 방식이 후자의 소극적 저항 방식보다 윤리적으로 우월한 것으로 여기는 경향은 어떤 면에서 당연하다. 그러나 주 어진 상황에 따라 그 대항 전략이 달라져야 하고, 어떤 의미에서 두 가지 방 식이 상호보완적인 역할을 할 수 있을 것이다. 이론과 실천은 동전의 양면 이기 때문이다. 일제 강점기에 전방에서 싸우는 작가가 아니라 서정시인으 로 후방에 머무는 게 과연 바람직한 자세였을까? 하지만 보이는 싸움도 필 요하지만 숨겨진(보이지 않는) 저항도 동시에 필요하고, 비둘기처럼 순진한 동시에 뱀처럼 지혜로울 필요가 있다.

피천득의 경우는 후자의 길을 택한 문인이며 학자였다. 그렇다면 피천득을 언어의 장막 뒤에 숨는 비겁한 방관자로만 보아야 할까? 우리는 19세기 말 자본주의가 절정으로 달려가는 시대에 서정 시인으로 살았던 샤를 보들레르(Charles Baudelaire, 1821~1867)를 떠올릴 수 있다. 그는 미국의 시인 에드거 앨런 포(Edgar Allan Poe, 1809~1849)에게 상징주의를 배워 자본주의의 모던 파리에 대항하는 시적 전략을 구축했다. 서정시인이 무조건 비참여 문인가? 1930년대 민족적인 시인이었던 김소월은 당대 최고의 서정시인이었으며 우리의 것을 지키고 개발하면서 겉보기에는 소극적이었지만 근본적인 저항을 수행하지 않았던가?

이 지점에서 피천득의 시에 대해 이미 깊은 사유를 한 바 있는 김우창의 탁월한 글 「내가 만드는 현실」을 소개하기로 하자. 김우창은 자신이 과거에 금아의 "작고 고운 것만"을 말함으로써 "시대의 큰 요청들"을 비켜간다는 인상을 준다고 말한 것에 대해 그 편협성을 시인한다. 그러나 그는 계속해서 작고 아름다운 것 뒤편에 있는 피천득의 고결한 도덕성을 가장 양심적인 민족 지도자 도산 안창호와 심층적으로 연결시키고 있다.

> 선생님의 시 가운데에도 뜨거운 애국시가 있으며, 옛날을 들추지 아니하더라도 우리가 익히 보아온 금아 선생과 관련하여 우리가 생각하게 되는 것은 드높게, 한결같이, 또 깨끗하게 걸어오신 그 삶의 자취입니다. 그것은 도덕적인 삶입니다. … 그것은 험악한 시대가 부르는 도덕적 요구에 금아 선생 나름의 응답을 아니할 수 없으시었기 때문이라고 말할 수 있습니다. 금아 선생의 시에서 보는 바와 같은 섬세한 것에 대한 … 주의가, 궁극적으로는 우리의 전통적 수양에 있어서의 마음의 수양 … 을 도덕적 인격완성의 근본으로 … 저는 지적한 일이 있습니다. … 거리를 가지고 생각하는 일 그리고 사물과 다른 사람들의 삶에 대하여 조심하고 또 생각하는 일—이것이야말로 도덕적 삶, 바른 사회의 정신적 기초가 되는 것일 것입니다. 그리고 또 이것이 공정성과 정의에 이어지는 것일 것입니다. … 그러한 시대에서 선생님의 삶과 문학은 우리에게 하나의 준거가 될 것입니다. (「내가 만드는

　김우창이 금아의 시에서 높이 평가한 작고 고운 것, 즉 섬세한 것들이 그 토대가 되는 "도덕적 삶," "바른 사회의 정신적 기초"의 "객관적 상관물"로 필자가 앞에서 장황하게 논의한 물, 여성, 어린아이의 물적 특성 그리고 인격적 본성이 서로 연계될 수 있지 않을까 생각해본다. 금아 시의 소재와 내용이 함께 만나 새로운 형식을 가진 서정시로 다시 태어나는 것이다.

　그러나 금아 시가 작고 짧고 예쁘다고 해서 여리고 약한 것은 아니다. 금아에게서 온유한 것은 강한 힘이다. 물, 여성, 어린아이와 같이 가장 부드러운 것들이 가장 강한 것들을 포섭할 수 있다. 시인 이만식은 금아 시의 단순 우아미가 오히려 큰 "힘"을 가질 수 있다고 설득력 있게 지적하였다.

　　그의 시세계의 언어는 너무 단순하여 해석할 필요가 없을 지경입니다. 그러나 거의 대부분의 시가 독자로 하여금 멈추고 자신의 삶을 돌이켜보게 하는 강력한 여운을 갖고 있습니다. 그의 시세계는 우아한 방식으로 매우 강력하고 힘이 있습니다. … 소년이나 어린아이가 쓸 수도 있겠다는 의심이 들 만큼 그의 언어가 너무나도 단순하지만, 그의 시세계의 놀랍고도 주목할 만한 양상은 모든 시에서 그의 메시지가 명확할 뿐만 아니라 강력하게 전달된다는 것입니다. … 동요의 순수함에서는 볼 수 없는 강력한 힘이 들어 있습니다. 이러한 힘의 성격, 즉 겉으로는 순수하고 우아하게 보이지만 그 안에 내재되어 있는 강력한 힘을 이해하는 데에 피천득 문학의 핵심이 놓여 있다고 여겨집니다. (이만식, 18~20쪽)

　그렇다. 이것이 바로 우리의 삶을 지탱시켜주는 피천득 문학의 "힘"이다. 부드럽고 약한 것들이 거칠고 강한 것들을 끌어안고 간다는 것은 역설(paradox)임이 분명하다. 어린 양같이 온유한 예수가 수십만의 강력한 군대를 가진 로마 제국의 황제를 넘어서지 않았는가?

5장 데이비드 앤틴의 '담화시'에 나타나는 탈근대적 상상력

― '불확정성'과 '행위성'에 관한 에세이

어떤 특질이 특히 문학에서 위대한 작가들의 속성일까라는 의문이 어느 날 나에게 갑자기 떠올랐다. … 내가 말하고자 하는 것은 "마음을 비우는 능력"(Negative Capability)인데 그것은 한 인간이 사실이나 이성을 찾아 신경과민하게 추구하지 않고 불확실한 것들, 신비로운 것들, 의문스러운 것들 속에 파묻혀 있을 때를 말하는 것이다.

― 존 키츠의 편지, 1817년 12월 21일

나는 단편(fragment)이 우리가 현재 살고 있는, 처해 있는, 언제나 변화하는 실재(reality)를 가장 훌륭하게 반영하는 형식이라고 믿는다. 단편은 하나의 씨앗이라기보다는 배회하는 하나의 원자이다. 그 원자는 다른 원자들과 관계시킬 때만 정의될 수 있다. 다시 말해 단편은 관계 이상도 그 이하도 아니다.

― 옥타비오 파스, 「교류」, 1967

불확정성(indeterminacy)은 우리의 지식과 사회에 영향을 주는 애매성, 파열, 치환이다. 결정하지 않고 상대화하는 불확정성은 우리의 행위, 사상, 해석 등에 침투해 있으며 우리의 세계를 구성하고 있다. … 이러한 불확정성은 필연적으로 행위[또는 번역하지 않고 그대로 퍼포먼스(performance)]와 참여로 우리를 유도한다. 간격은 메워져야만 한다. 따라서 포스트모던 텍스트는—언어적이든 비언어적이든—행위를 초래한다. 포스트모던 텍스트는 쓰여지고, 개정되고, 대답되어지고 행위의 대상이 된다. … 행위로서의 예술은 시간, 죽음, 청중과 타자에게 섬세하게 영향을 받는다.

— 이합 하산, 「포스트모더니즘과 다원주의」, 1987

1. 들어가며: 포스트모던 시학을 위해

포스트모더니즘에 대한 크고 작은 찬반 논쟁이나 애증의 표현은 일단 제쳐두고 우선 소위 (서구)포스트모더니즘 문화 현상에 나타나는 몇 가지 인식적인 특징들을 논하는 것으로부터 시작하자. 포스트모더니즘 문화에 나타나는 가장 두드러진 인식소는 바로 앞 제사에서 보았듯이 불확정성이다. 불확정성에 대한 우리의 감각은 이제 거의 서구 문화의 인식에 대한 하나의 선고가 되었다. 지금은 불연속의 시대, 불확실성의 시대, 불안의 시대, 정의(定義) 부재의 시대, 해체의 시대이다.

이미 과학 분야에서도 아인슈타인의 상대성 원리, 하이젠베르크의 불확정성의 원리, 닐스 보어의 상보성의 원리, 양자역학 등의 개념이 거론된 지오래이다. 모든 가능한 구조들 중에서 한 구조에 대한 이상이 실현될 수 없기 때문에 지식은 궁극적으로 불확실한 상태로 남아야만 한다는 것이다. 양자 이론은 우주가 물리적인 물체들의 집합체가 아니라 오히려 하나의 통합된 다양한 부분들 사이에 얽혀 있는 거미집같이 복잡한 단계로 되어 있다는 것을 보여주었다.

과학적 사고에서와 같이 문화적인 사고 속에서도 불확정성은 확산, 해체, 불연속성 등과 같이 분해하려는 의지와 그와 반대되는 통합적인 의지 사이의 갈등을 낳는다. 그러나 문화적인 불확정성은 좀 더 교묘한 통합 능력을 가지고 있다. 선택, 다원주의, 분열, 우연 등이 그 현상의 일부이다. 우리 시대에 혼돈에 대한 인간의 열망은 질서와 폐쇄를 부과해야만 하는 사회적인 필요성에 대항하기 위한 하나의 생물학적인 구조인지도 모른다고 여겨지기도 한다.

예술은 예술 자체를 적용시키기 위한 장난기 있고 분리적인 수단을 제공하면서 이러한 경향에 저항하는 역할도 한다. 또한 허구에서와 같이 사실에서도 사실과 허구는 서로 밀고 당기며 혼합된다. 사실적인 것이 안전하거나 명백하지 않고 오히려 불가사의할 정도로 기이하고 괴상하게 보이는 그러한 경험의 지역이 있고, 허구적인 것이 결코 그렇게 멀리 떨어져 있거나 낯선 것처럼 보이지 않고 오히려 일상 경험을 기이할 만큼 닮은 경험의 지대가 생겨난다.

이렇듯 오늘날 많은 작가들은 우리 시대의 인간이 현장 속에서 완강하게 불확정적이며 애매한 것을 이상화하거나 아니면 억제하거나 해결하고자 노력하는 일종의 '마음을 비우는 능력'을 지니고 있다고 보고 있다. 콜라주, 몽타주, 인용, 텍스트 상호성, 우연성의 음악, 설치 미술, 해프닝, 컴퓨터 미술, 미니멀 아트, 구체시, 기성품 예술, 자기 파괴 조각, 해체시, 고백시, 행위 예술, 투사시 등의 불연속적이고 비창조적이며 장난스럽고 자기 반사적인 모든 형식들이 나타나고 있다. 우리 시대를 반영하는 모든 기호를 다루는 기호학에서도 사회 문화 현상에 만연되어 있는 애매성을 인정하고 한 문화권 내에서의 의미 영역의 계속적인 변이를 인정한다. 언어적인 부호들의 규칙성에도 불구하고 그러한 변이들은 불확정성에 기초를 둔 것이므로 기호학적 놀이의 규칙을 변형시킨다.

따라서 프랑스 포스트구조주의에서 볼 수 있듯이, 상징적 의미의 위계 질서보다 놀이에 대한 신뢰를 두고 '없음'(absence)을 즐겁게 받아들이며 또한 기표와 기의 사이의 불확실한 관계, 행위 또는 수행적인 관계로 인해 언어를 부호로서의 언어가 아닌 놀이나 즐거움으로서의 언어로 생각하기까지 이르렀으며 텍스트는 '있음'(presence)과 없음의 상호작용의 방법론적인 장이 되었다., 그러나 이렇게 불확실하고 불확정적이고 행위적이고 무작위적이고 다양하고 유희적이고 불합리하기까지 한 의미와 의미 사이의 관계에 대해 많은 '좋은' 포스트모더니스트들은 신경질적인 불안이나 거부 내지 무비판적인 환영과 수용의 태도를 나타내기보다는 잘 조절된 관용적인 태도를 취하며 이른바 앞서 지적한 '마음을 비우는 능력,' '비극적 환희'(tragic joy), 또는 '미결정의 아이러니'(suspensive irony)를 가진다.

　좀 더 거창하게 말한다면 포스트모던 작가들은 20세기 후반기의 우리의 삶과 문화의 질과 양이 바뀜에 따라 현명하게 그에 대한 적절한 대응 논리와 새로운 양식을 창출하는 노력을 경주하고 있다고 볼 수 있다. 왜냐하면 어느 시대라도 그 시대의 사회 변화와 문학 장르 또는 양식은 밀접한 관계를 맺고 있기 때문이다. 주지하다시피 18세기 영국에서 소설이란 장르의 생성은 당시 초기 자본주의와 초기 산업혁명이라는 시대적인 사회 변화에 따른 새로운 재현 장치의 개발과 관련이 있다. 따라서 서구의 포스트모던 시는 서구의 사회, 문화, 상황의 변화에 따른 필연적인 문학 양식의 변형이며 또한 그에 대한 응전 논리라고 볼 수 있다.

1) 포스트모던 이전의 두 개의 전통—상징주의와 반상징주의

모더니즘	포스트모더니즘
낭만주의/상징주의	파타피직스/다다이즘
형식(연결적, 폐쇄적)	반형식(분열적, 개방적)
목적	유희
의도	우연
객체로서의 예술/완결된 작품	과정/수행/해프닝
거리 유지	참여
있음	없음
장르/경계	텍스트/텍스트 상호성
종속적 구문	병렬적 구문
은유	환유
뿌리/깊이	뿌리줄기/표면
생식기의/남근의	다형태의/양성의

| 기원/원인 | 차이-차연/흔적 |

(이합 하산, 「포스트모더니즘의 개념 정립을 위해」, 1982)

우선 포스트모던 시를 논하기 전에 약간의 역사를 살펴보자.

영미시의 모더니즘 시 전통에는 두 갈래가 있다. 첫째 낭만주의 이래로 보들레르, T. S. 엘리엇에 이르는 상징주의 계열이 있다. 이러한 전통에만 관숙되어온 우리는 또 다른 전통인, 아르튀르 랭보, 거트루드 스타인, 에즈라 파운드, W. C. 윌리엄스로 이어졌던 불확정성이나 비결정성의 양식인 반상징주의 계열이 있다는 사실을 쉽게 망각해버린다. 프랑스의 입체파, 다다이즘, 초기 초현실주의의 영향을 받은 바 있는 이 계열은 문자성(literalness)과 자유 유희를 즐긴다. 엘리엇이 죽은 1965년 이래로 반상징주의 계열이 활성화되어 비트파, 블랙 마운틴의 투사시, 뉴욕, 샌프란시스코파 시인들을 거쳐 포스트모던 시로 맥락이 이어진다고 할 수 있다. 다음에는 언어의 측면을 살펴보기로 하자.

『포스트모던 미국시』(1980)를 저술한 마자로(Mazzaro) 교수는 언어 문제에 있어서의 모더니즘과 포스트모더니즘의 차이를 설명하는 자리에서 모더니즘은 서정시 형식 속에서 언어를 다시 만들거나 정화시키는 반면, 포스트모더니즘은 언어의 타락성과 우연성을 수용한다고 다음과 같이 말한다.

> 언어를 통일성으로부터의 전락이라고 생각하는 모더니즘은 언어의 침묵 또는 파괴를 제안함으로써 (타락 이전의) 본원적인 상태를 복원시키고자 한다. 반면에 포스트모더니즘은 그 본원적인 상태와의 분리를 받아들인다. … 모더니즘은 따라서 그 단어의 전통적인 의미에서 좀 더 신비스러운 경향을 띠게 되며 포스트모더니즘은 겉으로 보이는 신비주의에도 불구하고 어쩔 수 없이 세속적이며 사회적으로 되는 경향이 있다. (viii쪽)

또 다른 맥락에서 문학에서의 모더니즘과 포스트모더니즘을 비교해본다면 공간성(spatiality)과 시간성(temporality)의 문제가 중요한 의미를 지닌다. 모더니즘 문학은 미학적 자율성의 확보를 위하여 역사성이나 시간성을 지연시키거나 정지시키고 공간화하는 특성을 지닌다. 신비성의 예에서와 같이 모더니즘의 문학 텍스트는 긴장과 모순들이 시간을 초월한 통일성 속에서 해결되는 "잘 빚은 항아리"가 되어버렸다.

반면에 포스트모더니즘 문학은 형이상학의 무시간적인 정치 현상 대신에 시간성의 우연한 흐름을 강조한다. 그리하여 은유나 상징의 상하 관계의 '깊이'(뿌리)와 '있음'보다는 환유나 다다이즘의 수평 관계인 '표면'(인접성)과 '없음'이 포스트모던 문학에서 수용된다.

따라서 공간적 이미지(image)보다 시간적 내러티브(narrative)를 중시하게 된다. 여기서 예로 들고자 하는 데이비드 앤틴(David Antin, 1932~)의 후기 시는 본질적으로 즉흥적으로 지어진 구술시이며 어느 특정한 시간과 역사 속에 처해야 하는 시인의 실제적이며 특별한 담화를 통해 인간과 사회를 탐구한다. 그의 시는 추상적이고 영원한 것 대신에 특수하고 우연한 것에 대한 예술 행위이다.

포스트모더니즘 시의 또 다른 특징은 우연한 것에 대한 예술 행위이다. 모더니즘 시는 통일성, 집중, 완결성, 형식의 자율성에 입각한 서정시가 주류를 이루고 있으나 포스트모더니즘 시는 허구 또는 이야기체, 형식에서 벗어난 개방성, 시간의 확장, 장르의 확산과 혼합 등의 특징을 지닌다. 다시 말해 '내러티브의 시간적 확장'이 그 요체이다.

따라서 포스트모더니즘 시는 모더니즘의 주종인 서정시가 빠졌던 막다른 골목에서 빠져나와 더 자유롭고, 덜 순수하고, 덜 이기주의적이며, 덜 고립적인 상태를 지향하며, 궁극적으로 언어와 경험의 불완전한 형식에서 벗어나고, 우연성이 강조되는 내러티브의 영역으로 들어가게 된다. 또한 포스트모더니즘의 시는 장르의 혼합과 확산을 통해 비시적인 편지, 일기, 대화, 일화, 뉴스 등을 포용한다. 이렇게 포스트모더니즘 시는 하나의 경과로서의 사건(event)으로 결과보다 과정(process)이 중시되는 행위 또는 수행(performance)의 특성을 가지게 된다.(Connor, 121~122쪽)

또한 최근 많은 시들이 운문보다는 산문으로 쓰여지고 있다. 왜냐하면 실제 말하기(actual speech)의 복잡한 움직임들로부터 파생된 소리와 침묵들이 다양하게 연결되고, 숨결 또는 마음에 의해 지시된 하나의 음악이 산출되어 쓰여진 시의 텍스트는 시의 기보법(記譜法)이 되며, 또한 시각적이고 구체적인 형식 속에서 시의 텍스트는 독자가 한 번에 보이는 형태와 의미를 읽어낼 수 있는 공간이 되기 때문이다. 또한 여기저기에서 독자들은 행위와의 실험을 하게 되고 다른 예술과의 혼합을 보게 된다. 따라서 어떤 순간에도 다른 것으로 바뀔 수 있는 '상호 매체'(intermedia)가 만들어지고 고정된 경계가 없는 시의 자유가 성취된다.

2) '담화시'의 탈근대성―불확정성과 행위성

> 시인으로서 나는 행위에 연루되어 있다. 나는 구두 시인(oral poet)이다. 왜냐하면 특정한 장소에서 특정한 청중들에게 말할 때 내가 오랫동안 생각해왔던 것과 여러분들이 이곳에 오기 전에 생각했던 것을 중재하고자 노력하면서 나의 입으로 흘러나오는 말로 나의 방식을 찾고자 하기 때문이다. 그리고 나는 시라는 예술이 다른 텍스트나 또는 다른 대상들에 의해 비평되는 텍스트나 대상을 수집해놓은 것이라고 간주하는 생각에 아주 반대한다. (데이비드 앤틴, 「포스트모더니즘이 있는가?」, 1980)

이제부터 위와 같은 포스트모더니즘 시의 특성을 가장 잘 나타낸다고 여겨지는 앤틴의 후기 시의 경우를 살펴보기로 하자. 앤틴은 자신의 시를 '담화시'(talk poem)라고 부르고 다음과 같이 설명한다.

> '담화시'란 즉흥적으로 말하면서 쓰여지는 시로 특정한 장소에서 내가 여러 사람들 앞에서 창조해낸 것이다. 다시 말해 내가 특정한 장소에서 어떤 생각을 가지고 무엇을 말할까는 분명하지 않다. 그곳에서 청중과 나 자신

모두에게 의미 있는 것들 중에서 내가 관심을 가진 문제들을 다루는 방식을 찾게 된다. 나는 그것을 녹음해둔다. 그리고 그것이 성공적이었다는 생각이 들면, 출판할 만한 가치가 있다고 생각되는 것을 전사(轉寫)한다. 그렇지 않으면 전사하거나 출판하지 않는다. 따라서 '담화시'는 어떤 곳에서 수행된 행위들이다. 나는 1972년 이래로 즉흥적인 '담화시'를 지어왔고 그 첫 시가 『말하기』(*Talking*)에 실려 있다.

이렇듯 '담화시'는 앤틴이 어떤 문학적인 관습이나 목적에 따라 하나의 완결된 작품을 제작하는 것이 아니라 자신이 청중들 앞에서 즉흥적으로 이야기한 일화 중에서 골라 전사한 것으로 목적 없이 불확정성에 근거해서 수행된 일종의 '행위 문학'이라고 볼 수 있다. 따라서 그 효과는 시인의 의미부여의 권위를 포기하고 시인과 독자가 서로 공모하여 의미를 만들어내려는 것이다.

우선 그의 시를 구체적으로 살펴보자. 다음은 그의 「이곳은 올바른 장소인가?」("Is this the right place?")란 시의 한 구절이다. (시 형식을 독자들에게 직접 보여주기 위해 영어 원문을 그대로 싣는다.)

when i came here in the plane this time
and ive com back and forth so many times now im beginning
to suffer from air shock between flights when i got on the
plane
i had the feeling I started out early in the day it was
about 12 oclock to be on a plane 12 oclock on a plane
is in
some ways the worst possible time to get on a plane because
what happens is you start out in the daylight and you
wind up in the night and there never was any day and its
odd you

feel that youre travelling into the past   though technically youve

gone into the future and lost the present

이번에 비행기로 내가 이곳에 왔을 때

그리고 나는 아주 여러 번 왔다 갔다 해서 이제 나는

비행기를 타는 동안 대기충격으로 고통받기 시작한다 내가

비행기에 올랐을 때 나는 느꼈다. 낮에 일찍 출발했다고

비행기에

오르니 정오경이었는데 비행기에서 정오는 어떤 면에서는

비행기를 타는 가장 최악의 시간이다 왜냐하면

사실은 한낮에 출발하면서 그런데

밤에 끝나게 되고 그래서 결코 낮 시간은 없다 그리고 야릇하다.

당신이 과거로 여행한다고 느끼는 것은 비록 기술적으로

당신은 미래로 들어가버려 현재를 잃어버리기는 했지만

앤틴은 이 시에서 구두점, 대문자, 정확한 철자 등 영어에서 인정하는 기본적인 관습들을 무시하고 글 양편에서는 물론 한가운데에서도 많은 불규칙적인 여백을 사용한다. 그러나 이러한 '담화시'의 가장 중요한 특징은 장르적으로 볼 때 불확정적인 지위를 가진다는 데 있다. 처음에는 수필식으로 산만하게 시작하다가 서서히 일화적이거나 허구적으로 나아가다가 결국에 가서는 시적인 담론의 형식을 취한다.

앤틴이 1973년 샌프란시스코 시 센터에서 처음으로 수행한 「나는 여기서 무엇을 하고 있는가」("What am i doing here?")란 즉흥시를 『경계 2』(*boundary 2*)라는 잡지에 출판한다고 했을 때 그 편집인인 로버트 크로체(Robert Kroetsch)는 반대했다. 그의 반대 이유는 다음과 같다. 우선 앤틴의 '담화시'는 아무런 갈등이나 긴장도 없이 한없이 계속되고, 반복하며 끊임없이 말한다는 것이다. 더욱이 앤틴은 일정한 주제도 없이 일상 대화에서처럼 이 주제에서 저 주제로 쉽게 옮겨 간다고 지적한다. 이에 반해 또 다른 편집자인

윌리엄 스파노스(William Spanos)는 앤틴의 시가 서구에서 호메로스 이래 구전 시가의 전통을 따른다고 칭찬하며 그의 시에는 '이야기'와 '사유'가 산재해 있는 하나의 구조적인 리듬이 있고 '탐색 정신'을 촉발시키는 시인의 목소리가 있다고 지적했다.(Perloff, 320쪽 재인용)

스파노스는 1976년 위스콘신 대학교(밀워키)에서 앤틴과 직접 대담하는 자리에서 앤틴의 담화시가 지니는 구두성(orality)을 다음과 같이 강조한다.

> 당신[앤틴]이 말하는 동안 행하고 있던 것은 어느 정도 즉흥적이며 특정한 담화이다. 만일 당신이 시에서 구두적 충동(oral impulse)을 회복하고, 이 구두적 충동이 암시하는 살아 있는 세계를 바라보는 새로운 현상학적인 방식을 회복하고자 한다면, 그렇게 시작(始作)해야 할 것이다. 실존적인 상황의 소리중심적인 시작이 아닌 이러한 담화—이것으로부터 당신에 대한 나의 반응이 생겨나고 나에 대한 당신의 반응이 생겨나는—를 생성하는 열린 시작이다. 이것이 진정한 시가 시작해야만 하는 곳이며 그러한 시는 목적론적이 아니다. 시란 발견하는 것, 즉 덮개벗기기(dis-covering)이다. … 닫힌 형태의 시는 보수적인 논리중심적 시이다. 내 생각으로는 우리에게 필요한 것은 덮개벗기기라는 구두성(orality)이다. (데이비드 앤틴, 「말하며 발견하기」("Talking to Discover"), 1976)

담화시의 특징은 어떤 확고한 목적이나 목표를 가지고 이야기를 시작하는 것이 아닐뿐더러 처음에는 완전히 이해할 수 없었던 것까지 이야기하는 과정에서 이해하게 되어 전체의 커다란 구조나 원리를 이해·발견할 수 있게 된다는 점이다.

또한 앤틴 시의 텍스트는 노드롭 프라이가 말하는 소위 '연상적 리듬'을 가지고 있다. 프라이는 『조화를 이룬 비평가』(*The Well-tempered Critic*, 1963)란 책에서 "우리는 일상적 담화에서 … 구문 법칙의 지배를 받지 않고, 목적하는 중심적인 단어나 어휘를 포함하는 짧은 어구인 독특한 리듬의 단위를 가진다. 연상적 리듬은 우리가 하나의 생각을 만들어낼 때와 같이 산문보다 훨씬 더 반복적이다. … 주요 주제를 추구하는 데 있어서 연상적 리듬은 개인적인 연상의 미로를 따라간다"(33쪽)고 설명하고 있다. 따라서 연상적 리듬은 운문으로 향하는 동시에 산문의 방향으로 가게 되어 일종의 '자유 산문'의 형식을 취하게 되며 궁극적으로 완결된 운문과는 구별된다. 요컨대 앤틴의 즉흥적인 담화시는 급진적인 과정 예술이라고 볼 수 있다.

앤틴의 '담화시'의 시적 구조와 형식에 대해 좀 더 살펴보자. 마조리 펄로프에 의하면 앤틴의 연상적 독백에는 완전한 문장이 없고 다만 재빨리 그의 시를 따라 읽어내려가는 것뿐이라는 것이다. 하나의 관념이나 영상이 빠르게 바뀐다. 또한 산문에서와 달리 앤틴의 시는 내용 요약이나 분석이 불가능하다. 단편화된 문장 구절, 여백에서 나오는 침묵, 의미의 지연, 어휘의 반복 등은 그 시에 나타나는 사상을 복원해 내기 어렵게 만든다. 각 부분부분이 모두 중요하며 전체를 다 읽어야 주제와 의미가 드러난다. 또 그의 담화시는 즉흥적인 특질을 유지시키기 위해 서로 다른 다양한 요소들을 조합하며 또 그 요소들은 모두 긴밀한 상하 관계를 가진다. 각 어휘들은 그 관계속에서 인접성을 환기시키는 독특한 환유적 구조를 가진다.(320쪽)

그의 또 다른 시 「기억하기 기록하기 재현하기」("remembering recording representing", 1973)의 한 구절을 살펴보자.

> before coming here i stopped at a number of places ive been
> travelling a lot im beginning to feel a little travel shock at
> this
> point ive gone east from california to philadelphia from
> philadelphia to new york from new york to bloomington
> and now im here from bloomington and when i was in
> bloomington i was introduced to a painter a very good
> skillful painter in the positive sense of that term a
> figure painter and he working on a large painting on
>
> a

diptych i guess maybe eight feet high and each
part of it maybe four wide and the painting was very
formally devised with borders painted around both sections in
the manner of a medieval painting and in one part of the
diptych
there was a woman seated and in the other part a man
standing
and they were each of them in a house that looked
like it would have been one house joined across the tow panels

내가 이곳에 오기 전에 나는 많은 곳을 들렀고 나는
여러 곳을 여행하고 있었고 나는 이곳에서 약간의
여행의 피로를 느끼기 시작했고 나는 캘리포니아에서 동쪽으로 필라델
피아로 갔고 필라델피아에서 뉴욕으로 뉴욕에서 블루밍턴으로
그리고 지금은 블루밍턴으로부터 이곳에 와 있다 그리고 내가
블루밍턴에 있을 때 나는 한 화가를 소개받았다
아주 훌륭한 기술이 좋은 화가 그 용어의
긍정적인 의미에서 저명한 화가인데 그리고 그는 둘로 접는 서판 위에
커다란 그
림을 작업하고 있었는데
내 생각으로는 아마도 8피트 높이고 각 부분은
두 부분은 각기 아마도 4피트 폭이며 그 그림은
형식적으로 나누어져 있고 중세 회화의 양식으로
두 부분 주위에 경계가 색칠되어 있으며 그리고
둘로 접는 서판의 한 부분에는 한 여인이 앉아 있고 그리고
다른 쪽에는 남자가 서 있으며 그리고 그 둘은
각기 집 안에 있었으며…
판넬 두 개로 이어진 집 같았다.

이 시에서 앤틴의 목적은 일관성 있는 주장을 구성하기보다 그것을 제시

하고 노출시키고 있다. 그러나 이러한 과정 속에서 앤틴은 문화적인 주제는 물론 좀 더 폭넓은 철학적이며 사회적인 관심과 주제들을 결합시키고 있다. 이러한 면이 앤틴 시의 궁극적인 가능성이 될 수 있다. 따라서 위의 앤틴 시는 단순한 '담화'나 '순수한 내용'이 아니고 환유적인 구조들의 인접성(contiguity)의 원리에 따라 다각적인 조정에 의해 투영적이며 생성적인 자세를 지니게 되고, 연상적 리듬에 의해 가동된 발견 과정으로부터 사상이 추출된다.

앤틴의 '담화시'의 또 다른 특징으로는 앞서 잠시 지적한 바 있는 내러티브적인 요소를 빼놓을 수 없겠다. 이 밖에 '자유 투사'의 문제는 앤틴 자신이 그의 시 속에서 만들어내는 '목소리'이다. 이것은 그의 시에서 유일한 허구적인 요소이다. 앤틴은 시 속에서 자신을 수동적인 기록자로 등장시켜 시 속의 '나'는 언제나 나이고, "당황하고" "혼수상태에 빠져 있다." 이러한 자세는 그의 시를 자유와 유희의 과정과 행위 속에서 불확정 속에 빠뜨려―즉 주제와 형식에 있어서 포스트모던한 상황을 환기시키며―시인, 독자, 텍스트, 사회가 함께, 스탠리 피시의 말을 빌린다면, 의미와 '해석의 공동체'를 창출해내려는 시도일 것이다.

이러한 상호작용의 주제를 잘 보여주는 시가 「조음」("tuning," 1984)이다.

in this situation to accomplish anything together at all we

have to find out what the other person's pace is we have

to find

what other pace is . . . we have to adjust

our paces each to the other so that we can come more or

less

into step . . . and all the time we would have

before us our ongoing acts that we could compare because

they were still going on in front of us and we would have

some idea based on our notion of going together what we would like or require demand ─or desire from going together

for a while and we could try for this in our practice

which could all change in a while but it is this kind of

negotiation which i would like to call

"tuning"

이런 상황에서 우리 모두 어떤 것을 이룩하기 위해 우리는

다른 사람들이 어느 속도로 살아가는가를 알아야 한다 우리는 발견해야

한다

다른 사람의 속도를 . . . 우리는 조정해야만 한다

우리들의 속도를 다른 사람들의 속도에 그렇게 해서 우리는 얼마간

보조를 맞추고 . . . 그러면 언제나 우리는 가질 것이다

우리 앞에 우리가 비교할 수 있는 진행되는 행위들은 왜냐하면

그들은 우리보다 앞에서 계속 진행되기 때문이다 그리고 우리는 가질

것이며

어떤 생각을   함께 살아간다는 개념에 토대를 둔 무엇을

우리가 좋아하고 강요하나 함께 살아가는 것으로부터 요구하거나 바란다

얼마 동안만이라도 그리고 우리는 이것을 시도할 것이고

우리의 실행 속에서

얼마 동안 변혁시킬 수 있다 그러나 이러한 협상에 대해 나는 부르고 싶다

"조음"이라고

3) '담화시'의 대화주의─구두성(口頭性)을 통한 독자 끌어안고 나아가기

발견의 개념, 생성의 개념, 조합하고 변형시킨다는 개념이 … 시의 중심
적 개념이다. … 나는 시의 개념을 폐쇄시키고 싶지 않다. … 가치있는 방향
으로 변형력이 있는 담화가 시의 중심적인 요소이기 때문이다. (데이비드 앤
틴, 「말하며 발견하기」, 1976)

그렇다면 앤틴이 불확정성과 행위성을 강조하는 궁극적인 이유는 무엇인가? 그것은 앞서도 잠시 지적했듯이 한마디로 '대화적 정신'이다. 이 대화 정신은 1970년대 이후 중요한 문학 및 문화 이론가인 소련의 미하일 바흐친의 "대화적 상상력" 또는 카니발화된 담론의 전략과도 연계되고 있다. 앤틴은 '담화시'라는 특이한 형식을 통하여 시인이 독자의 개인적, 사적인 관계뿐 아니라 사회·역사·문화를 구체적으로 체화시키는 공적, 역사적 관계를 수립한다. 따라서 그는 담론을 통해 공동 의식과 사회가 형성되고 독자와의 관계가 정립된다고 생각하며 공동 관심사에 대한 행위와 토론을 위한 '장의 상황'(field situation)을 마련해준다. 내면과 자아라는 밀폐된 유희와는 다른 독자와 시인의 공동체 의식을 창출해내고자 하는 것이다. 이렇게 볼 때 '담화시'는 일종의 제식(ritual)이라고 볼 수 있다.

다음에서 그의 1984년 작품인 「조음」을 다시 살펴보자. 앤틴은 우리의 삶 속에 깊이 내재해 있는 잠재력을 찾아내고자(표면으로 드러내고자) 담화가 지닌 힘을 이용한다.

> when roys daughter died we held a memorial at
> the center for music experiment the memorial
> readings and performances by poets and artists
> and musicians was an attempt to offer some
> fellowship to roy and marie who were in a state
> of shock over the terrible accident it was held
> in the late afternoon in the long somber wooden
> shed that had once housed a marine officers bowling
> alley been refurbished with a black ceiling much
> redwood stripping and a mauve carpet to serve as the
> university art gallery and then turned over th the
> music department in the middle 70s the readings
> proceeded quietly one after another without

interruption for long introductions and the last piece

on the program was a composition by pauline oliveros

pauline was working with a small performance

group at the time and its young men and women were

scattered informally around the room pauline

came to the center of the gallery to tell us how to

perfome the piece we were all to rise and form

a large single circle holding hands with our nearest

neighbors to listen until we heard a tone we felt

like tuning to to try to tune to it and when we were

satisfied with our tuning we could fall silent and

listen choose another tone and try to tune to it

and to on like this listening and tuning and falling

silent as long as we wished until we felt that we

were through i was holding hands with a carefully

dressed young history professor and a smart looking

dark haired woman from a travel agency in a jolla

i listened for a while and could make out several

humming tones coming from various places about

the room i could hear the history professor clear

his throat and start to hum a tone in the middle of

the baritone register i thought i would join him

there and my partner on the left opened a lovely

mezzo just above us around the room soft surges

of sound floated up while others stayed suspended

or died away to be succeeded by still others in fifths

and octaves lightly spiked by onsets and decays that

underlined the simple harmonies that filled the

space at on point a high dear soprano tone

floated out across the room and i say the history

professor start to cry i squeezed his hand and

tried to join a high tenor almost beyond my range

the history professor nodded and joined us there

로이의 딸이 죽었을 때 우리는 추도식을 가졌다

실험음악센터에서 그 추도식은

시인들과 미술가들과 음악가들에 의한 시낭송과

행위 예술이었는데 하나의 시도였다

끔찍한 일을 당해 충격 상태에 있었던

로이와 마리에게 어떤 불행을 같이한다는 뜻에서 그것은 이루어졌다

기다랗고 음울한 나무로 지은 헛간에서 늦은 오후에 한때 해병 장교들의 볼

링장이었으며

…(중략)…

시낭독이

조용히 하나씩 하나씩 진행되었다. 계속해서

끊임없이 도입부를 위해 그리고 마지막 작품은

프로그램에서 폴린 올리베로스의 작품이었으며

폴린은 그 당시 작은 행위 예술 그룹과

일을 하고 있었고 그 그룹의 젊은 남녀들은

방 여기저기에 자연스럽게 흩어져 있었으며 폴린은

그 갤러리의 가운데로 와서 우리에게 와서

그 작품을 행위하는 방식을 말하려고 우리는 모두 일어나

손에 손을 잡고 하나의 커다란 원을 만들어

이웃 사람과 우리가 계속 음악을 듣다가

조음하고 싶어졌고 그 음악과 조음하고자 했고 우리가

우리의 조음에 만족했을 때 우리는 조용해질 수 있었고 그리고

들었고 또 다른 음악을 선택해서 그것과 조음하려 했고

그리고 계속해서 이렇게 듣고 조용하고 조용해지고

우리가 원하는 동안 마침내 우리는 느꼈다

다 되었다고

나는 정성들여 옷을 입은

젊은 역사학 교수와 손을 잡고 그리고 똑똑해 보이는

졸라의 여행사에서 온 검은 머리의 여자의 손을 잡았고

나는 잠시 동안 음악을 듣고 몇 가지 콧노래들이

방 여러 곳에 흘러나오는 것을 들을 수 있었고

…(중략)…

… 그러던 중 맑고 높은 소프라노 노랫소리가

방안에 울려퍼졌고 나는 역사 교수가

울기 시작하는 것을 보았고 나는 그의 손을 꼭 잡아주고

나의 힘을 거의 벗어나는 커다란 테너 음성으로 따라하려고 노력했고

역사 교수는 고개를 끄덕이며 우리들과 그 곳에서 함께 했으며

이 시에서 앤틴은 죽음이라는 슬픈 일을 당했을 때 그 가족과 친구들이 행위 예술가이며 음악가인 폴린 올리베로스를 통해 어떻게 그것을 극복하는가 하는 것을 하나의 공동체적인 문제로 승화시키고 있다. 이것은 죽은 사람의 넋을 달래고 살아남은 사람들을 위로하는 우리 나라의 굿거리와 같은 공동체적 제식(ritual)을 연상케 한다.

여지껏의 논의를 요약한다면 우선 앤틴의 시에서는 시의 리듬이 일상 회화·담화의 리듬에 가까워져 구두성 또는 구술성을 획득하여 지나치게 작위적인 상징주의나 이미지즘의 조밀한 시적 구조를 벗어난다. 둘째로 호흡에 중점을 둔 시행을 주장하여 전통적인 시의 틀에 새롭고 다양한 모습을 부여한다. 즉, 형태 파괴를 통해 새로운 감수성과 공동체 의식을 구축하려고 노력했다고 볼 수 있다. 따라서 틀의 확대, 또는 해방과 더불어 오랫동안 폐쇄적이었던 시정신의 활력을 획득한다. 끝으로 앤틴은 일상 소재를 쉽게 다룸으로써 대중을(민중까지도) 독자와 시인의 새로운 만남을 통해 같이 참여시켜서 의미를 만들고 있다.

2. 나가며: 낭만주의/상징주의/모더니즘을 포월하기

> 앤틴은 최초의 사건들을 내러티브로 변형시킨다. 구두적인 내러티브는
> 텍스트로 바뀐다. 텍스트 페이지의 인쇄 기술상의 특이성은 텍스트 자체를
> 변형시켜 청중(독자)들에게 새로운 종류의 시를 읽는 방식을 요구한다. 그
> 리고 독서 자체가 일종의 앤틴의 목소리를 '듣는 것'이 된다. 비록 그가 말
> 하는 '작업(사건)'이 끝나고 앤틴의 목소리가 우리 자신의 것으로 변한다 해
> 도 말이다. 이렇게 볼 때 종국적으로 행위(performance)는 예술을 그것 '밖
> 에' 있는 것과 재통합하고 변형을 만들어 내는 하나의 행위(activity) 그리고
> '장'(field)의 개방으로 정의될 수 있다. (헨리 세이어, 「행위」, 1990)

찰스 알티에리(Charles Altieri)는 「조음」을 논하는 자리에서 포스트모더니
즘 시를 두 종류로 분류하여 설명한다. 첫번째 것은 크리스토퍼 클라우젠
(Christopher Clausen)이 주장하는 "공적인 서정시풍"(public lyricism)이다. 클
라우젠에 따르면 "모더니즘은 소진되고 포스트모더니즘이 생겨났는데, 이
것은 실험성과 난해성에 대한 자기 영속적인 관심을 가지는 대학의 울타리
를 넘어 시에다 지난 수세기 동안 지녀온 공적인 서정시풍의 전통을 회복"
시켜야 한다는 것이다. 또 다른 하나는 마조리 펄로프의 것으로 그녀는 "시
가에 복합적이며 불확정적인 의미라는 춤을 가르쳐줌으로써 포스트구조주
의 시대로 이끌어가는 실험들을 찬양·고무"한다고 말하며 다음과 같이 포
스트모던 시의 가능성을 요약하고 있다.

> 시에서의 포스트모더니즘은 여지껏 엄격하게 배제되었던 정치적, 윤리
> 적, 철학적인 재료들을 시의 영역으로 회복시키려는 충동으로부터 시작된
> 다. 다시 말해 낭만주의적 서정시—절대적 통찰력의 순간의 표현이며 시간
> 화된 양식으로 결정화된 정서의 표현으로서의 시—가 다시 한 번 이야기체
> 와 교훈주의의 심각한 것과 우스운 것, 운문과 산문을 수용할 수 있는 시에
> 자리를 양보했다고 볼 수 있다. … 새로운 시는 작품뿐 아니라 세계와 대면

할 수 있도록 장을 열고 있다. … 20세기 후반부의 시에서는 가슴속의 절규가 점차로 정신의 놀이로 변화되었다. 시인은 이 놀이 속에서 '우리가 살고 있는 세계 자체인 과정'을 설명하고자 한다. ("Postmodernism," 49, 61쪽)

이렇게 볼 때 찰스 알티에리가 주장하듯 이곳에서 논의되고 있는 데이비드 앤틴은 클라우젠이 주장하는 '공동 생활'에 대한 관심과 펄로프가 주장하는 실험적인 충동을 모두 갖춘 명실공히 '훌륭한' 포스트모던 시인이라고 볼 수 있다. 따라서 앤틴의 '담화시'는 현재 두 갈래의 포스트모던 시를 통합하여 새로운 가능성을 성공적으로 열어주는—낭만주의, 상징주의, 모더니즘을 극복하고 있을 뿐 아니라 실험적 유희를 사회적으로 승화시켜, 새로운 포스트모던 상황과 논리에 적절하게 대응하는 형식과 내용을 창출해내고 있다는 의미에서—것으로 앞으로 상당 기간 우리들의 주목을 받아야 할 것이다. 저들의 새로운 시를 이해하는 데는 물론 우리 나라에서 새로운 문화 상황에서의 새로운 창작의 틀을 만들어내려는 많은 우리 시인들에게 데이비드 앤틴은 타산지석이 될 수도 있으리라.

6장 테헤란에서 『롤리타』읽기
— 1970년대 이란 혁명기에 금지된 영미소설 읽기

철학, 종교, 과학 이들은 모두 안정된 균형을 얻기 위해 사물들을 못으로 박아 고정시키기에 바쁘다. … 그러나 소설은 그렇지 않다. … 만일 여러분들이 소설에서 어떤 것이든 고정시키려 한다면 그것은 소설을 죽이든지 아니면 소설은 일어나서 못을 뽑아 가지고 걸어나갈 것이다.

— D. H. 로렌스, 「왜 소설이 중요한가」

나는 이 회고록에서 아자르 나피시 교수가 여성을 대상으로 한 급진적 이슬람 전쟁 중 자신은 어떻게 대처했고 또 다른 사람들이 그것에 대처할 수 있게 어떤 도움을 주었는지를 기록한 이야기에 매료되고 감동했다. 이 회고록은 신정정치의 폐해, 깊은 사려 그리고 자유의 시련에 관한 중요하고도 복합적인 사유를 보여주고 있다. 또한 이 회고록은 위대한 문학과 영감에 찬 영문학 교수의 만남이 만들어낸 의식을 깨우는 즐겁고 감동적인 이야기이다.

— 수잔 손택

1. 들어가며: (경건한) 이슬람혁명과 (퇴폐적인) 소설 『롤리타』가 테헤란에서 만나면 어떻게 될까?

모든 이야기의 시작은 1979년으로 돌아간다. 서구적인 근대화를 추진해

왔던 이란의 팔레비 왕조가 이란의 민족주의자들과 이슬람 근본주의자들에 의해 무너졌다. 호메니이 옹이 새로운 종교정치 지도자로 등장하며 이란을 이슬람 신정(神政)국가로 만들려는 혁명이 시작되었다. 그 이듬해에 이란-이라크 전쟁이 발발하였다. 혁명과 전쟁이 극심했던 이런 혼란기에 이란의 수도 테헤란의 대학에서 소위 외설 소설로 여겨지는 블라디미르 나보코프의『롤리타』와 그 외에 사탄의 국가로 지목된 미국 소설『위대한 개츠비』를 읽고, 가르치고, 그리고 토론하는 것은 어떤 것일까?

이 책은 1979년부터 1997년까지 18년간 이란 격동기의 한가운데에서 테헤란에서 영미 문학을 가르쳤던 한 여교수의 회고록이다 이 회고록의 저자 아자르 나피시 교수는 이란의 전통 있고 여유 있는 가정에서 태어나 스위스와 영국에서 교육받았다. 그 후 미국에서 영문학 박사학위를 받고는 테헤란 대학교 영문학 교수가 되었다. 이렇게 나피시 교수의 회고담은 저항과 시위의 소용돌이 속에서 처음으로 테헤란 대학교에서 문학을 가르치기 시작했던 이란 혁명의 초기로 되돌아간다. 이 광란의 시기에 학생들은 대학을 통제했고 교수들을 쫓아냈고 교과과정을 바꾸었다. 나피시 교수의 강의를 듣는 급진 이슬람주의자 학생은 F. 스콧 피츠제럴드의 소설『위대한 개츠비』를 가르치는 것을 문제 삼았다. 왜냐하면 그는 "거대한 사탄"인 미국의 잘못을 설교하는 부도덕한 작품이라고 생각했기 때문이다. 그때 나피시 교수는『위대한 개츠비』를 모의재판에 회부하고 그 소설을 변호하는 증인으로 나섰다.

테헤란 대학에서 2년 만에 해직된 후 다른 몇 대학에서 시간강사로 몇 년간 더 영미소설을 가르쳤던 나피시 교수는 1997년 이란 떠나기 전 2년 동안 매주 목요일 아침 자신의 집에서 일곱 명의 젊은 이란 여성들과 함께 모여 서구문학의 금지된 작품들을 읽고 토론했다. 그 아가씨들은 모두 이란의 여러 대학교에서 나피시 교수가 이전에 가르쳤던 학생들이었다. 이들 중 몇 학생들은 보수적이며 종교적인 가정 출신이고 다른 학생들은 진보적이고 비종교적인 집안 출신이었다. 몇몇은 감옥 생활을 경험하였고 이야기하는 것에 익숙지 못했으나 그들은 곧 입을 열기 시작했고 그들이 읽고 있었던 소설들에 관해서뿐 아니라 그들 자신들의 꿈과 절망에 대해서도 좀 더 자유롭게 말하기 시작하였다. 학생들은 그들이 주로 읽고 있었던『오만과 편견』, 『워싱턴 광장』, 『데이지 밀러』, 『위대한 개츠비』 그리고 『롤리타』를 둘러싸고 이야기를 전개한다.

아자르 나피시 교수의 경쾌한 이야기는 테헤란에서 본 이란-이라크 전쟁의 매혹적인 모습을 보여주며 혁명기 이란의 여성들의 삶의 모습을 내부에서 보여준다. 이 회고록은 놀라울 정도로 독창적인 목소리로 쓴 위대한 정신과 시적 아름다움을 가진 감동적인 논픽션 작품이다. 이 책은 이슬람 혁명기 이란에서 서구문학을 가르쳤던 경험에 대한 회고록으로 양쪽 모두에 대한 심원하고도 놀라운 통찰력이 들어 있는 걸작이다.

이 감동적인 회고록을 한층 더 실감나게 읽고 적용시키기 위해 이제부터 이란에 대해 간략하게나마 공부해보자. 20세기 이란의 역사를 살펴보자. 1921년 쿠데타로 팔레비 왕조가 수립되었고 1935년에 국호를 페르시아에서 이란으로 바꾸었다. 1941년에 마지막 왕(샤) 무하마드 팔레비 국왕이 즉위하였다. 그 후 1950년부터 민족주의 세력과 이슬람주의가 결합하여 서구적 근대화를 추진하던 국왕 팔레비 반대운동을 전개하였다. 1979년 1월 결국 팔레비 국왕이 국외로 추방되었고 같은 해 4월 시아파 종교정치 최고지도자인 호메이니 옹이 이슬람 공화국을 수립하였다. 같은 해 11월에 '반미의 화신'이던 호메이니는 수도 테헤란의 미국 대사관을 점거하여 52명을 인질로 잡고 444일간 억류한 커다란 사건을 일으켰다. 다음 해에 이라크와의 지루한 8년간의 전쟁이 일어났다. 호메이니는 그 후 10년간 신정통치를 하여 이란을 근본주의 이슬람 공화국으로 만들었다.

이란 혁명기간 중에 6만 명 이상이 희생되었다. 팔레비 왕조의 추종자 수백 명이 공개 처형되었다. 많은 반대 세력들을 가차 없이 구금, 체포, 투옥, 처벌하였다. 대학은 폐쇄되고 여성은 베일로 얼굴을 가리게 했고, 반혁명적이며 퇴폐적이라는 이유로 서양문화—특히 음주, 음악, 문학 등—를 금지시켰다.

서로에게 막대한 피해를 준 이라크와의 전쟁이 유엔의 중재로 휴전된 다음해 6월에 최고 지도자 호메이니 옹이 86세로 사망하고 하메네이가 그 지위를 승계했다. 같은 해 라프산자니 대통령이 취임하였다. 1995년에는 미국의 경제 제재 조치와 무기 수출 금지 조항이 선포되어 아직까지 계속되고 있다. 1997년에 개혁파인 모하마드 하타미가 대통령에 당선 취임하였다. 하타미 대통령은 문명 간의 대화를 주장하며 미국과의 관계 개선을 모색하고 있다. 이란은 극단적 이슬람 원리주의에서 서서히 벗어나 최근에는 여성들에게 머리카락이 조금 보이는 개방형 차도르를 허락하였고, 청바지와 짧은 치마가 허용되고, 가슴이 패인 웨딩드레스와 인터넷 카페가 등장하기도 하여 경직된 문화에서 유연성과 다양성이 조금씩이나마 나타나고 있다.

그렇다면 이러한 혁명과 전쟁의 시기에 "소설"을 읽고 가르치고 논의하는 것의 의미는 무엇인가? 나피시 교수가 이 회고라는 양식 속에 담은 감동적인 이야기에서 소설에 대해 하고자 했던 이야기는 무엇인가? 다음에서 일곱 개의 비망록으로 나누어 생각해보자.

2. 본론: 우리시대의 '소설'을 위한 일곱 개의 비망록

1) 소설은 "사랑"이라는 상상력의 기계이다.

소설이란 무엇인가? 소설이란 무엇보다도 우리의 혼을 울려 '사랑'을 실천하는 상상력의 기계이다. 사랑은 상상력이다. 상상력은 타자 의식을 격동시켜 사랑을 이루는 추동력이다. 이것이 소설의 핵심이다. 사랑의 입법자인 영국의 낭만주의 시인 P. B. 셸리의 감동적인 문학론인 『시의 옹호』에서 상상력에 관한 선언을 우선 들어보자.

> 도덕의 요체는 사랑이다. 즉 자기의 본성에서 빠져나와 자기의 것이 아닌 사상, 행위 혹은 인격 가운데 존재하는 미와 자신을 일체화하는 것이다. 사

람이 크게 선해지기 위해서는 강렬하고 폭넓은 상상력을 작동시키지 않으면 안 된다. 다른 한 사람, 다른 많은 사람의 처지에 자신을 놓아보지 않으면 안 된다. 동포의 괴로움이나 즐거움도 자기의 것으로 삼지 않으면 안 된다. 도덕적인 선의 위대한 수단은 상상력이다. 그리고 시는, 원인인 상상력에 작용함으로써 결과인 도덕적 선을 조장한다. 시는 언제나 새로운 기쁨으로 가득 찬 상념을 상상력에 보충하여 상상력의 범주를 확대한다. 이와 같은 상념은 다른 모든 상념을 스스로의 성질로 끌어당겨 동화시키는 힘을 가지고 있다.

셸리는 모든 도덕의 요체는 사랑이며 사랑의 추동력은 공감(共感, Sympathy), 즉 "상상력"이라고 선언하였다.

이 회고록에서 나피시 교수는 소설이 우리를 이방인으로 만들어 타자들과의 "감정이입"(empathy)을 가능케 한다고 말한다. 자아의 껍데기 속에 안주하는 자폐증에서 벗어나 모든 것을 낯설게 만듦으로써 자신 안에 빈 공간과 틈을 만들어 타인이 들어오도록 만든다.

> 소설은 또 다른 세계에 대한 육감적인 경험입니다. 만일 여러분이 그 세계로 들어가서 등장인물들과 함께 숨을 죽이고 그들의 숙명에 연루되지 않으면 여러분은 마음으로부터 공감을 느낄 수 없을 것입니다. 그리고 공감은 소설의 핵심입니다. (제2부 11장)

> 인간이 다른 사람의 입장에 서서 다른 사람의 여러 다른 모순적인 측면들을 이해하고 지나치게 냉혹해지는 것을 막을 수 있는 길은 오직 문학을 통해서만이 가능하다. 문학의 영역 밖에서는 오로지 개인의 한 가지 측면만이 나타난다. 그러나 만일 개인의 여러 다른 측면들을 이해한다면 쉽게 그들을 죽이지 못할 것이다. (제2부 15장)

> 대부분의 위대한 소설에서처럼 악이란 타인을 "볼" 수 없기 때문에 마음으로부터 그들과 공감하지 못하는 것이다. … 일단 악이 개별화되어 일상생

활의 일부가 되면 그것에 저항하는 방법 역시 개별적인 것이 된다. 그리고 그 대답은 사랑과 상상력을 통해서라는 것이다. (제4부 17장)

다른 사람들의 슬픔이나 기쁨은 우리 자신의 슬픔이나 기쁨을 되돌아보게 한다. 우리는 '나는 어떤가, 저것이 나의 삶, 나의 고통, 나의 고뇌에 대해 어떤 말을 해주는 것일까?' 하고 자문하게 됨으로 다른 사람의 슬픔이나 기쁨과 부분적으로나마 마음으로부터 공감하게 된다. (제4부 21장)

지금까지의 인용문에서 소설=상상력=타자 의식=사랑=공감이라는 등식이 성립된다. 인간, 사회, 문명을 끝까지 지탱시켜주는 것은 "사랑"뿐이다. 이것은 소설에서 우리를 작동시키는 상상력에 의해서 가능하다. 사랑 없는 인간 세계는 암흑과 혼란으로 가득 찰 것이다. 희랍어를 예를 들면 "사랑"은 적어도 네 가지 의미가 있다. "에로스"는 남녀 간의 육체적, 성적인 매력이며 감정이다. "필리아"는 부부간, 동성간, 친구 간의 교제를 맺는 사랑이다. "아가페"는 대가를 바라지 않고 상대방이 필요한 것을 제공하는 이타적인 사랑이다. "스톨게"는 가족 간의 사랑을 주로 가리킨다. 사랑은 이 네 가지 모두이다. 여기에는 자연에 대한 사랑과 스피노자의 "신(神)에로의 이성적인 사랑"도 포함될 수 있을 것이다. 소설은 사랑이다. 소설은 사랑 기계이다.

2) 소설은 흔들리는 삶을 지탱시키는 생존 기계이다.

포스트구조주의 철학자인 질 들뢰즈는 철학자들의 예수라고 부른 16세기 화란의 철학자 스피노자의 주저 『에티카』의 요체를 "삶에 대한 긍정"이라고 간파하였다. 스피노자의 삶의 철학은 기쁨의 실천 윤리학이며 긍정의 철학이다. 삶의 복합성, 역동성, 실험성은 스피노자 철학의 핵심이다. 들뢰즈는 스피노자 철학의 삼위일체를 "개념들, 혹은 새로운 사유 방식, 지각들, 혹은 새롭게 보고 파악하는 방식, 그리고 정서들, 혹은 새로운 느낌의 방식"으로 제시하였다. 철학이든 윤리학이든 스피노자에게는 결국 삶에 귀착되려면

이 세 가지 모두를 동시에 적용시켜야 한다. 그래야만 삶이라는 하나의 오페라가 역동적으로 작동된다는 것이다.

들뢰즈는 이를 다음과 같이 풀어서 설명하고 있다.

> (자연 속에서 우리의 처지로 인해 우리는 나쁜 만남들과 슬픔들을 가질수밖에 없는데) 어떻게 즐거운 정념의 극한에 도달해서, 그로부터 자유롭고 능동적인 감성으로 이행할 것인가? (우리의 자연적 조건으로 인해 우리는 우리의 신체, 우리의 정신, 그리고 다른 사물들에 대해 부적합한 관념들만을 가질 수밖에 없는데) 능동적인 감정들을 가능케 하는 적합한 관념들을 형성하는 데까지 어떻게 이를 것인가? (우리의 의식은 환상들과 분리될 수 없는 것처럼 보이는데) 어떻게 자기 자신, 신, 그리고 사물들을 어떤 영원과 필연성에 따라 의식할 것인가? (질 들뢰즈, 『스피노자: 실천철학』, 28쪽)

위와 같은 맥락에서 스피노자의 윤리학은 나피시 교수가 이 회고록에서 말하는 소설(문학)의 요체와 그리 멀지 않다. 소설은 말하자면 "개념들", "지각들", "정서들"의 복합체인 삶을 다양하게 그리고 역동적으로 작동시키는 하나의 긍정적인 문학 기계이다. 소설이란 문학 기계는 삶을 끊임없이 창조하는 가장 비실용적인 것으로 보이지만 궁극적으로는 가장 실천적인 변형과 생성의 추동력이 된다. 그렇다면 기계란 무엇인가? 기계란 체계적이고 수동적인 폐쇄회로가 아니다. 소설은 삶의 불꽃을 지피고 지탱시켜주는 생존 기계이다.

이제 나피시 교수의 말을 들어보자

> 우리는 사실들에 대해서 말을 하지만 사실들은 감정, 생각, 느낌을 통해 반복되고 재창조되지 않는다면 그것들은 우리에게 단지 부분적으로만 존재한다. 나에게는 마치 우리는 실제로 존재하지 않았거나 아니면 단지 부분적으로만 존재했던 것 같다. (제4부 26장)

이 인용문에서 논의되는 문제의식은 스피노자의 인식의 삼위일체인 개념, 지각, 정서(느낌)와 맞닿아 있다. 세 가지 인식이 위계질서 없이 서로 상호 침투하면서 동시적으로 작동되어야만 우리는 우리의 삶을 "부분적"이 아닌 "전체적"으로 파악할 수 있는 것이 아닌가? 이런 의미에서 스피노자의 인식의 삼위일체는 소설이 작동하는 방식과 크게 다르지 않다. 문학 기계로서의 소설이 우리의 삶의 기계와 생존 기계로 다가온다. 이 회고록의 저자 아자르 나피시 교수의 소설관은 얼마나 스피노자적인가?

3) 소설은 개인의 창조적 공간이며 사회 비판의 토대이다.

소설은 무엇보다 "개인"의 창조적 공간을 만들어내는 시공간이다. 시민 사회가 시작된 18세기 유럽에서 근대 소설 생성의 인식론적 토대는 공적 영역(사회) 속에서의 사적 영역(개인)에 대한 인식이다. 소시민으로서의 개인은 집단의 기본 단위이며 사회는 개인의 집합체이다. 소설이 개인 문제에 천착하는 이유는 개인이 사회의 일차적 징후이기 때문이다. 18세기에 개인의 시민적 권리와 자유가 생성된 것과 소설의 생성은 밀접한 관계가 있다. 나피시 교수의 말을 들어보자.

> 전체주의적인 사고방식이 저지르는 최악의 범죄는 피해자를 포함하여 모든 시민들을 강제로 공범 관계로 만든다는 점이다. … 간수와 춤추기를 중단할 수 있는 유일한 방법은 자신의 개별성을 보존하는 길을 찾아내는 것이다. 그 개별성이야말로 묘사하기는 어렵지만 한 인간을 다른 인간과 구별짓는 유일한 성질이다. … 우리의 교도관들과 신시아투스의 사형집행인들 사이에는 별 차이가 없다. 그들은 모든 사적인 공간을 침범하였고 그 모든 몸짓을 형성하고 우리도 자기들과 한패가 되도록 강요하려 들었다. 그리고 그것 자체가 또 다른 형태의 사형집행이었다. (제1부 22장)

혁명이나 전쟁과 같은 억압적인 집단적 광기 속에서 인간의 자유로운 사색 공간을 어떻게 확보할 것인가? 자본이 판을 치는 신자유주의의 전지구적 무한경쟁 가운데 욕망의 폐쇄회로에 갇힌 우리는 어떻게 사적 공간을 유지할 것인가?

> 혁명이나 전쟁 시의 소설의 역할은 무엇인가? 치열한 실존적 상황에서 소설은 무기력하게 물러나 있어야 하는 장식품에 불과한 것인가? (제4부 6장)

> 전 유럽의 세계가 나폴레옹 전쟁(1803~1815)에 빨려 들어갔을 때 소설가 제인 오스틴은 자기만의 독립적인 세계를 창조해냈지요. 그리고 그 세계를 당신은 두 세기가 지난 후 이란 이슬람 공화국에서 소설에서 보여주는 이상적 민주주의로 가르치고 있지요. 압제와 맞서 싸우기 위한 첫 번째 교훈은 당신 자신의 일을 하여 당신 자신의 양심을 만족시키는 것이라고 당신이 말했던 것을 기억하지요? … 당신은 민주적인 공간을 개인의 창조적 공간에 대한 필요성에 대해서 계속 이야기를 했지요. 자, 가서 그것들을 창조하시오. 여자여! 이슬람 공화국이 하는 행위나 말에 더 이상 잔소리하거나 에너지를 쏟지 말고 이제는 당신의 오스틴에게 집중하란 말입니다. (제4부 7장)

> 소설은 만병통치약은 아니었지만 그래도 이 세상을―단순히 우리 세상이 아니라 우리 욕망의 대상이 되어버린 저 다른 세상을 평가하고 파악할 수 있는 비판적인 방법을 제공하였다. (제4부 7장)

그렇다. 소설은 가장 민주적인 담론이다. 시민으로서의 개인들이 전면으로 등장하던 이 시기에 소설도 등장하였기 때문이다. 자유로운 내면적 공간을 가질 수 있는 인간이 인류 역사상 최초로 근대적 시민이 아니었던가? 이제 개인으로서의 시민들은 소설에서 자신의 사적 공간을 지키고 보이지 않는 압제적인 큰손에 저항하는 힘을 얻게 되었다. 소설이 소멸하면 민주주의도 소멸할 것이다. 진정한 민주주의 체제 안에서 개인은 상상력을 통해 자신만의 사적 공간을 지켜낼 수 있을 것이다.

한 개의 조항이 권리장전에 추가되었다는 환상이 머리에서 떠나지 않는다. 즉, 그것은 상상력에 자유롭게 출입할 수 있다는 권리이다. 진정한 민주주의는 자유롭게 상상하고 상상력이 풍부한 작품들을 아무런 제한 없이 이용할 수 있는 권리가 없다면 존재할 수 없다고 나는 생각하게 되었다. 인간은 완전한 삶을 누리기 위해서는 사적인 세계, 꿈, 생각, 욕망을 공적으로 형성하고 표현할 수 있는 가능성 그리고 공적인 세계와 사적인 세계의 대화로 끊임없이 접근할 수 있는 가능성이 있어야 한다. 그렇지 않으면 우리는 우리가 존재하고 느끼고 욕망하고 증오하고 두려워한다는 것을 어떻게 알겠는가? (제4부 26장)

4) 소설은 이념(정신)을 전복시키는 몸(신체/육체) 담론이다.

소설은 억압적인 이분법을 단번에 해체시키는 대위법적인 또는 나선형의 대화주의(통합을 꿈꾸는 변증법이 아니라)이다. 소설은 추상성, 단순성, 논리성, 정체성을 거부하고 주체성, 복합성, 비논리성, 역동성을 담보해내는 문학 양식이다. 따라서 소설은 "몸"의 장르이다. 소설은 정신이나 영혼에 빠져 있던 우리의 사유 체계에서 지금까지 업신여기고 중시하지 않았던 몸을 전경화시킨다. 소설은 몸의 잠재성과 가능성을 탐구하고 나아가 정신에 대한 몸의 우위성을 확보하려한다. 철학에서 몸의 사유는 16세기의 스피노자 이래 면면이 그 맥을 이어왔다. 회의론적 경험주의가 절정에 달했던 18세기의 데이비드 흄, 그리고, 몸의 새로운 가능성을 찬양한 19세기의 니체가 있다. 20세기 후반의 메를로 퐁티, 푸코, 들뢰즈는 탁월한 몸 철학자들이다. 근대적 문학 양식으로 출발한 소설도 개인적, 시민적 몸에 대한 탐구이다.

우리는 16세기 데카르트로부터 시작한 영혼/신체의 이원론에서 20세기 후반의 신체 담론으로 뛰어 넘어가기 전에 스피노자와 니체를 반드시 거쳐가야 한다. 서구 신체 담론에 관한 한 스피노자라는 디딤돌이 없었다면 니체도 없었을 것이고 니체가 없었다면 우리 시대의 푸코와 들뢰즈도 없었을 것이다. 데카르트를 거부한 최초의 철학자는 화란계 유대인 철학자 베네딕트 스피노자(1632~1677)였다. 스피노자는 일원론으로 데카르트의 이원론을 극복하기 위하여 신체에 대한 철학적 칭송 그리고 관용에 대한 옹호를 내세워 당시 서구 철학계에서는 물론 유대인 사회에서도 추방당한 이단자였다. 17세기의 스피노자가 우리에게 가져다준 커다란 통찰력은 정신과 신체의 동일성이다. 정신에 의한 결정은 신체의 결정과 명백하게 동일하다는 것이다. 인간의 마음과 신체는 상호적이기 때문이다. 스피노자는 심지어 마음의 본체론적 토대가 신체 속에 있다는 암시까지 보여주고 있다.

19세기의 또 다른 이단자 프리드리히 니체는 스피노자를 이어받아 새로운 신체론을 논하였다. 니체는 감각이나 신체와 같은 당시 기존 철학에서 다루기를 꺼리는 주제들을 과감하게 다루기 시작하였다. 신체에 대립되는 의식은 이제 겸손해져야 하는 시대가 왔다고 니체는 선언하였다. "신체는 역사를 통해 생성하고 투쟁한다. 그리고 영혼의 신체에 대한 관계는 신체의 투쟁, 승리 그리고 반향의 전조일 뿐이다. … 우리의 신체는 고귀해지고 부활된다. 즐거운 마음으로 신체는 영혼을 창초자, 숭배자, 애호가, 그리고 모든 것의 은혜를 베푸는 사람으로 만들 것이다"라고 말했다. 니체의 새로운 가치 체계에서 신체는 복합적이고 언제나 정치적이다. 복합적인 신체는 권력과 통치와의 관계 속에 있고 다른 외부 신체들과의 관계에 따라 불안정하고 변화에 민감하다. 주어진 신체의 정치적 가치나 실천뿐 아니라 윤리적 가치와 실천들은 역동적이며 도전과 수정에 민감하다.

"기관 없는 신체" 등 신체의 문화정치학적 새로운 가능성을 열어준 탈근대 철학자 질 들뢰즈의 글을 소개한다.

'그러면 나에게 신체를 달라': 이것은 철학적 전복의 공식이다. 신체는 더 이상 그 자체와 사상을 분리시키는 장애물이 아니고 사상이 사유에 이르기 위해 극복해야만 하는 어떤 것도 아니다. … 그 이유는 신체가 사유하기 때문이 아니라 끈질기고 고집 센 신체가 삶 즉 사상 속에 숨겨진 것을 강제로 사유하게 만들기 때문이다. … 삶의 범주들은 정확히 신체의 태도 즉 자세들이다. 우리는 신체가 무엇을 할 수 있는 가를 알지도 못한다! 사유한다는 것은 사유하지 않는 신체가 할 수 있는 것이 무엇인지 즉 신체의 능력, 신체의 자세들을 배우는 것이다. (질 들뢰즈, 『영화 2―시간 이미지』, 189쪽)

나피시 교수의 시각도 들뢰즈의 그것과 그리 멀리 떨어져 있지 않다.

내 아가씨들, 내 여학생들은 제인 오스틴에 대해 많은 것을 알고 있고 조이스나 울프에 대하여 지성적으로 논의할 수 있지만 그들은 자신들의 몸에 대해서, 모든 유혹의 원리이다라고들 말하는 이 몸에 대해 그들이 기대해야 하는 것은 무엇인지 거의 하나도 모르고 있다. 사람은 사랑을 받고 사랑을 하기 전에 자기 자신과 자신의 몸을 사랑하는 법을 배워야만 한다고 당신은 누군가에게 어떻게 말해주겠는가? (제4부 13장)

이란의 여성들이 스카프를 쓰고 다니는 것을 몸 담론에서는 어떻게 볼 것인가? 눈을 제외하고는 온몸을 다 검은 차도르 속으로 감추는 것의 의미는 무엇인가? 아버지와 남편 이외의 어떤 남자에게도 자신의 여성적인 몸을 드러내서는 안 되는 이유는 무엇인가? 이것은 여성의 몸을 신비화하기 위함인가? 아니면 여성의 몸을 감춰서 남성들의 욕정을 불러일으키지 못하게 하기 위함인가? 나피시 교수도 테헤란 대학교에서 베일을 쓰지 않고 강의하겠다고 주장하였다가 해임됐다. 여성의 몸을 베일이나 차도르로 감추는 것은 여성의 부재성, 비가시성, 무력성을 강조하기 위함일 것이다. 지독한 가부장제 문화에서 남성들의 경건한 종교적인 수행 과정을 방해해서는 안되기 때문이다. 그러나 이렇게 "몸"을 감싸서 몸의 잠재성을 원천적으로 부정해버리는 것은 끔찍한 억압이다. 여성을 생산의 도구나 욕정의 대상이나 무임 가사노동자로만 보는 것은 보호나 은닉을 가장한 엄청나고 공공연한 정신적 폭력이며 육체적 착취이다. 소설은 몸을 빛나는 이성적인 정신의 안티테제로서 몸을 복권시키고 몸의 가능성을 극대화함으로써 해묵은 몸-정신의 이분법을 해체시키는 전복의 담론이다.

5) 소설은 타자 "되기"(becoming)와 변형의 도구이다.

니체는 미래를 위한 예언서인 『자라투스투라는 이렇게 말했다』(1888)의 첫 장에서 자신의 철학적 삶의 변모를 다음과 같이 3단계로 비유를 들어 설명하고 있다.

> 나는 여러분에게 정신의 세 가지 변형에 대해 이야기하고자 한다: 정신이 어떻게 뿌리가 되고, 낙타가 어떻게 사자가 되고, 사자가 결국에는 어린아이가 되었는가?
>
> 많은 무거운 짐들이 정신에게 부여된다. 강력한 짐을 지는 정신이 생겨났다. … 이 모든 가장 무거운 짐들을 낙타가 지고 사막을 간다. 그 정신도 사막의 황야로 들어간다.
>
> 그러나 가장 외로운 황야에서 두 번째 변형이 일어난다. 여기서 정신은 사자가 된다. 사자는 자유를 잡고 황야의 주인이 된다. … 자신에게 자유를 창출하고 의무까지 버리기 위해 우리는 사자가 필요하다. …
>
> 그러나 사자도 할 수 없으나 어린아이가 할 수 있는 것은 무엇인가 말해주시오. 백수의 왕이 왜 아직도 어린아이가 되어야만 하는가?
>
> 어린아이는 순진성, 망각, 새로운 시작, 유희, 스스로 구르는 바퀴이며 첫 번째 움직임이며 신성한 긍정이다. 창조의 경기에서는 삶에 대한 신성한 긍정이 필요하다. … 그 자신의 세계가 버려진 세계를 얻는다. 정신의 세 개의 변형이 이것이다.

소설은 우리의 삶의 변형의 신화를 현실화시켜준다. 니체는 현실의 질곡을 짊어지고 사막을 건너야 하는 '낙타'에서 자신의 정체성 수립을 위해 포효하고 싸우는 "사자"가 되었다. 동물의 왕 사자되기는 물론 신나고 황홀한 일이다. 사자 되기를 통해 우리는 우리 자신을 박제화시키고 무력화시키는 현실의 무게로부터 고단한 삶을 구해내고 부정적 삶을 긍정하고 염세적 삶을 낙관적으로 만들고, 수동적 삶을 창조적 삶으로 만드는 "힘에의 의지"(will to power)의 화신이 된다. 낙타 같은 노예적 삶을 생동하고 기쁜 삶으로 변형시키는 "힘"을 가진 사자 되기는 손쉽고 단순한 초월이 아닌 타고 넘어가는 포월의 "초인"(overman) 되기에 다름 아니다. 그러나 니체에 따르면 사자 되기로만 끝나서는 안 된다. 우리는 여자 되기, 남자 되기, 동물 되기, 나무 되기, 꽃 되기, 바람 되기… 의 수많은 타자 되기라는 변형 신화를 경험해야 한다. 그러나 또 남는 것은 무엇인가? 어린이 되기라는 궁극적으로 타자 되기가 있다. 영국의 낭만주의 시인 윌리엄 워즈워스는 "어린이는 어른의 아버지"라고 하지 않았던가? 어린이 되기는 이처럼 철학의 꿈이요 문학의 꿈이기도 하다. 해체(deconstruction)의 선구자 니체의 스승으로 또 다른 고대 동양의 해체주의자였던 노자(老子)도 "무위"(無僞)를 실현하기 위해 어린아이 되기를 꿈꾸지 않았던가?

"양철로 만든 가짜 인간은 마음을 회복하여 사자는 용기를 되찾는다"라고 말하는 나피시 교수는 이 회고록에서 이런 『위대한 개츠비』의 예를 들어 소설을 변형과 "되기"를 꿈꿀 수 있는 공간으로 보았다.

> 그러나 사실 개츠비는 낭만적이고 비극적인 몽상가이며 자기 자신의 낭만주의적 환상에 대한 믿음 때문에 영웅적인 사람이 되는 겁니다.
>
> 개츠비는 자신의 초라한 삶을 견딜 수가 없었어요. 그는 "희망과 낭만적인 성향에 대한 놀라운 재능"과 "삶의 가능성에 대한 어떤 고양된 감수성"을 지니고 있어요. 그는 이 세상을 변화시킬 수가 없기에 자신의 꿈을 따라 자기 자신을 재창조하는 것이지요. …
>
> 개츠비는 다시 만들어진 자아에 충실하였고, … 개츠비가 충실했던 것은 부나 번영에 대한 천박한 꿈이 아니라 부두 끝에 달린 녹색 신호등인 바로 그런 자아에 대한 가망성이었다. 이렇게 해서 그가 자신의 삶을 희생시킨 "거대한 환상"이 탄생되었다. …
>
> 그러나 꿈은 썩지 않고 남아서 개츠비와 그의 개인적 삶을 넘어서 확장된다. 그 꿈은 더 넓은 의미에서 뉴욕 시와 동부에 존재한다. 그곳은 한때 유럽에서 건너오는 수십만 명의 이민자들의 꿈의 항구였고 지금은 새로운 삶과 흥분을 찾아 그곳으로 오고 있는 미국 중서부 지역 사람들의 메카이다. …

뉴욕 시는 개츠비의 꿈과 미국인의 꿈의 연결고리이다. 그 꿈은 돈에 대한 것이 아니라 그가 장래에 될 수 있는 것을 상상하는 것과 연관되어 있다. 그 꿈은 물질주의적 국가로서의 미국에 대한 평가가 아니라 돈이 꿈을 되살리는 수단이 되는 어떤 '이상주의적인' 국가에 대한 평가이다. (제2부 21장)

우리는 소설이라는 환상과 꿈을 통해 낙타 되기 → 사자 되기 → 어린이 되기의 단계를 체험할 수 있다. 소설은 어린이 되기를 통해 니체가 말하는 "영원 회귀"(eternal return)에 이르게 되는 것이다. 영원한 것으로의 회귀는 과거의 단순한 반복이 아니라 끊임없이 개선되고, 위반되고, 전복되는 "차이"의 반복이다. 차이를 가진 반복은 인간, 사회, 문명 등에 대한 새로운 주체형성과 이론 창출의 길이다. 이러한 다양체, 복합체로서의 삶은 정치적인 아닌 잠정적인 가능성을 활성화하여 삶이라는 엔트로피를 넘어서기 위하여 끊임없이 과거와 현재를 부둥켜안고 뒹굴면서 미래를 향해 긍정적으로 열어준다. "영원 회귀"로서의 어린이 되기는 소설이라는 삶의 도구가 수행하는 "되기"의 궁극적 단계이다.

6) 소설은 다성적, 대화적 복합체 구조를 가진다.

20세기 초반 러시아의 놀라운 문학이론가는 미하일 바흐친이다. 바흐친은 소설의 새로운 생명의 불꽃을 찾아내어 정교하게 이론화하여 우리에게 보여주었다. 그것은 소설이 가진 다성적인 구조이다. 소설은 나쁜 변증법처럼 끊임없이 통합을 꿈꾸지만은 않는다. 소설은 인간적 사회에서의 다양한 목소리, 다시 말해 불협화음, 잡음 등으로 시끄러운 야시장 바닥과 같은 것이다. 이것은 진정으로 건강한 보통 사람의 삶의 호흡이요 맥박이다. 바흐친의 언어관부터 살펴보자. 바흐친에게 언어는 어떤 의미에서건 고정되거나 안정된 것이 아니라 언제나 불확정한 흐름의 상태이다. 의미란 결코 단선적이고 비논쟁적이 아니고 다원적이며 논쟁적이다. 바흐친에게 언어란 투쟁의 장이다. 언어가 지닌 서로 다른 것을 의미할 수 있다는 가능성을 그는 대화적(dialogic)이라고 부른다. 대화적이라 함은 언어를 소쉬르 언어 이론의 경향인 단일화 현상이 아닌 왕복 또는 복잡한 과정으로 보기 때문이다. 바흐친은 언어를 단선적이며 고정적인 의미를 부과하려는 구심적인 힘과 그 단선적인 것을 다원적이거나 복합적인 의미로 저항하거나 파편화시키는 원심적인 힘의 투쟁의 장으로 본다.

여기에서 바흐친은 카니발적(carnivalesque)이라는 개념에 의해 문학이 위계적인 구조나 모든 형태의 공포, 존경, 경건성과 그와 관련된 에티켓을 연기(지연)시키기 위해 권위가 아닌 기존 언어 밖의 담론을 끌어낼 수 있다고 말한다. 카니발은 침투할 수 없는 위계적인 장애물에 의해 삶 속에서 분리된 사람들이 자유롭고 친숙한 접촉 속으로 들어오게 하여 나아가 기존의 공식적인 질서를 저지시키고 새로운 관계들이 부상되도록 허락한다는 것이다. 바흐친에게 카니발은 본질적으로 애매모호하고 이중적이어서 대화적 관계를 공개적으로 허락하고 자극을 준다. 공식적인 세계의 영역이 완전히 전복되지는 않지만 변형되고, 이러한 대립을 통해 좀 더 참을 수 있는 타협적인 해결이 모색된다.

문학, 언어, 문학비평에 대한 바흐친의 이론이 지니는 의미는 중요하다. 문학은 무시간적이며 보편적인 안정된 지식 체계가 아니다. 언어도 더 이상 통합되고 동질적이며 추상적인 체계가 아니라 그것이 지식과 의식을 구성하는 데 있어서 이질적이며 물적 토대가 된다. 문학비평에 관해서는 비평은 제아무리 어떤 비평가들이나 비평 운동이 그 반대를 주장한다 하더라도 그 자체의 대화적인 속성이 있으며 역사적 상황에 의해 변화될 수 있는 언어나 담론의 형태라고 볼 수 있다. 따라서 바흐친의 이론들은 문학에 있어서 더 다원적이며 열린 반응을 독려한다.

나피시 교수가 이 논픽션에서 제인 오스틴의 『오만과 편견』의 구조를 "춤과 여담의 구조"와 "대위법칙"으로 파악한 것도 소설의 다성적 대화적 구조를 적절하게 지적한 것이다.

『오만과 편견』에서 가장 놀라운 것 중 하나는 그 속에 구현되어 있는 다양한 목소리들이다. 이 소설에는 아주 많은 형태의 대화, 즉 여러 사람들 사이의 대화, 두 사람 사이의 대화, 내적 대화, 편지를 통한 대화가 들어 있다. 모든 긴장이 대화를 통하여 만들어지고 또 해결된다. 결합력이 있는 소설 구조 속에서 이렇게 관계와 대립의 다중 목소리, 다양한 목소리, 억양을 만들어낼 수 있는 오스틴의 능력은 소설의 시민적인 양상을 보여주는 최고의 예라고 할 수 있다. 오스틴의 소설에는 존재하기 위하여 서로를 제거할 필요 없이 서로 대립되는 요소들이 공존할 수 있는 공간이 있다. 또한 자기 반성과 자기 비판의 공간—단순히 공간이 아니라 필요성—도 있다. 그러한 고찰이 변화의 동인(動因)이다. 우리에게 우리의 주장을 증명해내기 위하여 메시지도 전혀 필요 없고, 드러내놓고 다원성을 요구할 필요도 전혀 없다. 우리에게 필요한 것은 그저 일반 대중의 요청을 이해하기 위해서 불협화음의 목소리들을 읽고 제대로 식별해내는 것이다. 바로 여기에 오스틴의 위험이 도사리고 있었다.

오스틴의 소설에서 가장 냉담한 등장인물들이 다른 사람들과 진정한 대화를 나누지 못하는 사람들이라는 사실은 우연한 일이 아니다. 그들은 고함치고 그들은 설교를 하며 그들은 야단을 친다. 이렇게 진정한 대화를 나눌 능력이 없다는 것은 인내, 자기 성찰, 감정이입을 할 수 있는 능력이 없다는 것을 함축적으로 보여준다. 나중에 나보코프에서 이러한 무능력은 『롤리타』의 험버트 험버트나 『창백한 불』의 킨보트와 같은 등장인물들의 괴물같은 끔찍한 형태로 나타난다. … 그리고 심지어 소설책을 덮었는데도 목소리들이 말을 중단하지 않는다—메아리와 반향음들이 페이지에서 튀어나와 계속해서 우리 귀에 대고 장난스럽게 딸랑거리는 것 같다. (제4부, 3장)

여기에서 오스틴의 『오만과 편견』이 나피시 교수를 통해 바흐친의 다성성이라는 소설 이론과 만나고 있다.

7) 소설은 여성에 의한, 여성을 위한 여성의 문학 장르이다.

이 회고록의 중심적 주제는 무엇보다도 여성 문제이다. 특히 남성적 권위주의에 토대를 둔 이슬람 원리주의 속에서 살아가는 여성들의 문제이다. 소설의 발생부터 여성의 역할은 얼마나 컸는가? 그리고 그 후 얼마나 많은 여성 소설가들이 나왔는가? 다른 어떠한 예술 분야나 장르보다 바로 이 "소설"에서 여성들이 탁월하고도 놀라운 재능을 발휘하고 있다. 따라서 소설은 본질적으로 여성적 장르이다. 소설이란 장르가 나오기 전에는 여성들의 글쓰기는 실로 미약한 것이었다. 약간의 역사를 들추어보자.

정통성을 인정받지 못하던 여성의 글쓰기는, 처음으로 글을 써서 생계를 유지했던 영국의 여성 작가 아프라 벤(Aphra Behn, 1640~1689) 이래로, 소설이란 장르의 발생과 더불어 새로운 국면으로 접어들게 되었다. 20세기 최고의 여성 소설가 버지니아 울프가 이미 그 유명한 「여성과 소설」이란 글에서 "소설이란 여성들이 가장 쉽게 쓸 수 있는 것"이라고 지적했듯이, 소설의 발생 과정부터 여성과 소설의 관계는 숙명적인 것이었다. 버지니아 울프는 시보다 소설을 쓰는 것이 여성에게 더 적합하다고 믿었다. 『화강암과 무지개』(*Granite and Rainbow*)라는 책에서 울프는 다음과 같이 쓰고 있다.

> … 여성들은 여러 사람이 함께 쓰는 거실에서 사람들에 둘러싸여 살기 때문에 관찰하고 성격 분석하는 데에 그들의 온 정신을 쓰도록 훈련받았다. 여성들은 시인이 아니라 소설가가 되도록 훈련받았다.

영어의 "novel"(소설)이란 개념 자체가 전통적인 시나 희곡에 비하여 "새로 나온" 장르란 뜻이다. 서구에서 17, 18세기에 자본주의가 생겨나고 산업화, 도시화가 이루어지는 과정에서 문학을 소비하는 중산계급의 독자층이 형성되었고, 이러한 민중 시대에 보통 사람의 작고 사소한 이야기[중국에서 大說(?)인 경전과 대비되어 생겨난 小說(또는 패설)이란 개념과 일치된다]가 자리를 잡게 되었다. 그리하여 중요한 독자층인 여성들이 새로운 장르인 소설의 생산과 소비에 대거 참여하게 된 것은 당연한 일이다. 또한 소설은 그 독특한 담론적 특성에 의해 지금까지 변두리 타자였던 여성의 내밀한 영혼의 울림이나 육체의 흐느낌을 가장 잘 재현할 뿐만 아니라 하나의 저항 담론으로서의 문학 장르가 되었고, 한 걸음 더 나아가 단순한 재현이나 저항이 아니라 여성들에게 새로운 비전과 가능성을 가져다주는 중요한 문학적 또는 문학적 담론 체계가 되었다.

나피시 교수가 쓴 이야기의 토대는 서로 모여 문학 공부하고 소설을 읽는 여성들의 이야기이다. 그들의 소설 읽기는 점점 더 사적이고 개인적 문제들과 연계되었다. 나피시 교수의 이야기를 들어보자.

> 이와 같은 개인적인 영역의 개입이 소설 읽기 모임의 일부가 되리라고는 생각도 못한 일이었다. 그러나 이런 일들이 우리의 논의에 스며들었고 그와 함께 더 많은 것들이 유입되었다. 우리는 추상적인 것들로부터 시작하여 우리가 직접 경험한 영역으로 흘러 들어가게 되었다. 여성들에 대한 신체적 정신적 학대가 담당 판사에 의해서 충분한 이혼의 근거로 간주되지 않았던 여러 다른 경우들에 대하여 의견을 나누었다. 우리는 판사가 아내의 이혼 요청을 거부하였을 뿐만 아니라 남편의 구타도 여성의 잘못으로 돌려서 아내가 남편의 비위를 거슬리게 했던 잘못들을 반성하라는 판결을 내렸던 사건들에 대하여 논의했다. 우리는 자신의 아내를 정기적으로 습관적으로 구타했던 판사를 조롱거리로 삼았다. 우리의 사건에서 법률은 정말로 이해하기 어려웠다. 여성들에 대한 차별과 학대에서 법률은 종교, 인종, 신조 그 어느 것도 필요 없었다. (제4부, 3장)

나피시 교수는 매주 목요일에 '내 아가씨들'과 함께 소설을 읽고 토론하면서 무엇을 배우고 어떤 결심을 하는가? 소설 읽기는 그 속의 배경이나 주제, 인물이나 기법들을 논의하는 데서 끝나는 것이 아니다. 소설 공부의 궁극적 목표는 우리의 삶의 변화이다. 소설이 우리 삶의 한가운데에서 생성과 변형을 이루어내지 못한다면 우리는 소설을 창밖으로 내던질 수밖에 없다. 아니 우리가 소설에서 그러한 변화를 경험하지 못한다면 소설은 우리를 비웃을 것이다. 소설이 여성들의 삶 속에서 어떻게 창조적으로 작동하는가가

이 책의 주제이다. 나피시 교수는 논의를 마감하면서 20세기말에 여성이라는 것 그리고 글을 쓴다는 것이 얼마나 신나는 일인가를 기쁘게 생각"하지 않았던가!

> 오스틴의 소설에서 경계선은 여성들에 의해 끊임없이 위협받고 있다. 여성들은 공적 영역보다는 사적 영역인 가정, 즉 마음과 복잡한 개인 관계의 영역에서 더 편안하다. 19세기 소설은 여성 개인, 여성의 행복, 여성의 시련, 여성의 권리들을 소설 중심부에 위치시켰다. 그리하여 결혼이 가장 중요한 주제였다. 18세기 소설가 새뮤얼 리처드슨의 팔자가 기구한 클라리사로부터 헨리 필딩의 수줍어하고 순종적인 소피아나 오스틴의 엘리자베스 베넷에 이르기까지 여자들은 플롯을 진행시키는 분규나 긴장들을 만들어냈다. 그들은 오스틴의 소설들이 체계적으로 세워놓은 것, 즉 결혼의 중요성이 아니라 결혼에서의 마음과 이해의 중요성을, 그리고 관습의 탁월성이 아니라 관습의 파괴를 우리 관심의 중심부에 가져다놓았다. 품위 있고 아름다운 이 여자들은 어리석은 어머니들과 무능한 아버지들(오스틴의 소설에서는 현명한 아버지들은 거의 없다) 그리고 엄격하게 전통적인 사회의 선택을 거부하는 반항아들이다. 그들은 사랑과 교제를 얻기 위하여 그리고 민주주의의 심장부에 위치한 그 포획하기 힘든 목표인 선택의 권리를 얻기 위하여 사회적 추방이나 빈곤을 각오한다. (제4부, 14장)

3. 나가며: 21세기에도 "소설"은 가능한가?

지난 수십 년간의 이란의 경험은 우리 시대의 맹목적인 근본주의 혁명, 무의미한 그러나 잔혹한 전쟁, 자기 파괴적인 일방적인 문화 혁명의 갈등의 소용돌이 속에서 우리시대의 대표적인 징후를 보여주고 있다고 하겠다. 종속-젠더-계급의 모순 구조 속에서 파생되는 대립과 갈등이 첨예하게 각을 이루고 있는 상황에서 문학 공부, 소설 읽기는 어떤 의미가 있는가에 대한 깊은 성찰과 통찰력을 나피시 교수는 우리에게 자신의 회고록에서 탁월하게 보여주고 있다. 혁명이나 전쟁에서 쏟아져나오는 대의명분들은 수많은 허울뿐인 이데올로기를 생산해내는 맹목적인 거대 담론이 되는 경우가 얼마나 많은가? 평등, 자유, 정의라는 미명 아래 우리는 잘못된 민주주의, 사악한 집단주의, 이분법적 신구논쟁(세대간 갈등) 등 엄청난 대가를 치르고있다. 아마도 문학(소설)은 이러한 허위적 폭력성과 억압을 위반하고 저항하고 전복시켜 삶의 새살을 돋아나게 할 수 있는 도구이며 장치이다. 나피시교수의 회고록은 개인들의 사적 공간, 자유로운 사유, 타자 의식과 공감, 꿈과 허구 만들기, 상상력과 대화 의식의 의미와 중요성을 구체적으로 우리의몸과 마음에 각인시켜주고 있다. 다시 말해 회고라는 양식을 가진 나피시교수의 논픽션은 21세기를 위한 소설의 힘에 관한 실천적 사유이다.

이 책에서 나피시 교수가 말하는 문학의 적은 이미 앞에서 여러 차례 지적했듯이 분명하다. 그러나 오늘날 전 지구화라는 세계 체제 속에서 소위자유민주주의 국가에서의 문학의 적은 무엇인가? 누구인가? 보이지 않는적은 보이는 적보다 항상 치명적이다. 오늘날과 같이 소위 신자유주의 시대의 더욱 순수해진 자본주의하에서 자본의 교란 작전에 휘말려 무한 경쟁 속의 실용주의, 업적주의, 일류주의에 함몰되어버린 인간 사회에서 소설은 무엇을 할 것인가? 인터넷의 스피드와 경쟁하는 바쁜 삶 속에서 "소설"은 설자리가 없는 것은 아닌가? 그리고 고도 전자 영상 매체 시대에 문자 문학인 소설이 갈 길은 무엇인가? 더욱이 고맙게도 이러한 갈 데까지 가버린 실용주의, 과학주의, 경제주의는 "무엇이든 좋다"(anything good!)식으로 모든것이 녹아 없어져버리는 거대한 용광로 속으로 문학은 단지 "그들 중의 하나"(one of them)가 되어 그 마술적 힘을 상실하고 있는 것이 아닌가? 우리시대에 소설은 주적(主敵) 개념이 사라지고 만 상황에서 중심부가 아닌 변두리 지역에서 서성이고 있는 것은 아닌가? 어떤 의미에서 오늘날 문학(소설)은 어떤 정치적 억압, 이념적 탄압, 그리고 전쟁의 폭력 속에서 겪었던 어떤"위기"보다 더 순수해진 다시 말해 더 큰(그러나 잘 보이지 않는) 위기에 빠져 있는 것은 아닌가?

서양에서 문학은 언제나 박해의 고난과 추방의 위협에 놓여 있었다. 그

고난의 역사는 서양철학의 아버지인 플라톤의 문학 유해론과 시인 추방론으로부터 시작된다. 중세의 교부 시대에도 비도덕적이고 비종교적이라는 이유로 중심적 담론에서 문학은 제외당했다. 이런 불공평한 전통은 르네상스 시대에도 계속되었다. 17, 18세기 계몽주의 시대와 산업혁명 시대에도 문학은 주변부 타자로 그 영향력이 미미하였다. 그 후 과학적 합리주의와 경제적 실용주의에 의해 이렇게 문학의 적들은 언제나 문학을 위기로 몰아넣었다. 문학은 계속 우리의 현실적 삶의 곁에서 부차적인 존재로 서성거렸다.

그러나 문학은 서구에서 고난의 역사만을 가진 것은 아니다. 아리스토텔레스, 호라티우스, 롱기누스, 단테, 필립 시드니 경 등에 의해서 문학의 특유한 기능과 역할을 인정받았다. 특히 18세기 산업혁명의 시작과 자본주의의 심화, 프랑스 혁명 발발과 함께 일어난 '중산'계급의 등장은 새로운 시대의 문학 장르인 근대적 '소설'(novel)을 만들어냈다. 정치, 경제, 문화적으로 근대민주 시민사회의 주역이 되는 중산계급을 위한 '소설'은 문자 그대로 구질서에 대항하는 신질서의 '새로운'(novel) 힘이 되었다.

동양에서 소설이란 말은 이보다 훨씬 오래되었다. 소설이란 말 자체가 한자에서 볼 수 있듯이 "작은 이야기"(小說)이다. 기다란 소설을 작은 이야기라고 한 것은 어떤 이유에서인가? 그것은 지배계급의 독점물이었던 사서삼경(四書三經)과 같은 큰 이야기(大說)에 대해 일반 백성(민중)들을 위한 '작고 사소한 이야기'란 뜻이다. 그래서 동양에서도 문학 중에서도 '소설'은 대설에 비해 가치 없고 부도덕한 것으로 치부되어 그런대로 대접을 받았던 시와는 달리 사대부들이 읽지 않는 것으로 되어 있었다.

소설은 서양이나 동양에서 정식 담론으로 떠오른 적은 없고 항상 부도덕한 부차적인 오락적 의미와 기능을 가진 것으로 간주되었다. 그러나 문학 중 특히 이야기(소설)의 역할은 이미 언제나 중심적이었다. 이야기에 대한 충동(narrative impulse)은 언제나 놀이하는 인간(homo ludens)의 무의식적 욕망이다. 더욱이 우리는 이야기를 언제나 인간과 현실을 배반하는 현실에 적대적 태도를 취하였다. 인간 자신의 모든 부도덕성과 악정과 치부까지도 적

나라하게 드러내어 역설적으로 치유하는 계기를 만들었고 사회에서 횡행하는 허위, 압제, 탄압, 거짓말, 착취 등에 대해서도 뒤로 물러서지 않고 개혁하는 저항적 태도를 견지하였다. 어찌 보면 문학은 인간이 만들어낸 최고의 산물인 언어를 통해 하나의 아름답고 추악한 현실을 추상적이거나 교훈적이 아니고 구체적이고 자유롭게 그려냄으로 이미 언제나 우회적으로, 그러나 역설적으로 정면으로 인간과 사회의 문제를 파헤치고 드러내놓는다.

여기에 문학과 소설의 진정한 힘을 현실로 드러내기가 어려울 때는 어둠 컴컴한 지하의 세계와 불가능해 보이는 환상의 세계—한마디로 허구의 세계를 만들어낸다. 여기서 허구는 거짓, 가짜 꾸며낸 나쁜 의미만은 아니다. 그것은 하나의 가치 창조와 새로운 저항의 중간지대이며 이루고 싶은 꿈의 수립이다. 허구의 꿈은 우리가 현실에서 가지고 싶어도 가지지 못하는 불가능의 세계이며 동시에 절대적으로 우리가 가지고 싶어하고 이루고 싶어하는 이상국가이다. 높다란 이상은 우리의 현실을 위한 소망의 잣대이며 횃불의 광명이 아니겠는가? 이것은 피해자의 비겁이나 용기 없는 자의 도피가 결코 아니다. 소설 속에서 우리는 어떠한 환상 속에서 역경 속에서도 삶을 지탱시킬 수 있는 어떤 "힘"을 찾아낸다.

여기서 "힘"(power)은 세속적인 의미로 타락하기 쉬운 정치 사회 문화의 "권력"의 의미는 아니다. 여기서 "힘"은 탈주하고 포월하고 창조해내는 니체적 능력이다. 소설은 보잘것없고 힘없고 타락하기 쉽고 부서지기 쉬운 인간을 적어도 인간답게 살려두는("살림") 마술적 장치이며 전략이다. 우리는 역사의 아이러니를 잘 알고 있다. "종교"에서 우리가 중세의 기독교가 보여준 횡포, 억압과 야만성을 보라. 20세기 후반기에도 이슬람 근본주의를 부흥해서 새로운 신정사회를 만들기 위해 예들 들어 이란의 복고적 종교 실험을 위해 얼마나 많은 보통 사람들이 억압당하고, 투옥되고, 죽었단 말인가? 인간에게 평등과 자유를 준다는 현실 "정치"가 역설적으로 우리에게 얼마나 많은 고통과 죽음을 주었는가? 평등을 내세우는 공산주의 이데올로기는 그동안 얼마나 많은 무고한 사람들을 잔인하게 희생시켰는가?

볼셰비키 혁명, 한국전쟁, 월남전 그리고 무엇보다도 인구의 3분의 1이 살해당한 캄보디아의 킬링필드를 보라. 높은 이상을 가진 '종교'와 '정치'는 오히려 억압과 착취, 살인의 도구가 되지 않았는가? 이것은 분명히 역설(paradox)이다. 부조리한 현실을 역설로 대처하는 것이 "소설"이다. 가장 약한 언어로 이루어진 "소설(문학)"은 우리를 살려주는 가장 "강한" 환상과 꿈의 허구의 세계를 만들어내고 있다. 이것은 얼마나 다행스러운 역설인가? 소설을 통해 우리는 어떠한 억압과 착취를 타고 넘어가는 자유로운 생명력의 "힘"을 얻는다. 생의 비극적 환희를 가져오는 소설의 "힘"은 어떠한 종교의, 정치의, 경제의 "힘"보다 끈질기고 항구적이다. 그러나 우리는 여기서 "소설"(문학)을 신비화해서는 안 된다. 소설은 권력, 욕망, 이데올로기의 "탈신비화"의 최전방 부대가 아닌가?

4. 추기(追記): 소설 '텍스트 읽기'에 대한 단상(斷想)

모든 읽기란 궁극적으로 롤랑 바르트의 말을 빌리면 쓰기적(writerly) 읽기가 되어야 한다. 읽기적(readerly) 읽기는 단순하고 수동적이고 비생산적이고 비참여적이고 소비적인 작업이 되기 때문이다. 우리의 소설 읽기가 좀 더 창조적이고 능동적이고 공감각적이고 역동적이 되려면 콜리지처럼 '불신의 마음을 의연히 연기'(willing suspension of disbelief)시키는 자세를 가지고 초현실주의 화가인 살바도르 달리처럼 편집광적으로, 조르주 풀레처럼 현상학적으로, 루이 알튀세르처럼 징후적(symptomatic)으로, 미셸 푸코처럼 계보학적으로, 그리고 바흐친처럼 카니발적으로, 바르트처럼 텍스트를 육감적으로 즐거움으로 읽는 것은 어떨까? 이렇게 되면 텍스트의 황홀경(textasy = text + ecstasy)에 다다르는 것이 아닌가?

그러나 들뢰즈/가타리처럼 텍스트를 우리에게 작동하는 문학 기계로 보고 읽는 것은 어떨까?

하나의 텍스트를 읽는다는 것은 그것이 의미하는 것, 즉 기의를 찾기위한 학문적 훈련이 결코 아니며 기표를 찾기 위한 고도의 텍스트 훈련은 더더욱 아니다. 오히려 텍스트 읽기는 문학기계를 생산적으로 사용하는 것이며, 욕망하는 기계들을 다양하게 배치하는 것이며, 텍스트로부터 혁명적인 힘을 축출해내는 정신분열증적 훈련이다. (들뢰즈와 가타리, 『앙띠-오이디푸스』)

몽상적 읽기도 있다. 불의 정신분석가이며 상상력의 이론가인 가스통 바슐라르에게 몽상(reverie)은 (가능한) 현실의 세계도 (불가능한) 꿈의 세계도 아니다. 그것은 현명한 중간지대(twilight zone)이다. 문학은 현실[지옥]과 이상[천국]의 중간에 있기 때문에 언제나 매력적이고 건강하다. 연옥에서 우리는 삶을 직시하며 천국으로 갈 희망을 가진다. 몽상이란 형식과 내용, 의식과 무의식, 이념과 기교, 안과 밖, 이성과 감정, 남성과 여성, 문명과 야만, 중심과 주변 등 억압적이고 차별적인 이분법을 일시에 용해시켜 새로운 종합을 창조하는 일종의 정치적 행위이다.

이 중간지대에서는 기표와 기의가 고정불변의 마당이 아니다. 자크 라캉이 지적했듯이 기표와 기의의 관계는 기표가 기의가 되고 기의가 다시 기표가 되는 항상 미끄러지면서 의미가 확정되지 않고 끊임없이 새로운 의미의 고리가 형성된다. 현실과 꿈, 선과 악, 미와 추, 정의와 불의의 관계도 항상 고정되어 있는 것이 아니다. 문학이나 예술의 세계에서만은 (또는 인간의 무의식 속 또는 우주 창조자의 의식 속에서는) 현실(현실 원칙)과 꿈(쾌락 원칙)이 끊임없이 자리바꿈이 일어나야 할 뿐 아니라 이들간의 대화적 · 역동적 관계 속에서 새로운 의미망과 관계망이 형성되어 일종의 생태적 체계가 생성되어야 하지 않을까?

몽상이란 현재와 같은 실용적, 물질적 사회에서 비생산적, 비실제적, 심지어 비도덕적인 것으로까지 치부된다. 그러나 이제 이 무감각한 우리 시대에 몽상의 가치와 의미를 다시 되살려내야 한다. 21세기의 소설은 궁극적으로 삶의 중간지대를 가로질러 횡단하는 몽상의 담론이 되어야 하리라. 몽상의 시학자 가스통 바슐라르의 소설 읽는 법을 마지막으로 소개한다.

　　소설을 읽을 때 우리는 우리가 고통받고, 희망을 가지고 공감하는 다른 삶 속으로 들어간다. 그러나 그것은 자유를 누리는 상황에서도 우리의 고뇌가 존재하고, 우리의 고뇌는 급진적이지 않다는 복잡한 인상과 아주 같은 것이다. 그러므로 어떤 고뇌를 주는 책은 고뇌를 경감시키는 기술을 제공한다. 고뇌스러운 책은 고뇌를 받고 있는 사람들에게 고뇌에 대한 동종요법(어떤 질병과 같은 증상을 일으키게 하는 약을 소량 투여하여 그 질병을 치료하는 요법)을 제공한다. 그러나 이 동종요법은 무엇보다도 문학적 관심에 의해 수립된 독서인 명상적인 독서 중에 작동한다. 그러면 영혼의 힘은 두 개의 층위에서 분리되고 독자는 두 개의 층위에서 참여하게 되고 독자가 "고뇌의 미학"을 확연하게 의식하게 되면 그는 거의 사실성을 발견하는 데까지 이른다. 왜냐하면 고뇌는 사실적이기 때문이다. 그런 다음 우리는 편하게 호흡한다.… 저 위 하늘에서 천당은 거대한 도서관이 아닐까?… 우리는 우선 먹고 마시고 읽는 좋은 욕망을 필요로 한다. 우리는 많이, 더 많이 읽기를, 언제나 읽기를 원해야만 한다. (바슐라르, 「서문」, 『몽상의 시학』)

7장 21세기 문학을 어떻게 읽을 것인가?
— 해럴드 블룸의 경우

어려서 꿈에 나는 엄마를 찾으러 가고 있었다. 달밤에 산길을 가다가 작은 외딴집을 발견하였다. 그 집에는 젊은 여인이 혼자 살고 있었다. 달빛에 우아하게 보였다. 나는 허락을 얻어 하룻밤을 잤다. 그 이튿날 아침 주인인 아주머니가 아무리 기다려도 일어나지 않았다. 불러봐도 대답이 없다. 문을 열고 들여다보니, 거기에 엄마가 자고 있었다. 몸을 흔들어보니 차디차다. 엄마는 죽은 것이다. 그 집 울타리에는 이름 모를 찬란한 꽃이 피어 있었다. 나는 언젠가 엄마한테서 들은 이야기를 생각하고 얼른 그 꽃을 꺾어 가지고 방으로 들어왔다. 하얀 꽃을 엄마 얼굴에 갖다 놓고 "뼈야 살아라!" 하고, 빨간 꽃을 가슴에 갖다 놓고 "피야 살아라!" 그랬더니 엄마는 자다가 깨듯이 눈을 떴다. 나는 엄마를 얼싸안았다. 엄마는 금시 학이 되어 날아갔다.

— 금아 피천득, 「꿈」

신자유주의 시대인 오늘날 문학은 급기야 거의 죽음의 위기에 이르렀다고 진단을 받고 있다. 문학이 우리의 영혼을 울리고 고단한 삶을 견디게 하여 지혜롭게 살아가도록 만드는 힘은 어디로 간 것일까? 그러나 역설적으로 인문학의 위기 시대에 문학은 더 그리워지고 필요한 것이다. 문학은 "오래된 미래"이다. 문학의 고유하고 오래된 힘을 되찾는 것이 오늘날 인문 지식인들이 해야 할 시급한 과제이다. 이제 문학은 고급 모더니즘의 영향으로 지나치게 기교와 형식의 문제로 빠졌거나 문학이 지나치게 이념을 위한 교훈과 가르침을 강조하는 것에서 벗어나야 한다. 이제 문학 읽기와 공부가 일부 비평가들이나 학자라는 전문가들의 작업으로 축소되는 것을 막아야 한다. 문학은 기본적으로 보통 독자들의 것이다. 함께 읽고 감상하고 즐기고 토론하는 공적 담론이 되어야 하고 문학이 가진 힘의 구심력과 원심력을 조화시켜야 한다. 오래되고 좋은 고전문학을 통해 우리의 현재와 미래를 위해 "창조적 상상력"을 제고시켜야 한다. 자본과 시장, 과학과 실용에 꽉 막힌 현실에 새로운 돌파구는 상상력을 통해 타개될 수 있다. 문학의 궁극적인 효용은 새로운 것을 생각해내고 없는 것을 창조하는 상상력의 훈련과 연습이 아니겠는가?

이런 상황에서 최근 국내에서 문학의 힘을 보통 독자들에게 되살려내려는 노력들이 많이 진행되고 있다. 한 예로 주요 일간지 중 하나인『조선일보』에서 지난 1월 초부터 근대 한국 대표 시인의 시 100선을 연재하고 있다. 이러한 시도들은 소위 문학 전문가들이 아닌 일반 독자들이 문학에 대한 관심과 사랑을 다시 한번 갖는 데 좋은 역할을 할 것이다. 지난 1~2년 동안 국내에서 이상하리만치 헤럴드 블룸(Harold Bloom, 1930~)이라는 미국 예일대학교 영문학과 석좌교수이며 가장 영향력 있는 비평가의 책들이 국내에 계속 번역 소개되고 있다. 블룸 교수는 영문학계나 비평계에서는 그의 엄청난 독서의 양, 해박한 비평 이론과 놀라운 수의 저서로 널리 알려져 있다. 최근 국내에서 블룸의 저서들인『교양인의 책읽기』(*How to Read and Why*, 해바라기),『지혜는 어디서 찾을 것인가』(*Where Shall Wisdom Be Found?*, 루비박스),『헤럴드 블룸 클래식』(*Stories and Poems for Extremely Intelligent Children*, 생각의나무),『세계문학의 천재들』(*Genius: A Mosaic of One Hundred Exemplary Creative Minds*, 들녘)이 번역 간행되었고『서구의 정전』(*The Western Canon*)이 출간 준비중에 있다고 한다. 왜 짧은 기간 안에 인기 작가도 아닌 한 비평가의 저작이 연쇄적으로 번역 출간되고 있는 것인가? 이것은 분명 세계고전문학과 정전(正典), 책 읽기, 지혜의 문학, 작가들의 천재성에 관한 관심이 높아진 결과일 것이다. 따라서 오늘 필자는 블룸의 최근 저작을 중심으로 그 주요 내용을 소개하여 그 의미를 밝혀보고자 한다.

대학에서 거의 반세기에 걸쳐 문학을 가르쳐온 블룸의 학문적 관심사는 다양하게 변모했다. 간단하게 소개해보자. 그의 비평적 생애는 크게 4기로 나눌 수 있다. 제1기는 60년대 초로 블룸은 뉴크리티시즘의 영향에 따라 영국 낭만주의를 연구하여『셸리의 신화 만들기』(1959) 등 여러 권의 저서를 냈다. 제2기는 70년대로 "이론으로의 대전환"의 시기로 블룸은 시 읽기 이론가로 맹렬하게 활동하여『영향의 불안』(1973),『오독의 지도』(1975) 등의 저서에서 "새로운 문학 이론"을 내세웠다. 블룸은 후배시인이 강한 선배들과 대결하여 영향의 불안에서 벗어나기 위해 자신만의 시적 창조를 이룬다는 독특한 수정주의 이론을 제시했다. 이 시기에 블룸은 유대인의 지적 전통인 비교적(秘敎的) 신비주의인 영지주의(gnosticism)와 카발라적 해석 방법을 제시하여 주목을 끌었다. 제3기는 80년대로 블룸은 "미국의 숭고미"라는 개념을 전방에 내세우며 미국 시 연구에 몰두하였다. 제4기는 블룸이 원로 학자로서 드디어 난해한 이론을 버리고 일반 독자들을 위한 문학의 힘을 다시 회복시키기 위한 정전의 중요성에 관심을 기울인 시기이다. 대체로 90년대 중반부터 2000년대 초반을 거쳐 블룸의 노력은 이 분야에 집중되어 지금에 이르고 있다. 그렇다면 블룸의 기본적인 전략은 무엇인지 간략하게나마 살펴보자.

해럴드 블룸은 1994년에 간행된『서구의 정전』에서 서양 문학의 대표적인 작가로 26명을 선택했다. 블룸은 당시 이론의 시대의 한복판에서 유행했던 복합문화주의, 마르크스주의, 페미니즘, 해체론, 기호론자, 신역사주의 들을 "불만학파"라고 비판하면서 문학비평의 지성과 미적인 기준의 상실을 탄식하며 새로운 정전의 수립을 역설했다. 일례로 "작가의 죽음"이라는 한때 거세게 유행했던 푸코, 바르트 등의 해체론자들의 개념도 "백인의 유럽 남성들"의 죽음을 몰고 온 반정전적인 신화였다고 꼬집고 있다. 블룸은 서구 정전의 중심에 윌리엄 셰익스피어를 놓고 있다. 그 이유는 셰익스피어는 시인, 희곡 작가, 소설가들 모든 작가들의 시금석이기 때문이다. 셰익스피어는 전무후무한 가장 독창적이며 개성이 강한 작가이다. 블룸은 서론에 해당되는 「정전을 위한 애가(哀歌)」에서 정전의 중요성을 "정전이 없다면 우리는 사유를 멈추는 것이다"라고 지적하였다. 블룸은 시대를 "귀족의 시대", "민주주의의 시대", "혼돈의 시대"의 세 시대로 나누어 정전 작가 26명을 배치시키고 있다. 블룸은 이 책이 학자나 전문가가 아닌 일반 독자들을 위한 것이라고 전제하고 아직도 존재하는 독서를 사랑해서 책을 읽는 사색가들을 위한 것이라고 결론에서 말하고 있다. 블룸은 「부록」에서 앞서 언급한 세 시대에 신정(神政) 시대를 덧붙여 각 시대별로 유익한 추천 도서목록을 제시하고 있다. 이 책을 통해 우리는 그동안 무시해왔던 문학 텍스트의 정전 문제를 다시 생각하게 되었다.

해럴드 블룸은 1998년에 출간한 『셰익스피어: 인간의 발명』에서 윌리엄 셰익스피어가 400여 년 동안 변함없이 우리에게 가장 인기 있는 시인이고 재능을 띤 극작가인가에 대한 대답을 우리에게 주고 있다. 한마디로 그것은 셰익스피어가 비극, 희극, 사극, 문제극들의 37편의 시로 쓰인 극작품에서 다양한 인간들의 보편적 원형들을 제시하고 있기 때문이다.

> 셰익스피어는 영어로 아마도 어떤 서구 언어로도 최고의 시와 최고의 산문을 썼다. 이 점은 그의 인식 능력과 분리해서 설명할 수 없다. 그는 어떤 다른 작가보다 좀 더 종합적으로 그리고 독창적으로 사유했다. (xviii쪽)

「독자에게」에서 블룸은 결국은 셰익스피어의 위대성은 "인간성의 발명"이라고 단언한다. 햄릿, 이아고, 맥베스, 맥베스 부인, 클레오파트라, 펄스타프, 리어 왕, 로미오와 줄리엣, 로잘린드, 포샤 등등이 그가 발명한 불멸의 인간성들이다. 이를 위해 블룸이 엄청난 지력과 정력으로 셰익스피어의 희곡과 작품을 모두 꼼꼼히 읽고 자신 특유의 해석과 평가를 내리는 점이 놀라울 뿐이다. 셰익스피어는 이렇게 해서 서양 문학의 아버지인 희랍의 호메로스, 중세의 단테, 독일의 시성 괴테를 제치고 블룸에 의해 서구 문학에서 가장 위대한 작가로 서구 정전의 정점에 올라가게 된다.

2002년에 간행된 『세계문학의 천재들』에서 해럴드 블룸은 세계문학의 천재들을 100명으로 선별하여 그 특징들을 전기적인 사실과 문학비평을 통합하여 짧게 요약하고 있다. 오늘날과 같은 집단사고가 주류를 이루는 정보화 시대에는 평범하고 진부한 것보다 광채를 드러내는 천재들의 탁월한 개성과 눈부신 상상력이 필요하다. 블룸은 천재를 다음과 같이 정의한다.

> 천재란 필연적으로 초월적인 것과 탈일상적인 것을 환기시킨다. 왜냐하면 천재는 그것들을 충분히 의식하기 때문이다. 의식은 천재를 정의하는 것이다. 셰익스피어는 햄릿처럼 의식에 있어서 우리를 뛰어넘고 우리가 셰익스피어 없이 알 수 있는 의식의 최고위의 질서를 넘어선다. (12쪽)

우리들은 셰익스피어, 단테, 세르반테스, 호메로스, 베르길리우스, 플라톤 등과 같은 놀라운 천재들로부터 인도되어 열광하며 삶에 대한 지혜를 배운다.

블룸은 특이하게도 유대 종교의 신비주의 전통에서 나온 카발라(Kabbalah)에서 개념을 빌려 문학의 천재들을 10개의 그룹으로 분류한다. 사파이어 보석이라는 어원을 가진 세피로트(sefirot)는 하나님이나 신적인 인간에서 창조되어 나온 특질들이다. 결국 세피랏은 빛, 텍스트 또는 창조성의 양상들이다. 블룸은 세피로트가 끊임없이 움직이는 이미지들이며 창조적인 정신은 많은 변형의 미로 속에서 이미지들을 통과한다고 설명한다. 10개의 특질은 (1) 왕관, (2) 지혜, (3) 지성, (4) 사랑, (5) 판단력, (6) 아름다움, (7) 승리, (8) 예언력, (9) 토대(기호), (10) 왕국으로 다시 100명의 천재 작가들을 10개의 분류에 소속시키고 그것을 다시 20개의 "광휘"(빛)로 나누어 설명하고 있다.

그렇다면 왜 우리는 이 민주주의 시대에 소수의 천재 작가들을 운위하는가? 블룸은 서론에서 "천재는 그들의 작품 속에서 지혜에 이르는 최고의 길이다. 나는 지혜가 삶을 위한 문학의 진정한 유용성이라고 믿는다"고 말하고 위대한 문학이란 결국은 지혜에 이르는 통로라고 말한다. 단지 정보, 지식, 이론만이 중요한 것이 아니라 지혜가 삶을 총체적으로 이끌어가야 하는 것이다. 또한 훌륭한 문학은 어떤 의미에서 단순히 '가르침'이나 '즐거움'만을 주어서는 안 되고 한 걸음 더 나아가 우리 영혼을 깊은 곳에서 울리는 '숭고미'(sublime)가 있어야 한다. 천재 작가들이 창조해낸 문학작품들이 우리의 존재를 통째로 감동시켜 초월적이거나 신비로운 우주적인 존재로까지 비상시킬 수 있는 것이다. 해럴드 블룸이 지향하는 문학의 힘은 이념이나 형식이나 기술이 아닌 이러한 우주 속의 인간의 삶에 대한 고양된 감정에 다름 아닌 것이다.

블룸의 작품 모음집을 처음 보았을 때 가장 궁금했던 것은 그 제목이었다. "모든 연령층의 지극히 총명한 어린이들"이란 과연 누구를 말하는 것일까? 지극히 총명한 어린이들이란 나이를 불문하고 어린이를 아버지로 모시고 아직도 문학작품을 읽고 감동을 받아 각성하고 변화된 삶을 살아갈 수 있으며 지극히 이해력이 높은 아주 똑똑한 사람들이다. 또한 "모든 연령층"이란 나이를 초월하여 우리 모두가 어린아이와 같은 마음을 지닐 수 있다는 뜻이다. 문학의 세계는 [번역을 통하여] 쓰여진 언어의 경계를 넘어간다면 어린이건 어른이건 나이에 관계없이 모든 사람들에게 감동과 지혜를 주지 않는가?

셰익스피어, 괴테, 톨스토이를 보라. 그러므로 해럴드 블룸에게는 흔히 말하는 "아동문학"이라는 범주는 무의미한 것이 된다. 어린이에게만 감동을 주고 어른에게는 아무런 감동을 주지 않는 이야기나 노래가 있단 말인가? 이것은 지나치게 인위적인 분류가 될 것이다. 이런 식으로라면 전쟁문학, 장애우 문학, 여성문학, 청소년 문학 등 끝없는 분류가 생겨날 것이다. 결국 해럴드 블룸이 이 모음집을 통해 말하고자 하는 문학의 개념은 나이를 초월하여 문학을 읽고 이해할 수 있는 총명한 어린이들을 포함하여 동심으로 책을 읽는 마음을 가진 모든 청소년, 성인들을 위한 작품들을 뜻한다. 이 책의 독자들은 문학을 읽고 즐길 수 있는 남녀노소 모두이다.

다음으로 궁금한 점은 해럴드 블룸이 이 모음집을 위해 어떤 기준으로 작품 선정을 했는가 하는 것이다. 현실을 있는 그대로 재현하는 리얼리즘이나 문학적 기교를 부려 읽기가 어려운 모더니즘 계열의 작품은 모두 피했다. 그보다는 감수성이 풍부하고 꿈꿀 수 있는 어린이와 어린아이의 마음을 지닌 성인들이 쉽게 이해할 수 있는 작품들, 다시 말해 19세기의 동화, 동시에 가까운 난센스 문학 그리고 판타지(환상) 문학 또는 비(非) 또는 반(反) 리얼리즘적인 공포, 엽기 또는 센티멘털 문학이 주류를 이루고 있다. 왜 그랬을까? 이성과 합리성을 최고의 가치로 여긴 근대 계몽주의 이래로 이성 과잉과 맹목적 합리주의가 낳은 기계화로 인하여 숨 막힐 정도로 사방이 꽉 막혀 버린 본격 모더니즘과 후근대(또는 탈근대) 시대에 탈주의 선을 마련하기 위해서이다. 금융 자본과 무한 경쟁이라는 새로운 이상한 신(神)들을 모시고 사는 우리 시대의 많은 사람들은 이미 꿈, 환상, 신비로운 것, 숭고한 것에 대한 사랑과 믿음을 미신이나 이성이 결여된 유치한 것으로 치부해버린다. 동심을 잃어버린 그들은 이미 오래전에 감성과 상상력이 결여된 무감각한 로봇들이 되었다. 해럴드 블룸은 이런 삭막한 세상에서 살아가는 고단한 현대인들에게 비, 바람, 눈, 햇살을 뿌려주고 싶어 하며 이성적이지만도 합리적이지만도 않은 사랑과 황홀과 감동이 있는 세상으로 인도하고자 한다. 이제 우리는 블룸이 이끄는 곳으로 따라 들어가 그가 준비해놓은 조금 외롭기는 해도 행복하고 기쁜 세계를 맛보면 된다.

해럴드 블룸이 우리에게 보여주는 노래와 이야기의 세계는 무서운 현실과 황당한 환상이 아닌 중간지대 또는 완충지대로 현실과 이상이 공존하는 몽상(夢想, reverie) 지대이다. 우리가 대화를 통하여 현실의 상처와 환영의 질병을 치유하여 새로운 삶의 질서와 조화를 역동적으로 창출할 수 있는, 영원히 시들지 않고 썩지 않는 문학 세계이다. 인간 본성이 변하지 않는 한 이 중간 세계는 정적이거나 수동적인 세계가 아니라 오히려 동적이고 능동적인 문학

세계이다. 이 지대는 인간의 역동적인 상상력을 통하여 생명력이 약동하고 몸과 마음과 영혼이 혼연일체가 되어 부드러우면서도 힘차게 흘러가는 제3의 지역이다. 과학 우선과 경제 제일, 이념 과잉의 메마른 시대라 할지라도 우리가 이 지역으로 들어가면 지구의 삼라만상 속에서 우주적 질서의 한 부분으로 응분의 역할을 할 수 있는 힘과 지혜를 얻을 수 있는 영감의 발전소이다. 이것이 21세기를 살아가는 우리에게 문학이 가진 역할과 책무가 아닐까?

감수성이 예민하고 이해력이 빠른 총명한 사람들은 운문과 산문, 현실과 환상의 세계를 넘나들 수 있는 능력을 상실하지 않고 이성과 감성, 영혼과 육체, 의미와 무의미, 진지성과 경박성의 이분법을 극복할 수 있는 유머, 희화, 농담, 위트, 아이러니를 지닌다. 삶이란 이 두 영역이 함께 어우러진 모순과 갈등의 수수께끼가 아닌가? 그러나 우리는 어른이 되면서 쾌락의 원리(꿈의 세계, 비논리, 감정, 상상의 세계)를 버리고 현실의 원리(현실 세계, 이성과 논리, 상징의 세계)로 들어가 진지와 엄숙이라는 경직된 이념 속에 스스로를 가둔 채 계속 굳어가다가 시체로 화하고 결국 사라져버린다. "지극히 총명한 어린이들"이란 "꿈과 환상의 세계를 넘나들 수 있는 유연한 상상력을 지닌 사람들", 즉 지금 이 책을 읽고 감동하고 즐거워하는 우리들이다. 해럴드 블룸이 좋아하는 난센스 문학을 총명치 못한 어린이들이 쉽게 이해할 수 없다는 점을 감안하면 대부분의 아동문학은 아직도 총명한 어린아이 같은 마음을 지닌 어른들을 위한 것이기도 하다. 이 모음집에 실린 시와 단편소설들은 대부분 블룸 자신이 5세에서 15세 사이에 읽은 것들이다. 어린 시절 읽은 문학작품들이 70세가 훨씬 지난 지금까지 거의 "무의식"처럼 그의 삶을 지탱시켜주는 주춧돌이 되고 있다. 세계적인 학자, 평론가, 문학이론가로 명성을 날리는 블룸은 아직도 어린아이처럼 유연한 상상력을 지닌 영원히 늙지 않는 소년인 것이다!

여기 실린 작품들은 80% 이상이 19세기 영미 작가들의 것이다. 이 모음집은 낭만주의 영문학 전공자인 해럴드 블룸의 개성과 취향이 잘 드러나고 있다. 영국의 19세기는 문학사적으로 초기의 낭만주의 시기와 중후기의 빅토리아 시대로 나뉜다. 영국의 낭만주의 시대(1798~1832)는 기본적으로 시인이나 작가 개인의 독창적이고 개성적인 면을 강조하면서 당시 급속히 진행되었던 산업화, 상업화, 도시화를 거부하고 농촌, 자연, 풍경, 중세, 이국풍을 추구한 시기였다. 빅토리아 시대(1832~1901)는 영국인들이 일종의 발전과 회의라는 모순 속에 빠진 시기이다. 상업화와 과학기술의 발전, 해외무역 등으로 물질적으로 풍요로운 사회에 자긍심을 느끼면서도 진화론으로 신은 사라지고 무절제한 자본주의 상업사회의 탐욕, 더러움, 복잡함을 벗어나고자 하였다. 많은 작가들은 단순한 꿈과 환상을 갈망하게 되어 라파엘전파가 생겨났고 판타지 문학과 난센스 문학 등이 탄생했다. 그러므로 19세기 영문학에서 리얼리즘과 판타지는 동전의 양면이다.

어떤 의미에서 해럴드 블룸은 21세기 초반의 고단하고 삭막한 세상 풍경을 한탄하며 19세기의 낭만주의와 라파엘전파적인 감수성에 다시 의존하여 상업자본과 과학기술에 빠져버린 21세기인들의 정서를 윤택하게 하고자 한 것인가? 이 모음집은 문학사적으로 20세기 초부터 소위 고급 모더니즘이 들어와 문학작품 읽기가 암호를 푸는 것처럼 난해해지기 시작하여 일반 독자들로부터 멀어지고 전문가 연구로 전락하기 시작하기 이전인 19세기 작품들로 구성되어 있다! 또한 이 모음집은 영미 문학사에서 자주 논의되는 정전의 작가들인 워즈워스, 콜리지, 아널드, 예이츠, 엘리엇, 디포, 디킨스, 로렌스, 조이스 등이 누락되어 있고 많이 언급되지 않는 루이스 캐롤, 에드워드 리어, 러디어드 키플링 등 아동문학가나 이류 작가들이 상당수 포함되어 있다는 점이 그 특징이고, 특이하게도 구전으로 전해 내려와 작자 미상으로 된 시편이 17편이나 포함되어 있다.

블룸은 "모든 연령대의 지극히 총명한" 보통 사람들의 보편적이고 원초적인 감성의 주제들인 사랑, 이별, 죽음, 여행, 고독, 고통, 환희 등을 다룬 작품들을 골고루 포함시키고 있다. 이 모음집은 봄, 여름, 가을, 겨울의 4계절로 나뉘어 있고 바람, 비, 눈, 햇빛, 언덕, 숲, 산, 개울, 강, 바다 등 자연과 더불어 살 수밖에 없는 인간적 삶의 생태환경적인 조건을 고루 갖추고 있다. 4계절이 동양과 서양, 북반구와 남반구를 막론하고 지구 주민의 대부분을 구성하는 적어도 온대지방 사람들의 무의식 속에 어떻게 각인되어 있는가? 중국의 작가 임어당(林語堂)이 『생활의 발견』(*The Importance of Living*, 1937년 뉴욕 출간)에서 구별한 4계절의 특징을 살펴보자.

> 봄: 밝음, 고혹적인 아름다움, 우아함, 우아한 아름다움, 빛남, 생기, 생동, 영(靈), 부드러움
> 여름: 화려함, 무성함, 힘참, 위대함, 장대함, 강함, 영웅적, 기이함, 위험함, 호방함
> 가을: 부드러움, 연약, 순수 소박, 고상, 관대, 가냘픔, 단순, 청명, 여유, 한가로움, 청량함, 실질적임
> 겨울: 추움, 냉랭함, 빈한함, 정숙, 고요, 고풍스러움, 오래됨, 늙음, 원숙, 말라버림, 격리, 은둔, 숨겨짐

블룸은 4계절 속에서 순응하며 자연의 섭리를 따라 겸손하고 온유하게 살아가는 우리들의 평범하고 소박한 삶을 생각하고 있다. 자연에 직접적으로 감응하고 자연을 느끼며 살아가는 동식물처럼 지구상의 모든 생명의 길을 따르는 것이다. 문학은 우리 삶의 구체성과 보편성을 동시에 재현시켜주는 "구체적 보편"이다. 문학은 이런 의미에서 삼라만상의 상호관계 속에서 살아가는 인간의 모습을 넓고도 깊게 그려내는 특별한 표현 양식이다.

그러나 요즘은 지구온난화와 같은 기후 변화로 지금까지 우리가 향유하던 4계절의 변별적 차이들이 점점 사라지고 있다. 해럴드 블룸은 각 계절의 특징이 사라져가는 것을 아쉬워하며 가장 보편성을 지닌 노래와 이야기들을 계절별로 나누어 이 모음집을 편집한 것인가? 자연을 있는 그대로 그리는 19세기 후반 "라파엘전파"의 그림과 이론에 대한 취향을 보여주고 싶었을까? 앞서도 지적했듯이 "지극히 총명한 아이들을 위한"이라는 말에서 보는 것처럼 가장 감수성이 예민한 아동에서 청소년에 이르기까지 가소성(可

塑性)이 강한 젊은이들의 주체 형성과 영원히 늙지 않는 어른들의 추억을 위해 여러 가지 노래와 이야기들이 선정된 것이다. 노래와 이야기는 우리 삶의 중요한 토대이다. 모든 예술이 노래로부터 시작하여 시와 음악으로 발전하였고 이야기는 서사시와 로망스 등을 거쳐 소설 장르로 정착하였다. 젊은이들에게 시와 소설은 자연과 함께 살아가기 위한 정서 함양에 필수적이고 어떤 의미에서 거의 본능적인 충동이나 욕망이다. 블룸은 또한 우리에게 시나 이야기를 눈으로만 읽지 말고 큰 소리로 읽고 외우고 낭송하기를 권장한다. 소리 내어 읽고 외우면 우리의 감각이나 신체 부위들이 덩달아 같이 움직이며 춤출 것이다. 그러면 우리는 『이상한 나라의 앨리스』의 주인공처럼 우리를 한없이 소인으로만 만드는 척박한 현실에서 벗어나 거인으로 담대하고 용감한 행동을 할 수 있지 않을까?

우리는 왜 그리고 어떻게 문학작품을 읽을 것인가?

해럴드 블룸은 이 모음집을 간행하기 1년 전인 2000년에 『책은 어떻게 그리고 왜 읽는가』(How to Read and Why)의 서문에서 그 대답을 하고 있다. 그는 "잘 읽는 것은 고독이 독자에게 줄 수 있는 최고의 즐거움이라 할 수 있다. 그 이유는 적어도 내 경험으로 볼 때 잘 읽는다는 것은 즐거움 중에서 가장 치유적이기 때문이다. 잘 읽게 되면 여러분은 여러분 안에서 또는 친구들이나 친구가 될 수도 있는 사람들 안에서 타인으로 바꾸어진다. 상상문학은 타자성으로 고독을 경감시켜준다"라고 지적하면서 "읽기의 유용성의 하나는 우리 자신들을 변화에 대비시키는 것이다. 그리고 그 최종적인 변화는 매우 보편적인 것이다"라고 언명한다. 그렇다! 중요한 것은 문학작품과 직접 대면하고 부딪치는 경험이다. 이런 직접 경험을 통해 문학작품은 우리의 삶을 구체적으로 "작동"시키고 끊임없이 역동적으로 변화시키는 것이다. 여기서 "변화"라 함은 상상력을 통해 우리 삶의 깊이(내면성), 높이(초월성), 길이(외연성), 두께(풍요성)를 더하는 것이다. 이미 언제나 경험적이고 지극히 실용적인 읽기와 관련하여 역자가 좋아하는 "중광지곡"(重光之曲)이란 부제가 붙은 송욱의 시 「아악」(雅樂)을 소개한다.

> 슬프다 하면
> 너무 무겁고
> 무겁다 하면
> 하늘인가 바단가
> 흘러가는 가락인가
> 살별 떼가 나는
> 밤을 다한 마음인가
> 넓어질수록
> 아아 흥청대는 공간(空間)이여!
> 가라앉아도
> 아아 싱싱한 시간(時間)이여!
> 불꽃을 퉁기면서
> 휩싸고 돈다.

　문학 읽기라는 독서 행위 과정을 통해 우리의 삶을 변화시킨다는 것은 우주적 존재로서의 우리의 실체를 우주적 자연적 질서와 조응 또는 공명시키는 힘이다. 이 힘을 통해 우리의 삶속에서 시간적으로는 그때와 지금과 앞으로가 함께 연결되고 공간적으로는 여기와 저기 그리고 지구 바깥의 거기가 하나가 될 수 있다.

　이제 위의 책에서 블룸이 제시한 읽기의 5원칙 중 세 가지만 소개한다.

　　첫째, 독자들이 빠져 있는 어떤 주의나 이념에서 벗어나 마음을 자유롭게 만들자. (어떤 기존 관념이나 목적에서 벗어나 항상 마음을 열어젖혀놓자.)

　　둘째, 자신이 읽는 것 또는 읽는 방식에 의해 옆에 있는 타인을 개선시키려고 시도하지 말자. (읽기를 통해 남을 가르치고 훈계하지 말라. 문학은 칸트의 말처럼 "무목적성의 목적성" 즉 사심(私心)이 없어야 한다.)

　　셋째, 창조적 읽기를 위해서는 발명가가 되자. (다시 말해 독자의 마음을 변화시켜 다시 태어나게 하기 위해서 자발적인 오독(誤讀)도 필요하다.)

　그러나 문학 그리고 독서 행위를 통해 우리 삶의 현장에서 작동시키고 개입시키고 변화시키는 일은 그다지 쉬운 일은 아니다. 페이지라는 흰 종이 위에 까맣게 쓰인 글자와 단어들이 어떻게 살아나 의미를 만들고 감동을 만들어낼 수 있을까? 무엇보다 문학작품에 대한 애정과 신뢰가 있어야 한다. 그리하여 19세기 영국의 낭만주의 시인이며 문학이론가인 S. T. 콜리지는 "적극적으로 불신하는 마음의 지연"을 권유한다. 문학이 인간이 꾸며낸 "허구"라고 생각하고 가치를 적극적으로 부여하지 않고 능동적으로 즐거움과 기쁨을 느끼기를 거부한다면 문학은 영원히 우리에게 다가오지 않는 뜬구름이 될 것이다.

　그렇다면 상상력의 교본이며 안내서인 문학작품을 대할 때마다 우리는 어떻게 콜리지의 제안처럼 "불신하는 마음을 적극적으로 지연"할 것인가? 여기에는 의식적인 노력과 훈련이 필요하다. 문학 읽기의 궁극적 목적은 사랑이다. 읽기 자체가 사랑의 수고가 되어야 한다. 다시 말해 상상력을 불러내는 훈련이 필요하다는 말이다. 상상력이란 문학 읽기 과정뿐만 아니라 읽은 후의 결과를 논할 때도 중요하다. 이 용어에 대한 논의는 끝이 없을 것이다. 19세기 영국의 시인 셸리(P. B. Shelley)는 상상력을 모든 도덕의 요체인 사랑으로 정의하는데 여기서 사랑이란 "타자 되기"로 타자에 대한 배려와 사랑을 뜻한다. 내가 다른 사람이 되어보는 것만큼 뜨거운 사랑이 어디에 있는가? 상상력을 동원하여 여성 되기, 남성 되기, 어린이 되기, 가난한 사람 되기, 동물 되기, 식물 되기 등 역지사지(易地思之)의 경지에 이르는 것이다. 부처는 대자대비(大慈大悲), 공자는 인애(仁愛), 예수는 (이웃)사랑을 말한다. 상상력을 발동시키는 사랑의 배출 없는 독서 행위는 영혼이 없는 기계적 행위이다.

　또한 읽기 과정을 좀 더 과격하게 아니 관능적으로 말하는 사람들도 있다. 그들은 독서대상인 "작품"과 독서 주체인 "나"사이의 어떤 현상학적인 교류와 합일, 나아가 정사(情事, love affair)에 비유한다. 『텍스트의 즐거움』으로 유명한 20세기 프랑스의 문학이론가 롤랑 바르트는 독서 과정을 남녀 간의 상열지사의 과정과 유사한 것으로까지 말한다. 바르트의 말처럼 우리는 단순히 텍스트를 이해하고 소비하는 소극적 "읽는 독자"(readerly)가 아니라 독자가 창조하고 생산해내는 적극적 "쓰는 독자"(writerly)가 되어야 할 것이다. 인간은 단순히 물질로만 이루어진 단일체가 아니다. 우리는 지덕체, 지정의, 로고스, 파토스, 에토스를 지닌 복합적인 다양체이다. 작품 읽기는 다양체인 인간이 물신화하고 단순화시키는 시대적 문화의 요구를 과감히 거부하고 역동적이고 능동적으로 상상력을 작동시켜 고정화되고 화석화되어가는 우리의 고단한 삶을 풍요롭게 만들어가는 노력이다. 이것이 오늘날의 문학의 기능과 의미일 것이다. 셰익스피어는 어째서 아직도 시공을 초월하여 위대한 것인가? 그의 작품이 어떻게 끊임없이 혼의 울림을 주는가? "삶의 거울"인 그의 작품들은 불완전한 인간의 언어로 거울처럼 있는 그대로의 삶의 모습을 비춰주어 눈을 현혹시키는 모든 허상들을 제거해내는 문학으로서의 힘을 발휘하고 있기 때문이다. 그리하여 해럴드 블룸은 우리에게 이렇게 권한다. "깊이 읽어라. 그러나 어떤 것을 얻고 받아들이고 논쟁하기 위해서가 아니라 하나의 쓰고 읽는 본성을 공유하기 위해 깊이 읽어라." 그러면 "독자의 숭고성"이 이룩된다.

오늘날과 같은 광속의 시대에 문학작품 읽기의 노고와 보람은 분명하다. 작품과 나의 은근하고 지속적인 관계가 필요하다. 타자와의 관계는 신뢰와 사랑과 존경을 바탕으로 할 때 원만하고 생산적이고 위로하는 상보적 관계가 수립된다. 페이지 위에 무정하게 박혀 있는 글자들은 나의 눈물 어린 노력이 없다면 죽은 척 꼼짝도 하지 않을 것이다. 감동의 발전소이자 상상력의 보물창고의 문이 꽁꽁 닫힌 채로 남아 있을 것이다. 스크린이 힘을 발휘하는 고도 전자매체 시대에 문학의 "힘"을 어떻게 다시 회복시켜 기계 중심이 아닌 인간 중심의 시대를 다시 꿈꿀 수 있을까?

제 2 부

역사
— 과거의 현재성과 기억의 문화정치학

… 역사라는 말은 전혀 다른 두 개의 개념을 지칭한다. 한편으로 과거에 있었던 역사, 다시 말해 '실제적인' 역사가 있고, 다른 한편으로 역사에 대한 담론이 있다. 둘은 전혀 등가치가 아니다. '진짜' 역사는 결정적으로 전개되어버렸고, 아무도 그것을 부활시킬 수 없다. 왜냐하면 역사에 대한 담론(이것을 우리는 일반적으로 '역사'라고 부른다)은 단순화되고 극화되며, 의미가 부여된 이야기에 불과하기 때문이다.

… 사건들을 선택하고, 이것들을 이야기로 정리하고, 어떤 해석의 틀에 집어넣는 일, 역사기술학의 방법을 구성하는 이와 같은 기본적 세 요소는 복잡한 문화적·이데올로기적 지표에 달려 있다. 논쟁을 지배하는 것은 과거가 아니라 역사가이다. 역사가는 논리정연함과 의미를 지칠 줄 모르고 생산하는 자이다. 그는 진실한 요소들을 가지고 일종의 허구를 생산해낸다. …

역사적인 상상력의 세계가 드러나는 범위와 개입에 대한 정확한 개념을 갖기 위해서 우리가 또한 분명히 해야 할 것은, 역사에 대한 담론이 절정된 하나의 학문과 직업의 한계를 광범위하게 초월해야만 한다.

— 뤼시앵 보이아, 『상상력의 세계사』, 김웅권 역, 191~194쪽

1장 이집트, 이스라엘, 팔레스타인, 요르단의 성지순례
— 기독교의 기원을 좇아서

다른 많은 경건행위와 마찬가지로 성지순례는 그것이 수행되는 원리에 따라서 합리적이거나 미신적일 수 있다. 진리를 찾고자 하는 긴 여행은 강제적인 것은 아니다. 진리란 삶의 조정을 위해 필요한 것인 만큼 정직하게 추구되는 곳에서는 언제나 발견된다. 장소 변화는 필연적으로 마음을 흐트러뜨리기 마련이므로 경건함을 높이는 자연스러운 동기는 못된다. 그러나 사람들은 날마다 위대한 행위들이 수행된 곳을 보려고 가고 그 사건에 대한 강한 인상을 지니고 돌아오기 때문에 우리가 똑같은 호기심으로 우리의 종교가 시작된 곳을 보고 싶어 하는 것은 자연스럽다. 그리고 내 생각으로는 어떤 사람이라도 확고하고도 거룩한 결심 없이는 그 엄청난 장면들을 볼 수 없다. 조물주와의 관계가 다른 곳보다 어느 한곳에서 더 쉽게 이루어질 수 있다는 생각은 한가한 미신적인 꿈이다. 하지만 어떤 장소가 특이한 방식으로 우리 마음에 영향을 미칠 수 있다는 견해는 일상의 경험들로 증명될 수 있다. 팔레스타인에 가면 자신의 악덕이 좀 더 성공적으로 퇴치될 수 있다고 가정하는 사람은 어쩌면 자신의 생각이 틀렸다는 것을 알게 되겠지만 그런 어리석은 생각 없이도 그곳에 갈 수 있다.

　　　　　　　　　　— 새뮤얼 존슨, 『래설러스 이야기』, 11장 중에서

1

인간은 이 세상에 잠시 머무는 나그네, 이방인, 타자, 순례자, 여행자이다. 인간이란 "지금 여기"를 떠나 끊임없이 저 높은 곳을 향하여 여행하는 자일까? 12세기 색니스의 위그 교부는 이것을 잘 표현하고 있다.

> 자신의 고향을 아름답다고 생각하는 사람은 아직도 상냥한 초보자이다. 모든 땅을 고향으로 여기는 사람은 이미 강한 사람이다. 그러나 전 세계를 타향으로 생각하는 사람은 완벽하다. 상냥한 사람은 이 세계의 한 곳에만 애정을 고정시켰고, 강한 사람은 모든 장소들로 애정을 확장했고, 완벽한 인간은 자신의 고향을 소멸시켰다. (사이드, 『문화와 제국주의』, 김성곤 · 정정호 역, 564쪽에서 재인용)

기원 후 4세기부터 시작된 초기 이스라엘 지역으로의 순례는 세상과 구별하기 위한 것이었다. 중세 이후의 성지순례는 지은 죄에 대한 참회 형식으로 지속되었다. 그 시대 여행이란 매우 위험하고 고통스러웠다. 그 후에는 자신의 기도가 응답받으면 감사하는 마음으로 순례의 길을 떠났다. 기원 후 330년 기독교를 로마의 국교로 바꾼 콘스탄티누스 대제의 어머니였던 헬레나 모후가 성지를 방문하여 예수살렘과 근교 지역 여러 곳에 교회를 지은 후 성지순례는 선풍적인 유행을 일으켰다. 기록을 남긴 유럽의 최초의 성지순례는 333년에 이루어졌다. 당시에는 프랑스의 보르도에서 출발하여 이탈리아와 발칸 반도를 통해 다뉴브 강을 따라 동로마 제국의 새로운 수도인 콘스탄티노플(이스탄불)을 통해 소아시아와 시리아를 지나 성지에 이르렀다고 한다. 그보다 반세기 후에는 성지순례를 떠난 스페인의 수녀가 근동 지방을 3년간 돌아다녔다고 전해진다. 어떤 순례자들은 일단 성지로 왔다가 결코 돌아가지 않는 경우도 생겨서 성 제롬(347~419)은 아예 예수의 탄생지인 베들레헴에 정착하여 라틴어로 성경 번역을 시작하였다. 성 제롬은 20

년간 구약 번역에 힘을 쏟아 406년에 완성하였다. 역사상 가장 놀라운 성지 순례는 성 알렉시우스의 이야기로 그는 결혼하는 날 집을 나와 근동 지방에서 순례자로 17년간을 지낸 후 로마로 되돌아와 아버지 집에서 거지로 나머지 17년을 살았다.

2008년 1월 나의 성서의 땅 이스라엘 탐방은 엄격하게 말하면 영적 순례라기보다 관광 여행이었다. 17세기 영국의 목사이며 소설가인 존 버니언이 쓴 『천로역정』의 주인공 크리스천처럼 고향과 가족을 모두 버리고 비장한 각오와 경건한 목적으로 천국(celestial city)에 이르는 순례의 길을 떠나겠다는 각오도 없었다. 그러나 중동 지역 여행에서 이스라엘에 대한 나의 호기심과 관심은 오직 한 가지뿐이었다. 30세에 공생애를 시작하여 3년간 활동하다 33세의 젊은 나이로 당시 최악의 형벌인 십자가형으로 죽고 다시 부활했다는 "역사적" 예수의 발자취를 더듬어보는 것이었다. 예수는 누구인가? "거듭난" 기독교인이 되기 전부터 나는 예수라는 인간에 대해 호기심과 관심이 많았다. 30세의 젊은 나이에 어떻게 그렇게나 거창한 비전을 가지고 3년간 온유와 지혜로 복음 사역을 하고 그렇게 젊은 나이에 죽을 수 있단 말인가? 게다가 그의 가르침은 지난 2천 년간 전 세계적으로 최대의 베스트셀러가 된 『성서』의 주요 부분으로 온 세계를 변화시키고 있지 않은가? 얼마나 놀라운 역사의 반전인가? 변형인가? 영향력인가? 예수는 보통 신성(神性)과 인성(人性)을 모두 갖춘 복합적인 존재로 묘사된다. 그러나 예수에게서 신성의 베일을 벗기는 작업이 18세기에 시작되었다. 역사주의자들은 신화화된 예수를 탈신비화하여 "역사적 예수"로 만들어놓음으로써 예수의 인성을 지나치게 강조하여 온전하고도 진정한 예수의 모습을 놓쳤다.

"어린 양"으로 불리는 예수는 "왼쪽 뺨을 맞거든 오른 뺨도 내놓아라"라고 말하는 평화의 사도인가? 과연 그런가? 일부 학자들처럼 십자가형을 예로 들어 예수를 로마 식민지 시대의 혁명가로 보는 것은 지나치지만 예수는 그저 단순하게 평화만을 고집하지는 않았다. 그는 제자들에게 진정한 신앙을 위해서는 가족까지 버릴 것을 요구했고 성전에서 장사하는 무리들을 쫓아내며 엄청난 분노를 표출하였다. 예수는 사랑의 복음전도자로 무저항주의를 택했을망정 일방적인 순응주의적 화해주의자는 아니었으므로 우리는 그를 사랑과 공의(公義)의 균형을 갖춘 사람으로 이해해야 할 것 같다.

그러나 열흘 남짓한 나의 여행은 "역사적 예수"의 발자취를 따르기에는 턱없이 짧은 기간이었다. 이스라엘로 들어가기 전 나는 먼저 이집트의 알렉산드리아에서 시작하여 카이로를 거쳐 모세가 애굽(이집트)에서 유대 민족을 끌고 건넌 홍해를 지나 시나이 반도 남동쪽에 있는 시내산에 이르렀다. 시내산은 모세가 여호와 하나님께로부터 받았다는 십계명과 율법으로 유명하다. 그런 다음 아카만으로 이동하여 이스라엘의 항구 도시 에이랏을 통과한 후 요단강 서쪽을 따라 유대 사막을 거쳐 북쪽으로 올라가 사해에 이른 다음 예수가 출생한 베들레헴과 예수가 죽은 예루살렘으로 향했다. 그리고 다시 예수 시대 헤롯 왕이 건설했다는 지중해 인공 해안도시 가이사랴를 거쳐 예수의 고향이며 30세까지 주로 살았던 나사렛에 이르렀고 다시 예수가 3년 동안의 공생애 중 2년 반을 사역했던 갈릴리 호수 지역으로 이동했다. 일단 이런 식으로 예수의 발자취를 따라갔다. 그런 다음 마지막 일정으로 역시 성경의 구약 시대와 밀접한 관계가 있는 요르단으로 입국하여 요단강 동쪽 느보산의 모세기념교회를 들르고 요르단 남쪽의 새 유적지 페트라를 거쳐 수도 암만을 통해 아랍에미리트의 두바이를 거쳐 인천공항으로 귀환하였다. 그러나 예수의 발자취에 초점을 맞추기 위해 이 여행기는 예수의 생애에 맞게 일정을 재조정했으니 독자들의 양해를 바란다.

2

본격적으로 예수의 발자취를 따르기 전에 필자가 방문한 이집트 시나이 반도 남단의 시내산과 이스라엘의 사해 근처에 위치한 쿰란 공동체, 유대 민족이 로마 식민주의에 맞섰던 최후의 저항 거점으로 결국 70년에 함락된 마사다 요새만은 언급해야겠다. 칠흑 같은 새벽 2시에 묵었던 호텔을 떠나 시내산으로 향했다. 돌산으로 험한 시내산을 처음에는 손전등에 의지하여 걸어 올라가기 시작했지만 어둠이 짙고 길이 험해 중간에 낙타를 타기로 했다. 좁고 가파른 돌길을 처음 타보는 낙타에 전적으로 의지하고 올라간다는 게 보통 일이 아니었다. 좁은 길 옆은 경사진 낭떠러지였다. 갑자기 죽죽 내리는 비를 흠뻑 맞으며 칠흑같이 어두운 밤중에 낙타 육봉에 불안하게 걸터앉아 가파른 돌산을 올라가는데 무척 두렵고도 고통스러웠지만 낙타에게 얼마나 고마움이 느껴지던지. 이것이 바로 이번 여행의 서곡이란 말인가? 낙타 등 위에 올라탄 나의 눈에서 빗물이 섞인 눈물이 스멀스멀 흘러내리고 덧없이 지나간 나의 60년 삶이 반추되며 나도 모르게 반성과 회개의 기도가 중얼중얼 입에서 흘러나왔다. 회개는 마음을 깨끗이 하는 첫 번째 과정이 아니던가? 숙달된 낙타몰이꾼과 경험 많고 순종적인 낙타 덕분에 1시간 정도 지나자 거의 정상까지 올라갈 수 있었다. 최정상까지는 직접 걸어가야 하는데 아쉽게도 기상 악화로 올라가지 못했다. 낙타에 의지해 너무 쉽게 올라와 하늘이 그 영산을 거부한 것일까? 1999년 여름 중국 쪽 백두산을 올라갈 때 독일제 지프차로 천지 바로 턱밑까지 단숨에 올라갔던 일이 생각났다. 그때는 천운으로 청명한 날씨 덕분에 백두산 정상의 천지를 내려다보며 얼마나 감격에 겨웠는지. 엄습하는 일종의 "숭엄미"로 얼마 동안 말문도 열지 못했는데 아직도 짧은 기행문 하나 쓰지 못했다! 십계명은 모세가 시내산 최정상에서 홍해를 건너 이집트를 떠나온 유대 민족을 위해 40일간 묵상 기도하는 가운데 하늘로부터 받은 것이다. 기상 악화로 시내산 해돋이 맞기도 포기하고 일행은 다 함께 예배를 드린 후 하산하는 수밖에 없었다.

동이 트면서 시내산의 장엄한 모습이 드러나기 시작했다. 시내산은 과연 그 모습이 기이하고 신비스러웠다. 산 전체가 험준한 붉은 돌산이었다. 천천히 산을 내려오며 유대인들이 이 산을 믿음의 영산으로 생각하는 이유를 알 것 같았다. 이집트를 탈출한 수십만 명의 목이 곧고 불평 많은 유대인들을 데리고 40년간이나 시나이 반도와 이스라엘과 요르단의 사막 지대를 방황하다 궁극적으로 젖과 꿀이 흐르는 가나안 땅으로 인도한 최고지도자 모세를 다시 생각해본다. 후계자 여호수아에게 모든 것을 물려주고 모세는 요 단강 너머 가나안 땅으로 들어가지 못한다는 것이 얼마나 놀라운 아이러니 인가?

사해(또는 염해) 근처에 그 유명한 성경의 사해 사본(The Dead Sea Scrolls) 이 발견된 쿰란은 예루살렘에서 동쪽으로 약 20km 떨어진 곳에 있다. 쿰란 은 BC 150년경 유대교의 한 종파인 에세네파 사람들이 예루살렘을 떠나와 종말이 얼마 남지 않았다고 믿고 성서 사본을 쓰며 엄격하고 금욕적인 신앙 의 공동체 생활을 하던 곳이다. 그런데 1947년 2월 베두인 목동이 잃어버린 양을 찾고자 동굴 속에 돌을 던졌다가 항아리가 깨지는 소리에 에세네파 사 람들이 로마에 의해 멸망되기 직전 BC 68년 질그릇 항아리 속에 숨겨둔 성 경 사본을 발견하였다. 이것이 바로 2천 년 이상 썩지 않고 보존된 사해 사 본 또는 쿰란 사본으로 「에스더기」만을 제외한 구약의 옛 사본들이 여러 권 씩 두루마리 형태로 발견되었다. 그전까지는 1008년에 인쇄된 레닌그라드 사본이 가장 오래된 것이었으나 이 사해 사본은 그보다 천년 이상 이전의 성경인 것이다. 국내에서도 현재 용산 전쟁기념관 특별전시관에서 '사해 사 본과 그리스도교의 기원'이란 제목으로 사해 사본의 일부가 다른 유물들과 함께 전시되고 있다. 필자도 이스라엘 탐방 후 복습 삼아 2월 말 그 전시회 를 관람하였다. 우리나라에 전시된 것은 이스라엘 박물관에 있는 사본이 아 니라 요르단 지역에 보관된 사해 사본이라고 한다. 사해 사본의 의미는 현 재 정전으로 공인된 구약과 별 차이가 없다는 점에서 구약의 원전이 없다는 논란에 대한 주요한 반박 자료가 될 수 있다. 필사 과정에서 계속 쓰다 보면 자주 바뀌게 되어 원전이 서서히 사라지는 경험에 비추어볼 때 현재의 구약 텍스트와 BC 2세기에 쓰인 사해사본의 차이가 무시할 정도로 적고 대동소 이하다는 점으로 미루어 성경 텍스트 구성에서 사해 사본이 원전으로서의 가치가 충분하다고 볼 수 있으며 성경의 정전에 대한 논쟁도 많이 줄어들 수 있을 것이다.

쿰란에서 남쪽으로 50km 정도 내려가면 바로 사해 서쪽 옆으로 황야 한

가운데 철옹성처럼 우뚝 서 있는 산이 있는데 이곳이 마사다이다. 이곳은 걸어서도 올라갈 수 있지만 지상에서 케이블을 타고 올라갔다. 이 산을 본격적인 요새로 만든 사람은 로마 제국의 분봉왕 헤롯이다. 이곳에 7년간에 걸쳐 호화로운 왕궁, 회당, 목욕탕, 물 저장소, 곡물 창고 등을 지어 요새로 만들었다. 헤롯이 죽은 후 유대인들은 로마 제국의 식민지 통치에 반란을 일으켜 5년간 격렬하게 저항했다. 그러나 70년 로마의 장군 티투스는 저항 거점인 예루살렘을 함락하고 성전을 완벽하게 파괴해버렸다. 960여 명의 열심당원 유대인들은 이곳 마사다 요새로 도망 와 벤 야일을 지도자로 뽑고 최후의 항전을 하였으며 로마군은 만 명에 가까운 강력한 군대로도 함락시키지 못했다. 3년이 지난 73년 로마군은 요새의 저항군을 공격하기 위해 6천 명의 유대인 포로를 동원하여 요새 서쪽에 마사다와 같은 높이인 400m 토성을 쌓아 공격하였다. 이런 공격 수법은 당나라 군대가 고구려 안시성을 공격할 때 이용한 전술이다. 최후의 함락 순간에 유대 지도자 벤 야일은 960명의 병사들을 모아놓고 일장연설을 통해 로마인들에게 욕을 당하지 않기 위해 가족부터 죽인 후 서로 죽이고 식량 외에 모든 소유물을 불사르고 마지막 한 명도 자결하게 했다. 노파 두 명과 어린아이 다섯 명만이 살아남아 그 장엄한 비극을 증언했다고 한다. 지금도 이스라엘 군인들은 "마사다는 이제 다시는 함락되지 않는다"는 결의에 찬 구호를 외친다고 한다.

유대인들은 마사다 함락 이후 UN 결의에 의해 1948년 5월 14일 나라를 다시 세울 때까지 거의 2천 년 간 전 세계로 흩어져 살았고 이것이 바로 디아스포라(離散, Diaspora)이다. 마사다의 장엄한 비극을 보며 유대인의 독특한 역사를 다시 한 번 생각해본다. 유대 민족의 선조 아브라함은 메소포타미아 지역 갈대아 우르 지방을 떠나 오늘날 이라크 북부 지방인 하란을 거쳐 팔레스타인 지역으로 이주했다. 그 후 이집트로 건너간 유대 민족은 400여 년 동안 살다가 다시 요단강 서쪽의 젖과 꿀이 흐르는 가나안 땅에 들어간다. BC 1000년경 다윗 왕이 이 지역의 중심지인 예루살렘을 점령하여 왕국을 건설한 이래로 지금까지 3천 년 동안 그곳을 지배한 주인이 무려 열두 번이나 바뀌었다. 이스라엘은 BC 722년 앗수르의 북이스라엘 멸망으로 시작하여 BC 586년에는 남유다 역시 바벨론에 의해 멸망당한 후 BC 539년 페르시아의 지배를 받았다. 그 후 팔레스타인 지역은 그리스 정복 시대 (BC 332~166), 유대 독립군인 마카비들이 통치했던 하스모니아 시대, 로마 식민지 시대(BC 63~AD 324), 비잔틴 시대(324~640년), 초기 아랍 시대(640~1099), 십자군 시대(1099~1291), 맘루크 시대(1291~1517), 오스만 터키 시대(1517~1917), 영국 식민지 시대(1917~1948)를 거친다. 선민으로 출발한 유대인들은 4천 년 이상의 고통스러운 "과거"를 지니고 아직도 주변 아랍국과 전쟁 중인 현재를 살아가면서 계시적인 종교에 의해 미래를 만들어낸 세계사에서도 독특한 위치를 차지하고 있다. 1948년 건국 후에도 이스라엘은 주변 아랍 국가들과 네 차례나 전쟁을 치렀다. 이 전쟁들은 적대 세력인 아랍국들과 팔레스타인으로부터 자신을 지키려는 국가 수호의 차원도 있지만 대부분 원하는 지역을 강제로 선점하는 식의 전쟁 성격을 띤 것도 사실이다. 아직도 북쪽의 골란 고원 문제로 시리아, 남서쪽 가자 지구를 중심으로 이집트, 그리고 요단강 서안 문제로 요르단과 분쟁을 겪고 있다. 현재는 이집트와 요르단과는 우호적으로 지내지만 예루살렘 서쪽 지역을 강점하여 아랍계 팔레스타인인들과 긴장 관계를 유지하고 있다. 이 지역의 오래된 인종적 분규와 지정학적 갈등 관계는 이스라엘의 종교와 문화를 이해하는 데 필수적이다.

3

이제 예수의 탄생지인 베들레헴을 방문하자. 베들레헴은 낮은 동산으로 된 작은 도시로 예루살렘에서 남쪽으로 약 8km 지점에 위치해 있다. 베들레헴이라는 이름은 밀농사가 잘 되어서인지 "빵을 굽는 곳"이란 뜻이다. 아랍계 팔레스타인인들의 거주지라 조심스럽게 그곳을 방문할 수 있었다. 베들레헴은 구약 시대부터 주요 지역이었다. 이 지역에서 가장 중요한 인물은 역시 다윗이다. 블레셋 족의 거인 장군 골리앗을 격파한 목동 다윗은 구약의 「시편」을 지은 시인이자 유대 민족 최초로 통일국가의 토대를 굳건히 닦은 왕이었다. 무엇보다 다윗은 예수의 선조다. 베들레헴에서 예수가 탄생하리라는 것은 이미 BC 700년에 선지자 미가에 의해 예언되었다. "베들레헴 에브라다야 너는 유다 족속 중에 작을지라도 이스라엘을 다스릴 자가 네게서 내게로 나올 것이다. 그의 근본은 상고에, 영원에 있느니라."(「미가」, 5장 2절)

외양간에서 태어난 예수는 강보에 싸여 말구유에 놓였다. 바로 이곳에 예수탄생교회(The Church of the Nativity)가 있다. AD 135년 로마의 하드리아누스 황제는 기독교를 말살하기 위해 예수탄생동굴 위에다 로마의 아도니스 신전을 세웠지만 기독교를 공인한 콘스탄티누스 황제가 339년 신전을 허물고 탄생교회를 지었다. 그 후 지진으로 무너진 교회를 유스티아누스 황제가 다시 지었지만 또다시 무너졌다. 지금의 교회는 12세기 십자군 시대에 다시 건축되어 현재는 그리스 정교회에서 관리하고 있다. 이 교회로 들어가려면 낮은 문을 고개를 숙이고 들어가야 한다. 이 문은 십자군 시대에 적의 침입을 막기 위해 작게 만들었으나 이곳엔 겸손한 마음으로 들어와야 한다는 의미로 "겸손의 문"으로 불린다. 지하계단으로 내려가면 아늑한 동굴이 있는데 이곳이 예수가 탄생한 곳이다. 이곳에 1717년 천주교에서 만든 별 모양의 14각 은장식이 있는데 "베들레헴의 별"이라는 별명이 붙은 이 장식 주위에 "이곳에서 동정녀 마리아에게서 그리스도가 탄생하셨다"는 라틴어 문구가 있다. 해마다 이곳에서 열리는 성탄절 행사는 전 세계로 위성 중계되는데 천주교와 개신교의 성탄일은 12월 25일이지만 그리스 정교회는 1월 6일, 아르메니아 정교회는 1월 18일이다.

1881년 탄생교회 옆에 세워진 캐서린 천주교회에는 앞서 언급한 성 제롬이 4세기에 성경을 번역하던 곳이 있다. 이 교회의 지하동굴에는 예수 시대 헤롯 왕이 두 살 이하의 아이들을 죽여 묻었던 곳이 있다. 예수는 이 당시 아버지 요셉과 어머니 마리아와 함께 이 학살을 피해 이집트로 피신했다. 필자가 카이로에 갔을 때 성가족이 살던 성가족피난교회를 방문한 바 있다.

예수 가족은 헤롯 왕이 죽은 뒤 이스라엘로 돌아와 부모의 고향인 예루살렘에서 북쪽으로 135km 떨어진 갈릴리 지방의 나사렛에 정착하였다. 그 후 예수는 "나사렛 예수"로 불리게 된다. 예수는 목수였던 아버지 밑에서 30세까지 일했다. 기이하게도 성경에는 13세 이후의 예수의 행적에 대한 기록이 거의 없어 여러 가지 억측들이 생겨났다. 일부 학자들은 당시 불교 선원이 중동 지방까지 뻗혀 있었으므로 그 영향 때문에 예수가 고향을 떠나 지금의 티베트 지방에서 탁발승으로 수도를 하고 돌아갔다고 주장하기도 하지만 이런 설명을 정통 기독교는 인정하지 않는다. 신약에서 예수의 가르침이 붓다의 가르침과 많은 점에서 유사한 것은 사실이나 인간의 근본적이고 보편적인 문제를 다루는 위대한 종교가 어찌 공통점이 없겠는가?

예수 시대에는 해발 375m의 돌 언덕 위에 위치한 작고 오래된 마을 나사렛이 지금은 비교적 큰 도시로 발전하였고 인구의 3분의 2인 아랍인들은 구 도시에서 유대인들은 언덕 위 신시가지에서 살고 있다. 놀랍게도 이곳 아랍인들의 60%가 천주교도라 한다. 이곳에는 마리아에게 천사 가브리엘이 예수 수태 사실을 고지해준 곳에 지었다는 수태고지교회(The Church of the Annunciation)가 있다. 원래 교회는 427년에 지어졌으나 무슬림들에 의해 파괴되었고 그 후 여러 번의 증개축 이후 지금의 교회는 이탈리아 건축가 무치오의 설계로 1969년 완성된 아름답고 우아한 모습이다. 바닥이 아름다운 비잔틴 양식의 모자이크로 된 교회 안에는 마리아의 수태 고지 장소라는 동굴이 있다. 뾰족한 모양의 지붕은 교회 안에서 올려다보면 하나의 커다란 백합꽃 같다. 거꾸로 된 백합꽃은 세상에 내려온 예수를 가리킨다. 교회 밖 뜰의 벽면에 있는 성화들은 전 세계 50여 개 나라에서 보낸 것으로 각 국의 고유 의상을 입은 아기 예수를 안고 있는 성모 마리아의 모습이다. 한국에서 온 그림은 공주사대 이남규 화백의 작품으로 "평화의 모후에 하례하나이다"라는 한글 글귀와 함께 한복을 입은 마리아가 색동옷을 입은 어린 예수를 안고 있는 모습을 담고 있다. 이 교회 옆에 예수가 자란 집과 아버지 요셉의 목공소가 있던 자리였던 동굴이 있다. 여기에도 비잔틴 시대에 첫

교회가 세워졌으나 지금의 요셉교회는 1919년에 세워진 것으로 이곳에서 목공도구들과 세례 터, 물 저장소 등이 발견되었다. 예수는 자기 고향에서 인정받지 못했고 오히려 나사렛 유대인들은 예수를 배척하여 낭떠러지에서 떨어뜨려 죽이려고까지 했다. 그래서 예수는 고향을 떠나 복음 사역을 위해 나사렛에서 북동쪽으로 25km 정도 떨어진 갈릴리 호수 지방으로 옮겨갔다.

나사렛에서 북쪽으로 12km 지점에 갈릴리 지역의 작은 마을 가나가 있다. 예수가 공생애를 시작하면서 첫 번째 기적을 행한 곳이다. 예수와 제자들도 결혼식에 초대를 받고 갔으나 포도주가 모자란다는 어머니 마리아의 말씀을 듣는다. 예수는 큰 돌 항아리 여섯에 물을 채우게 한 후 그것을 포도주로 바꾸었다. 이 기적으로 제자들이 예수를 믿게 된다. 오늘날 천주교에서 성모 마리아를 높이는 이유도 이때 예수가 어머니의 말씀을 듣고 그대로 행했으므로 마리아에게 기도하면 무엇이든지 삼위일체 하나님의 예수가 들어주신다는 믿음 때문이라는 말도 있다. 그러나 마리아의 중보기도자로서의 증거를 성서에서는 찾기 어렵다. 어떤 학자는 성모 마리아 숭배 사상이 로마 시대에 유행했던 여신 숭배의 변형이라 주장한다. 예수의 첫 번째 이적(異蹟)을 기념하기 위해 4세기경 가나에 교회가 세워졌는데 이것이 바로 가나결혼교회이다. 지금 남아 있는 교회는 1883년 완공된 천주교회이다. 예수는 또한 가나에서 이곳에 살던 왕의 신하의 아들의 병을 고쳐주는 두 번째 기적을 행하기도 했다.

예수는 30세 되던 해 복음 전파 사역을 시작하기에 앞서 요단강 가에서 세례요한에게 세례를 받고 유대 광야에서 40일 동안 금식하며 악마의 유혹을 견뎌냈다. 예수의 발자취가 가장 많이 남아 있는 곳은 역시 공사역의 주요 무대였던 갈릴리 호수 지역일 것이다. 갈릴리 호수는 북쪽의 눈으로 덮인 헤르몬 산에서 흘러내리는 물이 고여 만들어졌다. 여기에서 요단강을 따라 남쪽으로 흘러 내려가는 물이 사해에서 다시 모인다. 이 호수 주변으로 예수 당시에는 비교적 큰 도시가 형성되어 있었으나 지금은 관광지인 티베리아스만 남아 있다. 이 지역에서 예수는 베드로를 비롯해 여러 제자들을 얻었다. 예수는 어부였던 베드로를 물고기 낚는 사람에서 사람을 낚는 사람이 되라고 인도하여 수제자로 만들었다. 필자는 나사렛을 지나 갈릴리 호수 서쪽 도시 티베리아스에서 하룻밤을 묵은 후 버스를 타고 호숫가 북쪽의 가버나움으로 갔다. 이곳은 고라신, 벳새다와 더불어 소위 예수 복음의 삼각지대(Evangelical Triangle)를 형성하는 곳으로 갈릴리 사역의 중심지다. 예수 당시 번창하는 어촌이었던 가버나움은 다양한 사람들이 모여들던 곳이라 복음 사역의 적격지였다. 이곳은 예수가 세리였던 마태를 제자로 삼았고 많은 기적을 행하고 많은 가르침과 설교를 행했던 곳이나 지금은 어촌의 항구도 사라지고 잡초들만 무성하고 자갈들만 뒹굴고 있었다. 예수의 구체적인 증거와 흔적은 거의 찾을 수 없어 아쉽고 마음 한 구석이 허전하기까지 했다. 그저 갈릴리 호숫가를 걸으며 호수 면을 바라보고 주위 산을 둘러보면서 역사적 아니 영적 상상력을 작동시켜 신약성서에 남아 있는 기록들을 통해 그 발자취를 더듬을 수밖에 없었다. 아, 어쩔 수 없는 세월의 무자비함이여! 다행히 호수 주변에 오병이어교회, 베드로 수위권 교회, 팔복교회 등 몇몇 교회들이 있었다.

이 중 필자의 마음을 사로잡은 교회는 팔복교회(The Church of the Beatitudes)였다. 이 교회는 호수에서 제법 떨어진 언덕 위에 있어 전망도 좋고 잘 지어진 아름다운 교회였다. AD 5세기 비잔틴 시대에 처음 세워졌으나 영고성쇠를 겪다가 지금의 교회는 1938년 이탈리아의 교회 설계가 조반니 무치오의 설계로 지어졌다고 한다. 교회 건물의 외형은 팔복을 나타내는 팔각형이고 내부에는 여덟 개의 복이 팔면 벽에 라틴어로 쓰여 있다. 산상수훈으로 알려진 팔복(八福)은 공생애를 시작한 예수가 제자들에게 행한 첫 번째 설교로 천국 백성인 기독교인들이 실제 삶에서 지켜야 할 핵심 요소이리라.

심령이 가난한 자는 복이 있나니 천국이 그들의 것임이요
애통하는 자는 복이 있나니 그들이 위로를 받을 것임이요
온유한 자는 복이 있나니 그들이 땅을 기업으로 받을 것임이요

의에 주리고 목마른 자는 복이 있나니 그들이 배부를 것임이요

긍휼히 여기는 자는 복이 있나니 그들이 긍휼히 여김을 받을 것이요

마음이 청결한 자는 복이 있나니 그들이 하나님을 볼 것이요

화평하게 하는 자는 복이 있나니 그들이 하나님의 아들이라 일컬음을 받

을 것임이요

의를 위하여 박해를 받은 자는 복이 있나니 천국이 그들의 것이라

「마태복음」, 5장 3~10절)

독일의 철학자 칸트는 이 산상수훈을 절대적 윤리라 했고 러시아의 대문호 톨스토이는 문자 그대로 우리가 지켜야 할 법칙이라고 평했으며 인도의 지도자 간디는 이렇게도 아름다운 진리가 있구나 하며 감탄했다고 한다. 이번 탐방 내내 나는 이 산상수훈의 여덟 개 항목에서 과연 몇 개나 깨달아 내 삶의 좌표로 삼고 실천할 수 있을 것인지 묵상하였다.

4

예수는 이 갈릴리 지역에서 3년의 공생애 중 2년 반을 보내고 나머지 6개월은 "평화의 토대"라는 뜻을 지닌 예루살렘 지역으로 이동하여 사역하였다. 그러나 얼마 되지 않아 로마 총독의 관헌에게 체포되어 부당한 재판에서 반란죄로 사형 언도를 받고 십자가에 매달려 "나의 하나님, 어찌하여 나를 버리셨나이까" 하고 인간적으로 고뇌에 찬 절규를 하기도 했지만 하나님의 아들로서 "다 이루었다"는 말을 남기고 영혼이 세상을 떠나갔다.

나의 예루살렘 답사는 사해 북쪽 요단강 서안의 여리고 방면에서 올라오는 곳에 있는 감람산(Mt. of Olives)에서 시작되었다. 예루살렘 동쪽에 솟은 감람산에서 기드론 계곡을 건너 바라보는 성전이 있는 구 예루살렘 지역은 커다란 언덕 기슭에 위치한 소박한 마을이었다. 이 구릉의 마을이 전 세계의 3분의 1 정도 사람들이 성소로 알고 있는 예루살렘의 옛 이름인 시온성의 근

거지라니 성스러운 감동이 가슴으로 밀려든다. 내가 기대했던 웅장하고 신비로운 성은 아니었지만 이 구릉에서 성서의 수많은 사건들이 일어났던 것이다. 감람산 정상에서 왼쪽 아래로 넓은 공동묘지가 있다. 아랍인의 무덤이 제일 많고 유대인과 기독교인의 묘들도 있으나 대개 유력자와 재산가들이 묻혀 있고 이들은 지구 종말의 날에 메시야가 오시면 함께 하나님의 나라로 올라갈 것을 기대하며 이곳에 묻혔다고 한다. 이곳에는 구약 시대 성자인 스가랴의 무덤과 다윗 왕 아들로 반란을 일으켰다 죽은 압살롬의 무덤도 있다. "감람산은 그 한가운데가 동서로 갈라져 … 나의 하나님 여호와께서 임하실 것이요 모든 거룩한 자가 주와 함께하리라."(「스가랴」, 14장 4~5절)

감람산에서 구 예루살렘 성 쪽을 바라보면 가장 눈에 띄는 것이 태양에 번쩍이는 황금 돔이다. 이것은 현재 이슬람 모스크로 원래 이곳에는 다윗왕의 아들 솔로몬 왕이 처음으로 세운 유대인들이 가장 소중히 여겼던 성전이 있었다. 그 후 파괴되었다가 제2성전이 세워졌으나 70년에 로마 제국에 의해 완전히 파괴된 후 다시는 세워지지 못했다. 그 후 이슬람 지배가 시작되자 이슬람 사원인 모스크가 세워져 지금에 이르렀다. 이슬람교는 유대교와 기독교와 구약 시대를 공유하고 있어 여호와 하나님이 선택한 아브라함 이래의 조상들을 같이 모시며 8세기에 알라신의 코란을 쓴 모하메드 이전의 예수까지도 선지자로 인정한다. 이것이 구약 시대 유적들과 예수 시대의 유적들이 아직도 일부나마 남아 있는 이유일지도 모른다.

예루살렘은 3천 년 이상 된 세계에서 가장 오래된 곳이자 다윗 왕 이래로 험난한 역사적 경험을 겪은 도시여서 각 시대별로 남긴 사적지와 유물도 많았고 성서와 관련된 유적지도 적지 않았다. 시인이며 하프의 명연주자였던 다윗 왕은 「시편」 122편에서 예루살렘에 대해 "예루살렘을 사랑하는 자는 형통하리로다 네 성 안에는 평강이 있고 네 궁들에는 형통이 있을지어다"라고 노래했다.

나는 이곳에서 예루살렘 성의 여러 사적지나 성서와 관련된 교회들에 대한 이야기는 하지 않겠다. 다만 이 여행기가 예수의 발자취를 따라가는 것이므로 수년 전 호주 출신의 멜 깁슨이 제작하고 주인공으로 연기했던 영화 〈패션 오브 크라이스트〉에서 잘 보여준 것처럼 빌라도 총독의 법정에서 사형선고 받은 예수가 골고다 언덕에 이르러 십자가에 못 박혀 죽기까지 "슬픔의 길"(Via Dolorosa)을 따라가보자. 그 슬픔의 길은 지금은 아랍계 팔레스타인인들이 운영하는 시장의 소음 속에 묻혀 있다. 예수가 법정에서 십자가를 지고 골고다 언덕까지 올라가는 고난의 과정을 14개 처로 나누어 작은 팻말에 적어놓았지만 찾기도 쉽지 않았다. 번잡함에 묻혀버린 이곳에서 당시 예수님의 처참했던 고난의 모습을 전혀 떠올릴 수 없었던 나는 억지로 영화 장면을 떠올리며 간신히 그 처절했던 예수의 고난을 일부나마 느끼고자 애썼다. (귀국 후 강화도와 제주도의 기독교 성지에 세워진 예수 고난의 14개 처를 돌며 나는 예루살렘에서보다 "슬픔의 길"의 그 고난을 뜨겁게 경험할 수 있었다.) 예수가 십자가에서 마지막으로 숨을 거둔 곳을 기념하여 콘스탄티누스 황제의 모후인 헬레나의 지시로 성묘교회(The Church of the Holy Sepulcher)가 세워졌고 여러 차례의 파괴와 재건축의 과정이 반복되었다. 이 성묘교회도 여섯 개의 기독교 종파인 천주교, 아르메니아 정교회, 에티오피아 정교회, 그리스 정교회, 이집트 콥틱 정교회, 러시아 정교회가 각각 나누어 관리하고 있으며 교회의 정문을 여닫는 열쇠는 무슬림이 관리한다고 한다. 여기에도 개신교가 끼어들 자리는 전혀 없다니, 나 같은 개신교 신자에게는 너무나 아쉽고도 섭섭한 일이었다.

허나 중요한 것은 십자가에 달려 죽은 예수가 남긴 구원의 복음이 아니겠는가? 흔히 기독교는 십자가의 종교라 불린다. 그렇다면 십자가의 사랑이란 무엇인가? 십자가에서 세로대의 수직적 사랑은 하나님과 인간의 사랑이다. 가로대의 수평적 사랑은 인간과 인간 즉 이웃 간의 사랑이다. 이런 맥락에서 볼 때 예수가 졌던 십자가의 모습도 우리가 흔히 알고 있는 것과 다를 것이다. 예수가 골고다 언덕으로 고통스럽게 지고 간 십자가는 십자가가 아니라 가로대만일 수 있다. 골고다 언덕에는 이미 큰 장대가 수직으로 박혀 있고 예수가 지고 간 가로대를 이미 서 있던 세로대에 맞추어 비로소 십자가형이 이루어졌다는 것이다. 다시 말해 예수는 이미 있던 하나님과 인간의 사랑 위에 인간들 간의 이웃 사랑을 연결시킴으로써 십자가 사랑의 신앙을 비로소 완성시켰다는 것이다. 기독교도들의 사랑의 실천도 이와 같은 것이 아닐까? 하나님에 대한 수직적 사랑 위에 이웃에 대한 수평적 사랑을 덧붙여야 진정한 십자가의 사랑이 이뤄지는 것이리라!

5

예루살렘에서의 예수의 감동적인 이야기는 여기서 끝나지 않는다. 예수는 죽음에서 부활하여 승천했고 이를 기념하고자 예루살렘 성전 동쪽 감람산 정상에 승천교회가 세워졌다. 예수의 죽음과 부활로 기독교도들은 이 세상에서의 죽음을 극복하고 천국에서 영생을 누릴 수 있다고 믿는다. 1세기 말 예수의 가장 나이 어린 제자였던 요한은 당시 황제 숭배 사상을 강요하던 로마 제국에 의해 그리스와 터키 사이의 에게 해 밧모(Patmos)섬에 유배되었을 때 동굴 속에서 성경의 마지막 권인 계시록을 집필하였다. 이것은 인류 역사상 가장 위대한 계시(또는 묵시) 문학이다. 사도 요한은 환상 속에서 새로운 예루살렘에서 다시 예수를 본다. "모든 눈물을 그 눈에서 닦아 주시니 다시는 사망이 없고 애통하는 것이나 곡하는 것이나 아픈 것이 다시 있지 아니하리니 처음 것들이 다 지나갔음이어라. … 보라 내가 만물을 새롭게 하노라."(「요한계시록」, 21장 4~5절) 19세기 초 영국 시인 윌리엄 블레이크는 런던을 새로운 예루살렘으로 만들려는 비전을 가지고 같은 제목의 기독 서사시를 썼다. 한국의 많은 기독교인들은 1907년 대각성 운동이 있었던 평양을 동방의 예루살렘이라고 부르기를 좋아한다. 우리도 한국에서 예수가 약속한 재림을 기대할 수 있을까. "내가 진실로 속히 오리라"라 말한 예수가 지상에 다시 와 모든 것이 종말을 고할 때 "아멘 주 예수여 오시옵소서"라고 말하는 신실한 그리스도인들은 구원받고 천국으로 갈 것을 기대할 수 있을 것인가?

나는 짧은 기간이나마 "역사적" 예수의 발자취를 느끼며 따라가는 이스라엘 답사를 간절히 기대했지만 크게 이루지는 못했다. 진정한 예수는 이스라엘에서 주류를 이루고 있는 유대교만을 믿는 대부분의 유대인들과 이슬람교를 믿는 아랍인 팔레스타인인들 사이에 없었다. 예수가 태어난 베들레헴에는 겨우 이름만 남아 있고, 고향인 나사렛에서는 아직도 존경받지 못하고 있으며, 주 사역지 갈릴리 호숫가에도 그의 뜨거운 열정의 흔적은 없었고, 예수가 복음 사역을 죽음으로 마감한 예루살렘에서도 예수 사랑과 희생의 피와 살은 없고 다만 현지인의 무관심(얼음)과 관광산업의 열기(불)만이 남아 있었다. 아, 그렇다면 예수는 어디에서 찾는단 말인가? 생명의 책이라는『성서』속에서 그리고 사도 요한의 환상의 계시 속에서 아니면 17세기의 놀라운 유대계 화란인 철학자 스피노자의 "신에의 지성적인 사랑"에 의해서 예수를 구체적으로 만날 수 있을까? 아니면 윌리엄 블레이크가 "인간 상상력의 가장 완전한 구현자"라고 부른 예수 안에서 "불신하는 마음을 자발적으로 연기하는"(S. T. 콜리지) 열린 영적 상상력으로 예수를 만날 수밖에 없는가? 예수는 이스라엘과 예루살렘에만 있는 것이 아니라 결국 내 안에 그리고 우리 안에 있는 것이다!

　　근대 계몽주의 이후 인간의 영성은 육성과 지성에 의해 지나치게 무시되었다. 억압된 것은 언젠가 돌아온다 했던가? 특정 역사 속 예수는 궁극적으로는 영원이란 무시간 속에, 특정 공간 속의 예수는 유목의 무공간 속에 시공간을 가로질러 이미 언제나 존재하고 있지 않은가? 영국의 시인 블레이크가 19세기 초 그의 비전을 보여줬다면 21세기 초 우리는 문명에 대해 어떤 비전을 보여줄 수 있을까?

2장   마추픽추 등정기
― 잉카 문명의 영광과 슬픔

광대한 시각을 가지고 관찰하라
중국에서 페루까지의 인간들을.

— 새뮤얼 존슨(1709~1784), 『인간 소망의 헛됨』 중에서

아메리카여, 나는 희망 없이 네 이름을 부를 수 없다.
내가 가슴 앞에 칼을 쥐고 있을 때, 내가 영혼 속에 불완전한 집을 지니고 살 때,
그대의 새로운 날들 중 어떤 날이
창문으로 들어와 나를 관통할 때,
나는 나를 낳는 빛 속에 있고 또 그 속에 서 있으며,
나를 이렇게 만든 어둠 속에서 나는 살고
그대의 긴요한 해돋이 속에서 자고 깬다:
...

— 파블로 네루다(1904~1973), 「아메리카여, 나는 희망 없이
네 이름을 부를 수 없다」(정현종 역) 중에서

1. "남미"라는 기표—정치적 무의식과 마술적 리얼리즘

남아메리카, 남미, 라틴아메리카는 필자에게 이미 언제나 하나의 징후였다. 북미가 나의 의식의 세계였다면 남미는 무의식의 세계였다. 남미는 그동안 필자가 이해하지 못하는 스페인어와 포르투갈어가 사용되는 일종의 아직 발견되지 않은 닫힌 세계처럼 보였다. 그러나 나는 라틴아메리카를 완전히 잊은 적이 한 번도 없었다. 아니 오히려 나의 정치적 무의식의 활화산 지대였고 상상력의 마술적 리얼리즘이었다. 끊임없는 정치 불안, 이념 전쟁, 빈부 격차, 산업화 실패와 식민주의와 제국주의가 아직도 진행되는 낙후 지역으로 미국의 바로 턱 아래서 마르크스 혁명이 성공하고 있는 지대이다. 라틴아메리카는 필자에게 억압받은 자들을 위한 저항, 투쟁, 혁명, 해방의 기표였다. 몇 가지 예만 1960~70년대의 역사에서 들춰보자.

1950년부터 남미의 경제학자들에 의해 시작된 "종속이론"이 있다. 한때 서구 좌파 지식인들에게까지 유행했던 제3세계는 세계경제의 선진 산업 국가들의 지배에 의해 자신들의 경제 생활을 스스로 통제할 수 없다는 신식민주의 이론에서 나왔다. 불균형 발전에 따라 온전한 근대화와 산업화를 이룰 수 없는 제3세계는 언제나 주변부로 밀리고 선진 산업 국가들에 종속될 수밖에 없다는 이론이다. R. 뭉크의 『제3세계의 정치와 종속: 라틴아메리카의 경우』가 잘 보여주듯이 종속은 자본주의적 세계체제의 필연적인 결과이다.

1960년 페루의 사제 무스타보 무티에레즈에 의해 시작된 "해방신학"을 보자. 예수는 남미에서 가난하고 억압받은 계층을 위한 "해방자"로 다시 부활되었다.

> 예수께서 이르시되 네가 온전하고자 할진대 가서 네 소유를 팔아 가난한 자들에게 주라. 그리하면 하늘에서 보화가 네게 있으리라. 그리고 와서 나를 따르라. (「마태복음」, 19장 25절)

내가 주릴 때에 너희가 먹을 것을 주었고 목마를 때에 마시게 하였고 나
그네 되었을 때 영접하였고. (『마태복음』, 25장 35절)

전통 기독교에서 영원한 삶과 내세를 제시하는 평화의 사도였던 예수는
남미의 지상에서는 경제적 궁핍과 정치적 압제로부터 민중을 해방시키는
정치적 혁명아가 되었다.

환상적인 상황을 사실적으로 취급하는 마술적 리얼리즘 기법을 이용한
남미의 작가 이사벨 아옌데, 호르헤 루이스 보르헤스(1899~1986), 가르시
아 마르케스(1928~)는 기이하거나 환상적인 것을 도입하여 정치사회적 문
제들에 대한 사실적인 묘사의 강도를 높였다. 그들의 세계는 마르케스의
『백 년 동안의 고독』에서 잘 나타나듯이 꿈과 환상과 실제세계를 상호 연계
시키는 일종의 동화의 형식으로 초자연적인 것과 일상적인 것의 차이가 없
는 듯 보여주는 소설의 세계이다. 남미 민중들은 끔찍한 사실적 현실들을
그대로 받아들일 수 없어서 환상과 마술로 포장된, 먹기 좋은 당의정으로
만든 문학의 세계인 포스트모던 문학세계의 마술적 리얼리즘을 받아들였던
것은 아닐까?

어찌 이뿐이랴. 브라질의 대중교육자 파울로 프레이리(1921~1997)가 브
라질과 칠레에서 실제로 실행했던 1960~70년대 문맹자 성인교육의 체험을
토대로 해서 쓴 책이 『억압받은 자들의 페다고지』(1970)이다. 이 책은 20세기
최고의 진보적인 교육이론가인 이반 일리치로부터 "진정으로 혁명적인 페다
고지"라는 평가를 받았다. "비판적 페다고지" 이론을 이끈 이 책은 인간세
계의 증오, 불평등, 착취, 위험, 권력, 자본, 기술 등이 야기한 억압받는 '침묵
의 문화'를 해방시키기 위한 지침서였다. 프레이리의 말을 직접 들어보자.

이 책은 필자가 억압받은 자의 페다고지라고 부른 것, 즉 인간성을 되찾
지 위해 끊임없이 투쟁하는 억압당하는 개인들과 민족들을 위해서가 아니
라 그들과 함께 만들어내야 하는 페다고지의 여러 양상들을 제시할 것이다.

이 페다고지는 억압받는 자들의 억압이나 억압의 대상을 반영 대상으로 만들며, 그들의 해방을 위한 투쟁에 필수적인 참여가 이러한 반성을 뒤따르게 될 것이다. … 분열되고 신뢰할 수 없는 존재인 억압받던 자들이 어떻게 그들의 해방의 페다고지를 발전시키는 데 참여할 수 있겠는가? … 억압받는 자들의 페다고지는 그들뿐 아니라 그들을 압제하는 자들로 모두 비인간화의 표시라는 비판적인 발견을 찾아내기 위한 도구이다. (『억압받은 자들의 페다고지』, 30쪽)

2. 남미 여정 1: 리우의 거대한 예수상과 장대한 이과수 폭포

필자가 잠재의식 속에서만 실현시킬 수 있었던 욕망이라는 이름의 전차였던 라틴아메리카로 갈 수 있었던 것은 나이가 60세가 다 되어서였다. 필자는 2007년 7월 말과 8월 초까지 브라질의 리우데자네이루에서 열렸던 제18차 국제비교문학대회에 참석하였다. 서울에서 그곳으로 가는 하늘길은 항공편 사정으로 편하지 않았다. 서울에서 미국 애틀랜타를 거쳐 일단 아르헨티나의 부에노스아이레스로 가서 1박을 하고 탱고의 발상지를 포함한 짧은 관광을 끝내고 브라질의 리우로 올라가는 여정이었다. 학회에서 논문 발표도 있었지만 무엇보다도 필자는 2010년 제19차 국제대회를 한국에서 개최하기 위해 유치위원장 자격으로 당시 국제비교문학회 부회장이셨던 김우창 고려대 명예교수님과 한국 대표단을 이끌고 참석했다. 꼬박 1주일간을 리우데자네이루에서 지내면서 일본과 중국 그리고 남미 여러 국가들의 도움으로 결국 경쟁지였던 캐나다의 퀘벡을 총회 결선투표에서 극적으로 역전시킨 것은 지금까지도 통쾌하다. 살벌한 국제 정치의 현실 속에서 미국, 캐나다의 북아메리카와 유럽 세력을 물리치고(?) 극동의 한국에서 국제비교문학대회를 유치했다는 것에 대해 개인적으로 뿌듯한 마음도 적지 않았지만 함께 노력했던 한국 대표단의 노고를 잊을 수 없다.

리우데자네이루 항은 호주의 시드니 항, 미국의 샌프란시스코 항, 그리고 이탈리아의 나폴리 항과 더불어 세계적으로 아름다운 항구이다. 리우 주위의 천혜의 자연경관은 감탄을 자아내리만치 매우 아름다웠다. 필자의 견해로는 10여 년 전에 방문했던 시드니 항보다도 리우가 압권이었다. 특별히 기독교도로서 감동적이었던 곳은 리우시 코파카마나 해변 맞은편에 있는 710m 높이의 코르코바도 산 위에 만들어놓은 거대한 예수상이었다. 과연 해방신학의 진원지답게 키가 32m인 예수는 28m의 두 팔을 벌리고 리우데자네이루 시와 멀리 대서양을 바라보고 있었다. 라틴아메리카의 민중들의 궁휼한 마음을 사랑하시는 모습이었다. 그렇다고는 해도 1931년에 완성된 이 예수상이 어떻게 세계 7대 불가사의에 들어가게 됐는지는 좀 의아하다. 인터넷 투표로 결정하기 때문에 중국의 만리장성의 경우처럼 인구가 많은 브라질 국민들이 몰표를 던진 것일까?

시내 관광을 하면서 리우를 모순의 도시라고 느꼈다. 화려하고 부유한 지역과 바로 대로 건너편 산기슭에 거대하게 조성되어 있는 극빈층이 26만 명이나 살고 있는 파벨라와 화시냐 판자촌과의 놀라운 대조는 충격적이었다. 리우의 극심한 빈부 격차는 그뿐 아니다. 자연경관이 아름답고 평화로워 보이는 이곳이 일부 지역은 해만 떨어지면 폭력의 무법지대로 변하여 웬만한 여행객들은 혼자 다니는 것도 위험하다는 말까지 듣고 보니 온통 "위험사회"로 바뀌고 있는 세상에 대해 우울해지기까지 하였다. 아름다움(자연)과 추함(인간의 폭력)이 언제나 공존하는 것이 근대적 천민자본주의와 신자유주의 인간 사회의 표상이란 말인가? 이러한 회의감과 절망감은 필자의 짧은 라틴아메리카 종단 여행의 주제가 되어버렸다.

필자는 일행들과 함께 아르헨티나와 브라질의 변경 지방에 있는 이과수 폭포를 관광하려고 비행기를 타고 몇 시간 남쪽으로 내려갔다. 그동안 사진으로만 가끔 보았던 이과수 폭포는 과연 장관이었다. 북미의 나이아가라 폭포와 아프리카의 빅토리아 폭포와 더불어 세계 3대 폭포의 하나인 이과수 폭포는 275여 개의 크고 작은 폭포들이 집단을 이루는 장대한 폭포군이었다. 20여 년 전에 캐나다와 미국 접경 지대에서 본 나이아가라 폭포와는 감동이 달랐다. 나이아가라는 높이보다는 엄청난 폭을 가진 힘찬 물줄기가 장관이라면 이과수는 높은 것은 82m이고 주변으로 4km에 이르는 넓은 폭포 지대에서 오는 장대함에 감탄을 금할 수가 없었다. 엄청난 물보라가 이는 주 폭포인 "악마의 목구멍" 앞에 섰을 때는 세상, 아니 세상 아래 세상에 온 느낌이었다. 18세기 영국의 정치철학자 에드먼드 버크는 숭고(sublime)와 아름다움(beautiful)을 비교하였다. 아름다움은 우리가 감당하고 통제할 수 있는 상황이지만 숭고는 인간의 이성과 언어가 따를 수 없는 인간 존재의 구속을 뛰어넘는 황홀(ecstasy)의 상태이다. 좀 과장해서 말한다면 이과수를 오감(五感)으로 직접 경험하면서 숭고를 느꼈다고나 할까? 아프리카의 잠비아와 짐바브웨 국경 사이에 있는 빅토리아 폭포는 잠베지 강에서 떨어지는 높이가 120m이며 넓이가 30m라고 하는데 아직 직접 보지는 못했지만 아무래도 이과수 폭포만은 못할 것 같다. 그러나 필자가 이과수를 본 것은 실수일지도 모른다. 앞으로는 웬만한 폭포를 보아도 별다른 감흥을 느끼지 못하지 않겠는가? 인간의 감각은 결코 채울 수 없는 욕망처럼 항상 좀 더 자극적이고 새로운 것을 갈구하는 것이 아닌가?

3. 남미 여정 2: 남미 식민화의 전진기지 페루의 리마와 "세계의 배꼽" 잉카 제국의 수도 쿠스코

우리 일행은 이과수를 떠나 브라질 제1의 도시인 상파울루를 경유해서 필자의 최종 목적지인 마추픽추로 갈 수 있는 페루의 수도 리마로 향했다. 라틴아메리카의 항공 여행은 결코 쉬운 것이 아니었다. 출발 시간도 제대로 지켜지지 않아 다음 비행편으로 연결이 잘 되지 않는 등 마음고생 몸 고생을 엄청나게 하였다. 그러나 천신만고 끝에 리마에 도착했다. 태평양을 면하고 있는 이 오래된 도시는 1535년 스페인의 정복자 피사로(1475~1541)에 의해 건설되었고 1746년 대지진으로 모두 파괴되어 다시 건설되었다고 한다. 피사로는 1530년 불과 180명의 병사들과 함께 당시 잉카 제국의 왕 아타우알파를 술수를 써서 생포하였다. 그는 왕에게 기독교로의 개종을 강요했으나 거부하자 목을 매달아 죽여버렸다. 그것이 남미 최대의 제국이었던 잉카 문명의 몰락의 시작이었다. 피사로는 1535년에 리마 시를 창건하였으나 얼마 후 내분으로 그 자신도 살해되었다.

리마는 구시가지와 신시가지로 이루어져 있다. 필자는 오래된 구시가지를 둘러보았다. 시가지 중심에는 남미에서 가장 오래된 대성당과 대학과 청사가 있었다. 리마는 스페인의 남미 침략과 정복의 전진기지였다. 이곳에 오기 며칠 전에 들렀던 아르헨티나의 수도 부에노스아이레스의 시 중심지 광장에도 이와 매우 유사하게 대성당과 대학과 청사가 자리 잡고 있었다. 리마에서 마추픽추로 가려면 남미 대륙의 등뼈인 거대한 안데스 산맥을 넘어가 1,000km를 가야 잉카 제국의 수도였던 쿠스코에 도달할 수 있다. 비행기에서 내려다보는 안데스 산맥은 장대했다. 북쪽으로는 콜롬비아, 베네수엘라, 에콰도르, 페루를 거쳐 남쪽으로 볼리비아, 칠레와 아르헨티나에 이르는 장장 3,000km 이상 되는 거대한 대산맥이다. 그리고 산맥에는 3,600m가 넘는 고산들이 많아 세계의 산맥 등 높은 산들이 가장 많은 산맥이라고 한다. 이 산들은 대부분 화산들이고 아직도 활동하고 있는 화산들도 있다. 쿠스코는 수도 리마에서 남동쪽으로 560km 지점에 있었다. 이 도시는 잉카 제국의 수도였으며 해발 3,350m에 위치한 안데스의 고산지대에 있다. 우리 일행 중에서 고산병으로 심하게 고생하신 분이 있었다.

잉카 제국은 태양의 아들이었다는 망코 키팍에 의해 AD 1200년경에 세워졌다. 지금까지 남미 최대의 제국으로 북쪽으로는 에콰도르의 키토에 이르고 남쪽으로는 칠레의 수도 산티아고 아래까지 펼쳐져 있었다. 문자가 없었고, 철기를 개발하지 않았고 바퀴 달린 수레를 사용하지 않았던 잉카 제국이, 거대한 군사조직이 있었음에도 1530년에 정복자 피사로와 극소수의 하수인들에 의해 어처구니없이 멸망했다는 것은 안타까운 일이 아닐 수 없었다. 잉카의 후예는 케추아족으로 안데스 산맥 지역에 아직도 남아 있고, 케추아족 언어는 페루의 두 번째 공식 언어이다. 따뜻한 사랑의 주제가 담긴 케추아 부족의 서정시 중 일부를 읽어본다.

> 네가 입고 있는
> 꽃 뜨개질된 외투
> 황금실로 꿰매어져 있고
> 섬세한 장식은
> 나의 순진함에 연결되어 있네

(정경원 외,『라틴아메리카 문화의 이해』, 305쪽에서 재인용)

잉카 제국 시대에 우주의 중심이라는 의미로 "세계의 배꼽"이라 불렸던 태양 신전의 쿠스코 시는 여러 개의 역사적 모습을 가진 고도이다. 잉카 제국의 흔적과 정복자 스페인의 문명, 그리고 잉카 제국의 영광과 슬픔의 역사를 껴안고 힘차게 살아가고 있는 현대 페루의 인디오들의 현실들이 겹쳐져 있었다. 남미 토착민들과 스페인 정복자들 사이에서 새로 생겨난 메스티조의 운명은 어떤 의미에서 결코 토착민들과 피를 섞지 않았던 북미의 앵글로색슨들의 백색주의보다 훨씬 나은 것일까?

"해의 도시" 또는 "남미의 고고학적 수도"라고 불리는 쿠스코는 다행히도 1950년의 대지진을 겪었음에도 불구하고 잉카 제국의 유적들을 아직 가지고 있다. 잉카 사원들(특히 태양 사원), 성채, 성벽, 궁전 터, 특별히 거대한 돌로 정교하게 축조된 사크사이와만 요새가 인상적이었다. 이러한 난공불락처럼 보이는 잉카 제국이 어떻게 그렇게 쉽게 무너졌단 말인가? 잉카의 태양의 사원 위에 그대로 산토도밍고 성당을 얹어 세운 것도 이채로웠다. 이 밖에 특별한 것으로 중앙 광장에는 르네상스 시대의 대성당과 대학 건물도 남아 있었는데, 그것은 1597년에 남미에서 처음으로 세운 것이다.

우리 일행은 드디어 쿠스코의 산페드로 역을 떠나 북서쪽으로 80km 떨어져 있는 마추픽추로 출발했다. 여기서부터는 기차를 타고 가야 한다. 근사한 라틴풍의 호텔에서 하루를 묵고 다시 버스를 타고 마추픽추의 마을 아과스칼리엔테스로 향해 떠났다. 안데스 산맥 꼭대기에 있는 이 잉카 제국의 성채도시는 수세기 동안 일부 토착민들에게만 알려져 있었으나 1911년 7월에 미국인 고고학자이며 탐험가인 하이럼 빙엄에 의해 토착민 소년과 안내인의 도움을 받아 다시 모습을 드러내게 되었다. 버스로 마추픽추로 올라가는 입구까지 급경사지고 구불구불한 하이럼빙엄로를 버스 타고 구름 사이로 얼마나 올라갔을까? 입구에서 마지막으로 화장실까지 다녀온 후 그동안 기다리고 기다리던 마추픽추를 등정하기 시작하였다. 한참 계속되는 안데네스라고 불리는 계단식 밭들을 한참 지나 마추픽추가 대강 내려다보이는 높은 곳까지 올라갔다. 그동안 사진에서만 보던 그곳은 말 그대로 대장관이었다. 도시 중간에 있는 태양의 신전, 세 개의 창문을 가진 신전, 해시계, 콘도르 신전과 감옥 등이 탁월하였다. 과연 이곳의 용도는 무엇이었을까? 학자들 간에 이론이 분분한가 보다. 잉카왕실의 태양신을 위한 제단이라 하기도 하고 요새라 하기도 하고 비밀의 피난처라 하기도 하고 천문을 관측하던 곳이라고 하기도 한다. 아무래도 좋다. 나에게 이곳은 남미가 유럽인들에게 침탈당하기 전의 그 순수하고 거룩한 성지이다. 나는 지구의 정반대편에서 온 순례자이다.

4. 공중의 도시『마추픽추의 정상』: 파블로 네루다의 남미를 위한 새 노래

그동안 세계 7대 불가사의의 하나인 마추픽추에 대한 나의 상상력에 불을 계속 지핀 사람은 바로 남미 최고의 민중시인인 파블로 네루다(1904~1973)이다. 네루다는 칠레 출신의 민족주의자이자 공산주의자로 라틴아메리카의 역사 가운데 억압과 압제에 대한 장대하고 지속적인 투쟁을 그린 시집『민중을 위한 노래』(*Canto General*, 1950)를 출간했다. 네루다는 1943년에 멕시코에서 고국으로 돌아가는 길에 페루의 잉카 제국의 폐허인 마추픽추를 방문하였고 그 이듬해 시집『마추픽추의 정상』을 발표하였다. 열두 편의 시로 이루어진 이 시집은 네루다가 즐겨 읽었던 19세기 미국 낭만주의 시인인 월트 휘트먼풍의 연작시이다.

그래서 나는 지국의 사다리를 기어올랐다.
너 마추픽추에 이르는
잃어버린 정글들의 잔인한 미로 사이를.
계단식으로 쌓은 돌들의 높은 성채는
지구가 잠의 옷 속에서 숨기지 않았던
자들의 거처였다.
그대 안에서 두 개의 평행선처럼
번개와 사람의 요람이
가시나무들 사이로 벼랑 속에서 흔들렸다.

그대는 돌의 어머니, 큰 독수리들의 물보라.

그대는 인간의 새벽을 높이 솟아오르는 암초.

그대는 원초의 모래 속에서 잃어버린 삽.

이곳은 거처였다, 이곳은 유적지였다:
여기에서 곡식의 많은 낟알들이 일어났고
붉은 우박처럼 다시 떨어졌다.

여기에서 금빛 섬유가 야생 라마에서 나왔다.
사랑하는 사람, 죽은 자들, 어머니들
왕, 기도자들은 전사들에게 옷을 입혔다.

네루다가 거대한 안데스 산맥을 따라 마추픽추의 정상에 오른 것은 일종의 의식의 전향이었다. 산정의 폐허에서 네루다는 아메리카 과거의 유토피아를 찾았다. 아름다움과 정의를 창조하는 어떤 영감과 현현(epiphany)을 받았다. 이 마추픽추의 폐허의 산꼭대기에서 네루다는 억압받아 살고 있던 아메리카 민중들에 대한 사랑과 충성을 맹세하고 내려왔다. 이를 계기로 시인으로서 그의 인생은 완전히 바뀌었다. 그 후 네루다는 아메리카의 토대 신화 발견과 창조의 기원과 전통의 회복을 꿈꾸었다. 네루다는 콜럼버스 이전부터의 신세계 남아메리카의 역사와 자신 개인의 역사를 교묘하게 엮어가면서 모든 사람들의 역사와 미래를 위한 장대한 노래를 불렀다. 남미의 배신과 폭력의 역사는 네루다의 시적 창조 속에서 부활하는 것일까?

아메리카의 사랑이여, 나와 함께 일어나라.

나와 함께 비밀스런 돌들에 키스하라.
우루밤바 강의 급류를 타는 은은
그 노란 잔에 꽃가루를 날려 보내네.
…
오라, 나의 심장으로 나의 새벽으로
왕관을 쓴 고독 위로
사라진 왕국은 아직도 살아 있다.

해시계 위로 독수리의 피투성이 된 그림자가
검은 배처럼 가로질러 가네.

5. 마추픽추에서 다시 태어난 체 게바라: "세상 위의 세상" 을 꿈꾸며

마추픽추를 다녀간 많은 사람 중에는, 장 폴 사르트르에 의해 "20세기 가장 완벽한 인간"이라는 말을 들었던 아르헨티나 출신의 게릴라 혁명가였던 체 게바라(1928~1967)도 있었다. 체 게바라는 1951년 12월부터 다음해 7월까지 8개월간 아르헨티나의 부에노스아이레스를 출발하여 칠레와 페루를 거쳐 볼리비아와 베네수엘라의 남미 5개국을 친구와 함께 순방하였다. 게바라는 일기 형식으로 그 기록을 남겼다.

특히 체 게바라는 남미의 정신적 뿌리인 잉카 문명에 대해 각별한 관심을 가졌다. 그는 1952년 4월 3일에 안데스 산맥 쪽의 잉카 제국의 최후 유적지인 마추픽추에 올랐다. 그는 마추픽추에 대해 아메리카 전 대륙에서 글자 그대로 가장 강력한 지역 고유의 민족이 있었다는 사실과 정복자들에게 유린당하지 않은 남미의 순수성을 높이 평가하였다. 해발 2,800m가 넘는 안데스 산맥 위의 이 신비한 도시는 밑에서 보이지는 않고 공중에서만 볼 수 있다고 해서 "공중의 도시"라고 불렸다. 체 게바라는 이 공중의 도시에 대해 두 가지 의미를 강조하였다.

하나는 오늘날에 공상적이라고 여겨지는 것을 추구하는 투쟁가들에게 해당되는 것이다. 이들은 미래를 향해 팔을 뻗으며 이 대륙의 모든 사람이 다 들을 수 있도록 거센 목소리로 외친다.

"인디오-아메리카의 시민들이여, 과거를 되찾자."

그리고 다른 하나는 "과격한 군중과 거리가 먼" 이들에게 해당되는 것이다. 한 영국인 방문객이 호텔 방명록에 이를 잘 드러내는 말을 잘 적어놓았다. 제국주의적 열망에 대한 비웃음을 담아서.

"코카 콜라 광고가 없는 곳을 찾게 되어 행복하다."

(『체 게바라 자서전』, 117~118쪽)

체 게바라는 늙은 산인 마추픽추보다 200m 맞은편에 있는 더 높은 산인 젊은 산 와이나픽추에 올라가서 마추픽추를 내려다보며 파블로 네루다의 시를 큰 소리로 읊었다고 한다. 어떤 시였을까? 게바라는 이 여행을 통해 의사라는 직업을 버리고 오래된 남아메리카의 미래를 위한 혁명가가 되라는 계시를 받고 의식을 치렀다.

나는
예수도 아니고
박애주의자도 아니다
나는 적들이
나를 십자가에 못 박기 전에
손에 닿는 모든 무기를 들고
그들과 싸울 것이다

독재와 싸우는 혁명이라면
그 어떤 혁명에라도 참가할 것이다
영원한 승리를 위해
조국이 아니면 죽음을!

(「영원한 승리」, 『체 게바라 시집』, 90쪽)

체 게바라는 "북미의 백만장자가/되는 것보다는/차라리,/문맹의 인디언이/되는 게 낫다"(위의 책, 28쪽)고 결심하고 2천 년 전 무저항주의의 평화를 택한 예수를 따르지 않고 게릴라 혁명전사의 길을 택하였다.

남미의 등뼈 안데스 산맥 자락의 구름 속의 신비스러운 도시 마추픽추에 좋은 소식이 있다. 네루다와 체 게바라의 사랑의 결과일까? 2007년 9월에 페루 정부와 이 성지를 1911년 처음 발견하여 세상에 알린 고고학자 하이럼 빙엄을 배출했던 예일대학교가 빙엄이 가져갔던 수천 점의 마추픽추의 유물들을 이곳으로 반송하는 데 합의했다고 한다. 이제야 마추픽추의 잉카 제국의 영혼이 되살아날 것이다. 네루다와 체 게바라의 영령이여! 기뻐하라. 머지않아 그대들의 염원이었던 더럽혀지지 않은 남미의 정신이 이곳에 다시 돌아오지 않겠는가?

6. 안데스 독수리 콘도르 형상의 마추픽추를 떠나며

이 "공중의 도시" 그리고 오래 "잃어버렸던 도시" 마추픽추를 내려가면서 청명한 안데스 산맥의 꼭대기에서 저 깎아지른 수직 절벽 아래 아마존의 원류인 우루밤바 강이 흐르고 그사이 계곡으로 위용을 자랑하는 아메리카의 콘도르 독수리 한 마리가 유유히 날아가고 있었다. 안데스 대산맥 위로 유유히 날고 있는 콘도르는 잉카 문명권에서 독특한 의미를 가진다. 콘도르는 잉카인들에게 하늘의 신, 산의 신이다. 잉카인들에게 콘도르는 인간의 몸을 떠난 영혼이며 결코 굴복하지 않는 영혼이다. 잉카인들은 세 종류의 동물을 숭배한다. 뱀은 지하세계를 대표하는 신이고, 퓨마는 지상세계를 통제하는 신이고, 콘도르는 하늘의 세계를 군림하는 신이다. 마추픽추 전체 모습을 하늘 위에서 내려다보면 날개를 펼친 콘도르의 형상을 닮았다고 한다. 따라서 콘도르 모양의 마추픽추는 둥지이며 피난처이며 나아가 천국이 된다. 그때 마침 눈을 들어 청명한 하늘을 바라보니 20세기 최고의 듀엣 그룹인 사이먼 앤드 가펑클의 노래 〈독수리는 날아간다〉가 갑자기 떠올랐다.

> 난 달팽이보다 차라리 참새가 되고 싶어
> (후렴) 그래 그럴 수 있다면 그러고 싶어 반드시 그러고 싶어 흠흠
>
> 난 못보다 망치가 되고 싶어
> (후렴)
>
> 멀리 항해를 떠나고 싶어
> 여기 있다가 떠나가버린 백조처럼
> 사람은 땅에 묶여 있다가
> 세상에서 가장 슬픈 소리를 들려주네
>
> 난 차라리 거리보다 숲이 되고 싶어

(후렴)

난 차라리 내 발 밑에 흙을 느끼고 싶어

(후렴)

이 노래는 1960년대 말 대학 다닐 때 즐겨 듣던 팝송 중의 하나이다. 20세기 최고의 음유시인 폴 사이먼이 작사했고 잉카 특유의 페루 민요풍의 노래로 피리 소리가 남미의 혼을 울리는 듯 흐느끼면서 해방과 자유를 갈망하는 감명 깊은 노래이다. 왜 갑자기 페루에 와서 이 멜로디와 가사가 떠오르는 것일까? 여기가 네루다와 체 게바라와 폴 사이먼이 만나는 지점일까? 필자가 대학을 다녔던 1960년대 말과 1970년 초는 68혁명의 영향이 한국까지는 미치지 못했다. 그러나 어떤 의미에서 필자는 당시 엘비스 프레슬리, 비틀즈, 사이먼 앤 가펑클의 로큰롤과 팝송을 들으면서 머리를 길게 기르고 청바지를 입으며 1960년대 후반에 전 세계적으로 번지고 있었던 반문화 운동의 열기를 느끼고자 했는지도 모른다.

1967년 10월 6일에 체 게바라가 볼리비아에서 게릴라 전투 중 부상으로 사로잡혀 39세의 나이로 총살당하였고 미국의 흑인 민권운동가 마틴 루터 킹 목사가 암살을 당했던 답답하고 우울한 시대였다. 체 게바라는 죽어서 해방과 혁신을 바라는 전 세계인에게 최고의 혁명 게릴라로 신화화되었고 킹 목사는 죽어서 2008년 11월 미국 대선에서 버락 오바마라는 흑인 대통령을 만들어내는 신화를 이룩하였다. 대망의 2000년대에 들어서서는 1960년대의 진보적인 사상은 이제 다 사그라지고 변혁의 주체인 젊은이들조차도 소시민적인 신보수주의와 세속주의로 빠지고 있는 것이 아쉬울 뿐이다.

서울로 돌아오기 위해 페루를 떠나 다시 애틀란타를 향하는 기내에서 발 아래 펼쳐지는 남미 대륙을 다시 내려다보았다. 나는 과연 2주 남짓한 기간 남미를 종단하면서 세계 7대 불가사의 중에서 무려 3개를 이곳 남미에서 보았지만 파블로 네루다와 체 게바라의 남미의 자연과 역사에 대한 애정과 현재의 개혁과 미래의 변화를 위한 열정을 얼마나 느꼈을까? 나의 무의식의 세계였던 남미를 벗어나 다시 의식의 세계인 북미로 가고 있다는 것에 약간의 홀가분함도 없지 않았으나 약간의 불안감이 다시 엄습해왔다. 남미는 나에게 다시 무의식의 비무장지대로 미끄러져갈 것인가? 네루다와 체 게바라를 다시 태어나게 한 마추픽추의 성지순례를 필자는 너무 늦은 나이가 돼서야 마쳤다는 것이 너무나 아쉬웠다. 그러나 나와 네루다와 체 게바라의 유령과의 대화는 이것으로 끝나는 것이 아니라 계속될 것이다! 체온이 점점 내려가는 나의 육신에 다시 변혁에 대한 열정의 불꽃이 피어날 수 있도록 나의 영혼만이라도 잉카 제국의 "잃어버린 도시"인 마추픽추의 불길을 간직하고 싶다. 피곤이 몰려오는 사이 나는 어느새 남미의 큰 독수리를 타고 쿠바가 바라보이는 카리브 해 상공을 날고 있었다. 어디에선가 카스트로와 함께 쿠바 혁명을 성공시킨 체 게바라의 우렁찬 고함소리가 들려왔다.

> 이 글을 쓴 사람은 죽어서
> 아르헨티나의 흙으로 돌아가리라
> 하지만
> 그것을 재구성한 사람으로의 나는
> 더 이상 내가 아니다!
> 적어도
> 나는 과거의 내가 아니다!

> (체 게바라, 『라틴 여행기를 쓰며』(이산하 역) 중에서)

3장　스코틀랜드 역사 기행
— 새뮤얼 존슨의 발자취를 따라

　스코틀랜드에 대한 나의 관심은 스코틀랜드가 잉글랜드와의 오랜 기간의 투쟁과 갈등 끝에 결국 통일왕국이 일원이 되는 흥미진진한 역사와 정치의 문제, 18세기 후반에 철학자 데이비드 흄과 문필가 애덤 스미스 등이 주도한 소위 스코틀랜드 계몽운동이 어떻게 일어났으며 그 내용 그리고 로버트 번스와 월터 스콧이 중심이 된 낭만주의 문학운동, 16세기 존 녹스로부터 시작된 스코틀랜드 종교개혁 운동이 되는 스코틀랜드 문학의 특징, 장로교파를 만든 경위, 그리고 무엇보다도 남부의 잉글랜드와 북부의 스코틀랜드의 판이하게 다른 자연과 풍경 등이다. 이번 여행에서 나의 스코틀랜드 정치 분야에 대한 특별한 관심은 1707년 합병법(Act of Union)이 선포된 지 300주년이 되는 올해의 스코틀랜드의 상황이다. 영국 북해의 석유 생산 등과 더불어 1999년에 스코틀랜드 의회가 독립적으로 구성된 후로 스코틀랜드 분리주의 운동은 최근 점점 증가하고 있다. 특히 2007년 5월 3일에 있었던 총선에서 스코틀랜드 독립당이 현재 집권 중인 노동당을 누르고 다수당이 될 수 있는가도 초미의 관심사였다. 앞으로의 분리주의 운동의 향방이 궁금해진다.

　이 짧은 여행에서 이런 궁금증들을 얼마나 풀 수 있을까를 생각하며 런던을 중심으로 한 2주간의 주변 지역 여행을 마치고 2007년 4월 29일 일요일 낮 런던을 출발하여 기차를 타고 에든버러를 향해 떠났다. 중간에 버밍엄에서 기차를 갈아타고 한 시간 거리에 있는 리치필드 시에 도착했다. 나의 멘토 새뮤얼 존슨(Samuel Johnson, 1709~1784)의 생가 근처에서 하룻밤을 묵고 북쪽으로 다시 떠났다. 에든버러 시의 중심부에 위치한 웨이벌리 역에 도착한 것은 밤늦은 시간이었다. 밤늦게 택시를 타고 에든버러 대학 근처에 있는 한 게스트하우스에 유숙할 곳을 정했다. 이튿날부터 에든버러로부터 시작되는 나의 짧은 스코틀랜드 여행은 시작되었다.

오늘날 우리가 그저 '영국'이라고 부르는 나라의 공식 국호는 '대브리틴과 북아일랜드 연합왕국'(United Kingdom of Great Britain and North Ireland)이다. 여기서 대브리튼(Great Britain)이란 말은 원래 잉글랜드(England)로만 출발했던 영국이 1536년에 잉글랜드 서부의 웨일스를 합병하고 1707년에는 합병법에 의해 스코틀랜드까지 합병한 후에 생겨난 말이다. 영국 국기인 유니온 잭(Union Jack)이 잉글랜드의 성 조지, 북아일랜드의 성 패트릭, 스코틀랜드의 성 앤드루의 십자가 모양을 합쳐서 만든 것같이 영국은 복합적인 연합국인 셈이다. 그런데 필자가 특히 잉글랜드 북부의 스코틀랜드에 관심을 가지는 이유는 무엇인가? 나는 왜 스코틀랜드에 가고 싶어 하는가? 우선 기본적인 사실부터 살펴보자. 스코틀랜드는 그 수도가 에든버러, 수호성인은 성 앤드루, 언어는 영어와 게일어, 인구는 약 500만 정도이고 화폐는 파운드화와 독립화폐를 같이 사용하고 있다. 이 밖에도 스코틀랜드에는 몇 가지 명물들이 있다. 붉은 엉겅퀴, 백파이프, 타탄(퀼트), 쇼트브레드, 하기스(양의 내장), 포리지(죽)이 있다.

지금부터 23년 전엔 1983년 8월부터 1984년 8월까지 나는 영국문화원 연구교수로 영국의 중부지방 잉글랜드의 요크셔 주의 리즈 시에 있는 리즈 대학교에 1년간 체재하고 있었다. 그 당시 나는 무슨 연유였는지 에든버러에만 잠깐 다녀갔을 뿐이다. 그 당시는 잉글랜드와 유럽 대륙에만 주로 관심을 가졌던 것 같다. 그 후 나는 스코틀랜드에 관한 이런저런 남다른 관심을 가졌으나 이상하게 갈 기회가 없었다. 그동안 나는 또 18세기 후반 영국의 대문인이었던 새뮤얼 존슨의 스코틀랜드 여행기인『스코틀랜드 서부 도서지역 여행기』(1775), 존슨의 유명한 전기를 쓴 스코틀랜드인 제임스 보즈웰의 여행기인『헤브리디스 여행기』(1785)를 섭렵하였다. 이 여행기들은 존슨과 보즈웰이 함께 1773년 8월 18일 에든버러를 떠나 11월 9일까지 스코틀랜드 북부와 서부 섬 지역을 무려 83일간이나 돌아보고 쓴 것이다.

흥미롭게도 존슨의 여행기와 보즈웰의 여행기는 매우 다르다. 스코틀랜드에 대해 약간은 편견을 가지고 있던 존슨은 잉글랜드와도 전혀 다른 자연 풍경에 대해 열광하기보다는 자신이 방문하는 곳의 보통 사람들이 실제로 어떠한 삶을 살아가는가에 대해 기록했다. 존슨에게 여행의 목적은 스코틀랜드의 아름다운 산수, 거대 건물, 왕궁, 기념비 등과 자연 등 외양적인 것에 치중하고 호기심을 자극하는 수준을 넘어서 의식주, 문물, 제도, 문화 등 인간과 사회와 문명을 기록하는 것이다. 여행기의 기록 방식도 세밀하며 묘사하는 방식으로 방문한 여행지를 순서대로 각 지역에 대한 구체적 사실들을 제시하면서 그것들을 보편적 '지식'의 차원으로 발전시켰다. 따라서 존슨의 여행기는 18세기 후반의 스코틀랜드에 관한 여행기이지만 결국은 당시 영국의 인간과 역사에 관한 문화비평서이며 문명 담론이다. 이에 비해 보즈웰의 여행기는 존슨을 중심으로 한 다양한 주제들에 대한 대화들을 기록한 것이다. 이 여행기는 날짜별로 구성되어 있으나 문장의 호흡이 짧고 재치 있는 촌평들이 많이 들어 있다. 존슨과 보즈웰의 이 두 여행기를 지역별로 날짜별로 병치시켜 읽는 재미도 작은 것이 아니었다. 잉글랜드 출신의 존슨과 스코틀랜드 출신의 보즈웰의 작가로서의 차이가 흥미롭게 대조를 이루기 때문이다.

존슨은 1773년 가을에 스코틀랜드의 수도인 에든버러를 출발하여 동북쪽 해안을 따라 올라가 애버딘, 인버네스 등을 지나 서쪽으로 나아가 스카이섬 지역과 아이오나를 통해 다시 남쪽으로 내려와 글래스고에 이르는 그 당시로는 대정정의 여정을 마쳤다. 존슨은 자신이 방문했던 그날그날의 사실적 기록들을 적어두었고 자신의 견해와 관찰을 "장대한 일반성"의 원칙에 따라 거시적인 안목으로 쓰고 있다. 소위 고지대(하일랜드)로부터 이주, 가난한 사람들의 생활, 전통적인 족장 체제의 붕괴, 그리고 미대륙으로의 대거 이민, 낭만주의 문학 운동의 효시로 볼 수 있는 작가 오시안 시 작품의 진위문제, 전통 구전 사회의 문제, 산악 지대 사람들의 생활상, 새로 발흥하는 상업과 새로 실시된 교육의 영향, 토착어 게일 문화의 정체성, 종교개혁의 힘이 미치지 않고 아직도 남아 있는 구교 지역들 등의 당시 이 지역의 본질적인 사회문화적인 문제들을 다루고 있다. 존슨은 근대 문명과 야만 사이의 관계를 대조 비교하기도 하였으나 당시 장-자크 루소 등이 말했던 원시주의 찬양에는 동의하지 않았다. 이 여행기는 존슨이 근대 문명권에서 멀리 떨어져 있는 지역들에 관한 문화인류학적 사유를 진행시키고 있다는 점에서 오늘날 관광 풍물 중심의 가벼운 여행기들과는 엄연히 다른 기행문학의 전통을 가지고 있다. 존슨이 이 여행기에서 다룬 주제는 이 지역의 종교와 철학, 도덕과 사회문학과 비평, 정치학, 정치와 경제 등 인간과 사회, 역사, 문화의 보편적인 문제들이었다.

그러나 2000년 4월 29일부터 시작된 나의 이번 여행은 유감스럽게도 그들과는 비교할 수 없을 정도로 짧은 여행이었다. 이번 여행의 나의 가이드는 새뮤얼 존슨이다. 필자보다 정확하게 224년 전에 여행했던 존슨의 여행기가 지금에 와서 무슨 소용이 되겠느냐고 반문할 수도 있다. 그러나 이번 여행에서 가는 곳마다 수시로 읽고 참조한 책은 다른 어떤 관광 안내서보다 존슨의 여행기였다. 그것은 지나친 호고적(好古的) 취미일까? 특히 같은 지역을 방문했을 때 존슨의 설명과 평가를 읽어보는 것은 이번 여행에서 특별한 재미였다. 물론 나의 여행 여정이 존슨과 보즈웰의 것과 같지 않다. 존슨 일행은 에든버러에서 동북쪽 해안을 따라 위로 올라갔고 나는 그 반대로 에든버러의 서쪽에 있는 글래스고를 경유해서 계속 서쪽으로 나아갔다. 우리는 서로 반대의 방향으로 출발했다.

에든버러에 대해 이야기하는 것은 매우 어렵다. 왜냐하면 존슨이 이미 지적했듯이 "에든버러는 너무 잘 알려져 있어서 설명하기가 불가능한 도시"이기 때문이다. 결국 나만의 에든버러론은 결코 쉬운 일이 아니리라.

스코틀랜드의 수도인 에든버러는 정치 문화의 중심지이며 중세의 고풍스런 분위기가 물씬 풍기는 단아하고 사랑스러운 도시이다. 우선 에든버러는 도시가 작고 애덤해서 좋다. 에든버러 시 관광을 위해 도시 한가운데 북쪽 언덕 위에 장엄하게 서있는 에든버러 성(궁)에서 출발하였다. 그곳에서 넬슨 기념탑이 있는 높은 언덕인 칼튼 힐이 가까이 마주 바라다보인다. 그리고 그 가운데에 철도 교통의 중심인 웨이벌리 역이 내려다보인다. 이 역을 중심으로 좌우로 역사적 유적이 즐비한 로열 마일 즉 하이스트리트가 있고 많은 고급 쇼핑몰들이 밀집한 프린세스 스트리트가 있다. 우선 에든버러 궁에서 출발해서 언덕 아래에 있는 그 유명한 스코틀랜드의 메리 여왕의 거처였던 홀리루드 궁전과 그 앞에있는 스코틀랜드의 국회의사당으로 내려가보기로 하였다.

에든버러섬에서 홀리루드궁전에 이르는 거리인 로열 마일(Royal Mile)은 스코틀랜드의 역사, 정치, 종교, 문화의 축소판이라고 볼 수 있다. 그래서 필자는 성에서 약간 경사진 길로 이어진 로열 마일 거리를 걸어 내려가면서 몇 군데 살펴보기로 한다.

우선 성에서 내려오면 오른쪽으로 바로 앞쪽에 하나의 고급 식당이 있다. 그 건물은 18세기 후반에는 여관으로 쓰였다. 그곳에 동판이 붙여있었다. "새뮤얼 존슨이 1773년 8월 런던을 출발하여 여기에 미리 도착하여 기다리고 있던 이곳 출신 젊은 작가 제임스 보즈웰을 만나고 나서 투숙했다"고 적혀 있다. 존슨과 보즈웰은 83일간의 스코틀랜드 대장정을 앞두고 이곳에서 휴식도 하고 계획도 짰을 것이다. 이곳에서 몇 발자국 더 내려가면 오른쪽에 성 자일스 대성당(St. Giles Church Cathedral)이 있다. 이 교회는 16세기 스코틀랜드의 종교개혁의 중심지였고 그 핵심 인물이었던 종교개혁가이며 사상가인 존 녹스(John Knox, 1513~1572)가 오랫동안 책임 성직자로 봉직했던 곳이기도 하다.

성 자일스 교회를 나와 길 건너편의 뒷골목으로 좀 들어가면 "작가 박물관"이 있다. 이곳은 스코틀랜드를 대표하는 로버트 번스(Robert Burns, 1759~1796), 월터 스콧(Walter Scott, 1771~1832), 로버스 루이스 스티븐슨에 관한 자료들이 모여 있다. 18세기 후반과 19세기 초반의 문인으로는 시인 로버트 번스와 월터 스콧이 있었다. 번스는 18세기 후반부터 스코틀랜드 토속어(모국어)로 시를 쓰기 시작해 반향을 일으켰고 영국 낭만주의 시 운동을 선도하였고 스코틀랜드 고유의 노래를 부흥시켜 새로운 전통으로 만들었다. 스콧은 독특한 발전사관, 즉 17세기의 혼란에서 벗어난 스코틀랜드의 미래는 발전과 번영의 희망찬 사회가 될 것이라는 생각을 그의 역사소설 속에 담았다. 그는 역사소설의 장르를 창조하였다. 스코틀랜드의 어려운 과거에 대한 자긍심도 버리지 않으면서 희망과 미래에 대한 비판은 잊지 않았다. 작가 박물관에서 큰길로 다시 나와 조금 내려가면 큰길 가에 커다란 흉상이 서 있다. 그가 바로 스코틀랜드 계몽주의의 선도적 인물이며 영국 경험주의 철학의 완성자인 데이비드 흄(David Hume, 1711~1716)이다. 그렇다면 스코틀랜드의 계몽주의(Scottish Eulightenment)란 무엇이었던가? 합병법에 따라 스코틀랜드가 잉글랜드에 통합된 1707년부터 월터 스콧이 죽은 1832년까지 스코틀랜드에서 에든버러, 글래스고, 애버딘과 같은 대도시의 대학을 중심으로 새로운 지식 운동이 일어났다. 이 운동은 18세기 유럽 대륙의 계몽주의와 맥을 같이한다. 스코틀랜드인들은 정치적으로는 잉글랜드와 합쳐져 있지만 문화, 예술, 학문에서만은 영국 내에서 선도적인 역할을 하리라 생각했다. 특히 과학, 의학, 예술 분야에서 전통과 신앙보다 이성과 합리주의가 확실한 우위를 점하기 시작했다. 합병 후 스코틀랜드의 왕이었던 제임스 4세가 영국의 왕 제임스 1세로 에든버러를 떠날 때 많은 귀족 정치인들도 떠났지만 아직도 많은 지식인들이 법률, 교회, 대학을 중심으로 새로운 지적 엘리트 집단으로 등장하였다. 무역과 경제도 발전하여 에든버러의 신도시 계획이 이루어졌고 에든버러는 "북방의 아테네"로 불리게 되었다. 새로운 경제 발전은 스코틀랜드의 대학들을 융성케 하였다. 특히 철학 분야가 데이비드 흄에 의해 두각을 나타내 영국적인 회의론적 경험주의를 수립하였다. 그의 이론은 후일 임마누엘 칸트가 대륙의 관념론과 영국의 경험론을 통합하는 커다란 자극제가 되었다. 흄은 또한 종교, 역사에 관한 연구뿐 아니라 발전모델에 따른 사회이론을 주장했다. 정치경제학 분야에서는 『국부론』을 쓴 애덤 스미스(Adam Smith, 1723~1790)가 있었다. 스미스의 경제이론은 정부의 규제를 억제하고 자유주의를 확산하면 경제는 인간의 개선하려는 타고난 욕망에 따라 스스로 발전될 수 있다는 것이다. 이 밖에도 대학을 중심으로 한 많은 학자들의 이성과 과학의 발전에 토대를 둔 낙관론인 스코틀랜드 계몽주의는 질서, 우아, 이성을 추구하여 여러 학문 분야에서 커다란 업적을 남기었다. 당시 스코틀랜드에는 두개의 대립적인 영향력 있는 잡지들인 『에든버러 리뷰』(자유주의적 휘그당)과 『블랙우드 매거진』(보수주의인 토리당)이 있었다. 그러나 스코틀랜드 계몽운동은 토머스 칼라일이 1929년에 스코틀랜드를 떠나고 스콧마저 1832년 죽은 후에는 급격히 그 기운이 약화되었다. 1764년 에든버러에는 사유협회(Speculative Society)라는 지성인들의 토론 모임이 있었다. 이 모임에서는 스코틀랜드의 과거, 현재, 미래에 대한 다양한 주제들이 자유롭게 논의되었을 것이다.

흄의 동상을 지나 조금 내려가면 오른쪽에 존 녹스의 집이 있다. 존 녹스는 스코틀랜드인에게는 역사적으로 중요한 인물이었다. 녹스는 세인트앤드루스 대학에서 교육받고 나서 사제 서품을 받았으며 고향에서 공증인으로 일했다. 그때 녹스는 프로테스탄트로 개종하고 종교개혁에 뛰어들었다. 자신의 종교적 스승이었던 조지 위셔트가 순교를 당하자 급진적이 되었다. 그 후 메리 여왕이 스코틀랜드의 통치자가 되자 제네바로 건너가 프랑스의 종교개혁가 장 칼뱅(1509~1564)을 만나 큰 영향을 받는다. 녹스는 독일에서 추방당한 영국 프로테스탄트들과 접촉하였다. 제네바를 거점으로 활동하면서 주교 대신 장로를 임명하는 등 녹스는 잉글랜드와는 다른 스코틀랜드의 주체적 신앙인 장로교회의 토대가 되는 교리들을 개발했다. 녹스는 가톨릭계인 메리 여왕에 반대하고 귀족들이 여왕을 폐위시킬 것을 주장했다. 녹스는 한때 왕국의 수도였던 퍼스에서 그 주위의 가톨릭 성당들과 수도원들을 파괴하도록 이끄는 설교를 하여 이것이 스코틀랜드 종교개혁의 봉화를 올렸고 녹스는 도덕적 정신적 지도자가 되었다.

그 후 그는 에든버러의 성 자일즈 교회의 목사가 되어 죽을 때까지 그 자리를 지켰다. 1560년에 결국 프로테스탄트당은 스코틀랜드를 장악하게 된다. 녹스가 메리 여왕과 여러 번 만나 담판을 지은 것은 유명한 사건이 되었다. 녹스는 급진적이고 민족주의적인 성향이 강했지만 잉글랜드와는 긴밀한 유대 관계를 맺고 있었다. 또한 녹스는 설교자로도 유명하고 자신이 구약의 선지자인 "하나님의 나팔수"라 자처하며 몇 권의 저서도 냈으며, 죽은 후에 5권으로 완간된 『스코틀랜드의 종교개혁사』는 중요하게 여겨진다. 녹스는 국가권력에서 교회를 제도적으로 보호하려고 애썼고 영국 국교와 완전히 분리된 장로교회를 세웠고 스코틀랜드의 대학 설립 등 교육제도 수립에도 커다란 영향을 끼쳤다. 나는 에든버러의 중심가인 로열마일의 한복판에 아직도 그의 집이 그렇게 오랫동안 남아 있는 것에 놀랐고 스코틀랜드 문화사에서 그들의 독자성을 확보하려고 분투한 녹스의 중요한 위상을 가늠해볼 수 있었다.

그러나 온건한 영국 국교도였던 새뮤얼 존슨은 16세기의 스코틀랜드 급진적 종교개혁가인 존 녹스에 대해서 호의적인 평가를 내리지 않고 있다. 존슨은 세인트앤드루스에 있는 녹스의 종교개혁 기간 중에 소요와 폭력에 의해 파괴되어버린 가톨릭 성당을 보면서 안타까워하고 종교개혁의 과격성을 비판하며 중도(中道)의 중요성을 강조하였다.

> 스코틀랜드의 종교적 변화는 극렬했기 때문에 전염병처럼 열렬하게 퍼졌다. … 그러나 잉글랜드와의 무역과 교류를 통해 지금은 그 열기가 감소되었다. … 중간지점을 발견하도록 충분히 교육을 받지 못한 사람들은 너무 쉽게 엄격성과 제제를 자신의 피난처로 만든다. … 오래전에 지나간 사건들은 거의 알려지지 않고 있다. 그들은 고려되지 않는다. 우리는 녹스와 그 추종자들의 폭력을 별다른 감정 없이 읽는다. (6, 8쪽)

존슨은 계속해서 녹스와 추종자들의 파괴적인 종교개혁에 대해 분노하였다.

내가 스코틀랜드의 장로교파 형성에 관심을 가지는 이유는 조선의 개화기(1894~1910)에 개신교 선교사들인 언더우드와 아펜젤러에 의해 미국에서 들어온 교파가 미국의 북장로파의 근본주의적 복음주의 신학이기 때문이다. 널리 알려져 있듯이 19세기 말 미국의 보수주의적 복음주의는 18세기 스코틀랜드의 철학자 토머스 리드(Thomas Reid)의 상식실재론(Common-sense realism)에 토대를 두고 있다. 상식실재론의 요체는 어떤 인식의 가능성에도 회의적이었던 데이비드 흄과 달리 경험과 이성을 통해 인식 일반이 가능하다는 것이다. 이러한 낙관적인 견해는 18세기 말에 미국으로 건너가 19세기까지 계속 영향을 주어 근본주의 복음주의 신학에 인식론적 토대가 되었다. 이것은 결국 성서무오설에 이르게 되어 복음주의의 성서중심주의라는 종착역에 도달한다. 오늘날 한국의 대다수를 이루는 장로교파는 바로 이 '오직 성서'(scriptura sola)를 믿는 근본주의 복음신학인 것이다. 이렇게 본다면 16세기 스코틀랜드에서 존 녹스가 시작한 장로교 종교개혁 운동과 토머스 리드의 상식실재론은 프린스턴 신학대학을 중심으로 다시 정리되어 미국의 북장로회 근본주의적 복음신학으로 발전된 것이요 이것이 다시 조선의 개화기 당시 복음주의 선교사들에 의해 한반도에 유입된 것이라 볼 수 있다. 따라서 내가 지금 방문하고 있는 에든버러 한복판의 로열 마일의 녹스의 집과 성 자일즈 교회가 현재 한국 기독교의 태반을 차지하고 있는 장로교회들과 300여 년의 시간을 타고 넘어 직접 연결될 수 있는 것이다!

존 녹스 집에서 한참 걸어 내려가서 평지에 다다르면 정면으로 보이는 화려한 건물이 있다. 이 건물이 한때 스코틀랜드의 메리 여왕(1542~1587)이 살았던 궁전이다. 한때 홀리루드 궁의 주인이었던 스코틀랜드의 메리 여왕(1542~1587)은 태어난 후 줄곧 프랑스에서 가톨릭교도로 자랐다. 1559년 프랑스 왕과 결혼하였으나 18개월 후에 남편이 죽자 1561년 8월에 스코틀랜드로 돌아와 여왕이 되었다. 그러나 그녀의 여왕 등극은 남쪽 잉글랜드의 사촌인 엘리자베스와 영국 왕위 계승 문제를 빚으며 미묘한 파장을 일으켰다. 왜냐하면 메리 여왕이 마거릿 튜더의 손녀로 영국 왕위의 적법한 상속자였기 때문이다. 이때부터 국교(프로테스탄트)의 엘리자베스와 가톨릭의 메리 사이에 암투가 벌어졌다. 그러나 메리 여왕은 초기의 온건 노선을 버리고 가톨릭 쪽으로 기운다. 그 후 프로테스탄트의 스코틀랜드 귀족 연합군에게 패하고 아들 제임스 1세에게 왕위를 물려주고 잉글랜드로 피신했으나 가톨릭 중심의 반란을 우려해 감옥에 갇힌다. 그 후 결국 배빙턴 음모에 가담한 것이 밝혀져 엘리자베스 여왕에 의해 처형되었다.

그러나 엘리자베스 1세가 1603년대 후사없이 죽자 메리의 아들인 스코틀랜드왕 제임스 6세가 런던으로 내려와서 제임스 1세가 되었다. 이것은 비극적으로 죽은 메리 여왕의 유일한 위안이 되었을까? 그러나 제임스 6세가 런던으로 떠난 뒤, 스코틀랜드뿐 아니라 에든버러의 위상은 점차 약화되었다. 스코틀랜드의 홀리루드 왕궁에서 여왕으로 지내면서 메리는 다른 사람을 은밀히 시켜 남편을 살해하고 다른 남자와 결혼하고, 많은 프로테스탄트들을 이단으로 몰아 처형했다. 그녀는 당시 극단적인 프로테스탄트 목사였던 존 녹스와의 갈등 등 많은 이야기를 만들어냈다. 그녀는 정교분리가 안 되었던 시기에서 많은 실수를 했다. 그녀를 소재로 한 많은 문학작품들도 나왔다. 독일의 극작가 프리드리히 실러의 메리의 도덕적 부활과 관련된 심리극인 『마리아 슈투아르트』(1800), 영국에서는 시인 A. G. 스윈번의 시 『메리 스튜어트』(1801)가 있고 월터 스콧의 소설 『대수도원장』(1820)이 있다.

이 궁전에서 에든버러 성을 위로 바라보면 왼쪽 맞은편에 스코틀랜드 의회 빌딩이 서 있다. 1997년 9월 11일에 스코틀랜드에서는 분리주의 운동과 관련된 중요한 국민투표가 있었다. 그 결과 국민의 75%가 찬성하여 자치적인 의회를 가지게 되었다. 1999년 스코틀랜드는 국방과 외교 문제를 제외한 거의 대부분의 영역에서 자치권을 획득하였다. 스코틀랜드의 메리 여왕의 아들 제임스 6세가 엘리자베스 여왕이 후사 없이 죽자 그 왕위를 계승하여 제임스 1세가 된 1603년에 스코틀랜드와 잉글랜드는 일단 합쳤다. 그 후

1707년 합병법에 의해 명실공히 통합된 이래 처음으로 자체의 의회를 가졌다. 영국 정부 내각 안에 스코틀랜드상(相)(the secretary of state for scotland)이 따로 있어 이미 교육 등 어느 정도의 자치권을 가지고 있었다. 2007년은 합병 300주기를 맞은 해이다. 올해의 총선은 그런 의미에서 중요했다. 그런데 필자가 그곳에서 머물고 있던 5월 3일 총선에서 스코틀랜드 독립당(Scottish National Party)은 1석 차이로 집권당인 노동당을 누르고 일단 다수당이 되었다. 더욱이 스코틀랜드 출신인 고든 브라운이 이번 선거 뒤 10년간 집권했던 토니 블레어의 뒤를 이어 노동당의 당수가 되고 수상이 되었다. 이러한 일련의 사건들을 앞으로 분리주의 운동에 커다란 영향을 미칠 것이 틀림없다. 스코틀랜드 국회의사당 건물은 2000년에 최신식 탈근대 건축양식으로 새로 지었고, 건축미학상까지 수상하였다고 한다. 정치를 스코틀랜드의 풍광처럼 아름답게 하려는 것이 그들의 염원일까?

국회의사당에서 다시 로열 마일 길을 따라 언덕 위로 올라오면 오른쪽에 웨이벌리 역이 있다. 그 역을 지나가면 상업지구인 프린세스 스트리트가 나온다. 이곳에서는 스콧 기념탑이 높이 솟아 있다. 에든버러에서 가장 번화한 거리 한복판에 스콧의 기념탑이 세워져 있는 것을 보아도 스코틀랜드에서 소설가 스콧의 위상을 짐작할 수 있다. 우리나라의 대도시의 거리에도 문화계 인물의 동상을 세우면 어떨까 하는 생각도 들었다. 예술가를 이렇게 대접하는 것으로 한 나라의 문화의 척도를 잴 수 있기 때문이다. 나는 직접 이 기념탑 속으로 올라가보기로 하였다. 나선형의 긴 계단으로 된 내부는 생각보다 넓었고 올라가는 중간에 방을 만들어 스콧의 문학과 사상 그리고 그가 끼친 영향에 관한 자료들을 잘 비치해놓았다. 꼭대기까지 올라가는 만용을 부렸는데 일단 올라가니까 전망이 아주 좋았다. 이 꼭대기에서는 자그마한 에든버러의 구도시가 모두 내려다보였다. 특히 이 기념탑은 북쪽의 에든버러 성과 남쪽의 넬슨 등의 동상이 있는 칼튼 힐의 중간 지점에 위치하고 있었다.

이곳 에든버러 시내에는 여러 개의 국립박물관과 미술관 등이 있었는데 가장 인상적인 것은 스코틀랜드 국립초상화미술관(Scottish National Portrait Gallery)이었다. 이곳에는 스코틀랜드 역사상 모든 중요한 인물들의 초상화가 거의 망라 전시되어 있었다. 물론 런던의 국립초상화미술관(National Portrait Gallery)보다 규모는 작았지만 매우 인상적이었다. 특히 1층 홀 주위로 스코틀랜드 역사상 가장 중요한 인물들의 석상들이 배치되어 있었다. 메리여왕, 로버트 번스, 월터 스콧, 애덤 스미스 등과 정치가와 사상가 몇이 더 있었다. 그러나 나에게 가장 인상을 남겨준 석상은 증기기관(steam engine)을 발명한 제임스 와트(James Watt, 1736~1819)였다. 와트는 난로 위의 주전자의 물이 끓을 때 수증기에 의해 열리는 뚜껑을 보고 증기기관을 생각해내었다고 한다. 와트는 글래스고 출신의 기사로 많은 발명을 했지만 증기기관이 압권이었다. 영국의 산업혁명이 세계에서 먼저 가장 큰 힘을 발휘한 것도 이 증기기관의 힘이었다.

이 밖에 이 미술관에서 진행되고 있었던 1707년 합병법관계 행사가 나의 흥미를 끌었다. 그 행사의 일부로 '강제 결혼식: 스코틀랜드인과 합병법' 비디오 설치 미술 전시회가 있었다. 2007년은 잉글랜드와 스코틀랜드를 합병시키는 합병법이 의회를 통과하여 앤 여왕(1702~1714)에 의해 선언된 지 300년이 되는 해이다. 합병법을 근거로 영국은 비로소 대브리튼 통일왕국 (United Kingdom of Great Britain)이 되었다. 이 합병법을 둘러싸고 당시부터 많은 억측과 논쟁들이 난무했다. 일부는 스코틀랜드의 정치가들이 뇌물을 받았거나 잉글랜드와 개인적인 거래를 했다고 말하고 다른 일부에서는 당시 종교, 경제, 정치 등 여러 가지로 어려웠던 스코틀랜드의 어쩔 수 없는 선택이었다고 주장한다. 이 밖에도 이 주제에 관한 특별 강연들과 초상화 전시회 등이 에든버러와 글래스고에서 열렸다.

클라이드 강변에 위치한 글래스고는 에든버러에서 기차로 1시간 정도 걸리는 스코틀랜드에서 가장 많은 80만 명이 넘는 인구를 가진 경제와 산업의 중심도시이며 스코틀랜드에서도 주위 지역보다 낮은 중앙 부분 저지대 (Lowland)에 위치한 팝 컬처의 중심지이다. 그러나 스코틀랜드에서는 가장 먼저 1451년에 이미 글래스고 대학교가 설립되었다. 그러나 존슨은 엉뚱한 소리를 하였다. "스코틀랜드 대학에서 교육받은 사람들은 박학다식이라는 광채로 장식되기를 기대하기는 어렵다. 그들을 학식과 무지 중간의 평범한 수준의 지식을 가졌으며 일상생활을 하는 데는 부적합하지는 않은 수준이다"(146쪽)라고 지적하면서 이곳 대학교육의 수준을 탐탁치 않게 생각하였다. 왜 존슨은 스코틀랜드에 대해 편견을 가지고 오해를 했을까? 아마도 그것은 영국 국교를 믿는 보수주의자로서의 스코틀랜드의 정치적 분리주의 사상과 프로테스탄트 종교개혁 운동이 못마땅해서 그랬을 것이다. 글래스고 역을 내리자 바로 앞에 조지 스퀘어라는 광장이 있었다. 그곳에는 스코틀랜드 역사의 중요한 인물들의 동상들이 세워져 있었는데 주로 정치가나 군인들의 동상들뿐이고 내가 관심이 있는 문인, 철학자, 예술가들의 동상들은 하나도 없어서 실망했다. 그곳에서 무지하게도 40분이나 걸어서 글래스고 대학을 갔다. 언덕 위에 고색창연하고 장대한 대학본부 건물이 이채로웠다. 사실상 내가 이곳에 온 이유는 오로지『국부론』과『도덕감정론』을 쓴 애덤 스미스에 관한 흔적을 찾기 위해서였다. 스미스는 모교인 이 대학을 졸업하고 옥스퍼드 대학에서 수학한 뒤 교수로 오래 봉직하고 있었다. 지금은 은퇴하신 서울대학교 문상득 교수께서 1950년대 이곳에 유학하여 영문학을 공부하셨고 김우창 교수님의 따님이 이 대학에서 수학을 가르치고 있다는 말을 들었다. 나는 물어 물어서 애덤 스미스 빌딩을 찾았다. 수위실에 들러 스미스 기념관 같은 것이 있나 물었으나 그런 것은 없었다. 다만 3층 벽에다 사진하고 편지 등을 조촐하게 붙여놓은 것이 전부였다! 나는 적잖이 실망했다. 데이비드 흄과 더불어 스코틀랜드 계몽주의의 핵심적인 인물이었던 스미스가 고향에서 이 정도 대접밖에 못 받는다니! 더욱이 그의『국부론』은 후일 자유주의 무역과 자본주의 이론 발전에 커다란 영향을 미치지 않았는가? 존슨은 글래스고에 대해 "글래스고와 같이 자주 방문하는 도시에 대해 설명하는 것은 불필요하다. 상업의 번성으로 인해 많은 개인 저택들이 있고 도시 자체가 부유해 보인다. 종교개혁의 광란 속에 성당이 아직 남아 서 있는 유일한 국교회 도시"(145쪽)라고 적고 있다. 글래스고 대학에서 장난감 같은 작은 지하철을 타고 쉽고 편하게 역까지 다시 돌아왔다.

이제부터는 북서쪽으로 기차를 타고 계속 올라가는 여정이었다. 기차 안에서 하일랜드의 풍경을 마음껏 즐길 수 있었다. 녹지가 많고 얌전하고 단아한 낮은 구릉지대가 주로인 잉글랜드와는 달리 척박해 보이는 민둥산, 고원, 작은 호수, 기암절벽, 야생동물, 복잡한 해안선 등이 너무나 생소하고 이국적이며 대조적이었다. 고지대(Highland)는 영국의 다양성의 원천인 것처럼 보였다. 화가 조지프 터너(Joseph Turner, 1775~1851)와 에드윈 랜시어(Edwin Landseer, 1802~1872)가 그린 이곳의 독특한 고지대의 산, 바위, 골짜기, 강과 같은 풍광들의 그림을 화첩에서 본 기억이 있다. 지금 이곳의 풍경과는 달라졌지만 느낌은 그대로였다. 글래스고를 떠나 몇 시간 달리자 좁은 골짜기라는 뜻을 가진 글렌코를 지나갔다. 그곳에는 슬픈 이야기가 담긴 "한탄의 계곡"(The Weeping Glen)이라는 곳이 있다. 이곳에서는 "글렌코의 대학살"이라고 이름이 붙은 비극이 있었다고 한다. 1688년에 스튜어트 왕조(원래 스코틀랜드 왕가)인 가톨릭계의 제임스 2세가 쫓겨나고 화란의 프로테스탄트계의 오렌지 공이 왕위를 물려받은 명예혁명(무혈혁명)이 있었다. 새로운 왕은 스코틀랜드에게 복종을 강요하여 대부분의 부족들을 굴복시켰으나 맥도널드족만이 서약서를 늦게 제출하는 바람에 1692년 2월 13일에 멸족을 당했다고 한다. 비극의 도시 글렌코에서 기차로 10분 정도 올라가면 이곳에서 비교적 큰 도시인 포트윌리엄이 나온다. 이곳에서 3km 정도 동쪽에 1,343m 높이의 벤 네비스산이 있다. 이 산은 큰 산이 별로 없는 영국에서 가장 높은 산으로 기록되고 있다. 벤네비스 산에서 북쪽으로 조금 더 올라가면 로크 로몬드라는 요정과 신선이 살고 있다는 전설이 있는 영국에서 가장 아름다운 호수가 있다고 하나 들르지는 못했다.

이제 기차의 종착지인 말레이즈가 멀지 않았다. 해는 중천을 지나 이미 서쪽으로 많이 기울어 있었다. 하일랜드를 기차를 타고 지나면서 간혹 보이는 마을들과 주민들이 보였다. 그러나 그들의 구체적인 현재 생활에 대해서는 알 수가 없었다. 나의 호고(好古) 취미가 살아났다. 존슨이 200여 년 전에 실제 관찰하고 기술한 이곳 사람들의, 즉 산악 주민들의 특징들을 알아보고 싶었다. 첫째, 전투적이다. 그 이유는 주위에 적들로 둘러싸여 있다고 생각했고 분쟁과 경쟁이 치열했기 때문이다. 둘째, 도둑질을 잘하였다. 그들이 가난했고 제조업이나 상업이 없었기에 훔치는 것 이외에는 부유하게 될 수 없었다. 그 당시 이 지역은 공권력이 미치지 못했던 것도 큰 이유가 될 것이다. 셋째, 이곳에서 가장 칭송받는 미덕은 용기였다. 용기는 자신과 가족과 부족을 지키는 최고의 무기이다. 넷째, 각 부족(Clan)들은 독특한 종가(宗家)를 이루며 살고 있고 족보(계보력)을 중시하였다. 그러나 존슨이 여행하던 그 당시에만 해도 외부와의 접촉이 늘어나면서 각 종가 간의 독특성은 점점 사라져가고 있었다.(40~42쪽)

그러나 이 지역에 새로이 도입된 상업이나 무역이 이 지역의 삶의 모습을 바꾸고 있었다고 존슨은 당시의 이곳의 사정을 보고하고 있다.

> 지금까지 순전히 목가적이었던 삶의 상태가 지금 상업에 의해 조금씩 변화되기 시작했다. 그러나 새로운 것들은 서서히 들어오고 하나의 양식이 이전 것을 완전히 장악하고 나면 어떠한 고정된 생각도 형성될 수는 없었다. (80~81쪽)

존슨은 무역에 의해 인간이 필요한 물품들을 공급받을 수 있다고 지적하고 이 낙후된 먼 지역에서도 무역의 영향으로 커피와 차까지 들어오게 됨도 지적하였다.(50쪽) 존슨은 18세기 후반 당시 이 지역에 새로 도입된 돈의 영향에 대해 예리한 평가를 내리고 있다.

> 돈은 지위와 태생의 구별을 무력화시킴으로써 주종관계를 혼란스럽게 만들고 저항의 힘을 공급하고 또는 탈주를 위한 편의를 제공함으로써 권위를 약화시킨다. 봉건제도는 농업을 주로 하는 국가를 위해 형성된 것이고 금과

은이 흔한 곳에는 봉건제도는 결코 오랫동안 지배력을 행사해온 적은 없었다. (103쪽)

낙후된 오지였던 이 지역은 18세기 말에 이미 무역, 상업, 돈에 의해 급격한 사회적 변화가 일어나고 있었다고 볼 수 있겠다.

스카이 섬은 1773년 9월 2일에 존슨 박사가 내륙에서 처음 건너간 섬이다. 스카이(Skye)의 뜻은 게일어로 "날개의 섬"이라는 뜻이다. 스카이 섬은 그 자체가 대자연의 보고이다. 잉글랜드나 하일랜드와도 다른 변화무쌍한 환상적인 경치, 복잡하게 뒤얽힌 해안선, 수많은 호수들로 덮여 있다. 이 섬은 자주 안개가 자욱하여 '안개의 섬'으로도 불리는 로맨스가 넘치는 곳이다. 18세기 말부터 영국에서 대표적인 관광지로 부상되었고 수많은 문인들과 예술가들도 방문하였다. 소문 듣던 대로 평온하고 고적하고 아름다운 섬이었다. 특히 인상적인 것은 가끔 만나는 그곳 사람들이 매우 상냥하고 친절하다는 점이다. 먼저 인사도 하고 미소를 보낸다. 존슨도 자신의 여행기에서 이곳 사람들의 친절과 환대에 대해 다음과 같이 적고 있다.

우리가 받은 접대는 기대 이상이었다. 우리는 예의, 우아함, 풍요만을 보았을 뿐이다. 대개 다과와 대화를 한 후에야 저녁을 맞았다. 카펫이 마루에 깔려 있었고 음악가들이 초대되었고 초대된 모든 사람들이 춤을 추었다. … 이곳을 지배하고 있는 잔치 분위기는… 상상력을 놀라운 즐거움으로 자극했다. 이것은 예상 밖으로 어둠에서 빛으로 솟아나는 것과 유사한 것이었다. (52~53쪽)

아미데일에서 소박한 내륙이 바라다보이는 유스호스텔에서 하룻밤을 묵었다. 다음날 일찍이 서둘러서 그곳의 강력한 부족이자 지방의 유지였던 도널드 가(clan)의 맥도널드성을 찾았다. 성의 외곽은 아직도 남아 있었고 안쪽의 건물들은 현재 박물관으로 사용되고 있었다. 이 박물관에서 상설전시관에 이 섬의 역사 나아가 스코틀랜드 서부 지역의 역사와 문화에 대해 자세히 알 수 있었다. 이곳은 지리상으로 가까운 탓에 아일랜드와 긴밀한 교류가 많은 곳이었다. 스코틀랜드인(Scots)들도 원래 북아일랜드에서 왔다고 한다. 존슨은 이 지역의 계급구조를 논의하면서 토호 지주들과 소작농민들 사이에 있는 토지 임차인의 완충적 역할을 강조하였다.

> 지주계급 다음으로 위엄을 가지는 계층은 토지임차인(Tacksman)이다. 토지를 상당히 소유하였고 토지를 빌려서 일부를 자신이 경작하고 일부는 소작농민들에게 빌려준다. 토지임차인은 지주들에게 토지세를 받아줄 수 있는 사람들이고 상부상조의 관계를 가진다. 이러한 토지임차인 지위는 오랫동안 세습으로 간주되었다. … 그는 상류층과 하류층을 연결하는 중간지위를 가지고 있었다. 그는 지주들에게 토지세를 내고 존경을 표하고 소작농민들에게도 토지세와 존경을 받았다. … 마음이 손들을 지배해야 하듯이 사회에서는 지성인이 노동자들을 인도해야 한다. 만일 토지임차인이 없었다면, 헤브리디스 지역은 현재 상태에서 거칠고 무지한 상태로 틀림없이 전락했을 것이다. 소작농은 교육을 받지 못해 기술을 습득하지 못할 것이고 인도가 없다면 보잘것없는 존재가 될 것이다. (78, 80쪽)

아미데일에서 버스를 타고 스카이 섬의 중심지이며 항구인 포트리에 도착했다. 몇 시간 그곳에 머무른 뒤 나는 다시 버스를 타고 두 시간가량 서쪽으로 달려 5시경에야 던베건에 도착하였다. 해변가의 작은 도시였다. 우리가 이곳에 온 목적은 던베건 성을 보기 위해서였다 그러나 우리가 이곳에 늦게 도착하는 바람에 성 관람 시간이 지나버렸다. 이 아름다운 성이 바닷가에 바짝 붙어 있어서 큰길 밖에서는 성의 꼭대기를 제외하고는 잘 보이지 않았다. 그래서 실망하면서 되돌아오는데 고양이 한 마리가 나타나 우리 길을 앞장서서 가기 시작했다. 우리는 무심결에 그 고양이를 따라 큰길에서 벗어나 샛길로 따라 들어갔다. 그런데 바로 그곳에 옆길로 해서 성으로 들어가는 통로가 있었다! 우리는 놀랐지만 고양이를 계속 따라갔다. 작은 만과 같은 곳이 나왔다. 아, 그런데 그곳에서 바다에 접해 있는 던베건 성의 전체가 그대로 보이는 것이 아닌가! 나는 신이 나서 사진을 여러 장 찍었다. 큰길로 들어가서 성을 보는 것보다 바다 쪽에서 성을 보는 것이 더 좋아 보였다. 그곳에서 시간을 어느 정도 지체한 후 왔던 길로 나와 큰길로 나왔다. 그런데 그 고양이는 이제는 일정한 거리를 두고 우리를 계속 따라오고 있었다. 우리는 성으로 인도해준 고양이가 고마워서 쫓아버릴 수가 없었다. 시내로 400~500m 정도 걸어오는 동안 내내 그 고양이는 우리를 뒤쫓고 있었다. 우리는 고맙다는 생각은 하고 있었지만 그 고양이를 어찌해야 할지 몰라서 코너길에서 고양이를 따돌려버렸다. 다행히(?) 그 고양이는 더 이상 따라오지 않았다.

그러나 우리 마음은 편치 않았다. 성으로 가는 길을 인도해준 고양이를 우리가 매정하게 버린 것이 아닌가? 왜 우리를 계속 따라왔을까? 우리와 함께 그곳을 벗어나고 싶었을까 등등 생각들이 쉽게 떠나지 않았다. 나는 평소에 고양이를 별로 좋아하지 않았다. 개는 애완용이 아니라 경비용으로 키워 같이 지낸 적이 한두 번 있었다. 18세기의 영국의 종교시인 크리스토퍼 스마트의 장시 「내 고양이 제트리」도 재미있게 읽은 적이 있지만 고양이는 어쩐지 분위기가 싫었다. 그러나 이제부터는 차별하지 말고 아홉 가지 삶을 산다는 고양이에게도 관심을 가져야 할까 보다. 인간이란 동물만 주인이 되어 있는 세상에서 동물로 살기에 대한 관심을 기울여야 하겠다. 그 후 귀국해서 9월 28일 나는 뮤지컬 〈캣츠〉를 대전까지 가서 관람하였고 〈캣츠〉의 모체가 된 T. S. 엘리엇의 고양이에 관한 난센스 시인 「노련한 고양이에 관한 늙은 주머니 쥐의 책」도 읽어보았다. 올해 뒤늦게나마 노벨문학상을 받은 영국의 소설가 도리스 레싱(1919~)의 고양이에 관한 에세이 「고양이는 정말 별나 특히 루퍼스는」도 읽어보고 싶고 가능하다면 1907년에 노벨문학상을 받은 영국의 작가 러디어드 키플링(1865~1936)이 어린이들을 위해 쓴 단편소설집 『그렇고그런』(1902)에서 「홀로 걸었던 고양이」도 구해서 읽어보아야겠다. 스카이 섬에 와서야 나는 멋지고 귀족스럽고 놀라운 고양이와 화해(?)하고 가깝게 지낼 수 있게 되어 무척 기쁘다.

스카이 섬에는 여장부 애국자 플로라 맥도널드(Flora Macdonald, 1722~1790)에 관한 이야기가 많았다. 스카이 섬 북부의 킬무르 지역에 있는 스카이 섬 박물관 경내에 북해가 내려다보이는 언덕에 십자가 모양 대형 추모비가 서 있다.

가톨릭계인 찰스 스튜어트 왕자는 자신을 따르는 스코틀랜드의 재커바이트들과 함께 잉글랜드에 반기를 든다. 일명 멋쟁이 찰스 왕자(Bonnie Prince Charles)라 불렸던 그는 1746년 인버네스 근교에서 벌어진 컬로든 전투에서 대패하여 도주하는데, 이때 스카이 섬 출신의 플로라가 왕자를 자신의 하녀로 변장시켜 그를 스카이섬으로 피신시키는 데 성공했다. 플로라는 이 일로 인해 체포되어 런던으로 압송되었다. 그러나 사면령이 내려서 1747년에 다시 고향 스카이로 돌아와 살았다. 후에 결혼하고 가족과 함께 1774년에 미국으로 이민을 떠났다. 그러나 미국독립전쟁으로 1778년에 캐나다로 갔다가 1779년에 스코틀랜드로 다시 돌아와서 1790년에 타계했다. 영웅적이고 용기 있고 충성스런 유명한 인물이 된 플로라에 대한 많은 시와 노래들이 지어졌다. 1884년의 『스카이 뱃노래』(Skye Boat Song)가 대표적인 작품이다. 스카이 섬의 수도인 포트리의 한 여관에는 보니 왕자가 묵었던 흔적이 있었다. 플로라가 1790년에 죽자 스코틀랜드 고지대에서 역사상 최대의 인파가 장례식에 몰렸다고 한다.

존슨은 1773년 9월 2일에 포트리의 한 여관에서 바로 플로라 맥도널드를 만나 식사를 하였다. 존슨의 기록을 읽어보자.

> 여기에서 우리는 내가 보기에 이 섬에서 유일한 여관의 선술집에서 만찬을 들었다. 그 후 말에 올라타고 주위를 여행하고 나서 우리는 왕이 포트리 항에 상륙해서 이곳에 묵었기에 이름이 붙여진 킹즈보로[왕의 마을]로 왔다. 우리는 맥도널드 씨와 플로라 맥도널드 부인의 대접을 극진히 받았다. 이 부인의 이름은 역사에서 언급될 것이다. 용기와 충성이 미덕이라면 명예롭게 언급될 것이다. 그녀는 중간 키에 부드러운 용모와 점잖은 예의범절과

우아한 자태를 가진 여인이었다. (60쪽)

내가 스코틀랜드 지역을 여행하면서 열광했던 플로라 맥도널드를 존슨이 이곳 스카이 섬의 포트리에서 직접 만나 대접까지 받았다니! 놀라운 일이었다. 페미니스트였던 존슨은 플로라에 대해 "그녀의 이름은 역사에서 언급될 것이다. 용기와 충성이 미덕이라면 명예롭게 언급될 것이다"라는 평가를 했는데 플로라가 1790년에 죽었을 때 결혼 전 이름인 플로라 맥도날드가 그대로 그녀의 묘비명이 되었다.

던베건에서 포트리로 다시 돌아왔다. 다시 버스를 타고 긴 다리를 지나 내륙 도시인 카일오브로칼시로 나왔다. 카일오브로칼시에서 스카이 섬을 바라보니 역시 스카이는 아름다운 섬임을 다시 느낄 수 있었다. 카일오브로칼에서 기차를 타고 네스 강의 입구라는 뜻을 가진 인버네스로 향했다. 이 도시는 하일랜드 지방의 중심지로 네스라는 괴물이 나오는 네스 호와 연결되는 도시이다. 필자는 일정상 가보지 못했지만 이곳에서 남쪽으로 조금 내려가면 공룡과 같은 괴물이 나온다는 유명한 네스 호가 있다. (최근에 이 괴물은 실제로는 존재하지 않는다는 것이 밝혀졌다고 한다. 그러나 사람들은 왜 괴물들을 상상하고 그에 열광하는가? 인류의 어린 시절에 대한 동경인가? 척박한 현실 세계에 억눌린 현대인들이 괴물이 나오는 동화와 같은 낭만적인 세상을 꿈꾸는 것일까? 최근에는 민족의 영산인 백두산 천지에도 이상한 생명체가 출현했다고 해서 우리의 동화적 상상력(?)을 자극하고 있다.)

인버네스 근처에는 역사적으로 유명한 사적지들이 있다. 인버네스 남쪽으로는 앞서 잠시 언급한 컬로든이 있다. 영국에서 1688년 명예혁명으로 끊어진 스튜어트 왕가의 복원을 위해 당시 프랑스로 축출당한 제임스 2세의 아들인 제임스 에드워드 스튜어트(1688~1766)가 정통 후계자로 영국 왕위 계승권을 주장하며 반란을 일으켰으나 실패했다. 그 아들인 찰스 에드워드 스튜어트(1720~1788)도 스코틀랜드에서 여러 번 스코틀랜드 왕위를 다시 수립하려고 전쟁을 벌였다. 당시 재커바이트라고 불리는 많은 스코틀랜드 사람들은 이들의 대의명분에 동조했었다. 특히 제임스 2세의 손자인 찰스는 용모가 수려하여 더욱 인기가 있어서 흔히 "멋쟁이 찰리 왕자"라 불렸다.

멋쟁이 찰리 왕자는 할아버지 제임스 2세가 1688년 명예혁명 이래로 잃은 스튜어트 왕가의 왕권을 복원하기 위해서 20년간 로마에서 지내다가 스코틀랜드로 돌아왔다. 스코틀랜드 고지대 사람들은 왕자가 아직도 토착어인 게일어를 사용하고 전통의상인 격자무늬의 남성용 스커트를 입고 있는 것에 감격했다. 1745년에 서부 섬 지역에 도착한 찰리 왕자는 다시 내륙에서 2,500명의 군사를 이끌고 스털링과 에든버러를 공격하고 같은 해 9월에는 자신의 아버지를 스코틀랜드와 잉글랜드의 왕으로 선포하였다. 그러나 1746년 4월에 컴벌랜드 공작이 이끄는 영국 정부군과 인버네스 동쪽의 컬로든에서 대격전을 벌였으나 크게 패퇴하고 왕자는 섬 지방으로 도피하였다. 이 반란이 있은 후 고지대 사람들은 무기 소지가 금지됐고 토속어를 사용할 수 없었고 전통의상도 입을 수 없었다고 한다. 독립을 위한 마지막 기회를 놓쳐버린 당시 고지대 사람들의 슬픔은 어떠했으리라 짐작이 간다. 멋쟁이 찰리 왕자에 대한 노래들이 아직도 많이 남아 있으나 가장 유명한 것은 〈찰리는 내가 사랑하는 사람〉이다. 다음에 소개한다.

> 오! 찰리는 내가 사랑하는 사람,
> 나의 사랑, 나의 사랑.
> 오! 찰리는 내가 사랑하는 사람,
> 젊은 기사여.
>
> 월요일 아침이었지
> 그해에 이른 때에
> 찰리는 우리 마을에 왔네
> 젊은 기사여. 오!
>
> 그가 거리를 진군하여 갈 때

백파이프는 크고 분명하게 연주됐네.
그리고 사람들은 달려나와
기사를 만났네. 오!

사람들은 아름다운 고지대 언덕을 떠났네.
아내들과 사랑스런 갓난아이들도 모두 두고 떠나
스코틀랜드의 왕을 위해 칼을 빼들었네
젊은 기사여. 오!

　노래 이야기가 나왔으니 이곳 출신의 "로큰롤의 제왕"인 엘비스 프레스리(Elvis Presley, 1935~1977)를 언급하지 않을 수 없다. 올해 2007년은 엘비스 서거 30주년이 되는 해이다. 엘비스의 음악은 내가 60년대 초반 중학생 때부터 좋아했다. 나는 아직도 엘비스의 열혈 팬이다. 테네시 주 멤피스에 있는 지금은 박물관으로 쓰고 있는 그레이스랜드를 2003년 7월과 2005년 8월에 두 번씩이나 방문한 바 있다. 엘비스는 1950~60년 당시 백인음악과 흑인음악을 혼합하여 전혀 새로운 장르인 "로큰롤(rock'n roll)을 창조해낸 미국 대중 음악사에 불후의 이름을 남긴 대가이다. 엘비스는 1745년에 스코틀랜드에서 미국으로 이민 간 대장쟁이 앤드루 프레슬리의 후손이다. 그의 전기에 따르면 이 밖에도 엘비스는 유대인과 토착 미국인(인디언)의 피까지 섞인 명실공히 복합문화인이라고 한다. 그의 혼종성(hybridity)이 그의 독창적인 천재성과 어떤 관계가 있는 것일까?

　존슨이 "고지대의 수도"(23쪽)라고 불렀던 인버네스에 도착하여 강가 언덕 위의 성에 올라갔다. 그곳에는 당시 보니 왕자를 도왔던 스카이 섬 출신의 여장부 플로라 맥도널드의 큰 동상이 세워져 있다. 언덕 위의 이 동상은 인버네스 강을 넘어 남쪽에서 다시 올지 모르는 스코틀랜드 왕의 후예 보니 왕자를 아직도 기다리고 있는가? 스코틀랜드를 영국에서 분리하여 독립국가로 만들려는 스코틀랜드인들의 염원이 아직도 살아 있음을 증명하는 동상임에 틀림없다.

아쉬운 마음으로 인버네스를 출발해 다시 나는 기차로 스코틀랜드 동북쪽 해안선을 따라 달렸다. 이번에 도달한 곳은 스코틀랜드의 제3의 도시인 애버딘이었다. 대학에 있는 필자는 어느 도시를 가든 대학에 관심이 많았다. 존슨은 자신의 여행기에서 애버딘 대학의 학위제도에 관해서 말하고 있다.

> 학문적 명예나 다른 것들은 정확하게 업적에 따라 수여되어야 한다는 것은 인간의 판단이나 인간의 정직성이 기대하는 이성의 문제이기 때문이다. 아마도 대학에서의 학위는 학문에 종사한 공적인 학문에 들인 시간의 길이가 아닌 어떤 일반적인 규칙에 의해 조정될 수는 없을 것이다. 잉글랜드나 아일랜드의 박사학위는 아주 젊은 사람에게 수여되지 않는다. 경험에 의해 일반적으로 진실이라고 밝혀진 것 즉 나이에 의해 박사학위를 받은 사람은 많은 시간을 들여 그 지위를 불명예스럽게 만들지 않을 충분한 학식을 얻거나 그 지위를 바라지 않을 정도로 충분한 지각을 가지고 있다고 생각하는 것은 틀린 말은 아닐 것이다. (15쪽)

존슨은 여기에서 학문에서 연륜이 중요함을 지적하며 학위를 너무 어린 나이에 수여하는 것의 위험성을 지적하고 있다. 스코틀랜드는 잉글랜드에 대해 정치군사적 열세를 종교, 학문, 문화와 과학에서 만회하기 위하여 일찍부터 잉글랜드와는 다른 프로테스탄트(장로교파)로의 종교개혁을 추진했고, 곳곳에 대학을 설립하여 잉글랜드와 경쟁 관계에 있던 유럽 국가들과 교류하면서 높은 수준의 학문을 발전시켰다. 18세기에 에든버러와 글래스고 대학의 명성은 전 유럽으로 퍼져갔고 18세기 시민사회에 대한 담론들인 사회학, 심리학, 정치경제학의 새로운 학문으로 발전되었다. 문화 분야에서도 스코틀랜드 전통에 따른 주체적인 문학을 창조하려고 노력했다. 과학 분야에서 의학과 기계 발명 분야에서 두각을 나타내었다. 이 모든 것들의 총화가 앞서 지적한 스코틀랜드 계몽운동을 태동케 하였다고 볼 수 있다.

그런데 그 광활하고 넓은 지역은 왜 인구가 500만 명밖에 되지 않는가? 오히려 북미, 호주 등 해외에 스코틀랜드인들이 2천만 명이 흩어져 살고 있다고 한다. 이것은 모두 18, 19세기에 대규모 해외이주가 있었기 때문이었다. 그 당시 해외이주(이민) 문제에 관해 커다란 관심을 가지고 있었던 존슨은 "이민열병"이라고 지적하면서 자신의 여행기에서 여러 번 논의하고 있다.

> 한 주민으로부터 우리는 처음으로 이곳의 생활의 전박적인 불만에 관해 들었다. 그 불만은 하일랜드인들이 지구의 다른 쪽으로 몰아넣어지고 있다는 것이었다. 그리고 내가 그에게 만일 그들이 이곳에서 잘 대우를 받는다면 고국에 남을 것인가를 물었을 때 그는 분노에 차서 어떤 사람이 그의 고국을 기꺼이 떠나겠느냐고 대답했다. 그 자신이 경작하였던 농지의 경우 소작세가 지난 25년 동안 5파운드에서 20파운드로 올랐다. 그러나 그는 이를 지불할 능력이 없게 되어 해외에서 자신의 운명을 기꺼이 개척하기로 하였다는 것이었다. (33쪽)

스코틀랜드 고지대의 많은 주민들이 해외로 빠져나가 특히 섬의 경우 일단 인구가 줄기 시작하면 황폐될 수도 있다고 우려하였으나 존슨은 가난한 주민들이 조건 더 나은 나라로 나가려는 이민을 막을 길이 없음을 안타깝게 생각하였다.

에든버러를 얼마 남겨두지 않은 곳에 세인트앤드루스(St. Andrews)가 있다. 이곳은 1754년에 이미 로열 앤드 에인션트 클럽이 생기는 등 골프의 발상지이다. 우리나라 최경주 선수가 한 번 우승한 바 있는 권위 있는 브리티시 오픈이 매년 열리고 있고 영국 골프 박물관도 있다. 앞서 언급한 16세기 종교개혁과 존 녹스가 세인트앤드루스 성에 한때 묵었던 종교개혁의 발자취가 많이 남아 있다. 그러나 필자는 이곳의 고색창연한 세인트앤드루스 대학교에 관심을 가졌다. 그 당시 이 대학은 어떠했는지 다시 존슨의 기록을 들추어보자.

> 세인트앤드루스는 연구와 교육에 탁월하며 적합한 장소처럼 보인다. 인구가 많은 지역에 위치해 있으면서도 값싼 지역이 아니고 젊은이들의 마음

과 행동을 대도시의 경박함과 타락함으로 내몰지도 않고 상업도시의 조야
한 사치에게도 노출되지 않고, 즉 학문에 적당하지 않은 장소들로 그들을
내몰지 않았다. 어떤 한 곳에서는 지식에 대한 욕망이 쉽게 쾌락의 탐닉에
빠지고 다른 곳에서는 돈을 사랑하는 것에 빠질 위험에 처하기도 하기 때문
이다. (7쪽)

내가 다시 에든버러로 돌아온 것은 2007년 5월 5일이었다. 짧은 여행이
었지만 보고 듣고 느낀 것이 많았다. 스코틀랜드에 대한 호기심이 다 채워
진 것은 아니지만 큰 그림을 그리는 데는 좋은 기회였다. 한때 스코틀랜드
에 대해 편견을 가졌던 18세기 후반의 새뮤얼 존슨은 83일간의 여행 후에
많은 편견을 버리고 오해를 풀었다. 그렇다면 21세기 초반의 나는 스코틀랜
드 여행 후에 무엇을 배웠는가? 무엇을 깨달았는가?

4장   새뮤얼 존슨의 역사적 상상력

현재를 올바르게 판단하기 위해서 우리는 현재를 과거와 대비시켜야만
한다. 왜냐하면 모든 판단은 비교적이고 미래에 대해서는 아무것도 알 수가
없기 때문이다. 진실은 어떤 마음도 현재에 몰두하지 않는다는 점이다. 회
상과 예상이 우리들의 모든 순간들을 채우기 때문이다. … 사물의 현재 상
황은 과거의 결과이며 우리가 즐기는 선의 원천과 우리가 고통을 겪는 악의
원천에 대해 탐구하는 것은 당연하다. 만일 우리가 우리 자신만을 위해 행
동한다면 역사 연구를 무시하는 것은 온당치 못한 일이다.

—『라슬러스』, 30장

영국 18세기 최고의 문인 새뮤얼 존슨(Samuel Johnson, 1709~1784)의 역
사에 대한 태도는 명백하지 않고 겉보기에는 부정적이고 소극적인 것처럼
보인다. 다음과 같은 존슨의 진술에서 특히 그러하다; "어디에 있든 무엇을
보든 포에니 전쟁에 관해서는 말하지 말라". 오래된 역사적 사건인 이 전쟁
에 대한 존슨의 태도는 단순히 역사에 대한 폄하나 거부가 아니라 사소하고
도 호고적(好古的)인 취미에 반대하는 것이다. 다시 말해 현실생활과 관계가
없는 먼 옛날 이야기를 지나치게 의미를 부여하는 것에 대한 존슨의 혐오
감이었을 것이다. 존슨은 또 보즈웰과 이야기하는 자리에서 "역사가가 되기
위해서는 대단한 능력이 필요하지 않다. 왜냐하면 역사 기술에 있어서 위대

한 인간의 지성이 나타나지 않기 때문이다. 역사가에게는 단지 손쉽게 사용한 사실만이 있을 뿐이다. 그래서 상상력을 발휘할 곳이 없다."(Brady, 146쪽) 여기서도 존슨은 역사 자체를 무시했다기보다 사실에만 매달리는 일부 역사가들을 비판하고 있다. 실제로 그는 역사적 사실이 결여된 일부 역사서와 역사가에 대해 비판을 가하였다.

그러나 존슨의 역사에 대한 근본적인 태도는 진지했다. 존슨 자신은 "연대기와 역사의 연구는 인간 지성의 가장 자연스러운 즐거움의 하나"라고 믿었고 그의 서재에는 수많은 역사서지학의 자료들이 있었다. 존슨 자신은 할리 도서관 목록 작성, 영어사전 편찬 작업, 셰익스피어 전집 준비, 비네리안 법률 강좌 준비 등 역사에 대한 저술도 계획했으나 완수하지 못했다. 존슨은 당대의 데이비드 흄, 볼테르 등의 역사서를 흥미 있게 읽었고 친구들 중에는 올리버 골드스미스, 에드워드 기번과 같은 역사가도 있었다. 존슨의 '역사의식'은 그의 전 저작에 골고루 반영되어 있다. 오늘 우리가 이 글에서 다루려고 하는 주제는 존슨의 문학비평에 나타난 역사적 의식을 피상적으로나마 논의하는 것이다.

1. 전환기 시대의 존슨의 역사적 상상력

새뮤얼 존슨은 1994년에 발간된 『서구의 정전』에서 해럴드 블룸(Harold Bloom)에 의해 서구 문학사상 가장 탁월한 최고의 비평가로 선포되었다. 1999년 말에는 영국의 유력 신문인 『가디언』지에 의해 존슨은 두 번째 천년대(1000~1999)에서 가장 훌륭한 문필가로 선정되었다.

모든 형태의 실천 비평을 수행한 바 있는 존슨은 비평사적으로 중요한 시기를 살았다. 어떤 의미에서 존슨은 신고전주의와 낭만주의전파라는 영국 비평의 두 거대한 조류가 만나는 지점에 있었으나, 전자의 한계에 맹목적이지도 않았고 당시 유행하기 시작하던 후자의 새로운 실험에 대해서도 열광하지 않았다. 두 문학 운동으로부터 상대적인 독립성을 가진 것이 그의 이

점이었으며, 바로 여기에 비평가로서 존슨의 위대성과 권위가 놓인다. 따라서 존슨의 경우는 역사가 위대한 인물을 만들고, 위대한 인물이 역사를 만드는 두 경우가 결합된 예라고도 할 수 있다.

존슨은 우리의 기대와는 다르게 고전 작가들의 권위와 관습의 힘을 인식하면서도 반권위적이고, 상대주의적이고, 우상파괴적이었다. 예컨대, 존슨은 당시의 신고전주의의 금과옥조처럼 준수되었던 여러 가지 고전주의적 문학 법칙들―극에서의 삼일치, 희비극 혼용 문제, 시적 정의, 5막극의 선호 등―이 인간 본성과 상황의 변화에 따라 바뀔 수 있다고 주장하였다. 또한 당시 대중들의 문학적 편견과 취향에 대해서도 과감히 도전하였는데, 그는 셰익스피어 문학 전집 서문에서 셰익스피어의 위대성을 말하면서도 그의 단점을 비판하는 데 서슴지 않았다. 또 당시 열렬히 수용되었던 존 밀턴에 대해서도 전사(戰士) 비평가답게 밀턴 작품의 문제점을 지적하기도 하였다. 존슨은 밀턴의 목가애도시인 「리시더스」("Lycidas")에 대해 현실 감각이 결여되어 있고 전래의 목가시 전통을 그대로 답습한 졸작이라고 비판한 바 있다. 이것은 18세기 후반이라는 역사적 전환기에 살았던 비평의 거인 존슨이 가진 "역사의식"의 결과이다. 존슨은 고전 장르에 대한 맹목적 추종을 거부하고 새로운 시대의 현실주의적인 문학의 부상을 예견하고 있었기 때문이다.

존슨은 당시 토머스 워턴, 에드먼드 버크, 리처드 허드 등과 같이 새로운 비평 이론가들에게도 결코 무관심하지 않았다. 특히 당시 열렬한 논쟁의 대상이었던 낭만주의의 전조인 "숭고미"(sublime)의 개념에 대해서 그는 놀라울 정도로 유연한 태도를 보였다. 존슨은 "사람들은 새로운 것을 반대한다. 왜냐하면 대부분의 사람들은 새로 배우는 것을 꺼려 하기 때문"이라고 말하면서 새로운 것에 대해 사람들이 저항하고 거부하는 태도를 지적하였다. 사실상 "숭고미"의 개념은 이미 존슨 이전의 포프, 데니스, 애디슨, 버크, 영 등에 의해서 그 특성이 강조되기 시작했다. 그들은 문학에서 작가의 영감은 물론 독자의 반응에 관심을 가지기 시작하였고, 존슨 시대에는 노드롭 프라이가 지적한 바대로 신고전주의의 "산물(product)로서의 문학"과 낭만주의의 "과정(process)으로서의 문학"이 구분되기 시작하였다. W. K. 윔저트는 18세기 당시의 "숭고미" 개념을 그보다 1,500년 전에 주장한 롱기누스를 "신고전주의 진영에 들어온 하나의 트로이 목마"라고 지적한 바 있다.

존슨은 "숭고미"론을 편 버크의 『숭고미와 아름다움에 관한 사상의 원천에 대한 철학적 논구』(*Philosophical Enquiry into the Origin of Our Sublime and Beautiful*)에 대해 "진정한 비평의 예"라고 높이 평가하였다. 존슨은 18세기 후반기의 새로운 미학 이론에 대해 열렬한 추종자나 이론가는 물론 아니었지만 그는 "숭고미"의 개념을 이미 실제 비평에 적용하고 있었다. 존슨은 밀턴의 『실락원』을 논의하면서 밀턴을 기본적으로 숭고미의 시인으로 파악하였다. "밀턴 시의 특징은 숭고미이다. 밀턴은 간혹 우아하기도 하지만 그의 본질은 위대함이다. 그의 특징은 거대한 고상함이다. 밀턴은 즐겁게 할 수도 있으나 놀라게 하는 독특한 힘을 가지고 있다." 물론 존슨이 밀턴을 「리시더스」 평가에서처럼 일방적으로 매도하지 않고 균형 있는 평가를 내리고 있음을 알 수 있다.

존슨을 낭만주의 선구자 중의 한 사람으로 평가할 수는 없겠지만, 적어도 그는 당시 유행하던, 또는 새로운 낭만주의 시대를 여는 여러 가지 문학적 취향과 경향에 대해서 무관심하지 않았다. 그가 역사의식으로 무장한 그는 전환기적 비전을 지닌 위대한 비평가라는 사실을 우리는 지적해야 한다. 명민한 존슨 학자의 한 사람인 존 웨인(John Wain)은 존슨의 비평사적 의의를 다음과 같이 파악하고 있다.

> 존슨의 비평을 읽는 어떤 독자도 존슨이 장대하고 간결한 거시적인 요약과 특별한 효과를 찾으려는 미시적인 분석에 모두 강하다는 것을 곧 알아차릴 수 있을 것이다. 존슨은 말하자면 매슈 아널드와 윌리엄 엠프슨을 결합한 것과 같다. 따라서 존슨은 어떤 비평 "유파"의 과정 속에 묶일 수 없다. 그리고 사실상 존슨 비평은 문학사의 전략적으로 중요한 시기에 위치하고 있다. 그의 비평에서 우리는 신고전주의와 현대 비평 사이의 연결 지점을 찾아낼

수 있다. 신고전주의적 요소는 그 뿌리가 르네상스에서 (희랍 로마의) 고전
주의 시대까지 뻗어 있고, 그의 현대 비평적 요소는 낭만주의 상상력과 20세
기의 심리학과 사례사(事例史)와도 긴밀하게 연결되어 있다. (252쪽)

따라서 존슨의 독특한 비평사적 위치의 전환기적 상황—르네상스 vs. 현
대—은 오래된 것과 새것, 규칙과 창조, 모방과 표현, 이성과 상상력 사이의
문학적 긴장과 대립이다. 18세기의 신고전주의와 낭만주의의 중간지대에서
존슨이 대립적 경향들과의 대화를 실천했던 추동력은 역사의식에서 나오는
것이다. 다음에서 존슨의 3대 문학적 업적인 영어사전 편찬, 셰익스피어 전
집 편집, 영국 시인 평전 출간 작업을 중심으로 그의 역사의식이 어떻게 형
성되고 적용되고 있는지 개략적이나마 살펴보고자 한다. 이러한 작업은 해
체론 시대 이후 새로이 부상한 신역사주의 시대에 존슨의 문학비평을 다시
읽고 새로 쓰는 예비작업이 될 수 있을 것이다.

2. 영어사전 편찬과 역사의식

존슨은 1754년에 『에드먼드 스펜서의 선녀여왕에 관한 고찰』을 출간한
토머스 워턴에게 쓴 편지에서 자신의 역사적 관점에 대한 견해를 잘 보여주
고 있다. 존슨은 워턴이 영국 고전작가들을 성공적으로 연구하는 유일한 방
법을 제시했다고 높이 평가하였다.

> 저는 이제 우리나라 문학을 발전시킨 당신에 대해 진심으로 감사드립니
> 다. 당신은 향후 우리의 고전 작가들을 연구하려고 하는 모든 사람들에게
> 그 작가들이 읽었던 책들을 정독하기를 지시함으로 성공적인 지름길을 제
> 시하였습니다. … 16세기 고전 작가들이 거의 이해되지 않은 이유는 그들과
> 함께 살았거나 또는 그 이전에 살았던 작가들로부터 아무런 도움을 받지 않
> 고 홀로 읽히기 때문입니다. (Brady, 190쪽)

그런 다음 존슨이 자신이 당시 준비하고 있었던 『사전』이 영국의 고전 작가들을 읽는 데 도움을 줄 수 있기를 희망한다고 적고 있다. 사실상 『사전』의 편찬은 영국 고전문학 읽기와 연구에 기여하고자 하는 확고한 역사의식에 의해 계획된 것이었다. 지금까지도 존슨의 사전은 영문학 연구의 가장 유용한 도구가 아닌가? 존슨은 자신의 사전에 수록된 모든 어휘를 역사적 원리에 입각하여 영국 고전 작가, 스펜서, 셰익스피어, 밀턴, 드라이든 등의 작품에서 수많은 인용과 용례를 가져오고 있다. 여러 작가들에게서 인용문을 추출하는 것도 결국 존슨의 깊은 역사의식에 의해 이루어지는 것이다. 이 사전은 단순히 영어사전이라기보다 영문학 백과사전으로 불러도 무방할 듯하다.

존슨은 어휘의 의미 변화에 따른 통시적 고찰의 필요성을 사전의 서문에서 강조하고 있다. 의미는 시간의 흐름에서 결코 자유로울 수 없기 때문에 의미를 고정하거나 확정하는 것은 불가능하다.

> 폭넓게 사용되는 어휘들에 대해 그 의미의 변화를 지적하고 그 의미가 시초부터 그 이후의 의미에 이르는 중간단계의 변천을 보여줄 필요가 있었다. 그렇게 함으로써 이전의 설명은 다음으로 연결되고 이러한 작업은 최초의 의미에서 마지막까지 규칙적으로 수행되었다. (Stock, 115쪽)

존슨은 영어의 발달 과정에서 "더럽혀지지 않은 영어의 원천"으로 왕정복고기(1660~1700) 이전의 작가들의 저작에서 많은 예문을 가져왔다. 그러나 존슨은 어휘 선정의 상한선을 필립 시드니 경에까지만 소급하여 존슨 당대에는 별로 쓰이지 않고 이해할 수 없는 지나친 고통스런 어휘들을 배제하였다.

> 나는 시드니의 작품을 경계선으로 삼았고 이상은 거의 넘어가지 않았다. 엘리자베스 여왕 시대에 활동했던 작가들에게 언어는 모든 우아한 사용을 위해 적절하게 형성되었다. 만일 신학 언어를 후커와 성경의 번역본으로부터 가져오고 자연에 대한 지식의 용어들을 베이컨으로부터 가져오고, 정치,

전쟁과 항해의 용어들을 로리로부터 가져오고, 시와 허구의 언어를 스펜서와 시드니로부터 가져오고, 일상적 삶의 언어를 셰익스피어로부터 가져온다면, 우리에게 부족한 것은 없을 것이다. (Stock, 118쪽)

『사전』 편찬은 또한 존슨으로 하여금 문학사에 대한 좀 더 진지한 관심을 가지게 만들었으며, 엘리자베스 시대에서 17세기 말까지의 언어, 문학, 학문, 취향의 변화와 역사의식에 대한 존슨의 인식을 보여주고 있다. 동시에 사전 편찬의 경험에서 존슨은 자신의 역사의식의 한계를 절감하게 된다. 더 많이 알면 알수록 자신이 무지하다는 것을 더 알게 되었다. 존슨은 언어의 다양한 변화의 이유를 다음과 같이 설명한다.

총체적이고 갑작스러운 언어의 변화는 거의 일어나지 않는다. 오늘에는 정복과 이주가 거의 없기 때문이다. 그러나 변화의 다른 원인들도 있다. 그 변화는 작품이 느리고 진행이 보이지는 않지만 하늘의 변화나 조수의 변화와 같이 인간의 저항을 뛰어넘는다. 상업은 제아무리 필요하고 이익이 남는다 해도 예절을 타락시켰듯이 언어를 타락시킨다. (Stock, 120쪽)

그러나 이러한 논의는 존슨의 언어 변화에 대한 역사의식을 잘 보여주고 있으나 한편으로 언어의 진보와 세련화 과정을 계보학적으로 명쾌하게 결정하는 것은 사실상 쉽지 않다는 사실을 토로하고 있다. 존슨은 지금까지의 영어의 변화에 관한 논의에서 언어 예술인 문학과 비평에 있어서 역사언어학적 접근의 중요성을 강조하고 있다.

3. 『셰익스피어 전집』 편집과 문학사 연구

존슨은 초기부터 셰익스피어에 대한 전집을 출간하려고 계획했다. 그는 사전 편찬 작업이라는 대작업을 끝내고 새로운 작업인 전집 편집 작업에 들어갔다. 존슨은 1745년에 발표한 소책자 『비극 「맥베스」에 관한 단편적 고찰』에서 자신의 앞으로의 편집 작업 방향을 보여주었다. 존슨은 문학작품의 역사적 맥락의 중요성을 인식하고 셰익스피어를 명쾌하게 해명하기 위해서 엘리자베스 시대의 풍습, 미신, 전통, 언어, 문학을 이해해야만 한다고 믿었다. "한 작가의 능력과 장점을 진정으로 평가하기 위해서 그의 시대의 특징과 당대의 의견들을 검토하는 것이 언제나 필요하다."(Yale Edition. vol. Ⅶ, 3쪽) 존슨은 당시 사실성 여부로 논란이 많았던 셰익스피어가『맥베스』에서 마녀를 사용한 것에 대해 옹호하였다. 셰익스피어는 당대에 널리 퍼져 있던 마녀와 예언에 관한 이야기들을 자신의 극에 자연스럽게 사용하여 당대 관객들에게 공포와 감동을 주었다는 것이다. 존슨 시대의 관객들이 오히려 마녀와 예언을 부자연스럽고 미신처럼 느끼는 것은 엘리자베스 시대에 대한 무지에서 나온 것이다. 다시 말해 일종의 역사의식의 결여 때문이었다는 것이다. 이렇게 역사는 존슨에게 셰익스피어 예술을 형성했던 요소들에 대한 배경 지식을 주었다. 존슨은 불변의 보편성을 강조하는 전통적인 신고전주의에서 벗어나 가변의 시간성을 감안하는 문학 해석의 역사적 맥락을 강조하였다. 존슨은 이러한 역사의식으로 인해 18세기 당시 어느 누구보다도 능력 있고 탁월한 셰익스피어 전집의 편집자가 될 수 있었다.

이러한 셰익스피어에 대한 역사적 접근 방법은 1756년에 나온『셰익스피어 전집 출간에 대한 제안』에서도 잘 나타나 있다.

> 동시대 다른 작품들을 거의 읽지 않는 사람들에 의해 작가들은 부당하게 종종 작품을 개선시켰다고 칭찬 받거나 쇄신시켰다고 비난받는다. … 셰익스피어 작품들과 같은 시대 살았거나 직전 또는 직후 시대에 살았던 작가들의 작품들을 비교함으로써 셰익스피어의 애매성을 밝히고 난해한 부분을 해명하고 이제는 과거의 어둠 속에 묻어버린 어휘들의 뜻을 되찾을 수 있을 것이다. (앞의 책, 54, 56쪽)

존슨은 역사적인 언어 분석 방법으로 작품을 해명(explication)할 것을 주장한다. 비평가나 해석자의 책임 중의 하나는 애매한 뜻을 밝혀내는 일이다. 이런 종류의 해명의 도움이 없다면 문학은 궁극적으로 일반 독자들에게 난해한 것이 되어버린다. 존슨이 자신의 셰익스피어 전집 편찬에서 엘리자베스 시대 어휘와 주문에 대한 주석을 공들여 단 이유도 18세기 후반의 일반 독자들을 위한 것이었다.

> 모든 시대는 그 시대의 언어 양식과 사유의 특징이 있다. … 그러나 그것은 간혹 이해할 수 없고 언제나 난해한 것도 있다. … 셰익스피어는 영어에서 숭고하거나 친숙한 대화를 사용하는 첫 번째로 중요한 작가이다. 그가 읽었던 책들과 그가 자신의 문체를 빌려온 책들 중에 일부는 소실되었고 나머지들은 무시되고 있다. 그의 모방은 따라서 주목받지 못하고 있고 그의 인유는 발견되지 못하고 가볍고 위대한 많은 아름다움들이 함께 했던 책들과 함께 사라져버렸다. … 셰익스피어는 우리의 시적 언어가 아직도 형성되지 않았고 의미가 아직도 고정되지 않았고 이웃나라의 외래어가 멋대로 차용될 때 … 작품을 썼다. 따라서 독자들은 이미 사라진 언어나 외래어에 당황하게 된다. 셰익스피어 시대에 … 유행했던 어법을 만들었다. 지금은 없어진 것도 있다. 그리고 그 시대에는 무엇보다도 영어에 대한 실험이 빈번해서 여러 가지 언어적 조합을 왜곡시켰고 통일성이 없었다. (앞의 책, 52~53쪽)

그러나 셰익스피어에 대한 역사적 접근은 1765년에 출간된 존슨 전집의 서문과 주석에 가장 잘 나타나고 있다. 무엇보다도 셰익스피어의 위대성은 "지속의 길이"(length of duration)와 "평판의 지속"(continuance of esteem)이며 문학의 위대성은 시간이라는 천적을 물리치고 오래 살아남는 그 끈질긴 생명력 속에 있다. 오랫동안 살아남은 작품에 대한 존경심은 과거 시대의 훌륭한 지혜에 대한 믿음에서가 아니라 가장 오래 알려져온 것이 가장 커다란 주목을 받은 것이며 나아가 가장 중요한 주목을 받는 것이 가장 이해가 잘 되는 것이라고 존슨은 생각했기 때문이다. 존슨 시대에 이르러 셰익스피어는 고전의 권위를 가지기 시작했고 확립된 명성과 규범적인 존경심에 대한 특권을 주장할 수 있게 되었다. 따라서 셰익스피어에 대한 흥미나 열정 없이도 셰익스피어 문학은 취향의 다양성과 풍습의 변화를 이겨내고 살아남아 새로운 시대마다 새로운 명예를 받고 있다는 것이다.(앞의 책, 60~61쪽)

존슨은 자신의 시대보다 200여 년이나 떨어진 엘리자베스 시대의 셰익스피어 문학을 올바르게 이해하고 감상하게 하기 위해서는 역사적인 배경이 필요하다고 역설한다.

> 모든 사람의 수행을 올바르게 평가하기 위해서는 그가 살았던 시대의 상황과 그 자신의 특별한 상황과 비교해야만 한다. 그리고 독자에게는 그 작가의 상황들이 그 작가의 작품을 더 나쁘게 또는 더 좋게 만들지라도 인간의 작품들은 언제나 인간의 능력을 조용히 지시하고 있다. 그리고 사람이 자신의 의도를 얼마나 멀리 확장할 수 있는가 또는 자신의 타고난 능력을 얼마나 높이 평가하고 있는가에 대한 논구가 어떤 특정한 수행을 자리매김하는 위상보다 훨씬 더 위엄이 있는 것처럼 호기심은 기술을 조사하고 얼마나 많은 것이 본래의 힘에 의존하고 얼마나 많은 것이 우연에 의한 것인지를 아는 것뿐 아니라 도구들을 발견하는 데 언제나 분주하다. (앞의 책, 81쪽)

그런 다음 존슨은 엘리자베스 시대의 상황을 소개한다. 존슨에 따르면 당시 영국은 야만의 상태에서 벗어나려고 노력하고 있었다. 헨리 8세에 이탈리아에서 문헌학이 수립되어 희랍어 등 여러 언어가 학교에서 교육되고 학문과 교양이 일어나 이탈리아와 스페인 시인들의 작품을 읽기도 했다. 그러나 문학은 아직도 전문학자들이나 귀족계급에 국한되었다. 대중들은 조야하고 무지해서 문맹률이 엄청나게 높았다. 셰익스피어 시대의 영국은 아직도 문학적으로 어린 시절이었으며 문학적 관심은 있었으나 문학 연구와 비평의 수준은 보잘것없었다. 이러한 열악한 상황에서 셰익스피어의 다양한 극의 플롯들은 이미 널리 알려진 이야기들이나 역사책에서 가져와 일반 청중들이 그 복잡한 이야기를 대충 이해할 수 있게 만들었다.(앞의 책, 81~82쪽)

셰익스피어 작품을 이해하는 데 있어 존슨의 엘리자베스 시대에 관한 지식은 큰 도움이 된다. 한 예로 비극『리어 왕』에서 리어 왕이 세 딸 중에 어떤 딸만을 총애하는 일이나 왕국을 포기하는 일 같은 것은 존슨 시대의 독자나 관객들이 보기에 개연성이 없어 보였다. 그러나 존슨은 셰익스피어 시대의 딸들이 잔인했었던 관습에 따르면 이해할 만하고 개연성이 있다고 설명한다. 따라서 존슨은 순진한 아버지 리어 왕과 착한 딸 코델리아의 참혹한 비극에 전율을 느끼면서도 악당이 잘 살고 착한 사람이 망하는『리어 왕』같은 극작품은 좋은 것일 수도 있다고 말한다. 왜냐하면 그것이 인간 삶에서 흔히 일어나는 냉혹한 현실을 있는 그대로 재현하기 때문이다. 그러나 존슨은 모든 이성적인 사람은 당연히 정의를 사랑하기 때문에 정의의 준수가 극을 나쁘게 만든다고 생각지 않으며 같은 값이면 핍박받은 착한 사람이 궁극적으로 승리하는 것을 기뻐한다고 말함으로써 "시적 정의"에 대한 개인적인 평가를 놓치지 않는다.(Yale Edition, vol. Ⅲ, 703~704쪽) 존슨은 언제나 현실주의에 도덕주의를 개입시키려 했고 역사적 상대주의를 인간 본성의 보편주의로 대적시키려 했다.

4.『영국 시인 평전』: 역사와 문학의 대화

존슨이 죽기 몇 해 전에 완성한 비평적 거작『영국 시인 평전』은 16세기 에이브러햄 카울리로부터 자신의 동시대 시인인 토머스 그레이에 이르는 52명의 시인의 평전 모음집이다. 여기에는 존슨의 영국문학 또는 영국시문학사에 관한 확고한 역사의식이 깔려 있다. 존슨은 일종의 문학적 진보주의를 신봉했던 문인이었다. 그는 인간의 문명 속에서 문학도 다른 제도들처럼 조야하고 단순한 것에서 세련되고 복잡한 것으로 발전된다고 믿었다. 영국시의 시어(diction)는 에드먼드 스펜서의 거칠고 고어풍인 것에서 셰익스피어의 말장난(pun)과 어울리지 않는 "저속어"들을 지나 카울리와 같은 형이상학파 시인들의 부자연스러운 이미지에서 월러와 데넘 그리고 존 드라이든의 부드러움과 단순미의 시어로 발전해왔다는 것이 존슨의 견해이다. 특히 알렉산더 포프의 시들은 결점도 없지 않으나 전반적으로 볼 때 포프의 작품을 영시 전통에서 시적 성취의 절정으로 보았다. 포프의 시는 "언제나 부드럽고 통일성이 있는 … 낫에 의해 다듬어지고 롤러에 의해 다져진 벨벳 잔디와 같다"고 평하였다.

각운(rhyme)에 대해서 존슨은 그것이 영시를 위한 가장 적절한 형식임을 확신하여 무운시(blank verse)를 즐겨 사용한 셰익스피어와 밀턴을 비판하였다. 물론 영시의 운율에 관한 존슨의 취향은 18세기 중 후반기 지배적 문학 조류인 신고전주의의 영향이다. 존슨은 동시대 일부 젊은 시인들 사이에 유행했던 제임스 맥퍼슨의 지나친 원시주의(primitivism)에 대해 반감을 보였다. 상식과 경험과 합리성을 믿었던 존슨으로서는 그러한 퇴행적인 야만주의를 참을 수 없었다. 오히려 존슨은 중세로의 도피보다는 보통 사람들이 사용하고 말하는 일상 언어를 시어로 시에서 사용하는 것에 더 호의적이었다. 이것은 존슨이 죽은(1784) 직후에 본격적으로 등장한 낭만주의의 기수인 윌리엄 워즈워스의 시어론에 가깝다고 할 수 있다.

워즈워스는『서정 가요집』2판 서문(1800)에서 "시는 생생한 느낌을 갖고 있는 사람의 실제 언어"를 사용해야 하고 "소박하고 농촌 생활—여기에서 인간의 가장 기본적인 감정과 원숙성을 획득 할 수 있는 더 좋은 토양을 발견할 수 있기 때문에—에 토대를 두어야 한다"고 말한다. 그런데 워즈워스가 이 글을 쓰기 30여 년 전에 존슨은 셰익스피어를 칭찬하면서 이와 유사한 발언을 하였다. 셰익스피어는 "세련되고"(polite) "학구적인"(learned) 언어보다는 "보통 사람이 쓰는"(vulgar) 언어를 더 선호했다는 설명이다. 존슨은 "vulgars"가 보통 사람들 사이에서 수행되는 보통 사람들에게 어울리는 언어라고 정의내린 바 있다. 존슨과 워즈워스는 모든 보통 사람의 언어가 시의 제재가 되어야 한다고 주장하고 있는 것이다.

오늘날 최고의 존슨 학자 중의 한 사람인 도널드 그린(Donald Greene)은 단순한 생활의 현실적인 배경 속에서 진지하고 보편적인 인간 감정을 제시하고 있다는 점에서 존슨은 "아주 현대적"이라고 지적하였다. 존슨과 워즈워스를 비교하며 그린은 존슨 자신의 시에서 워즈워스적인 요소를 지적해 내고 있다.

> 사실상 시가 어떻게 쓰여져야 하는가에 대한 존슨의 언급을 읽을수록 시에 대한 존슨의 취향은 놀라울 정도로 워즈워스를 닮은 것처럼 보인다. 존슨은 고어풍과 억지로 만들어낸 시어를 싫어했고, 케케묵은 신화를 손쉽게 시에 사용하는 것을 반대했으며, 정상적인 언어와 문장 순서를 부자연스럽게 도치시키는 것을 경계했다 … 「리시더스」에 대한 존슨의 반대는 워즈워스적인 언어로 요약되어 있다. 밀턴의 시는 강렬한 감정이 자발적으로 넘쳐흐르지 않으며, 애가는 어떻게 쓰여져야 하는가에 대해 존슨이 적합하게 설명하고 있는 시 「로버트 르베트 박사의 죽음에 대하여」는 존슨의 워즈워스적인 시이다. (164~165쪽)

존슨은 여기에서 앞서 잠시 지적했듯이 문학사적으로 전환기인 18세기 후반에 진정으로 역사의식을 가진 비평가였음을 보여주고 있다. 오래된 것과 새것이 부딪치는 전환기에 살면서 존슨은 과거로 돌아가기보다 앞으로 문학이 나아가야 할 길을 정확히 짚어내고 그것을 지지하였다.

존슨을 "영국 비평의 아버지"라고 불렀던 드라이든을 논하는 자리에서 존슨은 문학의 역사적인 접근의 중요성을 다시 한 번 강조하고 있다.

> 한 작가를 올바르게 판단하기 위해서는 우리 자신들을 그 작가의 시대로 몰입시키고 그의 당대 욕구가 무엇이었으며 그 욕구를 충족시키려는 수단이 무엇이었나를 점검해야 한다. 한 시대에 용이한 것은 다른 시대에는 어려웠다. 드라이든은 적어도 그의 과학을 수입해서 조국이 이전에 부족했던 것을 주었다. 오히려 그는 재료들만을 수입해서 자신만의 기술로 그 재료들을 가공했다. (Bronson, 473쪽)

드라이든의 문학적 업적에 대한 문학사적 평가에서 존슨은 드라이든을 높이 평가하고 있다. 드라이든은 영어를 풍요롭고 세련되게 만들었고 영국인들의 정서를 교정시켜주었으며 다양한 글쓰기 전범을 보여주었다. 다시 말해 드라이든은 영국인들에게 자연스럽게 생각하고 힘차게 표현하는 법을 가르쳤다. 드라이든은 "벽돌을 찾아 그것을 대리석으로 만든" 문인이었다. (앞의 책, 488~489쪽)

존슨은 포프의 호메로스 번역을 논하는 자리에서 당시 일부 학자들에 의해 제기된 포프의 번역은 호메로스의 원칙과는 거리가 있다는, 다시 말해 호메로스적이 아니라는 비판에 대해 포프 번역의 정당성을 단호하게 옹호한다.

> 시간과 장소는 언제나 주의를 강요할 것이다. 이 번역을 평가하는 데 있어서 우리 언어의 본질, 우리 운율의 형식 그리고 무엇보다도 지난 2천 년 동안 삶의 양식과 사유의 습관에서 일어난 변화를 고려해야 한다. (Stock, 261쪽)

로마 시인 베르길리우스가 희랍 시인 호메로스보다는 훨씬 더 세련되고 우하하다. 어떤 나라도 학문의 발전에서뿐 아니라 문학에 있어서도 단순 소박한 초기의 작가들은 후대의 작가들에 의해 우아함이 더해지는 것이다. 후대의 작가들에 의해 더 붙여지는 것은 커다란 죄가 될 수 없다. 우아함도 위엄이 희생되지 않고 얻어질 수 있다면 바람직한 것이다. 영웅이란 존경뿐 아니라 사랑까지를 받기를 원하는 법이 아닌가? 베르길리우스에게 편리했던 것은 포프에게도 필요했다. 포프는 호메로스 문학의 본질을 그대로 옮기기보다는 자신의 시대와 나라를 위해 번역하였다: "작가의 목적은 읽히는 것이고 즐거움을 주는 힘을 파괴하는 비평이란 내팽개쳐야만 한다." 포프는 원작자인 호메로스의 이미지를 채색하고 감정을 세련화시킬 필요성을 알고 있었다. 따라서 포프는 호메로스를 우아하게 만들었으나 호메로스의 숭고성의 일부를 상실하였다.(앞의 책, 262쪽) 그러나 이 정도의 희생은 어쩔 수 없는 일이 아닌가? 작가는 자신의 시대의 독자들을 위해 이미 언제나 "다시 쓰기"를 해야 한다. 이것이야말로 "법고창신"(法古創新)의 정신이 아니겠는가?

『영국 시인 평전』에서 역사에 대한 존슨의 지식과 흥미는 문학비평과 전기 쓰기 모두에 영향을 미쳤다. 전기, 역사, 비평이 생산적으로 결합되고 있기 때문이다. 존 A. 반스는 역사의식을 가진 전기적 비평가로서의 존슨의 자격을 다음과 같이 지적한다. "1770년대 후반에 이르러서 역사적 사실, 운동, 개인들, 문제들 그리고 갈등에 대한 존슨의 지식은 대단하였다. 존슨은 그러므로 역사적 맥락 속에서 주요 작가들을 정확하게 배치시키고 문학이 17세기 중반에서 말까지 그리고 18세기 초반의 사건들을 어떻게 반영하였으며 어떻게 영향을 받았는가를 증명할 준비가 되어 있었다."(93쪽)『영국 시인 평전』은 인상적인 전기적 관찰과 비판적 성찰을 연계시켜주는 데 있어 강한 역사의식을 보여준다. 존슨은 언제나 역사와 문학의 대화를 시도하였다.

5. 나가며: 해체론 시대의 역사의식

20세기 후반기 형식주의와 포스트구조주의 문학비평과 이론에서 한때 "역사"는 보이지 않았다. 우리는 형식, 구조, 기호라는 탈역사적 개념 속에 함몰되어 '시간'과 '역사'를 잠시나마 망각하고 있었다. 우리는 기호들—기표와 기의들—의 놀이터가 된 "텍스트"에서 인간적 작인(作因)과 시간적 동인(動因)은 별 생각 없이 무시해버렸다. 그러나 내부의 적이었던 포스트구조주의의 통찰력에 의해 지난 세기말에 이르러 담론과 텍스트 속에서 잘 드러나지 않고 내장된 시간과 역사의 고리를 다시 인지하기 시작했다. 이러한 반성의 결과가 "억압된 것은 언젠가 돌아온다"는 명제에 따라 역사의 귀환을 불러왔고 신역사주의, 문화유물론, 문화학 등으로 나타났다. 서사이건 담론이건 텍스트이건 시간과 역사의 추동력은 다시 중차대한 문제로 부상되었다. 이러한 역사적 이론적 맥락에서 전통, 역사, 경험을 중시하는 영국 비평의 가치가 다시 논의되고 있다. 따라서 20세기와 21세기—또는 근대와 탈근대—라는 새로운 전환기인 현시점에서 르네상스(고전주의)와 근대(낭만주의)의 오래된 전환기인 18세기 후반을 치열하게 살았던 영국 비평의 거인 새뮤얼 존슨의 "역사 의식"을 논의하는 것이 무의미한 일은 아닐 것이다.

존슨은 대변혁기인 과도기에 끊임없이 변하지 않는 것, 영원한 것, 보편적인 것을 추구하고 갈망하면서도 동시에 이미 언제나 가변성, 상대성, 시간성을 첨예하게 의식하고 있었다는 점이 오늘날 우리의 흥미를 끈다. 전환기나 과도기에 자연스레 생기는 갈등과 모순 속에서 존슨은 어느 한쪽에 기대거나 굴복하지 않는 역동적인 긴장과 생산적인 대화를 자신의 사유의 추동력으로 삼았다. 영원과 시간의 치열한 대화적 구조는 그의 대부분의 저작에서 특히 그의 문학비평에서 극명하게 드러난다. 존슨은 역사적 상대주의와 변하지 않은 진리의 보편주의 모두를 부둥켜안고 뒹굴었다. 존슨은 결국 무자비하게 변화를 가져오는 시간의 힘과 그 '시간' 속에서 부패되지 않고 견디는 것들을 지탱시켜주는 '영원'을 갈구하였다. 존슨은 어떤 의미에서 문학을 그리고 인간과 문학을 시간과 영원을 대화적 구조 속에서 파악하는 "구체적 보편"(concrete universal)을 지향했다.

위와 같은 맥락에서 이 글에서 다루지 못한 존슨의 역사의식이 독립적 주제나 저서로 출간된 바는 없지만 존슨 이후에 생겨난 역사연구의 방법론인 지성사나 문화사 연구와도 맞닿아 있음을 알 수 있다. 존슨은 유일한 철학소설인 『라셀라스』에서 현자 임락(Imlac)의 말을 빌려 역사에 대한 자신의 견해를 피력하고 있다. 역사는 인간 정신의 진보, 이성의 점진적 개선, 과학의 단계적 발전, 학문과 무지의 영고성쇠… 예술의 소멸과 부활 그리고 지성 세계의 대변화를 설명해주는 데 유용하지 않은 부분은 없다.(『라셀라스』 30장) 특히 『스코틀랜드 서부 도서지역 여행기』(*Journey to the Western Islands of Scotland*)에서 존슨의 단편적인 언급이 보여주는 역사적 변화의 본질에,

사회적 진화와 문화적 과정에 대한 통찰력은 놀랍기만 하다. 이러한 논의는 20세기 후반부의 미셸 푸코의 계보학(genealogy)과도 연결될 수 있다. 나아가 존슨이 보즈웰의 전기에서 말한 것을 보면 인간은 거대한 이념이나 사상에 의해 싸우기보다는 사소한 것이 커다란 영향을 받으며 살기 때문에 사소하고 작은 것들의 연구의 중요성을 지적하였다.(Brady, 150, 597쪽) 존슨은 보편적이고 일반적이고 추상적인 논의만이 아닌 작고 특수하고 구체적인 논의도 무시하지 않았기 때문에 최근 해체론 이후의 새로운 이론으로 등장한 바 있는 "신역사주의"(New Historicism)의 기본 강령에도 친숙한 듯 보인다. 이러한 주제들은 필자가 다음 기회에나 수행할 과업이다.

그러나 새뮤얼 존슨은 18세기 후반이라는 전환기 속에서 번개를 맞은 듯한 충격으로 일대 "인식론적 단절"을 꿈꾸었는지도 모른다. 흔히 전통주의자와 보수주의자로 알려졌던 신고전주의자 존슨이 19세기에 니체와 20세기의 바슐라르나 푸코에 의해 주창된 "역사의 우연성"이나 "인식론적 단절"이라는 개념을 시도했다면 예삿일은 아니다. 존슨은 결코 혁명주의자는 아니었지만 북미 인디언 문제와 당시 계급제도 문제에서와 같이 그의 글과 사유의 곳곳에서 싱싱한 생선비늘처럼 빛나는 위반과 전복의 의지를 보여주고 있는 것도 부인할 수 없는 일이다. 셰익스피어 전집의 서문에 나오는 다음과 같은 단절적 사유를 우리는 어떻게 다룰 것인가?

새로운 체계의 건설자의 첫번째 과업은 현재 서 있는 건축물을 파괴하는 것이다. 한 작가를 비평하는 사람의 주된 욕망은 다른 비평가들이 얼마나 그 작가를 타락시켰고 애매모호하게 만들었는가를 보여주는 것이다. 한 시대의 지배적인 의견들은 논쟁의 범위를 넘어서는 진리들처럼 다른 시대에는 논박되고 거부된다. 그리고 오랜 뒤의 시대에 다시 수용된다. 이렇게 인간의 마음은 진보 없이 움직이고 있다. 따라서 때때로 진리와 오류 그리고 때때로 오류의 모순들은 상호침투를 통해 서로의 자리를 차지한다. 한 세대를 풍미했던 그럴듯한 지식의 조류는 물러서고 다른 세대를 벌거벗은 황량한 상황으로 만든다. 잠시 동안 저 먼 지역까지 빛을 던지는 것처럼 보이던 지성이라는 감각이 생겨난 유성은 갑자기 그 빛을 걷어들이고 인간들로 하여금 또다시 어둠 속에서 헤매게 내버려둔다. (Bronson, 274~275쪽)

일종의 인식론적 단절과 역사의 연속성 개념 사이의 치열한 갈등이 엿보인다. 이러한 갈등과 모순 양상이 존슨의 역사의식에 깔려 있는 복합적인 사유 구조의 숨겨진 추동력은 아닐까?

5장   18세기 조선의 계몽주의 시학

— 박제가의 실학사상과 시문학

진보적 사고에 대한 가장 일반적인 사상인 계몽주의는 항상 인간을 두려움으로부터 해방시키고 인간의 주권을 설립하는 것을 목적으로 해왔다. … 신화에 대한 해체와 환상에 대한 지식으로의 대체 등 계몽주의의 주된 내용은 세계에 대한 각성이다.

— 호르크헤이머와 아도르노,『계몽주의 변증법』, 1944.

계몽주의는 하나의 사건 또는 일련의 사건들이며 유럽 사회의 발전에 있어서 특정지점에 위치해 있는 복잡한 역사적 과정이다. 그런 면에서 계몽주의는 한마디로 요약하기 어려운 사회 변형의 요소들, 정치적 기관의 유형들, 지식의 형태들, 지식에 대한 이성의 기획들과 실천들, 기술적 변형들을 포함한다. 이 많은 현상들은 오늘날까지도 중요한 것으로 남아 있다. 여기서 짚고 넘어가고 싶은 한 가지는 계몽주의가 현재에 대한 사색적 관계의 유일한 양식과 관련된 철학적 반향의 전체 형태에 근거하고 있는 것 같다는 것이다.

— 미셸 푸코,『계몽주의란 무엇인가?』, 1984.

1. 들어가며

서자 출신이었지만 정조에 의해 특채되어 규장각 검서관을 지냈고 조선 후기의 대표적인 시인이었던 박제가(1750~1805)[1]는 18세기 조선의 가장 급진적인 실학사상가였다. 조선의 실학은 근대화에 그 기반을 두고 있다는 점에서 18세기 유럽의 계몽주의[2]와 유사하다. 그 둘은 근대 이성주의의 주창, 과학적 진보에 대한 믿음, 산업과 상업의 촉진을 통한 물질적 생활의 개선 등 근대 지향 또는 근대화의 기본적 개념을 공유한다.

북학파(北學派)라 불리기도 하는 홍대용(1731~1783), 박지원(1737~1805), 박제가와 같은 진보적 계몽주의 지식인 그룹에 의해 받아들여진 조선의 실학은 중국을 통해 들어온 서구의 근대적 세계관을 추구했다. 그들은 젊고 세련되었을 뿐 아니라 다방면으로 박식하여 시와 산문에도 탁월했고 많은 상식과 이념들을 공유했다. 북학파 지식인들은 개혁주의자로서 계몽주의적 목표를 가지고 함께 모였으며 양반이라 불리는 게으르고 부패한 통치계급과 비효율적 정부, 문관의 시험 체계인 성리학의 비실용적 가르침에 비판적 태도를 유지했다. 무엇보다도 그들은 모두 중국 청나라에서 들어온 지적, 사회적, 문화적 진보에 대한 자신들의 사고에 고취되었다. 그로 인해 북학파라는 이름이

1) 박제가 시문 전집 번역의 책임자인 정민은 박제가의 삶과 사상에 대해 다음과 같이 평가하고 있다: "1778년 사은사 채제공의 수행원으로 청나라에 다녀와『북학의』를 저술했는데, 청나라의 선진 문물을 본받아 생산기술을 향상시키고, 통상무역을 통하여 이용후생(利用厚生)을 실현할 것을 역설하였다. 정조의 서얼허통 정책에 따라 이덕우, 유득공, 서이수 등과 함께 규장각 검서관이 되었다. 기상은 컸고 성격은 굳고 곧았다. 시문은 첨신(尖新)하며 활달했고, 필세는 날카롭고 굳세었다. 학문은 개혁적이면서도 실용적이었는데, 다산 정약용과 추사 김정희에게 영향을 주었다"(『정유각집』상, 정민 외 역, 속표지) … "네 차례나 연경[북경]을 드나들며 당대의 명류들과 고유를 맺었다. 툭 터진 시야에서 뿜어나온 경륜과 안목은 조선을 좁다 하였다. 그는 국제인이었다. 답답한 현실에 숨막혀했고, 꼭 닫힌 마음들을 안타까워했다. 서얼 신분은 벗어날 수 없는 그의 족쇄였다. 사회적 인정이 높아졌어도 뜻대로 된 것은 하나도 없다."(앞의 책,「책머리에」, 5쪽)

2) 유럽 계몽주의의 개요는 조선의 실학을 이해하는 데 상당한 도움이 될 것이다. 철학자, 과학자, 다른 지식인들의 폭넓은 운동으로 특징지어지는 계몽주의는 유럽 문명화에 대한 시각으로 볼 때 지식의 총체적인 정복이다. 과학적 지식의 진보는 편견과 미신으로부터 해방을 가져왔고 근대 과학과 기술을 통해 자연 앞에서 무력한 존재인 인간을 해방시켰다. 더군다나 인간의 자율성에 대한 점점 더 확고해지는 주장은 전통과 권위에 대한 개혁과 혁신을 통해 정치적 경제적 측면에서 더욱 강화되었다. 다른 말로 해서 18세기 계몽주의 지식인들은 물질적 진보, 산업 발전, 과학지식, 문명화된 도덕성과 정치적 자유를 강력하게 믿었다.

연유되었다. 여기에서 '북'은 서양에 영향을 받은, 즉 계몽주의에 영향을 받은 중국의 청나라를 지칭하는 것이다.

북학파는 보수적인 성리학파를 계몽시키고 계몽되지 않은 보수 전통의 조선을 근대화시키기 위해서는 조선이 더 진보적이고 문명화된 청나라의 문물을 받아들여야 된다고 여겼다. 그들은 반동적이고 저항적인 통치 계급으로 인해 근대화의 추진과 계몽을 이루는 데 실패했다고 주장하면서 유교 원리에 바탕을 둔 전근대 농업 국가이면서 왕위 세습 국가인 18세기 조선의 사회, 경제적 개혁에 따른 근대화를 주장했다. 특히 박제가는 그의 저서『북학의』(北學議)를 통해 개발되지 못한 조선이 만주의 기술과 상업, 그리고 농업의 진보를 배워야만 한다고 주장했다.[3]

이 글에서 필자는 유럽의 계몽주의와 조선의 실학 사이의 극명한 유사성을 가장 근대적 실학자인 박제가의 글을 읽음으로써 찾아보고 그의 많은 시 작품에 반영되어 있는 진보적이고 실용적인 실학사상을 논해보고자 한다. 초정 박제가의 글들을 모아놓은 문집인『정유각집』의「서문」을 쓴 이조원은 박제가에 대해 다음과 같이 적고 있다.

> 초정 박제가는 동국에서 문장으로 빼어난 자다. 그 사람은 키가 작고 왜소하지만 굳세고 날카로우며, 재치있는 생각이 풍부하다. 위로『이소』와『문선』을 탐구하고, 곁으로 백가의 정수를 모았다. 그러므로 그의 문장에는 찬란하기가 별빛 같고, 조개가 뿜어내는 신기루 같고, 용궁의 물과 같은 것이 있다. 그런가 하면 어둡기가 마치 먹구름이 잔뜩 낀 것 같고, 날이 오래도록 흐린 것 같으며, 말라서 썩은 것 같고, 불에 타거나 그슬린 빛깔 같은 것도

---

3) 1970년대부터 한국 근대화의 시점이 언제부터인가에 대한 논의가 활발하게 진행되어 왔다. 일부 학자들은 조선 중후기 특히 실학파 때부터 서양식의 근대 의식이 시작되었다고 보아 소위 "내재적 발전론"을 주장하였다. 그 후에는 개화기와 일제 강점기를 중심으로 한 "식민지 근대화"론도 나와 논쟁이 있었다. 이 글에서는 소위 내발론과 식근론의 논의를 다시 소개할 의도는 없다. 다만 필자의 견해로는 한반도의 근대화는 최소한 실학파의 대두와 함께 그 논의의 시작이 본격화된 것이 아닌가 한다.

있다. 또 한편으로는 봄볕 같고, 꽃이 피어 있는 시내가 끝없이 구불구불 흐르는 모양 같은 것도 있다. 산더미 같은 성난 파도가 일어나 온갖 괴이한 일들이 일어나는 듯한 것도 있다. 그러니 어찌 천하의 기이한 문장이 아니겠는가? (박제가, 『정유각집』 하, 정민 외 역, 20쪽)

이조원은 이 서문에서 박제가의 풍모와 문장에 대해 예리한 관찰과 탁월한 평가를 내리고 있다.

박제가는 자신이 직접 쓴 「소전」(小傳)에서 자신을 다음과 같이 묘사하고 있다.

> 고고한 이만을 가려서 더욱 가까이 지낸다. 권세 있는 자를 바라보고는 더욱 소원해진다. 그래서 알아주는 이가 적고 언제나 가난하다. 어려서는 문장을 배웠지만, 자라서는 경제의 학문을 좋아했다. 몇 달씩 집에 돌아가지 않고 공부하고 있지만 사람들은 알지 못한다. 바야흐로 고명한 이와 마음을 논하고, 세상 일은 돌아보지 않는다. 명분과 이치를 따져 아득한 것에 침잠한다. 백 세 이전과 더불어 흉금을 터놓고, 만 리 먼 곳을 건너가 노닌다.
>
> (중략)
>
> 아아! 껍데기만 남기고 가버리는 것은 정신이다! 뼈가 썩어도 남는 것은 마음이다. 그 말의 뜻을 아는 자는 삶과 죽음, 알량한 이름의 밖에서 그 사람과 만나게 되기를 바란다. (정민, 『미쳐야 미친다』, 102~103쪽에서 재인용)

박제가는 젊어서 시문학을 공부하다 청나라 수도 연경에 다니면서 사회 개혁과 경국제세 문제에 관심을 가지고 열심히 했으나 아무도 알아주지 않음을 탄식하고 있다.

2. 실학으로서의 북학사상

중세 중후기 실학과 북학 학자들 중에서도 박제가는 북학에 대한 가장 근대적 주창자였다. 조선의 대사 자격으로 잠깐씩 다녀온 세 번의 북경 방문은 박제가에게 중국 청나라의 경제와 기술적 진보에 대한 깊은 감명을 주었다. 1776년에 박제가는 조선 최초의 계몽주의 군주로 불린 정조(正祖 1752~1800)를 계몽시키기 위해『북학의』를 썼다. 박제가는『북학의』의 서문 격인「자서」(自序)에서 이 책을 쓴 목적을 다음과 같이 적고 있다: "저들의 풍속 중에서 우리나라에 시행할 수 있고 일용에 편리한 것들은 그때마다 글로 적어 아울러 그것을 시행할 때의 이로움과 시행하지 않을 때의 폐단을 덧붙여 설을 만들었다.『맹자』에서 진량(陳良)이 했던 말을 취해 책 제목을『북학의』라 하였다. 책의 말들 가운데 자잘한 것은 소홀히 여기기 쉽고 번잡한 것은 시행하기 어렵다. 하지만 옛 선왕께서 백성들을 가르칠 때 집집마다 전해주고 깨우친 것은 아니다. 절구를 한번 만들자 천하에는 껍질 있는 곡식을 먹는 사람이 없어졌고, 신발을 한번 만드니 천하에는 맨발로 다니는 사람이 없어졌으며, 배와 수레를 한번 만들자 천하의 물건들이 아무리 험난해도 유통되지 않는 곳이 없어졌다. 그 법도가 얼마나 쉽고 또 간단한가! 이용 (利用)과 후생(厚生)은 한 가지라도 닦이지 못하면 위로 정덕(正德)을 해친다. 따라서 공자께서는 '백성의 수가 많아진 다음에는 가르쳐야 한다'고 말씀하였고, 관중(管仲)은 '의식(衣食)이 풍족해진 다음에 예절을 알게 된다'라고 말했던 것이다. 오늘날 백성의 삶은 날로 곤궁해지고, 쓸 재물은 나날이 고갈되고 있다. 그런데도 사대부들이 팔짱만 끼고서 구제하지 않아야 하겠는가? 아니면 과거의 관습에 안주하여 편안히 누리면서 모른 체해야 하겠는가?" (『정유각집』하, 정민 외 역, 127~128쪽)

또한 박제가는「왕명에 따라『북학의』를 지어 올리며」란 소(疏)에서 천하의 근본인 농업의 중흥을 위해 반드시 제거해야 할 몇 가지를 정조에게 상소한다. 첫째 선비를 도태시키는 것이다. 과거 시험 보느라 수십만 명이 무위도식하며 강자가 되어 농민들과 아녀자들을 약자로 마음대로 부리니 농사일도 제대로 안 되며 답보상태에 빠져 있기 때문이다. 둘째 수레를 통행시키는 것이다. 박제가는 "농사는 비유하자면 물과 곡식이요, 수레는 비유하자면 혈맥입니다. 혈맥이 통하지 않으면 사람이 살찌고 윤기가 흐를 이치가 없습니다."(앞의 책, 396쪽)라고 지적하였다. 이 밖에 선박 제조 기술을 발전시켜 배로 교통과 유통을 원활하게 해야 한다고 주장하였다. 이러한 폐단들이 개선된다면 "남녀가 게으르지 않아 각기 자기 일에 종사하고, 공인과 상인이 모여들며, 도적들이 사라지고, 교량과 객사 및 화장실에 이르기까지 수리되고 다스려지지 않는 것이 없으며, 낚시하고 헤엄치고 사냥하고 배와 수레가 통행하며, 어린아이들은 병들지 않고, 늙은이는 태평 노래를 부르는 일 등, 이 모두는 근본을 다지고 농업에 힘쓴 뒤의 효험이고 집집과 사람마다 넉넉하게 된 이후의 일입니다. 천하가 화합하고 모든 존재가 제자리에서 잘 길러지는 일은 모두 여기를 벗어나지 않습니다. 한 고을이 이와 같으면 온 나라도 이와 같이 될지니, 풀이 바람에 쓰러지고 역말이 소식을 전하듯 그 응답은 메아리같이 울려 퍼질 것입니다."(앞의 책, 299쪽)라고 박제가는 적고 있다. 마지막으로 그는 조선보다 모든 면에 크게 앞서 있는 당시 중국인 청국을 오랑캐족이라고 무시하지 말고 배워야 한다고 주장하였다. 서양의 기술과 문명을 받아들여 발전하고 있는 북쪽의 나라 청국을 배우자는 뜻에서 북학(北學)이란 말이 나온 것은 다 아는 이야기이다.[4] 박제가의 널리 알려진 제안은 "이용후생"(利用厚生)론으로 가장 잘 요약될 수 있다.[5]

---

4) 2012년 말에 간행된 탁월한 박제가 연구서인『박제가, 욕망을 거세한 조선을 비웃다』(부제: 「바꾸고, 버리고, 개혁하라! 조선의 현실타파를 외친 박제가의 삶과 사상」)에서 저자 임용한은『북학의』의 본질적 의미를 다음과 같이 갈파하였다: "박제가 사상의 핵심은 외국을 배워야 한다가 아니라 외국 문화에서 배울 것을 찾고, 나를 변화시키는 통찰과 분석의 태도와 방법에 대한 깨달음이다. 이를 위해 박제가는 우리가 너무나 당연시하고 자랑스러워하는 우리 문화, 우리 것에 대한 습관적 태도, 자랑과 자부심에 신랄한 비판을 가한다. 때로는 지나칠 정도로 신랄하게 느껴지는 그 비판이 우리에게 중요한 이유는 21세기의 한국 사회가 여전히 그 감성적인 국수주의와 자기기만의 늪에서 허우적거리고 있기 때문이다. 이 책의 제1부에서는『북학의』를 중심으로 박제가가 왜 이 시대의 지성에 흥분했고 절망했으며, 숱한 오해와 비난을 받아가면서도 끝까지 그것과 싸웠는지, 그것이 오늘날 우리에게 던져주는 교훈은 무엇인지를 살펴보았다."(6쪽)라고 적혀 있다.

5) 실학은 어디에 주안점을 두느냐에 따라 농촌 개혁을 시도한 경세치용(經世致用), 상공업을 강

국가 관료들은 중국의 천체 관측실에서 달력을 만든 서양인들이 기하학에 상당히 정통해 있고 사람들의 삶을 풍요롭게 해줄 수 있는 이점을 최대화시키는 방법에 완전히 통달해 있다는 이야기를 들었다. 만일 국가가 젊은이들이 서양인들로부터 천체의 움직임을 계산하는 방법과, 기상 관측 기구들의 사용방법, 그리고 적절한 농경과 양잠을 배우고, 외국의 적에 대항하기 위해 대포 만드는 법을 배우고, 도로를 정비하고, 관개(灌漑)하고, 배를 정비하고, 나무를 자르고, 돌을 옮기고, 먼 곳에 있는 무거운 물건을 옮기는 가장 효과적인 방법을 배우게 하기 위해 그들을 초대해 편의를 제공할 수 있다면, 만일 젊은이들이 이 모든 것들을 배울 수 있다면 얼마 지나지 않아 그들은 국가의 훌륭한 행정관이 될 자격을 갖출 수 있었을 것이다. (Lee, 94~95쪽. 필자 번역)

상업 활동에 대한 정부의 억압이 사회적 배경과 정치적 침체의 원인이라 생각했던 박제가는 부라는 것은 가뭄 시에 우물에 사용하지 않는 물이 고여 있는 것이 아니라 깨끗한 물이 다시 채워지는 것과 같은 것이라고 전했다. 결과적으로 박제가는 부 또는 상품이라는 것은 생산이 장려되기 위해서 소비되어야만 하는 것이라고 주장했다. 그는 유생들이 가장 선호했던 정책인 사치품을 소비하는 것을 막기 위해 근검절약을 강화하는 경제 정책이 경기 침체를 야기한다고 믿었다.

다른 나라들은 낭비 때문에 나라를 망쳤다. 그러나 우리나라는 근검절약 때문에 쇠퇴한다. 왜? 왜냐하면 우리는 무늬가 찍힌 비단옷을 입지 않기 때문인데, 그것은 비단을 짤 수 있는 베틀이 없기 때문이다. 때문에 여성의 비단옷은 줄어들게 되었다. … 우리는 구멍 난 배를 사용하고 단정치 못한 말을 타며, 금이 간 그릇에 밥을 먹고 흙으로 만든 가축우리 같은 집에서 살기 때문에 장인정신, 농경, 도기들이 사라졌다. 이것은 적절한 농경법이 이루어지지 않아 농지를 쓸모없게 만들고 상업과 병합할 수 있는 무역의 소실이라

조한 이용후생, 사실과 현실을 추구하는 실사구시(實事求是)로 나눌 수 있다.

는 결과를 초래했다. 학자들, 농부들, 장인들, 상인들, 이 네 범주의 모든 사람들은 궁핍하고 서로서로 도울 수 없다. (Lee, 97쪽. 필자 번역, 이하 동일)

그리고 그는 전통적으로 신체 노동을 하지 않는 사람으로 분류된 양반이 생산적 일에 참여하도록 해야만 한다고 단호하게 제안했다.

게으르면서도 배불리 먹는 사람들은 우리나라에서 최고의 기생충이다. 그러나 게으르지만 배불리 먹는 사람들이 매일 늘어나는 것은 양반이 매일 점점 더 부유해지기 때문이다. 이런 인간들은 전국 도처에 있고 공직에 있는 누구도 그들을 억제할 수 없다. … 국가 관료가 양반들에게 육지와 바다에서 무역과 판매를 위한 등록을 하도록 간청한다면 그들은 아마도 상점을 열어 자본을 얻을 것이고 성공적으로 수행한 사람들은 그것을 관리에게 줌으로 인해 장려를 받을 것이다. 만일 그들의 마음이 자신들의 새로운 일에 즐거움을 얻게 된다면, 그들은 자신들이 우월하다는 생각을 버리게 될 것이며, 이것은 또한 오랜 관습을 변화시키는 일이 될 것이다. (Lee, 95쪽)

상품의 유통과 생산을 용이하게 하기 위해서 그는 기술적 진보, 특히 농기구의 제작에 있어서의 진보가 이루어져야만 하고 운송수단의 용이함을 위해 정비된 도로와 통화는 중국 청나라에서처럼 좀 더 대중화가 이루어져야만 한다고 주장했다. 조선 경제의 침체된 상태를 중국 청나라의 번성한 경제와 비교하면서 박제가는 나라의 가난을 극복하기 위해 외국과의 무역을 장려했다.

요즈음 우리나라가 직면하고 있는 최대의 악덕은 가난이다. 가난을 해결할 수 있는 방법으로 무엇이 있을까? 중국과의 무역 이외에는 아무것도 없다. (Lee, 93쪽)

심지어 그는 서양의 선교사를 초청해 그들에게서 젊은 지원자들이 서구

기술을 배워야 한다고 주장했다. 또한 그는 나라의 경제력을 국가 수비와 연관시켰고, 통신수단 같은 국가 기구가 서구의 과학과 기술을 실제로 적용하여 더 잘 지어져야 한다고 주장했다.

박제가는 또한 행정 관리 시험 제도의 개혁은 물론 양반이라는 부르주아 계급의 노동력을 강화시켜야 한다고 주장했다. 박제가는 그러한 것이 18세기 조선의 전통적 비활동주의와 진보를 막는 비활성의 주범이라고 비난하였다. 그는 조선의 자본, 지식, 정보와 기술의 역동적인 변화에 대한 결핍이 문화적 혁신과 기술의 개혁을 회피하는 미개발의 전근대 국가로 만드는 결과를 가져왔다고 믿었다.

> 적절한 경로의 부족 때문에 정보는 전파될 수 없고 지식이 퍼져나갈 수 없다. 이러한 국가의 문제로 인해 우리의 문화는 침체되고 우리의 체계는 무너진다. 하루하루 인구가 늘어나는 동안 국가는 점점 더 무의미해진다. … "활동적으로 생산"하면서, 유용성을 극대화시키는 것은 음식과 의복의 충분한 제공과 삶을 풍요롭게 하는 것이다. (Lee, 89쪽)

박제가는 개혁 군주인 정조에게 그의 계몽 계획을 받아들이기를 그리고 그것들을 실행하기를 진심으로 간청했다. 그는 통치 계급인 왕과 양반이 근대적이고 번영하는 국가를 세우기를 우원했다.

> 이제 이러한 말들이 세상을 분노로 휘저을지도 모른다. 그러나 만일 실행에 들어간다면 전국의 토지세는 감소될 수 있을 것이고 모든 공직자의 임금은 올라가게 될 수 있을 것이다. 이엉을 얹은 집들은 색색의 아름다운 집으로 변화될 수 있을 것이고 걸어다니는 사람들과 내를 건너며 두려워하는 사람들은 민첩한 말이 이끄는 작은 마차를 이용할 수 있을 것이다. 과거에 문제가 있었던 조화는 축복으로 전환되고 자기기만과 자기가학적인 악덕들은 얼음처럼 용해될 수 있을 것이다. (Lee, 98~99쪽)

불행히도 박제가의 다소 급진적이고 혁명적인 계몽 계획은 주로 보수적인 양반의 반동적 저항으로 인해 받아들여지지도 실행되지도 않았다. 조선인들은 다음 근대화 계획이 오기까지 거의 200년을 기다려야만 했다.

3. 북학사상의 시적 재현

개혁가 박제가는 재능을 타고난 문필가였으며 그림 그리는 시인이었다. 특히 말년에 박제가는 자신의 과학적 이념과 이상을 시로 써서 나타냈다. 이러한 점이 바로 우리가 실용적 접근을 한 박제가의 시를 계몽주의 시학으로 간주할 수 있는 하나의 이유이다. 그는 자신의『북학의』에서는 물론 시에서도 계몽주의 기획을 옹호하려고 시도했다.

박제가의 문집『정유각집』의 또 다른「서문」을 쓴 진전은 박제가의 시문의 의미를 다음과 같이 높이 평가하고 있다.

> 그는 일찍이 세 차례나 북경에 들어왔는데, 사귄 사람이 모두 높은 관리나 이름난 학자들이었다. 그의 천성은 중조(中朝)를 사모했으며, 경국제세(經國濟世)의 방법을 논하기 좋아하여『북학의』두 권을 지었다. 그 나머지 저작으로 시문이 많았지만, 여기 실린 것은 겨우 10분의 1에 지나지 않는다. 하지만 그중 옛일을 고증한 작품이나 수창한 시편들은 구름이 흐르고 샘물이 솟는 듯, 비단의 무늬가 서로 어울리듯 찬연하게 갖추어졌다. … 우리나라에서 문교(文敎)를 널리 펼쳐 동서 사방이 그 은혜를 입었으니, 말이 통하지 않는 먼 나라에서도 중역(重譯)을 내세워 조회하러 오는데, 그 나라들이 어찌 월상(越裳)과 서려(西旅)에 그치겠는가? 더구나 조선은 예로부터 군자의 나라로 일컬어져 왔다. 박 검서는 황제의 나라에 사신으로 오면서 두루 자문하였으니 아홉 가지 재능에 부끄러움이 없다 하겠다. 이제 이 책이 출간되어 세상에 널리 알려지고 사람들 입에 오르내리게 된다면, 실학과 풍아를 숭상하는 풍조가 먼 이역에서도 차이가 없음을 모두들 알게 될 것이니, 어찌 성대하고 통쾌한 일이 아닌가? (『정유각집』하, 정민 외 역, 24쪽)

정충권은 논문 「실학파 문인들의 실학적 미의식—박지원과 박제가를 중심으로」에서 "실용적 가치를 바탕으로 하면서 미적 가치도 지닌 사물, 나아가 미적 가치가 부여됨으로써 오히려 더 실용적일 수 있는 사물, 초정[박제가]의 실학적 미의식은 사물의 인식에 있어 이러한 높은 수준"(446쪽)에 이른다고 언명한다. 그러나 정충권은 박제가의 시를 "실학적 미의식의 詩化를 의도한 작품"(447쪽)으로 보기를 꺼려 하고 있다 그러나 필자는 이 글에서 정충권보다 한 발 더 나아가 "실용적 가치와 미적 가치"(442쪽)를 연계시켰다고 보고자 한다.

여기서는 그의 후기 시들을 대략 네 개의 범주로 분리하고자 한다. 1) 일상적인 것과 사소한 대상에 대한 사실주의적 관찰과 구체적 묘사, 2) 교화된 지성인 또는 근대적 인물의 기질 묘사 또는 특징적 시들, 3) 문명화된 삶과 물질적 진보에 대한 찬양 그리고 4) 퇴보하는 사회, 관료들의 부패와 비효율적 사회체제에 대한 사회 정치적 풍자와 비판 등이다.

1) 일상적인 것과 사소한 대상에 대한 관찰과 구체적 묘사

박제가의 계몽주의 시학의 첫 번째 원리는 일상적인 것들을 사실적으로 관찰하고 그것들을 꼼꼼하게 묘사하는 것이었다. 이것에 대한 하나의 예는 동물의 배설물을 농사를 위한 거름으로 이용하는 유용함을 나타내는 다음에 인용하는 시에서 잘 나타나고 있다.

> 농부는 말똥을 주워 담으려
> 소쿠리를 가지고 말꼬리 쫓네.
> 말이 만약 그 자리서 오줌을 싸면
> 땅을 파서 그 찌꺼기 가져가누나.
>
> (「연경잡절」 53번 시, 『정유각집』, 333쪽)

이 시의 주된 문제는 보수적이었던 당시에는 상당히 충격적인 것이었다.

그러나 박제가는 매우 시적이지 못한 주제를 새로운 시의 영역으로 받아들였다. 그는 친숙한 것을 낯설게 하고 낯선 것을 친숙하게 만든다는 면에서 우리 주변의 일상생활 속에서 친숙한 것들을 시화시키려 했던 듯하다.

또 다른 시에서 그는 시장의 활기찬 모습을 묘사한다.

> 나무 상자는 판매용 두부로 가득한 채 높이 솟아 있고
> 대나무 바구니는 오이로 가득해 노루의 눈처럼 풀어져 있고
> 한 남자가 암탉을 붙잡고 그 무게를 재고 있다.
> 다른 남자는 어깨 위에 꽥꽥거리는 돼지 두 마리를 메고 있네.
> 또 다른 남자는 등 위에 한 단의 땔감나무를 지고 있는 황소의 고삐를 끌
> 고 있네.

이 연은 자본주의적인 활력과 상업적 정신으로 가득 차 있다. 박제가는 우리에게 나무 상자나 대나무 바구니, 채소, 동물들과 같은 실용적이지만 사소한 물건들이 모두 시의 훌륭한 주제가 될 수 있음을 보여준다. 시의 제재가 어찌 따로 있을 것인가?

박제가는 호박과 그 요리법을 경쾌하게 소개하고 있다.

> 대모를 길게 잘라 졸이면 걸쭉하고
> 양장처럼 달아매어 볕에 쬐어 말리네.
> 누런 껍질 붉은 속 들깨 넣어 국 끓이면
> 겨울철에 그 맛이 참으로 훌륭하다.
> 이 밖에도 잘 달달 볶아 떡 사이에 넣어두니
> 이 방법 어김없이 내가 만든 비법일세.
> 목살고기 목이버섯 마음껏 찢어놓고
> 고추와 석이버섯 가루 내어 뿌려두니,
> 유명한 오후정[진미]이 하나도 안 부러워
> 볼 것 없는 진경좌[유명무실]를 웃으며 보는구나.
> 　　　　（「영재 유득공의 남과[호박]시에 차운하다」에서, 『정유각집』, 300쪽）

박제가는 미역을 소개하면서 미역의 다양한 이용법에 대해 다음과 같이 노래하고 있다.

> 온 나라에 독특한 풍속 있으니
> 산모들 미역국 끓여 먹누나.
> 박물가의 책들을 찾아봤지만
> 의서에도 미역은 실리잖았네.
> …
> 불수산[탕약] 아니 먹는 경우 있어도
> 미역국 아니 먹는 집은 없구나.
> 미끄러워 빗물에 씻김 알겠고
> 채취 일러 푸른 것을 귀히 여기네.
> 가물치에 쌀과 새우 함께 넣어 끓이면
> 그 맛이 담박한 나물 같다네.
> 장부 또한 나누어 배불리 먹고
> 절집서도 물건의 반을 사누나.
>
> (「미역, 지금은 곽이라 한다」 중에서, 앞의 책, 546~547쪽)

박제가는 시의 소재를 산, 바다, 꽃, 나무, 바람 등의 자연물에 국한시키지 않고 우리 주변의 사소하고도 일상적인 것들까지 포함시키고 있다. 이러한 작시법은 실학시학 나아가 계몽시학이 아니고 무엇이겠는가?

2) 교화된 지성인 또는 근대적 인물의 특징 묘사

박제가 시의 두 번째 원리는 조선이나 청나라에서 개인적으로 만났던 계몽주의 지식인들이나 실학자들의 진보적인 특징들을 묘사하는 것이었다. 그는 많은 조선인들이 중국에 가기 위해 압록강을 건넜지만 누구도 진정으로 중국을 배우려 하지 않았다는 것을 유감스럽게 생각했다. 당시 조선 사람들은 청나라를 오랑캐의 나라라고 쉽게 무시하였다.

박제가는 당시 크게 번영을 누렸던 청나라 수도 연경(북경)을 네 번 방문하고 나서 중국을 배워야겠다고 생각하고 신라의 최치원과 조선의 조중봉을 본받자고 언명한다.

> 난양땅 여름날이 계문 겨울 맞닿으니
> 내년 봄은 마땅히 이 길에서 만나리라.
> 천 년 전 빈공과에 급제했던 최치원
> 만언의 봉사를 올렸던 조중봉.
> 얕은 재주 형편없어 사신 임무 창피하니
> 당당했던 선배에게 감히 자취 겨루랴.
>
> 「동지 시에 다시 차운하다」 중에서, 『정유각집』, 115쪽)

최치원(857~ ?)은 당나라에서 급제하여 관리로 있다가 귀국하여 신라를 발전시키려고 노력했다. 조중봉(1544~1592)은 선조 때인 1574년 연경에 다녀와서 왕에게 「동황봉사」를 써서 조선도 중국의 문물을 배워야 한다고 주장하였다.

> 동국 사람 하나둘 꼽아보아도
> 나만큼 멀리 여행한 사람 없다오.
> 어려서부터 중화를 사모하다가
> 이 몸이 직접 보니 기쁘기만 해.
> 오악도 오를 수 있을 듯하여
> 헌신짝 버리듯이 집 떠나왔지.
>
> 「사류하에서 회포를 적다」 중에서, 앞의 책 128~129쪽)

박제가는 혁신적인 사고를 하고 인간의 일상적 삶을 향상시키고 편리하게 만드는 물건들이나 유용한 도구를 새로 만들어낸 재능 있고 실용적인 사람들을 칭찬했다. 더욱이 그는 당대 최고의 진보적 재상이었던 번암 채제공

같은 사람을 존경하였다.

> 선대에 우뚝했던 한 사람의 신하로서
> 창해를 가로 흘러 흠 없이 되었다네.
> 낙사(洛社)[詩社]가 이뤄지자 노소(老少) 중에 우뚝했고
> 한유를 논정함에 우뚝한 기운 참되었지.
> ...
> 종정이나 산림이나 승유하기 넉넉하니
> 찬란한 문장 풍채 천추에 빛나리라.
> 군계의 일학이니 누가 시기 아니할까
> 범 가고 용 죽자 세상 모두 조심하네.
> (「번암 채제공 만사 2수」 중에서, 앞의 책, 434~435쪽)

한때 박제가 자신은 수출입 사업에서 무역을 하는 상인이 되기 위한 자신의 열망을 표현하기도 했다. 그는 중국 방문 길에서 만났던 수많은 사람들에 관해 시로 남겼다.[6]

> 당계 선생 홍조와 같은 무리로
> 금석의 이모저모 궁구하였네.
> 섣달 열아홉째 되는 날에는
> 향 태우며 염소[송나라 사람 소식]께 제사 드리네.
> 날 이끌어 청비각에 오르게 하여
> 문사들의 고회(高會)에 참여케 했네.
> (「담계 옹방강」 「회인시」(懷人詩) 3번, 앞의 책, 160~161쪽)

---

6) 박제가는 청나라 연경에 다니면서 많은 중국 학자, 시인, 화가 등 50여 명을 만나 시로 남겼다. 그의 말을 직접 들어보자: "나는 재주가 없으면서도 세 번씩이나 연경에 갔다. 중국 선비들과 거리낌 없이 어울려 술자리를 함께했다. 실컷 노닒이 끝나자 마음에 와 닿는 일이 있어 옛일을 되밟아 기술하니 50명의 이름을 알 수 있었다."(앞의 책, 159쪽)

이 시의 주인공 옹방강(1733~1818)은 청나라 때 학자이자 서예가로 출중한 감식력으로 많은 금석 작품들을 고증했다고 한다.

박제가는 우주와 천체에 대해서도 매우 과학적이고도 합리적인 생각과 지식을 가지고 있었다. 그는 당시 일반적 통념이었던 천동설 대신에 지구가 태양 주위를 돈다는 지동설을 알고 믿었다.

> 세상 사람 보고 배움 없기 때문에
> 바다에서 해가 뜬다 말을 하누나.
> 바다 본디 지구에 붙은 것이요
> 해는 홀로 허공에 매달린 것을.
> …
> 사람들 보고서 끝이라 하나
> 마침내 끝간 곳은 어디도 없네.
> 이 시간 이 바다에 있는 사람은
> 정수리에 태양을 이고 있겠네.
> 나올 때 그러하니 질 때도 맑고
> 태양이 그러하매 달도 같으리.
> 오자시(五字詩)로 어리석음 깨뜨리노니
> 의례적인 관일시(觀日詩)로 보지 말게나.
>
> 　　　　　（「동관역 가는 길 근방에 일출을 보는 곳이 있다고 한다」 중에서,
> 　　　　　　　　　　　　　　　　　　　　　　앞의 책, 122, 124쪽）

박제가는 서구의 실용적 과학이 정체된 조선의 문물 상황에 번영과 부를 가져다줄 것이라고 믿었기 때문에 서구의 과학과 기술을 동경했고 근대 과학 지식을 추구했다.

3) 문명화된 삶과 물질적 진보에 대한 찬양

문명화된 삶과 물질적 진보를 칭송했던 세 번째 주제의 맥락에서 박제가

는 청나라의 유용한 근대적 기구들과 발명품들에 대해 자신이 매료되었음을 표현했다. 진보적이고 매혹적인 도시이면서 심지어 개와 새들도 편안한 것처럼 보이는 청국의 수도 북경에서 처음으로 보았던 수레, 벽돌, 도르래, 국수 기계 등의 유용성에 대하여 썼다.[7]

> 책과 검 쓸쓸해라 백 리의 여정인데
> 소가 끄는 수레 보고 사람들이 놀랐으리.
> 그대 정말 하늘 나는 신선술을 닦았던가.
> 아침에 양주 떠나 저녁에 북평일세.
>
> 「윤옥이 양주에서 와 지은 시에 화답하다」 전편, 앞의 책, 456쪽)

> 땅의 쓰임 벽돌이 우선인데도
> 우리나라 사람들 꾀하지 않네.
> 게다가 웃음거리 더 하는 것은
> 말 탈 때 고삐를 잡게 함일세.
>
> 「연경잡절」 123번, 앞의 책, 354~355쪽)

> 우물 위에 도르래를 매달아두고
> 바퀴와 덮개를 설치하였네.
> 좌우로 두레박줄 같이 도나니
> 그 효과 몇 배나 더 하는 구나.
>
> 「연경 잡절」 59번, 앞의 책, 335쪽)

> 삐그덕 국수 기계 발로 밟으면

---

7) 이 문제에 대해 정충권은 다음과 같이 말하고 있다: "이러한 시들은 문학성이 뛰어나다고 볼 수는 없는 시이다. 하지만 시란 그 시적 대상에 대한 일종의 미적 인식을 전제로 하는 장르이다. 그래서 만약 어떤 대상을 시화(詩化)했다면 그 속에는 해당 대상에 대한 미적 인식이 개입되었다고 볼 수 있다. 곧, 전통적인 소재였던 자연물뿐 아니라 도르래와 두레박, 그리고 농부의 거름 마련 행위도 시의 훌륭한 소재일 수 있다고 보았던 것이다. 기왕의 미(美) 인식 범주가 확대되고 있음을 이에서 알 수 있다고 본다."(448쪽)

국수가 받침대서 쏟아지누나.
일꾼은 편안히 가만 앉아서
가는 나귀 어서 들라 소리치누나.

(「연경잡절」 122번, 앞의 책, 354쪽)

박제가는 청나라의 수도 연경의 화려한 문물의 높은 수준을 높이 평가하였다. 다음 시는 불꽃놀이, 유리 어항, 연극 구경을 차례로 읊은 것이다.

산은 높고 물은 늘 서편으로 흐르니
불꽃놀이 원소절에 잔치 벌였네.
우르릉 꽝 수많은 폭죽 터지니
왜적을 무찌르던 전쟁터 같네.

(「연경잡절」 41번, 앞의 책, 329~330쪽)

집집마다 담장의 밑자락에는
온갖 화로 덤불이 서로 비친다.
곳곳마다 유리로 어항 만들어
금붕어가 물풀 사이 빼꼼대누나.

(「연경잡절」 49번, 앞의 책, 332쪽)

언제나 풍악 소리 쉴 새가 없고
어디서고 연극 구경 그치질 않네.
밤 시장 원소절로 계속 이어져
붉은 등불 온 거리에 잇달았구나.

4) 퇴보하는 사회, 관료들의 부패, 비효율적 체제에 대한 풍자와 비판

박제가의 계몽주의 시학의 네 번째 주제는 부패하고 착취하는 통치계급

과 퇴보하는 사회의 정체되어 있고 비효율적인 체계를 풍자하고 비난하는
것이었다. 그의 진보적 이상들은 사회정의였고 경제적 번영이었지만 박제
가 자신처럼 무력한 계몽주의 지식인은 착취하는 체계 아래서 단지 용기 있
게 인내하고 저항하는 것뿐이었다. 다음 연에서 볼 수 있는 것은 가난한 어
부가 정부 관리들이 몰수해갈 것이기 때문에 자신이 잡은 물고기조차 먹을
수 없다는 내용이다.

> 벼슬아치 멀어서 살지 않으니
> 백성 풍속 마침내 비루해졌네.
> 고을 수령 객사처럼 소홀히 여겨
> 설렁설렁 일 끝나기 기다리누나.
> 가혹하게 세금을 거둬들이니
> 초췌하여 언제나 다 죽어가네.
>
> (「이원에서」 중에서, 앞의 책, 524쪽)

박제가는 1800년 정조가 죽은 후 조정 내 반대파에 의해 함경도로 유배
갔다. 열악한 변경 지방이었던 그곳에서 박제가는 당대의 척박하고 궁핍한
백성들의 삶을 시로 남겼다. 다음 시편들은 관리들의 가렴주구에 어렵게 살
아가고 있는 하층민들의 삶을 잘 보여주고 있다.

> 흙벽이라 도배를 한 집 적은데
> 처마 높이 낮은데 시렁은 없네.
> 길 무서워 쫓아도 가지 않으니
> 절친한 벗이 바로 파리로구나.
>
> (「수주의 나그네 노래」 8번, 앞의 책, 622~623쪽)

> 방아는 있지만 절구가 없고
> 벼 까부를 땐 체로 키를 대신해.
> 아기에겐 개암나무 열매 먹이고

낭군에겐 개가죽 옷을 입히네.

「수주의 나그네 노래」 11번, 앞의 책, 623~624쪽)

가난한 백성이 소를 기르니
독장사 셈 어딘들 없을까 보냐.
관리가 그 소를 뺏어 가더니
껍질 벗겨 관아 부엌 달아놓았지.

「수주의 나그네 노래」 25번, 앞의 책, 628쪽)

산과 바다 서울 멀리 떨어졌으니
사람들 자포자기 달게 여긴다.
바라는 건 관리 좀 더 청렴해져서
백성들과 이익 다툼 않는 거라네.

「수주의 나그네 노래」 31번, 앞의 책, 630쪽)

　계몽주의 기획 중 가장 중요한 하나는 퇴행적 전통에 대한 "비판적 질문"이다. 박제가의 많은 후기 시들은 힘없는 지식인이라는 억압된 자기 성찰, 심지어 자기 조롱, 그리고 관습과 법체계에 대한 사회 비판으로 가득 차 있다.

남몰래 시키면 속을 감추고
억지로 깨끗하다 말을 하누나.
설령 남이 안다고 하지 않아도
도리어 내 스스로 부끄러우리.

「탄식 4수」 1번, 『정유각집』 상, 정민 외 역, 37쪽)

침묵해선 안 될 데서 입을 다물고
웃지 않아야 할 곳에선 비웃는다네.
아첨하고 고만함이 어째 이럴까?

하늘 법도 이래서 질서를 잃네.

(「탄식 4수」 2번, 앞의 책, 37쪽)

4. 나가며

박제가는 급진적인 사회경제 사상가였으며 개혁주의자였고 문학적인 변호자였다. 청나라를 방문한 직후 그는 전근대적인 조선을 근대화시키기 위하여 진보적 계몽주의 책인『북학의』를 썼다. 후기 시에서 박제가는 자신의 사회 정치적 신념인 "인간의 삶을 풍요롭게 하기 위한 최대 유용함에 대한 추구"를 실리주의적인 자신의 글과 결합하려고 시도하였다. 자신의 계몽주의 시학을 통하여 그는 전근대적인 조선을 좀 더 문명화되고 이성적 사회로 변화시킬 수 있는 권력을 갖고 있는 조선의 군주 정조와 양반 계급을 교화시키려 시도했다. 이런 의미에서 박제가의 통합적 시 전략은 "실용시학"이라고 말할 수 있다.

박제가는 "예술을 위한 예술"에 동의하지 않았지만 시의 존재, 즉 문학에 있는 유기적 구조의 자립적인 상태는 믿었다. 그는 세상을 교화시키고 도덕화시키는 수단으로 예술의 사용을 주장하지는 않았지만 예술의 사회 정치적 기능을 무시하지는 않았다. 그래서 그는 정치·경제를 가로지르는 또는 "사이"(間)의 시학을 강하게 믿었다. 문학예술과 사회 개혁은 계몽주의 시학에 대한 박제가의 전략적 특징이다. 시와 정치·경제에 대한 그의 대화적 결합은 일종의 실용시학을 이끌어냈다.

18세기 조선의 왕조는 전통적인 전근대에서 진보적인 근대로 변화할 수 있는 기회를 가졌던 중요한 시기였다. 박제가는 결정적으로 근대적 사고를 가지고 있는 지식인이었으며 계몽 작가였다. 그는 전통적인 구세계와 멋진 신세계 사이에 다리를 놓았다. 그러나 그가 살았던 시대는 감히 그 다리를 건널 수 없었다. 그 시대 사람들의 진정한 역사의식에 대한 부재가 그들로 하여금 가난하고 비이성적이고 무지의 어두운 세례를 고수하도록 했다.

그렇다면 현대 독자들이 박제가의 글을 읽음으로써 무엇을 얻을 수 있을까? 우리는 역사적 계몽주의라는 바로 그 처음의 사상으로 돌아갈 수 있고 이 역사적 시점에서 보편적 계몽주의에 대한 새로운 감각을 얻을 수 있다.

결론적으로 박제가식의 조선 계몽에 대한 중심 주제는 지금까지 종속과 암흑으로 인류를 묶고 있던 여러 가지 구속으로부터의 해방이었다. 한편으로 과학적 지식에 있어서 진보는 비이성적 편견과 미신으로부터의 자유를, 그 과학적 적용을 통해 자연의 힘 앞에 무력한 복종적 인간으로부터의 자유를 고취시킨다. 다른 한편으로 인간의 합리성과 자율성에 대한 확고한 주장은 전통에 대한 의문과 인간 자율성에 대한 임의적인 자리와 전통에 대한 의문을 통해 도덕 정치와 경제적 대중의 영역을 재강화시켰다.

열린 시대를 꿈꾸었던 박제가는 조선 후기라는 전환기 시대를 살면서 당시 여러 면에서 낙후되고 쇠락한 18세기 조선 후기 사회를 전근대에서 진보적인 근대로 개혁/개방시키려고 노력한 진정한 계몽적 사상가이며 인문학자 시인이었다. 물론 그의 이러한 실학적인 시도는 정조의 갑작스런 죽음(1800년)으로 실패로 돌아갔지만 그의 계몽주의적 노력은 높이 평가받아야 할 것이다. 우리는 조선의 근대를 꿈꾸었던 박제가의 실학사상과 시 작품들을 좀 더 포괄적으로 면밀히 분석하여 그의 실학사상이 유럽식의 계몽 사상과 어떻게 연계될 수 있는지를 따지고 살펴야 할 것이다. 이런 작업이 이루어진다면 18세기 조선 후기의 대표적인 실학사상가, 시인, 서예가, 화가였던 박제가의 진정한 18세기 조선 후기의 계몽 지식인으로서의 면모가 좀 더 밝혀질 것이다.

6장 역사의 회귀
— 미국의 신역사주의 회고

1. 들어가며: 포스트구조주의와 해체론 타고 넘어가기

1970년대 후반부터 80년대 중반까지 세계를 풍미했던 포스트구조주의와 해체론(deconstruction)의 "이론"(Theory)의 힘이 80년대 후반에 들어오면서 약화되고 그 전망이 교착 상태에 빠지게 되자 문학비평가들은 다시 역사 또는 역사주의를 돌아보기 시작하였다. 그 후 비평과 이론 방면에서 가장 활발하게 논의되고 있는 이론은 "신역사주의"이다. 그러나 신역사주의는 이론적 탐색이나 실천적 작업에서 너무나 다양하고 복잡한 면모를 갖추기 시작하고 있기 때문에 어떤 사람은 신역사주의 비평을 구조주의처럼 하나의 체계적인 방법론이 아니라 인문사회과학의 하나의 사조 또는 경향이라고 생각하기까지 한다. 그러나 분명한 것은 신역사주의는 신비평과 해체론에 이른 여러 비평 조류를 이용해, 오래되고 녹슨 "역사"의 개념을 다시 꺼내 갈고 닦아 조합해보려는 작업이다. 따라서 신역사주의자들은 마르크스주의,[1]

---

1) 로버트 콘 데이비스와 로널드 슈레이퍼는 '신역사주의'와 마르크스주의 사이의 공통점에 대해 다음과 같이 말한 바 있다. "'신역사주의'는 마르크스주의 문학비평과 많은 것을 공유한다. 사실상, 어떤 비평가들은 신역사주의를 마르크스주의 비평의 일부라고 주장한다. 신역사주의가 그렇든 안 그렇든 간에—그리고 확실히 제임슨 같은 자의식적인 마르크스주의 독자들은 그런

문화유물론, 심지어 안토니오 그람시, 그리고 미하일 바흐친, 클리포드 기어츠까지를 포함하면서, 다시 말해 포스트구조주의,[2] 해체론, 역사주의, 문화인류학 등을 탈방법적으로 서로 섞어 그 영역을 확산시키고 있다. 이 연유로 돈 웨인(Don E. Wayne)은 신역사주의를 궁극적으로 해체론과 마르크스주의를 혼합하여 그들 모두를 극복하고, 대체하는 하나의 새로운 비평 이론으로 보고 있다.[3] 마이클 워너(Michael Warner)는 해석의 정치학에 대한 관심과 관련지어 신역사주의에 대한 다음의 설명에서 포스트구조주의와의 관계, 신비평과 구역사주의와의 관계 속에서 신역사주의적 가설을 잘 말해 주고 있다.

> 신역사주의는 역사가들이—역사주의에 의해 다른 것을 이해하고 있기 때문에—아주 좋아하지는 않는 명칭이다. 그러나 아무도 역사가들에게는 질문하지 않는다. 신역사주의자들이 거부하는 사람들은 신비평가들이고, 역

블래트보다 그들이 지적하는 문학사의 시기와 현재의 정치 상황 사이의 관계에 더 많은 강조점을 둔다—마르크스주의와 신역사주의 모두는 캐서린 벨지가 말하고 있듯이 그 모든 불일치와 편애 속의 '지식'이 아닌 '이데올로기 자체'를 문학 텍스트에서 인식해낸다. 그렇게 함으로써 그들은 문학비평이라는 더 큰 구조 속에 문학비평을 위치시킨다. 그러한 이론은 무엇보다도 문학은 … 역사 속에 위치한 실행들로 이해하려고 시도하는 것이다."(*Contemporary Literary Criticism*, 2nd edition, 374~375쪽) 그러나 신역사주의는 마르크스주의를 통해 어떤 확고한 정치적인 프로그램을 세우는 것이라기보다는 지배의 구조에 관해 주목받지 못한 문제들과 지배 구조와 문화 생산의 양식들과의 연결 고리를 찾아내고자 노력하고자 한다. 이 밖에 Catherine Gallapher의 논문, "Marxism and New Historicism"(Veeser, 37~48쪽)도 참조.

2) 포스트모던 시대의 신역사주의와 포스트구조주의와의 관계에 대한 자세한 논의는 브룩 토머스(Brook Thomas)의 책 2장인 "The New Historicism in a Postmodern Age"를 참고. 여기서 토머스는 신역사주의가 지닌 두 가지 긴장과 갈등 구조를 (1) 현존하는 문학사를 해체하려는 포스트구조주의의 사용과 (2) 좀 더 대표적인 문학사를 재구성하려는 욕망으로 설명하고 있다.(21쪽, 24~50쪽)

3) 빈센트 P. 페코라는 신역사주의가 형식주의와 마르크스주의의 환원성을 극복하고 있다고 다음과 같이 말하고 있다. "현대 미국문학과 문화비평에 있어서 '신역사주의'라고 불리게 된 것은 예술 작품을 초시간적인 인간 본성의 거울 또는 표현으로 가정하는 형식주의(또는 좀 더 전통적인 문학사적인)의 가설의 환원성과 예술 작품을 일차적으로 변화하는—그러나 역사적으로 결정되는—사회적 갈등에 대한 이념적인 중재로 마르크스주의의 환원성을 피할 수 있는 방법론을 찾기 위한 시도이다."(Veeser, 243쪽)

사주의는 그 목적을 위해 중요한 용어처럼 보인다. 왜냐하면 역사주의에서는 의미란 구체적, 역사적 상황 속에서 수립되며, 의미가 마치 누가 읽고 또는 언제 어디서 왜 읽는가를 문제삼지 않는 것처럼 추상화되어서는 안 되기 때문이었다.

그래서 만일 신역사주의에서 '역사주의'는 자체를 신비평가들의 텍스트는 당신의 문화적 상황이 무엇인가와는 상관없이 의미하는 바를 의미한다는 생각과 구별짓는다면, 신비평에서 '새로운' 것은 문헌학자들이 해왔던 어느 정도 치밀하고 백과사전적이고 역사적인 작업과 구별되는 것이다. 그리고 이 후자의 구별은 전자와 구별하지 않는 것보다 더 중요하다. 왜냐하면 한편으로 비평가들이 언어와 상징계가 결코 본질적이거나 초시간적인 것이 아니라 언제나 문화정치학에 의존한다는 것을 인식하고 있을 뿐 아니라 다른 한편으로 비평가들의 문화정치학이 언제나 상징적이라는 사실도 인식하고 있기 때문이다. 신역사주의는 하나의 모토를 가지고 있다. "텍스트는 역사적이다. 그리고 역사는 텍스트적이다." 텍스트가 역사적이라는 말은 의미가 맥락을 초월하지 않고 그 안에서 생성되고 역사가 텍스트적이라는 말은 인간의 행위와 제도와 관계들—엄연한 사실들이기도 하지만—이 언어와 구별되는 엄연한 사실이 아니라는 것을 의미한다. 엄연한 사실들 자체는 상징적인 재현들이다. 비록 이것—많은 구역사주의자들이 결론 내리듯이—이 엄연한 사실들이 실제가 아니라는 말을 아니지만 말이다. (5쪽)

따라서 신역사주의는 교착 배열법(chiasmus)적인 "텍스트의 역사성과 역사의 텍스트성"(Montrose, "New Historicism", 20쪽)의 탐구를 목표로 삼고 있다고 하겠다.

신역사주의는 발생적인 면에서, 일반적으로 미국에서 생겨난 것으로 본다.[4] 이 용어를 처음 사용한 사람은 캘리포니아 대학의 르네상스 영문학자

---

4) 그러나 누스봄과 브라운은 미국에서의 신역사주의의 '발흥'의 위험성을 다음과 같이 지적한다: "아마도 미국에서 신역사주의의 "발흥"의 위험성은 하나의 새로운 정통파적 관행으로서의 잠재적인 테제로 구축된다는 점이다. 특히 신역사주의가 해체론과 같은 다른 포스트구조주의적인 운동의 이론적인 가능성으로부터 도피로 인식되고 또는 마르크스주의, 페미니즘, 그리

인 스티븐 J. 그린블래트(Stephen J. Greenblatt)이다.[5] 그는 이 용어를『장르』지에서 처음 사용하였다. 그 후 그는 그들의 기관지라 할 수 있는『재현』(*Representation*)지를 창간하였다. 여기에서 이 운동의 선두주자인 그린블래트 교수의 기본 전략은 역사와 문화의 "텍스트성"—"힘의 장이며, 불일치의 장이고 전이—에 주의를 집중시키며 해체론의 텍스트주의와 마르크스주의의 '역사성'을 조합하는 것이었다. 영국에서도 레이먼드 윌리엄스의 문화비평 전통에 따라 이와 유사한 경향이 있으나 신역사주의라고 부르지 않고 "문화유물론"(Cultural Materialism)이라고 부르고 있다. 이렇게 볼 때 영국에서는 영국 특유의 문화 역사 전통의 맥락에서 신역사주의를 보고 있음이 틀림없다. 그러나 여기서 필자는 (미국적인) 신역사주의만을 논의하고자 한다.

1) 역사주의란 무엇이었던가?— 역사의 새로운 의미

신역사주의를 논하기에 앞서 역사주의란 무엇이었던가를 논의하는 것이 일의 순서일 것이다. 일찍이 1972년에『신역사주의를 향하여』(*Towards a New Historicism*)을 써내 오늘날의 신역사주의 출현을 이미 예견한 바 있는 웨슬리 모리스(Wesley Morris)는 전통적인 역사주의와 신역사주의와의 대비를 염두에 두면서 다음과 같이 네 가지로 분류하고 있다. 첫째, 형이상학적 역사주의는 문학작품을, 절대적인 것의 자기 실현으로서 역사를 펼쳐내는

고 반종족주의적인 포스트식민지적 비평과 같이 좀 더 명백한 정치적인 참여의 하나의 대안으로 인식 될 때 더욱 그렇다. 우리는 미국 학자들은 그들의 작업을 설명하기 위해 성, 종족과 계급 사이에서 언제나 텍스트의 문화적 형성 속에서 압박받고 배제된 사람들의 기능에 대해 고집스럽게 추구한다."(20쪽)

5) 루이스 몬트로스(Louis A. Montrose)에 따르면 New Historicism이란 용어를 처음 사용한 것은 마이클 맥캔레스(Michael McCanles) 교수의 논문 "The Authentic Discourse of the Renaissance," *Diacritics*, 10: 1(Spring, 1980), 77~87쪽에서이다. 그러나 이 용어를 널리 알리게 한 것은 *Genre* 15: 1~2(1982)의 특집인 "The Forms of Power and the Power of Forms in the Renaissance"의 서두에서 사용한 이후부터이다.

서술의 한 순간을 시각적으로 표현한 것으로 본다. 둘째, 자연주의적 또는 실용주의적 역사주의는 문학작품을 주어진 역사적 시기가 과학적 관찰자의 역할을 자임하는 학자에 의해 보여지는 매체로 간주한다. 셋째, 민족주의적 역사주의는 형이상학적 역사주의의 변종으로 문학작품을 주어진 문화나 민족의 토착적인 정신을 표현하는 것으로 여긴다. 넷째, 문화적 역사주의는 문학작품을 현존하는 문화 영역의 반영이나 표현으로 보지 않고 문화적인 의미와 가치들을 만드는 방식으로 파악한다.(9~12쪽) 모리스의 분류의 기저에는 자신도 인정하듯이 새로운 포스트구조주의적 담론의 역사학자인 헤이든 화이트의 영향이 역력하다. 화이트는 기본적으로 역사를 합리적으로 또는 통합적으로 설명하기 어려운 간극이나 틈새의 연속으로 본다. 결국 화이트는 역사 자체보다는 언어의 문제로 귀착되는 "담론"(discourse)으로서의 역사의 텍스트성에 주목한다.[6]

다시 말해 화이트는 역사 자체를 하나의 서술(narrative), 즉 설명할 수 없는 간극이나 단절에 의해 특징지어지는 서술된 연속체로 보아 역사 자체의 연속성을 "인식소", 즉 한 시대를 특징짓는 사고 양식이 이 나라 어떤 특정한 순간에 생각될 수 있는 것에 대한 담론적 제한에 속하는 관계들을 정교화하는 것이라 생각했다. 따라서 하나의 학문으로서의 역사는 필연적으로 지속성보다는 불연속성, 인식소의 사이에 사상의 빈 공간들을 추적해야 한다는 것이다. 미셸 푸코[7] 같은 이가 그의 『사물의 질서』에서 언급한 역사의 '새로운 텍스트성'은 문학비평가들로 하여금 역사를 언어의 한 종으로 보고 형식주의적인 미학을 극복하고 권력 관계의 맥락이나 문화의 좀 더 넓고 깊은 문맥에서 문학을 읽을 수 있도록 격려하였다. 따라서 이제 역사란 문학

---

6) 화이트 자신의 신역사주의에 관한 부정적인 견해는 그의 논문 "New Historicism: A Comment"에 잘 나타나 있다.(Veeser, 293~302쪽)

7) 본고에서는 미셸 푸코가 신역사주의에 끼친 영향에 대해서도 거의 논하지 않았다. 왜냐하면 푸코에 대한 일반론은 이미 널리 알려져 있기 때문이다. 그러나 이에 대한 자세한 논의로는 프랭크 렌트리키아의 논문, "Foucault's Legacy: A New Historicism"(Veeser, 231~242쪽)과 앤 워즈워스의 논문, "Derrida and Foucault: Writing the History of Hsitoricity"를 참조.

과 같이 언어의 산물이며 이들 모드는 간극의 연속체 내에서 형성되었고 서술적 담론으로 나타난다. 본질적으로 위반된 서술 내의 역사는 구성상 거의 문학과 차이가 없다. 이러한 새로운 인식은 허구적인 서술과 같이 역사란 이질적이고 다른 어떤 것과 대화 속에서 존재하기 때문에 역사가에 의해 봉쇄되거나 통제될 수 없다는 점이다. 역사는 단순히 모사된 세계의 질서가 아니라 세계 속의 존재(being-in-the-world)에서 세계를 만들고 동시에 참여하는 개념과의 만남의 질서가 되었다.

전통적인 역사학 분야의 내부에서 어떤 변화가 있는가 보자. 『새 역사, 1980년대와 그 이후』(The New History, 1980s and Beyond)라는 책에서 프린스턴 대학교 역사학 교수이며 『학제적 역사 연구』(The Journal of Inter Interdisciplinary History)지의 편집인인 시어도어 랩(Theodore K. Rabb)에 의하면 이차 대전 이후 미국에서는 역사 연구의 수많은 새로운 방향들과 엄청난 양의 다양한 연구 결과들에 따라 역사학이 종래에 지녔던 일관성 있는 통합의 방법이 무너지기 시작했다는 것이다. 여지껏 역사학에서 거의 사용하지 않았거나 다루지 않은 방법이나 주제인 컴퓨터 분석, 정신분석, 인류학, 계량화, 인구 통계학, 수목 나이 측정학, 마술, 광기, 축제 등등은 역사학의 전통적인 경계를 회복 불능의 당혹스런 상태로 궤멸시켰다는 것이다.(316~317쪽) 이런 상황하에서는 가령 국민정신이니, 바로크 기질이니 하는 보편적인 의미 탐색 작업이 어려워졌다. 왜냐하면 언어 분석, 상징의 해명, 심리학적 통찰, 복합적인 설명 등에 의한 의미의 발견은 소수 집단에만 가능케 되었기 때문이다. 역사에서 의미 탐색 작업은 현재 방법론의 다원주의를 더욱 번식시킬 뿐이다. 그러므로 이러한 파편화 현상에 따라 통합에서 나오는 총체적인 비전은 더욱 어렵게 되었다. 결국 역사학에서의 계량화 증가, 학제적인 경향의 증가 등은 전통적인 역사학을 붕괴시키고 통합 방법론이 아닌 탈방법화로 만들고 있다.

2) 신역사주의의 가설

그렇다면 이러한 새로운 상황 속에서 배태되는 신역사주의의 기본 가정들은 무엇인가? 아람 비서(H. Aram Vesser) 교수는 기본 가정들을 다음과 같이 지적하고 있다. (1) 모든 표현적 행위는 유물론적 실천이 그물망에 내재되어 있다. (2) 가면 벗기기, 비판, 반대의 모든 행위는 그 자체가 비난하고 있는 도구들을 사용하고 그것이 드러내는 실행 자체의 희생자로 전락하는 위험을 노정하고 있다. (3) 문학과 비문학적인 텍스트들이 분리될 수 없다. (4) 어떤 담론도—상상력적이든 공문서적이든—변하지 않는 진리들에 접근할 수 없고 변경할 수 없는 인간 본성을 표현하지 않는다. 끝으로 (5) 자본주의하에서 문화를 설명하는 데 적정한 비평적 방법이나 언어는 그것들이 설명하는 이법(理法)에 참여한다.(Vesser, xi쪽)[8] 신역사주의는 위와 같은 시각에서 인간에 대한 기본적인 개념부터 수정하고자 하고 있다. 신역사주의는 인간이라는 보편적이고 추상적인 개념의 사용을 피하고 특수하고 우연한 상황 속에 놓여 있는 구체적인 인간—다시 말해 하나의 주어진 문화의 생성 법칙과 갈등에 따라 형성되고 행동하는 자아를 가진—에 흥미를 가진다. 이 자아들은 그들의 계급, 종교, 종족, 그리고 국가에 기대에 의해 조건지어져 있기 때문에 역사적 과정에서 끊임없이 변화를 만들어낸다.

---

8) 그렇다면 신역사주의는 구역사주의와 정통 마르크스주의와 어떤 차이가 있는가? 누스봄과 브라운은 신역사주의와 오래된 마르크스주의 문화 분석의 "구"(舊) 형식들과 "구"(舊) 역사주의와의 차이—그들 사이에 몇 가지 공통점이 있음에도 불구하고— 를 다음과 같이 설명하고 있다: "우선 신역사주의에서는 문학적인 것에 대한 독자적인 범주와 문화 실행의 다른 비문학적인 형태 사이에 차이들이 더 이상 지탱되지 않는다. 신역사주의자들은 문학 텍스트와 더불어 혁명과 같은 사회정치적인 사건들의 텍스트들뿐만 아니라 법적, 정치적, 역사적인 그리고 대중문화적인 담론의 텍스트들을 읽는다. 어떤 비평가들은 지배적인 이데올로기 내에서 권력과 통제의 복잡한 체제의 분석에 특권을 부여한다. 그리고 여기에는 역사적인 탐구 속에 팽배해 있는 가치 중립적인 객관성이라는 가설은 없다. 왜냐하면 신역사주의는 그 자체의 우선권과 가설들—과거의 문화적인 자료 속에서 이념적인 신구 작용을 분석하면서— 을 이념적으로 구성된 것으로 간주한다. 만일 이전의 역사주의적 모형이 과거의 지배적인 이념들의 통일성과 완전성을 가정하였다면 신역사주의는 불완전하게 언명되었으나 불시에 나타나는 반대 이념들이 지닌 간극, 파열과 가능성을 찾기 위해 역사적인 텍스트를 읽는다."(20쪽)

나아가 신역사주의자들은 통합보다는 해결되지 않는 갈등과 모순에 더 흥미를 가지고 중심부뿐 아니라 주변부에도 관심을 가지며 완성된 미학을 추구하기보다 이러한 질서의 생산을 위한 이념적이고 본질적인 토대를 탐구한다. 고급문화를 특정한 경제적 또는 정치적 결정 인자들을 초월하는 미적 노동에 토대를 둔 화해라는 조화로운 영역에서 보는 종래의 견해는 심리적, 사회적, 본질적 저항, 동화될 수 없는 타자성, 거리와 차이에 대한 감각을 표시한다. 따라서 이들의 관심사는 정사(正史)나 정전(正典)보다는 꿈, 축제, 마녀재판, 성(性) 지침서, 일기와 자서전, 복식사, 역병기, 출생 및 사망 기록, 이론 지침서, 집회, 지도 제작, 방송매체, 대중음악, 광기의 역사 등 작고 사고하고 주변적인 서술에 관심을 가지게 된다. 신역사주의는 이러한 거리와 차이를 활성화시키는 것이기 때문에 그 특징적 관심사가 어떤 사람들에게는 기이하고 탈중심적인 것으로 될 수도 있다.

따라서 신역사주의 비평가인 돈 웨인이 요약하는 신역사주의의 특징은 다음과 같다. 첫째, 문화사에서 분석과 해석의 기본적인 단위는 사상 문제에서 권력 관계로 전이됨에 따라 후원제도, 가부장적 제도와 그 합법화, 현재 국가 형성의 문화 역할, 현대 문화 내에서의 문화적 생산과 저작권을 위한 특별한 역할의 창출, 공적이며 사적인 공간의 분리된 영역의 서술 등에 대한 문제들에 관심의 초점이 모아지게 된다. 둘째, 서로 다른 텍스트들 사이에서 위계질서와 이분법(정전/비정전, 고급문화/대중문화, 기록/허구 등)이 거부된다. 셋째, 어떤 하나의 주어진 순간에 담론의 다른 양태들(법, 신학, 도덕철학, 문학, 예술, 건축, 무대 디자인, 여러 종류의 과학 등)은 거의 자율적이 아니다. 어떤 주어진 문화의 장을 구성하는 침투될 수 있는 담론들을 연구함으로써 그 문화 내에서 모든 담론을 질서화하는 폭넓은 이념적 부호들을 이해할 수 있다. 넷째, 수사적 장치와 전략에 주의를 기울임으로써 좀 더 낡은 문화의 장에 대한 징후적 독서와 그에 따른 수사(rhetoric)의 역사에 대한 관심이 다시 일어나고 있다. 다섯째, 담론과 재현이 의식을 단순히 반영하거나 표현하는 대신 그것을 형성한다. 따라서 문화란 역사에서

능동적인 힘이라는 중심적인 가설이 등장된다.(793쪽)

이제는 신역사주의에서 무엇이 진정으로 새로운 것인가가 어느 정도 드러났으리라 여겨진다. 신역사주의의 새로운 활동과 구체적인 방식에 대해 비서 교수의 얘기를 좀 더 들어보자.

> 신역사주의는 항아리에 들어 있는 사상가, 마르크스주의의 큰 이야기
> (grand recit), 경제 관계에 관한 이론, 단정한 분석, 저자의 권위에 관한 연구
> 를 모두 포기한다. 신역사주의자들은 단선적이고 근시안적인 역사 기록이
> 라고 여겨지는 것을 방기하고 사회문화적인 사건들이 혼란스럽게 섞인다는
> 것을 보여주고 그리고 문화의 수많은 교환—경쟁적인 입찰과 교환—을 엄격
> 하게 드러내 보임으로써 역사를 연구하는 새로운 방법들을 보여주고, 역사
> 와 문화가 어떻게 각각 정의를 내리는가에 대한 새로운 인식을 수립했다는
> 적절한 주장을 할 수 있을 것이다. … 이렇게 신역사주의자들은 비평이 여
> 지껏 일반적으로 따라왔던 형식적인 통로를 진흙탕으로 만들어버렸다. 그
> 들은 문학 연구자들에게 원시적인 간섭, 역사가들에게 인구 통계학적 양식
> 에 관한 논의를 할당하기를 거부한다.
> 이러한 방법론적 유산을 재배분함으로써 신역사주의자들은 마르크스주
> 의자이건 보수낙관주의자이건 간에 직선적인 연대기와 진보적 역사에 대한
> 모든 방어자들을 위협한다. 공동적인 간섭에 대항하여 개인의 정원을 폐쇄
> 하고자 하는 사람들은 당연히 서로 다른 시대를 혼합하고 좌파와 우파 정치
> 학의 대수학을 전복시키는 비평에 반대한다. (viii, xv쪽)

신역사주의는 신비평과 해체론의 뒤를 이어 80년대 중반까지 미국 비평의 주류를 이루었고 이는 잠시나마 제도권화되었던 해체론에 대항하여—특히 푸코식의 새로운 역사주의를 끌어들이고 알튀세르식의 구조주의 마르크스주의를 절합시켜—그 대안으로서 어느 정도 성공하고 있는 듯이 보인다. 그러나 신역사주의가 해체론에 대항하였다고는 하나, 돈 웨인의 지적대로 형식주의의 또다른 형태라고 볼 수 있는 해체론에 힘입은 바 크다는 것

도 부인할 수 없는 사실이다.[9] 엘리자베스 폭스-제노비즈(Elizabeth Fox-Genovese)도 "신역사주의자들은 그들의 계획을 해체론의 점증하는 형식주의적인 계획을 활성화시키고 있다. 이렇게 그들은 표면적으로는 역사주의란 텍스트들이 증거하고 형성되는 사회 생활에 관한 어떤 것을 암시하는 것을 받아들인다"고 지적한 바 있다.(215쪽) 결국 그녀의 말은 신역사주의란 진정한 역사주의보다는 해체론에 가깝다는 것이다.

어쨌든 신역사주의가 해체론와 같이 지금까지의 비평 담론 양식의 기초를 흔들어놓은 것은 분명하다. 구역사주의는 이제 잃어버린 낙원이 되었다. 따라서 신역사주의는 지식의 합법화에 대한 포스트모던 형태들에 대한 포스트구조주의 사회이론가인 장 프랑수아 리오타르의 설명 방식인 "배리"(背理, paralogy)라 이름지어진 포스트모던 비평 작업에 적합해지고 있다. 리오타르는 『포스트모던 조건』(1979)에서 후기산업자본주의하에서의 지식의 형태에 대한 새로운 이론을 제시했다. 그는 계몽주의적 평등주의와 프랑스 혁명으로 대표되는 해방의 내러티브와 칸트와 헤겔에서부터 내려오는 독일의 관념주의와 같은 거대한 메타 담론(총체성)을 거부하고 파편화되고 다원화된 작은 이야기(Petit histoire)들을 환영한다. 리오타르는 이를 이루기 위해 배리 전략을 세웠고 이 배리란 이름의 포스트모던 담론은 보편적이며 의견 합치에서 나온 진리를 거부하고 수행성(performativity)에서 나온 비트겐슈타인적인 질적인 언어 게임이라는 개념을 받아들인다. 이런 맥락에서 볼

---

9) 라 카프라와 같은 사람은 해체론에 대한 불만을 다음과 같이 드러내고 있다: "하나의 공통된 불평은 해체론이 신비평과 일반적으로 형식주의의 복사판은 아니더라도 자주 유사한 것처럼 보인다는 것이다. 왜냐하면 텍스트 내에 머무르는 듯 보이고 "형이상학적 전통"만을 직접 언급하고, 다른 맥락들은 암시의 문제나 지극히 우회적인 추론으로 취급하고 무역사적이거나 현재주의적인 독서 기술을 정교화하고 때로는 해체 작업 자체를 비유법 측량이라 불러오고 있는 것에 국한하고 있기 때문이다. … 그러나 해체 전략은 어떤 명백한 사회정치적인 암시를 가지고 있다. 그 대표적인 예가 이분법의 해체와 희생양인 기계주의에 대한 비판이다. … 그러나 해체 전략은 데리다가 형이상학 비판에서 발전시켰던 담론의 양식과 전략이 정치학과 역사와 같은 영역에서 모든 중요한 문제들을 능력 있게 대처하기 위해 단순히 "적용될" 수도, 재생할 수도 없다는 것이 점점 명백해지고 있다."(6쪽)

때 해체론와 신역사주의는 알란 리우(Alan Liu)가 지적한 바 있듯이 모든 영미 형식주의의 맥락에서 파생된 포스트모던 비평 담론의 양식이라 볼 수도 있다. 그러나 해체론과 신역사주의 사이의 경쟁 관계가 시작된 이래 해체론 독법의 문제점이 곧바로 지적되어 비판받게 되었다. 따라서 현 단계에서 푸코의 (탈)역사주의와 (포스트)마르크스주의, 심지어 미하일 바흐친의 다성성, 카니발의 개념에까지 줄을 대고 역사에 추파를 던지는 신역사주의가 새로운 강자로 군림하고 있다.

3) 신역사주의의 비평적 가능성—스티븐 그린블래트의 경우

그렇다면 신역사주의의 가능성은 무엇일까? 신역사주의 비평의 선두주자인 스티븐 그린블래트 교수는 「셰익스피어와 엑소시스트」란 유명한 논문에서 신역사주의의 비평적 가능성을 다음과 같이 논하고 있다.

문학비평 실천 작업과 나 자신의 실천 작업이 끼친 우리 시대의 가장 중요한 영향은, 미적인 재현이 궁극적으로 자율적이며 그 문화적 맥락과 분리할 수 있어서 예술이란 것이 사회적, 이념적, 물질적 모체로부터 유리되어 생산되고 소비되는 것으로 생각하는 경향을 전복시킨다는 것이다. 이러한 전복은 문학적 자율성에 명백히 반대하는 마르크스주의 이론뿐 아니라 신비롭고 추상적인 해체 이론과도 접합된다. 해체주의가 문학의 의미 부여 속에서 반복해서 발견하는 미결정성은 또한 문학적인 것과 비문학적인 것 사이의 경계에 의문을 제기하기 때문이다. 문학작품을 생산하는 의도가 자율적인 텍스트를 보장해주지는 않는다. 왜냐하면 기표는 언제나 의도를 초월하여 그것을 약화시키기 때문이다. 이러한 지속적인 초월(의미의 끊임없는 연기의 역설적인 표현인)은 모든 안정된 대립의 와해를 강요하거나 오히려 해석이란 하나의 입장이 언제나 그것의 급진적인 반명제의 흔적에 의해 오염되고 있다는 것을 알아채도록 강요하고 있다. 문학적인 것과 비문학적인 것과의 절대적인 분리가 20세기 중반부의 영미 비평 주류의 근본적인 가설인 한, 해체론은 문학 텍스트를 모든 다른 텍스트들의 상태로 건전하게 회

귀시키고, 비문학적인 것의 실증주의적 확실성과 역사적 사실의 특권 영역
을 동시에 공격하는 해방적인 도전으로 나타났다. 역사는 텍스트성과 유리
될 수 없으며 모든 텍스트는 문학 텍스트에서 찬양하는 결정불가능성의 위
기에 직면하도록 강요될 수 있다. 따라서 역사는 인식론적인 순진성을 상실
하게 되었고 반면에 문학은 특권이라기보다 하나의 감옥처럼 보이게 된 격
리된 독립성을 상실하게 되었다. (429쪽)

이렇게 볼 때 신역사주의란 그것을 실천하는 사람들 사이에서 일목요연
한 이론적 토대를 구축하거나 어떤 방법론적인 일관성을 추구하는 것은 아
니다. 물론 일부 르네상스 문학 연구 등에서 중요한 연구 결과들이 나오고
있지만 말이다.[10] 더욱이 '신역사주의'가 새로운 기능성만을 보여주는 것만
은 아니다. 에드워드 페흐터(Edward Pechter)는 자유주의적 인본주의의 입장
에서 "나와 같은 권력에의 의지를 인간 본성으로 정의내리는 것을 받아들이
기를 꺼리는 어떤 사람도 신역사주의자들은 비판 과정과 그들의 해석적인
결론들은 아마도 쉽게 받아들이기 어려울 것이다"(30쪽)라고 말한다. 월터
코헨은 마르크스주의의 입장에서 신역사주의를 "저항의 명백한 장소까지도
궁극적으로 권력의 이전에 도움을 주게 만드는 자유주의적인 환상"이라고
비난하고 "이러한 급진적인 비판이 가지는 기묘한 침묵주의적 느낌"을 꼬집
고 있다.(37쪽) 폭스-제노비즈는 신역사주의가 진정한 역사주의로 다시 살
아나지 못하고 교정, 극복하려 했던 포스트구조주의와 해체론에 다시 빠져
들어갔다고 비난한다. 텍스트와 콘텍스트 사이의 경계를 탐구하지 않으면
서 콘텍스트만을 회복시키고자 하였기 때문에 그것은 포스트구조주의적 텍
스트 분석의 전제들을 심각하게 문제 제기하지 않고 약간의 변형만을 추구

---

10) 이러한 신역사주의의 접근 방식은 르네상스 영문학에만 국한하지 않고 18세기 영문학이나 낭
    만주의 영문학에까지 확산되고 있다. 18세기 영문학 연구에 적용한 예로는 Felicity Nussbum
    & Laura Brown ed. *The New 18th Century: Theory. Politics. English Literature* (London: Methuen,
    1987)가 있고 낭만주의 영문학에 적용한 예는 Majorie Levinson, et al, *Rethinking Historicism*
    (Oxford: Basil Blackwell, 1989)이다.

하고 있다"는 것이다.(222쪽)[11]

따라서 신역사주의에 대한 철없는 탐닉도 경계되어야 하지만 무조건의 거부도 비판되어야 한다. 신역사주의가 지닌 기존의 공허한 해체론과 경직된 마르크스주의를 거부하는 동시에 새롭게 해석하고 통합하는 변증법적 문학 이론으로서의 새로운 가능성은 이론과 실제 양면에서 계속 논의되어야 한다. 텍스트의 의미를 찾아내기 위해 신역사주의자들은 주로 (1) 작가의 생애, (2) 텍스트 내에서 발견되는 사회적 규칙과 명령들 (3) 텍스트에 나타나는 작품의 역사적 상황의 반영 문제를 다루게 된다. 따라서 신역사주의는 단순한 일시적 유행으로 사라지기보다 앞으로 상당 기간 우리 곁에 머무르며 우리의 주의를 끌 것이다 국내에서도 보혁 대결, 신구 대립, 참여-순수 논쟁의 소모성과 비생산성을 극복하는 이론적 틀거리 모색의 한 단계로 신역사주의에 대한 논의가 활성화되어야 한다.

지금까지 지극히 개괄적으로 논한 신역사주의에서 우리는 텍스트에 역

---

11) 아마도 우리는 새로운 이론들을 접하고 나면 라 카프라처럼 "일종의 고통에서 잠시 벗어난 기분"—"더이상 존재하지 않으며 아직은 존재하지 않은" 전례가 없지 않은 아류적인 입장—이 될지도 모른다. 라 카프라는 '신역사주의' 비평의 문제점을 다음과 같이 지적하고 있다: "대부분의 신역사주의적 연구의 부수되는 하나의 문제점을 문화적으로 요소들에 대한 단순한 연상이나 약한 몽타주를 뛰어넘어 움직이는 방법에 있다—즉 그 문화적 요소들의 쪼가리들과 단편들의 이중 혼합이 흥미를 끌거나 심지어 황홀하기까지 할 수는 있으나 그 문화적인 요소들의 전체적인 물음이 무책임하게 모아놓은 것은 아닐지라도 모호하거나 제멋대로인 것처럼 보이기 때문이다."(7쪽)

프레더릭 제임슨도 최근 저서인 *Postmodernism or, Cultural Logic of Late Capitalism*에서 신역사주의를 "현재의 논쟁에 아주 열광적인 대상"으로(180쪽) 인정하며 포스트모던의 이론적 담론의 '보편내재론'(내재주의)와 '유명론'(nominalism)의 한 계열로 파악하고 있다. 제임슨은 신역사주의를 다음과 같이 기술하고 있다: "따라서 우리는 신역사주의를 보편내재로 돌아가도 상동(相同)의 이론을 회피하고 구조라는 개념을 포기하고 상동의 과정을 연기시키는 것으로 설명할 것이다. … 거리를 억압하는 보편내재는 마음을 세부적인 것과 즉각적인 것에 관심을 두도록 하기 위해 이러한 중요한 전환기점은 순간들이 일어나는 동안 유지되어야만 한다. … 따라서 우리는 신역사주의의 담론을 아이젠스타인의 유명한 구절을 채택한다면 극단적인 이론적 힘이 포착되거나 배열되지만 물자체로 돌아가거나 이론에 대한 저항처럼 보일 수 있는 보편내재와 유명론(nominalism)을 가치화함으로써 그 힘이 억제되는 것으로 규정할 것이다."(188, 190쪽) 제임슨은 그 대표적인 예로 스티븐 그린블래트의 신역사주의에 관한 일련의 저서와 논문을 들고 있다.

사를 다시 접목시키려는 이론적 시도를 보았다. 이는 금세기 초에 서구에서 시작된 러시아 형식주의와 신비평(영미 형식주의)에서 해체주의에 이르는 범형식주의의 조류를 벗어나기 위해 역사를 부둥켜안는 새로운 조류의 시작을 향한 대화주의인가? 문학 연구의 고유 영역을 커다란 역사와 문화 속에 위치시키려는 새로운 문화정치학으로의 출발인가? 앞으로 우리에게 남은 과제는 신역사주의의 계보학에 대한 좀 더 포괄적인 연구는 물론 구체적인 방법론적 가능성과 한계점을 규명하는 것이다. 이들이 과연 의미의 해체와 불확정성을 넘어서 문학과 문화 연구에서 텍스트와 역사를 대화적으로 통합하는 새로운 문화정치학으로 나아갈 수 있을 것인가를 우리는 점검해야만 한다.

7장 1990년대 한국문학 읽기의 한 방식

— 황종연의 경우[1]

1. 들어가며

문학비평은 황종연에게 "문학작품에 의해 이루어진 발견을 알아보고 명명하는 것"이다. "종종 문학의 본질을 작가보다 더 잘" 아는 문학비평가는 "어떤 철학적 체계나 정치적 대의"보다는 "과거 및 현재의 문학작품이 산출한 새로운 지각과 인식"(5쪽)을 드러내야 한다. 이러한 책무를 수행하려면 "문학작품의 언어·형식·양식에 대한, 문학의 관습과 전통에 대한 정밀한 이해"와 문학작품의 새로움을 "세심하고 정성스런 작품 읽기 끝에 확인하는 작업"이 선행되어야 한다. 이러한 텍스트 자세히 읽기는 모든 문학비평 작업의 선행 작업이다. 그러나 문학비평은 본문을 자세히 읽는 것으로 끝나는 것이 아니다. 문학비평의 영광은 "문학작품을 그 모든 읽기의 가능성 속에서 읽는 고단한 명상 끝에 휘황하게 번쩍이는 새로움의 섬광"(6쪽)을 얻어내는 것이다. 여기서 황종연이 말하는 "섬광"이란 비평적 혼의 울림, 비평적 숭고미, 비평적 에피파니이다.

그러나 이처럼 문학작품 속에서 섬광과 같은 새로움을 얻는 작업이란 하

---

[1] 황종연, 『비루한 것의 카니발』, 문학동네, 2001.

나의 '도박'이다. 동시대 문학을 대상으로 하는 경우 더욱 그렇다. 동시대 문학비평 작업은 결국 '축복과 저주'이다. 왜냐하면 동시대 비평은 "새로운 것에 최초의 이름을 지어줄 특권을 누린다는 축복과 덧없는 유행의 제물이 되고 만다는 저주를 함께 받고 있"으며 그 성공 여부는 "궁극적으로 비평가가 예측하지 못하는 문학의 역사에 의해 판정"되기 때문이다. 그러나 비평가가 아무리 도박판 같은 상황에 놓여 있다 해도, '문학적 조예, 비평적 지성, 역사 감각'의 세 가지 요건을 갖춘 황종연 같은 비평가라면 그러한 도박판에 한번 도전해볼 만하다. 19세기 낭만주의 시인 존 키츠는 황종연에게 비평가로서 정체성을 가지지 않은 '카멜레온 시인'이 되어야 한다고 충고한다. 비평가는 "말한다기보다는 비평이라는 담론적·문화적 전통이 비평가를 통해서 말"하고 "비평가의 자아는 그가 존경하는, 사랑하는, 욕망하는 타"자(7쪽)이기 때문이다.

다시 말해 비평가는 '소극적 능력'(또는 '마음을 비우는 능력')을 가진, 일인칭 주어를 사용하지 않는, 개성을 포기한 사람이다. 황종연은 왜 이렇게 말하고 있는가? 비평가도 비평적 주체성과 개성을 가진 사람이다. 그런데 비평가가 무엇 때문에 자기 고유의 빛깔이 없는 카멜레온이 되어야 한단 말인가? 이것은 아마 단순히 황종연의 비평적 겸손만은 아닐 것이다. 그것은 작가, 작품, 사회, 그리고 비평 '사이'의 '제3의 공간,' 즉 중간지대를 확보하기 위한 전략일 것이다. 이 역동적인 중간지대에서 비평가는 유파, 주의, 파당 모든 것을 포월하여 독립적으로 말할 수 있는 용기 있는 비평 작업을 할 수 있을 것이다. 마음을 비우고 자신을 내던진 황종연에게 90년대 한국 문학의 풍경에 대한 어떤 '새로운 지각과 인식'이 섬광처럼 나타날 것인가?

2. '비루한 것'과 '카니발적인 것'

황종연의 평론집은 다분히 새롭고 도발적이다. 전체가 5부로 구성된 이 평론집의 제1부 첫 번째 글 「비루한 것의 카니발─90년대 소설의 한 단면」

은 이 평론집의 제목이기도 하다. 어떤 의미에서 90년대라는 동시대 한국문학을 분석 비평하고 있는 이 글은 황종연이 그의 첫 평론집에서 천명한 일종의 비평적 선언이다. 황종연은 우선 '문학적 현대성'을 "금기나 규범을 위반하는 일탈적 행동에 대한 열광적인 관심, 억압된 욕망과 금지된 정열에 매혹된 영혼은 현대의 삶과 세계를 이해하는 데에 중요한 모델을 제시한 문학작품들에서 흔히 접하는 현상"(13쪽)으로 파악한다. 이러한 명제에 따라 90년대 소설의 전통을 반문화적 맥락에 놓고 "기성 질서의 관점에서 보면 지극히 도발적인 위반충동을 공통적으로 표출하고 있다"(14쪽)고 지적한다.

황종연은 이러한 반문화적인 도발적 위반충동의 두 가지 지배적 인식소를 '비루한 것'과 '카니발적인 것'으로 구분한다. 이 책의 제목이 보여주듯이 두 개념은 황종연 문학비평의 기본적 태도이며 중심적 전략이다. 18세기 프랑스의 드니 디드로의 동명의 소설에 나오는 라모의 조카가 '비루한 것의 카니발'의 원형적인 인물로 소개된다. 우선 '비루한 것'부터 살펴보자.

> 쥘리아 크리스테바가 『공포의 힘』에서 이론화한 '비루한 것' … 은 똥, 오줌, 월경혈, 분비물, 구토물, 시신 등과 같은 신체로부터의 폐기물을 가리키는 한편, 법률의 취약성과 도덕의 느슨함을 이용한 각종 범죄들, 흉포하고 악마적이기보다는 야비하고 치사하고 음험한 범죄들도 가리킨다. 그 비루한 것이 개인적 · 집단적 삶에 중요한 것은 그것이 '정체성, 체계, 질서'를 위반함으로써 자아가 존재하기 위해 떨어져나온 원초적 융합의 상태 속으로, 혹은 … 자아를 지탱해주는 모든 경계들이 사라진 혼돈 속으로 자아를 복귀시키기 때문이다. 사람 자신을 비루하게 만드는 이런저런 타락과 퇴폐와 위반의 행위 … 의 극점은 따라서 죽음이다. (17쪽)

다음으로 황종연이 제시하는 '카니발적인 것'의 정의를 읽어보자. 현대문학은 기성 질서에서 충족할 수 없는 억압된 욕망의 출구로 해방적인 탈승화나 반승화가 필요하다.

무엇보다 먼저 뇌리에 떠오르는 것은 카니발의 무정부적 세계로부터 자라나온 문학 전통, 즉 바흐친적 의미에서의 카니발레스크의 전통이다. 모든 서열적 위계, 특권, 규범, 금기를 유예시켜 기성 질서로부터의 해방을 잠정적으로 구가한 중세 시대와 르네상스 시대 유럽의 민중 카니발이 위반과 전복의 언어를 풍부하게 발전시켰고, 그 카니발의 언어로부터 현대의 많은 작가들이 억압된 욕망을 발견하고 표출하는 방식을 배웠다는 것은 널리 알려진 바와 같다. (14~15쪽)

그렇다면 황종연에게 문학에서의 '비루한 것의 카니발'이 왜 중요할까? 그것은 문학이 '위반과 전복의 수사학'을 담보해줄 수 있기 때문이다. 90년대 한국문학에서 바로 이러한 "기성의 문화체계를 어지럽히는 일탈과 범죄에 대한 문학적 찬양"(18쪽)을 발견했던 것이다. 그는 대표적 소설가로 '비루한 영웅으로서의 소설가'인 장정일과 '야수의 세계, 원한의 문학'의 사도인 최인석을 들고 있다.

장정일 소설 속 주인공들은 모두 무질서와 혼란이라는 현대적 상황 속에서 이성적 질서를 갈구하거나 향수에 빠지지 않고 그대로 인정하거나 향유하는 것을 배우는 '비극적 환희'를 가진 사람들이다. 장정일의 소설은 복합적인 우리 삶에 있어서 "이성과 광기의 기묘한 더부살이"를 보여주면서 우리의 삶의 가변성과 불확정성을 극명하게 보여주는 '인생유전 모티프'를 보여준다고 황종연은 지적한다.

그것은 어떤 이성의 원리 속에 있는 개인과 사회의 조화를 향한 움직임을 폐기하고 그 대신에 현대사회를 채우고 있는 풍부한 유동성과 우연성의 에너지에 개인 자신의 존재를 맡기는 방종의 자유를 설정한다. 유전중인 개인이 특징적으로 보여주는 정체성의 결여, 그 미치광이적 증후는 윤리적 교정이나 정신분석 치료를 요하는 심각한 문제가 아니라 도리어 그 개인이 삶다운 삶을 살고 있다는 증표이다. (21쪽)

최인석 소설의 주인공들도 감옥, 수용소, 매음굴, 공사장, 고아원, 군대, 벽촌 등과 같은 고립된 야수와 같은 세계에서 원한에 사무쳐 살아가고 있다. 황종연의 진단은 다음과 같다.

> 최인석 소설은 원한의 감정을 곳곳에서 끊임없이 표출하지만 인간 야수의 세계에 도전하는 행동을 제시하는 대신에 그 세계에 대한 총체적 부정의 독설이나 유토피아에 대한 공상을 되풀이한다. 상상의 복수는 사실상 최인석의 비루한 영웅이 보여주는 모든 행동에 공통된 요소이다. 원한의 이러한 특징, 그 허약함과 무능함은 최인석 소설을 둘러싼 논의에 중요한 사안이라고 생각된다. (28~29쪽)

장정일 소설의 '불확정적인 삶의 구가'나 최인석 소설의 '인간 야수의 세계에 대한 상상적 복수'를 통해 '비루한 것'은 '재가치화'된다고 황종연은 주장한다. 그 재가치화의 결과는 '불우한 사람들의 진정성' 개념이다. 여기서 '불우한 사람들'이란 누구인가? 그들은 한마디로 권력과 담론의 중심부에서 밀려난 '주변부 타자들'이다. 90년대 소설에서 이들의 일탈과 위반이 '진정성'을 확보해준다는 것이다.

3. '진정성' 개념과 모순

황종연은 90년대 소설에 나타난 비루한 것의 카니발이 '그저 대안 없는 장난 정도'가 아닌 '새로운 지각과 인식'의 능력을 지닌 '건전한 도덕적 감각'임을 강조한다. 그것이 진정성의 이상이다.

> 진정성은 실정적으로 정의된 어떤 행위나 상태를 표시하지 않는다. 그것은 오히려 부정의 용어이다. 진정성은 진정성이 부재한다는 인식 속에, 진정성을 추구하는 행동 속에 존재한다. 진정성 추구의 기본적인 충동은 그것이 어떤 내용의, 어떤 품질의 삶이든지 간에 개인 자신에게 진실한 삶을 살

려는 파토스이다. (31쪽)

황종연은 이러한 진정성이 "오늘날 진정성의 관념이 언제나 갖고 있는 반사회적, 반윤리적 전환의 가능성에도 불구하고 그 관념은 간단히 배격하기 어려운 문화적 현대성"의 일부이며, 장정일, 최인석을 포함한 많은 90년대 작가들의 소설에 나타난 '진정성의 파토스'는 존중되어야 하고 이것은 "한국문학의 20세기가 21세기에 남긴 중요한 유산 중의 하나"(32쪽)라고 선언한다. 그러나 여기서 그가 말하는 '진정성'(眞正性, authenticity)은 결국 자유주의적인 개인주의이다.

그렇다면 황종연의 진정성 개념은 지나치게 근대적인 자의식이 아닐까? 만일 그것이 고작 각종 일탈과 범죄를 통한 자신의 기본적인 충동을 실현시키는 것이라면 문제가 아닌가? 황종연의 두 개의 중심적 비평 개념인 '비루한 것'과 '카니발적인 것'의 궁극적인 목적이 개인 자체의 해방과 욕망 성취에만 있는 것이 아니라 소위 진리, 역사, 보편성을 토대로 하는 체제 자체에 대한 저항, 위반, 전복이 내장되어 있는 것이라면 '진정성'의 지나친 개인주의와는 오히려 모순과 갈등을 일으키는 것은 아닌가? 이것은 단순한 용어상의 문제가 아니다. 그것은 장정일과 최인석의 탈근대적 위반과 저항의 담론의 정치성과 윤리성을 거세하고 약화시키는 인식론적, 윤리적인 봉쇄적 개입은 아닌지 모르겠다. 흔히 '진정성'이란 용어는 중심부 사람들이 결정해놓은 인식론적, 윤리적 가치 체계를 가리키기 때문이다.

그러나 진정성의 추구는 황종연에게 "개인 각자가 내면 속으로 들어가 어떤 자아를 마치 잊었던 물건을 찾아내듯 발견하고 그것과 일치를 꾀하는 것이 아니"며 진정한 자아란 "그것을 추구하려는 노력 속에, … 현재의 자아를 부정하고 초월하려는 노력 속에 존재한다." 따라서 진정성 추구란 "자아에 잠재된 창조적, 초월적 충동을 표현하는 것이자 자아를 종결 없는 생성에 맡기는 것이다."(261쪽) 그렇다면 실존적 자아를 "개인의식과 경험을 중심으로 모든 삶의 관계들을 재고하려는 시도"나 "개인의 실존적 경험을, 그 내면화된 형태에 역점을 두"(218쪽)는 구효서, 박상우, 신경숙, 채영주와 같은 소설가들의 '개인 주체의 귀환'이 보여주는 진정성은 황종연이 다른 곳에서 제시한 '비루한 것'의 '진정성' 개념과 어떻게 조화를 이룰 것인가? '비루한 것'의 기본전략은 주체로의 귀환이 아니라 주체의 해체가 아니었던가? 황종 연이 수상쩍은 '진정성' 개념을 의도적으로 혼란스럽게 만드는 것이 아니라 면 그가 제시하는 용어의 의미 부여를 인정하는 수밖에 없다.

4. 모성적 사고 vs. 어머니 이데올로기

황종연은 '소설'이란 장르의 여성성과의 친연성에 주목하면서 "여성적인 삶의 내밀한 양상들이 솔직하고 정련된 표현"을 통해 "종전의 한국문학이 제대로 표현하지 못한 많은 경험들에 새로운 출구를 열어"준 것을 '90년대 여성소설이 이룩한 특히 뚜렷한 성과'(63쪽)로 꼽고 있다. 그는 "여성소설에 어떤 해방적인 기능이 있다면 그것은 일차적으로 남성중심적 담론을 가공 하고 변형하는 과정을 통해서 그것에 의해 배제되거나 억압되거나 왜곡된 여성의 경험이 무엇인가를 인지하게 하는 일"(65쪽)임을 지적하면서, 신경 숙의 소설『깊은 슬픔』을 분석한다. 남편을 위해 음식을 만드는 주인공 은서 의 행동을 "대대로 반복되는 가사노동 속에서 여성들이 길러내고 전수한 덕 목인 모성적인 배려"(66쪽)와 연결시키면서 은서의 "내면적 삶은 모성적 사 고"(67쪽)라고 선언한다.

> 우리는 은서의 모성적 이미지의 원판이라고 부를 만한 이미지가 그녀의 어머니에게 생생하게 살아 있음을 확인한다. 그러나 은서는 어머니와 같은 슬픈 모성으로 남아 있기를 거부하고 스스로 목숨을 버림으로써 반복의 운 명에서 탈출한다. (70쪽)

그리고 나서 황종연은『깊은 슬픔』이 독특한 '여성적 경험의 소설화'로서의 의의를 짚어내면서 '어머니 문화의 창조적 전용'(71쪽)이라고 성급하게 결론내린다.

그러나 평자는 '모성적 사고'라든가 '어머니 문화'라든가 하는 것이 여성 억압과 착취의 가부장제 문화가 여성적 경험의 가치를 찬양하는 듯하지만 결국 그것은 가부장제를 더욱 공고히 유지시키는 지배의 허위의식일 수 있다는 혐의를 두고 있다. 이것이 바로 '어머니 이데올로기'이다. 신경숙의『깊은 슬픔』은 황종연이 짚어내듯이 여성적 경험을 효과적으로 재현하는 면이 아주 없는 것은 아니지만, 황종연 자신도 "신경숙의 소설은… 가부장제적 통념을 흔들기는커녕 그것을 오히려 온존시키는 역할을 하고 있는 것이 아닌가"(64쪽)라는 의구심을 가졌듯이, 이 소설은 오히려 가부장제 지배 이데올로기를 스스로 내면화시키고 있는 것은 아닌지 '수상쩍게' 보아야 한다. 소위 어머니 이데올로기라는 것 때문에 이 땅의 어머니들은 새벽부터 밤늦게까지 얼마나 많은 희생과 착취를 소리 없이 당해왔는가? 어머니이기 이전의 여성은 사라진다. 어머니는 이미 여성이 아니다. 이런 판국에 여성적 경험이란 빛 좋은 개살구일 뿐이다. 가부장제가 어머니에게 부과한 가혹한 복무 조건으로 그들은 모성이라는 가면 뒤에서 불평 한마디 하지 못하고 철저하게 가족들에 의해 이용당하는 경우가 얼마나 허다한가? 돌봄의 모성애라는 이름으로 말이다.

1994년 나온 오정희의 「옛 우물」을 황종연은 '여성소설에 흔치 않은 귀감'이 된다고 전제하고서 폐경기를 맞은 40대 중반의 중산층 가정주부인 주인공의 '여성적 정체성' 찾기 작업을 따라나선다. 이 주인공은 어린 시절 살던 마을에 있던 우물을 떠올리며 그것을 "자연의 생명과 인간세계 사이에 통로를 열어주는 신성한 공간"(81쪽)의 의미로 인식한다. 여기서 '깊고 습하고 그윽한 공간'인 우물은 '생명의 자궁을 지닌 여성 그 자체'의 은유이다. 아파트에 갇혀 무의미하게 살아가는 도시 중산층 여주인공은 의외로 이러한 우물의 이미지에서 '자신의 여성적 정체성' 탐구 과정의 결정적인 계시를 발견한다. 여주인공에게 "옛 우물이 표상하는 것은 자기 내부에 자리잡은 생명을 길러내 생명을 길러내 생명의 유장한 과정에 참여하면서 바로 그러한 참여를 통해 그녀 자신도 일회적 존재의 운명을 넘어서는 여성의 비의적인 삶"(81쪽)이다.

황종연은 이 소설을 여성적 창조성의 우화로 짚어내면서, "여성적 창조성의 세계는 잉태와 출산이라는 여성 고유의 생물학적 능력이 전통사회의 생활양식 속에서 인정받고 있었던 경이와 신비를 완전히 회복한 세계"(82쪽)로 판단한다. 그러나 여성의 임신, 출산, 육아가 여성적 창조성의 '경이와 신비'라는 등식은 지나친 과장이다. 여성에게만 부과된 그러한 임무는 축복만이 아닌 저주일 수도 있기 때문이다. 황종연이 여성적 창조성을 이처럼 지나치게 기대하고 열광하는 이유가 무엇일까?

> 여성문학은 여성 고유의 문화에 잠재되어 있는 의미와 가치들을 돌이켜
> 보아야 한다. 그러한 반성의 작업은 여성문학에 유일무이한 가능성은 아닐
> 지라도 아마도 가장 풍부하고 흥미로운 가능성을 열어줄 것이다. (83쪽)

결국 여성문학은 여성의 본질주의—생물학적으로 저주받은 것이라고 볼 수도 있는—로 되돌아가야 한다는 것인가? 최근 여성소설에서 수행되는 '모성적 사고'의 재인식이나 '여성적 창조성'의 회복이라는 주제의 도출은 결국 여성성의 '신비화' 작업이다. 물론 이러한 작업이 여성적 경험의 강조나 여성적 창조성의 가치화에는 큰 역할을 담당할 것이며 그것이 지닌 가부장제를 위반하고 전복시키는 하나의 저항의 문화정치학으로서의 가능성을 전적으로 부정할 수는 없을 것이다. 그러나 우리는 이처럼 여성성을 신비화하는 작업 속에 희생, 억압, 착취의 허위 지배 이데올로기가 은폐된 채 가부장제가 더욱 강화되고 내면화시키는 역기능이 있음을 우려해야 한다. 가부장제 현실 사회에서 인간이 아닌 여성이라는 질곡에서 해방될 수 있도록 탈주의 선을 마련해주는 것이 급선무가 아닐까? 고작 모성적 사고의 회복이니 여성적 창조성의 경이나 신비니 하고 떠들어대는 것은 결국 양성평등 사회를 지

향해야 하는 우리의 입장에서 보면 무엇인가 수상쩍은 가부장제의 또 다른 음모로 간주될 수 있기 때문이다. '모성적 사고'와 '여성적 창조성'의 깃발을 올리는 것은 오히려 이들의 '위반과 전복의 수사학'을 탈색시키는 봉쇄 전략에 공모하는 위험을 안고 있는 것이다.

황종연은 서하진과 전경린의 소설을 논하는 자리에서 그들의 소설에 나타나는 "여성적 경험에 대한 관심을 페미니즘적이라고 규정하기 어렵"고 "정치적으로 계몽된 여성의식이 … 좀처럼 보이지 않는다"(316쪽)라고 지적한다. 다시 말해 이들의 소설에는 '페미니즘적 모티프'들이 두드러지지 않는다는 말이다. 그러나 이것이 그들 소설의 약점은 아니다. "경험적 현실의 허위에 대한 인식"과 "삶의 내용을 자유의 깊은 전율로 채우고자 하는 열망"을 가진 이들의 소설들은 "90년대 소설의 기본적인 소명"인 "일상에 매몰된 존재의 고통을 폭로하고, 삶에 내재하는 부정과 초월의 가능성을 위해 고민하는 것"(317쪽)을 지니고 있어서 주목할 필요가 있다고 황종연은 생각한다. 그렇다면 황종연에게 페미니즘 소설이란 무엇인가? 평자에게는 서하진과 전경린의 소설들이야말로 페미니즘 소설이라고 여겨진다. 여성이 쓴 소설이 모두 페미니즘 소설이 아닌 것은 확실하다. 물론 남성이 쓴 작품이 모두 페미니즘적이 아니라는 말도 성립되지 않을 것이다.

그러나 '이졸데의 손녀들'인 이들의 '정열의 운명을 감지하는' '불온한 소설'에 나타나는 '부정의 정신'은 황종연의 말대로 페미니즘의 위반, 저항, 거부, 전복의 페미니즘이 아니고 무엇이겠는가? 여성에게 사제의 권한을 부여하는 드루이드족의 관습과 『파우스트』의 결미에서 선언되는 "영원히 여성적인 것은 우리를 인도한다"는 괴테의 결론을 우리에게 상기시키면서, 황종연은 서하진과 전경린의 소설이 "자유에 대한 강렬한 비원(悲願)의 성은 아직 여성임을 느끼게 한다"(318쪽)는 결론을 내린다. 결국 이 소설들은 앞서의 오정희나 신경숙의 소설들처럼 '여성성'의 문제를 다룬 소설들이다. 그런데 왜 그는 이 소설들을 페미니즘적이 아니라고 선언했을까? 아마도 그는 '정치적으로 계몽된 여성의식'만을 페미니즘으로 규정하는 것 같다. 그러나 이것은 페미니즘의 가능성을 지나치게 약화 내지 축소시키는 것이다. 페미니즘 사상은 마르크스주의 페미니즘에서 탈근대 페미니즘과 에코페미니즘에 이르기까지 다양한 스펙트럼을 가지고 있다. 황종연의 여성소설론은 그저 여성 경험의 가치화나 여성성의 신비화로만 국한되게 될 것이다. 여성소설들이 이러한 수준에만 머문다면 '비루한 것의 카니발'은 얼마나 초라해질 것인가?

5. 전근대적 공동체 의식과 민족주의의 문제

평자가 황종연의 이 평론집을 주목하는 또 다른 이유는 80년대 비평 담론의 핵심어였던 '변혁'이나 '해방'이 지배했던 민족문학론의 허구성과 비현실성을 비판하고 있기 때문이다. '상상된 공동체'로서의 민족은 조정래의 『아리랑』에서 단일민족 이데올로기에 토대를 둔 '민족적 나르시시즘'을 즐기고 있다고 황종연은 비판한다.

> 『아리랑』의 전투적인 민족주의에서 위안과 용기를 얻을 사람은 혹시 국제
> 화 시대의 국가 경쟁이라는 이름으로 국민들의 이념적 동원에 나선 정치가,
> 기업가들이 아닐까. 민족주의든 무엇이든, 자기 내부의 미궁을 들여다보지
> 않는 이념은 언제나 위험하다. (98쪽)

저자는 분단소설로 분류되는 소설에서 민족 문제를 다룬 윤흥길의 『낫』과 이청준의 『흰옷』이 '민족적 상상의 세련된 경지'를 보여준다고 일단 지적한 다음, 그 소설들이 근대화 과정을 겪고 탈근대 과정 속에 편입되고 있는 남한 사회에 어떤 미래지향적인 비전을 제시해주지는 못한다고 주장한다.

> 윤흥길의 『낫』과 이청준의 『흰옷』에서 민족 분열의 극복을 위한 정신적 원
> 리의 탐색은 서로 방식은 다르지만 전근대 한국의 문화적 유산에 대한 재
> 인식과 일정한 관련을 맺고 있다. 『낫』에서의 농민적 심성이나 『흰옷』에서

의 한의 정서는 전근대의 공동체 생활에서 발원하는 화해와 통합의 원리들이다. 이들 작품에 나타난 민족 화해의 비전은 문화적 기억의 심층에 자리 잡고 있는 집단주의적 이미지에 호소함으로써 적지 않은 감명을 준다. 그러나 우리는 그것이 근대에 들어서 민족이 겪고 있는 사회적·문화적 변화들을 공정하게 감안하지 못한 상상적 구성물임을 지적하지 않을 수 없다. 민족의 역사에서 이념적 갈등이 갖는 의의를 격하시키면서 그것이 아울러 배제하고 있는 것은 민족이 경험한 근대성의 흔적들이다. 그러나 『낫』이나 『흰옷』이 제안하는 방식대로 민족의 화해를 상상하기에는 산업화, 도시화의 과정 속에서 민족의 생활에 일어난 변화가 너무 치명적이다. 농민적 심성이나 한의 정서를 밑받침하던 사회적·문화적 기반은 근대화의 파괴적인 작용에 의해 이미 해체되었거나 아니면 해체되고 있는 상태이다. (107~108쪽)

'민족'의 신비화는 해방 이전에는 독립투쟁과 탈식민을 위한 공동체의 '힘'이었으나 해방 후에는 이데올로기를 통해 권력을 얻어내기 위한 허위 이데올로기로 전락한 감을 피할 수 없다. 세계화 시대라고 해도 민족의 개념은 결코 사라지지 않을 것이다. 그러나 세계화라는 확산 과정과 이에 반작용으로 나타나는 지방화라는 수축 과정이 모순적으로 동시에 일어나는 소위 세방화(世方化, glocalization)의 과정에서 '민족'에 대한 개념은 보다 유연하고 역동적이어야 할 것이다.

황종연의 전략은 미래로 열려 있다. 전근대적 공동체 의식에 매달리는 정서는 어떤 감정적 동의를 얻을 수 있을지 모르지만 다국적 자본과 천민자본이 날뛰는 시장경제의 한복판에서 반근대적인 전근대적 민족문제 접근은 시대착오적인 것이 될 것이기 때문이다.

그러나 사람들 사이의 유기적인 관계가 사라진 근대성의 조건을 직시하지 않고 민족적 일체성을 꿈꾸는 것은 그야말로 낭만적인 몽상에 그치기 십상이다. 한국소설에서 민족에 대한 상상은 이념적 대립을 넘어서는 민족 화해에 대한 열망만이 아니라 근대성이 민족의 일체화된 삶의 이상에 가하는

제약과 조건에 대한 보다 철저한 이해를 필요로 한다. (109쪽)

저자에게 전근대-근대 그리고 친근대-반근대라는 문제는 결국 근대-탈근대 문제와 연계된다.

6. 전근대, 반근대, 근대, 탈근대의 문제

근대/탈근대 논의에서 황종연의 입장은 비교적 분명하다. 20세기 모더니즘을 비판하는 제V부 첫 번째 글에서 버먼의『근대성의 경험』논의는 대부분 저자 자신의 견해와 일치한다고 보아도 무방할 것이다.

> 『근대성의 경험』에서 맑스, 보들레르, 도스토예프스키가 예시하는 모더니즘의 고전적 형태는 근대성의 경험을 둘러싼 20세기적 관념들에 대한 포괄적이고 비판적인 시각을 열어준다. 버먼이 지적한 바에 따르면 20세기는 모더니즘 예술이 최고도로 만개했음에도 불구하고 근대성에 대한 대응에서는 전반적인 퇴행을 겪어왔다. 무엇보다도 '근대생활의 찬미자이자 동시에 적대자'였던 19세기의 선구적 모더니스트들의 복합적인 태도, 근대생활에 내재한 모호하고 모순된 경험들과 지치지 않는 씨름을 벌인 그들의 강인한 자세가 20세기에 들어서는 사라진 것이다. (371쪽)

황종연이 찬탄하는『근대성의 경험』에서의 버먼의 근대성 논의가 서양에서의 근대성 논의의 폭과 깊이를 넓혀준 것은 사실이다. 근대-탈근대 논의에 관심이 있는 독자라면 일독할 만하다. 그러나 그의 근대성 개념이 제3세계로까지 그 보편성을 확장시킨 것이라 해도, 그것은 서구의 계몽주의 전통의 근대성에 지나치게 의존하고 있다. 서구중심주의자인 버먼은 근대성 개념을 지나치게 일반화시켜 아니 신비화시켜, 페리 앤더슨이 이미 지적했듯이 시공간의 차이를 무시하는 역사의식의 결여와 서구중심주의의 우를 범한 것은 아닐까? 주체적 근대-탈근대론을 논의를 위해서 우리는 서구인들

의 근대-탈근대론을 어떠한 문화적, 예술적, 정치적 측면에서 살핀다 해도
일단 의혹의 눈초리를 던질 수밖에 없다.

　이어서 황종연은 서영채와 이광호의 근대/탈근대론, 시인 이형기의 시
론에서의 근대론, 그리고 소설가 이태준의 반근대론을 다루고 있다. 그런
데 필자는 황종연의 글의 배치에 호기심이 발동한다. 왜냐하면 버먼의 논
의(1994)는 원론적이니까 맨 처음 배치한다고 해도, 논의의 성격상 연대순
으로 이태준론(1992), 이형기 시론(1993), 서영채, 이광호의 근대/탈근대론
(1996)으로 배치할 수도 있었을 터이기 때문이다. 더욱이 이태준의 반근대
론을 맨 뒤, 그래서 이 평론집의 마지막 글로 놓은 것은 어떤 의미에서였을
까? 저자는 반근대론에 의미를 둔 것일까? 반근대론은 전근대를 통해 탈근
대론과 친연 관계를 보여주는 것인가? 저자는 근대성을 반성하는 탈근대 논
의의 필요성을 인정하고 '탈근대'론에 관해 1990년대 한국문학의 위상과 관
련지어 그 연구 의미를 다음과 같이 전개하고 있다.

　　포스트모더니즘이 표현하고 있는 문제의식이 진중히 경청할 가치가 있다
　는 것은 명백하다. 무엇보다도 그것은 근대의 경험을 근본에서부터 다시 생
　각하도록, 근대에 대한 신화적 관념들을 폐기하도록 도저한 압력을 가하고
　있기 때문이다. 이념적으로 근대주의의 유혹에서 좀처럼 놓여나지 못했던
　우리에게 포스트모더니즘의 교훈은 결코 적은 것이 아니다. 근대성에 대한
　철저하고 전면적인 반성은 이제 시대의 정언과도 같다. 그러한 반성은 물론
　포스트모더니즘이 생산한 근대 부정의 담론들을 복습하는 것 이상의 노력
　을 요구한다. 근대란 어쩌다 우연히 탑승한 역사의 객차 같은 것이 아니다.
　우리는 그것의 담론적, 이념적 권역 안에서, 바로 그것 때문에 숱한 갈등과
　분쟁을 겪으면서 우리 스스로를 형성한 역사가 있다. 따라서 근대성을 반성
　하는 작업은 우리의 자아를 심문의 대상으로 삼는 것에 버금가는 발본적 사
　고를 필요로 하는 것이다. (385쪽)

　황종연이 전근대-근대-탈근대, 친근대-반근대 등의 논의를 도식화하거

나 단순화시키지 않고 복잡하고 역동적으로 논의하는 것은 바람직하고 우리에게 많은 사유의 계기를 마련해준다는 점에서 유익하다. 그러나 그 논의 과정에서 개념상의 혼란이 엿보인다. 문제는 포스트모더니즘에 대한 비판이 흔히 근대의 기획이 아직 끝나지 않았다고 주장하는 근대론자나 좌파들의 비판 수준을 벗어나지 못했다는 점이다. 또 다른 문제는 황종연이 포스트모더니즘 사유의 자장권에 있는 그의 두 중심적 개념인 '비루한 것'과 '카니발적인 것'의 탈근대성을 부정하는 자가당착에 빠졌다는 것이다. 더 큰 문제를 지적한다면, 그가 포스트모더니즘에서 지나치게 '나쁜/반동적인' 면만을 보려 하면서 새로운 비판의 문화정치학으로서의 '좋은/저항적인' 면을 무시하는 데 있다. 그는 '비루한 것의 카니발'을 탈근대 정치적 상상력과 연계시키지 않은 것 같다. 이는 한때 포스트모더니즘과 같은 새로운 서구 사조를 별다른 사유나 공부 없이 일단 의심하고 거부하는 것이 지적으로 세련되고 진보적인 것처럼 보였던 80년대와 90년대 초까지 한국의 일부 지식인들이 지녔던 허위의식의 발로는 아닐 것이다.

황종연은 근대의 모순된 이중성 즉 해방자와 파괴자로서의 근대를 논하면서 "모순과 반전을 통하여 스스로를 실현하는 근대의 역동적인 전개"를 '근대의 변증법'(388쪽)이라 부르고 그 필요성을 강조한다.

> 거칠게 말해서, 그것은 한편으로는 근대의 신화들에 함몰된 근대주의를 격파하면서 다른 한편으로는 반근대, 혹은 탈근대의 환상을 경계하는 것이다. 근대의 변증법에 충실하다면, 근대가 어떤 본질을 함유하고 그것을 스스로 실현하는 단일한 과정이라고 보는 생각, 그리고 근대에 대립하거나 근대를 넘어서는 인식적·실천적 가능성에 대한 믿음, 양쪽 모두를 철회하지 않을 수 없다. (389쪽)

부정의 변증법으로서의 근대의 변증법을 옹호하는 황종연의 입장에서 볼 때 반근대, 탈근대 문제는 철회할 수밖에 없을 것이다. 그러나 탈근대란 것도 소위 (나쁜) 근대에 '탈'을 내고 벗기는 것이지 근대를 총체적으로 부정하는 것이 아니다. '근대'의 자식들인 우리가 어찌 '근대'를 전면 부정할 수 있겠는가. '탈'근대는 근대의 '지속'인 동시에 '단절'이다. 탈근대는 결국 나쁜 근대를 광정하고 좋은 근대를 계승하자는 이른바 '근대의 변증법'과 같은 말이다.

다음의 글에서 황종연은 '탈근대적 발상'을 가진 이광호가 '장정일의 소설에 대해 저항, 전복, 부정의 정신을 인정하는 발언'에 대해 '저항의 포즈와 저항의 정신'(400쪽)을 구별하지 않는 것에 우려를 표명한다. 그렇다면 앞서 장정일 소설의 '비루한 것의 카니발'적 요소들을 칭찬한 것과는 커다란 이론적 틈새가 벌어진다. 비루한 것의 카니발의 인식론적 토대는 결국 탈근대적이 아니라고 말할 수 있을까? "합리주의의 압제에서 자유로운 탈중심화된 주체성의 문학적 실천을 구체적으로 이론화하는 작업은 바로 우리 비평이 짊어진 과제 중의 하나"(401쪽)라고 주장하는 황종연의 논리와도 어느 정도 배치된다.

이형기의 시론에 관해 현대성의 시각에서 논하는 자리에서 황종연은 한국문학의 반근대주의를 감지한다.

> 이형기의 시론에서 실로 우리의 눈길을 끄는 것은 정신적 귀족의 자발적인 소외와 파멸을 예찬하면서까지 삶의 현대적 조건에 대해 도저한 반감과 적의를 드러내고 있는 대목들이다. 그러한 대목들에서는 그가 보들레르와 세기말 미학에서 받은 세례의 영향 못지않게 한국 현대문학에 퍼져 있는 반근대주의의 동맥이 느껴진다. … 지금까지 씌어진 시론 가운데에는 아마도 이형기의 시론만큼 문학적 현대성에 대한 애착과 사회적 현대성에 대한 증오 사이의 균열을 심하게 보여주는 예도 드물 것이다. (425쪽)

황종연은 이형기의 "새로운 부정이 한국 모더니즘의 곤경을 타개할 지혜의 발견으로 이어지기"를 고대한다.

반근대 정신에 관한 논의는 식민지시대의 이태준의 단편소설에 관한 고찰로 이어지면서 이 두터운 평론집이 마감되고 있다. 그는 "단단한 것은 모두 녹아 날아간다"는 마셜 버먼의 근대성의 경험을 다시 한 번 우리에게 환기시킨다.

> 근대화를 겪고 있는 사회에서 파괴되고 있는 것이 무엇이고 생성되고 있는 것이 무엇이든지 간에 그 사회에서의 개체적, 집단적 삶을 지배하고 있는 것은 피로를 모르는 운동, 해체와 쇄신, 파괴와 건설의 소용돌이이다. 근대화의 과정을 밟는다는 것은 그러한 끊임없는 동요와 혼란 속에 민족을 살게 하는 것이다. 근대화는 민족에 따라 서로 다른 양상을 띠지만 그것은 민족적 경험의 테두리를 넘어서는 세계사적 과정이며, 그것의 기저에는 자본주의의 세계제패가 놓여 있다. 끊임없는 동요와 혼란은 실상은 자본주의의 역동적 성질로부터 오는 것이다. (426~427쪽)

황종연에 의하면 "한국문화의 관습과 전통에서 자라나오는 근대에 대한 저항과 환멸은 서양추수적 근대주의가 팽배한 식민지 시대의 문학에서 충분한 표현을 보지는 못"(430쪽)했지만, 이태준은 몇 안 되는 예외 중의 한 사람이다. 이태준은 소설과 수필 등에서 근대화라는 것이 인간 생활을 적어도 정신적으로 풍요롭게 하기보다 도덕적으로 타락시키고 황폐화시킨다고 윤리적 비판을 가한다. 황종연의 결론은 가히 웅변적이라고 할 수 있다.

> 그의 정신적 탐험은… 근대적 현실과의 불화로 일관되었다. 골동과 농토의 세계가, 근대적 현실을 지배하는 변화와 동요의 역동성이 철저하게 배제된 세계가 그의 문학에서는 인간적인 삶의 진정한 터전이다. … 농본적 질서 속에 존재의 뿌리를 박고 종교적 달관의 경지에 도달한 늙은 농부—이것은 이태준이 고집한 반근대적 정신의 명료한 화신이다. (453쪽)

'탈근대적 전회'를 예리하게 느끼고 있는 황종연은 여기에서 이태준을 자신과 동일시하는 것은 아닐 것이다. 그러나 '탈'근대는 '전'근대나 '반'근대와

도 일맥상통하는 바가 있으니 전혀 동떨어진 이야기는 아니다. 결국 근대성의 변증법을 따르는 황종연에게 식민지 시대의 이태준은 반시대적 인물일 것이다. 그러나 앞서 지적했듯이 무엇 때문에 저자는 이 글을 자신의 첫 번째 평론집의 결론과 같은 맨 마지막에 배치했을까? 자신의 무의식을 의도적으로 노출시킨 것인가? 근대나 탈근대를 지나치게 열광하는 것도 철없는 일이지만, 전근대나 반근대에 퇴행적으로 빠져드는 것도 현명한 일은 되지 못할 것이다. 이 평론집에서 황종연이 제시한 '비루한 것의 카니발'이 탈근대 저항의 문화정치학과 유기적으로 연계되지 못한 것이 다소 아쉽다. 그러나 이미 언제나 약자와 타자의 담론인 문학에서 서구추수적인 근대성이나 탈근대성에 저항하는 것은 또 다른 위반과 저항이라는 부정의 변증법의 전략이 아닐까?

7. 나가며

『비루한 것의 카니발』에 실린 글들을 모두 단아하게 요약하고 일목요연하게 평가를 내린다는 것은 어려운 일이다. 황종연의 읽기의 넓이, 사유의 깊이, 쓰기의 두께는 엄청난 수의 작품 읽기와 다양한 이론적 해박함에서 오는 것이기 때문이다. 이러한 이유 때문인지 황종연은 한국 비평의 최대 병폐인 파당 비평에서 비교적 자유로워 보인다. 그의 비평에서 나타나는 텍스트와 역사, 사회와의 대화는 새로운 '대위법적 분석'의 구체적 전범을 보여준다. 무엇보다도 그의 평론집에서의 비평적 글쓰기는 독자들이 재미있게 읽으면서도 '새로운 지각과 인식'을 가능케 하는 번쩍이는 비평적 숭고함을 가지고 있다.

이 평론집에도 문제점은 몇 가지 있다. 전체 구도는 제목이 암시하듯이 아방가르드, 포스트구조주의, 탈근대적이면서도 그것을 은밀히 숨기고 '위반과 전복'이라는 문학의 정치적 변혁적 의미를 좀 더 치열한 위반적 사유 속에서 활성화시키지 않고 있다. 여기서 생기는 갈등은 오히려 긴장과 창조를 위한 '틈새'라고나 할까? 아마도 이것은 '비루한 것의 카니발'이 제공하는 제3의 공간이 무한한 해방과 저항의 가능성을 보여줄 뿐만 아니라 그 공간은 오히려 봉쇄 이론이라는 음모의 장이 될 수도 있다는 것을 저자는 너무나 잘 알고 있었기에 주저한 것인가? 아니면 80년대의 해방과 변혁의 구호적 이데올로기의 잘못을 반복하지 않기 위한 고육지책인가?

90년대 한국문학을 논의하는 데 있어서 젊은 작가들 위주이고 장르적으로 소설 위주라는 점도 이 평론집의 흠이라면 흠이다. 황종연 같은 다재다능한 카멜레온 비평가는 90년대 한국시를 어떻게 볼 것인가가 자못 궁금하다는 말이다. 저자는 40대 초반의 나이에 우리 시대의 중요한 평론가로서 이미 선망의 대상이 되었다. 아무쪼록 황종연이 앞으로도 한국 문단에서 용기 있고 독립적인 비평적 거인으로 성장하기를 즐거운 마음으로 기대한다.

8장 컴퓨터 시대의 글쓰기의 명암
— '기계/타자'와 '인간/동일자'의 대화적 상상력

> 인간의 능력에 상당히 근접하나, 종종 터무니없는 논리의 단절이나 비약
> 이 있어 아직도 여전히 어설픈 [컴퓨터] 창작기가 개발되었다고 상상하여보
> 자. … 이럴 경우, 만일 포스트모더니즘이 단순히 이성적 전통의 파괴만을
> 의미한다면, 달리 말해, 합리적이 아닌 그렇지만 여전히 완전히 이해불가능
> 한 것도 아닌 어떤 것을 지향하고 있다면, 이 창작기는 포스트모던한 작품
> 을 인간보다 훨씬 더 잘 써낼 수 있는, 우리 인간보다 더 훌륭한 탈현대적
> 작가일 수 있을 것이다.
>
> — 김영정, 「컴퓨터—번역 · 비평 · 창작기계로서의 가능성」, 25쪽

1. 들어가며: 인간과 기계

컴퓨터나 인공지능(Artificial Intelligence)에 관한 논의에서 근간이 되는 이
론은 정신의 '유물론'과 '기계론'이다. 유물론이란 인간의 정신은 어떤 물질
로 구성되어 있지 생명과 같은 것은 존재치 않는다는 이론이다. 이러한 문
제에 대한 철학자인 이종권 교수의 말을 들어보자.

> 아마 최초의 생명체도 … 어떤 일정한 수의 생명 없는 물질로부터 복잡한
> 화학적인 결합에 의해 생겨났을 것이다. 다시 말해 생명체가 보이는 여러

성질이나 기능을 창발적인(emergent) 성질이라고 말할 수 있다. 따라서 지금 어떤 생명체를 형성하고 있는 모든 물질을 그것과 꼭 마찬가지 구조를 갖도록 인위적으로 결합할 수 있다면 그 결합물은 그 생명체가 지니고 있는 것과 동일한 성질을—생물학적인 기능을 포함하여—지니게 될 것이다. … 인간을 이루고 있는 각종의 세포 이외에 '정신'과 같은 구성물은 없는 것이다. (1쪽)

컴퓨터의 발달과 더불어 인공지능을 연구하는 많은 철학자들과 과학자들이 유물론보다 좀 더 급진적인 견해인 기계론을 주장하기도 한다. 그 기계론이란 "세포와 같은 생물학적인 요소가 아닌 반도체와 같은 물질적인 대상들을 엮어서 만든 이를테면 공학적인 기계에 의해서도 정신이 갖는 기능을 대체할 수가 있"고 "인간 정신이 할 수 있는 기능을 모방하는 고도로 복잡한 기계가 가능하며 그러나 의미에서 정신은 일종의 기계에 불과하다"(2쪽)는 것이다. 기계론자들은 심지어 컴퓨터와 같은 기계적인 장치와 구성물들은 도덕적인 판단 능력까지도 실현할 수 있다는 생각을 가지고 있다. 영국의 수리논리학자인 앨런 튜링은 소위 모방 게임의 일종인 튜링테스트를 통해 기계의 지적 사유 능력을 인정하려 한 최초의 학자이다.

그러나 존 루카스 같은 학자는 이에 정면 반대하여 인간은 어떤 계산 기계에 의해서도 모방될 수 없는 지적인 능력을 지닌다고 주장했다. 이종권 교수도 어떠한 기계도 인간 정신과 동일한 것은 없다고 말하면서 반기계론자인 존 설에 의거하여 자신의 입장을 다음과 같이 정리하고 있다.

기계론자들은 사고한다거나 이해한다와 같이 심적인 기능을 컴퓨터에 인정하기 위해서는 인간과 동일한 입력과 출력을 내는 것만으로 충분하며 컴퓨터의 하드웨어, 즉 물질적인 구조 자체까지 인간의 이를테면 뇌의 구조와 동일해야 할 필요가 없다고 본다. … 그런데 인간이 의미 파악과 같은 정신적인 기능을 발휘할 때 지니는 지향적(intentinal) 태도는 인간의 두뇌에서 일어나는 인과적인 작용의 결과라고 생각하지 않으면 안 된다. 인간의 두뇌에서 일어나는 것과 동일한 인과적인 작용은 인간의 두뇌와 동일한 물질적인 구조, 즉 생물학적인 구조와는 전혀 다른 순전히 물리학적인 구조를 지닌다. 이런 구조를 가진 컴퓨터는 인간이 정신적인 작용을 할 때 지니게 되는 것과 동일한 지향적인 태도를 지닐 가능성은 처음부터 배제된다. 그러므로 어떤 복잡한 컴퓨터라고 할지라도 인간과 동일한 사고능력을 지닌 존재로 간주될 수 없다. (8쪽)

위와 같은 반기계론자들의 견해는 오늘날 많은 일부 과학자들은 물론 대부분의 인문·사회과학자들에 의해 공유되고 있다. 그러나 생화학자인 고경신 교수는 적어도 정신의 유물론에 대해서도 일정한 지지를 보여주고 있다. 그는 "정신을 지적 능력에만 제한하지 않고 모든 감정과 인간 행동을 주관하는 힘으로 생각하더라도, 그 포괄적인 정신 능력이 모든 인간 뇌와 신경 구조 체계에 의하여 가능해진다"고 전제하고 "가장 복잡한 뇌의 기능을 생물화학적으로 성분과 구조를 분석하고 관련된 인과관계를 해석하는 것이 생화학, 생물학, 유전공학과 의학 등의 여러 분야에서 놀라울 정도로 깊이 이루어지고 있다"(1쪽)고 소개한다. 그는 생화학자답게 조심스럽게 정신의 물질적인 토대의 가능성을 제기하고 있다. 그는 나아가 인간 신경 구조와 뇌의 기능과 정신 능력과의 관계가 좀 더 광범위하게 해명된다면 기계가 인간의 정신 활동을 해낼 수 있을 것이라고까지 예상하면서 다음과 같이 자신의 견해를 요약한다.

현재의 컴퓨터는 인간 뇌의 복잡성에 비교를 할 수조차 없는 기계이기 때문에 컴퓨터가 정신 능력을 할 수 없다는 것은 당연한 일일 것이다. 그리고 인간의 정신 능력을 이해할 수 있는 기계라는 뜻에서 정신과 기계를 따로 생각하는 것보다는 뇌라는 기계에 의한 정신으로서 차라리 하나로 보는 것이 더 타당할지 모른다. … 인간의 육체와 정신의 두 세계를 이해하면 인간의 실체를 이해하려는 인간의 궁극적 목적이 어느 정도 달성될 것이다. 이렇게 이해의 폭이 넓혀졌을 때 조물주(God)에 대한 어떤 이해가 구체화되고 조물주의 관계도 밝혀질 수 있는 무한한 가능성도 생각할 수 있다. 정신과 기계의 관계는 철학에서만 아니라 과학과 신학 등의 모든 인간 활동의 기본 과제이다. (1~2쪽)

우리는 지금까지의 정신과 기계라는 철학자와 과학자의 토론에서 대립되는 견해를 살펴보았다. 이러한 논의를 출발점으로 하여 글쓰기에서 인간/정신(작가)이 기계(컴퓨터)를 만나는 접속지점에서 일어날 수 있는 몇 가지 문제들을 논의해보자.

2. '사이버필리아'와 '사이버포비아' 사이에서

정보초고속도로를 가져오는 컴퓨터의 발명 이래 그것에 대한 열광으로 컴퓨터가 가져올 수 있는 이상사회를 성급하게 논하는 경우가 많아지고 있다. 물론 이러한 컴퓨토피아에 대해 일정한 거리를 두어야 한다는 이 새로운 기계에 대한 비판도 만만치 않다.

1992년 가을호『현대비평과 이론』지에 "컴퓨터 시대의 글쓰기"라는 특집이 실렸다. 이 특집에 참여한 분들은 철학 전공자, 문학 전공자, 작가였다. 이들은 대체로 우리가 이제 후기산업사회의 새로운 정보문화 시대의 한가운데 서 있음을 인정하였다. 이들은 컴퓨터 시대의 글쓰기의 가능성을 조심스럽게 모색하며 우리가 흔히 '만능해결사'로서의 컴퓨터에 대해 빠지는 행복감을 경계하며 이 새로운 글쓰기 도구의 비교적 어두운 면에 우리의 주의를 환기시켰다고 볼 수 있다. 이 글도 어떤 의미에서 그러한 논의의 연장선상에서 쓰이는 것이다. 다만 좀 더 밝은 면에 초점을 맞추고자 한다. 그러면 우선, 순서가 좀 어색하기는 하지만 컴퓨터 글쓰기의 어두운 면부터 살펴보기로 하자.

우리는 컴퓨터를 처음 대하고는 그 위력에 감탄하기도 하고 찬사를 보내기도 하면서 천신만고 끝에 사용법을 익히게 된다. 그러나 펜으로 쓸 때와는 다른 어렵고도 짜증스러운 상황에 너무나 자주 처하게 된다. 대부분은 컴퓨터 사용자의 조작 미숙이나 새로운 기계에 대한 지적·정서적인 오해에서 비롯되는 것이다. 따라서 언제나 문제는 소프트웨어를 얼마나 이해하고 능란하게 사용하는가이다.

우리는 컴퓨터를 사용하는 행복감이나 기쁨보다는 언제나 사소한 불안에 시달리며 초기에는 거의 노이로제에 빠지게 된다. 조작 미숙으로 또는 사소한 어처구니없는 실수로 여태껏 이루어놓은 작업들이 무(無)로 돌아가지나 않을까, 정전되어 다 날아가지 않을까, 기계에 고장이 생겨 오도 가도 못하지 않을까, 불안하다. 이에 대해 컴퓨터 글쓰기를 가장 많이 하고 가장 능숙한 사람 중의 하나인 소설가 구효서 씨의 사연을 그의 「뛰는 독자, 걷는 작가」의 한 부분을 통해 들어보자.

먹혔다는 말. 정확한 표현이 아니라고 생각한다. 그게 정녕 먹힌 것이라면, 먹은 놈의 배를 갈라 흔적 정도는 찾아낼 수 있어야 한다. 배 가를 시기를 놓쳤다면 적어도 그 놈의 똥 정도는 확인할 수 있어야 한다. 그것을 보면서, 지난 밤 내내, 혹은 지난 주 내내 신열을 앓으며 써 낸 상상의 산물이 최후엔 저딴 모습을 하는구나 하고 자위를 하든 통곡을 하든 할 것이다.

그러나 흔적이 없다. …

누군가가 훔쳐 갔다면 차라리 참을 만하다. 다시는 찾지 못하더라도 어디엔가 존재한다는 믿음을 가질 수 있으니까. 찾다가 지쳐 포기하는 것과, 찾는 것을 원천적으로 봉쇄당하는 것 사이의 엄청난 차이. …

결국 아무것도 할 수 없는 것이다. 찬 바람을 쐬고 나면 괜찮아지겠지. 바깥으로 나가 거리를 쏘다녀 보지만 자꾸 억울하다는 생각이 든다. 하소연할데도 없이 무작정 억울하다. 그때 눈물이 나온다.

아아, 기계 속으로 망연히 사라져버린 나의 분신, 나의 영혼의 조각이여. 컴퓨터를 사용하는 사람치고 그 전자기기에 자신을 먹힌 위와 같은 경험을 해보지 않은 사람은 거의 없을 것이다. 필자도 오래전에 미국 대학원에서 같이 공부하던 친구가 박사학위 논문을 위한 1년여의 작업의 결과인 거의 300면이나 되는 원고를 먹히고 나서 절망, 좌절, 분노에 빠진 모습을 보고 충격을 받은 적이 있다. 이와 같은 경험을 하고 난 후 컴퓨터 열광증(Cyberphilia)에서 벗어나 컴퓨터 공포증(Cyberphobia)에 시달려 급기야는 노이로제에 걸리는 극단적인 경우도 없지 않다.

사용자의 실수이건, 전원의 문제이건, 기계 자체의 결함이건 간에 컴퓨터 글쓰기는 좀 더 근본적인 문제를 야기한다. 컴퓨터를 가장 능란하게 많이 사용하고 있는 영문학자인 장경렬 교수의 지적처럼 컴퓨터를 사용하여 글을 쓴다는 것은 "편리함을 얻는다는 명분 아래, 우리는 이전의 필기도구가 우리에게 약속했던 글쓰기의 미덕을 너무도 많이 잃어버리고 … 글에 대한 우리의 성취감을 빼앗겨"버리는 것이다.(앞의 책, 32쪽)

이 밖에도 학자들이나 작가들이 지적하는 컴퓨터 글쓰기의 문제점은 적지 않다. 몇 가지만 예를 들면 '글쓰기의 과정에서 사고의 단편화', 글쓰는 이의 개성적인 '필체의 평준화', '글을 쓰는 사람의 느낌과 감정의 무화(無化)' 그리고 맹목적인 기계 물신화와 그에 따른 종속화의 심화, 다시 말해 글쓰는 이의 시공간적인 독립성과 주체성의 상실까지도 문제점으로 지적될 수 있을 것이다. 컴퓨터의 프린터에서 뽑아낸 신속하고도 깔끔한 활자화에 대한 우리의 탄성과 열광은 인간의 상상력의 빈곤을 가져올 수도 있다. 이 점을 장경렬 교수는 다음과 같이 지적해내고 있다.

> 활자화란 글의 신비화를 유도하는 과정일 수도 있지만, 동시에 글의 비개성화를 유도하는 과정일 수도 있다. 즉, 컴퓨터로 쓴 글에는 글쓴이의 개성과 감정이 쉽게 드러나지 않는다. 만일 산업화된 현대사회가 안고 있는 문제 중의 하나가 인간의 몰개성화와 기계적 정형화라면, 컴퓨터를 사용한 글쓰기는 바로 이러한 상황을 단적으로 드러내 주는 예가 될 수 있는 것이다. 글의 몰개성화와 기계적 정형화는, 어떤 의미에서 본다면, 인문학의 원동력인 창조력과 상상력 자체의 빈곤화와 다를 것이 없으리라. (32쪽)

장 교수는 같은 논문에서 컴퓨터 시 쓰기와 볼펜[육필] 시 쓰기와의 차이와 문제점을 이성부 시인의 「이 볼펜으로」(1971)라는 시를 새로운 각도로 분석함으로써 아주 설득력 있게 보여주고 있다. 그러면서도 장 교수는 우리가 처해 있는 (볼)펜의 시대나 붓의 시대로 돌아갈 수 없고 컴퓨터 글쓰기를 부정할 수 없는 '현실'을 지적하며, 잠정적으로 "물론 이용하기에 따라서 글쓰기 영역에서도 컴퓨터는 대단한 잠재력을 보일 수도 있다. 그럼에도 불구하고, 창조적 또는 논리적 글쓰기에 종사하는 사람에게 컴퓨터는 여전히 고지식하고 경직된 기계일 수 있는 것이다. 이를테면, 어떻게 사용하는가에 따라 '약'(藥)이 될 수도 있고 '독'(毒)이 될 수도 있는 … 이 컴퓨터"(앞의 책, 46쪽)라고 결론을 내리고 있다.

한편 창작을 하는 소설가 구효서는 앞서 인용한 바 있는 「뛰는 독자, 걷는 작가」라는 글에서 컴퓨터에게 당하고 먹힌 뼈아픈 경험을 들추어내고 있지만, "필요악(?)"으로서의 컴퓨터에 매달릴 수밖에 없는 현실을 잘 지적해내고 있다.

> 작가도 안팎으로 도전받고 있다. 내부적으로는 기억력과 필체와 과정을 상실해 가며 노이로제 증상을 키운다. 일주일치 시간을 블랙홀에 빼앗기고 현실성을 비웃는 볼거리에 빼앗기고, 시행착오만을 반복적으로 요구하는 퀴즈 프로그램에 빼앗긴다. 잠재적 독자가 소멸해가면서 전혀 새로운 사실의 탄생을 강요하는 독자가 늘어간다. 테크놀러지 자본주의의 소비구조에 편입되지 못하는 작품은 작품으로서의 가치를 철저히 잃어버린다. 안팎의 도전이라기보다는 총체적 도전이다.

그렇다면 지금과 같은 고도의 기술 정보의 새로운 문화 상황에서 글쓰기 도구로서의 컴퓨터의 사용이 불가피하고, 더불어 그것에 어떤 가능성이 있다면 그것은 무엇인가?

3. 컴퓨터를 통한 소설 생산과 유통의 새로운 가능성

컴퓨터가 소설 쓰기에 좀 더 전문가적이면서도 적극적으로 도와줄 수 있을지를 생각해보기로 하자. 만일 모든 소설의 플롯을 입력해서 데이터 베이스에 넣어둔다면, 현역 작가는 물론 소설가 지망생, 문학 연구자와 일반독자들에게 커다란 도움을 줄 수 있을 것이다. 이러한 작업은 블라드미르 프로프의『민담의 형태학』(*The Morphology of Folktale*)에서처럼 일종의 구조주의적인 방식이 될 것이다. 이러한 자료를 통해 누구도 쉽게 소설을 쓸 수 있을 것이고 조합소설도 가능하게 될 것이다. '인공두뇌'(Artificial Intelligence)를 이용한 무수한 '하위플롯'(Subplot)들의 순열조합을 통해 전문 소설가들의 이상적인 플롯 구성에도 도움을 줄 수 있을 것이다. 시의 경우에도 엄청난 양의 시어 분석, 이미지 분석, 상징 분석, 기타 수사적 표현 분석을 컴퓨터를 통해 수행하고 데이터베이스화함으로써 시를 연구하거나 감상비평하거나 창작하는 데에 자극을 줄 수 있을 것이다.

또는 여러 장면들에 관한 가능한 상황들의 예를 분류하여 입력시켜놓으면 필요한 경우에 참조하거나 변용하여 사용할 수도 있을 것이다. 주제별로 분류하여 입력해두는 것도 편리할 것이다. 이에 따라 입력에서 빠진 주제나 장면들을 찾아내어 새로운 소재나 주제를 발굴할 수도 있다. 이쯤 되면 컴퓨터는 글/소설 쓰기에서, 단순한 보조적인 역할에서 벗어나 전문가적인 역할을 해낸다고 말할 수 있다. 이러한 상황이 정착화된다면 소설 쓰기란 작가 개인의 독창적인 영감이나 상상력이라는 용광로에 의해 일차적으로 창조되는 것이 아니라 여러 주제나 언어나 상황들을 컴퓨터의 권고에 따라 구성하고 조합하여 제작하는 이차적인 협업 작업이 될 수도 있다. 모든 사람들이 넓은 의미에서 '작가'(作家)가 될 수 있는 시대가 된다.

소설 쓰기에서 컴퓨터의 기능이 확대되면 소설가 또는 작가가 직접 편집을 할 수 있게 되고 편집 양식도 다양해질 수 있다. 그리고 엄청난 인쇄기술상의 쇄신이 가능해진다. 각종 글자체를 다양하게 사용하고, 선형적 조판이나 획일적인 구성에서 탈피하여 새로운 페이지의 미학과 형이상학을 수립할 수도 있다. 전통적인 책의 형태도 사라지고 '입체 소설', '비디오 소설', 'CD-ROM 소설' 분야도 개척될 것이다. 소설이라는 텍스트 중심의 매체에서 멀티미디어(multimedia)로 이동될 것이다.

전자음악, 컴퓨터그래픽, 홀로그램, 비디오 예술 등의 경우에서처럼 컴퓨터는 작가나 독자들에게 우리 현실 세계에서 경험할 수 있는 모든 상황들에 대하여 시공을 초월한 대리 경험을 가능하게 한다. 그뿐 아니라 우리의 의식세계를 초월하는 '가상의 현실', '잃어버린 과거'나 '미지의 세계'에 대한 경험도 가능케 함으로써 총상상력적인 영역을 개척하여 소설 쓰기의 새로운 가능성을 제고할 수도 있으며 미지의 영역을 개척할 수도 있다.

컴퓨터는 소설 원고가 소설가의 손을 벗어나 일반 독자들에 도달하기까지의 유통구조에도 커다란 변모를 가져올 것임에 틀림없다. 출판사로 넘어온 소설 원고는 조판 과정을 거쳐 인쇄소, 제책사를 통해 제작이 완료되면 총판이나 도매상 또는 소형 서점으로 나아가 일반 독자들의 손에 들어가게 된다. 그러나 이러한 오랫동안 계속된 유통구조는 이미 무너지고 있다. 소설가의 컴퓨터에서 막바로 독자의 모니터로 들어가거나 프린터기에 연결되어 작품을 즉각 독자가 읽을 수도 있고 특정 독자들만을 위한 특정 작품의 창작이나 제작도 가능하게 되었다. 애독자 또는 정기구독자들로부터 소설의 플롯이나 주체나 등장인물에 관한 조언이나 요청을 받고 바꿀 수도 있으리라. 물론 작가는 PC통신 회사에 의해 작품 공급을 받는 불특정 다수의 독자들을 위해 소설을 쓸 수도 있다.

소설의 창작에 대한 개념도 바뀔 것이다. 한 천재적인 작가의 독창적인 상상력에 의존해 쓰인 창작품이라는 '아우라'는 사라질 것이다. 왜냐하면 작가가 화면을 통해 열린 텍스트를 독자들에게 제시하면 독자들은 자신들이 원하는 대로 이야기를 끌어나가거나 첨삭할 수도 있기 때문이다. 작가와 독자가 글쓰기 마당에 함께 참여하게 된다면 공동 창작 또는 집단 창작의 가능성이 더욱 커질 것이다.

이 밖에도 소설가나 작가들은 이제 '노트북'이라는 간편한 휴대용 컴퓨터를 가질 수 있어 집필 장소와 시간의 제약을 극복할 수 있게 되었다. 앞으로는 연필이나 펜 만한 크기의 펜 컴퓨터가 나오지 말란 법이 있겠는가? 이미 필체 판독 컴퓨터가 나와 글쓰기에서 키보드의 키를 건드리지 않고도 그대로 인쇄되어 나오고 있으며 음성 감지 컴퓨터는 '말로 쓰는 소설'도 가능하게 하고 있다. 작가가 손으로 만지작거리거나 눈만 깜박거리거나 머리에서 생각한 것을 컴퓨터가 알아채고 그대로 글을 뽑아낸다면, 지금의 '글쓰기'의 운명은 어떻게 되는 것일까?

4. 인공지능을 뛰어넘는 뉴로컴퓨터로 만드는 '문학'

컴퓨터는 앞으로는 단순한 보조적 역할을 하는 기계에서 벗어나 전문가적인·인공지능적인 기능에서도 진일보하여, 그 자체가 작업을 할 수 있는 기계가 아닌 인간에 가까운 것이 될 것이다. 다시 말해 궁극적으로 하드웨어와 소프트웨어 사이의 구분이 없어지게 될 것이다. 이러한 일종의 '연결주의적' 컴퓨터 모형은 특별한 적용 과정을 작동시키는 일반화된 규칙(프로그램에 의하지 않는) 결선(結線)이 아닌 사용 자체를 통해 학습 과정이 일어나게 만드는 자기 변형적인 병렬적 신경조직망들(neural networks)을 통합시킨다. 여기에서 모델은 역시 인간의 두뇌이다.

이러한 새로운 정보 처리 방식에 대해 김영정 교수는 다음과 같이 설명하고 있다. 좀 길지만 소개해보기로 한다.

> 인공지능과 신경과학의 발달로 표준적인 컴퓨터가 채용하고 있는 직렬처리 방식을 기반으로 한 연구는 '연결주의'(Connetionism) 또는 '피디피'(PDP) 연구라는 이름하에 진행되고 있다.
>
> 첫 번째 이름은 계산이 중앙처리장치뿐만 아니라 다수의 극히 단순한 처리장치들의 복잡한 연결체계에 의해서도 수행된다는 점(그물구조의 인공신

경망)을 지적하기 위해 지어졌다. 두 번째 것은 '병렬분산처리'(Parallel Distributed Processing)의 약호인데, 같은 아이디어를 의미하는 것이다. 이 병렬 처리 방식이 가져다주는 실로 어마어마한 이점은 매우 높은 계산강도를 필요로 하는 문제들이 매우 빠른 속도로 해결된다는 점에 있다. 그러나 속도만이 그런 방식을 채택하도록 만든 유일한 특징은 아니다. 병렬처리기는 체계가 손상되었을 때에도 기능적 지속성을 잃지 않으며 습득된 지식을 일반화하여 새로운 환경에 적용하는 능력 같은 매우 흥미로운 몇몇 계산적 속성들을 가지고 있다. 특히 그런 체계의 구조는 표준적인 컴퓨터들의 직렬구조보다 인간의 두뇌를 훨씬 더 닮고 있기 때문에, 이 모든 점은 인지과학자들을 흥분시키고 있다. (21쪽)

이렇게 볼 때 인간을 가장 닮은 인공지능을 갖춘 컴퓨터가 나올 날도 언젠가는 있으리라. 이것은 결국 모든 참여자가 접근 가능한, 공유하는 정보공간인 매트릭스(matrix; 입력도선과 출력도선의 회로망)에 대한 새로운 개념을 가져온다. 두뇌 자체의 신경망을 매트릭스의 망에 합궁(合宮)시킴으로써 인공두뇌 주자인 컴퓨터는 인간과 기계의 구별은 물론 지적 노동과 육체 노동 사이의 구별을 없애버린다. 이러한 고도 구성 체계인 매트릭스 안에서 선형성(직렬성)은 사라질 수밖에 없다. '연결'은 더 이상 반드시 위계질서적으로 구성될 필요가 없고 이전에 정해졌거나 권위가 부여된 명령에 맞출 필요가 없이 상호작용하는 교차 결합이 가능해진다.

위와 같은 작업이 어느 정도 이루어진다면 인공적으로 만든 신경세포인 '인공 뉴런'이 생겨나고 제6세대 컴퓨터인 뉴로컴퓨터는 인간의 신경세포와 같은 역할을 하여 여러 가지 방식으로 결합하여 인간 두뇌의 신경망과 같은 기능을 가질 수 있게 될 것이다. 따라서 인공 뉴런이 장착된 컴퓨터는 미리 결정되어 있는 프로그램이 될 수 없게 된다. 다시 말해 만들기도 어렵고 작동기술 익히기도 쉽지 않은 소프트웨어 자체가 필요 없게 되는 것이다. 이러한 미래의 뉴로컴퓨터는 종합적으로 스스로 알아서 처리하는 인간 두뇌에 가까운 작용을 할 수 있기 때문이다.

앞으로 개발될 뉴로컴퓨터와 지금까지의 인공지능과의 차이를 설명하면 다음과 같다.

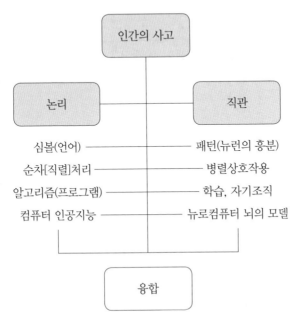

(『두뇌에 도전하는 미래 컴퓨터』, 205쪽)

위의 그림에서 볼 수 있듯이 인공지능 컴퓨터는 논리적 · 순차적 · 단편적으로 전문가처럼 인간을 돕지만, 제6세대 컴퓨터라 불리는 뉴로컴퓨터는 연결적 · 종합적 · 직관적으로 스스로 프로그램을 만들어가면서 인간을 도와줄 수 있게 된다. 이렇게 되면 이미 지적했듯이 컴퓨터는 지금처럼 인간의 글쓰기의 보조적인 조수로 쓰이다가 점점 그 자체가 전문가가 되어 인간을 돕다가 급기야는 컴퓨터 자체가 아무런 소프트웨어 프로그램 없이 소설가가되어 작품을 써내는 시대가 올 것임을 일단은 상상할 수 있다. 이 밖에 꿈의 컴퓨터로 불리는, 기계이기보다 인간에 보다 더 가까워지는 미래의 컴퓨터인 '바이오컴퓨터'도 가능하다는 말이 있다. 뉴로컴퓨터나 바이오컴퓨터가 인간의 가장 내밀하고 복잡하고 지성적 · 정서적 활동의 하나인 상상력 행위, 또는 문학행위에 어떠한 영향을 미칠 것인가? 아무도 모른다. 어떤 가설이 증명되고 이루어진다면 제사에서의 김영정 교수의 지적처럼 컴퓨터가 인간보다 훨씬 빠르고 쉽게 완벽하고 능률적으로 감동적인 문학작품을 생산해내는 사태가 일어날지 누가 알겠는가? 그러한 날이 올 때 우리는 인간 주체가 부재하고 작가의 독창성이 배제된 그것도 계속 '문학'이라 부를 수 있겠는가?

5. '인간'과 '기계'가 대화하는 '글쓰기'

우리는 글쓰기에 관한한 이미 새로운 과도기에 들어서 있다. 수동식 및 전동식 타자기를 통해 조금은 연습하고 있었던 기계 필기/글쓰기 도구 시대의 초입에 와 있다. 어떤 의미에서 우리는 컴퓨터라는 기계에 대해 애증병존적인 감정과 느낌을 가지고 있다.

컴퓨터를 사용하고 있는 우리는 첨단 기계를 소유하고 사용하고 있다는 일종의 도취감에 빠져 있는 듯하다. 수년 전 걸프전에서 선진제국의 첨단 기술총합체인 컴퓨터로 통제되는 여러 가지 고도전자 병기를 사용하여 적을 무력화시키는 전쟁 현장을 (미증유의) 위성 생중계(전쟁을 중계하다니! 그러나 그것은 첨단장비들 간의 기술전쟁으로 공상과학 영화를 보는 듯했다. 이것이 우리가 살고 있는 시대인가?)로 보면서 첨단기술의 위대성(?)에 감탄했다. 어쩌면 일종의 '숭엄미'(sublime)마저 느꼈는지도 모른다. 학자, 작가 등 많은 사람들이 첨단 글쓰기 전자장비인 워드프로세서 기능이 장착된 컴퓨터를 사용함으로써 소위 테크놀로지의 황홀경을 즐기는 것은 아닌가? 앞으로 이러한 상황은 더욱 가속화될 것이다. "만일 인간과 같은 능력을 지닌 혹은 인간보다 더욱 뛰어난 능력을 지닌 번역·문예비평·창작 컴퓨터가 개발된다면, 그것이 인문학 분야, 더 나아가 사회 전반에 미칠 영향은 우리의 상상을 초월할 정도로 엄청날 것이(며) … 이것은 곧바로 인문학 분야에서의 우리의 개념적 틀의 근본적인 변혁을 의미할 것"(김영정, 9쪽)이라는 한 인문학도의 견해는 너무나 당연한 것이다.

　그러나 우리는 아직도 첨단기계가 아닌 육필로 (연필이나 (볼)펜이나 붓으로) 쓰는 글쓰기에 대한 엄청난 애착과 미련을 가지고 있다. 글쓰기란 모든 정성을 들이고 주의력을 집중시켜 상당한 필압(筆壓)을 가지고 우리의 영혼과 육신의 조합체로서 생각하기/생성해내기/글쓰기라는 성스러움·물질성·육체성이 종합된 신비화되고 제식화된 행위—백지 위에 말/글로 무엇인가 만들어 낸다는 독특한 희열과 자긍심과 더불어—라고 여긴다. 글쓰기 행위란 우리가 음식을 먹는 행위, 성행위 등과 같이 본질적이며 중요한 행위일 뿐 아니라 인간만이 해낼 수 있는 가장 엄숙한 창조 행위이기 때문이다.

　결국 남는 문제는 '글쓰기'의 타자인 기계냐 동일자인 인간이냐의 문제이다. 어떤 이는 컴퓨터 하면 무조건 혐오하거나 두려워하는 반기계주의(Luddism)에 빠져 컴퓨터를 멀리 하는 증상(Cyberphobia)을 보이기도 한다. 지구상의 생명체 중 최고로 복합적인 기능을 가진 인간 두뇌의 지적·감성적 기능을 기계가 어찌 필적할 수 있겠는가? 과연 기계가 얼마나 인간이 될 수 있겠으며 결국 기계 신(神)이 인간을 속박하고 무력화시키는 것은 아닌가?

　그러면서도 최근에는 컴퓨터에 너무 관숙되어서인지 컴퓨터가 없으면 글을 쓸 수도 없고 생각도 떠오르지 않는다고 불평하는 사람들의 수가 늘어나고 있다. 또는 아직 기계적인 조수의 수준에 머물러 있는 컴퓨터의 기능과 작동에 대해서도 지나치게 찬탄(Cyberphilia)하여 물신화하는 경향도 적지 않은 듯하다. 그들에게는 '컴맹'(컴퓨터 문맹, Computer illiteracy)들이 이방인처럼 보이고, 인간의 숨결과 땀냄새가 스며든 육필보다 컴퓨터 프린터기가 토해낸 기필(機筆)들이 더 전문적이고 세련되게 보이는지도 모른다. 그들은 지나치게 도구적 이성에 함몰된 것일까?

　그러나 컴퓨터를 열심히 사용하는 많은 사람들이 컴퓨터 복합증(노이로제, Keyboard Complex?)에 사로잡혀 있다. 우리는, 순간적으로 키를 잘못 눌렀다든지 해서 몇 시간의 작업이 다 지워져 없어진다든지 도대체 전혀 작동을 하지 않는다든지 하는 데서 경험하듯이 우리의 사소한(?) 실수에 대한 기계(컴퓨터)의 잔인하면서도 정확한 지적과 결과에 대해 두려움과 적대감을 가지게 된다. 그러나 우리에게는 기계에 대한 이해가 필요하다. 앞으로는 퍼지이론(fuzzy theory), 혼돈이론(chaos theory), 인공지능(artificial intelligence), 인지과학, 신경세포학, 생체기계학(biomechanics) 등의 발달이 만능 해결사로서의 과학과 기계에 대한 우리의 오해, 이질감, 적대감이 완화되는 계기를 줄 것임이 틀림없다. 단순한 글쓰기에서 복잡한 소설 쓰기에 이르기까지 컴퓨터 사용의 명암 문제는 이런 커다란 기술사적이고, 문명사적인 계기와 밀접하게 연계되어 있다. 기계문명에 강력하게 저항했던 영국 낭만주의의 비극적 시인인 셸리(P. B. Shelley)는 『시의 옹호』의 서두에서 인간 능력의 양면인 기계적인 능력과 상상적인 능력의 협동과 대화적 관계를, 나아가서 '기계/타자'와 '인간/동일자' 사이의 공감각적 상상력을 이미 주창하지 않았던가?[1]

---

1) 컴퓨터적 글쓰기에 대한 최근의 포괄적인 논의는 『오늘의 문예비평』의 특집 참조. "멀티미디어/문학/문화" 특집(21호, 1996년 여름), "네트워크, 컴퓨터, 글쓰기(Ⅰ)—사이버 문학인가, 컴퓨터문학인가" 특집(25호, 1997년 여름), "네트워크, 컴퓨터, 글쓰기(Ⅰ)—하이퍼 텍스트와 하이퍼 픽션" 특집(26호, 1997년 가을). 이 밖에 1996년 가을에 창간된 사이버 전문 계간지 『버전업』에 실린 글들 참조.

9장 『새 한국사』(2013)에 나타난 역사 기술 전략

— 이태진의 외계충격설을 중심으로

> 외계 충격에 의한 장기 자연재난은 대기권으로부터 인류의 생활과 정신
> 세계에 영향을 미쳤다. 한편, 인류는 각자의 생활터전인 지상의 지리적 조
> 건으로부터도 제약을 받았다. 대기와 대지, 이 두 가지는 역사로서의 인간
> 활동을 구속하는 기본요소였다. 한국사에 대한 이해가 일국사[一國史]의 좁
> 은 협곡에서 벗어나 "동아시아가 있는 역사"가 되려면 두 가지 요건을 모두
> 충족시켜야 한다.
>
> — 이태진, 『새한국사』, 2012, 28쪽

1. 들어가며

필자는 최근 새로운 시각으로 쓴 한국의 역사를 읽으면서 지금까지와는
다른 역사 기술 방식에 깊은 인상을 받았다. 그 책은 다름 아닌 한국사를 위
하여 40여 년간 연구 생활 끝에 나온 역저인 이태진의 『새한국사』이다. 한국
사학자 이태진의 "새로운 스타일의 통사"의 새로운 접근은 머리말 격인 「책
을 내면서」에 잘 나타나 있다. 첫째는 세계화 시대의 한국사를 한반도내의
한나라의 역사로 국한해온 미시적인 접근을 지양하고 "중국, 일본, 그리고
현재의 만주 지방과 중앙아시아의 유목민족"(5쪽)들과 연계된 동아시아라는
큰 맥락에서 거시적으로 한국의 역사를 살피는 접근 방법이다. 개인뿐 아니

라 역사와 문명도 홀로 존재할 수는 없고 주변 지역과의 끊임없는 교섭과 교류, 그리고 이주와 이동 속에서 서로 영향을 주고받으며 형성되는 것이기 때문이다. 이태진의 말을 들어보자.

> 19~20세기는 세계사적으로 민족국가(nation-state)가 발전하던 시대였다. 이런 세계사적인 여건은 역사학자들에게 일국사 중심의 역사에 몰두하거나 익숙하게 하여 전 지구적 환경 변이 속에서 일어났던 민족, 종족 간의 연동(連動)의 긴 역사를 볼 수 없게 만들었다. 세계화 시대의 역사학은 이제 이를 바로잡는 것에서부터 새로 시작할 필요가 있다. '연동의 역사'는 전 세계 사적 차원에서도 새로 살펴야 할 과제이다. (8쪽)

역사학 전공자가 아닌 필자가 보기에도 한반도의 역사는 너무나도 당연하게 항상 주변 국가들과의 도전과 응전 속에 언제나 놓여 있었다.

『새한국사』에서 채택된 두 번째 접근 방법은 매우 새롭다. 이 방법은 이태진이 "20여 년 전부터 조선시대 중기의 전란과 민생 피폐로 인해서 혼란했던 역사의 원인"(6쪽)을 밝혀내고자 하는 과정에서 "장기 재난 현상 발생"에 대한 그 근본 원인으로 "외계 충격설"(Theory of Terrestrial Impact)을 만나게 된다. 그는 외계 충격을 "소행성과 혜성 등의 지구 근접 물체들(Near Earth Objects)이 지구의 대기권에 끌려 들어와서 공중 폭발하거나 지구 표면에 충돌하는 현상"(6쪽)으로 기술하고 있다. 여기서도 지구의 문제는 지구 행성 자체의 문제점들도 있지만 더 큰 영향을 주는 것은 오히려 지구 근접 물체들인 유성(流星)들과 소행성들과의 관계 속에서 생겨나는 것이다. 1970년대 이래 과학적 연구들은 "소행성들의 개수가 많고 유입 기간이 길면 자연재난이 발생함으로써 지상에 사는 생명체들이 입게 되는 타격이나 피해"가 크며 "지구는 우주적 존재로서 지구와 그 자체와 그 위에 사는 생명체는 외계 충격으로부터 결코 자유롭지 않"(7쪽)음을 밝혔다.

이태진이 역사학계에서는 비교적 생소하고 새로운 이론인 우주과학자들의 외계 충격설을 한국의 역사 서술에 적용하게 된 계기는 조선 중기 사회의 동요와 혼란의 원인을 밝히기 위해 태조에서 철종까지 조선왕조 470여 년 간의 자연 이상 현상에 관한 기록들을 『조선왕조실록』에서 찾아 정리하는 과정에서였다. 연구 결과 조선 중기의 270여년 간에 "대량의 유성이 지구 대기권에 돌입한 사실(서울에서 육안으로 관측된 것만도 3,300여 개)"(8쪽) 임을 알게 되었고 "조선 중기의 혼란과 피폐가 유교의 관념론에 빠진 사람들의 인재(人災)의 소치가 아니라 장기적인 자연재해, 곧 천재(天災)가 일차적인 근본적 원인이었다"(8~9쪽)고 결론 내린다.[1] 그는 동아시아에서 있었던 장기적인 외계 충격들과 한국사와의 관계를 다음과 같이 언명한다.

> 이 책에서 독자들은 장기적인 외계 충격기에 동아시아에서 격동하는 역사가 여러 차례 있었다는 사실을 접하게 될 것이다. 농경지대에서 실농(失農), 기근, 전염병 만연이라는 연계적 재난이 기존의 통치 체제를 흔들어놓을 때, 북방의 유목민족들은 목초지 변동으로, 그리고 부족한 식량을 획득하기 위해서 남쪽 농경지대로 이동하여 동아시아 전체가 격동 속에 놓이는 역사를 보게 될 것이다. 그리고 그 동요 속에서 농경문화 지대의 한민족이 어떻게 고난을 겪으면서 살아남게 되었는가를 알게 될 것이다. 한반도라는 좁은 지역에서 진행된 한민족의 살아남기는 역경의 극복 바로 그것이었으며, 그것이 오늘날 '역동'의 한국을 있게 한 근원이라는 힘도 발견하게 될 것이다. (8쪽)

『새한국사』에서 한국 역사의 시대 구분은 저자가 "외계 충격에 의한 장기 재난 현상을 역사 변화의 중심"(9쪽)에 두기 때문에 "사회 성격보다 왕조 중

---

1) 이태진은 구체적인 예로 소빙기현상을 들고 있다. "『실록』은 유교적 자연재이관에 따라서 자연이상현상을 충실하게 관측하여 기록을 남겼는데, 그것의 분석으로 소빙기 현상의 지속기간이 1490년부터 1760년까지 약 270년간 이라는 것, 그리고 그 원인이 다량의 유성이 대기권에 돌입하였기 때문이라는 것 등을 알 수 있게 되었다 … 『실록』을 통한 소빙기의 외계충격 현상에 대한 분석은 연관현상 일체를 파악할 수 있는 특별한 성과를 가져왔다. 20여 개에 달하는 연관현상의 추출은 『삼국사기』『고려사』의 자연이상현상에 관한 기록들을 외계충격현상의 관점에서 분석하는 것을 가능하게 하였다."(25~26쪽)

심"으로 이루어지고 있었다. 따라서 제1부는 "선사시대에서 역사시대"로 지구의 역사와 한반도의 신석기 문화에 남겨진 외계 충격 현상과 자취를 다루고 장기 자연 재난 속의 종족이동, 철기 문화의 대두와 고조선의 발전을 다룬다. 제2부는 삼국시대, 제3부는 통일신라시대, 제4부는 고려시대로 나누고 조선 초기, 중기, 후시가 각각 제5부, 6부, 7부로 배당되었다. 저자는 장기 자연재난이 각 시대별로 어떤 영향을 미쳤는가를 살피고 있다.「프롤로그」에서 이태진은 지구과학계의 정설에 따라 현재 인류 역사시대에 실재한 외계 충격기는 기원전 3500~600년과 기원후 680~880년, 1100~1200년, 1340~1420년, 1490~1760년 등 다섯 시기로 나뉜다고 소개하고 있다. 이제부터는『새한국사』에 제시된 외계 충격설과 동아시아 연동설의 구체적 사례를 한 가지씩만을 예들 들고자 한다.

2. 통일신라 시대 재난 극복의 종교적 노력과 유불선 삼교
: 680~880년

한반도에서 7세기에 이르러 신라가 삼국을 통일하여 통일신라가 성립되었다. 이태진에 따르면 이 무렵 "지구는 다시 다량의 유성이 대기권에 돌입하는 외계 충격 속에 놓이게 된다. 이 재난은 삼국 쟁패권이 막바지에 접어든 660년 전후에 이미 간헐적으로 조짐이 나타나더니 680년부터 시작하여 근 200년 동안 계속되었다."(142쪽) 이러한 사실은 고려 중엽에 발간된 김부식의『삼국사기』의 기록에서 알 수 있다. 이 역사서에 기록된 내용 중 정치 관련 기사가 38.2%로 가장 많이 차지하고 그다음으로는 천재지변과 자연 이상 현상에 관한 것이 928건으로 27.4%를 차지한다는 것이다. 이태진이 제시한 143쪽의 〈표 8-1〉 "『삼국사기』의「신라본기」의 유성 낙하의 대표적 연관 현상 기록"에 따르면 680년부터 880년까지의 200년간 외계 충격에 의한 자연재난들이 집중적으로 나타난다. 여기에서 홍수, 가뭄 등의 기상이변은 외계 충격과 관계없이 지구상에서 자체적으로 일어나는 자연 재해이므로 제외되었다.

7세기 후반부터 시작된 외계 충격을 연대기별로 잠시 소개해본다. 681년 문무왕 21년 음력 1월에 하루 종일 대낮이 밤같이 어두웠고, 5월에는 지진이 나고, 유성이 나타났고, 6월에는 큰 유성이 북쪽에 떨어졌다. 683년인 신문왕 3년 4월에는 마을에 눈이 한 자가 내렸고 10월에는 혜성이 나타났다. 그 이듬해 음력 10월 어느 날 저녁 무렵부터 새벽까지 유성이 사방으로 떨어졌다. 702~737년에 재위했던 성덕왕 시대에도 뭇별들이 흐르듯 나타났고 큰 유성이 2회나 떨어졌다. 하늘의 연관 현상 때문에 달이 빛을 잃었고 흰 무지개가 나타나고 천둥번개가 심했고, 우박, 대설, 대풍, 대수, 지진, 큰불, 가뭄, 이상 난동 등이 계속 기록되어 있다. 사실상 이러한 기록들은 실제의 숫자보다 훨씬 적게 기록되었을 가능성을 감안하면 상당한 수의 외계 충격으로 인한 자연 격변과 재난이 발생했을 가능성이 있다. 이러한 자연 재해의 경우 임금의 통치가 잘못되어 하늘이 노하여 천재지변이 일어났다고 간주하기도 하고 어떻게 하면 하늘의 분노를 달랠까를 고심하여 여러 가지 방책을 내놓게 마련이다. 구체적으로 대처하는 방식도 무색하지만 제사를 지내든지 사찰을 짓고 죄인들을 석방하거나 난민들을 위해 나라의 곡간을 열어 나누어 주기도 했다. 인간의 이러한 노력들에 의해 외계 충격에 의한 자연재난은 중지되지 않는다.

그러나 이태진에 따르면 헌강왕(875~886년 재위)에 이르러서야 운 좋게도 지구에 그리고 한반도에 외계 충격 현상이 약화되어 거의 끝나는 시기가 도래한다. 이때의 모습을 『삼국사기』는 다음과 같이 기록하고 있다고 이태진은 소개한다.

헌강왕은 재위 6년 음력 9월 9일에 축조의 신하들과 왕궁의 누각에 올라 서울의 사방을 바라보았는데, 민가는 끝없이 이어져 있고 노랫소리와 돼지소리가 끊이지 않았다고 하였다. 이것은 후대 사람들이 통일신라를 태평성대로 인식하는 데에 적지 않게 영향을 준 기록이다. 그런데 이 태평성대는 통일 이후 늘 그랬던 것이 아니라 근 200년간의 외계 충격 현상이 끝난 뒤에야 비로소 이루어진 것이었다. 그것도 아주 짧은 기간의 분위기였다. (184쪽)

바로 이때에 신과 바다의 정령인 처용이 역귀와 재난을 물리치는 힘을 가진 존재가 되어 신앙의 대상이 되었고 나아가 이 시대의 신화가 되었다.

그렇다면 이 시기의 외계 충격에 의한 재난의 극복을 위해 어떤 노력이 있었던가? 그것은 고대의 어떤 인류 문명사에서든 볼 수 있듯이 종교에 의탁하는 일이다. 불교가 국교였던 통일신라는 당연히 불교에 자연재해와 재난이 일어나지 않도록 축원하였다. 불국사, 석굴암, 봉덕사종(에밀레종)의 축조와 건조도 모두 이 시기에 있었다는 사실도 외계 충격에 따른 재앙과 깊은 관련이 있을 것이다. 불국사와 석굴암은 751년 경덕왕 10년에 시작하여 776년인 혜공왕 12년에 완공되었고 봉덕사종은 707년에 주조가 시작되어 몇 차례 실패 끝에 771년에야 완성되었다. 이태진은 다음과 같이 설명한다.

불국사와 석굴암 그리고 성덕대왕 신종은 모두 외계 충격의 천재지변이 심각한 때에 만들어진 것이다. 따라서 이 재난 극복을 위한 것으로 봄이 타당하다. 우주를 지배하는 도솔천의 제석(帝釋)에게 신라의 거국적인 불심을 이 건축물에 담아 재앙을 없애줄 것을 간절히 기원하였던 것이다. 성덕왕의 저 유명한 피리 만파식적(萬波息笛)에 담긴 소원도 마찬가지였다. 왕은 "이 피리를 불면 군사는 물러가고, 병이 낫고, 가뭄에는 비가 오고, 오던 비는 개고, 바람은 가라앉고, 물결은 평온해지는" 효험을 도솔천의 제석에게 빌었던 것이다.

신라의 왕들이 재난 극복을 위해서 취한 불교식, 선교적 조치들은 『삼국유사』에서 더 찾아볼 수 있다. 향가 창작의 출발점이라고 할 수 있는 융천사의 「혜성가」와 월명사의 「도솔가」가 그러하다. 전자는 진평왕 때의 일에 관한 것이다. 그리고 후자는 통일기 장기 내란 중에 있었던 일에 관한 것이다. 즉 경덕왕 19년(760년)에 열흘간에 두 개의 해가 나타나서, 왕이 이에 대한 대책으로 부처님의 은혜를 입은 화랑 국선(國仙)의 한 사람인 월명사를 불러 노래를 짓게 하였던 것이다. 외계 충격 현상의 하나인 환일(幻日) 현상이 나타나서 벌어진 것이다. (151쪽)

외계충격의 자연재난 기간 중의 신라의 왕들은 이태진에 따르면 불교나 선교뿐 아니라 유교에도 의탁하였다. 성덕왕은 주현(州縣)의 지명과 중앙관청의 이름을 한자로 바꾸는 정책을 폈고 불국토의 지명을 유교식으로 고쳐 유교의 하늘(天)에도 예를 갖추고 정성을 표시하였다.(151쪽)

3. 조선 중기의 새로운 경세론과 실학의 태동: 1490~1760년

이태진은 제6부 조선 중기 부분의 "서양 문명과의 만남과 실학의 태동"이라는 소제목이 붙은 부보에서 "새로운 경세론과 실학의 태동"에 관해 논한다. 이태진은 "외계 충격의 재난과 잇따른 전쟁들로 민생이 극도로 피폐해지자 뜻있는 사대부들은 민생을 보장할 수 있는 방책을 새로운 차원에서 숙고하기 시작"(406쪽)했다고 전제한다. 16세기에는 성리학의 천명론과 심성론에 의해 천재지변을 막으려 했으나 계속 실패하고 백성의 살림살이는 더욱 더 어려워지자 주자학을 최고로 신봉하던 사대부들 사이에서도 생활을 실질적으로 개선시킬 수 있는 실사(實事)가 강조되기 시작하면서 "실학"(實學)이라는 등장하기 시작하였다. 이태진은 실학을 "고착된 학문 체계가 있는 것이라기보다 어떤 시대에 어떤 시대에 현실을 진보적으로 타개해 나가려는 학술 경향이 있었기를 기대하는 정신적 소산"(407쪽 각주)로 보고 한국 사학계에서 통용되는 이 용어를 "조선 후기의 경세치용(經世致用), 이용후생(利用厚生)의 학문을 가리키는 역사적, 시대적 개념"으로 파악한다. 그는 『새한국사』에서 조선 후기 실학에 대해 사회 경제사 분야의 "내재적 발전론"과 성리학의 한 분파에 불과하다는 논쟁에서 벗어나 16세기 성리학과 구별되는 17세기 이후에 대두되기 시작한 실학을 "이 시기의 외계 충격의 장기 자연 대재난에 대한 학문적, 사상적 반응으로 풀어 합리적 해석"(408쪽)을 시도하고 있다. 좀 더 자세한 내용을 그를 통해 길지만 직접 들어보자.

흔히 실학의 선구자로 알려진 유성룡, 이수광 등 16세기말, 17세기 초의 뜻있는 사대부들의 "실학"은 곧 소빙기 자연재난과 전란의 피해로부터 인민을 구제하는 것을 목표로 삼았다. 김육 등이 추진한 대동법 시행과 화폐 유통책은 문란해진 조세제도를 새로운 차원에서 개혁하여 국가적 구조 사업의 재원을 얻는 한편 원활하게 물신을 유통시킴으로써 민생의 새로운 활로를 기대한 것이었고, 실제로 17세기 조선 사회의 파국을 타개하는 길을 열었다. 조세제도의 혁신을 통한 경기 활성화에 초점을 둔 개혁이었다.

반면에 유형원 등의 사회개혁사상은 인생의 근거가 토지라는 인식하에 토지 소유와 경작 노동력 사이의 불평등 관계를 해소함으로써 경제적 기반을 균분, 균산의 원칙에서 재편성하고 교육기회도 균등하게 한 뒤에 능력에 따라서 선발된 인재들에게 국가경영을 맡기는 이상론을 지향하였다. 소빙기 재난으로 경제력이 저하된 상태에서 잉여의 자원마저 신분적으로 우월한 자들이 일방적으로 독차지하는 현실을 강하게 비판한 것이었다. 이 개혁안은 17세기 당대보다는 18세기 탕평군주들의 정치가 소민(小民) 보호를 기치로 내걸 때에 새롭게 주목을 받았다. 그와 같은 비판 위에서 토지 개혁안을 제시한 대표적인 실학자가 서유구(徐有榘, 1764~1845), 정약용(丁若鏞, 1762~1836) 등이었다. (408~409쪽)

이태진의 위와 같은 실학에 대한 발생론적 설명을 들어보면 한국의 현대 역사학의 세 가지 흐름인 실증주의 역사학, 민족주의 역사학, 마르크스주의 역사학에서 듣기 어려운 다른 시각을 접할 수 있다. 외계 충격에 의한 장기 자연재난 현상으로 각 시대의 지구환경을 먼저 살피는 것은 위와 같은 3대 역사 연구 방법과 확실하게 구별된다고 할 수 있겠다.

17세기 송시열을 중심으로 한 노론의 학문은 주자학이 주류를 이루었으나 주자학의 이념을 비판적으로 극복하려는 학자들이 등장했다. 홍대용, 박지원, 이덕무, 박제가 등이 그들인데 지동설 등을 주장하는 서학(西學)을 높이 평가하고 청(淸)나라의 문물을 선진적인 것으로 간주하였다. 17세기 소위 북방 오랑캐가 중국을 지배하여 중원을 지배하게 되자 조선의 사대부들 사이에는 진정한 중화의 문화가 사라지게 되었으니 조선이 중화주의를 계승 발전시킨다는 뜻에서 소위 "소중화"(小中華) 사상이 대두되었다. 그러나 북방 오랑캐 출신들이 세운 청나라가 문화적으로 경제적으로 크게 번성하여 선진문화를 이루는 것을 목도한 일부 실학자들이 17세기 재난 극복 과정에서 청나라를 공개적으로 배울 것을 주장하였다. 청에 비해 문물 상황에서 크게 뒤떨어져 열악한 상태인 조선은 청의 제도와 문물을 적극적으로 수용하여 발전을 이루어야 한다고 적극적으로 주장한 사람은 『북학의』(北學議)를 쓴 박제가였다. 그는 조선의 낙후한 기술과 상공업, 그리고 교통수단 등 전방위적이고 선진 청국 문물을 배우자고 주장하였다. 박제가는 "일본, 안남, 서양이 모두 중국의 절강, 교주, 광주 등지와 무역하고 있으니 우리도 이 나라들과 어울리기를 바란다는 뜻을 청조에 알리면 거절할 리가 없다고 하여 청조의 해금정책을 우리 스스로가 깰 것을 제안"하였고 "그 교류가 이루어지면 다른 나라의 기계문명을 배우고 사람의 이목이 넓어져 왕정에 크게 도움이 될 것"(471쪽)이라고까지 주장하였다. 이보다 앞서 박지원은 『열하일기』에서 "이용후생과 개방적 세계관"을 주장하며 "압록강을 건너 북경에 이르기까지는 주로 벽돌집의 편리함, 효율적인 난방, 수레의 편의성, 상업의 번성 등 중국인들의 생활문화의 장점을 주로 전하는 한편, 고구려 유적지 곳곳에서 우리 역사에 대한 주체적 인식을 폈다."(470쪽)

이러한 전형적인 견해에 대해 당시 조선 왕조 초기의 사대부 중심의 국가관에서 벗어나 소민보호주의에 관심을 가졌던 군주 정조는 관심이 많았으나 1800년대에 갑자기 죽게 되어 실학의 모든 사상들과 실천 전략들은 이루어질 수 있는 기회를 잡지 못했다.

4. 나가며

『새한국사』에서 저자 이태진이 1970년대 이후 서구 지구과학계가 이론으로 세운 전 지구적인 "외계 충격설"을 한국의 역사 서술에 적용한 것은 매우 새롭고 바람직하다. 한 지역과 한 나라에 국한된 역사라 할지라도 전 지구적인 연동(連動) 속에서 논의하고 장기 자연재난이 지구의 인간 문명과 문화에 직접적으로 엄청난 영향을 준 상황을 포괄적 고려하는 역사의식은 글로컬(世方化) 시대에 적절한 사유방식이다. 충적세 후기(신석기시대 또는 청동기시대)의 외계 충격에 의한 자연재앙을 이태진은 단군신화 등에도 적용한다.

> 단군신화는 충적세 후기의 충격에 공포가 낳은 천둥번개신을 주제로 한 창세신화의 하나였고, 북방식 고인돌은 외계 충격 현상 속에서 지구의 곳곳의 사람들이 가공스런 충격 현상에 대한 고인돌로서 또는 피난 의식에서 시작한 거석 문화의 하나였다. (500쪽)

역사 서술에서 중요한 것은 일관성과 연속성이지만 또한 돌연변이적 단절성과 비연속성도 결코 무시할 수 없는 요소이다. 역사 서술은 이 두 가지 요소를 변증법적 또는 대화적으로 연접시키는 작업이다. 외계 충격설은 지구를 터전으로 삼고 살고 있는 인간의 삶의 상황과 조건들을 결정짓는 하나의 큰 틀이다. 이러한 우주론적 상상력의 거시적 안목인 인류의 역사를 역동적으로 감지하고 인식하는 데 필수적이다.

이후의 삼국시대와 발해, 통일신라 시대, 고려 시대, 조선 후기에 이르는 한반도의 역사의 흐름을 외계 충격에 의한 장기 자연재난에 따라 다시 읽고 새로 쓰는 작업은 비교적 일관성이 있다.

이런 맥락에서 680년부터 880년 사이에 있었던 외계 충격 현상을 토대로 한 이태진의 "발해"의 흥망에 관한 논의는 동북아시아의 전체적 조망 속에서 매우 설득력이 있어 좀 길지만 여기에 소개한다.

> 이 기간에는 통일신라와 대제국 당나라가 서로 동일한 조건에서 서서히 함께 무너져내린 것을 살필 수 있었다. 무엇보다도 이 시기에 북방에 위치한 발해 왕조의 융성의 한 단서를 찾을 수 있었던 것은 소중한 성과였다. 고

구려 유민이 지배층을 이루었다고 하는 발해는, 외계 충격으로 인한 기온 강하 속에 모피의 수출의 특수가 생긴 가운데 모피 조달의 주역인 말갈의 여러 수렵부족들을 대외수출 시스템으로 묶는 데에 성공하여 넓은 영토의 왕조가 된 것을 알 수 있었다.

7~9세기의 외계 충격 현상은 북방 발해에게는 융성을 가져다주는 한 원인이 되었지만, 중국에서는 당제국이 멸망하고 오대십국의 혼란을 겪게 하였다. 당제국 동요의 직접적인 계기인 번진(藩鎭) 세력의 등장 시대에 산동성 일대를 고구려 유민계가 장악하고, 발해가 모피 수출을 위해서 이와 유대를 가졌고, 그 고구려 유민계가 몰락한 후에 청해진의 장보고가 그 활동을 대신하게 되는 관계가 드러나 장보고 중심으로만 알았던 고대 한민족 계통의 해상 활동의 진취적 모습을 더 풍부하게 찾아볼 수 있었다. 한편, 서북방에서는 거란이 일어나 요를 세워 남쪽 10국의 명멸(明滅)과는 달리 안정을 누렸다. 그 동쪽의 발해는 모피 특수가 끝난 시점에서 거란의 의해서 멸망하였고, 거란은 12세기에 외계 충격 현상이 다시 시작한 상황에서 무너졌다. (500~501쪽)

이태진의『새한국사』에서 보여준 한국 역사 서술의 새로운 방법론이 조선 후기의 "천주교의 확산"과 "동학의 등장"에서 끝난 것이 매우 아쉽다. 저자 자신도 "근현대사" 부분을 다루지 못함을 적으면서 "저자가 현대사 분야에서 문외한이라는 조건이 가장 큰 장애 요인이지만, 빠른 시일 내에 이 분야의 성과들을 소화하여 온전한 통사에 대한 책무를 다하고자 한다"(10쪽)고 약속했다. 앞으로 한국의 "온전한 통사"가 될 그 책이 벌써부터 기다려진다.『새한국사』에서 이태진이 시도한 충적세 이후의 외계 충격설을 토대로 한 한국 역사 서술 방식은 다른 나라의 일국사(一國史)뿐 아니라 세계사 서술에도 큰 계통이 되리라 믿는다. 이 새로운 방법은 역사 서술뿐 아니라 경제학, 사회학, 정치학 등 여러 사회과학 분야는 물론 문학, 역사, 철학 등 인문학 분야의 공부와 연구에도 큰 시사점을 던져주리라 확신한다. 한국문학(사), 영국문학(사) 나아가 세계문학(사)도 외계 충격으로 인한 자연재난과 연계되어 서술된다면 어떻게 될까? 문학이 인간의 삶과 환경을 가장 구체적으로 보편화시키는 담론화 작업이라고 볼 때 장기 자연재해가 문학 담론에 커다란 영향을 끼쳤다는 것은 분명한 사실이다. 나아가 거대한 우주의 아주 작은 하나의 모퉁이에 불과한 지구라는 인간 삶의 환경으로 볼 때 그 속에 옹기종기 모여 살아온 인간들이 얼마나 왜소하며 우주자연은 얼마나 장대한가를 다시 한 번 깨달으면서 숭고한 경외감과 동시에 겸손한 마음을 가지지 않을 수 없다. 외계 충격도 거대한 우주의 운행에 따른 피치 못할 현상이라면 인간은 과연 그 자연의 재앙에 어떻게 대처할 수 있을 것인가?

제3부

철학
— 사유의 이미지와 인간의 미래

… 철학의 개념적 사유는 어떤 사유의 이미지를 암묵적으로 전제하고 있으며, 선-철학적이고 자연적인 이 사유의 이미지는 공통감의 순수한 요소로부터 차용되었다. 이 이미지에 비추어보면, 사유는 참과 친근하고 형상적으로 참을 소유하며 질료상으로는 참을 원한다. 또 모든 사람들 각각이 사유한다는 것은 의미를 알거나 알고 있다고 간주되는 것도 바로 이러한 사유의 이미지 위에서이다.

　… 이런 사유의 이미지를 우리는 독단적 혹은 교조적 이미지, 도덕적 이미지라 부를 수 있다. 물론 이 이미지에는 여러 가지 변이형들이 있다. 가령 '합리론자'들과 '경험론자'들은 모두 이 이미지를 확립한 것으로 가정하지만, 결코 똑같은 방식으로 가정하는 것은 아니다. … 아무리 철학자가 진리는 결국 '어떤 도달하기 쉽고 모든 사람들이 이해할 수 있는 사태'가 아니라고 강조한다 해도, 이 이미지는 암묵적인 사태에서 계속 굳건하게 버티고 있다. 바로 이런 이유에서 우리는 철학들에 따라 바뀌게 되는 이러저러한 사유의 이미지가 아니라 철학 전체의 주관적 전제를 조성하는 하나의 단일한 이미지 일반에 대해 말하는 것이다.

─질 들뢰즈, 『차이와 반복』, 김상환 역, 294~295쪽

1장 롱기누스의 "숭고"의 윤리적 전환
— 재앙의 시대를 위하여

취미는 근본에 있어서 윤리적 이념들의 감성화를 (양자에 관한 반성의 모정의 유비에 의해서) 판정하는 능력이고, 또는 취미가 한낱 각자의 사적 감정에 대해서뿐만 아니라, 인간성 일반에 대해서 타당하다고 언명하는 쾌(快)는 바로 이러한 판정 능력으로부터, 그리고 그 위에 기초하고 있는, 윤리적 이념들에서 나오는 감정─이것을 도덕 감정이라고 일컫는다─에 대한 보다 큰 감수성에서 유래하는 것이므로, 취미를 정초하기 위한 참된 예비학은 윤리적 이념들의 발달과 도덕 감정의 교화라는 것이 명백해진다. 이러한 도덕 감정과 감성이 일치하게 될 때에만 진정한 취미가 일정불변의 형식을 취할 수 있을 것이니 말이다.

─ 칸트, 『판단력비판』, 백종현 역, 406쪽

우리가 간과해서는 안 될 사실은, 롱기누스의 글이 처음부터 구체적인 수신인을 겨냥해서 작성된 편지였다는 점이다. 편지의 목적, 다시 말해 『페리 홉수스』[숭고미론]의 본래 사명은 윤리적-정치적인 것으로, 그 향수 어린 가르침의 핵심은 다음과 같다.(XLIV, 3, 63쪽) "인간이 자신의 소멸하는 부분들을 찬미하고 불멸의 증대를 소홀히 여긴다면(그 얼마나 애석한 일인가)." huper-airô, 즉 인간사(anthropina)마저도 "초극"하고 넘어선다는 것은 무슨 말인가? 그것은 바로 죽음을 놓고 싸운다는 뜻이다. 신들은 "불멸"이

다. 소멸을 넘어서는 어떤 것, 사멸하는 인간과는 다른 질서에 속한 어떤 것
과의 관계 맺음. 이것이 숭고의 유도를 통해 우리가 겪게 되는 일이다.
— 장-뤽 낭시 외, 『숭고에 대하여』, 김예령 역, 17~18쪽

1. 들어가기

　천재(天災)든 인재(人災)든 전 지구적 재앙의 시대에 사는 21세기 인간들
은 공포와 경외감, 분노와 좌절에 쉽게 빠진다. 이러한 비루한 시대를 통과
하면서 우리는 정신의 고양(高揚)을 꿈꾸기 시작하였다. 현재의 철학, 종교,
정치, 경제, 과학에서 이룰 수 없는 위기의 시대 속에서 새로운 사유를 시작
하고, 지금까지와는 다른 비전을 제시하고 21세기 인간을 위한 가치 창출
을 위해 무엇을 할 수 있을까? 우리는 신자유주의적 자본주의 정신이 침윤
된 시장 사회에 살면서 무한 경쟁과 무한 이윤 창출에 대한 강박관념에 빠
져 있다. 풍요와 과소비 사회에서 우리의 욕망은 고삐 풀린 말처럼, 브레이
크가 파열된 자동차처럼 자기 통제 기능을 상실한 채 무한 질주하고 있다.
지구의 자연환경 생태계도 급속히 균형을 잃고 스스로 존재할 수 있는 힘이
약화되고 있다. 이러한 불균형은 지속적으로 종족, 지역, 계급 간의 갈등과
분쟁을 야기하고 있다. 이러한 우울한 우리 삶의 실존 상황은 사람들 사이
에 공감하고 상생하는 정신을 크게 쇠퇴시켰다. 한 지역 공동체, 나아가 지
구 마을에서 이웃을 사랑하고 관용하는 미덕은 이제 점점 희귀한 것이 되어
가고 있다. 인간의 육성, 지성, 감성의 역동적인 균형은 위축되고 인간성은
나날로 피폐해가고 있다. 어떻게 하면 사람들을 이러한 울적한 상황에서 벗
어나게 할 수 있을까?
　필자는 무한 경쟁의 시장 사회 속에서 날로 고갈되고 아래로 가라앉고 있
는 인간의 영혼을 어떻게 고양시킬 수 있을까의 문제에 고심하던 중 기원후
1세기의 그리스에서 살았던 디오니시우스 또는 롱기누스(확정되지 않아 흔
히 "의(儀)-롱기누스"(Pseudo-Longinus)라고도 불린다)에 의해 쓰인 최초의

문학비평 중의 하나인『숭고미론』(Peri Hypsous)에서 그 실마리를 찾았다. 롱기누스는 그 결론 부분에서 당대 사회의 도덕 윤리적 타락에 대해 개탄하면서 인간성을 고양시키기 위해 숭고의 개념을 도입할 것을 선포하였기 때문이었다. 필자는 미학의 "윤리적 전환"(ethical turn)이라고 부르고자 하였던 바 이 용어가 이미 칸트 전공학자인 존 자미토(John H. Zammito)가 1992년 발간한『칸트의『판단력비판』의 생성』의 서문에서 사용되고 있음(6~8쪽)을 알게 되었다. 숭고에 대한 윤리적 접근은 사실상 칸트 이전에 18세기 중반 영국의 정치학자이며 미학 이론가인 에드먼드 버크에 의해서 밝혀진 바 있다. 그는 자신의 미와 숭고에 대한 저서인『숭고와 미의 근원을 찾아서─쾌와 고통에 대한 미학적 탐구』(김혜련 역, 1757)의 결론 부분에서 다음과 같이 언명하고 있다.

> 나의 목적은 숭고와 미에 관한 비평을 탐구하려는 것이 아니라, 그 두 주제를 식별하고 구별할 수 있는 원리들을 수립하고, 그리고 그것들을 위한 일종의 기준을 마련하려는 것이었다. 나는 우리에게 사랑과 경이를 불러일으키는 본성을 가진 것들의 속성들을 탐구함으로써, 그리고 어떤 방식으로 그 속성들이 작용하여 그러한 정념들을 산출하는지를 탐구함으로써 그 목적이 가장 잘 수행될 수 있다고 생각했다. (버크, 281쪽)

여기서 필자는 버크가 말하고 있는 "우리에게 사랑과 경이를 불러일으키는 본성을 가진 것들의 속성들을 탐구"하기를 윤리적 접근의 단초로 보고자 한다.

2. 롱기누스의『숭고미론』

서양에서 처음으로 숭고(미)에 대해 언급한 사람은 수사학자이며 작가인 로마의 롱기누스(1세기 또는 3세기)였다. 롱기누스의『숭고미론』은 상당한 분량이 분실된 채 현재에 전해지고 있다. 『숭고미론』은 롱기누스가 웅변술이나 수사학의 주제로 문체에 관해 쓴 글이다. 그의 주 관심사는 웅변술과 수사학의 최대의 덕목인 "설득"을 넘어서는 고양된 정신이다. 설득은 청중이나 독자를 이해시키거나 인식시킬 수는 있으나 그들의 영혼을 비루한 현실 세계에서 한 차원 위에 있는 고양된 상태로 이끄는 "감동"이나 "황홀"(transport)의 경지에는 이르게 할 수는 없다. 어떻게 하면 자꾸 가라앉으려는 인간의 정신을 계속 들어 올릴 수 있을 것인가? 롱기누스는 이런 영혼을 고양시키는 능력을 "숭고미"로 규정한다.

> 숭고미는 "표현의 우수성이나 독특함"에 있다거나, 가장 위대한 시인들과 역사가들이 그들의 탁월성을 획득하여 영원한 명성을 얻게 되는 것은 바로 이 숭고미 덕택이었다는 등의 이야기들 말이다. 숭고미가 산출하는 고양된 언어의 효과는 청중들을 설득하는 것이 아니라, 그들을 감동시킨다는 것이다. 항상, 그리고 어느 방식으로든, 경이로 우리를 감동하게 하는 것은, 단순히 우리를 설득하여 만족시키는 일보다, 더욱 효력이 강력하다. 보통 우리는 설득을 당하는 정도를 통제할 수 있다. 그러나 이들 숭고미를 주는 연설들은 불가항력의 힘과 통제를 행사하여, 모든 청중을 압도하게 된다. … 작문의 전체 구조를 검토한 후에서야 비로소 매우 느리게 그 처리 능력의 우수성이 드러난다. 그러나 시기 적절한 숭고미의 타격은 번개와 같이 그 앞에 있는 모든 것을 다 박살내고, 한번의 타격으로 연사의 강력한 힘이 드러난다. (『숭고미론』, 14~15쪽)

번개와 같이 우리에게 순식간에 타격을 줄 수 있는 진리와 아름다움에 있어서 진정한 숭고미는 공통점이 전혀 없는 사람들 사이에서도 한결같이 영향을 주는 특성을 가진다. 작품들이 우리에게 주는 이러한 특질인 숭고미는 어디에서 나오는 것인가? 롱기누스는 다섯 가지 출처를 다음과 같이 설명하고 있다.

특별히 장엄한 문체로 열매 맺게 하는 다섯 가지 출처가 있다. 이들 다섯 출처 밑에는 공통기반으로 탁월한 언어 구사력이 전제되고 있다. 그 능력이 없이는 쓸만한 어떤 것도 만들어낼 수가 없다. 먼저 생각하여야 할 가장 중요한 것은, 내가 크세노폰(Xenophon)에 관한 논평에서 설명하였듯이, 장엄한 개념을 형성할 능력이다. 두 번째로, 강력하고 영감이 가득한 정서를 자극하는 일이다. 숭고미의 이들 두 요소들은 대체로 타고난 것이다. 그 반면 나머지들은 배워서 기술로 만들어 낼 수 있는 것들이다. 두 가지 형식의 수사를 적절히 형성하는 일, 즉, 사고의 수사와 담화의 수사는, 단어의 선택, 이미지의 사용, 그리고 문체의 정교함으로 해결될 수 있는 고상한 어법을 창출하게 된다. 다섯째 출처인 장엄함은, 이미 언급된 모든 요소들을 포함하여 위엄과 고양으로부터 나오는 총체적인 효과이다. (앞의 책, 31쪽)

"탁월한 언어 구사력"을 토대로 다섯 가지 출처가 나온다는 "장엄한 개념을 형성할 능력"과 "강력하고 영감이 가득한 정서를 자극" 하는 일은 후천적으로 배워서 얻을 수 있는 능력이 아니라 천부의 재능에 속한다. 그러나 나머지 세 가지인 "단어의 선택과 이미지의 사용", "문체의 정교함" 그리고 "장엄함"은 배워서 쓸 수 있는 기술이다. 이 중에서 가장 중요한 특성은 "영혼의 고상함"을 불러일으키는 힘이다. 비루한 일상적 삶에서 헤매는 우리의 영혼을 들어 올려 감동과 충격으로 고상한 경지에 이르게 하는 일이 우리가 경주해야 할 최대의 노력이다.

우리가 위대한 사상가들이나 작가들이 창작한 우리의 영혼을 고상하게 만드는 저작들을 제대로 사용하는 것도 좋은 일이다. 그러나 롱기누스에서 또 중요한 것은 우리도 위대한 영혼들을 모방함으로써 숭고미가 있는 글이나 작품을 만들어낼 수 있다고 보는 점이다. 『논어』에 나오는 "술이부작"(述而不作)이라는 말은 우리의 영혼을 고양시키는 위대한 작품들을 읽고 해설하거나 설명하면 됐지 새로운 것을 쓰거나 만들어내지 않는다는 뜻이다. 그러한 창작 행위는 이미 모든 위대한 일을 했거나 말한 선현들에 대한 불경스런 행위라는 말이다. 그러나 롱기누스는 우리에게 마치 그리스의 대철학자 플라톤이 서양 문학의 아버지로 불리는 호메로스를 모방하고 겨룸으로써 그 자신이 위대한 사상가 그리고 탁월한 문필가가 되었음을 상기시키고 있다.

> 그것은 과거의 위대한 역사가들과 시인들을 모방하고 겨루는 일이다. 나의 사랑하는 친구여, 우리 이 목표를 마음에 깊이 간직하자. 많은 작가들은 다른 작가들의 영감으로부터 불길을 붙인다. … 어떤 방사물들이 옛 사람의 천재성으로부터 흘러나와, 그들과 겨루는 사람의 영혼들로 흘러 들어간다. 이들 방사물들 속에서 숨을 쉬게 되면, 영감의 징후를 전혀 보여주지 않았던 사람들조차, 그들 선조의 장엄함으로부터 어느 정도의 신적인 열광을 맛보게 된다. … 플라톤은 거대한 호메로스의 강으로부터 셀 수 없는 지류의 시내들을 끌어내어 자신을 위하여 사용하였다. … 이러한 일이 그렇다고 표절은 아니다. 오히려 그것은 아름다운 회화나 조각상, 또는 다른 예술 작품들로부터 받은 인상을 기록하는 것과 같은 것이다. 만일 플라톤이 처음에 마음과 영혼을 다하여 호메로스를 연구하지 않았다면, 그가 이렇게 자주 시적인 주제와 표현을 사용할 수 있거나, 그의 철학 이론이 그렇게 아름답게 꽃피우는 일이 있었으리라고 나는 생각하지 않는다. 그는 오랫동안 칭송을 받고 있는 챔피언과 겨루기 위하여 격투장에 오른 젊은 검투사와 같았다. … 명성을 위하여 싸우는 일과, 승리의 왕관을 쓰는 일은 고상한 일로 싸워 이겨볼 만한 일이다. 비록 선배들에 버금가지 못하더라도 불명예가 되지는 않는다. (앞의 책, 53~54쪽)

우리가 우리의 일상적 삶 속에서 롱기누스가 제시한 숭고미의 다섯 가지 출처에 따라 숭고한 작품들을 창작한 위대한 사상가들이나 작가들을 모방하고 견주어보는 일은 가치 있는 일이다. 롱기누스가 말하는 모방이란 오늘날 우리가 흔히 알고 있는 "흉내 내기"나 "따라 하기"는 결코 아니다. 모방(mimesis, imitation)이란 개념은 고대부터 동서양을 막론하고 단순한 흉내 내기 정도의 무익한 행위가 아니라 자신만의 창조를 위한 가장 중요한 준비 단계였다. 성현군자들의 말이나 행동을 따라 하다 보면 우리도 점차로 그들의 경지에 가까이 다가서는 것이 아닐까? 흉내 내다가 어느 지점, 어느 순간부터 자신만의 새롭고도 다른 목소리를 낼 수 있게 된다. 따라서 오래된 것을 모방하는 것은 새로운 것의 창조의 토대이다.『성서』에 태양 아래 진정으로 새로운 것은 없다는 말이 나오듯이 모든 것들은 이미 있었던 것들을 새로 빚거나 다르게 변형시켜 다시 만들어내는 것일 것이다. 여기에는 위대한 사상도 감동적인 이야기(문학)도 모두 해당된다.

3. 숭고의 윤리적 전회

그렇다면 롱기누스는 왜 이렇게 우리들의 영혼을 고상하게 하는 숭고미를 강조한 것일까? 그것은 롱기누스가 살았던 AD 1세기경의 그리스 시대에 인간의 위대한 본성이 타락하였기 때문이었다. 그는 세속주의와 물질주의의 나락으로 떨어지고 있는 인간성을 "숭고미"로 다시 고양시키고자 하였던 것이다. 롱기누스는 당대에 숭고미를 불러일으킬 수 있는 사상가나 작가가 없었음을 한탄하고 있다.

> 오늘날 우리 시대에, 대단히 설득력이 강하고, 날카롭고 기민하며, 특히 문학적인 매력의 자질을 가지고, 공적인 생활에 투신하기에 적합한 사람들이 있는지 의심스럽다. 그리고 진정으로 숭고함과 초월의 본성들은, 예외없이, 이제는 더 이상 만들어지지 않고 있다. 우리의 시대는 그렇게 문학이 세계적으로 기근을 맞이하고 있다! 민주주의는 위대한 사람들의 유모이고, 위대한 문학자들은 민주주의 아래에서만이 단지 융성하였다가, 민주주의와 함께 멸망한다는, 그 낡은 이론을 우리는 그대로 받아들여야 할 것인가? 그들은 말한다, 자유란 고귀한 영혼을 가진 자들의 상상력을 부양하고, 희망을 그들에게 부여할 힘을 가지고 있으며, 자유와 함께 서로 경쟁 의식을 키워, 일등을 차지하려고 열심히 경쟁하게 된다. 더구나, 공화국의 모든 사람들에게 열려 있는 상금으로, 지성을 갖춘 연설자들은, 계속된 연습으로 재능을 갈고 닦아 빛을 내어, 기대될 수 있는 바와 같이, 자유 속에서 키워낸 이들 재능들은 국가의 문제들에 빛을 던져주는 데 도움이 될 것이다. 오늘날 우리

는 어린 시절부터 노예의 근성에 익숙하여져 있어서, 우리의 마음들은 그 초기부터 노예의 습관과 준수에 폭 싸여 있다. 그리하여, 내가 자유라고 말하는, 그 가장 훌륭하고 가장 생산적인 원천인 웅변을 전혀 맛보지 못하고 있다. 이처럼 우리는 단지 숭고한 아첨자들로서 세상에 등장하고 있다.

그는 주장하고 있다, 비록 그가 남들과 다른 비범한 능력을 갖춘 자일지라도, 그가 자유가 없는 비천한 운명에 떨어지면 그는 연사가 될 수 없다. 노예가 결코 연사가 될 수 없는 이유가 바로 여기에 있다. (앞의 책, 125~126쪽)

그렇다면 인간 본성의 타락의 근본적인 원인은 무엇인가? 그것은 우리들의 욕망과 쾌락을 절제하지 못하는 데에 있다. 이러한 무절제는 돈에 대한 사랑으로 직접 연결되어 우리들을 편협하고 천박하게 만든다. 이러한 "무제한의 부의 신"이 인간에게 가져오는 결과는 엄청난 재앙이다.

우리가 만일 무제한의 부의 신을 만든다면, 자연스럽게 우리의 영혼 속으로 들어오게 될 악을 우리가 어떻게 들어오지 못하게 할 수 있을지, 나는 알 수 없습니다. 거대한 무제한의 부와 매우 가까이—사람들이 말하듯이, 한 발짝 한 발짝—무절제가 따릅니다. 무제한 부가 도시들과 집들의 대문을 열자마자, 무절제가 들어와 그곳에 집을 세우고, 부와 함께 지내게 됩니다. 세월이 지나면, 철학자들이 말하듯이, 그들은 우리의 인생에 보금자리를 짓고, 곧 자손을 낳기 시작하는데, 허세, 허영, 그리고 사치를 탄생시킵니다—이들은 서자들이 아니라, 그들의 진정한 자손들입니다. 부의 자손들이 성공하게 되면, 그들은 곧 우리의 가슴속에, 용서를 모르는 주인들인, 오만과 무법 그리고 몰염치를 키웁니다. 이런 일은 분명 일어납니다. 그때 인간들은 더 이상 그들의 눈을 들지 않을 것이고, 그들의 이름이 훌륭히 기억되는 일에 마음을 쓰지도 않을 것입니다. 그들의 인생의 파멸은 점점 완성되어 갈 것이고, 그들의 영혼의 장엄함도 시들어 희미하여져, 마침내 경멸 속으로 빠져들고, 그들은 자신의 사멸하는 능력들을 칭송하고, 불멸을 계발하는 일을 무시하게 될 것입니다. (앞의 책, 126~127쪽)

롱기누스가 살았던 AD 1세기의 그리스나 2천 년이 지난 21세기의 한국이나 고상한 인간성을 타락시키는 삶의 조건들이 변하지 않았단 말인가? 우리는 모두 돈이라는 신에 경배하고 예배드리느라 정신없어 우리 영혼을 고양시키는 숭고미에 더 이상 관심을 가지지 않는다. 우리의 영감을 불러일으키는 위대한 사상이나 문학작품이나 예술작품들과 가까워지려고 더 이상 노력하지 않는다. 롱기누스보다 수백 년 전에 중국의 성현 공자는 『논어』의 「양화편」에서 제자들에게 "자네들은 어찌하여 시를 배우지 아니하는가? 시는 감흥을 불러일으킬 수 있으며, 풍속의 성쇠를 살필 수 있게 하며, 사람과 잘 어울릴 수 있게 하며, 윗사람의 잘못을 풍자할 수 있으며…"(이강수 외 역)라고 말하지 않았던가? 중국 고대 문학의 경전인 『시경』(詩經)을 편찬한 공자는 그곳에 실린 305편의 시의 내용과 의미를 한마디로 "사무사"(思無邪)라고 했다. 이것은 시를 읽으면 욕망과 쾌락으로 가득한 사특한 마음이 없어지고 순화되고 정화된다는 뜻일 것이다. 이렇듯 고대로부터 고전문학이나 고전음악은 우리들의 사악한 마음을 숭고미를 통해 치유시켜 줄 수 있는 예술 장르이다.

롱기누스는 미완성인 채로 끝난, 아니 후반부가 분실된 채로 남아 있는 『숭고미론』의 결론 부분에서 인간관계에서 가장 치명적인 것 다시 말해 인간 본성 타락의 하나인 것은 "무관심"이라고 하고 있다. 특히 이웃에 대한 무관심이다.

> 간단히 말하자. 현 세대에서 우리의 영혼을 지치게 하는 것은, 거의 예외 없이, 우리 모두 우리의 인생을 그곳에서 보내야 하는, 바로 무관심이다. 우리는 어떤 일도 하지 않는다. 우리는 우리의 쾌락을 즐기거나 칭송을 받을 일 이외의 어떤 다른 동기로 어떤 일도 하지 않는다—우리의 친구들을 돕기 위하여 기꺼이 나서는 영예로운 욕망에서 비롯된 어떤 일도 전혀 하지 않는다. (127~128쪽)

우리는 지나친 이기주의에 빠져 있는지 몰라도 가까운 이웃이나 먼 타자들에 대해 전혀 관심을 가지지 않는다. 척박한 시대에 고단한 삶을 살아가는 사람들 사이의 공감의 결여나 사랑의 부족은 오늘날 인류 최대의 문제이다. 부처가 "대자대비" 즉 "불쌍히 여기는 마음"을 최고의 선으로 여기고, 공자가 "인(仁)" 즉 "남에게 어질게 대하는 마음"을 최고의 윤리로 삼고, 예수가 이웃 "사랑"을 최고의 교리로 삼은 이유도 타인에 대한 우리의 관심과 사랑이 부족했기 때문일 것이다.

필자가 이 지점에서 롱기누스에게 다시 주목하는 이유는 그가 문학에서 수사학과 문체론의 측면에서 숭고미를 논하면서 결론 부분에 가서 숭고미를 거의 인간의 윤리나 사회적인 도덕의 문제로 이끌어나갔기 때문이다. 넓은 의미에서 미의 문제는 궁극적으로 윤리적 문제와 연계될 수밖에 없다는 "윤리적 대전환"(Ethical turn)으로 옮겨갈 수밖에 없다는 것인가? 롱기누스는 자신의 시대를 살아가는 사람들이 인간 본성의 고상함을 유지하지 못하고 욕망과 쾌락의 노예로 전락하여 경멸과 파국의 시대로 나아가는 것을 막기 위해서 "숭고미"의 개념을 도입하여 땅을 기고 있는 인간의 영혼을 고양시키려는 것이 분명하다.

4. 나가기—버크, 칸트, 실러와 함께

롱기누스가 1세기에 숭고의 개념을 처음으로 개진한 이래 본격적으로 숭고에 대해 논한 사람은 18세기 영국의 에드먼드 버크일 것이다. 그는 『숭고와 미의 개념의 원천에 대한 철학적 논구』(1757)에서 숭고의 원천을 "공포"와 "고통"과 연계시키고 있다. 그의 말을 들어보자.

> 어떤 형태로든 고통과 위험의 관념을 촉발하기에 적합한 것, 말하자면 어떤 식으로든 무시무시한 모든 것, 또는 무시무시한 대상과 관련된 것, 또는 공포와 유사한 방식으로 작용하는 것은 어떤 것이든지 숭고(Sublime)의 원

천이다. 즉 그것은 우리의 마음이 느낄 수 있는 가장 강력한 감정을 산출한다. 즉 고통의 관념은 쾌를 낳는 관념보다 더욱 강력하기 때문에 어떤 감정보다도 가장 강하다. 내가 그것이 가장 강하다고 말한 까닭은 쾌에 속하는 다른 어떤 관념들보다 고통의 관념들에서 훨씬 큰 만족을 얻을 수 있기 때문이다. 의심의 여지 없이, 우리가 받는 모든 육체적인 고통들은 가장 박식한 사람이나 가장 활발한 상상력을 가진 사람들이 고안해낼 수 있는 쾌보다, 그리고 가장 건강하고 예민한 감각적 신체가 즐길 수 있는 쾌보다 심신에 더 큰 영향을 준다. (버크, 103쪽)

버크의 숭고 개념은 분명히 역설이다. 우리는 흔히 쾌를 찾고 고통을 피하는 것이 심리학의 상식으로 알고 있다. 그런데 고통과 공포에 더 끌리고 영향을 받는다는 것은 모순처럼 들린다. 이러한 버크의 개념은 아리스토텔레스가 비극론인『시학』에서 그리스 비극의 효과를 "카타르시스"로 본 것과 크게 다르지 않다. 우리가 비극을 보면 "연민과 공포"를 통해 오히려 우리의 마음이 평화감을 느끼거나 억압된 우리의 심리가 배설할 때처럼 어떤 해방감이라는 충족감을 느낀다는 것이다. 우리가 척박한 시대의 고단한 삶 속에서 늘 만나는 실제의 고통, 아픔, 슬픔을 미리 달래주고 순화시키는 능력을 "숭고" 속에서 미리 미학적으로 준비하여 예방책을 가지는 것인가?

버크보다 약간 후대의 독일의 극작가이며 미학 이론가인 프리드리히 실러(1759~1805)도 그의『숭고론』에서 다음과 같이 말하고 있다.

숭고의 느낌은 혼합된 느낌이다. 그것은 최고조에 달했을 때 공포 안에서 나타나는 멜랑콜리와 황홀한 경지까지 올라가고 그것이 실제로 즐거움이 아니라 해도 모든 즐거움보다 세련된 사람들에 의해 훨씬 더 애호되는 기쁨으로 구성되어 있다. 하나의 느낌 속에 이 두 개의 모순적인 감각의 결합은 논박할 수 없는 방식으로 우리의 도덕적인 독립을 증명한다. 왜냐하면 똑같은 대상들이 두 가지 다른 방식으로 우리와 연계되는 것은 절대적으로 불가능하기 때문에 우리 자신들은 두 개의 다른 방식으로 그 대상과 연계되어 있다는 말이 된다. 더욱이 두 개의 대립적인 성질은 우리 안에서 합쳐져

야만 하고 각자는 어떤 대상을 인식하는 데 정반대 방향으로 흥미를 가지게 된다. 따라서 숭고에 대한 느낌을 통해 우리는 우리 마음의 상태가 우리의 감각의 상태에 의해 항상 결정되는 것은 아니며 자연 법칙들은 항상 우리 자신의 법칙들은 아니며, 우리는 모든 감각적인 영향들과는 독립적인 우리 자신에게 적절한 원칙을 가지고 있다는 사실을 발견한다. (Schiller, 198쪽)

위의 글에서 실러도 숭고의 느낌을 "혼합된 느낌"으로 설명하고 있다. 숭고를 통해 우리는 동일한 대상에 대해 정반대의 대립적인 느낌이나 성질을 경험하고 있음을 알 수 있다는 것이다. 그러나 우리는 이러한 대립적인 성질을 우리 안에서 조화롭게 합쳐야 한다고 주장한다. 따라서 실러는 아름다운 것(미)과 숭고한 것(숭고)이 모두 우리에게 필요하고 인간 본성을 순화시키고 회복시키기 위한 우리의 "미적 교육"을 완성시키기 위해 특히 숭고의 개념이 필요하다고 보았다.

아름다운 것은 인간을 지시할 때만 가치가 있다. 반면에 숭고한 것은 인간 속에 순수한 악마를 지시할 때만 가치가 있다. 모든 감각적인 제약에도 불구하고 순수한 정신의 규칙에 의해 인도 받는 것이 우리의 본분이 확실하기 때문에 숭고한 것은 미적 교육을 완전한 전체로 만들고 어떤 경우든 감각의 세계를 넘어 인간 마음의 지각력을 우리의 본분의 완전한 영역까지 확장시키기 위해 아름다운 것을 보완해야만 한다. (Schiller, 210쪽)

버크와 실러의 경우에서 우리는 롱기누스가 『숭고미론』의 결론 부분에서 우리에게 웅변적으로 지시했던 숭고의 도덕적 그리고 윤리적 책무를 느낄 수 있다.

이러한 문학 예술을 통해 인간의 영혼을 고상하게 만들려는 노력은 18세기 독일의 철학자 임마누엘 칸트(Immanuel Kant, 1724~1804)에 의해서 종합적으로 제시된다. 칸트는 그의 3대 주저의 마지막 책인 『판단력비판』(1790)에서 미적인 것의 윤리성을 다음과 같이 적시하고 있다.

미적인 것은 윤리적으로-좋은[선한] 것의 상징이며, 그리고 또한 (누구에게나 자연스럽고, 또 누구나 다른 사람에게 의무로서의 요구하는 관계의) 이러한 관점에서만 미적인 것은 다른 모든 사람들의 동의를 요구함과 함께 적의한 것이다. 이때 우리의 마음은 동시에 감관인상들에 의한 쾌의 한갓된 수용을 넘어선 어떤 순화와 고양을 의식하며, 다른 사람의 가치도 그들의 판단력의 비슷한 준칙에 따라서 평가하는 것이다. (401~402쪽. 백종현 역, 이하 동일)

칸트는 이어서 미적인 것의 가치에 대해 다음 네 가지로 분류한다.

1. 미적인 것은 직접적으로 적의하다.
2. 미적인 것은 일체의 이해관심 없이 적의하다.
3. 상상력의 (그러므로 우리 능력의 감성의) 자유는 미적인 것의 판정에서 지성의 합법칙성과 일치하는 것으로 표상된다.
4. 미적인 것의 판정의 주관적 원리는 보편적인 것으로, 다시 말해 누구에게나 타당한 것으로 표상되지만, 어떠한 보편적 개념에 의해서도 인지되지 않는 것으로 표상된다. (402~403쪽)

칸트는 위에서 강조한 부분인 "직접적으로", "일체의 이해 관심 없이", "자유", "보편적"이라는 말 속에서 미적인 것의 가치를 준별해내고 있다 하겠다. 그는 미를 특히 이해관계를 벗어난 공평무사함과 "무목적성의 목적성"을 가진 것으로 보았다. 여기서 "목적성"은 미가 윤리로 나아갈 수 있는 부분일 것이다. 칸트는 궁극적으로 예술의 윤리적 가치에 대해 매우 높이 평가하고 있다.

보통의 지성[상식]에서도 통상적인 일이고, 우리는 자주 자연이나 예술의 아름다운 대상들을 윤리적 판정을 기초에 두고 있는 것으로 보이는 이름들로 부른다. 우리는 건물이나 나무들을 장엄하다, 화려하다고 부르는가 하면, 들판을 미소 짓고 있다, 유쾌하다고 부르기도 한다. 색깔들조차도 무구

(無垢)하다, 겸손하다, 귀엽다라고 부르는데, 이것은 색깔들이 도덕 판단들에 의해 일으켜진 마음 상태의 의식과 유비적인 것을 함유하고 있는 감각들을 유발하기 때문이다. 취미는 자유롭게 유희하는 상상력도 지성에 대해서 합목적적으로 규정될 수 있는 것으로 표상하고, 심지어는 감관의 자극 없이도 감관들의 대상들에서 자유로운 흡족을 발견하는 일을 가르쳐줌으로써, 이를테면 감관의 자극으로부터 습관적인 도덕적 관심으로의 이행을 너무 억지스러운 비약 없이 가능하게 하는 것이다. (403쪽)

현대 프랑스 이론가 미셸 드기는 그의 논문 「고양의 언술—위(僞) 롱기누스를 다시 읽기 위하여」에서 롱기누스의 『숭고미론』의 궁극적인 목적은 "윤리적—정치적인 것"으로 그 이 책의 사명의 핵심은 "인간이 자신의 소멸하는 부분들을 찬미하고 불멸의 증대를 소홀히 여긴다면 (그 얼마나 애석한 일인가)"라는 롱기누스의 말을 인용하며 "소멸을 넘어서는 어떤 것, 사멸하는 인간과는 다른 질서에 속한 어떤 것과의 관계맺음, 이것이 숭고의 유도를 통해 우리가 겪게 되는 일"(장-뤽 낭시외 『숭고에 대하여—경계의 미학, 미학의 경계』17~18쪽)이라고 언명하였다. 드기는 나아가 죽음과 숭고의 관계에 대하여 다음과 같이 선언한다.

　　찰나적으로 획득한 불멸성의 지점, 다시 말해 죽음에 대항하여 죽음으로부터 낚아챈 말은 숭고하다. 그 안에서 생성-소멸의 모든 것은 하나가 된다. 그 지점은 죽음의 곡선에 속하되 그와 동시에 그 곡선을 거슬러 오르고, 곡선과 접촉하는 순간 역력한 방향의 전환을 일으키며 위로 솟아오르는 첨점이자 육체와 영혼이 합쳐진 채로 정지하는 절정이다. 또한, 불안정한 산꼭대기에서 최대한 높이 뛰어내리는 순간에 그런 것처럼, 극미한 무중력의 유토피아다. (20쪽)

결국 "숭고미"란 계속해서 하강하다가 영원히 가라앉아버리다가 결국 죽음으로 소멸되는 인간의 덧없는 삶의 허무에 저항하는 것이다. 숭고미를 통해 우리 인간은 계속해서 고양되고 솟아오르며 가라앉기를 거부하는 이카루스의 영웅적 행동을 꿈꾸는 것인가? 인간은 생물학적으로 물리적으로는 결국 추락하고 말겠지만 언제나 높은 곳을 지향하는 인간의 윤리적인 승리를 영원히 갈구하는 것 자체가 얼마나 숭고한 것인가?

2장 영국 경험주의의 시작과 전개

— 로크, 버클리, 흄의 "회의주의" 넘어서기

대륙철학의 유파들은 인간의 사유가 그의 행위와 유기적으로 연관되어 있다는 사실을 자주 간과해왔다. 나는 영국과 스코틀랜드 철학자들이 그들의 관점에서 유기적인 연관성을 유지해왔다는 점이 그들의 위대한 업적이라고 생각한다. 사실 영국 철학의 지표가 되는 원리는 모든 차이가 변화를 가져와야 한다는 점, 즉 모든 이론적 차이가 어느 지점에선가 실질적인 차이를 만들어야 한다는 점, 그리고 이론의 핵심들을 논하는 가장 좋은 방법은 어떠한 실질적인 차이가 진실인 하나의 대안 또는 그 외의 대안으로부터 생겨날 것인지 알아냄으로써 시작하는 것이다. 이때 문제가 되는 그 특별한 진실이란 무엇인가? 이것은 어떠한 사실들을 야기하는가? 특별한 경험의 측면에서 그것의 금전적인 가치는 어떠한가? 이상은 질문을 계속 이어가는 영국의 특징적인 방법이다. … 모든 것이 드러나고 이루어졌을 때, 철학을 진지한 사람들에 대한 연구로 만드는데 적합한 방법인, '비판적인 방법'을 철학에 도입한 것은 칸트가 아니라 영국의 스코틀랜드 작가들이었다.

— William James, 필자 역, 382~383쪽

이것이 경험론의 비밀이다. 경험론은 결코 개념들에 대한 반동이 아니며 생생한 경험에 대한 단순한 호소도 아니다. 거꾸로 경험론은 이제까지 결코 듣지 못했던 지극히 광적인 개념창조를 시도한다. 경험론은 개념의 신비주의, 개념의 수학주의다. 하지만 정확히 말해서 경험론은 어떤 마주침의 대

상으로, 지금-여기를 다룬다. 아니 그보다는 오히려 결코 다 끌어 낼 수 없는 것들, '지금들'과 '여기들'이 항상 새롭고 항상 다르게 분배되는 가운데 무궁무진하게 생겨나는 어떤『에레혼』[영국 소설가 새뮤얼 버틀러가 1872년 발표한 풍자소설의 제목으로 여기서는 상상적 유토피아라는 의미로 쓰였다: 필자 주]인 것처럼 개념을 다룬다고 해야 한다. 개념들은 사물들 자체, '인류학적 술어들'을 넘어서 있는 자유롭고 야생적인 상태의 사물들 자체이다. 이렇게 말할 수 있는 것은 경험주의자뿐이다.

— 들뢰즈,『차이와 반복』, 김상환 역, 20~21쪽

1. 영국 근대철학의 시작—회의주의와의 싸움

질문과 의심이야말로 이론이 시작하는 지점이다. 철학사 전체를 서양 회의주의, 그리고 확실성과 관련된 탐구의 역사로 보는 것은 흥미롭다. 이제까지 지식은 논의가 되어왔고, 그것이 회의주의(skepticism) 및 확실성에 관한 것과 연관되어 있기 때문에, 지식은 철학을 범주적으로 과학과 밀접한 관계에 위치시킨다. 16세기 후반과 17세기 초반에 "회의주의 위기"(une crise pyrrhonienne), 즉 모든 지식에 대한 근본적인 의심이 발생했다. 17세기와 18세기 철학자들의 회의주의와 개연론은 종교개혁에 따라 유럽 사상이 동요되었던 16세기 회의론적인 위기에 그 뿌리를 두고 있다. 르네 데카르트를 비롯한 근대 철학 탄생의 고통을 겪어냈던 사람들 중 다수는 절대회의주의를 확실성 문제의 근원으로 생각했다. 서양의 근대 철학은 부분적으로 이러한 위기에 대한 반응으로 발생했다. 17세기와 18세기 초를 거쳐 이러한 회의주의가 주는 위기의 재발을 막기 위해 절대회의주의자들과의 싸움이 계속되었다.

벡(Lewis Beck)은 영국 철학사에서 "위대한 세 명의 철학자"인 "로크, 버클리, 흄"을 경험주의, 실재론, 관념주의, 자연주의, 회의주의 속에서 경험주의의 발전을 대표하는 전통적인 인물들로 보았다. 영국 경험주의 전통에서 지식과 형이상학 문제들이 점진적으로 발전하는 과정을 살펴보기 위해, 우리는 로크, 버클리, 흄이 그들의 철학적 저작에서 어떻게 회의주의와 고군분투했는지 논의해야 한다. 이 글의 목적은 이들의 경험주의와 회의주의와의 관계를 대략적으로, 그리고 제한된 방식으로 논하는 것이다.

영국의 위대한 경험주의의 전통은 베이컨 경(Sir Francis Bacon, 1560~1620)에 의해 처음으로 천명되었고 로크, 버클리, 흄에 의해서 발전되었다. 그 후 350여 년 동안 경험주의는 영국의 사상에 폭넓은 영향을 미쳤고, 영국의 철학 연구를 지배해왔다. 로크의 계승자인 조지 버클리와 데이비드 흄은 로크를 부정하지 않으면서 그의 경험주의 철학을 비판하고 보완하려 했다. 영국 경험주의 철학은 데카르트, 스피노자, 라이프니츠의 당대 대륙 철학과 뚜렷하게 분리되었다. "합리주의"(rationalism)와 정반대로 경험주의는 진정한 지식의 유일한 원천이 인간의 경험이며, 인간의 외부세계에 대한 감각을 통해 획득될 수 있다고 주장한다.

경험론 예찬론자인 프랑스 철학자인 들뢰즈(Gilles Deleuze, 1925~1995)는 영국과 미국의 인식론 전통에서 경험주의 전통을 적절하게 요약한 바 있다.

> 왜 쓰는가? 왜 사람들은 경험주의에 대해 글을 써 왔는가 … ? 그것은 경험주의가 영국소설과 같기 때문이다. 경험주의는 철학자가 소설가처럼 철학에서 소설가가 되는 것을 철학적으로 만드는 것에 해당된다. 경험주의는 선언이라고 정의된다. 이 선언에 따르면 지적인 것은 감각적인 것에서 나온다. 지성에서 이뤄지는 모든 것이 감각으로부터 나온다. … 경험주의자들은 이론가들이 아니라 실험자들이다. 그들은 결코 이해하지 않으며 어떠한 원리도 가지고 있지 않다. 만약 사람들이 관계들의 외연을 연결선의 역할로 여기면, 사람들은 펼쳐진 매우 낯선 세계를 파편적으로 보는 것이다. … 영국인들과 미국인들만이 결합을 해방시키고 관계에 대해 숙고했다. 이는 이들이 논리에 대해 매우 특별한 태도를 취하고 있기 때문이다. 이들은 이 태도를 제1법칙을 포함하고 있는 평범한 형식으로 인식하지 않는다. 반면, 이

들은 우리가 논리를 포기하도록 강요받거나 그렇지 않으면 새로운 논리를 만들어내게 될 것이라고 말한다! 논리는 주요 도로와 같다. 논리는 시작점에 있지 않으며 끝점도 가지고 있지 않다. 사람들은 논리가 존재하지 않게 할 수 없다. (*Dialogues*, 54~56쪽)

위 인용문은 영국 경험주의의 정수와 특징적인 요소들을 잘 지적하고 있다. 다음에서 영국 경험주의의 창시자인 로크부터 살펴보자.

2. '감각인상'이 모든 지식의 원천이다—존 로크

잘 알려진 존 로크(John Locke, 1632~1704)의 『인간 오성론』(*An Essay Concerning Human Understanding*, 1690)은 우리는 어떻게 아는가? 하는 기본적인 문제를 제기하였으며, 오랜 연구를 통해 모든 지식은 감각인상(sense impression)으로부터 비롯된다는 새로운 결론을 도출하였다. 우리의 감각이 이 세상을 말해주며, 우리는 세계를 경험하고 세계가 존재한다고 말하는 것을 당연하게 받아들인다. 우리는 감각의 근원에 대해 많은 것을 말할 수 없지만 그 감각들이 원인이 된다고 할 수는 있다. 그러므로 실제 세계는 우리의 감각들로부터 기인한다. 이 세계는 물질들로 구성되어 있다. 거기에는 모든 성질의 기초이자 토대가 되는 것들이 있다. 우주는 그 물질들로 구성되어 있으며 우리는 우리의 감각 속에서 만들어지는 물질의 관념만을 알 수 있다.

이러한 사상은 17세기 후반에는 다소 급진적이거나 혁명적인 것이었다. 왜냐하면 로크의 주장은 모든 인간의 뇌에는 어떤 특정한 본질적인 원리들이 내재되어 있다고 보는 데카르트학파의 본유론(innatism)에 반대하는 강력한 주장이었기 때문이다. 그의 본유론에 대한 통렬한 비판은 이른바 모든 지식은 "관념의 새로운 방식"으로 이끌어 주는 경험으로부터 만들어지며 비롯된다는, 정신의 현대적 습성이라는 새로운 방식을 열어주었다. 인간 지성의 과정에는 모든 인간의 기본적인 지식을 제공하는 감각(sensation)과 성찰(reflection)이라는 두 가지 관념(ideas)의 원천이 존재한다. 우리는 단순 관념과 복합 관념이라는 두 가지 종류의 관념을 가지고 있다. 단순 관념은 직접적인 감각으로부터 지식의 시작을 원하고 복합 관념은 단순 관념들의 자발적인 정신적 결합에 의해 형성된다. 모든 인간의 지식은 경험으로부터 형성되고 궁극적으로 경험에서 파생된다. 또한 인간의 지식은 이 세상의 지각 가능한 사물의 관찰로부터, 또는 인간 정신의 자각에 대한 고찰과 평가로부터 인간의 지식이 형성되는 것이다.(Dunn, 73쪽) 그러나 로크는 감각뿐 아니라 이성도 일정부분 필요하다고 주장하며 결국 인간은 정신을 통해서 알아야 한다는 것을 증명하려고 했다. 인간은 자유롭기 때문에 스스로 생각하고 판단해야 하는 것이다. 이점은 후에 버클리나 흄에 의해 비판받는다.

존 로크는 관념주의자(idealist)나 유물론자(materialist)가 아니었고, 이원론자(dualist) 또는 다소 신중한 회의론자였다. 영국 경험주의 철학의 기본 저작인 로크의『인간 오성론』의 주요한 목적은 "근원. 확실성, 그리고 인간 지식의 범위를 습득하는 것이다."(63쪽) 그는 회의론을 "가만히 앉아서 … 모든 것을 안다는 절망에 빠져 … 모든 것에 대해 의심하고, 모든 지식을 거부하는 것"(65쪽)이라고 정의하며 회의주의를 반대하고 확실한 지식의 가능성을 믿었다. 로크는 "회의론의 치료제로서 우리 능력의 지식"을 추구했다. 그에 따르면,

> 사람들이 능력 이상으로 탐구를 확대하여, 확고한 발판을 찾을 수 없는 심연으로 사유를 방황하게 할 때에는, … 토의를 거듭해도 이들 의문이나 토의는 결코 뚜렷한 해결에 이르지 못하고, 다만 의혹만이 이어져 이를 증대시키고, 마침내 사람들의 완전한 회의론을 견고하게 할 뿐이다. (66쪽)

마지막으로 그는 이렇게 결론 내린다.

만약에 이 세계에서 인간의 상태로 존재하는 이지적 피조물이 자기의 의

견과 이에 입각한 행동을 다스릴 수 있는, 또 다스려야 할 척도를 발견할 수 있다면, 우리는 자신에게 알려지지 않은 사물이 다른 데에도 있다는 것에 괴로워할 필요가 없는 것이다. (65쪽)

로크는 모든 지식의 토대가 되는 경험과 확실성이 아닌 개연성(probability)을 강조하는 것이 학문적 지식의 올바른 목표라고 인식했다. 그는 우리의 지식은 기껏해야 개연적이며 우리에게는 물질적 세계의 진정한 지식이 없다고 주장한다. 로크의 개연론을 강화한 것은 경험적 학문이 2차적 성질의 학문이라는 믿음이다. 경험적 방법에 의존하는 자연철학은 세계에 대한 확실한 지식을 우리에게 줄 수 없다. 경험적 지식, 즉 현상(appearance)의 학문은 유용하다. 그러나 확실성의 부족이 로크를 회의론적 절망에 빠지게 하지는 않았다. 로크는 확실성의 부재 속에서 개연성 있는 지식이 현 세계에서 우리의 요구에 적합하다고 주장한다. 우리는 이 세상을 살아가기에 충분한 만큼 알고 있으며, 자연철학은 공리적이고 희망을 준다는 이유로 추구할 가치가 있는 것이다.

그러므로 로크의 작업은 독단적인 권위, 완고함, 그리고 박해를 야기했던 것들에 대한 반발이다. 그는 특히 데카르트에 의해 사용된 수학적 추론과 고찰인 방법론적 회의의 접근에 반대했다. 또한 그는 학문의 절대적 확실성을 위한 합리주의적 탐구를 비현실적인 이상으로 간주했다. 왜냐하면 과학자들은 진정한 자연 또는 물체의 본질을 탐구하는 적절한 방식을 가지고 있지 않기 때문이다. 지식에 대한 로크의 이론은 물리적인 세계에 대한 회의주의에서 절정을 이루었다. 그는 완전한 회의주의를 비이성적이라며 거부했고, 낙관적인 합리주의는 너무나 이상적이라고 거부했다. 그래서 그는 상식적인 표준에서 대답할 수 있는 호소, 또는 전통적인 문제들을 피하는 이성적 의심의 한계 내에서 중용적인 진로를 택했다.

그러나 로크의 실용적 정신에 비추어보면, 회의주의자는 감각 지식의 실제와 증거에 반대한다는 점에서 비합리적이다. 로크는 "보거나 만지는 사물의 존재를 절대 확실하다고 하지 않을 만큼 진지하게 회의적이기는"(389쪽) 어렵고, "자기 감각을 믿지 않고 우리들의 모든 존재를 통해 보고 듣고, 만지고, 생각하고 행하는 모든 것은 긴 꿈의 연속이며 우리들을 속이는 현상에 불과하다고 단언할 만큼 회의적이기"(391쪽)는 어렵다고 말한다. 로크는 "사물의 본성(rerum natura)에 존재하는 확실성은, 이것에 대하여 우리의 감각이 증언할 때, 우리의(심신의) 구조가 증명할 수 있을 만큼 클 뿐 아니라 우리들의 상태가 필요로 하는 만큼 크다"(391쪽)라고 결론짓는다.

물리적 세계에 대한 완벽한 지식과 관련된 로크의 회의주의는 인간의 구조가 우리의 지각에 기여하거나 왜곡한다는 사실, 우리가 세상을 받아들이는 방식과 세계가 일치한다고 완전히 확신할 수 없다는 사실에 근거한다. 시간 지식의 어려움은 감각의 오류, 오성의 나약함, 자연의 복합성 때문에 생긴다. 따라서 『인간 오성론』의 목표는 알 수 있는 것과 알 수 없는 것의 경계, "계몽된 것과 사물의 어두운 부분을 구분하는 사이"(401쪽)를 발견하는 것이다. 그러나 한편으로는 모든 지식을 경멸하는 회의주의자들과 선험적 원칙에 따라 지나친 확신을 가지는 이성주의자들의 의견을 모두 반박한다. 로크는 "인간에게는 진리와 지식보다 거짓과 오류가 훨씬 많다"(405쪽)는 것과, 따라서 타인의 의견에 대해 의심하지 않는 믿음만큼 우리를 잘못된 길로 이끄는 것도 없다는 것을 잘 알고 있었다.[1]

로크는 신이 몇 가지를 인간 이해의 범위를 넘어선 지점에 두었지만, 또한 확실성을 가지고 소수의 본질적 진리를 파악할 수 있는 능력과 믿음과 행위의 충분한 개연성을 가지고 다른 진리를 이해할 수 있는 능력을 인간에

---

1) 로크의 회의주의에 대한 졸리(Nicholas Jolly)의 언급도 이런 맥락에서 적절하다. "로크가 형이상학적 지식에 대한 정신의 능력에 비관적이었다고 해도, 그의 계획이 회의주의적인 것으로 보아서는 안 된다. 실제로 로크는 그의 계획이 회의주의의 문제에 대한 해결책을 제공한다고 확신한다. 우리가 무엇이든 알 수 있다는 것을 부인하는 철학자들은 로크가 제안하는 정신의 능력에 대해 확실한 비판이 부재한 상황에 수혜를 받아 진전을 가져올 수 있었다. … 같은 방식으로 인간 정신의 힘과 구성에 대한 지식은 모든 회의주의자들의 잘못된 추론을 끌어내고 싶은 유혹으로부터 우리를 치유해줄 것이다."(18~19쪽)

게 부여했다고 생각한다. 개연성은 『인간 오성론』의 4권 15장에서 두 번 정의되거나 설명된다. 개연성이란 "논거의 개입에 의한, 그 결합이 변함없이, 또는 적어도 그렇다고 지각되지 않지만 대부분 늘 변하지 않거나 일정한 것처럼 보여서 명제의 참과 거짓을 정신이 판단할 수 있을 정도로 충분히 유도하는"(403~404쪽) 두 개의 관념 사이의 일치나 불일치가 생기는 것에 불과하다. 또한 "참일 가능성, 개연성이라는 말 자체가 참으로 통용되게 하거나 받아들이게 하는 논거나 입증이 있는 것을 의미한다."(405쪽)고 설명된다. 여기에서 로크는 모든 개연성 있는 논거와 결론의 취약성, 모호성과 불확실성을 강조한다. 그의 가장 기본적인 목표는 이러한 추론이 더 나은 결과를 위해 필요할 뿐 아니라, 오류 위험의 허용범위 내에서 타당하고 유효하다고 옹호하는 것과 이러한 추론의 본성과 조건, 방법과 기준을 명료히 함으로써 그 효용을 증대시키는 것이었다.

따라서 로크는 절대적 확실성에는 도달할 수 없다고 인정하면서 극단적 회의주의자에게 맞선다. 로크에게는 그러한 지식조차도 여전히 유용하기 때문이다. 그는 아래와 같이 말하면서 좌절을 인정하지 않으려고 한다.

> 왜냐하면 우리들의 모든 기능은 존유자의 결함 없는 모든 범위에 알맞지 않고, 사물의 온갖 의혹과 망설임에서 벗어난 완전하고 분명하며 포괄적인 지식에 적합하지 않지만, 우리의 보존에 적합하고, 생활의 용도에 수용되고 있기 때문에, 그 기능들이 편리한 사물 또는 불편한 사물들을 지각하도록 해주기만 한다면 우리들의 목적에 충분히 도움이 되는 것이다. (391쪽)

그래서 반 리우엔(Henry G. Van Leeuwen)은 로크가 자연에 대한 인간의 이해력에 대해 절망하지 않고 위안을 얻을 두 가지 근거를 찾아냈다고 말한다. 첫 번째 근거는 "민주적인 체계로서의 학문이 가능하지 않다 할지라도, 자연의 법칙과 개연성으로서의 자연과학에서 얻은 결론은 찾을 수 있으며 동의를 얻을 수 있다"는 것이고 두 번째 근거는 "자연은 여전히 인간이 이용하기 위해 통제될 수 있다는 로크의 공리주의"(138~139쪽)이다.

3. 지각은 존재이다—관념론적 경험주의자 조지 버클리

아일랜드 출신인 조지 버클리(George Berkeley, 1685~1753)는 존 로크에게 많은 영향을 받은 관념론적 경험주의자였다. 버클리의 지배체계의 중심은 로크의 인식론에 기초하고 있으나 인식아(knower)는 오직 자신의 생각과 자신의 생각들의 관계만을 인식한다. 그는 로크의 이론을 회의론의 기원으로 보았고, 물질세계와의 연결 없이 신의 존재를 위한 직접적인 논쟁을 통해 그것을 근절하려고 했다. 그는 우리가 관념을 직접적으로 알고 있고, 오직 마음속의 관념에 의해서만 외부의 물체들을 인식한다는 전형적인 사실주의의 이론을 비판하였다. 버클리의 관념론은 감각에 대한 반박이 아니다. 그것은 놀랄 만큼 철저하게 경험주의에 대한 새로운 해석에 가깝다. 버클리는 관념론의 시작에 대한 심리적 지점과 경험주의의 근본적인 가설을 결합한다. 우리는 그 관념을 알고 있다. 하지만 그 관념이라는 것은 감각적 인상이다. 이것은 경험주의 틀 안의 관념론이거나, 관념론적 시각과 함께하는 경험론이다.

『하일라스와 필로누스가 나눈 대화 세 마당』(*Three Dialogues between Hylas and philonous*, 1713)의 소제목 "회의론자와 무신론자의 대립, 또한 과학을 좀 더 쉽고 유용하고 필요한 내용을 담을 수 있도록 만들어주기 위한 방법에 대한 개방의 대립"에서 버클리의 목표는 회의론을 반박하고 과학적인 방법을 구축하는 것이었다. 『대화』의 서문에서 버클리는 다음과 같이 말한다.

> 만일 내가 여기서 퍼뜨리려고 하는 원리들이 진실한 것으로 인정받는다면, 내 생각에 거기서 나오는 결과들, 무신론과 회의론이 완전히 파괴될 그 결과들은 평범해져 버린 복잡한 문제들, 해결된 어려움들, 쓸데없는 것을 없애버린 과학의 일부들, 실천으로 알게 된 추측들, 역설을 상식으로 만들

어 놓은 인간들이다. (4쪽)

　그렇다면 버클리 회의론의 개념은 무엇인가? 버클리는 회의론자를 "모든 것을 의심하는 사람—또는 사물의 실제와 진실을 부정하는 사람"으로 정의한다. 회의론자의 두 번째 정의는 하일라스(Hylas)에 의해 제안되었다. "감각을 파괴시키고 이치에 맞는 것들의 실제 존재를 부정하거나 그들에 대해 전혀 모른다고 주장하는 것은 무엇이라고 생각하는가? 이것이 한 사람을 회의론자라고 명명하기에 충분하지 않은가?" 버클리는 실제 세계와 감각 세계 사이의 유물론적 구별에서 모든 회의론이 시작되었다고 믿었다. 실제 세계의 실체나 실체 세계에 속하는 어떤 특성을 발견할 수 있는 증거는 찾을 수가 없다. 버클리는 우리의 모든 지식이 겉모습이나 우리의 생각으로 제한되어다는 것을 보여주고자 했다.

　세 번째 대화에서 "다른 어떤 사람보다 회의주의에 가장 깊고 심각하게 빠졌던" 하일라스는 인간 지식의 한계를 강조하였다. 버클리처럼 필로누스(Philonous)는 겉모습과 실제 물체 사이, 또는 무엇을 감지하느냐와 무엇이 존재하느냐 사이의 구별을 하려 하는 하일라스의 태도를 회의론의 시작이라 불렀다. 만약 우리가 신체 또는 물질세계가 우리의 마음 밖에 존재한다고 가정한다면, 우리는 회의론자가 될 것이다. 필로누스는 다음과 같이 말한다.

　　그것은 실제와 감각적인 겉모습 사이의 구별이다. 그것은 당신이 다른 모든 사람들이 완벽하게 알고 있는 것에 대해 무지한 것에서 기인한다. 또는 모든 것의 실체에 대한 당신의 무지함뿐만 아니라 어떤 것이 실제로 존재하는지 또는 어떤 실체가 정말 존재하는지에 대해 당신이 모른다는 것에서 기인한다. 그것은 당신이 물질적인 것들을 완전하다거나, 외부에 존재하는 것으로 여기기 때문에 당신이 그것의 실체가 존재한다고 가정하는 점에서 그러하다. 그리고 당신이 결국에는 이러한 존재가 직접적인 반감이나 또는 아무것도 아니라는 것을 의미한다는 것을 알게 되듯이, 당신은 어쩔 수 없이 물질의 실체에 대한 자신만의 가설을 내려놓게 되고, 우주의 모든 부분

의 실제 존재를 분명히 부인하게 된다. (63쪽)

여기서 버클리가 지적하는 점은 우리의 생각은 우리가 유일하게 알고 있는 것이 아니라서 우리는 그것들의 존재에 대해서 말할 수 없다는 것이다.

회의주의에 대한 버클리의 확고한 반대는 그가 문제를 해결할 수 있게 해주었다. 버클리는 만약 회의주의의 근본적인 원인이 사물들이 사유와 구별된다는 가정에서 시작된다면 회의주의의 정복은 사유와 사물이 확인될 수 있다고 반대되는 가설에서 가능하다고 주장한다. 다시 말해서 그는 오직 하나의 세계만 있는데, 우리의 감각이 우리에게 그 세계를 알려주고 그 세계는 관념들로 이루어져 있으며 그 세계가 실제 세계라고 생각하고 있다. 버클리는 존재성을 긍정적으로 부정한다. 또한 그는 실제가 바로 감각할 수 있는 세계라고 주장한다.

그러나 데카르트와 로크는 경험의 한계를 넘어선 또 다른 세계가 있으며 우리가 직접적인 경험을 통해서 알고 있는 그 세계는 단지 그 또 다른 세계의 그림자일 뿐이라고 생각한다. 그러므로 버클리는 로크의 이론이 사실상 의도적인 것은 아니지만 회의적이며 그 이론은 결코 직접적으로 이해될 수 없는 물질적인 토대들을 파악함으로써만 해결될 수 있을 것이라고 주장하였다. 버클리는 물질의 절대적 존재성을 신뢰하는 모든 철학자들이 궁극적으로는 회의주의로 빠져들기 때문에 데카르트와 로크가 회의론자들이라고 생각하였다. 리처드 H. 팝킨(Richard H. Popkin)은 다음과 같이 지적하였다.

> 데카르트부터 로크에 이르기까지 근대의 모든 철학은…회의주의로 귀결된다. 이러한 현상이 근대철학이 회의적이라는 것을 의미하지는 않는다. 왜냐하면 버클리는 데카르트와 로크 모두 무(無)라는 지각되지 않는 외부세계가 존재한다고 주장하고 있는 것을 잘 인식하고 있기 때문이다. 그들 모두는 감각할 수 있는 사물의 실제를 부정하지만 주요한 특징들로 구성된 대상들의 실제 물질적인 세계가 존재한다고 생각한다. (150쪽)

버클리는 사물은 정의를 내릴 수 없고 세상에 물질적 실체라는 것은 없다고 생각한다. 버클리는 또한 오로지 정신만이 실체들이라고 주장한다.

> 그리고 감각할 수 있는 특징들이 직접적으로 지각되는 대상들이라는 것은 아무도 부정할 수 없다. 그러므로 특징들에 대한 어떠한 기층이 있을 수 있는 것이 아니라, 양식이나 재산으로서가 아니라 지각하고 있는 것 안에서 지각되는 대상으로서 그 특징들이 존재하는 정신이 있을 수 있는 가능성은 명백하다. 그러므로 나는 부인한다. 감각의 대상들에 대한 어떠한 의식할 수 없는 기층이 있다는 것을 부정하며 이러한 사실을 받아들여 물질적 실체라는 어떤 것이 존재한다는 것을 부정한다. (71쪽)

그러므로 정신적 실체는 감각할 수 있는 특징들의 기층으로서 명백히 이해될 수 있다. 즉 유물론은 우리를 회의주의로 이끌 수 있다. 그래서 버클리의 전체이론인 비물질주의(immaterialism) 또는 관념주의는 "회의주의를 위한 진정한 치료책이다." 비물질주의의 본질은 다음과 같다. "추상적인 것과 중개적인 것은 오로지 구체적인 것과 직접적인 것을 통하여 실체를 가지고 있으며 수학적 사고는 오로지 감각을 통해서만, 그리고 이성은 오로지 드러난 것을 통해서만 실체를 가진다."(Brehier, 42쪽) I. C. 팁턴(Tipton)은 아래에서 버클리의 핵심을 매우 잘 요약하였다.

> 우리는 그동안 철학자들이 한편으로는 '우리에게 보이는 그대로의 세계'와 다른 한편으로는 '있는 그대로의 세계' 사이를 구분 짓고 그러한 세계가 하나의 세계가 아니라 두 개의 세계로 보였던 그러한 급진적인 형태로 구별을 지으려 하는 경향들이 있었다는 것을 알고 있다. 우리는 또한 이러한 두 세계들 중에 첫 번째 세계가 어떻게 정신의존적인 관념들로 구성되어 있는 것으로 생각될 수 있는지, 반면에 그 두 번째 세계가 어떻게 물질적 기층 속에, 아마도 내재되어 있을 원초적인 특징들을 가지고 있는 것들로 구성되어 있는 것으로 생각될 수 있는지를 이해했다. 버클리에게는 두 세계의 위치를

정하는데 있어서 철학자들이 회의론을 끌어들일 뿐만 아니라, 그들이 보통 사람들의 일반적인 감각 신념들로부터 벗어나고 있는 것처럼 보였다. 일반적인 사람은 자신의 눈을 뜨고 바라보고는 후각을 움직일 때 자신이 인식하고 있는 것이 바로 실재 세계의 특징이라고 믿는다. (54~55쪽)

에밀 브레이르(Emile Brehir)에 따르면 버클리의 간단명료한 주장은 "그가 살고 있던 시대의 과학의 평형성을 전복시킬 만한 것이었다. ··· 그는 때때로 반동적인 것의 전형이 되거나 근대 수학이 가장 명백하게 습득하고 있는 것들을 비난하고 있는 것 같으며 때때로는 과학에 대하여 특별히 새롭고 독창적인 개념을 소유하고 있는 것 같다"(37쪽)는 것이다. 버클리에 대해 일부 비평가들은 그의 관념주의를 극단적인 회의주의자를 대변하는 오도된 시도로 해석하였는데 그 회의주의자들은 결국 그러한 파격적인 견해를 옹호했다. 일반적으로 그는 형이상학자이면서 현상학자인 경험주의자로서 주목할 만하다. 그의 철학은 어쩌면 혼종적인 것으로 보일 지도 모른다. 우리가 만일 그의 철학을 로크에서 흄까지의 여정인 단순한 디딤돌로 여긴다면 그러한 측면에서는 필연적으로 그렇게 보인다. 버클리는 로크와 흄과 마찬가지로 경험주의자이다. 버클리에게 유일한 지식의 원천은 감각적 조우이다. 이것은 명백하게 감각적인 것이 아닌 관념주의의 한 예이다. 버클리는 관념주의의 정신적인 출발점과 경험주의의 기본적인 가정을 결합시킨다. 우리는 그 관념을 이미 알고 있지만, 그 관념은 감각적인 인상이다. 그리고 이것이 경험주의적 구조 속에 있는 관념주의로 출발하는 경험주의이다.

4. 온건한 회의주의적 경험론—데이비드 흄

경험주의에 관한 한 스코틀랜드 출신인 데이비드 흄(David Hume 1711~1776)은 영국의 위대한 3대 경험주의자 중 마지막 인물로 상당히 복합적인 철학자이다. 리차드 팝킨이 지적하는 것처럼 흄은 때로는 과학, 수학, 논리적 원인 등에 관한 지식에 조차 의문을 갖는 가장 극단적인 회의주의자의 입장을 취했던 철학자이다. 팝킨에 따르면 흄은 외적 대상들, 정신뿐만 아니라 객관적이고 일상적 관계까지도 거부하는 회의주의자이다. 회의적 경험주의자로서 흄은 "인간정신의 뉴턴"이 되기를 원했다. 때때로 그는 직접적인 경험 너머에 있는 것에 대한 믿음을 평가하기 위해서 개연적 기준을 허용하는 제한적이고 실증주의적이며, 완화된 회의주의를 수용하였다. 극단적 회의론이 반박될 수 없을지도 모르지만 자연은 인간을 신봉자로 만들었으며 그로 인해 극단적 회의론이 무시될 수 있었다. 흄은 극단적 회의론자가 되는 것이 불가능함을 조심스레 지적한다. 그래서 에즈라 탈모어(Ezra Talmor)는 흄이 "데카르트의 방법적 회의를 일반화시키고 진실에 대한 추구 뿐 아니라 행위에 관한 회의론적 의심까지도 데카르트의 방법적 회의에 포함시킨다. 그리고 이러한 것이 그에게 인간 이해의 편협한 수용력에 대한 확신을 줄 것이다"라고 주장한다.

그리하여 흄은 그의 주저 『인간 본성론』(*A Treaties of Human Nature*, 1739~1740)에서 강박적 충동, 외적 세계의 현실, 자아의 존재 그리고 지능형 존재가 세계의 상황 속에 끼어 있음을 보여주었다. 패스모어(J. A. Passmore) 또한 흄이 "머릿속에 이미지를 가지고 있는데, 이 이미지를 완전히 삭제할 수 없으며 인간은 서로 다른 두 시각 사이에서의 갈등을 나타내고 있고 무엇도 받아들이기 힘들어 하다가 결국 둘 중 하나를 결정한다. 이는 도덕적 과학자로서의 흄, 완화된 회의주의자 흄, 그리고 극단적 회의론자 흄 사이의 갈등을 나타내는 것 중 하나다"(83쪽)라고 지적한다.

흄은 일차적 그리고 이차적 성질 구분의 타당성을 부정하고 귀납법의 정당화에 문제를 제기하면서 이러한 과학의 진실들은 보장될 수 없다고 주장하였다. 과학적 지식의 본 성향에 대한 흄의 시각은 모든 과학적 지식이 원인과 결과의 경험주의적 지식에 의존한다는 데 기반을 둔다. 모든 경험주의적 지식은 불확실하다. 그리고 감각적 가치를 제외하고는 우주에 아무것도 없다.

흄의 주장에서 명백하게 내포하고 있는 한 가지 사실은 모든 과학이 똑같은 인식론적 지위를 공유하고 있다는 것이다. 즉 우리가 이러한 과학 그 자체에 줄 수 있는 유일한 토대는 경험과 관찰에 놓여 있어야만 한다는 것이다. 그의 관심사는 어떻게 해서 다른 종류와 증거의 정도가 가능성과 믿음의 다른 정도를 뒷받침해주고 있는가에 있으며, 그는 이것을 전적으로 증거의 다양한 종류에 의해 우리의 마음에 만들어진 인상의 상대적 강렬함이라고 보았다. 흄은 입증된 과학에서 우리가 범하는 실수에 대한 공인된 가능성이 심지어는 지식이 개연성으로 바뀌는 경우를 수반할 수 있다는 주장을 들면서 회의주의가 이성의 영역을 침범하는 것을 허용하였다.

사실 문제와 관련한 우리의 모든 추론은 인과론적 관계에 기초하지만 사실 원인과 결과 간에 명확하고도 필연적인 관련성은 없다. 우리가 수행하는 추론은 관계성에 관한 일정한 관찰을 넘어서지 않기 때문에 궁극적으로 인과관계는 경험과 관찰(215쪽)을 기본으로 한다. 따라서 경험지식을 기반으로 하는 모든 과학(학문)은 논증 가능한 연역적 지식과는 근본적으로 상이한 인식론적 지위를 가지며 진리 여부를 보장할 수 없다. 흄은 인간의 모든 지식은 기본적으로 불확실하다고 보았다. 다시 말해, 겉으로 드러난 사태를 토대로 하는 과학은 사물의 참 본질을 파헤쳐 들어가 필연적인 자연 법칙을 도출하는 것이 불가능하다. 그렇기 때문에 아이어(A. J. Ayer)는 흄을 "공공연한 회의론자"(16쪽)라고 부르며 "로크와 버클리의 경험론을 곤란하게 만든 회의주의자로서 흄의 그러한 생각은 한 세기 뒤 옥스퍼드 철학자 그린(T. H. Green)의 저작물에 등장한다"(17쪽)고 말한다.

그러나 모든 원인은 필연적이며 그 중 어느 것도 우연한 것은 없다는 그의 필연론에서 나타나는 교조적 실증주의와 위에서 언급한 사실을 조화시킬 수 없다고 해서 흄이 회의주의자였다는 견해를 수용하기에는 근본적인 어려움이 있다. 흄에게 있어 정신이 새로운 지식을 향해 고개를 숙이도록 하기 위해선 회의주의가 필요했다. 어니스트 모스너(Ernest C. Mossner)에 의하면, 흄의 회의주의는 "전적으로 부정적이지 않으며 무미건조하지도, 무관심한 것도 아니며 오히려 능동적인, 말하자면 창의적인 것이다. 무엇보다도 회의주의는 살아 있는 인간 정신의 독자성을 선언하는 것으로 이를 창의적 회의주의자라고 부르자"(19쪽)고 하고 있다. 필자가 볼 때 흄은 로크처럼 다음과 같이 개연성을 강조한다. "그러므로 개연성 있는 일체의 추론은 감각 체제에 불과하며 이는 시와 음악의 전유물이 아니다. 우리는 우리의 취향과 감정을 따라야 하며 이는 철학에서도 예외는 아니다."(189쪽)

필자는 지금까지 흄은 양 극단을 피하고 대신 논리적 개연성을 통해 극단적 회의주의(Pyrrhonism 피로니즘)와 낙관적 합리주의(Cartesianism 데카르트주의) 사이의 중도(中道)를 선택했음을 보여주고자 했고 그런 점에서 존 패스모어의 다음과 같은 설명은 적절하다. "흄은 이성과 회의주의가 동시에 서로를 파괴함을 보여준다고 주장한다. … 그러나 이성이 정말로 격파된다면 논쟁 또한 붕괴되어야 한다. 회의주의가 반박되지 않는 한, 인간의 지식은 다른 모든 형태의 이성과 함께 파괴되어야 한다. 하지만 이성이 파괴될 경우에 회의주의는 논박될 수 없거나 추론이 파괴되었음을 보여줄 수 없다."(137쪽) 따라서 우리는 흄의 회의주의를 흄 자신의 용어를 사용해 "완화된 회의주의"라 부를 수 있겠다. 흄이 진정 원하는 것은 우리로 하여금 아무 것도 하지 못하게 만드는 것이 아니라 그 안에 충만한 피로니즘이 있어 우리를 독단(혹은 교조주의)으로부터 지켜낼 수 있는 그런 종류의 철학이론이다.

『인간 본성론』1권 I부, IV부에서 흄은 우리들의 인식을 제외한 감각에 대해 언급하지는 않았지만 우리가 어떻게 상상력을 이용해 이 같은 인식을 외부 대상에게 투영할 수 있는지에 관해 설명한다. 흄이 주장하는 바는 인간 정신이 갖는 근본적인 특징은 우리로 하여금 외부 사물의 존재를 추정케 만드는 바로 그런 조건들이 우리를 불합리한 존재로 만든다는 점이다. 흄이 특별히 상상력의 원리를 강조했다는 사실을 인간 정신의 구조가 우리를 합리적이지 못하게 만든다는 것으로 이해해서는 안 된다. 흄의 회의적 기질에서 상상력의 원리는 트로이의 목마이다. 즉 상상력이 가진 힘은 회의주의의 해결책이 될 수 있는 것이다. "완화된 회의주의"야말로 흄의 전략을 가장 효과적으로 만족시켜줌으로써 극단적 회의주의와 낙관적 합리주의에 빠지지 않도록 해준다.

벡은 흄의 회의주의를 아래에서 적절히 기술하고 있다.

> 흄의 회의주의는 … 경험주의 파탄에 대한 고백이 아니라 무익한 형이상
> 학과 신학으로부터 인간의 사고를 돌이키려는 노력으로 보인다. 그렇기 때
> 문에 흄은 근대 자연주의자, 실용주의자 및 실증주의자의 영웅이 되었다.
> … 철학적 분석가로서 그에겐 동료가 드물었고 인과관계에 대한 개념 분석
> 뿐 아니라 "사상들의 관계"와 "사실 문제들" 간의 구분은 이 주제에 관한 현
> 대적 논의의 출발점이 되었다. (91~92쪽)

다른 무엇보다도, 흄의 전매특허인 회의주의의 철학사적 중요성은 서구 근대 철학의 등뼈로 간주되는 임마누엘 칸트를 독단적 미몽에서 깨워 새로운 방식의 철학을 통해 위대한 3권의 비판 철학서(『순수이성비판』, 『실천이성비판』, 『판단력비판』)를 저술하도록 만들었다는 데 있다.

5. 영국경험주의의 철학사적 의미

17세기와 18세기에 입증됐던 합리주의 철학의 낙관론은 역설적이지만 과학지식에 대한 회의적이고 확률론적 관점에 대한 관심을 증가시키기도 했다. 서양근대 철학의 아버지이자 대륙 합리주의의 대변자인 데카르트는 과학의 '확실성'과 완전한 합리주의에 대한 제3의 길은 없다고 주장한다. 그는 낙관적인 합리주의를 선택했다. 로크는 무지와 "분명하고 확실한 지식" 사이의 가능성 이론을 준비해 회의론이 아닌 개연론을 고수했다. 버클리는 그의 비물질론이나 관념론이 회의론의 효율적인 해결방법일 것이라고 생각했다. 흄은 방법론적인 상태에 있었으며 자신을 합리적인 데카르트 철학과 가능성의 논리인 "완화된 회의론"과 함께 급진적인 회의론의 중간지대의 가

능성을 생각했다.

근대 서양 철학에는 프랑스 합리주의, 독일의 관념주의, 그리고 영국의 경험주의가 있다. 로크, 버클리, 그리고 흄은 회의주의의 오랜 문제를 이겨내는 새롭고 다른 영국적인 철학을 만들려고 노력했다. 경험론은 "영국, 아주 영국스러운" 것이다. 그렇다면 프랑스, 독일, 그리고 영국의 다른 점은 무엇인가? 이에 관해서는 독일 근대문학의 설립자인 요한 볼프강 폰 괴테(1749~1832)와 J. P. 에커만(1792)과의 대화에서 좋은 의견을 찾아볼 수 있다.

> 이것은 독특한 것이다. … 혈통이나 땅, 자유헌법의 문제 또는 건전한 육성의 문제라 해도 영국인은 전반적으로 다른 누구보다 앞서는 뭔가가 있는 것처럼 보인다. 지금 여기 바이마르에서 우리는 다만 그들 중 몇 명만 볼 수 있는데 … 사람들 앞에서 그들의 모습이나 그들의 태도는 아주 여유 있고, 마치 그들이 세상의 주인이고 세상이 그들에게 속해 있는 것처럼 자신감에 차 있다. … 그들은 위험한 젊은이들이지만 또한 그들의 장점은 그들이 위험하다는 사실 자체에 있다. … 출생도 아니고 부유함도 아니다. 중요한 것은 그들은 자연이 그들로 하여금 되도록 한 것이 되려고 하는 용기를 가졌다는 것이다. … 우리는 정말이지 그렇게 대단한 것이 필요하지 않다. 독일은—영국의 예를 따라서— 어쩌면 철학보다는 힘을 더 가르치고, 이론보다는 행동을 더 가르칠 수 있을 것이다. 나는 이론적인 지식의 지나친 요구를 승인할 수가 없다.… 우리는 독일이 다음 한 세기 동안 어떻게 변화할지 그리고 그때쯤에는 추상적인 철학자가 아닌 인간 본연의 모습으로 살아갈 수 있을지 희망을 가지고 지켜봐야 한다. (Eckermann, 129~130, 132~133쪽)

괴테는 여기에서 독일 관념론과 대조시켜 영국 경험론의 가장 좋은 점을 강조하고 있다. 또 다른 예로 프랑스의 저명한 철학자 들뢰즈는 영국과 미국을 프랑스와 함께 비교하고 있다.

> 영국인과 미국인들은 프랑스인과 같은 방법으로 다시 시작하지 않는다.

프랑스가 다시 시작하는 것은 백지상태의 마음(tabula rasa)이다. 즉, 가장 분명한 것을 찾는 것이 시작이자 마지막이다. 원점으로서 기본 확실성에 대한 검색은 항상 정박점이다. 다른 한편으로 다시 시작하는 방법은 중단된 선을 받아들이는 것이다. 부서진 선에 부분을 첨가하는 것이고, 좁은 협곡의 두 바위들 사이를 통과하는 것이며, 또는 그것이 멈춘 공허의 정상을 지나가는 것이다. 중요한 것은 시작이나 끝이 결코 아니다. 시작과 끝은 요점들이다. 중요한 것은 중간이다. 영국의 제로는 항상 중간에 있다. 병목은 항상 중간에 있다. 선의 중간지점에 있다는 것은 가장 불편한 자리에 있는 것이다. 하나는 중간을 통해서 다시 시작한다. 프랑스는 지식의 나무, 나무모양의 요점, 알파와 오메가, 뿌리와 정점 등 나무들의 측면에서 너무 많이 생각한다. 나무는 잔디와 반대다. 단지 잔디가 무엇의 중간에서 자란다는 것만이 아니라 중간을 통해서 스스로 자라기 때문이다. 이것이 영국과 미국의 문제이다. 잔디는 층의 선이 있고 뿌리를 가지지 않는다. 우리는 머릿속에 나무가 아닌 잔디가 있다. 생각을 표명하는 것은 뇌가 표명하는 것으로 잔디의 '특정 신경 체계'이다. (*Dialogues*, 39쪽)

들뢰즈는 우리에게 시작과 끝 대 중간, 나무 대 잔디 등 자신이 가장 좋아하는 비유를 보여준다. 그는 경직된 이성론에 갇혀 있는 도착지점으로서의 확실성보다는 역동적인 경험론에서 나온 "탈주의 선"(Line of Flight)을 선호한다.

영국의 위대한 경험주의 전통은 베이컨과 로크로부터 시작되었다. 로크의 위대한 공헌은 인간의 정신이 내재적 논리로 작동한다는 그리스 철학을 거부하고 대신에 우리가 보고, 듣고, 만지고 , 맛보고, 냄새 맡는 모든 감각을 통한 경험을 통해 지식을 얻는다고 제시한다. 로크는 그의 제자들만큼 철저한 경험주의자는 아니었으며 그 이전 이성주의자의 관점에 어느 정도 영향을 받고 있었다. 그의 제자 버클리는 로크가 이성론을 동경한 것을 날카롭게 지적했다. 그는 경험주의자들에게서 강력하고 직접적인 경험의 통찰이라 할 수 있는 인식론의 중요성을 주장했다. 로크와 버클리의 철저한 추종자 흄은 모든 논리적 추론은 단지 습성이거나 인간의 경험과 인식의 역사에서 만들어지는 것이라는 결론에 이르렀다. 로크, 버클리, 흄은 대륙의 서쪽에 위치한 섬나라인 영국적인, 실제적이고 실용적인 사유에 따라 진리를 찾고자 하는 과정에서 대륙의 프랑스의 합리주의와 독일의 관념주의와 매우 다르게 "회의주의"를 넘어서고자 했다. 그들은 후에 서구 근대 철학을 통합 집대성한 임마누엘 칸트에게도 큰 영향을 끼친 "너무나도 영국적인" 철학 체계인 경험주의를 수립했다.

3장 18세기 실러의 미적 교육론 다시 읽기
― 신자유주의적 자본주의 시장 사회를 넘어서기

『인간의 미적 교육에 관한 서한』은 한 가지 이상의 방식으로 복합적이면서 동시에 단순하다. 첫째,『서한』은 동시에 미에 관한 이론화와 인류의 병폐에 대한 처방을 내리는 두 가지 일을 수행하는 데 있어 복합적이다. 그러나『서한』은 실러가 어느 순간에 깨달은 숨겨진 차원에서의 미학과 정치학을 연결시키는 두 가지 일을 궁극적으로 결합하는 면에서 단순하다. 혁명[프랑스 대혁명]의 위기는 실러에게 모든 의미에서 예술에 대한 그의 믿음이 얼마나 깊었던가를 가르쳐주었다. 그리고『서한』은 또한 읽기가 복잡하다. 『서한』은 각각의 글들이 마지막보다 겉보기에 좀 더 복잡하고 추상적으로 보이는 분석이 연속적인 파도를 타듯이 움직인다. 때때로 실러는 극단적인 추상화를 사과하기는 하지만 그렇지 않은 경우에 그는 결코 양보하지 않는다. 독자는 반명제적인 개념들을 수없이 만나게 되고 그들만의 연계점들을, 만화경처럼 이동하는 상호관계들을, 그리고 그들의 약속된 타협들을 따라가야만 한다. 놀라서 물러서기 쉽다. … 전달 내용을 체계적으로 만드는 것은 단지 실러가 크게 영향을 받은 칸트와 경쟁하는 것이 아니다. 그것은 자기 재확인의 필연적인 행위였다.

― T. J. Reed, Schiller, 70~71쪽

1. 시작하며

서양에서 계몽주의 시대였던 18세기는 20세기와 21세기에 사상, 제도 등 문물 양면에서 우리가 누리는 대부분의 근대적인 것들을 제공하였다. 어떤 의미에서 18세기는 중세와 르네상스와 현대를 이어주는 교량 역할을 하였다. 미학도 18세기의 유럽에서 처음으로 수립되었다.

18세기 말 독일의 극작가이며 미학자였던 프리드리히 실러(1759~1805)는 볼프강 괴테(1749~1832)와 함께 18세기 말 독일의 바이마르 공화국의 고전주의를 지탱해온 양대 지주였다. 시인, 극작가로 더 널리 알려져 있는 실러는 1785년 5월 5일에 프랑스에서 절대왕정이었던 루이 왕가를 전복시키는 대혁명이 일어났을 때 열렬한 지지자였다. 계몽주의에 따른 정치적 합리주의인 대의정치와 민주주의에 대한 열망 때문이었다. 이러한 초기의 열망은 그 당시 실러만은 아니었을 것이다. 그러나 프랑스 혁명은 민중은 배제된 채 추악한 권력투쟁으로 변질되었고 기득 귀족 세력들의 복권마저도 시도되었다. 1795년 9월 5일에 약 1,400명의 대량학살이 있었고 로베스피에르파의 공포정치가 시작되었다. 실러는 이제 환멸과 분노에 차 반동과 살인으로 바뀐 프랑스 혁명에 완전히 등을 돌렸다. 한때 경도되었던 정치적 이상주의를 버리고 예술에서 새로운 대안을 찾아 나섰다. 인간은 이제 합리적인 동물이 아니라 합리성이 가능할 뿐인 동물에 불과했다. 실러에게는 인간의 정치적 본능은 이상성이나 합리성이 아니라 폭력성과 야만성에 토대를 둔 것으로 혁명의 이상을 따를 수 있는 능력이 미치지 못하는 것으로 보았다. 따라서 국가기관이나 사회적 제도와 법률 또는 관습을 개선하기에 앞서 가장 중요한 것은 인간 자신의 본성을 개선시키는 것이었다. 실러는 정치나 철학(윤리학)이 아닌 예술과 미학으로 인간 본성을 개량시킬 계획을 세웠다. 실러는 1795년에 경제적 궁핍과 병마에 시달리는 자신에게 연금 혜택을 베풀어준 덴마크의 왕자와 귀족에게 보내는 27편의 편지 형식으로 인간의 미적 교육론을 감동적으로 펼쳐나갔다.

실러는 자기 시대의 인간의 최대 위기는 지성과 감성의 분열이라고 보았다. 그리고 지성을 토대로 한 "도구적 이성"이 과학기술만능주의와 이윤극대화만을 노리는 경제적 실용주의이다. 이것은 인간의 감성의 쇠퇴, 즉 감수성의 분열을 가져왔다. 이러한 문화 상황 아래서는 살벌한 경쟁과 무자비한 폭력 그리고 무한한 탐욕이 난무하는 정글의 법칙이 있을 뿐이다. 이러한 비관적인 상황 아래서 제도, 법률, 관습의 개선보다는 본질적으로 필요한 것은 인간 자신의 변화이다. 인간의 기본 윤리와 도덕의 회복은 이성과 감성의 균형과 조화를 통한 완전한 수립에서만 가능하다. 미적 교육을 통한 감성 교육의 실천은 혁명에서 파생된 정치적 폭력과 억압, 그리고 산업자본주의 사회에서의 물신주의를 혁파하기 위해 시급한 과제이다. 인간은 이제 이러한 초기산업사회에서 감수성의 분열로 인해 소외된 인간으로 전락하였다.

> 문화 자체는 현대의 인간성에 상처를 입혔다. 한편으로는 확대된 경험과 보다 정확한 사고방식이 학문들 사이의 보다 첨예한 분리를 불가피하게 만들었고, 다른 한편으로는 국가라는 훨씬 복잡해진 시계장치가 계층과 업무의 보다 엄격한 분리를 불가피하게 만들었다. 이 순간부터 인간 본성의 내적인 연대가 끊어졌고 해로운 투쟁이 그 열정의 조화로운 힘들을 불화케 했다. … 거기에서는 무수히 많지만 생명이 없는 부품들의 조립에 의해서 전체로서의 한 기계적 생명을 이루고 있다. 이제 국가와 교회, 법률과 관습이 서로 분리되었다. 즐거움이 노동에서, 수단이 목적에서, 노력이 보상에서 분리되었다. 영원히 전체의 개별적이고 작은 부품에만 얽매인 채 인간은 스스로 단지 부품이 되고, 영원히 자기를 돌리는 바퀴의 단조로운 소음만을 귀에 들으며 그는 자기 본질의 조화를 결코 발전시키지 못한다. 인간은 본성 속에 있는 인간성을 발현하는 데 대신에 단순히 그의 직업이나 전문직 지식의 복제품이 되고 있을 뿐이다. (제6서한(프리드리히 쉴러, 『인간의 미적 교육에 관한 서한』, 최익희 역, 이하 동일))

18세기 말에 쓰여진 이 글은 21세기인 지금까지도 그 참신성과 적절성이 살아 있다. 현대의 산업자본주의 사회에 대한 실러의 통찰력 있는 예언은 놀랍다. 이러한 소외된 현대의 인간을 어떻게 구원할 것인가? 실러는 우리의 본성의 총체성을 보다 더 높이는 예술(미적 교육)을 통해 회복해야 한다고 단언한다. 근대 이후 분열이 가속화된 우리들의 일상적 삶을 "미적 교육"으로 치유하여 조화를 이루려고 한 것이 실러의 궁극적 목표였다. 다음에서 실러가 주장하는 내용을 여러 개의 긴 인용문들을 통해 직접 살펴보자.

2. 실러의 미적 교육론의 핵심 구절 읽기

다음은 실러의 '인간의 미적 교육'에 관한 글이다. 실러는 이 글에서 프랑스 혁명(1789)의 정치적 격변과 근대 산업자본주의 초기 시대의 인간의 지성과 감성의 분열을 치유하는 방법은 인간 자신의 미적 교육밖에 없다고 주장하였다.

> 가) 요즘은 물질적 욕구가 세상을 지배하고 타락한 인간성은 그 전체적 강압 밑에 굴종하고 있습니다. 이 물질적 공리(功利)는 모든 힘있는 사람이 그 앞에서 노예가 되고 모든 재능 있는 사람이 섬겨야 하는 이 시대의 커다란 우상입니다. 예술의 정신적 공헌은 이 거칠고 조야한 저울대에서 하등의 중량을 차지하지 못하고 모든 지원을 빼앗긴 채 이 시대의 시끄러운 장터에서 점차 사라집니다. … 우리는 현실에 있어서의 그 정치적 문제를 해결하기 위해서는 미적 문제를 통과하고 있는 것을 택해야만 합니다. 왜냐하면 우리가 자유에로 이르는 길이 바로 미(美)인 까닭입니다. (제2서한)

> 건강한 육체는 자유롭고 균형 있는 유희를 통해서 이루어지지만, 그러나 이는 오직 실제의 자유롭고 균형 있는 유희를 통해서만 형성됩니다. 이와 마찬가지로 개별적인 정신 능력의 긴장은 사실 비범한 인간을 낳을 수 있지만 그러나 오직 여러 정신 능력의 조화로운 발전만이 행복하고 완전한 인간을 만들어낼 수 있습니다. … 우리는 문화가 파괴해버린 우리의 본성의 총

체성을 보다 더 높은 예술(미적 교육)을 통해 회복해야 합니다. (제6서한)

정치적 영역에서의 모든 개인은 성격을 고귀하게 하는 일부터 시작해야 합니다. 그러나 야만적인 국가제도의 영향하에서 어떻게 인간의 성격이 고귀해질 수 있겠습니까? 따라서 그러한 목적을 달성하기 위해서는 우리는 국가가 아직까지 제공하지 못하고 있는 하나의 도구를 찾아내야만 합니다. 또한 그것을 위해서 우리는 모든 정치적 부패에도 불구하고 순수 무구하게 보존된 원천을 열어야만 합니다. … 이 도구는 다름 아닌 순수예술이고, 이 원천은 바로 예술이 보여주는 불멸의 모범 속에서 열려질 수 있습니다. (제9서한)

나) [인간의 두 가지 존재론적 요소인] 감성적 충동과 이성적 충동을 감시하는 이 두 충동에게 각각 그들의 경계선을 보호해주는 것이 문화의 임무입니다. 그러므로 문화(= 교육)는 이 두 충동에게 불편 부정한 공정을 지킬 책임이 있고, 감성적 충동에 대항하여 이성적 충동을 주장할 뿐 아니라 이성적 충동에 대항하여 감성적 충동을 주장해야 합니다. 따라서 문화의 업무는 이중적입니다. 요컨대 문화의 업무는 첫째 자유의 간섭에 대해서 감성을 수호하고 둘째, 감정의 압력에 대해서 인격을 안전하게 보호해야 합니다. 문화는 감정 능력의 합병을 통해 전자에 도달하고 이성능력의 함양을 통해 후자에 도달할 수 있습니다. (제13서한)

감성적 충동은 자연법칙에 의해서, 형식 충동은 이성법칙에 의해서 인간의 심정을 강요합니다. 따라서 이 두 충동이 결합해서 작용하고 있는 유희 충동은 인간의 심정을 도덕적인 동시에 물리적으로 강요합니다. … 유희 충동은 감정과 격정으로부터 그 역동적인 힘을 빼앗는 정도만큼 그것들은 이성의 이념과 일치시키고, 이성법칙으로부터 그 도덕적인 강요를 빼앗는 정도만큼 그것을 감성의 관심과 화해시킬 것입니다. (제14서한)

따라서 이성은 또한 인간을 미와 더불어 오직 유희해야 하며, 그는 오직 미를 가지고서만 유희해야 한다고 선언합니다. … 결론적으로 … 인간은 말의 완전한 의미에서 인간일 때에만 유희하고 그가 유희할 때에만 완전한 인

간인 것입니다. (제15서한)

다) 미를 통해서 감성적 인간은 형식과 사고에로 인도됩니다. 미를 통해서 정신적 인간은 물질에로 환원되고 각각 세계에 복귀합니다. 이러한 사실로부터 물질과 형식, 수동과 능동 사이에 하나의 중간 상태가 틀림없이 존재하는 것처럼 보이고 그리고 미는 우리를 그 순간 상태에 두고 결과가 생겨난 것처럼 보입니다. … 미는 서로 대립되어 있고 결코 하나가 될 수 없는 상태를 서로 결합시킨다고 말합니다. … 그러면 그 두 가지 상태는 제3의 상태 속에서 완전히 사라지고 분리의 어떤 흔적도 이 새로운 전체 속에 남기지 않을 것입니다. (제18서한)

이 중간적 정조에서는 감성과 이성이 "동시에" 활동하지만, 바로 그 때문에 그들이 규정하는 힘은 서로를 지양하고 상호 대립에 의해서 부정을 야기합니다. 심정이 물리적으로나 도덕적으로나 강요받지 않아도 양자의 방식으로 활동하는 이 중간적 정도를 특별히 자유로운 정도라고 부를 만합니다. 감성적 규정 상태를 물리적 상태라고 부르고 이성적 규정 상태를 논리적이고 도덕적 상태라고 부른다면, 우리는 이러한 현실적이고 능동적인 규정가능성의 상태를 "미적 상태"라고 불러야 합니다. (제19서한)

그러므로 문화(=교육)의 가장 중요한 과제들 가운데 하나는 인간을 이미 단순한 물리적 생명 속에서 형식을 예측시키고, 미의 영역이 언제나 도달할 수 있는 한 그를 미적으로 만드는 일입니다. 왜냐하면 물리적 상태가 아니라 오직 미적 상태에서만 도덕적 상태가 발전될 수 있기 때문입니다. (제23서한)

라) 현실에 있어서는 순수한 미적 작용을 만날 수 없으므로(왜냐하면 인간은 결코 힘들의 예속에서 완전히 벗어날 수 없기 때문입니다.) 한 예술 작품의 탁월성은 오로지 미적 순수성이라는 저 이상을 향해서 그 작품이 얼마나 가깝게 접근하느냐에 달려 있습니다. … 그러므로 예술의 어떤 특정 장르를 통해서 그리고 그 장르의 어떤 특정한 작품을 통해서 우리의 심정에

주어지는 정조가 보편적이면 보편적일수록, 그리고 그 방향이 제한을 적게 받으면 받을수록, 그 장르는 더욱 더 고귀한 것이고, 그 작품은 더욱 더 우수한 것입니다. 이 사실은 여러 예술들의 작품을 가지고 그리고 동일한 예술의 여러 작품을 가지고 시험해볼 수 있습니다. 우리는 아름다운 음악을 감상하면 생생한 감정을, 아름다운 시를 감상하면 왕성한 상상력을, 아름다운 조각품이나 건축물을 감상해서 활발한 지성을 지니게 됩니다. … 최고도로 고귀한 음악은 형태가 되어 고대의 고요한 힘으로 우리에게 작용해야 합니다. 최고도고 완성된 조형예술은 음악이 되어 직접적이고 감각적인 현재를 통해서 우리를 감동시켜야 합니다. 가장 완전하게 발달된 시문학은 음악처럼 우리에게 강한 감동을 주는 동시에 조형미술처럼 우리의 주변을 고요하고 청명하게 만들어야 합니다. (제22서한)

인간이 미로부터 진리로 옮겨가는 일은 더 이상 문제가 되지 않습니다. 왜냐하면 진리는 그 능력상이며 미 속에 포함되어 있기 때문입니다. 오히려 그가 평범한 현실로부터 미적 현실로, 단순한 생활 감성으로부터 미적 감정들로 옮겨가는 길을 개척하는 일이 문제가 될 수 있습니다. (제25서한)

가공한 힘들이 지배하는 왕국과 거룩한 법칙들이 지배하는 왕국 한가운데서 미적 형성 충동은 남몰래 즐거운 유희와 가상이 지배하는 제3의 왕국을 건설합니다. 그 속에서 미적 형성 충동은 인간에게 모든 상태의 속박을 제거해주고, 그는 물리적 영역 및 도덕적 영역에서 강요하고 불리우는 모든 것으로부터 해방시켜줍니다. (제27서한)

3. 미적 교육의 실천과 의미

실러가 말한 것을 성취하기 위해서 우리는 야만적인 국가제도는 줄 수 없는 하나의 제도를 찾아내어 정치적 부패와 무능이 가져온 배반과 절망을 걷어 차내고 순수한 인간성의 원천을 파내야만 한다. 실러는 "이 도구는 다름 아닌 순수예술이고, 이 원천은 바로 예술이 보여주는 불멸의 모범 속에 열려 있습니다"(제9서한)라고 선언한다. 왜냐하면 순수이성 개념으로서의 "아름다움"(美)은 인간성의 필연적인 조건으로 제시되기 때문이다. 이러한 필연적인 조건이란 인간이 "우리들 내부에 있는 필연적인 것을 현실화하고 우리들 외부에 있는 현실적인 것을 필연성의 법칙에 종속시키는 이중의 임무를 실현하도록 우리는 상반된 두 힘"(제2서한)을 가진 것을 말한다. 우리는 이 힘을 "충동"이라고 부르고 첫 번째 충동은 "감성적 충동"이고 두 번째 충동은 "형식 충동"이다. 감성적 충동은 "인간의 물리적 현존 또는 그의 감성적 본성으로부터 출발하고, 인간을 시간의 제한 속에 두고 물질로 만드는 일에 중시한다." 형식 충동은 "인간의 절대적 존재 또는 그의 이성적 본능으로부터 출발하고, 그리고 상대의 모든 변화에도 불구하고 그의 인격을 주장한다."

여기에서 중요한 것은 인간의 감정 능력과 이성능력인 대립적인 이 두 충동의 작용 영역을 조화시키고 종합을 이루는 것이다. 이를 통해 인간 본성의 통일을 회복할 수 있다. 이 통일 속에서 충동이면서 동시에 능력인 이 두 힘은 서로 예속되어 있는 동시에 대등하게 상호침투되어 있다. 다시 말해 이러한 상호관계는 상호협동 작용 또는 상호보완 관계이다.

> 만약에 인간이 이러한 감성과 이성의 이중적 경험을 동시에 한다면 그건 자신의 자유를 의식하는 동시에 자신의 느낀다면, 그가 자신을 물질(소재)로 느끼는 동시에 정신(형식)임을 깨닫게 된다면, 인간은 이 경우들에 있어서 그리고 오직 이 경우들에 있어서만 단연코 자신의 직관을 가지게 됩니다. (제4서한)

인간성의 토대는 바로 이러한 감각 충동과 형식 충동이 드러날 때 생기는 것이다. 이 두 충동이 결합하고 작용해서 생기는 것이 바로 "유희 충동"이다. 따라서 유희 충동은 인간성의 토대가 된다. 여러 가지 충동의 강제성을 배제하고 적절하게 조화를 이루는 것이 유희 충동이라고 볼 때 유희 충동은 불안한 균형 상태이지만 동시에 "무한한 규정 가능성의 상태"가 된다. 이 중간 상태에서 감각과 이성이 상호침투하고 바로 여기에서 "미적 상태"가 드러난다. 이 미적 상태는 실러에 따르면 "법칙과 물리적 필요성 사이의 행복한 중간"이다. 이 중간지대에서 인간은 모든 구속과 한계에서 벗어나 자유롭게 자신의 무한한 가능성을 몽상할 수 있다. 바로 이 중간지대가 인간에게 부여할 수 있는 가상의 세계이다. 이 예술의 세계에서 인간은 유희할 수 있고 이 유희 속에서만 인간은 가장 완전한 인간이 될 수 있다.

지금까지 실러가 말한 것을 도표로 표시하면 아래와 같이 될 것이다. 필자는 이것을 "실러 미학의 삼각형"이라고 부르고자 한다.

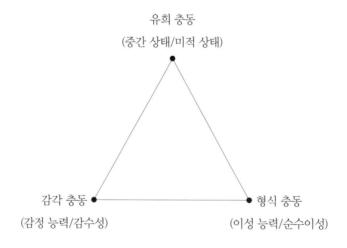

유희 충동
(중간 상태/미적 상태)

감각 충동
(감정 능력/감수성)

형식 충동
(이성 능력/순수이성)

실러에 따르면 인간은 감각의 순간에 형식도 함께하기를 요구한다. 힘 빼기를 통해 두 가지 충동의 강제성을 배제하고 두 가지를 적절하게 결합시켜서 조화를 이룬 것이 "유희 충동"이다. "감각 충동"과 "형식 충동"이 한순간 같은 무게로 팽팽하게 균형을 이룬다. 여기에는 아직 특정한 규정이 없으므로 "무한한 규정 가능성의 상태"가 된다. 이것은 필요한 "중간상태"이며 이러한 완전한 가능성의 상태 다시 말해 완전한 균형의 상태가 바로 실러가 목표로 삼고 있는 "미적 상태"이다.

실러의 인식론의 토대를 이루는 인식소는 역동적 대화이다. 그의 사유 방식은 서로 대립적인 요소들을 설정해 그들의 대결시키는 구도를 만든 다음 치열한 싸움 뒤에 그들을 조화와 타협으로 이끄는 대화적 상상력을 작동시킨다. 이러한 실러의 대화적 양상은 그의 문학작품에서도 분명하게 드러난다. 다음은 실러 당대 서로 교류가 깊었던 독일 근대문학 건설자인 괴테에 의해 잘 지적되고 있다. 괴테는 실러의 대표적 극작품인 『발렌슈타인』을 논한 논문인 「피콜로미니 부자」의 한 구절에서 실러 문학의 핵심을 다음과 같이 갈파하였다.

> 이 작품 전체가 다루는 대상을 단 몇 마디로 요약해서 말하자면, 한 환상적 인간 존재의 묘사라 할 수 있을 것이다. 이 인간 존재는 한 비상한 개인을 통하여, 그리고 한 비상한 시대적 순간의 덕분으로, 부자연스럽게 순간적으로 생겨났지만, 삶의 진부한 현실과 인간 본성의 정의와 맞부딪치게 됨에 따라 필연적인 모순을 일으켜 좌절함으로써, 자신과 결부되어 있던 모든 사람들과 더불어 함께 몰락해 가는 것이다. 그러니까 이 작품을 쓰는 시인은 상호 대립적으로 보이는 두 가지 대상을 묘사하지 않으면 안 되는데, 한편으로는 위대한 이상에 가깝고 다른 한편으로는 망상적 범죄에 가까운 '환상적 정신'이 그 한 대상이요, 한편으로는 윤리와 이성의 편에 서고, 다른 한편으로는 왜소하고 저속하며 경멸할 만한 것에 근접하는 '진부한 현실적 삶'이 그 다른 한 대상이다. 이 두 대상의 한가운데에다 시인은 이상적이고 환상적인 동시에 윤리적인 현상으로서의 사랑을 제시해 주고 있는데, 이렇게 함으로써 그는 그의 작품 속에서 어떤 한 부류의 인간 존재들을 완벽하게 그려내었다. (괴테, 『문학론』(괴테 전집 14권), 안삼환 역, 58~59쪽)

인간의 본성인 감각 충동과 형식 충동이 융화를 이룰 때 생기는 중간 상태가 바로 미적 상태이다. 즉 이 두 가지 충동의 상호작용의 가장 순수한 산물이 미이다. 따라서 우리는 미의 기원을 인간의 기질 안에서 비로소 찾을 수 있게 된다. 실러는 "미적 속성"과 다른 세 가지 속성들인 물리적 속성, 논리적 속성, 도덕적 속성과의 차이를 다음과 같이 구별한다.

어떤 사물이 직접 우리들의 감성적 상태(우리들의 존재와 안녕)에 관계되면, 그것은 그의 "물리적" 속성입니다. 혹은 사물이 오성과 관련을 맺는 일에 있어서 우리에게 인식을 마련해 줄 경우, 그것은 그의 "논리적" 속성입니다. 혹은 그것이 우리들의 의지와 관련을 맺는 일이 있어서 이성적 존재가 선택하는 대상으로 간주되면 그것은 그의 "도덕적" 속성입니다. 혹은 마지막으로 그것이 우리의 여러 가지 힘들의 전체성에 관련된 대상으로 될 수 없을 경우 그것은 "미적" 속성입니다. … 그래서 건강의 교육, 통찰력의 교육, 도덕의 교육, 취미 및 미의 교육이 있는 것입니다. 이 마지막 것은 우리들의 감성적인 힘과 정신적 함들의 전체를 가급적 조화롭게 발전시키는 것을 그 목적으로 합니다. (제20서한, 실러의 각주)

실러는 여기에서 인간의 미적 속성을 다른 어떤 속성보다 우위에 두고 있다. 실러는 다른 곳에서도 이미 "최초의 철학은 하나의 시적인 이념에서 끝난다. 최고의 도덕도, 최고의 정치도 마찬가지이다"라고 말한 바 있다. 실러는 왜 미적 속성을 인간 속성의 최고로 보는가? 왜냐하면 인간에게 미적 상태는 자신의 가능성을 충분히 구현할 수 있는 완전한 자유와 해방의 영역이기 때문이다. 그러나 미적 상태는 방종을 의미하는 것도 아니고, 저절로 어떤 일을 성취하도록 이끄는 것도 아니다. 미적 상태는 인간에게 최소한 어떤 긍정적인 가능성을 부여해줄 뿐이다. 따라서 여기에서 미적 교육의 필요성이 제기된다. 미적 교육을 통해 인간은 인간성의 가능성을 최고조로 발현시킬 수 있다. 플라톤이 당시 극심한 정치적 혼란을 겪었던 희랍에 이성, 철학, 도덕을 통해 이성국가를 건설하고자 했다면 18세기 말 프랑스 혁명의 정치적 혼란을 경험한 실러는 독일(바이마르 공화국)에서 "미"를 통해 이상국가를 건설하려 하였다. 교육에서 예술의 기능에 대해 긍정적 견해를 가진 실러의 명제는 "예술은 교육의 토대가 되어야 한다"고 믿었다. 이런 의미에서 학자나 교사가 아니라 예술가가 진실한 스승이다. 인간은 신체적이고 감각적인 존재이기 때문에 교육에 의해 미의 법칙에 길들여지기 전까지는 선과 진리를 인식할 수 없다. 다시 말해 영혼의 자유를 누릴 수 없다. 이것이 실러가 미학을 철학, 역사, 과학, 정치학, 경제학보다 최우위에 두는 이유이다. 아름다운 것(미)은 진, 선, 미가 함께 공생할 수 있는 행복한 중간지대가 된다. 여기에서 진정한 유토피아적인 인간의 조건들이 생겨난다.

> 미의 싹은 빈약한 자연이 인간에게서 모든 위안을 빼앗는 곳, 그리고 사치스러운 자연이 인간의 모든 고유한 노역을 해제하는 곳—둔감한 감성이 어떤 필요성도 느끼지 못하는 곳, 그리고 격렬한 욕망이 만족을 찾지 못하는 곳에서는 거의 자라지 못할 것입니다. 인간이 혈거민처럼 동굴에 숨어서 영원히 고립되고 자기 외부에서 인간성을 발현하지 못하는 곳, 또한 인간이 유목민처럼 떼를 지어 이동하면서 영원히 숫자에 불과할 뿐이고 자기 내부에서 인간성을 발견하지 못하는 곳에서도 미의 싹은 거의 자라지 못할 것입니다. 오직 인간이 자신의 오두막집에서 대화를 나누는 곳에서만 미의 사랑스러운 꽃봉오리가 피어날 것입니다. 가벼운 에테르가 몹시 부드러운 접촉으로 감각을 열어주고 권력적인 온기가 풍부한 소재에게 생기를 불어넣는 곳—거기 즐거운 상황 속에서 그리고 축복받은 지역에서, 오직 활동성만이 즐거움이 되고 법칙으로부터 생명만이 전개되는 곳—상상력이 현실에서 영원히 달아나지만, 그럼에도 불구하고 자연의 단순성에 의해서 결코 정도에서 벗어나지 않는 곳—여기에서만 감각과 정신, 감수력과 형성력이 적절하게 균형 잡힌 발전을 이루게 되며, 이것이 바로 미의 영혼이요, 인간성의 조건인 것입니다. (제26서한)

4. 마무리하며

실러에 따르면 인간을 감각이라는 수동적 상태로부터 이성이라는 능동적 상태로 이동시키기 위해서는 '미적 상태'라는 중간 상태가 필요하다. 이 중간 상태는 아무것도 결정되지 않고 해결되지 않는 지대이기는 해도 필수불가결한 상태이다. 이 중간지대에서 물리적 상태와 도덕적 상태가 함께 만나서 서로 배타적이지 않고 상호침투적이 되어 인간은 자신의 수동 속에서 이미 자신의 이성적 자유를 시작해야 한다. 그는 자신의 취향에 자기 의지의 법칙을 부여해야 한다. 여기에서 인간은 더욱더 고귀하게 욕구하는 법을 배워야 한다. 그래야만 그는 숭고하게 의욕할 필요가 없게 될 것이다.(151쪽) 이러한 중간지대에서만 미적 교육의 실천이 가능해진다. 미적 교육은 자연법칙도 이성법칙도 인간의 자의를 구속하지 못하는 그 모든 것을 미의 법칙에 예속시키고, 그리고 자신의 외적인 삶에 부여한 형식 속에서 이미 내적인 삶을 열어준다.(제23서한)

이렇게 되어야만 실러의 이른바 세 가지 발전 단계 즉 물리적 단계 → 미적 단계 → 도덕적 단계로의 이행이 이루어진다. 왜냐하면 인간은 자신의 물리적 단계에서는 단순히 자연의 힘에 지배당할 뿐이고 미적 단계에서는 자연의 힘으로부터 해방되고 도덕적 단계에서는 자연의 힘을 지배할 수 있기 때문이다. 인간을 사유적, 이성적으로 만들기 위해서는 감성적 인간을 우선 미적으로 만들어야 하기 때문이다. 이러한 과정들이 일어나는 곳이 바로 미적 상태라는 중간지대이다. 인간이 이러한 미의 단계를 거치지 않으면 어떻게 될 것인가? 다시 말해 미 이전의 인간은 어떤 상태인가? 미 이전의 인간은 자신의 목적에 있어서 영원히 단조롭고, 자신의 판단에 있어서 영원히 변덕스러우며, 이기적이지만 자주적인 존재는 아니며, 방종하지만 자유로운 존재는 아니며, 노예이지만 규칙을 섬기지 않는다. 이 시기의 인간은 단순히 운명일 뿐이다.(제24서한)

이러한 종합으로서의 미적 단계는 물리적 상태에서 도덕적 상태로 넘어가는 중간 단계인 것은 분명하지만 그 자체를 독립할 수 없는 상태는 아니다. 미적 상태는 중간지대로서 자율적으로 충분히 존재할 수 있다. 여기에서 실러의 "미적 가상" 개념이 생겨난다. 미적 가상은 철학적으로 말하면 플라톤의 "이데아"와도 같은 것이다. 가상은 단순히 기만이나 거짓이 아니라 인간의 '내적 자유'를 위한 결실과 진리와는 구별되는 일종의 '유희'이다. 그래서 실러는 가상을 즐기는 심정은 이미 자신이 수동적으로 받아들인 것을 즐기는 것이 아니라, 오히려 자신이 능동적으로 행하는 것(창작 활동)을 즐기는 것(제26서한)이라고 지적한다. 따라서 '미적 가상'을 무시하는 것은 개연성 있는 가상과 있음직한 허구를 본질로 삼고 있는 모든 아름다운 예술의 존재를 경멸하는 것에 다름 아니다. 정직하고 독립적인 가상이라는 개념을 통해 실러는 '자율성의 미학'을 수립한다. (여기에서 가상은 이상적이고 아름다운 허구이다.)

> 가상은 오직 정직한 경우에만(현실에 대한 모든 요구와 분명한 관계를 끊어버리는 한에서만), 그리고 오직 독립적인 경우에만(현실의 모든 도움을 받지 않는 한에서만), 가상은 미적입니다. 가상이 정직하지 못하고서 현실을 가장하는 순간, 그리고 가상이 순수하지 못하고서 자신의 작용을 위해서 현실을 필요로 하는 순간, 그것은 물질적 목적을 위한 하나의 저속한 도구 이외에는 아무것도 아니고, 정신의 자유에 대해서는 아무것도 증명할 수 없습니다. (제26서한)

정직하고 독립적인 가상은 한 개인, 사회, 민족, 국가의 우수성을 보장해준다. 그러나 이러한 가상은 물론 '미적 가상'인 범위 내에서만 가능한 것이다.

이러한 '미적 가상'은 실러에게서 '미적 가상의 왕국'이라는 이상국가 개념으로 발전된다. 실러는 인간은 "미만을 우리는 개체인 동시에 종으로서, 즉 인류라는 종의 대표자로서 향유"하며 "미만이 모든 세계를 행복하게 만들며, 모든 존재는 미의 매력을 경험하는 동안에는 자신의 한계를 잊어버립니다"(제27서한)라고 언명한다. 실러에 따르면 '미적 국가'에서는 인간은 자유로운 유희의 대상이 되며 개체의 본성을 통해 전체의 의지를 실재하며 미적 취미는 인간을 사교적으로 만들고 사회 속에 조화를 가져온다. 나아가 미적 가상의 왕국에서는 어떤 특권도 어떤 독재도 허용되지 않는다. 열렬하게 기대를 모았던 프랑스 혁명의 결과가 살육의 공포정치로 끝나자 실러는 인간이란 동물의 정치적 이상에 깊은 회의와 의문을 가지고 그 대안으로 이상적 가상의 왕국인 미적 국가를 그 대안으로 제시하고 있다. 그렇다면 이러한 '미적 가상의 국가'는 실제로 이 지상에서 가능할 것인가? 실러는 그러한 이상국가는 모든 섬세한 영혼과 순수한 교회, 순수한 공화국, 소수의 정선된 그룹에서만 발견될 수 있다고 믿으며 제한적으로 가능성을 믿는다.

> 필요성이 인간을 사회로 이끌었고, 이성이 인간의 내면에 사회적 행동의 원칙들을 심어 놓았다면, 미만이 인간에게 사교적 성격을 부여할 수 있습니다. 취미(미적 판단력)만이 사회 속에 조화를 가져옵니다. 왜냐하면 취미만이 개인 속에 조화를 이룩해주기 때문입니다. 미적이 아닌 다른 모든 표상 형식들은 인간 본질의 감성적 부분이나 혹은 정신적 부분에만 배타적으로 근거하기 때문에 인간을 분열시킵니다. 오직 미적 표상만이 인간에게서 전체를 만들어 냅니다. (제27서한)

물론 여기에서 미적 국가의 실현 가능성의 문제가 전부는 아니다. 플라톤이 철인왕이 지배하는 "공산국가"는 모두 유토피아가 아닌가? 실러가 환멸을 느꼈던 자신의 시대보다 21세기라는 우리 시대는 더 비관적이다. 과학기술, 자본주의, 산업주의가 그때보다 비약적으로 발전했지만 자연, 노동, 다른 인간들과의 인간의 소외 현상은 더욱 심해졌다. 이러한 절망의 시대에 우리가 실러를 통해 미적 교육을 강화함으로써 '미적 가상의 국가'를 다시 몽상할 수 있냐는 것 자체가 하나의 가능성이 아니겠는가? 여기에서 예술 그리고 미적 교육의 궁극적인 윤리적, 사회적 가능성이 드러난다.

4장　동양 사상과 서양 과학의 대화
― 물리학자 장회익의 온생명사상

대담 일시: 2007년 4월 4일

대담 장소: 도서출판 생각의나무 회의실

장회익 교수

　서울대학교 명예교수. 서울대학교 물리학과를 졸업하고, 루이지애나 대학에서 물리학 박사학위를 받았다. 미국 텍사스 대학 연구원, 루이지애나 대학 방문교수를 거쳐 서울대학교 물리학과 교수로 재직했으며, 녹색대학 총장을 역임했다. 저서로『과학과 메타과학』,『삶과 온생명』,『이분법을 넘어서』,『공부도둑』등이 있다.

온생명과 생명윤리, 인류의 미래를 위한 진단

정정호　선생님 오랜만에 뵙게 되어 반갑습니다. 제가 예전에 읽었던 선생님의 저서『삶과 온생명』은 철학, 과학, 문학 등 많은 것들이 녹아 들어간 책이었다고 생각합니다. 이 책을 통해 저는 새 과학문화 모색에 눈을 열고 많이 배웠습니다. 첫 번째로 나누고 싶은 이야기는 생명 문제, 생명담론의 문제입니다. 오늘날 '생명' 문제는 인류 문명사에서 최대의 핵심어로 떠올랐기 때문입니다.

물리학자로서 선생님은 특이하게도 '생명'에 대한 관심을 갖고 오늘날의 과학문명과 환경생태 등에 관해 많은 말씀을 하셨습니다. 최근에는 환경생태학, 생명공학, 유전공학 등의 발달로 '생명'에 관한 관심이 부쩍 늘었습니다. 선생님의 '온생명사상'은 교수신문사에서 엮은『오늘의 우리 이론 어디로 가는가』(2003)에서도 소개되었습니다. 선생님께서 우리 시대에 '생명론' 또는 '생명담론'에 관심을 가진 이유와 그것이 중요한 이유를 말씀해주십시오. 아울러 선생님의 생명사상의 핵심이라 할 수 있는 '온생명'에 대해 요약해서 설명해주셨으면 합니다.

장회익 제가 생명에 관심을 가진 것은 물리학자로서 학문적 관심에서였습니다. 보통 물리학은 생명을 대상으로 다루지 않는다고 생각하지만, 자연현상의 보편적 원리를 살피는 물리학의 입장에서 볼 때에 생명 또한 이를 바탕으로 이해되어야 한다고 생각했습니다. 즉 생명이란, 자연계의 보편적 존재 양상을 바탕으로 했을 때, 어떠한 특성이 더 부가되는 존재인가 하는 점이 궁금했습니다. 이는 상당수의 물리학자들이 알고 싶어하는 주제이기도 합니다.

저는 뒤늦게 박사학위를 마칠 무렵이 되어서야 이러한 데에 관심을 가지게 되었습니다. 그 무렵 오늘날 크게 각광받는 바이오테크놀로지의 기초가 되는 분자생물학이 막 알려지기 시작했습니다. 생명현상에 대한 분자생물학의 설명은 사실 기가 막히게 잘 되어 있습니다. 그런데 이것만으로 생명 그 자체를 이해했다고 할 수 있는지, 생명을 무엇이라고 규정할 수 있는지에 대해서는 그리 명확하지 않았습니다. 자연과학의 기본 원리로 생명의 메커니즘을 설명하는 것은 이해가 잘 되는데, 생명 자체에 대해서는 도무지 오리무중이었습니다.

쉽게 이야기해 '생명이란 무엇인가?'에 대한 답을 물리학적으로 풀어보고 싶었습니다. 쉽게 답을 얻으리라고 생각하지 않았지만, 그것을 목표로 계속

생명에 관심을 가지고 있다가, 1970년대 중반 어느 시기에 지금의 '온생명'에 해당하는 개념을 막연하게 떠올리게 되었습니다. 말하자면 태양과 지구 규모의 그 어떤 것이어야 한다고 생각하게 되었습니다. 그것을 글로 정리하지 못하다가 1988년 유고슬라비아 두브로브니크에서 열린 과학철학회 모임에서 '생명'을 주제로 발표할 기회가 생겨, 본격적으로 글을 쓰게 되었습니다. 이때 생명의 단위에 초점을 맞추었습니다. 외부로부터의 결정적 지원이 없이 그 자체로 생명현상을 지속할 수 있는 존재를 온생명(global life)이라 할 때, 우리가 흔히 그 안에 생명을 담았다고 보는 여타의 생명체들은 사실 이 안에서 온생명의 나머지 부분에 결정적으로 의존하는 의존적 존재들이 됩니다. 이렇게 온생명 개념을 먼저 설정하고 그것을 통해서 생명을 보니까 생명이 제대로 이해되었습니다.

우리는 흔히 생명체 하나를 놓고 그 안에 생명이 있다고 하는데, 이 생명체 하나만으로는 생명현상이 나타나지 않습니다. 쉽게 말해 이것을 고립시켜 놓으면 생명현상에 해당하는 그 어떤 현상도 나타나지 않습니다. 가령, 다이아몬드는 지구상에 있거나 우주의 어느 빈 공간에 있어도 여전히 다이아몬드이고 그 성질을 그대로 간직합니다. 이에 반해 생명체는 여기 있으면 생명이지만, 우주의 빈 공간에 있으면 생명이라고 할 수 없습니다. 생명체 내부의 여건과 생명체 바깥의 여건이 정교하게 결합이 될 때 비로소 생명현상이 가능해집니다. 그래서 이러한 외부의 여건을 모두 포함시켜 더 이상 외부의 도움을 받지 않고 생명현상을 가능하게 하는 그 전체가 어디에 이르는지를 살피고, 그 경계 안에 든 것을 우리가 온생명이라고 한다면, 진정한 의미의 생명은 이 온생명 안에 있는 것이지, 그것의 '의존적 한 부분'인 개별 생명체 속에 있는 것이 아니라는 것입니다.

저는 순수한 학문적 관심에서 출발해서 여기까지 왔습니다. 최근 생태학적 문제와 문명을 바라보는 시각과 관련되어 여러 가지를 이야기하지만, 기본은 물리학자의 입장에서 '생명이란 무엇인가'를 특정화시켜보려는 노력이었습니다.

정정호 최근 생명 문제와 관련해 '국가생명윤리위원회'에서 황우석 사태 이후 뜨겁게 논란이 되었던 '체세포 배아 복제'를 일부 허용했습니다. 그리고 얼마 전에 서울대학교 이병천 교수팀이 체세포 복제 방식으로 늑대 두 마리의 복제에 성공했고, 또 독일에서는 인간의 뇌세포를 이용하여 정자를 만드는 데 성공하여 남성 불임 문제에 획기적 돌파구를 마련했다는 소식도 들리고 있습니다. 이와 관련해 일부 과학계에서는 환영합니다만, 종교계를 비롯한 일각에서는 인간의 존엄한 가치와 생명윤리를 내세우며 반대하고 있습니다. 체세포 복제가 우리에게 유전학상, 의학상으로 크게 기여할 수도 있겠지만, 생명 경시 풍조라든가 황우석 사태 때의 난자 취득 과정에서 볼 수 있듯이 이것이 오용되거나 악용된 사례가 있습니다. 인간을 다루는 학문을 하는 인문 지식인으로서, 개인적으로는 최근의 생명과 관련된 과학적 쾌거들이 나중에는 생명 경시라는 재앙의 부메랑으로 우리에게 돌아오지 않을까 우려하고 있습니다. 과학 지식인으로서 선생님께서는 온생명 담론 체계 안에서 이러한 생명윤리의 문제를 어떻게 보십니까?

장회익 결국 생명윤리는 생명을 다룰 때, 우리가 어떠한 자세를 취하는 것이 옳으냐 하는 것에 대한 논의라 할 수 있습니다. 온생명은 온생명에 맞게 대우하고, 그 안의 개별 생명체들 곧 낱생명은 낱생명의 성격에 맞게 대우하는 것이 생명을 가장 적절하게 대하는 방식이라는 것이 제 기본적 입장입니다. 온생명도 큰 의미에서 생명이기 때문에 건강한 상태가 될 수도 있고, 병든 상태가 될 수도 있습니다. 온생명의 건강이 무엇보다 소중한데, 이를 위해서는 온생명의 정상적 생리에 맞게 이를 대해야 합니다. 자연스런 생명의 질서 곧 생명체가 자연스럽게 생성되고 사라져가는 방식이 온생명 전체의 순리적 생리입니다. 거기에 어긋나지 않게 해야 하는데, 현재의 생명공학이 이를 어기고 있어서 많은 문제들이 생겨납니다.

현 생명질서에 기술적 개입이 이루어져 정상적인 온생명체계 안에서 나타나지 않는 것들이 나타나는데, 이것에 대해 저는 일단 부정적으로 봅니다. 자연스런 진화 과정에서 나타나지 않은 것들은 그 어떤 문제가 있기에 나타나지 않았을 가능성이 높은 것이며, 또 생태계와의 조화에 대한 고려 없이 만들어진 것들은 온생명의 생리에 역행할 가능성이 매우 큽니다. 지금 우리가 해야 할 중요한 일들은 오히려 생태계의 훼손을 적게 하고, 훼손된 생태계를 정상적으로 복원하려는 노력입니다. 훼손을 적게 하면서도 우리가 살아갈 수 있는 방법을 찾아야 하는데, 정상적이지 않은 방법으로 무엇인가를 조작한다는 것은 생태계에 위험을 안기는 것이고, 크게 보면 온생명의 생리를 그르칠 가능성이 있기 때문에, 저는 아주 특별한 경우가 아니라면, 그런 조작이 없어야 한다고 봅니다.

거기에도 나름대로의 논리가 있음을 압니다. 예를 들어 불치병에 걸렸을 때에 그것을 치료한다거나, 수명을 늘린다거나 하는 일에 도움이 되는데, 왜 그것을 못하게 하느냐고 반론을 제기할 수도 있습니다. 그런데 어차피 생명이란 그런 제약 안에서 살아가는 것이 순리입니다. 일정한 시간이 지나면 죽는 것이 순리이지, 이것이 죽지 않고 영구히 계속된다는 것은 우리 생명질서 안에서 맞지 않습니다. 이것은 무리하게 정상적이지 않은 방식으로 인간의 수명을 연장하고 안위를 도모하려는 욕심에서 나온 것입니다.

물론 다른 사람은 다 정상적으로 사는데, 신체적으로나 정신적으로 장애를 겪는 불우한 특정 개인들을 위해 할 수 있는 것을 막아야 할 이유는 없습니다. 단, 그것도 정상적인 의학의 관행에서 생태계에 위협을 가져오지 않고, 부작용이 없는 범위에서 이루어져야 합니다. 우리의 상식선에서 볼 때에 무리하다면 그것은 일단 온생명체계에도 맞지 않는다고 봅니다.

정정호 그러나 선생님께서 말씀하신 '상식선에서 볼 때'라는 말은 애매하여 바로 이곳에서 많은 논쟁이 일어날 수 있을 것 같습니다. 이 '상식선'이란 말을 우리 모두가 논의해서 어떻게 합의하는가가 문제가 될 것 같습니다. 생명에 대한 선생님의 견해는 단지 온생명주의자로서 입장인지 아니면 혹시 약간 종교적 입장도 들어 있는 것인지요.

장회익 '상식선'이란 말이 매우 애매한 것은 사실입니다. 우리의 '상식선'이라는 것 자체가 애매할 뿐 아니라 이것조차도 이미 위험을 내포한다고 봅니다. 그런데 이것을 넘어서는 것이라면 일단 적신호로 보자는 것입니다. 제 견해는 어떤 종교적 신조에 바탕을 두는 것은 아닙니다. 그리고 인간중심적 입장도 아닙니다. 종교계 사람이 볼 때에는 오히려 제 입장이 너무도 과학지향적이라는 느낌을 줄 수 있습니다. 제 생명관은 인간중심적 입장이 아닐 뿐 아니라 낱생명중심적 입장도 아닙니다. 저는 낱생명을 무시하거나 낮게 취급하지는 않지만, 낱생명에 절대적 가치를 두지 않고, 오히려 온생명에 더 큰 가치를 두어야 한다고 봅니다.

일부에서는 모든 낱생명을 신성시하고 또 일부에서는 사람의 생명만은 손대면 안 된다고 합니다. 사람의 생명을 절대라는 사슬로 묶어놓으면, 언제 무엇부터가 사람이고 사람이 아니냐 하는 복잡한 문제가 생깁니다. 온생명뿐만 아니라 생물학적 입장에서 볼 때에 인간의 생명은 다른 생명과의 연장 선상에서 존재합니다. 예를 들어 300만 년 전 우리 선조가 인간이냐 동물이냐, 또 1천만 년 전 선조는 어떤 존재냐, 1억 년 전의 선조는 어떤 존재냐고 할 때에 분명히 이런 선조를 인간이라고 볼 수는 없습니다. 그러면 언제부터 인간이고, 언제부터 인간이 아니냐라고 했을 때 대답하기 어렵습니다. 이렇듯 연장선상에 있는 것인데, 인간의 생명을 절대시하고 나머지에는 가치를 부여하지 않는다는 것은 무리입니다. 종교적 도그마로는 이것을 밀고 나갈 수 있을지 모르지만, 우리가 처한 상황과 연결해 생각할 때에는 문제가 발생합니다. 생명윤리가 소중하니까 이것을 억지로라도 밀고 나가야겠다는 자세에는 찬성하지 않습니다. 생명에 대해 함부로 손대는 것은 다른 이유로도 충분히 경계해야 한다고 주장할 수 있는 문제이므로 굳이 종교적 도그마를 빌려 이러한 이야기를 할 필요는 없다고 봅니다.

아울러 모든 낱생명이 똑같은 생명가치를 가지기 때문에 전혀 손댈 수 없다는 주장 또한 무리가 따릅니다. 사람들이 가축을 잡아먹기도 하는데, 사람을 잡아먹는 것이나 가축을 잡아먹는 것이 똑같다고 할 수는 없습니다.

이렇게 모든 낱생명에 절대가치를 부여해 그것 모두를 동등하게 보든, 인간과 같은 특정 낱생명에 절대가치를 부여해 특정한 지위를 부여하려 하든 결국 낱생명을 중심으로 하는 생명관 모두는 결정적 문제가 따르게 됩니다.

정정호 선생님의 '상식선에서 볼 때'라는 말씀이 어느 정도 해명된 것 같습니다. 이와 관련하여 선생님께서는 어느 글에서 '온생명체계'에서 개체생명인 '인간'의 위치와 책무를 논하시면서 인간이 '중추신경계적 기능'의 역할을 해야 한다고 말씀하셨습니다. 그러나 이것이 말은 쉽지만 사실상 실현은 어렵다고 생각합니다. 우리가 몰라서 지구를 파괴하는 것이 아니라 알면서도 지구 그 자체의 존립을 위험하게 만드는 정도까지 파괴하고 있지 않습니까?

낱생명인 인간이 지나치게 특권을 휘두르고 있습니다. 저는 이러한 지구에서 인간중심주의가 오늘날 급속하게 와해되는 생태계 혼란과 환경 파괴를 불러왔다고 생각합니다. 인간들에게 생태환경을 위한 '중추신경계적 기능', 도덕적 책무를 호소하는 것이 얼마나 효과적일지에 대해 저는 비관적입니다. 저는 인간의 정의를 '이성적 동물'에서 그저 '이성이 가능할 뿐인 동물'로 바꾸고 싶습니다. 한 예로 2차 대전 때에 그 이성적인 독일 사람들이 유대인 600만 명을 학살했던 것과 같이, 인간의 이성이 쉽게 자주 '비이성'과 '광기'로 돌변했기 때문입니다.

우리 인간은 오늘날 브레이크 파열된 자동차처럼 무시무시하게 질주하는 것 같습니다. 다른 범죄와 달리 환경 파괴는 우리 자신과 그 후손들에게까지 직접적으로 피해를 주는 범죄 행위입니다. 특히 우리나라에서는 정부나 일반 국민들이 지독한 환경생태 불감증에 걸린 것 같습니다. 선생님은 이 모든 인간의 문제를 '마음'의 문제로 보시는 것 같습니다. 선생님께서 말씀하시는 '일원이측면론'을 인간의 중추신경계적 기능과 연결해 설명해주십시오. 아울러 온생명체계 안에서 언제나 이성적이 아니고 자주 비이성적인 인간의 윤리적 강령이랄까 실천이 어떻게 가능할까요?

장회익 저는 온생명체계 안에서 인간이 중추신경계적 역할을 할 수 있고, 또 그 역할을 할 수 있는 방향으로 가야 한다고 생각합니다. 물론 현실적으로 그렇게 되기까지는 풀어야 할 많은 문제가 있습니다. 사실 인간은 지금까지 생존하기 위해 다른 생물종 못지않게 어렵게 살아온 한 생물종입니다. 그런 과정에서 자기 생존을 위해 최대한으로 노력하는 본능을 가지게 되었습니다. 그 본능을 부정적으로 보기도 합니다만, 인간의 생존을 위해서는 그렇게 하지 않으면 안 되는 상황이기도 했습니다.

이러한 본능은 인간의 사회 구성 문제와도 갈등을 일으킵니다. '사회'라는 것은 진화의 과정에서 볼 때 비교적 짧은 기간인 최근에야 이루어진 산물이고 그래서 이를 미처 본능 속에 각인할 수 없었습니다. 그래서 문화적 기제인 윤리가 따로 만들어져 이를 조정하게 된 것입니다. 이 윤리 또한 처음에는 가족 단위, 부족 단위, 민족 단위 등 제한된 사회 단위를 바탕으로 시행되다가, 지금은 인류를 하나의 단위로 이해하기 시작했습니다. 여기서 다시 온생명까지 아우르는 단계로 나아가야 하는데, 아직 이것은 일부 사람의 차가운 사고로 파악되는 당위일 뿐, 우리의 느낌이나 문화 속에 깊이 자리잡은 것이 아닙니다. 물론 우리 전통문화 안에 그런 흐름이 없었던 것은 아닙니다. 어쩌면 일부 옛사람들이 그 어떤 직관에 의해 어렴풋이 온생명을 의식했던 것이 아닌가 하는 생각도 해봅니다. 그러나 이것이 아직 주류문화를 형성하는 것은 아닙니다. 여전히 주류문화는 자연을 극복·활용하여 인류의 복지를 증진시키자는 데에 역점을 두고 있습니다.

반면 인간의 지적 능력은 그 물리적 활용 면에서 생명 전체에 영향을 미칠 만큼 커졌습니다. 본능과 행위 규범은 크게 못 미치는 데 반해 힘이 넘치는 것이 현 위기의 원인입니다. 이성적으로 생각해보면 우리 인간이 생태계의 일부이고, 전체 생태계 안에서 인간만이 의식적 사고와 행위를 수행할 능력을 가졌고, 온생명의 진로를 의식적으로 설정할 수 있다는 사실을 자각할 수도 있습니다. 그러나 아직 우리 인간의 느낌이나 문화 속에 이것이 제대로 젖어 있지 않기 때문에, 현실적으로는 인간의 중추신경계적 역할이 미흡하다는 정 교수님의 진단이 맞다고 봅니다. 실제로는 우리의 유전적, 문화적 유산이 그런 방향으로 가는 것을 어렵게 하는 상황에 있습니다.

저는 생명을 이해하면서, 가장 놀라웠던 것이 그 안에서 주체 의식을 가진 존재가 나타났다는 사실입니다. 가령 40억 년 전으로 거슬러 올라가 지구의 모습을 본다면 흙이나 먼지 같은 물질 덩어리가 굴러다니는 것 외에 별 특별한 것이 없었습니다. 이렇게 원자, 분자들이 흩어져서 움직이고 재결합되면서, 물질의 현상이 다양하게 전개되다가 그 가운데 일부가 스스로 '나다'하는 주체적 존재 선언을 하고 나선다면 이건 분명 놀라운 일입니다. 우리는 사실 물질 덩어리인데, 물질 덩어리가 말을 하고 자기 의식을 갖게 된 것입니다. 물질은 물리법칙에 따라 수동적으로 움직이는데, 인간은 '나'라는 의식을 갖고 있으며, 움직이고 싶으면 능동적으로 의지에 따라 마음대로 움직일 수 있습니다. 이 점이 사실 오랫동안 문제였습니다. 이른바 '몸/마음 문제(body/mind problem)'라는 것이 그것인데, 몸은 자연의 법칙에 따라 움직이고, 마음은 자기 의지에 따라 움직이는데, 이 둘이 도대체 어떻게 서로 관련되느냐 하는 것입니다.

이 둘이 너무도 달라 보여서 이원론에 빠지기가 아주 쉽습니다. 물질 세계는 그저 수동적으로 움직이는 것인데, 그 안에 영혼 곧 마음이 들어가서 물질을 움직인다고 보는 것입니다. 그러다가 죽으면 영혼이 빠져나가고 스스로 움직일 수 없는 물질만 남는다고 보는 거지요. 문제는 내가 마음대로 움직인다고 하는 것도 실은 자연법칙에 의해 그렇게 움직이도록 되어 있다는 것입니다. 내가 주체적으로 보면 내 마음대로 움직이는 것이지만 같은 현상을 외부적으로 보면 물리법칙에 따라 움직이는 것입니다. 결국 하나의 같은 현상인데 내면으로 보면 내가 움직이게 하는 것이고 외면으로 보면 자연법칙이 그렇게 하도록 만드는 것입니다.

얼핏 이것은 내가 결국 물질이 시키는 대로 하는 것 아니냐 할 것이지만, 이것은 나와 물질이 다르다는 것을 전제했을 때 할 수 있는 말입니다. 내가 곧 물질이라는 점을 확실히 하면 물질이 하는 것이 곧 내가 하는 것이 됩니다. 단지 물질은 물리학에서 이해하는 바와 같이 외면적 성격만 있는 것이 아니라 주체가 직접 느끼는 바와 같이 내면적 성격도 있다는 것을 인정해야 합니다. 이것이 바로 제가 주장하는 일원이측면론(一元二側面論)입니다.

역사적으로 볼 때에 이러한 이해에 가장 가까이 접근한 사람이 스피노자입니다. 아직 뉴턴이 나오기도 전인데, 스피노자는 이미 데카르트의 물리학을 통해서 자연법칙의 보편적 성격을 파악하고 마음이 이것과 다른 것일 수 없다는 입장을 취한 것입니다. 엄격히 말하면 스피노자의 입장은 일원다측면론(一元多側面論)인데, 그는 실재가 몸, 마음 이외에 또 다른 측면을 지닐 가능성도 살려둔 셈입니다.

정정호 선생님께서 17세기 네덜란드의 철학자 스피노자에 관해 말씀해주시니 좀 더 이야기하고 싶습니다. 지난 20세기 후반부터 스피노자에 관한 관심이 생태환경론자들뿐 아니라 마르크스주의자들에게도 크게 떠오르기 시작한 것 같습니다. 저도 한때 스피노자에 관심을 갖고 완벽하게 기하학적 형식으로 쓰인 그의 주저 『윤리학』을 다 이해하지는 못했지만 읽어보았습니다. 유대계였던 스피노자가 철학 등 세속적인 학문에 관심을 가졌다고 해서 파문당한 후 대학교수직 제의도 거절하고 렌즈를 갈아서 생계를 유지하며 철학 연구에 몰두했던 일생이 저에게는 매우 인상적이었습니다. 제도권 밖에서 주변부 타자로 남아 객관적이고 합리적인 지식 생산에 몰두하는 일은 충격적이었습니다. 데카르트와 같이 철저하게 합리주의자였던 스피노자는 우주는 필연적인 이성적 질서로 구성되어 있고, 그 질서는 인간의 오성으로 파악할 수 있으며 진실한 선은 이러한 이성적 질서에 따라 사는 것이라고 믿었습니다.

스피노자는 신(God)을 합리적 질서로서의 자연과 동일시했고 인간의 모든 것을 자연의 질서 안에서 논리적으로 논의될 수 있다고 생각했습니다. 따라서 인간은 '신에의 지성적인 사랑(amor intellctualis Dei)'이라는 표현에서 알 수 있듯이 신에 대한 합당한 지식을 가질 수 있다고 주장한 것 같습니다. 스피노자의 자기 보존의 욕망을 실천철학의 토대로 삼고 감성을 통제할 수 있는 지식을 가장 유용한 것으로 본 것 같습니다. 이런 맥락에서 선생님은 스피노자가 현대 사상과 선생님의 사유 체계에 미친 영향을 어떻게 생각하시는지 설명해주십시오. 나아가 스피노자 사상의 새로운 가능성도 아울러 지적해주십시오.

장회익 사실 스피노자가 매우 중요한 사상가임에도 불구하고 인류 지성사에서 응분의 대접을 받지 못했고 따라서 사상계에 미친 영향도 그 중요성에 비해 그리 크지 못했던 것이 아닌가 생각합니다. 그 이유는 방금 말씀하신 바와 같이 서구 기독교 사회에서 파문당하고 지성계에서조차도 오랜 기간 그의 학설이 금기시되었던 데에 있었던 것으로 보입니다. 그러니까 현대에 와서 복원되는 것도 그의 학설이 영향을 미쳐서라기보다도 이에 해당하는 내용이 재발견되고 있기 때문이 아닌가 하는 생각이 듭니다. 그만큼 그는 앞선 사상가이기도 했습니다.

저 자신은 아인슈타인이라든가 몇몇 사상가들의 입을 통해 스피노자에 대한 이야기를 듣기는 했어도 그 구체적 내용에 대해서는 최근에야 좀 관심을 가지고 들여다보게 되었습니다. 그런데 놀랍게도 제가 이전부터 생각해온 몇몇 중요한 생각들을 거기서 찾아내게 되었습니다. 그러니까 저는 직접적인 영향을 받았다기보다는 뒤늦게 공감하게 되었다고 보는 것이 옳을 겁니다. 말하자면 스피노자를 거치지 않고 그가 생각했던 내용에 독자적으로 접근했던 것인데, 이 점을 저는 더 기쁘게 생각합니다. 이것은 스피노자를 통해 내 생각의 신빙성을 높이는 결과가 되었다는 이야기가 되기도 하고, 반대로 스피노자의 사상이 스피노자와 무관하게 검증하게 되었다는 이야기도 되거든요. 당연히 스피노자와 내 생각이 완전히 같을 수는 없겠지요. 앞에 언급한 바와 같이 그는 일원다측면론을 택하는데, 나는 일원이측면론이면 충분하다고 봅니다. 즉 외적 측면과 내적 측면만으로 보는 것입니다. 그리고 스피노자가 말하는 신(神)이 무엇인지 이해를 하면서도, 여기다가 굳이 신이라는 명칭을 붙이는 것에 대해서는 다소 불편함을 느끼고 있습니다. 오히려 신의 존재는 그것마저 넘어서는 더 근원적인 어떤 것으로 설정할 수도 있었을 것 같고, 만일 그랬더라면 그의 사상이 종교적인 배경도 조금 덜 받지 않았을까 하는 생각입니다. 그러나 근대과학에 대한 이해가 거의 없는 상황에서 과학적 이해로 다져진 오늘의 사상에 버금가는, 혹은 이를 능가하는, 생각을 했다는 점에서 스피노자의 놀라운 면이 있고, 이를 우리는 계속 주시하면서 배움을 청해야 하지 않을까 하는 생각입니다.

정정호 어려운 문제를 잘 정리해주셨습니다. 이제부터는 생명 문제와 관련하여 일반 환경생태론으로 주제를 옮겨보겠습니다. 제가 보기에는 오늘날 환경생태론의 세 가지 입장으로 근본생태적(자연중심주의), 환경관리주의(지속가능한 개발), 개발주의(인간중심주의)가 있습니다. 매일 지구의 '종의 다양성'이 격감하는 등 매우 우려할 만한 상황에 있습니다. 지구온난화와 기후 변화 등으로 인한 급격한 생태환경의 악화를 개선하기 위해 요새 설득력을 얻는 논리가 '지속가능한 개발'입니다. 그래서 환경공학, 환경경영, 환경교육, 생태 등 '환경'이나 '생태'자가 들어가는 말들이 많이 생기는 듯합니다. 이 개념은 완전히 자연 중심으로 가거나 인간 중심으로 갈 수 없기 때문에 나왔다고 봅니다. 우리는 당연히 '지속가능한 개발'을 지향하는 환경관리주의를 택할 수밖에 없습니다. 그러나 이러한 절충주의적 방법(지속가능한 개발)으로 근본적 해결이 가능할까요? 어쩌면 '지속가능한 개발'이란 결국 개발 논리를 포장해주는 장식 윤리가 아닌지 모르겠습니다. '지속가능한 개발'이라는 개념이 온생명 안에서 바람직한 것인지, 또 그것밖에 선택의 여지가 없는지 의심이 듭니다. 결국은 개발 이데올로기를 은폐하는 면이 있지 않나 하는 생각이 듭니다.

장회익 결국 자연과 인간의 관계를 어떻게 파악하느냐 하는 점이 관건입니다. 많은 경우, 자연과 인간의 관계를 분명히 규정하지 않고, 인간은 그저 자연환경 안에서 산다는 입장에서 보고 있습니다. 저는 인간이 온생명의 한 부분이고, 온생명 안에서 온생명을 내 몸으로 파악하는 온생명의 마음에 해당하는 존재로 보면서, 지금 내 몸 곧 온생명의 질환을 어떻게 치유할 것이냐 하는 점을 고민해야 한다고 생각합니다.

환경생태론의 세 가지를 말씀해주셨습니다. 자연중심주의와 인간중심주의 그리고 그 절충으로 '지속가능한 개발'이 나왔습니다. 온생명 관점에서 바꾸어본다면 온생명의 몸중심주의, 온생명의 중추신경계중심주의, 그리고 몸이 버틸 수 있는 한계 내에서의 중추신경계중심주의라고 할 수 있습니다. 그런데 중추신경계가 제 구실도 못하면서 지나치게 비대해져 질환을 일으키는 현시점에서 '몸이 버틸 수 있는 한계 내에서의 중추신경계중심주의'라는 것이 어떤 의미를 가지겠습니까? 우리는 당연히 몸이 견뎌낼 만한 범위 내에서 마음의 중요성을 간과해서는 안 됩니다. 그런 점에서 지속가능한 개발에 반대할 이유는 없습니다. 그런데 그 내용이 문제입니다. 한 시간, 두 시간, 하루, 이틀의 지속도 지속입니다. 그러나 그것은 환자가 원하는 지속은 아닙니다. 환자가 원하는 것은 건강의 회복이며 회복된 상태로의 지속입니다.

예를 들어 더 이상 만들어질 수 없는 석유 자원 대신에 해마다 농사를 지을 수 있는 식물성 기름을 연료로 쓰도록 농토를 개조하는 것이 '지속가능한 개발'이라 주장할 수도 있습니다. 그러나 이것이 장기적으로 생태계에 미칠 영향을 예측할 수 없다면 이는 오히려 재앙이 될 수도 있습니다. 그래서 저는 이러한 세 가지 입장 가운데 그 무엇을 취하기보다는 온생명의 장기적 생존과 건강에 합당한 생활양식을 추구하자는 주장을 펴는 것이 가장 적합하리라고 봅니다. 물론 거기에는 적극적 행위도 요구되며 심지어 개발이라는 말도 적용될 수가 있겠지만 이미 나빠진 점을 감안할 때, 오히려 온생명 건강의 회복이라는 표현이 더 적합할 것으로 봅니다. 단지 이러한 회복이 과거로 되돌아가자는 것이 아니라 현 상태에서 온생명의 정상적 생리를 되찾아간다는 뜻으로 생각해야 할 것입니다.

사람들 사이에는 암암리에 이런 생각들이 있습니다. 즉 과학과 기술문명의 발전이 있기 때문에, 지금 우리가 풀 수 없는 문제도 미래의 세대는 풀어낼 것이라는 기대입니다. 현재 우리는 살고 싶은 대로 살고, 미래의 문제는 미래 세대에게 맡기자, 이런 생각입니다. 어떻게 보면 일리도 있습니다. 예전에 상상도 못했던 것들이 지금 이루어졌기 때문에 그런 일면이 있지만, 우리는 또한 미래가 지닌 한계마저 알고 있다는 데에 주목해야 합니다. 예를 들어 세월이 한참 흘러도 지구가 늘어나거나 줄어들지 않는다는 것을 알고 있습니다. 이 안에 있는 상황이 달리 바뀔 수 없는 결정적 한계들 또한 알고 있는데, 이것을 우리는 쉽게 무시하고 있습니다. 이와 함께 우리가 미래에 대해 지금 잘 모르니까 걱정할 필요가 없다는 생각들이 있습니다. 그리고는 새로운 개발 가능성을 위해 연구를 시키자면서 돈을 쏟아붓고 있습니다. 알면 조심해야 하고 모르면 겸손해야 하는데, 무서운 폭탄을 안고 위험만이 감지되는 미래를 향해 뛰어드는 듯하여 걱정스럽습니다.

정정호 중요한 것은 지구의 역사가 40억 년이라고 하는데, 인간이라는 동물이 지구를 급작스럽게 근본적으로 망가뜨린 게 불과 근대화가 이루어진 한 300년쯤밖에 되지 않습니다. 지구의 나이로 보아 눈 깜짝할 사이인데, 이러한 사실을 우리가 예리하게 인식하지 못하는 것 같습니다. 저는 지난 300~400년보다 앞으로 몇십 년이 더 문제라고 봅니다. 일부 생태환경론자들은 지구의 수명을 24시간으로 볼 때 현재 시각이 밤 11시 59분이라는 비관적 전망을 내놓고 있습니다. 물론 이것은 지나친 위기의식 조장이라고 볼 수도 있지만 어리석고 자주 망각하는 굳어진 우리의 의식을 깨우기 위해서는 합당한 경고라 생각합니다.

장회익 거기에 부연한다면, 이 지구를 크게 망친 것은 불과 몇십 년 전부터이고, 조금 더 넓게 잡으면 몇백 년 전부터입니다. 그런데 사실은 30만 년 전부터 인간이 지구에 해를 끼쳤다는 것이 최근에 밝혀지고 있습니다. 30만 년

전은 불을 사용하기 시작한 때인데, 불을 사용했다는 것은 원시문명까지 포함한 문명이 태동한 것을 의미합니다. 머리를 써서 무언가를 변형시킬 수 있는 능력을 가지면서부터 주변 생물종을 멸종시키기 시작한 것입니다. 그래도 생태계에는 큰 영향을 미치지 않았는데, 1만 년 전에 농업을 하기 시작하면서 생태계를 크게 바꾸기 시작했습니다. 농업이란 다른 생물종을 밀어내고, 인간을 위해 봉사할 생물들만을 선택적으로 사육하는 행위입니다. 이러한 농업도 온생명의 입장에서 보면 문제 상황에 해당합니다. 농업이 한 1만 년 동안 지속되면서, 인류의 인구가 폭발적으로 증가했습니다. 1만 년 전에 한 400만 명 정도였다고 하는데, 기하급수적으로 증가해 지금은 60억 명이 넘었습니다. 인구가 늘어나면 늘어나는 만큼 식량 증산을 하게 됩니다. 증산을 자꾸 하면서 우리의 용도와 관계없는 생물종들은 계속 서식처를 잃고 멸종 위기에 몰리게 되는데 이러한 관행이 이미 우리 문명 속에 배어 있었고, 최근 본격적인 과학기술이 나오면서 급속도로 격화되고 있습니다. 이런 역사적 과정까지 고려해서 우리가 어떻게 해야 할지를 잘 생각해야 합니다.

정정호 다음은 구체적으로 국내의 환경운동과 환경운동 NGO에 대해서 이야기해보겠습니다. 요즘 환경운동단체를 비롯해서 시민운동단체들이 많이 생겨났습니다. 그런데 제 개인적 입장에서 종종 '시민 없는 시민운동'의 모습을 보인다고 생각합니다. 행정이나 권력에 거리를 두어야 하는데, 오히려 밀착하는 모순적 상황이 벌어지기도 합니다. 특히 환경생태운동이 소리 없이 실천하는, 많은 사람들이 참여하는 그런 운동이어야 하는데, 제대로 안 된다는 생각도 듭니다. 오늘날 우리나라의 환경생태운동을 어떻게 보고 계신지 또, 만족스럽지 못하다면 어떻게 해야 하는지에 대해 말씀해주셨으면 합니다.

장회익 저는 학문에 매인 사람이라 마음은 있어도 그렇게 열심히 운동에 참여하지 못하는데, 그렇게 실천하는 분들이 있어 다행이고, 그분들이 아주 중요한 역할을 한다고 생각합니다. 그런데 거기에 대해 두 가지 정도를 이야기하고자 합니다. 먼저 하나는 그 운동이 이데올로기적이란 느낌을 줍니다. 소신에 입각해서 활동하는 것이 대단히 중요합니다만, 융통성이 적어진다는 결점이 있습니다. 조금 달라도 기본 방향이 같으면, 같이 가야 하는데 그런 면에서 융통성이 좀 적습니다. 그래서 이해의 폭을 조금 넓혔으면 좋겠습니다. 그리고 또 하나, 무엇을 어떻게 해야 하는가에 대한 깊이 있는 연구가 필요한데, 아직 그런 깊이 있는 연구가 부족하다고 봅니다. 당장 이것은 안 되겠다, 어떻게 해야 하겠다 하는데, 그 근거가 탄탄하지 않아 설득력 면에서도 좀 떨어지는 느낌을 받습니다. 이것은 물론 저 자신에게도 해당하는 말이고 이 점에 대해 깊이 고민하고 있습니다.

한 가지 다행스런 것은 최근에 이르러 환경 문제에 대한 전반적인 생각이 크게 바뀌었다는 점입니다. 얼마 전까지만 해도 환경생태 문제는 극소수 사람들만이 고민하는 것이었는데, 이제는 이래서 안 되겠다 하는 의식이 널리 확산되었습니다. 어느 정도 지나 일정한 임계치를 넘어서면 큰 힘을 가지게 될 것입니다. 어쨌든 그럴수록 방향을 제대로 잡아 사회적 역량을 묶어내는 작업이 중요합니다.

정정호 선생님께서는 이미 지금까지 이룩하신 학문적 작업으로 환경생태 운동에 충분하게 기여하셨다고 봅니다. 이번에는 저의 전공이 문학이다 보니까 환경과 문학의 상관관계에 대해 논의해볼까 합니다. 환경생태 의식 고양을 위한 기초 작업으로 인식을 전환한다거나 자연과의 공감적 상상을 형성하는 데 문학이 중요하다고 생각합니다. 환경생태 의식 고양을 위해 제가 몇 년 전에 다른 몇 분들과 '문학과환경학회'를 결성했는데, 그때 환경부를 방문해 어떤 국장을 만난 적이 있습니다. 그런데 이분은 문학이 환경과 무슨 상관이 있냐며 매우 의아해했습니다. 그 후에도 그런 분들을 여러 번 만났습니다. 그러나 환경생태 문제에서 문학이 직접적으로 구체적 역할을 할 수 없을지 모르지만, 문학작품을 통해 우리들에게 '생태학적 상상력'을 제고

할 수 있을 것 같습니다. 저는 선생님의 온생명사상도 지구상의 모든 것은 서로 밀접하게 연결되어 있다는 생태유기체론을 강조하는 생태학적 상상력이라고 볼 때 같은 맥락에서 이해될 수 있다고 봅니다. 선생님께서는 자연과학도로서 넓은 의미의 문학이 환경생태 문제에 대해 어떤 기능과 역할을 할 수 있다고 보시는지요?

장회익 지금 제일 큰 문제는 우리가 온생명을 느끼지 못한다는 사실입니다. 자기 생명은 느낌이 있어 소중하게 여기지만, 온생명은 보살펴야겠다는 생각이 마음에서 솟아나기가 어렵습니다. 머릿속에서는 그려지지만 마음에서 생겨나지 않으니까 실천으로 연결되기 어렵습니다. 그런 다리를 놓아주는 것이 필요한데, 여기에서 문학이 충분히 중요한 역할을 할 수 있다고 봅니다. 실제로 레이첼 카슨의 『침묵의 봄』은 환경 문제를 이슈화하는 데 크게 기여했습니다.

머리로 생각하는 내용을 마음에 느껴지도록 연결시키는 작업을 문학이 할 수 있다고 봅니다. 가령, 제가 생각하는 생명에 대한 이해를 누군가가 문학적으로 표현해주면 좋겠다고 생각하기도 하는데, 작가에 따라서는 의식적으로 이런 이해의 과정을 거치지 않고도 환경생태 문제에 기여할 좋은 작품을 내는 일이 있습니다. 역시 우리 삶의 문제니까 굳이 이런 이론적 장치를 거치지 않고도 직감적으로 느끼는 게 아닌가 하는 생각도 듭니다. 장 지오노의 『나무를 심은 사람』은 간단한 이야기지만, 우리가 생명과 환경을 살리는 쪽으로 마음을 움직이는 데 도움을 줍니다.

최근에는 일본의 요시노 히로시라는 사람이 쓴 「생명은」이라는 제목의 시 한 편을 볼 기회가 있었는데, 그 안에 "생명은 그 가운데 결여를 안고, 이것을 타자가 채워주는 것이다"라는 구절이 있었습니다. 생명 곧 '낱생명'은 본질적으로 불완전한 것이어서 결여를 안고 있는데, 그것을 타자 곧 그 '보생명'이 채워준다는 저의 온생명이론을 아주 실감 있게 표현해주고 있습니다. 저는 이런 것들이 같이 가야 한다고 봅니다.

정정호 오늘날 전 세계적으로 민족 분쟁, 종교 전쟁, 환경 문제 등 종말론적 분위기가 팽배해서 서양에서는 '재앙 담론(catastrophe discourse)'이 나옵니다. 이런 암울하고 비관적인 분위기가 팽배한 시대를 돌파하여 대안을 제시하는 방식으로 저는 선생님께서 강조하여 말씀하시는 '적절한 좌표 변환'의 논리와 연계시키고 싶습니다. 우리가 어떻게 재앙적 상황을 지혜롭게 벗어나기 위해 우리의 한계 좌표를 어떻게 변환시켜야 할까요?

장회익 현상은 보는 위치에 따라 달리 보입니다. 그래서 보는 위치 곧 기준 좌표의 전환에 따라 사물이 어떻게 달라 보이는지를 분명히 구명할 필요가 있습니다. 이것을 좌표 변환이라고 하는데, 여기에 대한 분명한 인식이 없으면 내게 보이는 것만 옳고 남이 다른 위치에서 달리 보는 것은 옳지 않다고 생각하게 됩니다. 많은 사회적 분쟁이 바로 이러한 이유 때문에 발생합니다. 그래서 적절한 좌표 변환을 통해 다른 사람의 위치에서 보면 그 사람이 왜 그런 주장을 하는지를 이해하게 됩니다.

유명한 아인슈타인의 상대성이론이 바로 그것입니다. 이른바 상대성원리란 언제 어디에서 그리고 어떤 속도로 움직이면서 모든 자연법칙의 기본 형태는 달라지지 않는다는 것입니다. 실제 현상은 달리 보이지만 적절한 좌표 변환을 하고 보면 결국 동일하다는 것입니다. 재미있는 것은 종래 우리가 생각해온 3차원 공간과 이에 독립한 1차원 시간을 바탕에 둔 좌표 변환을 해서는 자연법칙이 상대성원리를 제대로 만족시키지 못한다는 점입니다. 결국 아인슈타인이 기존의 이러한 시간·공간 개념 자체가 잘못된 것으로 보고 시간과 공간이 서로 의존하는 4차원의 시공 개념을 바탕으로 새로운 좌표 변환을 해냄으로써 자연의 모든 법칙이 상대성원리에 딱 들어맞는다는 것을 알게 되었습니다.

여기서 중요한 점은 좌표 변환이라는 것이 결코 간단한 작업이 아니라는 것입니다. 우리 또한 일상생활 속에서 늘 좌표 변환을 통해 상대방의 입장을 이해해가며 살고 있습니다. 그러다가 내가 좌표 변환을 해보는 데도 상대방의 태도가 납득되지 않을 때 상대방이 틀렸다고 판정하고 분쟁이 발생합니다. 여기서 상대성이론이 주는 교훈은 내가 하는 좌표 변환 그 자체가 불완전할 수 있다는 점입니다. 그 간단한 물리현상들조차 4차원의 좌표 변환을 해야 제대로 이해가 되는데, 복잡한 사회현상들이 단순한 상식 차원의 좌표 변환만으로 처리될 수 있을지를 생각해보아야 합니다. 아마도 4차원 못지않은 고차원적 좌표 변환이 요구될 것으로 보고 이 점에 대해 서로 간에 힘을 기울여야 할 것입니다.

지금 전 세계적으로 의견이 다르고 수많은 분쟁이 발생하지만 서로 마주 앉아 좌표 변환만 제대로 이루어지면 많은 부분 해결되리라고 봅니다. 문제는 이것이 어렵다는 점인데, 이 점에 대해 아인슈타인 이상의 지적 작업을 수행할 각오를 해야 합니다.

새로운 과학문화를 위하여

정정호 다음에는 '과학문화'에 대해 이야기했으면 합니다. 선생님께서 진정한 과학문화 수립을 논의하는 자리에서 스노(C. P. Snow)와 자크 모노(Jacques Monod)가 갖는 과학지향적 입장과 마르쿠제(Herbert Marcuse)와 자크 에륄(Jacques Ellul) 등이 갖는 인문지향적 태도를 모두 비판하시면서 "건전한 문화적 전통과 폭넓은 과학적 이해 사이에 진정한 융합(fusion)"을 강조했는데, '두 개의 문화'의 괴리와 분열을 치유할 수 있는 진정한 융합을 이루기 위한 효과적이고 구체적인 방법은 무엇일까요? 다시 말해 급격한 과학기술 문명과 인문사회 운동의 새로운 담론 모색을 위해 인문학 위기 시대의 과학의 역할 그리고 과학기술 시대의 인문학의 역할에 대해서도 말씀해주십시오.

장회익 사실 과학문화라고 하면 과학과 전통문화의 단순한 공존이 아니라 제대로 융합을 이루고 서로 함께하는 문화가 되어야 한다고 봅니다. 현실적으로는 서로 이질적으로 느끼기 쉬운데, 스노가『두 개의 문화』에서 그 이질성을 잘 지적했습니다. 그런데 저는 먼저 과학과 기술을 일단 분리시켜 생각할 필요가 있다고 봅니다. 흔히 과학이라고 하면 이른바 과학기술을 연상하고 문화적 속성과는 별 관련이 없는 물질적 소산으로 생각하는데, 과학 안에는 우리 삶에 직접 관련되는 내용이 많이 있습니다. 이것을 우리 문화와 의식 안에 살려서 융합된 하나로 만드는 것이 진정한 과학문화의 모습이라고 봅니다. 특히 지금 생태계를 파괴하는 등 문명 자체가 그릇된 방향으로 가는 시점에서 과학의 눈으로 상황을 제대로 파악하고, 그 파악된 내용이 우리의 문화 속에 들어와 우리의 가치관과 연결되고 사회제도와도 연결되어 더 큰 하나가 되는 것이 제대로 된 과학문화입니다. 과학은 과학대로 발전했지만, 과학과 문화는 아직 융합을 이루지 못하고, 따로 가는 형국입니다.

지금 과학계 밖에서는 과학에 대한 거부감을 보이기도 합니다. 과학이 물질적 혜택도 주었지만, 과학의 발전으로 많은 문제를 양산하기도 했는데, 이러한 것이 과학은 좋지 않은 것이라는 일종의 반과학적 의식을 불러일으키는 것 같습니다. 현재의 과학문명과 과학중심주의는 당연히 비판받아야 하지만, 과학이 좋은 의미에서 우리에게 도움을 주는 부분까지 배제해서는 안 됩니다. 과학을 끌어안아 함께하는 가운데 과학 없이 이루기 어려운 새로운 진전을 가져올 수가 있습니다. 어느 면에서는 과학주의자라고도 할 수 있는 자크 모노는 "현대인은 과학의 열매를 따먹기는 즐기면서, 과학의 메시지에는 귀를 기울이지 않는다"고 비판했습니다. 저는 이 말을 귀담아들어야 한다고 봅니다. 과학의 열매와 메시지를 균형 있게 받아들여야 하지만 지금까지는 열매만 키워놓았기에 이제는 잠시 열매는 접어두고 메시지에 귀를 기울일 때입니다. 그러나 과학 그 자체는 우리가 알아듣는 용어로 메시지를 전달하지 않습니다. 여기에 이를 해독하는 작업이 필요한데, 이것이 다름 아닌 인문학의 과제에 해당합니다. 인문학 자체가 위기를 맞이했지만 이것 또한 과학의 열매만을 생각하는 시대의 풍조와 관계가 있다고 봅니다.

이제 인문학과 과학이 협력하여 인문학도 살리고 과학의 메시지도 바로 전해야 합니다.

정정호 선생님 말씀처럼 과학에 대한 오해와 편견이 있습니다만, 제가 보기에는 과학자들도 인문학에 대해 공부를 많이 하지 않는다고 생각합니다. 사실 인문사회과학자들도 과학에 대해 공부를 훨씬 더 많이 해야 하고, 자연과학자들도 인문사회과학 분야를 많이 공부해서 내면적으로 융합되어야 하고, 서로 학제적으로 만나는 게 필요하다고 봅니다. 사실 저만 보더라도 과학에 대해 무지합니다. 늘 인문적 입장에서만 편견을 가지고 오늘날의 문화를 바라보고 있음을 반성하고 있습니다.

선생님께서는 『과학과 철학』이라는 무크지에도 관여하셨는데, 그러한 작업들이 활발하게 일어나야 진정한 과학문화가 성립되고, 제대로 융합이 이루어질 텐데, 말은 잘하고 필요성은 느끼지만 그게 잘 안 됩니다. 과학 개념이 공부하기 쉬운 것도 아니고, 참 안타깝습니다.

다음으로 과학과 종교에 대해 이야기했으면 합니다. 그동안 과학과 종교는 서로 갈등 관계로 이어져 왔습니다. 그러나 최근에 종교와 과학의 관계가 상보적일 수 있지 않은가에 대한 논의가 많은 것 같습니다. 선생님께서는 물리학자로서 과학과 종교가 갈등을 넘어 병존과 융합을 논의함에 있어, 과학의 선도적 역할을 강조하셨습니다. 그러나 과학으로도 해결하지 못한 많은 영역이 있습니다. 예를 들어 인간의 궁극적 문제라든가 현대 과학이 설명하지 못한 아직도 신비한 영역들이 남아 있습니다. 어떤 의미에서 인간의 과학은 신의 종교와 상보적 관계에 있지 않은가 생각합니다. 제 개인의 입장을 단도직입적으로 말씀드리면 저는 얼마 전까지 진화론자였지만 지금은 창조론을 믿고 있습니다. 일단 조물주가 우주 삼라만상을 창조하였고 그 후에는 상황에 따른 진화적 발전이 계속되는 것이 아닌가 합니다. 생명의 기원 문제와 관련해 창조론과 진화론의 논쟁에서 최근 미국에서 '지적 설계론'이 다시 부상하고 있습니다. 이 문제에 대해 선생님께서는 어떻게 평가하십니까?

장회익 저는 단순히 종교와 과학 사이의 문제만이 아니라, 종교와 종교의 문제도 있고, 더 넓게는 문명과 문명 사이의 문제도 있는데, 이들 또한 함께 풀어야 할 과제라고 봅니다. 그런데 만일 과학과 종교 사이의 문제가 해결되면 이는 곧 종교와 종교 사이의 문제를 푸는 데도 도움이 되리라 생각합니다. 종교가 만일 과학을 수용할 수 있다면 같은 이유로 타종교를 수용하기가 월등 용이해질 것이기 때문입니다. 이런 점에서 과학은 종교 간 그리고 문명 간의 갈등을 푸는 데에도 좋은 구실을 할 수 있습니다.

우선 종교는 기본적으로 필요할 뿐만 아니라 우리 삶에서 매우 중요한 역할을 한다고 봅니다. 종교는 그 성격상 도그마를 가지게 됩니다. 무언가 이야기를 만들어야 하는데, 그 이야기의 바탕 소재는 당연히 당시에 통용되었던 지식입니다. 대체로 주요 종교들은 2~3천 년 전에 통용되었던 지식을 바탕으로 이야기들을 엮어냈습니다. 따라서 설혹 종교가 가르치는 깊은 뜻은 불변적이라 하더라도, 그 이야기의 바탕이 되는 소재는 오늘의 지식 특히 오늘의 과학과 어긋나는 것이 적지 않습니다. 그런데 그 도그마로부터 종교적 진리 그 자체와 이를 매개하는 이야기의 소재를 분리하는 데에 어려움이 있고, 따라서 과학적 사실과의 모순에도 불구하고 도그마 그 자체에 집착하려는 데서 갈등이 발생합니다.

이러한 역사적 사실을 인정한다면 적어도 사실적 지식에 관한 한 과학적 지식의 우위를 인정해야 할 것이고, 종교로서는 그러한 형태적 수정을 통해 본질적 내용과 비본질적 내용을 구분하여 본질적 내용을 더욱 심화시키고 비본질적 내용에 대한 집착에서 벗어날 계기를 마련할 수 있다고 봅니다. 만일 이것이 가능하다면 종교와 종교 사이의 관계에서도 서로 공유하는 본질적 내용을 함께 취하면서 이미 비본질적이라고 판정된 내용을 털어버리기에 용이할 것입니다. 사실 종교 간의 분쟁은 대체로 이러한 비본질적 요인에서 오는 것이 대부분이므로 과학이라는 제3의 기준을 적용함으로써 이런 분쟁의 소지를 크게 줄일 수 있습니다.

그런데 이미 말한 것처럼 종교적 도그마를 이렇게 분해하는 일은 쉽지가 않습니다. 종교 행위라는 것은 도그마뿐 아니라 이를 수행하는 의식(儀式)도 함께할 때 가능한 것이므로 소뿔을 교정하려다 소를 죽이는 어리석음을 범할 수 있습니다. 그러니까 이것은 종교의 내부에서 매우 조심스럽게 이루어지지 않을 수 없습니다.

기독교 신학에서는 이렇게 도그마에서 신화성을 제거하는 논의를 비신화론(demythology)이라고 하는데, 그렇게 하고 나면 결국 이야기의 소재를 상실해버리니까 현실적으로는 비신화론이 아니라 재신화론(remythology)이 된다는 말을 하고 있습니다. 재신화라는 것은 완벽하지는 않지만 과학을 포함한 현재의 지식을 바탕으로 그 내용을 재구성하자는 것입니다. 어쨌든 종교에서 이런 어려운 노력들이 이루어지고 있으며, 또 성공적으로 이루어져 종교와 과학 사이의 문제뿐 아니라 종교와 종교 사이의 문제도 풀 수 있기를 기대해봅니다.

정 교수님은 특히 진화론과 창조론을 거론하셨는데, 저는 이 문제를 진화냐, 창조냐가 아니라, 진화이면서 창조라는 것으로 받아들일 수 있다고 봅니다. 사실적 차원에서는 과학이 밝혀냈듯이 진화론의 입장이 맞습니다. 그러나 그것이 가능하기 위해서는 우주가 존재해야 하고 자연의 법칙들이 존재해야 합니다. 그리고 그 바탕에는 신의 섭리라 부를 수 있는 그 어떤 것이 작용할 수 있습니다. 이것을 인정할 때 우리는 창조라는 말을 할 수 있습니다. 종교에서도 그러한 깊은 뜻을 말하는 것이지, 하느님의 손으로 어떻게 빚어내었다는 이미지에 집착해서는 그 본질적 내용을 상실할 수 있다고 봅니다.

미국에서는 지난 몇십 년간 "창세기에 나오는 대로 하느님이 직접 생명을 만들었다고 믿느냐?"는 질문에 찬성률이 40~50퍼센트 내외로 거의 변화가 없다는 보고가 있습니다. 저는 이것을 보고 무척 걱정스럽게 생각합니다. 진화론이 나온 지 이미 200년이 되어가는데 미국 같은 나라에서 아직 이것을 받아들이지 못한다면 제가 생각하는 과학문화는 아직 요원하다는 생각이 듭니다. 우리나라에서도 종교적 영향으로 점점 그런 쪽으로 가는 듯한

데, 이는 분명 잘못 가는 것이라고 생각합니다. 저는 이처럼 과학을 문화에서 분리시킬 때 예상되는 재앙을 걱정합니다.

지적 설계론은 사실 이미 오래전에 나왔습니다. 그것은 서구 신학계에서 신의 존재를 설명하기 위해 늘 내세웠던 익숙한 개념입니다. 시계 하나도 인간의 지적 설계 없이 저절로 만들어지지 않는데, 시계보다도 훨씬 정교한 인간이 어떻게 저절로 만들어질 수 있었느냐, 따라서 그것을 설계한 신이 존재하지 않을 수 없다는 논의입니다. 그런데 인간과 같은 존재가 나올 수 있는 가능성이 진화론적 논의의 도움으로 가능해지고 있습니다. 그러나 이미 말했듯이 이것은 신의 존재를 부정하는 것이 아닙니다. 신은 더 큰 틀에서 그리고 더 근원적인 의미에서 이것을 가능하게 해주는 것입니다.

정정호 선생님께서 방금 말씀하신 '재신화론'의 접근이 매우 유용하다고 생각합니다. 아무튼 과학을 무시하는 종교적 맹목주의나 생명의 신비를 거부하는 도구적 과학중심주의 모두 반성해야 할 것 같습니다. 동서양의 사유 방식에 관해 논의하고 싶습니다. 선생님께서는 동양적 사고와 과학적 사고를 비교하시는 자리에서 서구 사상을 높이 평가하셨습니다. 그러나 서구 과학사상은 이른바 인간중심, 몰가치성, 도구적 이성과 과학기술만능주의로 빠질 가능성이 있지 않을까요? '동도서기(東道西器)'라는 말이 있지만 동아시아의 직관과 서구의 논리의 결합은 정말로 가능할까요?

장회익 동양 사상은 우리가 어떻게 살아야 하는가? 어떻게 사는 것이 사람답게 사는 것인가? 이러한 데에 초점을 맞추고 있습니다. 서구에서도 이런 경향이 없는 것은 아니지만, 서구 과학사상은 사실의 규명에 주된 관심을 보입니다. 결국 이들 학문이 실용적 측면과 연결될 때에 동양 쪽은 별로 이룬 것이 없지만, 서구 과학은 과학기술 문명이라는 전대미문의 놀라운 결과를 낳았습니다. 이로 인해 대체적으로 서구 학문이 우위를 차지해 지배적 위치에 놓이게 되고, 동양 학문은 과거에 이런 것이 있었다 하는 정도로 겨우 명맥만 유지하게 되었습니다. 이것이 오늘의 현실입니다만, 사실 이러한 상황은 문제가 많습니다. 서구 학문에서는 우리가 어떻게 살아야 하는가에 대한 고려가 상대적으로 박약하기 때문에 힘만 앞세워 제멋대로 나가는 경향이 있습니다. 그래서 가능하다면 동양적 학문 정신과 이것을 연결해서 학문의 정상적인 방향을 찾아가도록 하는 게 좋을 듯합니다.

반면 동양적인 학문 자체만을 고집하고, 그 줄거리 안에서만 힘을 키우려 하는 데에는 한계가 있다는 생각이 듭니다. 가령, 동양에서 '격물치지'(格物致知)를 말할 때, '격물'은 사실에 대한 정확한 파악을 뜻합니다. 그것을 바탕으로 삶의 방식에까지 연결시켜야 합니다. 서구 과학은 격물은 철저히 했지만, 치지는 빈약했다고 생각합니다. 따라서 '격물치지'의 정신을 살린다면, '격물'을 위해서는 과감하게 서구 과학을 받아들이고 그 위에다 본래 우리가 지향하는 '치지,' 곧 세상은 이렇고 우리는 이렇게 살아야 한다는 점을 결합시켜야 합니다. 그것은 단순히 기계적 결합만으로 가능한 것이 아니라, 일종의 화학반응을 통해 하나로의 융합이 이루어져야 하는데, 얼마나 가능할지는 잘 모르겠습니다.

과거에는 이러한 것을 '동도서기'의 입장에서 파악하기도 했는데, 이것이 야말로 동서 학문 사이의 기계적 결합을 염두에 둔 것 아닌가 생각합니다. 이미 도(道)는 동양 학문으로 충분하며 서구 학문은 오로지 기(器)로서의 가치만을 가지는 것으로 보는 입장이지요. 그러나 서구 과학의 경우 그 기술 쪽 측면은 기(器)라 부를 수도 있겠지만 과학 쪽은 도(道) 그 자체는 아니더라도 새로운 도(道)의 바탕이 될 그 무엇임에는 틀림없습니다. '동도동기'(東道東器)와 '서도서기'(西道西器)가 서로 만나 새로운 하나를 만든다는 생각이 더 적절할 듯합니다.

앎 중심 학문에서 삶 중심 학문으로

정정호 선생님께서는 바로 앎 중심 학문에서 삶 중심 학문으로의 전환을 문제제기하셨습니다. 요즈음의 지나친 분과학문 체계도 문제이지만, 더 큰 문제는 지식이나 이론 중심의 추상적인 학문의 발전이라든가, 전문주의, 기능주의에 빠져 있다는 것입니다. 선생님께서는 그러한 것을 경계하기 위해 구체적 삶과 연계된 학문의 추구를 말씀하시는 것 같습니다. 퇴계의『성학십도』(聖學十圖)도 그런 측면에서 설명하고 있습니다. 그 관계에서 삶 중심 학문의 중요성이랄까, 그 점을 말씀해주십시오.

동양이 삶 중심 학문을 강조하셨다고 할 수 있는데, 서양은 앎 중심 학문이었다고 볼 수 있겠습니다. 우리는 전통적으로 삶 중심 학문이었는데, 그러나 최근에 삶 중심에서 멀어지고 앎 중심으로 경도되었다고 생각합니다. 최근에 주체적 학문이라는 말이 많이 대두되었습니다. 지금까지 우리 학문은 서양 이론에 식민지화가 되었다고 봅니다. 특히 인문사회과학 분야에서 더 심각합니다. 과거에도 주자학 등은 말할 것도 없고, 사실 불교도 중국을 통해서 들어왔습니다. 그래서 한반도의 독창적 이론은 거의 없지 않았나 생각합니다. 물론 그 당시에는 근대국가 개념이 없어 동아시아 전체를 하나로 보아 구별하지 않았던 것 같습니다만, 어쨌든 한반도에서 자생 이론이 빈곤했다고 생각합니다. 요즈음엔 서양 이론을 그대로 받아서 생경하게 적용해 문제가 많다는 생각이 듭니다. 가령 프로이트의 정신분석이라든지 마르크스주의도 보편이론이나 거대이론으로 포장되어 있지만 그 당시 유럽의 특수한 맥락에서 나온 것입니다. 물론 그 거대담론들이 인간이나 사회에 적용될 수 있는 보편적 측면은 있다고 생각합니다. 그런 측면에서 우리의 자생적 이론이 거의 없었다고 볼 때에 지금도 크게 노력하지 않는다고 봅니다. 주체적 학문, '우리 것으로 학문하기'가 중요한 화두 중의 하나인데, 그것이 우리 학계나 후학들을 위해 동아시아적 전통이나, 서양의 거대이론과 연관되어 어떻게 전개되어야 하는지 말씀해주셨으면 합니다.

장회익 퇴계는 기본적으로 동양의 학자이자 정치인인데, '학문은 왜 하는가?' 할 때에 우리가 사람답게 살기 위해서라는 것을 기본 모토로 삼았습니다. 저는 그것이 여전히 유효하다고 생각합니다. 학문을 하기 위해서는 먼저 분명히 알아야 하고, 그 앎을 바탕으로 삶을 사람답게 이끌어야 합니다. 동양에서 말하는 '격물치지'도 앎을 바탕으로 가자는 취지입니다. 그 취지는 여전히 중요하다고 봅니다. 모든 학문이 앎을 추구하는 쪽으로 가고 있습니다. 오늘 우리 학문에서는 물질적인 면이 주로 활용되면서 정신적으로 우리가 어떻게 살아가야 하는가에 대해서는 대체로 무관심합니다. 그러나 본래 우리 동양의 기본 학문정신은 삶을 어떻게 살아야 하고, 또 그러기 위해 내 수양을 어떻게 할 것인지에 초점을 맞춥니다. 저는 그게 정말로 필요하다고 생각합니다. 그런데 예전의 학문으로 되돌아갈 것이 아니라, 현재 우리가 밝혀낸 앎을 바탕으로 이에 맞는 삶 중심 학문을 꾸려낼 필요가 있다고 생각합니다.

가령 식품과 음식에 비유하자면, 지금 우리는 엄청나게 많은 식품을 생산하는 셈입니다. 그러나 식품 자체를 그대로 먹을 수 없습니다. 이것을 내가 직접 먹고 영양을 취하기 위해서는 일단 음식으로 만들어져야 합니다. 한 끼 먹을 수 있는 음식으로 만들어져 식탁에 올라와야 하는데, 그 작업이 이루어지지 않고 있다는 것입니다. 삶 중심 학문이라는 것은 지금 식탁에 오르는 음식처럼 지금 살아가는 이들에게 학문적 혜택이 돌아가는 것을 말하는 것인데, 그 과정이 생략되고 있습니다. 식품은 넘쳐나는데 음식이 없어 굶주린다는 이야기입니다. 앎 곧 식품을 정선해서 한 끼 음식을 만들어주는 작업이 필요한데, 이것을 해내는 작업이 곧 삶 중심 학문입니다.

조선조 퇴계 선생이 정사(政事)에 바쁜 젊은 임금 선조를 위해 유학의 핵심적 내용만 간추려 좋은 정치 곧 좋은 삶을 위해 도움이 될 내용을 엮어낸 책이 『성학십도』(聖學十圖)입니다. 이는 말하자면 현실적 삶을 영위하는 한 사람이 먹어 소화할 수 있는 분량으로 준비된 학문적 음식에 해당하는 것입니다. 이것을 하나의 표본으로 삼는다면, 지금은 현대 과학을 통해 얻어낸 많은 지식들이 있는데, 그것을 모아 내 바른 삶에 도움을 줄 책 한 권을 만들어볼 수도 있지 않을까 합니다. 이것을 읽으면, 아, 지금까지 내가 헛살았다, 이제부터 잘 살아야겠다는 생각이 우러나올 그 무엇이 바로 오늘의 학문을 바탕으로 만들어질 수 있으면 좋겠다는 것입니다. 단순히 마음의 감흥만을 주는 것이 아니라 정말로 이렇게 안 하면 안 되겠다고 하는 그런 삶의 지침이 되는 학문이 필요하고 또 실제로 가능하리라고 봅니다.

저는 기본적으로 학문이란 보편성을 띠는 것이고 따라서 지역성을 넘어선다고 생각합니다. 학문에서 우리에게 독창적인 것이 있다면 바깥에 내놓아도 보편적으로 통해야 한다는 겁니다. 그런 것이 없다는 것은 우리가 그동안 창조적 학문 활동을 많이 못했기 때문이라고 말할 수 있습니다. 우리 학문의 역사는 길지만 소수에 학문 활동이 집중되어, 대중화를 별로 못했기 때문에 잘 이어지지 못했습니다. 또 새로 서구 학문을 배워서 시작하는 단계라, 우리의 독창적 이론을 내놓기에는 아직 준비가 부족하다는 점 또한 이해해야 합니다. 더구나 생소한 서구 학문을 받아들이는 입장에서는 우리 것으로 만들기보다는 우선 받아들이기에 급급할 수밖에 없었습니다. 학문이라는 것은 총체적으로 삶과 연결되기 때문에 문화 전체에서 이를 분리시킬 수 없습니다. 우리의 생활 경험, 우리의 언어, 우리의 사고방식과 피상적으로는 분리되지만, 실질적으로 분리될 수가 없기 때문에, 그러한 바탕을 공유하지 않은 우리로서는 외래의 학문을 받아들이기가 그만큼 더 어려웠다고 할 수 있습니다. 그들의 학문과 함께 그쪽의 사고방식과 언어, 논리를 들여왔는데 이것이 우리의 것과 자연스럽게 연결하기가 힘들었기 때문입니다.

그래서 나타나는 한 가지 경향은 우리 것은 보지 말고 그쪽 사람들의 언어와 논리로 그쪽 사람들과 소통할 수 있는 것만 하자는 풍조입니다. 그러니까 이는 점점 우리의 것과 유리됩니다. 요즘 좋은 논문이면 외국어로 써서 내보내야지, 우리말로 쓰면 그것은 학문을 제대로 못하는 것이라고까지 생각합니다. 이렇게 되면 우리 문화 속에서, 우리의 바탕 위에 정착될 학문과는 점점 멀어지게 됩니다. 현실적으로는 우리의 바탕 문화와 연결되어야 하겠는데, 서양의 바탕 문화와 연관된 것만을 하고 있는 것입니다. 아주 원천적으로 보편적 학문을 하는 것이라면 상관없겠지만, 서양의 바탕 위에 놓인 그들의 것을 다른 바탕 위에 있는 우리가 한다는 것은 현명한 일이 아니라고 봅니다. 또 그렇게 해보았자 우리 문화 안에서 자리잡기는 어렵습니다. 그런 면에서 저는 생각의 전환이 필요하다고 봅니다. 그래서 이제 우리도 어느 정도 역량이 되었으니까 우리 바탕 위에서 우리 학문을 하는 데 힘을 기울이자는 것입니다. 우리의 언어로 써야 하고, 특히 사회과학이나 인문학은 우리 생활에 대해서 보다 밀착해야 하고, 자연과학조차도 우리의 생각과 논리로 해야 합니다. 동양의 전통인 삶 중심 학문과 연결해서 그런 식으로 우리에 바탕을 둔 학문을 해야 하고, 이것이 제대로 된 보편성을 지닐 때 자연스럽게 국외로 전파될 수도 있다고 봅니다.

정정호 우리 것에 바탕을 둔 학문에 대해 말씀해주셨는데, 가령 프로이트 심층심리학인 정신분석학은 19세기 말에서 20세기 초 오스트리아 빈의 중산층 여성 환자를 대상으로 만들어진 이론이라고 합니다. 오늘날 우리는 그 이론을 어디에나 적용하지 않습니까. 그런데 과연 그것이 우리나 에스키모, 아프리카 사람들에게도 맞느냐는 것입니다. 물론 어느 정도 보편성이 있겠지만, 저는 프로이트 이론이 시공간적 제약이 있어 전 세계 누구에게나 보편적으로 잘 맞는다고 생각하지 않습니다. 그런 의미에서 심리학도 한국사람에 맞는 심리학의 이론 체계를 세울 수도 있다고 생각합니다. 우리도 '눈치,' '체면' 등 서양 사람들이 잘 모르는 것이 있습니다. 프로이트 이론은 서양의 특정한 심리 상태를 이론화한 것인데, 서양의 힘으로 전 세계에 전파한 것이 아닙니까. 그러한 것이 잘못된 것이 아닌가 생각합니다.

이런 논의와 관련해 하나 더 말씀드리고 싶은 게 있습니다. 지금까지 우리들은 외국 이론, 서양 이론을 공부해서 적용하려고 노력했습니다. 반대로 우리 것, 동아시아의 이론적 틀(방법)을 서양의 문물상황을 분석하는 방법으로 도입할 수는 없는 것인지, 그것이 가능하겠습니까? 가령 조화를 강조하는 동양의 음양이론으로 서양 사회를 조명해본다면 오히려 해석이 잘 되는 부분도 있지 않을까 생각해봅니다.

장회익 저는 시도하지 못했습니다만, 동양의 것으로 서양사회를 분석하는 작업은 충분히 시도할 만하다고 생각합니다. 그것의 전 단계로 우리 동양학문의 기본 성격을 서양 학문과 대비시켜 살펴볼 필요가 있습니다. 저는 이것을 대생지식(對生知識)이란 표현으로 특징지어본 일이 있습니다. 이것은 삶 중심 학문과 비슷한 개념인데, 바른 그리고 복된 삶의 영위를 암묵적인 목표로 이루어지는 학문입니다. 그렇기에 이 학문의 바탕이 되는 개념들 자체가 이미 강한 삶의 색깔을 지니고 만들어집니다. 예를 들어 음양(陰陽)이라는 개념이 그렇습니다. 도대체 무엇이 음(陰)이고 무엇이 양(陽)입니까? 이것은 삶이란 바탕 개념을 전제로 이쪽으로 치우치느냐 저쪽으로 치우치느냐 하는 것입니다. 오행(五行)도 마찬가지이고 주역의 역(易)이란 개념 또한 그렇습니다. 동양의 이런 개념들이 어떤 바탕 위에서 가능한가를 먼저 이해한다면, 그것을 전제로 이러한 개념으로 이렇게 보면 이렇게 할 수 있다는 이야기는 할 수 있을 듯합니다. 이렇게 동양과 서양의 학문의 성격이 어떤 차이와 관계를 맺느냐는 것을 먼저 살피고 나면, 조금 더 작업에 구체성을 제공할 수 있으리라 봅니다. 사실 서양 학자 중 일부는 동양 사상을 간간히 보면서 어떠한 것이 있는지 살펴보기도 했습니다. 그냥 동양의 사고가 이런 것이다가 아니라 동양의 사고를 통해서 보면 이렇게 보인다 하는 데까지 나가는 것이지요. 이렇게 조금씩 나가다 보면 훨씬 더 뜻있는 결과가 나올 것입니다.

정정호 이 문제와 관련하여 현재 한국 사회의 특징에 관해 여쭙고 싶습니다. 남한 사회는 세계 문명사에서도 보기 드문 지극히 짧은 기간 내에 '압축 성장'을 했습니다. 그러다 보니 의식, 제도, 관습 등의 여러 영역에서 전근대-근대-탈근대의 문화 상황들이 혼재한 모순적 상황에 있는 것 같습니다. 이러한 복합적 상황은 에른스트 블로흐(Ernst Bloch)가 말하는 '비동시성의 동시성' 현상입니다. 어떤 의미에서 우리 사회는 오히려 특이한 역동성을 가질 수 있다고 생각합니다. 이런 맥락에서 볼 때 이분법적 양극화 현상들인 전통과 혁신, 한반도와 세계, 보수와 진보, 남과 북, 동과 서, 빈과 부, 나이든 세대와 젊은 세대 갈등 등이 불가피해 보이기도 합니다. 따라서 우리는 이를 해소하기 위해 새로운 포월(匍越)의 전략이 필요할 것 같습니다. 탈(脫/post-), 가로지르기(cross-), 사이(inter-), 횡단(trans-)의 전략들이 바로 그 것입니다. 오늘날 우리 사회와 문화에서는 학제적(interdisciplinary), 융합적(fusionist), 통섭적(consilient)이라는 말들이 가장 적합한 핵심어가 아닐는지요. 사실상 선생님의 핵심 사상인 '온생명'도 이러한 맥락에서 논의될 수 있을 것 같은데요. 선생님은 어떻게 생각하시는지요?

장회익 좋은 지적을 해주셨습니다. 시대적으로 보면 우리 시대에, 사회적으로 보면 특히 우리 한국 사회에 가장 이러한 사고가 절실하다고 봅니다. 그런데 이러한 작업을 평면적으로 수행해서는 성공하기 어렵습니다. 표면적 차이를 표면에서 거리를 좁혀보려 해도 한계가 있습니다. 오히려 그 뿌리를 캐다 보면 반드시 만나는 지점이 나올 것이고 여기서부터 재구성해 올라와야 한다고 봅니다. 물론 보기에 따라서는 위로 올라서는 전략도 있겠지만 이는 자칫 현실을 넘어서는 과오를 범할 수 있기에 바탕으로 내려가는 작업이 가장 안전하다고 봅니다. 바탕으로 내려가 그 핵심을 잡고 다시 올라오자는 것이지요. 제 온생명 개념도 생명을 뭉뚱그려 하나로 보자는 것이 아니라 생명의 본질을 바탕까지 캐다 보면 결국 온생명을 이루지 않고는 생명이 될 수 없다는 지각에 이르는 것입니다.

정정호 여기에서 선생님의 낱생명, 보생명과 더불어 온생명사상과 연계하여 요즘 하나의 새로운 문화용어로 떠오른 학문의 '통합'과 '통섭'의 문제를 좀 더 이야기하고 싶습니다. 제가 공부하는 문학 분야에서도 통합이나 통섭이 거의 이뤄지지 못하고 있습니다. 국문학, 중문학, 일문학, 영문학, 독문학, 불문학 등이 당연히 서로 연계되어야 하지만 따로 놀고 있습니다. 개별 언어권으로 묶여 문학이라는 보편적 주제로 발전되지 못하고 있습니다. 전공자들끼리 별로 대화도 없고 심지어 남의 분야를 얘기하는 것은 금기시될 정도입니다. 이것은 정말로 개탄할 일이라고 생각됩니다. 인간과 사회에 대한 가장 일반적이며 동시에 구체적 문제를 다루는 문학에서 이러한 자폐증인 전문주의는 학문적 자살 행위가 아닌가 합니다.

세계문학, 일반문학, 그리고 비교문학의 관점에서 약간의 논의가 있습니다만 초보 수준입니다. 영어영문학과 내에서도 어학(영어학)과 영문학(영문학)이 서로 섞이지 못하는 물과 기름 같습니다. 시학과 언어학은 상호침투적이고 상보적 관계입니다. 문학은 언어 예술입니다. 언어학의 연구 재료인 언어 활동의 중심지가 문학작품입니다. 그럼에도 불구하고 통합된 연구나 대화는 거의 없는 상황입니다. 같은 과에서 불편한 동거가 이루어지는 셈이지요. 참으로 답답한 현실입니다. 이것은 모두가 교수들 개인의 잘못도 있겠지만 무엇보다 어문 계열에서도 전문 학술논문만 요구하는 학술 정책 특히 연구비 정책의 결과가 아닌가 생각합니다. 연구자가 학술지에 게재할 학술논문을 쓰기 위해서는 다른 이웃 분야와의 대화도 불가능한 상태로 내몰리기 때문이지요. 그러니 사회과학이나 자연과학과의 학제적 연계는 더더욱 어렵게 됩니다. 그러나 제가 생각하기에 자연과학 분야에서는 이러한 자폐 현상이 최근에 많이 사라지고 통합이나 통섭이 활발해지고 있는 것으로 알고 있습니다. 이 점에 대해 말씀해주십시오. 인문사회과학과 자연과학과의 통섭은 어떻게 가능할 수 있을까요?

장회익 사실 자연과학 분야에서의 통합 논의는 어제오늘의 일이 아닙니다. 18, 19세기를 거쳐오면서 자연의 보편적 법칙이 외견상의 현상들에 나타나는 차이를 넘어 보편적으로 적용되는 사례가 무수히 확인되었고, 이로 인해 모든 학문이 하나로 통합되는 것이 아니냐 하는 생각들이 강하게 대두되었습니다. 그러다가 20세기 초에 이를 하나의 통합과학으로 묶어보자는 구체적 움직임이 나타나면서 이것 자체가 지닌 문제점이 제기되기도 하고 또 이에 대한 반발도 함께 일어났지요. 그러나 크게 보면 모든 학문 특히 자연과학의 전 분야에 걸쳐 그 바탕에 흐르는 보편적 법칙성은 점점 더 뚜렷해지고 이것이 다시 학문 발전의 추동력으로 이어지고 있음이 사실입니다. 그 구체적인 예로서 20세기 중반 이후 눈부신 발전을 거듭해온 분자생물학은 그 바탕에 물리학과 화학의 이해를 단단히 깔고 있거든요. 실제로 이 분야에서 중요한 기여를 한 사람들 가운데에는 물리학자들이 적지 않습니다. 그렇기는 하지만 이미 지적하신 대로 20세기 이후 학문의 관행은 분과적 전문화로 치닫게 되고 이를 통한 성과주의가 판을 치다 보니 통합적 시각은 그 설 자리를 잃게 되었습니다. 산업계에서 돈이 되지 않는 것은 외면당하듯이 학계에서는 논문이 되지 않는 것은 철저히 외면당하게 되었거든요.

그런데 통합적 시각이라는 것은 논문으로 나오기 이전에 충분히 뜸을 들여야 하는 것인데, 학문적 관행이 이를 허용하지 않는 것입니다. 그러다가 최근에 이르러서는 다시 통합 또는 통섭의 중요성이 부각되고 이에 대한 논의가 다양하게 전개되고 있습니다. 중요한 것은 이것이 당위적 구호로서가 아니라 내실을 지닌 가능성으로 부각되어야 한다는 점인데, 여기에 어려움이 있습니다. 무엇으로 어떻게 통합할 것인가 하는 점이지요. 개인적으로 저는 두 가지 키워드를 가지고 여기에 접근하고 있습니다. 첫째는 자연의 보편법칙입니다. 모든 현상의 근저에는 이 보편법칙이 성립하므로 이를 통해 현상들 간의 관계를 살피자는 것이지요. 이는 무리하게 현상들을 이 법칙들로 환원시키자는 것이 아니라 이들을 매개로 현상 간의 연계를 살피자는 것입니다. 외형적으로는 서로 분리되어 있는 듯한 것들도 이 법칙을 통해서 보면 인과의 실타래를 통해 연결된 것이 너무나 많습니다. 그리고 둘째는 생명에 관한 온생명적 시각입니다. 이것 또한 생명현상을 가로지르는 인과의 실타래를 통해 확인되는 것이기는 하지만, 생명 그 자체를 이러한 시각에서 파악할 때에 그 안에서 이루어지는 모든 활동들이 하나의 유기적 질서 속에서 파악될 수 있는 것입니다. 이 안에는 비단 자연현상뿐 아니라 사회과학 혹은 인문학에서 이야기하는 내용들도 함께 엮어지는 것이지요. 이렇게 될 때, 그동안 사회과학 또는 인문학에서 독자적으로 이야기했던 내용들이 이 안에서는 어떤 맥락으로 파악될 수 있는지를 볼 수 있고, 이를 통해 그 어떤 소통의 가능성이 열릴 수 있다고 보는 것입니다. 문제는 다른 분야의 학자들이 이러한 시각에 동참해줄 수 있어야 하는데, 이것이 어떻게 가능할 것인지는 아직 과제로 남아 있다고 봅니다.

정정호 이제는 조금 현실적인 문제를 이야기하고 싶습니다. 오늘날 대학교육은 갈수록 더 실용주의로 빠지고 있습니다. 이것은 학생들만의 탓이라기보다 사회에 만연한 실용주의와 물량주의 등의 영향이겠습니다. 예전에도 그랬지만 부쩍 더 심하게 의대나 법대를 선호한다거나 고시 열풍 같은 것을 보면서 대학이 사회풍조에 무방비 상태로 놓여 본연의 임무를 놓은 것이나 마찬가지라고 생각합니다. 이런 현실 속에서 대학이 과연 어떻게 해야 할는지. 너무 중요한 문제라, 그냥 넘어갈 수 없다고 생각합니다. 대학 강단에서 오래 계시다가 지금은 퇴임해서 명예교수로 계시지만 이 문제에 대해 말씀해주시지요.

장회익 흔히 대학을 '지성의 보루'라고 할 수 있는데, 저는 현대 문명에서 지성을 정말로 중시해야 한다고 봅니다. 지금 우리 문명이 제대로 가는지, 잘못 가는지를 알기 위해서는 느낌만이 아니라 깊이 있는 이해를 바탕으로 해야 합니다. 그런 면에서 대학이 권위를 가진 것인데, 이제 그 권위를 되찾아야 합니다. 대학은 장기적인 인류의 생존을 위해 무엇을 해야 하느냐에 대해서 깊이 있는 작업을 한다는 자세와 긍지를 가져야 합니다. 이와 관련해 학생들의 교육도 다른 것은 몰라도 우리 대학에서는 그러한 것을 목표로 한다는 것을 자랑으로 삼아야 합니다. 사실 학문은 그것을 통해 돈을 잘 번다고 해서가 아니라, 학문을 통해 사람답게 살고 사회를 바로 세우는 데 기여하기 때문에 중시했습니다. 특히 지금 문명의 방향 자체가 잘못되고 있는 시점에서 지성을 통해 올바른 방향을 설정한다는 측면이 무엇보다도 중요합니다. 그런데 바로 이런 시점에서 그런 정신을 잃어버리고 있는 것입니다. 현실적으로는 거기에서도 앎 중심 학문과 삶 중심 학문의 관계를 말할 수 있습니다. 현재 대학에서는 앎 중심 학문을 권장하고 강조하는 것이 사실입니다. 적어도 대학교수들은 앎 중심 학문까지는 하지만, 정말 삶 중심 학문으로 전환하는 작업을 대학에서 본격적으로 했으면 좋겠다고 생각합니다. 그러한 것의 표본이 교양교육입니다. 지금은 격이 많이 떨어졌지만, 사실은 대학교육에서 가장 품격을 높여야 하는 것이 교양교육입니다. 먼저 통합된 지성을 만들어주고, 나머지 지엽적인 것은 각자가 하도록 하는 것입니다. 그런데 대학에서 그런 목소리가 점점 줄어드는 게 안타깝습니다.

정정호 '교양교육'에 대한 이야기를 좀 더 하고 싶습니다. 실용주의 시대에서 교양교육의 위기는 어제 오늘의 일이 아닙니다만 대학에서 전문지식이 강조되고 졸업 후 취업 문제 등과도 관련되어 교양교육 특히 인문학 교육이 필수가 아닌 선택으로 밀리고 있는 것 같습니다. 이제는 '인문학의 위기'라는 말도 너무 진부해져버렸습니다. 물론 그 위기의 근본 원인은 일단 인문학자 자신들에게 있는 것 같습니다. 인문학을 변화하는 시대에 맞게 변형·발전시키지 못한 것은 크게 반성해야 한다고 봅니다. 2006년부터 매년 10월에 학술진흥재단에서 '열림과 소통'이라는 슬로건을 내걸고 '인문주간'이라는 것을 만들어서 상아탑과 전문가들 손에 잡혀 있는 인문학이 일반 국민들의 일상생활 한가운데로 들어갈 수 있도록 노력 중입니다. 매우 바람직한 일이라 여겨집니다.

특히 벌써 오래전에 스노 같은 사람이 지적한 '두 개의 문화논쟁,' 즉 인문사회과학과 자연과학의 분리와 대립의 문화가 아직도 강한 것 같습니다. 인문사회학자들은 대부분 현대 자연과학에 대해 무지합니다. 반대로 자연과학자들도 폭넓은 인문사회과학적 비전이 부족한 것 같습니다. 오늘날 지성계에 만연한 이런 불행한 사태를 막을 수 있는 묘책은 없을까요?

장회익 일견 상반된 이야기로 보이기도 합니다만, 사실 폭을 넓히는 것과 깊이를 키우는 것은 서로 연관된 것이라고 봅니다. 깊이가 없이 폭만 넓히면 수박 겉핥기가 되고 폭을 키우지 않고 깊이만 파면 학문적으로 고립되고 맙니다. 그런데 폭도 넓히고 깊이도 키우자면 그만큼 많은 학문적 노력이 요청되니까 이것을 가능케 하는 제도적 장치가 필요합니다. 그러니까 학문의 자잘한 곁가지는 제쳐놓고 본질에 접근해서 폭과 깊이를 함께 확보하는 길을 열어주어야 합니다. 그리고 이러한 학문적 역량을 기른 사람들이 이른바 교양교육을 담당해야 합니다. 그런데 불행히도 이러한 학문적 노력이 제도적으로는 전혀 인정받지 못하고 있습니다. 그러니까 교양교육이 표피적 수준으로 전락하거나 아니면 교양답지 못한 내용으로 채워지고 말거든요. 더구나 요즈음에 와서는 기능주의 사조가 판을 치는 가운데 교양교육 자체를 몇몇 기능을 익히는 것으로 전환시키거나 아예 오락 시간 정도로 오용하는 경우까지 발생하는 거지요. 문제는 진정한 의미의 교양교육을 담당할 만한 사람들이 하루 이틀 내에 길러질 수 없다는 데에 있습니다. 기존 학자들 가운데 의식을 가진 이들이 이러한 노력을 기울여야 하겠고, 또 이러한 것을 목표로 하는 신진학자들이 많이 배출되어야 한다고 봅니다. 특히 자연과학과 인문학을 하나의 시각 안에 담아내는 역량을 어떻게 기를 것인가 하는 점에 각별한 신경을 써볼 필요가 있습니다.

정정호　대학이 거대 자본주의의 논리인 신자유주의에 함몰되어 있는데, 이 것을 구해내는 게 큰 문제인 것 같습니다. 우리 모두 돈과 지식과 정보와 명예라는 바다에 빠져 허우적거리며 마치 거대한 바다괴물과 싸우는 듯합니다. 아니 오늘날 지식인들도 그런 의식도 마비된 채 박제된 인간으로 살아가는 것 같습니다.

다음으로 오늘날 한국 사람들의 '삶의 질' 문제를 논의하고 싶습니다. 우리는 지금 OECD에 가입했고, 세계 11대 무역국이 되었고 어느 정도 물질적 부를 이루었음에도 불구하고 삶의 만족도나 행복지수가 상당히 낮다고 합니다. 경기 불안, 청년 실업, 경제적 양극화, 도덕적 해이, 환경 악화, 부동산 문제, 열악한 복지 정책 등등 여러 가지 이유가 있겠습니다. 방글라데시가 행복지수가 가장 높다는 이야기도 들었습니다. 선생님께서는 이런 사태를 어떻게 보시고 진단하십니까? 우리가 구체적인 삶의 현장에서 좀 더 만족하고 행복하게 살 수 있는 방법은 없을까요?

장회익 그동안 경제의 어려움을 겪고 또 이를 극복하려 애쓰다 보니까 무엇이 진정 중요한 것인지를 잊고 살아온 것이 아닌가 합니다. 지금은 그런 어려움을 넘어설 수 있는 사람이 많이 생겼음에도 불구하고 아직 거기에 매여 모든 가치관이 금전적으로 환산되는 상황에 놓여 있습니다. 이건 지금부터는 크게 밑지는 장사라고 봅니다. 삶의 의의를 상실하고, 삶의 만족을 모르면서 돈만 가진다는 것은 만지는 것마다 황금이 되도록 염원한 어느 동화의 주인공과도 같은 일입니다. 이제 이러한 상황을 바꾸어나갈 어떤 문화적 전환의 계기가 마련되어야 하지 않을까 생각합니다. 우리의 전통 학문이 보편화되지는 않았지만 그 안에는, 적어도 학자들의 관념 속에는, 사람다운 삶을 가장 중시하는 기풍이 들어 있었습니다. 우리가 지금 전통 학문으로 되돌아갈 수는 없지만 적어도 이런 정신만은 되살려내는 노력이 필요하지 않을까 생각합니다. 정말 바르고 만족스런 삶을 지향하는 문화적, 사회적 지혜를 짜내는 것이 지금으로는 무엇보다도 값진 일이라고 봅니다.

저는 정년을 얼마 앞두고 조금 일찍 퇴직해서 지금 자유롭게 지냅니다. 지금 와 생각하면 왜 그렇게 묶여 살았나 싶고, 지금부터 사는 게 진짜 사는 것이라는 생각도 듭니다. 많은 사람들은 직장을 떠나면 삶의 의미가 없어질까 두려워합니다. 할 일이 없으면 어떻게 살까 걱정합니다. 그런데 내가 일을 위해, 직장을 위해 살았던 것은 아니지 않겠어요? 일이나 직장이 아닌 참된 내 삶을 살아야 한다고 생각합니다. 그러면서 어떻게 살아야 보람되고 만족스런 것인지를 찾아야 합니다.

이런 점에서 우리 사회가 그리고 우리 자신이 어떻게 살아야 하는가, 무엇을 위해 살아야 하는가에 대해 반성의 계기를 가졌으면 합니다. 조그만

집을 짓고, 주위 산에서 죽은 나무를 끌어와 구들방에 불 때고 새소리를 들으며 따뜻한 방에 누워 있는 게 그렇게 좋을 수가 없습니다. 또 몸을 움직이다 보니 몸 여기저기의 근육이 뻐근해집니다. 그동안 사용해야 할 근육을 사용하지 않아 그런 것입니다. 이제 이렇게 자연스런 활동을 하니까 건강도 좋아지고, 밥맛도 그렇게 좋을 수가 없습니다. 도시 생활에서 느끼지 못했던 새로운 만족감을 느끼게 됩니다. 우리는 이러한 것을 너무 많이 잃고 사는 게 아닌가 싶습니다. 문학이라든가 문화와 직접 관련된 분들이 그런 의식을 되살려주는 작업을 해주면 어떨까 생각해보기도 합니다.

정정호 이제부터는 전문적 이야기보다는 지적 생활에서 몇 가지의 일반적 문제들을 선생님과 나누고 싶습니다. 흔히 어린 시절에 무엇을 읽었는가가 그 사람이 어떤 사람인가를 결정한다고 합니다. 선생님은 학창 시절에 전공 과목 이외의 동서양의 문학, 역사, 철학 등의 분야에서 어떤 책을 주로 읽으셨는지 소개해주십시오. 그 후 선생님의 독서편력도 궁금합니다. 특히 젊은 이들에게 선생님이 생각하시는 일생의 독서 계획에 대해 말씀해주십시오.

장회익 참 그런 점에서는 우리 세대가 지적 빈곤을 많이 겪었습니다. 우선 읽을 수 있는 책이 많이 없었고 또 있다 하더라도 대부분 극히 조야한 번역물들이어서 큰 도움이 되지 못했습니다. 그래서 지금도 깊이 있는 책들을 충분히 읽지 못한 것에 대한 아쉬움을 많이 느낍니다. 그리고 제 독서 성향을 말씀드린다면 책 자체에 대한 의식이랄까 집착이 강하지 않은 편이어서 어떤 책에서 무엇을 읽었는지를 별로 기억하지 못하고 있습니다.

그러나 생각나는 대로 몇 가지 말해본다면 『햄릿』을 위시한 셰익스피어의 몇몇 작품들 그리고 몇몇 영미 작가들의 작품을 영한대역본으로 읽었고, 톨스토이의 『부활』, 도스토예프스키의 『죄와 벌』, 앙드레 지드의 『좁은 문』, 그리고 릴케의 시를 좀 즐겨 읽었습니다. 그리고 철학, 종교 등에 관련된 책들, 『사상계』나 『기독교사상』 등에 발표되었던 비판적이고 진보적인 논설문들을 읽었습니다. 동양 사상에 관련된 것으로는 스즈키의 선(禪)불교 소개 책자를 감명 깊게 읽었고, 이른바 사서삼경은 제대로 읽지 못했지만 부분부분 소개된 글들을 좀 보았습니다. 우리나라 작품들로는 어릴 때 심훈의 『상록수』를 읽은 것 말고는 장편은 별로 못 읽었고, 문학지들에 발표된 단편들은 조금 보았습니다. 전체적으로 무척 빈약한 편입니다. 시간과 마음의 여유도 많지 않았고요. 지금은 오히려 시간도 있고 문헌을 구하기도 쉬워서 읽을 여건이 잘되어 있는데, 읽는 효율이라고 할까 독해력이라고 할까 이런 것이 많이 떨어져서 금방 읽은 것도 잊어버리는 형편입니다. 그래도 힘이 허락한다면 인류 지성사를 한 번 쭉 훑어보고 싶고, 몇몇 고전에도 좀 깊숙이 빠져보았으면 하는데 어떨는지 모르겠습니다.

정정호 지나고 보니 제 생각에는 학문을 하는 데 중요한 것은 외국어인 것 같습니다. 제가 1960년대 후반 대학에 입학했을 때, 어떤 선생님께서 전공은 대학원 가서 하고 학부 때는 외국어 몇 개를 열심히 하라고 충고하셨습니다. 그래서 저도 영어는 물론 프랑스어, 라틴어 그리고 일본어까지 도전했습니다. 그러나 프랑스어만 조금 했을 뿐 나머지는 뜻을 이루지 못했습니다. 분야마다 다르겠습니다만 선생님께서는 학문하는 데나 공적 지식인으로서 외국어는 어느 정도 해야 한다고 생각하십니까? 일본어도 필요할까요? 고전 한문 독해를 위해 한자 공부도 필요하겠지요?

장회익 아시다시피 저는 고등학교 때는 실업학교를 다녔기에 제2외국어는 배우지 못했고 대학교에서 가장 낮은 급의 독일어를 2학기 동안 공부한 것이 영어 이외에 제가 배운 외국어의 전부입니다. 그런데 실제로 제가 지금까지 공부하면서 독일어 약간 이외에는 제2외국어가 필요했던 적이 별로 없습니다. 단지 박사학위를 받는 요건으로 독일어와 프랑스어 시험에 합격해야 했고, 일본과 중국에 머물며 공동 연구를 하려는 마음에서 일본어와 중국어를 좀 건드려보았는데 지금은 필요 없는 일이 되었습니다. 한문과 라틴어는 고전과 연관된 학문을 위해 필요하다고 생각합니다. 저는 한문을 따로 배우지는 않았지만 우리가 한문문화권에 속하다 보니까 자연스럽게 주워들은 바가 있어서 결국 꼭 필요한 정도의 독해력은 가지게 되었고, 최근의 인류 지성사를 한번 살피겠다는 욕심으로 라틴어 교재와 사전을 사놓고 있는데 진전이 거의 없습니다.

제 생각에는 많은 문헌들이 우리말이나 최소한 영어로는 번역되고 있기에 이 두 가지 언어로 학문을 해나갈 수는 있지만, 때때로 원전을 확인할 필요가 있으므로 나머지 언어들은 원전 확인에 필요한 정도만 해도 되지 않을까 합니다. 예를 들면 한문으로 된 자료들은 아무리 번역을 잘해놓아도 원전을 함께 읽지 않고는 실감이 나지 않을 뿐 아니라 번역자의 편견에 의해 얼마든지 달리 표현할 수가 있지 않습니까? 그래서 이런 확인에 필요한 정도의 한문 실력은 있어야 하고, 또 그 정도면 되지 않을까 하는 생각입니다.

정정호 최근에 저는 『논어』를 다시 읽다가 맨 처음 권인 「학이(學而)」 편의 첫 번째 구절이자, 널리 알려진 "학이시습지 불역열호(學而時習之 不亦說乎)"라는 구절을 다시 보게 되었습니다. 『논어』의 첫 권 첫줄에 나오는 공자의 이 말은 새삼 학문하는 기본 자세인 것 같습니다. "배우고 때때로 익히면 또한 즐겁지 아니한가." 동양적 의미에서 여기서 배운다는 뜻은 선생님이 말씀하신 앎의 학문만이 아니라 삶의 학문도 포함하고 있겠지요. 후학들이나 요즘 대학생들에게 인문과 자연을 넘나드는 석학으로서 선생님께서 지금까지 40여 년간의 '공부'하는 방법을 정리하여 말씀해주시면 큰 도움이 되겠습니다.

장회익 참 좋은 말씀을 하셨습니다. 배우고 익히는 일이 즐겁지 않아서는 학문을 할 수 없다고 봅니다. 그런데 이 중요한 사실을 우리는 너무도 쉽게 잊어버리고 있습니다. 학생들에게 물어보면 과연 몇 퍼센트가 배우고 익히는 일이 즐겁다고 하겠습니까? 우리는 다른 것을 가지고 교육평가를 할 필요가 없습니다. 이것 하나 물어보고 그렇다고 하는 학생이 많지 않으면 이건 실패한 교육입니다. 그런데 요즘은 더 안타까운 일들이 일어나고 있습니다. 일생을 공부해야 하는 대학교수들마저 즐거워서 학문한다는 사람이 나오지 못할 만큼 밀어붙이는 현실입니다. 성과가 조금이라도 만족스럽지 못하면 생존에 위협을 받게 되니, 그런 상황에서 어떻게 즐기며 학문을 하겠습니까? 물론 학문에 별 뜻도 없으면서 대학에 자리만 차고 앉아 거드럭거리는 교수들도 문제가 있지만 그렇지 않은 교수들까지 모두 이렇게 몰아넣는 것은 빈대 잡기 위해 집에 불 지르는 격이라고 봅니다. 일단 자질 있는 교수들을 채용했으면 그분들의 학문적 양식을 믿고 각자 자기 방식대로 최선을 하게 두어야 한다고 봅니다. 신나게 학문을 하다 보면 좋은 결과가 얻어지는 것이지, 어떻게 학문을 하면서 성과를 미리 약정해놓고 할 수가 있습니까? 그렇게 빤히 내다보이는 성과를 가져올 학문이라면 그게 과연 해볼 만한 학문이겠는지, 이런 점들을 생각해보아야 합니다. 이런 점에서 정말 오늘의 우리 학문 사회를 움직이는 사람들이 『논어』에 나오는 공자님 말씀 첫 구절만이라도 좀 알고 시작했으면 하는 바람이 간절합니다.

그리고 말씀하신 바와 같이 학문과 삶을 따로 떼어놓고 생각하는 것도 문제입니다. 학문이 즐거워야 할 뿐 아니라 학문이 곧 삶을 완성하는 것이라는 지향이 있어야 하는데, 이러한 정신이 또 완전히 잊혀지고 있습니다. 제가 가장 두려워하는 것은 이 정신을 망각할 때 자신의 삶을 망치는 것뿐 아니라 문명을 그릇치고 결국은 인류를 파멸로 몰고 가리라는 점입니다. 이 점에 대해 학자들부터 먼저 깊이 각성해야 한다고 봅니다.

정정호 이제 대담을 마무리해야 할 시간이 다 되었습니다. 끝으로 앞으로의 계획은 무엇이신지, 일상인으로서의 삶과 생활 영역에서의 계획, 과학지식인으로 활동 계획, 그리고 학자로서의 저술 계획 등을 이야기해주셨으면 합니다.

장회익 저는 앞으로 가능한 한 자연 속에서 살고자 합니다. 그렇다고 문명을 완전히 벗어날 수는 없기 때문에, 계속해서 도시와 시골을 오가면서 지내게 되지 않을까 합니다. 그 다음에 물리학의 철학적 바탕을 노트에 정리해두었는데, 그것을 마무리할 예정입니다. 아울러 그동안 여기저기에 단편적인 글들을 써왔는데, 정리하고 다듬어서 사람들이 체계적으로 읽을 수 있도록 책으로 펴내야 하지 않을까 생각합니다.

　또 하나는 인류 지성사에서 가장 중요한 계기에, 가장 중요한 기여를 한 사람들의 주된 사상을 한 번 총괄적으로 정리해보려고 합니다. 도대체 인간의 지성이 우리에게 어떠한 것을 보여주는지를 나 자신의 학습을 위해 한번 정리해보고 싶습니다. 뒤늦은 나이에 떠나는 학문 순례라고 할까요? 20, 21세기 첨단 사상가들까지 둘러보기는 어렵겠지만, 데카르트, 스피노자, 뉴턴, 다윈, 아인슈타인 등 과학자, 철학자를 구분하지 않고 정말 인류 지성에 기여한 분들을 좀 더 깊이 만나보고 싶은 것입니다. 이런 성격의 지적 편력은 지금 나처럼 자유로운 사람이 아니고는 좀처럼 어려운 것이기도 합니다. 그렇기에 이제 뒤늦게나마 자유를 얻었으니 이것을 마음껏 누려보려고 합니다.

정정호 장시간 대단히 수고하셨습니다. 감사합니다.

5장   무신론과 불가지론 사이
— 인문 지식인 버트런드 러셀의 영적 갈등

가끔 나를 괴롭혔던 실제적 문제는 이것이다. 외국이나 감옥 같은 곳을 방문하면 사람들은 언제나 나의 종교를 묻는다. "불가지론자"라고 해야 할지 아니면 "무신론자"라고 해야 할지 나는 잘 모르겠다. 매우 어려운 문제다. 여러분들 중에도 그런 문제로 어려움을 겪은 사람이 있을 것이다. 철학자로서 순수하게 철학적인 청중에게 답할 때는 나는 불가지론자라고 답해야 했다. 왜냐하면 우리에게 하나님이 없다는 것을 증명할 결정적인 주장이 있다고 생각하지 않기 때문이다. 반면에 보통 사람들에게 올바른 인상을 전하는 경우라면 나는 무신론자라고 답해야 할 것이다. 왜냐하면 그들에게 하나님이 없다는 것을 증명할 수 없다고 말하려면 그와 마찬가지로 그리스의 호메로스의 신들도 없음을 증명할 수 없다는 말을 덧붙여야 할 것이기 때문이다.

— *Last Philosophical Testament*, 91쪽

러셀은 어떤 이에게 이런 편지를 썼다. "나는 내가 너무 난폭하고 인정머리 없는 인간이라는 느낌이 드네. 삶의 모든 미적인 측면이 내게서 제거된 것 같기도 하다네. 견고하지 못한 생각은 어떤 것이든 파괴해도 좋다고 생각하는 일종의 논리 기계라고나 할까."

이것이 러셀에 대한 진실의 전부였을까? 그렇지 않다. 부모의 죽음으로 세 살에 고아가 되고, 무신론으로 열여섯 살에 철학적 고아가 된 그는 결코 논리 기계가 아니었다. 러셀은 집, 사랑, 자녀들에 대해 말 그대로 굶주려

있었다. 그는 평생을 갈팡질팡하며 살았다. 부모와 조부모 사이에서, 무신론과 신비주의 사이에서, 네 명의 아내와 수많은 연인들 사이에서, 학자로서의 삶과 운동가로서의 삶 사이에서 그리고 무엇보다도, 날카로운 분석적인 정신과 미친 듯이 열정적인 마음 사이에서 늘 망설였던 것이다.

— 기니스, 11~12쪽

1

버트런드 러셀(1872~1970)은 20세기 최고의 지식인이다. 케임브리지 대학에서 공부한 그는 논리기하학 이론을 정립한 수학자였고 논리 실증주의[1]를 믿었던 철학자였으며 1950년 노벨문학상을 받은 문필가였고 수십 권의 책을 쓴 저술가였으며 반전반핵 운동을 이끌다 투옥까지 당한 사회운동가였다. 러셀은 우리 시대의 전형적인 지식인이자 지성인이다. 러셀은 이성만을 최고의 미덕으로 삼았던 합리주의자였고 미신을 경멸하는 과학주의자였으며, 진화론만을 굳게 믿었던 다윈주의자였고, 최소한 종교를 믿지 못했던 불가지론자, 아니면 종교의 해악을 주장한 무신론자였다. 한마디로 러셀은 인간의 이성과 과학의 합리성, 철학의 논리성과 낙관적으로 진보를 신봉했던 근대적 자유주의적 인본주의 지식인이다.

---

1) 러셀은 화이트헤드(Whitehead)와 더불어 20세기 초 자신의 주 전공인 수학논리학과 영국의 경험론을 결합하여 새로운 철학방법인 논리실증주의(Logical positivism)를 주장했다. 그의 설명을 들어보자: "'논리적 실증주의'는 어떤 종류의 결과를 위한 것이 아니라 하나의 방법을 위해 만들어진 이름이다. 만일 어떤 철학자가 철학에만 독특한 진리에 이르는 특별한 방식이 없다고 주장하되 자신의 문제들은 과학의 경험적인 방법에 의해서만 결정될 수 있다고 … 주장한다면 그는 논리실증주의자이다. 경험적인 방법들에 의해 결정될 수 있는 문제들은 수학적이거나 언어학적이다. … 나는 사실의 문제들은 관찰에 의존하지 않고는 결정될 수 없다고 말하고 싶다. … 그러나 이것은 논리실증주의와 초기 경험주의자들을 구별시켜주지 못한다. 논리실증주의의 변별적 특징은 수학과 논리학에 주의를 기울이고 전통적인 철학적 문제들의 언어학적 양상을 강조하는 것이다.… 논리실증주의자들은 … 완벽한 경험주의자들이며 수학적 명제들에 대한 새로운 해석을 통해 수학과 경험주의를 결합할 수 있다."(Logic and Knowledge, 367) 논리실증주의는 러셀 철학의 핵심이며 20세기 세계 철학계에 큰 영향을 끼쳤다.

러셀은 합리주의와 과학주의가 정점에 달했던 20세기의 가장 전형적인 근대 지식인이었다. 오늘날 우리 중 대부분은 아마도 러셀의 정신적 후손들이거나 지적 아류들이다. 우리도 러셀처럼 인간의 이성과 과학을 맹신하고 아직도 증명되지 않은 하나의 가설인 진화론을 신봉하며, 인간 사회가 인간의 힘만으로 점진적으로 발전하고 진보할 수 있다고 주장한다. 종교를 인간이 미개했던 시대에나 필요한 하나의 사회제도 정도로 무시하고 신앙을 가지는 것을 이성적이고 과학적이지 못한 의지박약의 소산쯤으로 경멸하는 것이 오늘날 대표적인 무신론자들이다. 러셀의 경우 문제는 간단하지 않다. 많은 사람들은 러셀을 궁극적으로 무신론자라고 보지만 자신은 대체로 불가지론자라고 말했기 때문이다. 그가 기독교를 전부 부정하는 것은 결코 아니다. 종교로서 기독교의 일부분은 인정하지만 일부 교리와 특히 교회라는 제도에 대해서 부정적이다. 그러나 러셀은 필자의 예상과는 달리『자서전』(The Autography of Bertrand Russell)에서 무신론과 유신론 아니 불가지론 사이에서 극심한 영적 갈등을 겪었다. 그는 지성과 영성이 균형을 이루지 못해 고통을 받던 인문 지식인이었다.

러셀은 인간의 역사와 삶 속에서 몸과 마음과 영혼의 갈등과 모순을 예민하게 자각하고 있었다. 종교 문제에 관한 한 그는 경험론과 논리학 사이에서 번민했고 양극단 중 어느 하나만을 선택하여 집중할 수 없었다. 이런 의미에서 러셀은 정반(正反)에서 합(合)으로의 종합을 이끄는 변증주의자가 아니었다. 그는 정과 반을 동시에 유지시키려 했던 대화주의자였음에 틀림없다. 모순과 갈등의 긴장 속에서 치열하게 살았던 지식인이었다. 무신론자들인 수많은 과학자들은 과학을 공부하는 과정에서 우주 삼라만상의 운행 원리가 너무나 정교하다는 점에 감명받아 유신론자가 되는 경우가 많다. 그러나 러셀의 경우 순수한 자연과학자가 아닌 논리수학자이며 철학자인 인문지식인이었기에 일반 과학자들과는 달리 쉽게 유신론을 받아들이지 못했다. 본 논문의 목적은 우리가 흔히 러셀을 대표적인 무신론자 또는 불가지론자로 규정하는 대신 그의 종교적 사유가 통념적인 것을 뛰어넘어 엄청난 영적 갈등과 모순 속에서 치열하게 전개되었다는 것을 보여주는 것이다. 나아가 이런 작업이 국내외적으로 거의 이루어지지 않고 있는 상황에서 본 연구는 다면체적인 통합 지식인이었던 러셀의 40여 권에 달하는 방대한 인문적 저술을 다시 읽고 그의 학문적 위치를 재평가하기 위한 예비 작업이다.

2

버트런드 러셀은 부모를 일찍 여읜 까닭에 어린 시절 고독하고 불행했다. 그는 엄격한 보모들과 가정교사들에 의해 양육되었으며, 혼자 있기를 좋아했고 자신의 생각에 깊이 빠지기도 했다. 청소년기에 접어들면서 러셀은 시와 종교와 철학에 본격적인 관심을 가지기 시작했다. 그러면서 러셀은 서서히 기독교에 대해 회의하게 되었고 커다란 갈등을 겪는다. 그는 유년기 생활에 대해 "유년기를 거치면서 외로움도 커져갔고, 더불어 대화할 수 있는 사람을 행여 만나려나 기대하다 절망하는 일도 많아졌다. 완전히 실의에 빠진 나를 구해준 것은 자연과 책(좀 더 나중에는) 수학이었다"(『자서전』상, 44~45쪽. 앞으로의 인용은 이 판에 의거함)고 회상하였다.

> 할아버지는 영국 국교회파였고, 할머니는 스코틀랜드 장로교파였다가 나중에 유니테리언파가 되셨다. 나는 주일마다 번갈아가며 피터섬의 (성공회) 교구 교회와 리치먼드의 장로 교교회에 나가야 했고, 집에 있을 때는 유니테리언파의 교리를 배웠다. 내가 열다섯 무렵까지 믿은 것은 바로 유니테리언파 교리였다. 열다섯 살 때 나는 기독교의 근본적 믿음을 지지한다고 여겨져온 합리론들을 체계적으로 연구하기 시작했으며, 무수한 시간 이 주제를 놓고 숙고했다. 그러나 혹시 상처가 될까 두려워 아무에게도 말 할 수 없었다. 믿음이 점차 사라진다는 것과 침묵해야 한다는 것 때문에 나는 고통이 심했다. 만일 하나님과 자유와 영생(혹은 불멸성)을 믿지 않게 된다면 아주 불행해질 것만 같았다. 그러나 이런 교리들을 뒷받침한다는 이유들은 너무도 설득력이 없다는 것을 알았다. (앞의 책, 62쪽)

러셀은 사후의 삶은 믿지 않았으나 하나님의 존재를 아직은 믿고 있었다. 이 세상의 삼라만상을 창조한 분이 있으리라는 "제1원인"(First Cause)론을 반박할 수 없었기 때문이었다. 그러나 케임브리지 대학 진학 직전인 18세가 되던 해 빅토리아 시대의 대표적인 자유주의 사상가인 존 스튜어트 밀의 『자서전』에서 "'누가 나를 만들었는가?'라는 의문에는 대답이 있을 수 없다. 왜냐하면 그렇게 묻는 즉시 '누가 하나님을 만들었는가?'라는 보다 깊은 의문이 떠오르기 때문이다"라는 구절을 읽고 러셀은 "제1원인"론을 포기하고 무신론자의 길에 발을 들여놓기 시작했다. 그러나 러셀은 종교 회의주의 때문에 괴로워했지만 "[회의의] 과정이 끝나고 나자 놀랍게도 그 주제를 모두 정리하고 기뻐하는 나 자신을 발견했다"(앞의 책, 63쪽)고 말한다. 밀의 자서전의 명료한 합리주의에 매료된 러셀은 종교 문제에서 이성, 논리, 과학적 사유에 의존하기 시작했다.

러셀의 생애는 갈등과 모순의 연속이었다. 러셀의 이성적인 부분은 언제나 신비로운 부분과 갈등을 일으켰다. 러셀의 이러한 이중적 비전을 존 메이너드 케인스(John Maynard Keynes)가 잘 지적했다. "러셀은 우스울 정도로 양립할 수 없는 한 쌍의 견해들을 동시에 유지하였다. 그는 사실상 인간의 일들은 매우 비이성적인 방식으로 이루어지지만 그 치유책은 아주 단순하고 쉽다고 주장했다. 왜냐하면 사태는 복잡하게 이루어지지만 우리가 할 수 있는 일이란 단지 인간의 일을 합리적으로 수행하는 것뿐이기 때문이다."(Hussey, 98~99쪽에서 재인용) 이러한 갈등의 뿌리는 어린 시절 이미 심어졌다. 그의 부모는 그가 어릴 때 사망했다. 이신론자(理神論者)이며 자유사상가인 아버지는 「종교적 믿음의 분석」이란 회의주의적인 글을 썼다. 유언에서 아버지는 러셀의 후견인으로 두 명의 자유사상가를 지명했는데 두 사람 모두 무신론자였다. 러셀의 아버지는 아들을 종교적 양육의 해악으로부터 구하고자 했다. 그러나 할머니 할아버지는 소송을 통해 불신자의 손에서 손자를 구해내어 종교교육을 시키기로 하였으므로 러셀은 장로교도였던 할머니의 보호 아래 기독교 믿음 안에서 성장했다.

러셀이 유년기에 기독교 환경에서 지낸 것은 할머니 때문이었다. 러셀의 할머니에 대한 회고를 살펴보자.

> 할머니는 내 유년기를 통틀어 가장 중요한 사람이었다. 할머니는 스코틀랜드 장로교인이었고, 정치적 종교적으로는 자유주의자였지만 (일흔의 나이에 유니테리언파가 되었다.) 도덕적 문제에는 매사에 극단적인 만큼 엄격하셨다. … 열네 살 이후 나는 할머니의 지적 한계를 견디기 힘들게 되었고 그분의 청교도적 도덕에 대해서도 지나치다고 느끼기 시작했다. 그러나 어렸을 때는 할머니의 크나큰 애정과 각별한 보살핌이 그분을 사랑하게 만들었고 유년기에 필요한 안정감을 제공해주었다. … 할머니는 내게 성서를 한권 주셨는데 표지 안쪽 여백에 당신이 좋아하셨던 성구들이 적혀 있었다. 그중에는 "다수를 따라 일을 행하지 말지어다"란 구절도 있었다. 할머니가 이 구절을 강조하신 덕분에 훗날 나는 소수에 속하는 것을 두려워하지 않을 수 있었다. (『자서전』 상, 25, 28~29쪽)

러셀은 하나님이라는 존재의 불확실성을 포기하고 유클리드 기하학과 수학의 확실성을 선택했다. 그는 다른 사람들이 종교적 믿음을 추구하듯이 수학의 확실성을 추구했지만 종교로의 끌림을 완전히 포기할 수 없었다고 고백한 바 있다. 아무리 위대한 철학자라도 과학과 신비주의 모두가 필요하다고 「신비주의와 논리」에서 적은 바도 있다. 동시에 러셀은 "과학의 명제에서 요구하는 것과 같은 유의 증거가 존재하지 않는 한, 신학적 명제를 수용해서는 안 된다"(앞의 책, 64쪽)고 믿었다. 다음에서 러셀의 반기독교적 논리를 자세히 살펴보자.

3

러셀은 1927년 3월 6일 전국비종교인협회 후원으로 강연을 했다. 이것이 가장 널리 알려진 대표적인 글 「나는 왜 기독교인이 아닌가」이다. 이제부터

이 글을 자세히 살펴보자. 러셀은 "기독교인"이란 무엇인가를 논하면서 두 가지 조건을 제시한다. 첫째는 교리 차원에서 "하나님과 영생을 꼭 믿어야 한다"(『나는 왜 기독교인이 아닌가』, 20쪽. 앞으로의 인용은 이 판에 의거함)는 것이다. 둘째 기독교인이란 말 뜻대로 예수 그리스도에 대한 믿음이 있어야 한다며 "기독교인이라면 최소한 예수가 신은 아니라 하더라도 가장 선하고 지혜로운 사람이라는 정도는 믿을 수 있어야 한다"(20쪽)고 규정한다.

그런 다음 러셀은 첫째 조건과 관련하여 "하나님은 존재하는가?"에 대하여 대답한다. 그것을 간략하게 정리해보자.

1) 제1원인론(The First Cause Argument)

러셀은 우선 하나님이 제1원인이라는 이론은 오류임을 다음과 같이 설명한다. "모든 것에 원인이 있다고 한다면 하나님에게도 원인이 있어야 할 것이고, 어떤 것이 원인 없이 존재할 수 있다면 세상도 하나님처럼 원인 없이도 존재할 수 있어야 할 것이므로 이 이론에는 아무런 타당성도 없다."(23쪽) 러셀은 하나님은 스스로 원인이 되어 존재할 수 있다는 주장도 배격한다. 제1원인이라도 원인 없이 일어날 수 없다는 것이다. 그는 하나님이 스스로 존재할 수 있음을 논리실증주의자로서 믿을 수 없었다.[2]

2) 자연 법칙론(The Natural-Law Argument)

러셀은 모든 일에 합당한 이유가 없으면 받아들이지 않는 것을 자신의 기본 태도로 규정하였다.

---

[2] '하나님은 존재하는가'라는 주제로 러셀과 토론을 벌인 코플스턴(Copleston) 신부는 "우리가 실재를 설명하기 위해서는, 자신의 존재 이유를 자기 속에 가진 존재, 다시 말해 실재하지 않을 수 없는 존재에 도달해야만 합니다. … 하나님은 곧 자신의 충분한 이유입니다"(『나는 왜 기독교인이 아닌가』, 247, 254쪽)라고 설명하였다.

자연법칙은 사물들이 실제로 어떻게 움직이는가를 기술하는 것으로서 사물의 실제 움직임을 기술하는 데 지나지 않으므로 사물에 대해 이러저러하게 움직이도록 명령하는 자가 반드시 있다고 말할 순 없다. 왜냐하면 그런 존재가 있다고 가정하는 순간 곧 다음의 의문에 직면하기 때문이다. '하나님은 왜 그러한 자연법칙들만 만들고 다른 법칙들을 만들지 않았는가?' 만약에 이것이 하나님 자신의 기분에 따라 그렇게 된 것일 뿐 다른 이유가 없다고 한다면 결국 법칙의 지배를 받지 않는 것들도 있다는 뜻이 되고 그렇게 되면 자연법칙의 일관성은 깨어지고 마는 것이다. (25쪽)

러셀에 따르면 하나님이 최선의 세계를 창조하기 위해 만든 법칙 자체가 그대로 자연법칙이다. 그렇게 되면 하나님 자신도 따라야 할 어떤 법칙을 만들어낸 것인데 그렇게 되면 하나님이라는 중재자를 내세울 필요가 없다는 것이다.

3) 목적론(The Argument from Design)

목적론은 이 세상이 아무렇게나 만들어진 것이 아니라 어떤 목적을 가진 설계자가 있어야 한다는 이론이다. 그러나 러셀은 목적론에 대해 "세상 만물은 우리가 이 세상에서 살아가기에 꼭 맞도록 만들어져 있기 때문에 만에 하나 이 상태에서 조금만 달라진다면 우리는 살아갈 수 없으리라고 주장하는 것이다. 다윈 이후로 우리는 생물이 각자의 주위 환경에 적합하게 된 이유에 대해 많이 알게 되었기 때문이다. 그것은 즉 환경이 생물에 맞추어 만들어졌기 때문이 아니다. 생물이 환경에 맞추어 변해왔기 때문이며 이것이 바로 적응의 기본원리이다. 거기에 목적의 증거 따위는 전혀 없다"(26쪽)고 설명한다.

러셀은 목적론보다 진화론으로 설명하고 있다. 현대 물리학에서 "열역학 제2법칙"에 따르면 우주 만물은 서서히 한때 번성했다가 점차 쇠락해져 결국은 사라진다. 다른 말로 하면 결국 이 세계는 어떤 목적이 있는 것이 아니라 빅뱅 이론처럼 우연히 생겨났다 서서히 사라진다는 '엔트로피 이론'이다. 요즈음 창조론의 대안으로 떠오른 '지적 설계론'(Intellectual Design)에 대해서도 러셀은 반대했을 것이다.

4) 신성을 위한 도덕론(The Moral Argument for Deity)

하나님의 존재가 있어야 한다는 것이 도덕론의 요체이다. 도덕적 토대를 제공할 수 있어야 하기 때문에 하나님이 존재해야 한다는 주장에 대해 러셀은 이렇게 반박한다.

> 도덕론에는 … 하나님이 존재하지 않는다면 옳고 그름도 있을 수 없다고 주장한다. 옳고 그름 사이에 실제로 차이가 있든 없든 나로서는 전혀 관심이 없다. … 만일 여러분들이 신학자들처럼 하나님은 선하다고 말하려면, 옳고 그름은 하나님의 명령과는 무관하게 옳고 그름을 만들었다는 자명한 사실과는 상관없이 하나님의 명령은 선이며 악이 아니기 때문이다. 그러므로 … 옳고 그름은 오직 하나님에 의해서만 생겨난 것이 아니라 그 본질에 있어 논리적으로 하나님에 앞서 존재한다고 말할 수 있어야 한다. (28~29쪽)

만일 하나님의 의지가 도덕의 토대라면 우리가 도덕적인 이유는 오로지 하나님의 징벌을 피한 타산적인 사람이기 때문이다. 기독교에서 도덕적이 안 되면 지옥불로 떨어진다는 것은 하나의 협박이고 이것은 논리적으로 타당하지 않다는 것이다.

5) 불의(不義)치유론(The Argument for the Remedying of In-justice)

하나님이 불의를 치유한다는 주장은 도덕론의 또 다른 변종이다. 이 세상은 정의가 항상 승리하는 것이 아니므로 권선징악을 위해 하나님의 존재가 필요하다는 것이다. 러셀의 말을 들어보자.

> 하나님의 존재는 이 세상에 정의를 가져오기 위해 반드시 필요하다고 주
> 장한다. 우리가 알고 있는 우주 이 한편에는 너무나 큰 불의가 존재한다. …
> 우주 자체에 정의가 존재한다고 믿기 위해서는 이 지구상 삶의 불균형을 바
> 로 잡아주는 내세를 가정하지 않을 수 없다. 따라서 긴 안목에서 결국 정의
> 가 존재하게 하기 위해 하나님은 있어야 하며 천국과 지옥이 있어야 한다고
> 말한다. 이것은 참으로 이상한 논리다. (30쪽)

러셀은 이 세상이 불의로 가득하다고 볼 때 하나님이 제대로 권선징악을
하지 않는 것이고 정의가 세계를 지배한다고 볼 수 없다고 여긴다. 따라서
불의를 치유하는 하나님을 인정할 수 없고 나아가 하나님의 존재를 인정하
는 주장을 받아들일 수 없다고 말한다.

지금까지 러셀은 하나님은 존재한다는 주장에 대한 반론을 "지적 이론"
들로 폈지만 자신이 결국 사람들을 진실로 감동시키지 못할 것임을 인정했
다.(30쪽) 러셀은 사람들이 지적 이론에 의지해 하나님의 존재를 믿는 것이
아니라고 언명한다. 그에 따르면 하나님을 믿는 주요 이유는 어려서부터 그
저 무조건 믿어야 하는 것으로 배워 습관처럼 되어버렸기 때문이다. 또한
다른 이유로는 "안전에 대한 갈망 … 돌봐줄 큰 형님이 계시다는 느낌에 대
한 갈망"(31쪽)이라는 것이다. 다시 말해 험한 세상에서 "위안"을 느끼기 위
해 하나님을 믿는다는 것이다. 언제나 삶의 "궁극적 문제"에 직면하는 사람
들이 습관이 주는 편안함과 위험 속에서 안전을 갈망하는 삶의 실존적 상황
을 러셀은 지나치게 과소평가한다. 이성과 논리로만 모든 문제들을 해결하
려는 초기의 러셀은 인간의 논리와 이성을 초월하는 전인격적 인간의 영적
인 문제에 대한 진정한 관심 없이 "초등 학문" 수준인 단순하고 철없는 르네
상스 이후 인본주의적 근대 지식인에 머무른다.

4

러셀은 하나님의 존재를 부인한 후 기독교인의 둘째 조건과 관련된 예수 그리스도의 성격을 소위 "합리주의자"의 입장에서 다룬다. 제도권 종교로서의 기독교에 대해 반대하는 많은 사람들도 예수는 성인의 반열에 올려놓는다. 그러나 러셀은 그렇지 않았다. 그는 예수가 부처보다 온유하지 않고 긍휼하지 않으며 지적인 면과 성격적인 면에서는 소크라테스보다도 못하다고 하면서 "예수 그리스도가 과연 최선·최현의 사람이었나?"라고 의문을 제기한다. 러셀은 예수의 가르침이 지닌 결함들을 지적해낸다. 그는 예수가 도덕적으로 커다란 결함이 있다고 판단한다. "[예수]가 지옥을 믿고" 있었으며 러셀 자신은 "누구든 진정으로 깊은 자비심을 가진 사람이라면 영원한 형벌 따위를 믿을 수 없을" 것이라고 생각한다.(앞의 책, 34쪽) 예수가 "사람의 아들이 그의 천사들을 보내어 그의 왕국에서 거역하는 자와 부정하는 자를 모두 거두어 불가마에 던져버리리니, 거기서 통곡하고 이를 갈게 되리라"와 "너 저주받은 자여, 내게서 떠나 영원한 불 속으로 들어가라"고 말한 것을 놓고 죄 지은 것을 지옥불로 다스리는 "잔인한 교리"라고 지적한다.

러셀은 또 예수가 열매를 맺지 않은 무화과나무를 나무라면서 "지금부터 영원히 아무도 네 열매를 보지 못하리라"라고 저주하자 베드로가 예수께 아뢰되 "주여, 주께서 저주하신 저 무화과나무를 보소서, 시들어버렸나이다"라고 한 것을 "참으로 이상한 이야기"라고 말하며 "무화과가 열릴 철도 아닌데 나무를 탓"한다고 예수를 탓한다. 그러나 러셀은 이 모든 이야기들을 문자 그대로 해석하여 커다란 맥락에서 벗어나고 있다. 자신이 십자가에 못박히기까지 희생하여 우리 모두를 구원할 수 있게 한 놀라운 사랑의 실천은 전혀 언급하지 않는다. 러셀이 예수의 핵심적인 사랑 실천에 대해 일언반구 없는 것이 이상하다.

러셀은 예수 외에도 성경에 나오는 인물들을 폄하한다. 1918년 8월 10일 한 지인에게 보낸 편지에서 기독교에서 모든 사람들이 믿음의 조상이라고 하는 아브라함을 다음과 같이 설명한다.

> 성서는 참으로 기묘한 작품이오. 아브라함(모든 미덕의 본보기인 사람)이 외국으로 나가게 되었을 때 그는 아내에게 다음과 같은 당부를 거듭거듭 하오. "여보, 사라, 당신은 너무나 아름다운 사람이니 왕이 반할 가능성이 아주 높소. 내가 당신의 남편이란 것을 알면 당신과 결혼하기 위해 날 죽이려 할 것이오. 그러니 당신은 여행하는 동안 나의 누이로 행세하시오." 왕이 사라에게 반해 침실에 들이려 할 때마다 그녀가 병에 걸리게 되자 결국 그녀를 아브라함에게 돌려보내오. 그 사이 아브라함은 하녀와 정을 통해 자식을 보게 되고, 훗날 사라가 그 아이를 갓 태어난 아이와 함께 황야에 내버리는데도 아브라함은 반대하지 않았소. 참 괴상한 이야기지.(『자서전』상, 540쪽)

러셀은 사도 바울의 결혼에 관한 말, "그리하여 나는 미혼녀와 과부들에게 말하노니, 나처럼 [독신으로] 사는 것도 좋은 것이다. 그러나 욕구를 참기 어려우면 결혼하게 하라. [욕정에] 불타는 것보다 결혼하는 것이 나을 것이기 때문이니라"를 인용하면서 바울이 다시 한 번 지옥불의 고통을 상기시킨다고 비난한다.

러셀은 특히 조직화된 제도로서의 교회를 반대했다. 그는 "교회들로 조직화된 기독교는 이 세계의 도덕적 발전에 가장 큰 적"(39쪽)이라고 주장했다. 그리고 다른 종교에 비해 기독교가 역사적으로 이단자, 유대인, 자유사상가들을 잔인하게 박해한 사실[다양한 방식으로 살해하고 심지어 '마녀재판'을 통한 살해]을 지적하며 기독교에 대해 조롱과 경멸을 보낸다. 역사에 기록된 교회의 박해 사실은 사랑의 종교인 기독교의 본질과 무관하다. 그러나 일부 제도권의 세속 교회들이 기독교를 오용한 것도 사실이다. 그는 계속해서 "교회는 인간의 행복과는 아무 관계도 없는 편협한 행동 규범을 정해놓고 그것을 도덕이라고 하기 때문에 교회의 주요 역할은 여전히, 세상의 고통을 덜어주는 모든 방면의 진보와 개선에 맞서는 데 머문다"(40쪽)고 욕설을 내뱉는다. 이런 견해는 교회의 권위가 절대적이었던 중세적 견해로 종교개혁 이후 특히 개신교 내 복음주의 신학에 대해 러셀은 이상하리만치 입을 다물었다.

러셀은 종교의 가장 중요한 기반은 두려움이라고 생각하고 이런 미신적이고도 불합리한 종교의 협박에 따른 두려움을 해소하려면 하나님이나 예수보다 과학의 도움이 필요하다고 역설한다.

> 이 세계를 사는 우리는 과학의 도움으로 이제야 사물을 좀 이해했고 어느 정도 정복할 수 있게 됐다. 그동안 과학이 기독교와 교회에 맞서, 또한 모든 낡은 교훈에 맞서 한 걸음 한 걸음씩 어렵사리 전진해온 덕분이다. 인류는 대대손손 그 오랜 세월 비굴한 두려움 속에 살아왔으나 과학은 우리가 그러한 두려움을 극복하도록 도와줄 수 있다. 과학은 우리를 가르칠 수 있다. 그리고 나는 바로 우리의 마음도 우리를 가르칠 수 있다고 본다. 이제는 더 이상 가상의 후원을 찾아 두리번거리지 말고, 하늘에 있는 후원자를 만들어 내지 말고, 여기 땅에서 우리 자신의 힘에 의지해, 이 세상을, 지난날 오랜 세월 교회가 만들어온 그런 곳이 아니라 우리가 살기 적합한 곳으로 만들자고 말이다. (40~41쪽)

과학적 이성만이 종교적 우매성을 극복할 수 있다는 말이다. 종교는 제약적이고 과학은 개방적이라는 것이다. (이 문제는 뒤에서 좀 더 자세히 논하기로 한다.) 러셀은 이 글의 결론으로 "우리의 할 일"을 선언한다. 그는 "자유로운 지성"으로 "우리 자신의 발로", "공명정대하게", "두려워하지" 말고 이 세상을 바라보고 미래를 위한 "좋은 세상"을 만들자고 권유한다.

그렇다면 위와 같이 러셀이 기독교에 부정적인 비판을 가하는 지적 배경은 무엇인가? 1888년 4월 28일자 메모를 보면 러셀은 비교적 젊은 나이인 16세에 이미 "이성"(理性)주의자가 되기를 결심한다. 그는 "양심은 진화와 교육의 복합적인 결과물에 불과하기 때문에 이성이 아닌 양심을 따른다는 것은 분명 어리석은 것이다. 따라서 내 이성은 내게, 최대의 행복을 낳기 위해 행동하는 것이야말로 다른 어떤 방식보다 낫다고 말한다. 이러한 방식

말고 다른 목적을 취할 수는 없을까 하고 찾아보았지만 실패했다"(『자서전』 상, 182쪽)고 고백했다. 4월 29일자 메모에서는 다음과 같이 적고 있다.

> 나는 매사에 본능이 아닌 이성을 따르기를 맹세했다. 본능이라 함은 내 조상이 자연도태 과정을 거치면서 서서히 획득한 것을 물려받는 측면과, 내가 받은 교육에 의해 얻게 된 측면을 말한다. 옳고 그름의 문제 앞에서 이러한 것들을 따른다는 것은 그 얼마나 어리석은가. … 그런데 이 내면의 음성이란 것은 하나님이 부여한 양심이어서 우리 이성적 존재들도 반드시 이것을 따라야 한다고들 한다. 나는 이것은 정신 나간 생각이라고 보며 되도록 이성에 따라 살려고 노력한다. 내가 이상으로 삼는 것은 궁극적으로 최대 다수의 최대 행복을 산출하는 것이다. 따라서 나는 이성을 활용하여 이 목적에 가장 도움이 되는 길을 찾아 낼 수 있다. (앞의 책, 83쪽)

이성주의자 러셀은 우리가 지금까지 지식으로 알고 있는 대부분이 이성에 토대를 둔 합리주의로 보면 거짓투성이라고 생각했다. 철저한 합리주의자로 세상을 보면 모든 것을 비합리, 반이성, 광기로 보기 쉽다. 특히 러셀의 경우, 종교가 첫 번째 희생제물이 되었다고 볼 수 있다. 그러나 서구식의 순수이성을 믿는다는 것은 경험적으로 볼 때 미신만큼이나 어리석고 위험하다. 이성을 작동시키는 주체인 인간은 결코 선한 기계가 아니다. 그는 인간의 욕망에 토대를 둔 죄성을 너무 가볍게 본다. 인간은 몸, 마음, 영혼을 가진 수수께끼 같은 신비스러운 생명의 복합체가 아닌가? 인간중심주의는 합리주의를 토대로 한 낙관주의의 결과이다.

러셀은 케임브리지 대학교에 입학하여 수학을 전공하기 전에 이미 모든 과학이론의 토대로서 모든 철학의 논리의 토대로서 가장 단순하고 명징한 학문이 수학이라고 생각했다. 그는 나아가 수학이 "위대한 예술적 탁월성"을 지녔고 "존엄한 자유와 불가피한 운명의 감지라는 철학을 수학이 완벽하게 제공"한다고 믿었으며 "수학이 구축하는 세계에서는 모든 것이 완벽한 동시에 진리"라고 생각했다.(『자서전』 상, 280쪽) 그 후 러셀은 80회 생일을

맞아 과거를 회고하는 글 「내가 믿는 것들」에서도 수학의 중요성을 다시 한 번 강조한다.[3]

> 나는 다른 무엇보다 수학에서 확실성을 찾을 수 있다고 생각했다. 그러나 스승들이 받아들이라고 말하는 수많은 수학적 증명들은 오류투성이임을 알았고, 수학에서 제대로 확실성을 찾아내려면 지금까지 안정하다고 여겨졌던 기초들보다 더 견고한 기초들에 입각한 새로운 종류의 수학에서나 가능하다는 것을 깨달았다. … 결국 20여 년의 각고 끝에, 수학적 지식을 의심의 여지 없이 만드는 길에서 내가 할 수 있는 일은 더 이상 없다는 결론에 이르렀다. (『자서전』 하, 558~559쪽)

러셀은 실제로 기하학과 수학논리학에 기념비적인 저서들을 몇 권 출간했다. 러셀이 학문사에서 이름을 남긴다면 바로 이 영역에서일 것이다.

러셀은 철학의 이성과 수학의 논리에 토대를 둔 과학을 높이 평가하였다. 그는 과학 이외의 것은 모두 "어스름 속의 허깨비"라고까지 말했다.(『자서전』 상, 397쪽) 그는 "실제로 존재하는 것들에 관한 모든 지식―흔히 과학이라고 불리는 모든 것―과, 철학이나 수학처럼 이상적이고 영원한 대상들에 관계된, 따라서 하나님이 만드신 이 비참한 세계로부터 벗어나 있는 지식"(앞의 책, 281쪽)이 가장 높은 가치를 가진다고 말했다. 러셀은 "과학적 지성"을 신조로 삼아 "나는 나를 어떤 결론으로 끌고 가든 과학적 지성을 따르는 것이야말로 나의 도덕지침에 가장 필수적인 요소라고 늘 생각했으며, 심지어 깊은 정신적 통찰을 위해 취했던 것을 잃게 될 처지에 처하더라도 그 같은 지침을 따랐다"고 적고 있다.(『자서전』 하, 87쪽) 그러나 러셀의 과학중심주의는 오늘날 우리를 막다른 골목으로 이끌었다. 물론 과학이 문

---

3) 그러나 러셀은 『자서전』 결론 부분에서 한때 열광했던 수학에 대해 "그 [영원한] 세계에서는 수학이 마치 단테의 '천국' 마지막 편처럼 아름답게 빛을 발했다. 그러나 나는 결국 '영원한 세계'는 하찮은 것이다. 수학은 동일한 것을 다른 언어로 말하는 기술에 불과하다"는 결론에 도달하였다고 말하였다. (『자서전』 하, 562쪽)

명을 편리하게 발전시킨 것은 인정하지만 지금은 그 선을 넘어 오히려 인간 문명 자체를 와해시키는 아이러니한 상황을 연출하고 있다. 여기에서도 결국 남는 문제는 과학을 운용하는 "인간"의 문제이다. 인간을 이해하고 인간 문제를 해결하지 않고는 어떠한 낙관주의도 불가능하다. 인간을 영혼이 없는 기계로 보거나 빵만으로 살 수 있다고 생각하는 한 인간 문제는 결코 온전하게 해결될 수 없을 것이다. 바로 이 지점이 인간의 영혼 문제를 다룰 수 있는 종교가 개입하는 지점이라 할 수 있다. 그러나 합리적 과학주의자인 러셀은 이 중차대한 문제를 자신의 사유 체계에서 손쉽게 무시해버렸다. 그러나 이 문제는 이렇게 쉽게 끝날 수는 없었다.

5

러셀은 앞에서도 지적했듯이 기독교에 대한 이런 부정적인 시각을 가지고 있음에도 불구하고 기독교를 단번에 내버릴 수는 없었다. 그는 갈등과 자기 모순에 빠져 있었다. 그는 신앙 "맹세들의 많은 수가 거짓"이며 거짓된 것을 믿는다는 것은 나쁜 짓이라고 전제한다. 그러면서 그는 윤리적 측면에서는 신앙이 반드시 증거를 필요로 하지 않기 때문에 합법적일 수도 있다고 생각한다. 다음의 1904년 9월 22일자 편지는 러셀의 갈등이 또다시 엿보이는 대목이다.

> 실천에 있어서는, 선한 것들의 선함을, 그리고 크든 작든 우리의 행위가 창조할 수 있는 것들의 선함을 열심히 믿음으로써 신상의 유용성을 고도로 얻어낼 수 있다고 봐. 만약 신이 존재한다면 나는 신에 대한 사랑이, 신이 없다고 믿는 세상에서보다는 사람들을 발전시켜 줄 수 있음을 인정해. 그러나 정당성이 입증된 윤리적 신념이야말로, 상상할 수 있는 가장 높은 삶에 필수적인 것들 '대부분'과 가능한 가장 높은 삶에 필요한 것 전부를 산출한다고 생각해. 모든 종교들과 마찬가지로 윤리적 신념에도 윤리적 판단과 사실의 판단이 포함되는데, 후자의 경우, 우리의 행동이 비록 작은 차이일지

라도 세상의 윤리가치에 차이를 가져온다고 역설하지. 나는 이만하면 믿고 살 만한 신념이며 지식에 의해 정당성을 얻는 신념이라고 생각해. 그러나 그 이상의 어떤 것도 내게는 다소 '허위'로 보여, 딱 부러지게 '거짓'이라고 는 하지 않겠지만. (『자서전』 상, 338~339쪽)

신앙에 있어 인식론적인 측면과 도덕적인 측면이 러셀에게서 언제나 충돌하고 있다. 과학주의자 러셀은 결국 인식론적인 측면에 손을 들어주지만, 이런 의미에서 러셀을 다시 한 번 플라톤주의자[4]라고 생각하게 된다.

이보다 앞서 1903년 7월 16일자 편지에서 러셀은 종교적인 주제를 대할 때의 태도를 세 가지로 분류한다. 첫째 18세기 프랑스의 볼테르처럼 "역사와 문학이 어중간하게 섞인 상식적인 관점에서 종교적인 모든 것을 조롱"하는 태도가 있다. 둘째 19세기 영국의 다윈과 헉슬리 식의 과학적 관점에서 종교 지지론을 비판할 수도 있다. 세 번째로 종교의 그림자를 지키며 위안을 삼는 20세기 초 영국 철학자 F. H. 브래들리와 같은 태도가 있다.(앞의 책, 333쪽) 러셀은 이 세 가지 태도들의 문제점을 지적하면서 다음과 같이 말한다.

어쨌거나 우리가 해야 하고, 또 우리 각자가 하고 있는 분야가 해야 할 일 은, 종교적 본능을 깊이 존중하며 다루는 한편으로, 종교적 본능에서 나오 는 형이상학에는 한 가닥, 한 조각의 진실도 존재하지 않음을 주장하는 것 이다. 그리고 그 [종교적] 본능을 완화시키기 위해 세상의 아름다움과 삶의 아름다움을—그런 것들이 존재한다면—제시하려 노력해야겠지. 특히 종교 적 태도의 진지함과 궁극적인 질문을 하는 습성만큼은 보존하자고 주장해

---

4) 러셀은 보이지 않는 "이데아"를 찾고자 했던 그리스의 고대 철학자 플라톤을 최고의 스승으로 삼았다. "사실 기독교에서 좋은 것은 모두 플라톤 아니면 스토아 철학자들에게서 나오지 않았 습니까. 유태인들은 나쁜 역사에 공헌했을 뿐이지요—로마인들, 교회정부, 교회법 등. 저는 영국의 교회[성공회]가 기독교 신앙 중에서 가장 순수하게 플라톤적인 형태이기 때문에 좋아 합니다. 가톨릭신앙은 지나치게 로마적이고, 청교도는 지나치게 유태교적입니다."(『자서전』 하, 188쪽) 다른 곳에서 러셀은 "처음에는 플라톤적 영원한 세계에 대한 종교에 가까운 믿음에 서 출발했다"(앞의 책, 562쪽)고 적고 있다.

야 해. 그리고 훌륭한 삶이 우리가 아는 최선의 것이라면, 종교를 잃음으로써 오히려 용기와 꿋꿋함의 새로운 영역이 나타나기 때문에, 우리가 재난을 맞아 종교에서 해결책을 제시받을 때보다 훨씬 훌륭한 삶을 만들어 갈 수도 있지. (앞의 책, 333~334쪽)

여기서도 러셀은 인간의 강력한 종교적 갈등, 종교적 태도, 종교적 습관을 인정할 수밖에 없음을 여실히 보여준다. 이러한 종교적 힘에 대한 러셀의 이성주의적인 저항은 오히려 나약해 보인다. 러셀은 종교의 힘이 너무 강하기에 그 반대로 강하게 저항하는 듯하다. 급기야 러셀은 "우리가 분명한 신학적 믿음을 가지지 않았다 하더라도 세상을 응시할 때의 감정은 종교적일 수 있[고] … 종교적 신념이 없어도 종교적으로 생각할 수 있다"(335~336쪽)고 말한다. 이런 맥락에서 볼 때 러셀은 불가지론자임이 분명해 보인다.

이 문제, 즉 러셀은 무신론자인가 불가지론자인가의 문제를 좀 더 생각하자. 러셀이 하나님의 존재를 부정하고 예수의 도덕적, 감정적 약점을 신랄하게 비판하며 제도화된 종교와 종교의 잔인한 박해 역사를 논함에도 불구하고 무신론자라기보다는 불가지론자에 더 가깝다는 생각이 든다. 러셀은 1948년에 BBC방송에서 코플스턴 신부와 「하나님은 존재하는가」라는 대담을 하면서 "나의 입장은 불가지론 쪽입니다"(『나는 왜 기독교인이 아닌가』, 245쪽)라고 분명히 밝히고 있다.

러셀이 정치에 흥미를 느끼고 1911년 자유당 후보로 의회의원에 출마한 적이 있었다. 자유당 연합회에서 연설하기 전 그는 공식적인 질의 응답을 했다고 다음과 같이 적고 있다.

질문: 당신은 영국 국교회 신자입니까?
대답: 아닙니다. 나는 비국교도로 자랐습니다.
질문: 그럼 지금도 그렇습니까?
대답: 아니오, 지금은 그렇지 않습니다.
질문: 그렇다면 당신을 불가지론자로 생각해도 됩니까?

대답: 네, 그렇습니다.

질문: 가끔 교회에 나갈 생각은 있으신가요?

대답: 아니, 절대 없습니다.

질문: 당신의 아내는 가끔 교회에 나갈 의사가 있을까요?

대답: 아니오, 안 나갈 겁니다.

질문: 당신이 불가지론자라는 사실을 세상에 밝힐 건가요?

대답: 아마 그럴 겁니다.

『자서전』상, 359~360쪽)

이 질의 응답 결과 러셀은 물론 공천을 받지 못했다. 러셀은 분명 무신론자라고 여겨지는데 자신은 왜 계속 불가지론자라고 주장하는가? 그렇다면 그는 무교회 신앙주의자인가? 물론 아니다.

그러나 여기에 난점이 있다. 치열하고 조롱조로 기독교를 비판할 때에 분명한 무신론자처럼 보이는데 왜 자신은 계속 불가지론자라고 언명하는가이다. 이것은 분명 러셀 자신이 정신적 분열, 적어도 마음속 깊은 곳에 치열한 모순, 자가당착, 역설이나 아이러니를 지녔기 때문이다.[5] 러셀은 자신을 무신론자라고 부를 때도 있었다. 하나의 에피소드로 러셀의 딸은 아주 종교적이었고 사위는 선교 사역을 준비하고 있었다. 아프리카 우간다로 선교사의 부름을 받고 떠났던 딸과 사위에게 별로 공감하지는 않았지만 러셀은 그 부부가 영국으로 귀환하기 전에 송금하려고 은행에 갔다. 그러자 은행 직원들

---

5) 러셀은 그리스를 방문하여 그곳의 작은 교회를 방문하면서 자신의 소회를 다음과 같이 적고 있다: "나는 그리스에 가 본적이 없었으므로 보는 것마다 아주 흥미로웠다. 그런데 놀라운 면이 하나 있었다. 만인이 경탄하는 그 위대하고 확고한 위업에 감명을 받은 후 나는 그리스가 비잔틴 제국의 일부였던 시대에 지어진 어느 작은 교회로 들어갔다. 그런데 놀랍게도 파르테논 신전이나, 기타 이교도 시대에 지어진 그리스 건물들보다 그 작은 교회가 더 편안하게 느껴지는 것이 아닌가. 기독교적 시각이 내가 생각한 것보다 훨씬 확고하게 나를 붙잡고 있다는 것을 그때 깨달았다. 그것은 내 믿음이 아니라 내 감정을 붙들고 있었다. 그리스가 현대화된 세계와 다른 점이 있다면, 그것은 주로 [기독교적] 죄책감이 없다는 것과 연관되어 있다는 생각이 들었다. 그리고 나 자신도 비록 믿음의 측면은 아니지만 감정적으로 그러한 죄책감의 영향을 크게 받고 있다는 것을 발견하고 다소 놀랐다." (『자서전』하, 299쪽)

은 송금을 요구하는 러셀을 보고 모두들 씩 웃거나 비웃기까지 했다고 한다. 왜냐하면 "늙고 확고한 무신론자가 복음의 대리인이 되려 하는 사람들[딸과 사위]을 도와주려" 했기 때문이었다.(『자서전』 하, 370쪽)

6

지금까지 필자는 나름대로 버트런드 러셀을 '진단'하였지만 이것도 확실하게 자신 있는 것은 아니다. 허나 어떻게 "처방"할 것인지가 더욱 큰 문제이다. 필자가 처방을 내리기 전에 우선 자서전에서 러셀 자신이 소개한 주위 사람들의 충고를 들어보자. 러셀은 어린 시절 지극한 사랑을 나누던 할머니의 축복 기도를 충분히 받으며 자랐지만 안타깝게도 은혜는 받지 못했다. 불행하게도 러셀은 하나님의 사랑을 거부한 것이다.

> 내일이면 내가 떠나기 때문에 오늘 할머니께서 새 생활로 접어드는 나를 위해 아름다운 기도를 올려주셨다. 그중에서도 특히 생각나는 구절은 "우리 아이가 하나님의 무한한 사랑을 느끼도록 특별히 가르쳐 주옵소서"라는 것이었다. 그것은 나로서도 진심으로 '아멘'이라고 할 수 있는 기도이며 내게 가장 절실히 필요한 것 가운데 하나이기도 하다. 그러나 하나님에 대한 내 생각에 따르면 그가 우리를 사랑한다고 볼만한 특별한 이유를 찾을 수 없다. 하나님은 인간이라는 기계를 만들어 작용하도록 시동만 걸어 놓고는 각자 필요한 결과를 낳도록 내버려두었을 뿐이다. … 따라서 나로서는 하나님이 나에게 친절하다고 믿을 이유를 찾을 수 없다. 오늘은 기도의 소박한 아름다움과 기도하시는 할머니의 진지한 태도에 진심으로 감동받기는 했으나 전반적으로 다소 엄숙한 광대짓에 불과하다고 느꼈다. (『자서전』 상, 84~85쪽)

러셀은 살아 있는 동안 내내 하나님의 임재와 사랑을 느끼거나 찾지 못하고 "한때 우리 짧은 생의 위안이었고 여림과 고통의 피난처였던 신은 무대에서 자취를 감추어 버려, 어떤 망원경이나 어떤 현미경으로도 그를 찾아내지 못하지요 … 삶이란 것은 지구상에서 인간이란 벌레들이 잠시 번식하는 것, … 패배와 죽음 외에는 확실한 것이 아무것도 없습니다"(『자서전』 하, 107쪽)라고 탄식하였다.

러셀은 폴 에드워드가 1957년 러셀의 종교에 관한 글들을 모아 『나는 왜 기독교인이 아닌가』라는 단행본을 출간하자 저자 서문에서 다음과 같이 다시 한 번 종교에 대한 평소의 견해를 확고히 했다.

> 최근 몇 년 사이에, 내가 과거에 비해 종교적 정통화를 덜 반대하게 되었다는 소문이 나돌았다. 이러한 소문은 전혀 근거 없는 얘기다. 나는 세계의 모든 위대한 종교들—불교, 힌두교, 기독교, 회교, 공산주의—에 대해, 진실이 아닐 뿐 아니라 해로운 것들이라고 생각한다. (11쪽)

합리주의자이자 자유주의자인 러셀이 모든 종교를 "진실"이 아닌 동시에 "해로운 것"이라고 싸잡아 비난하는 위의 말은 지극히 플라톤적이다. 서양의 합리주의 철학의 원조인 플라톤이 자신의 이상국가에서 시(문학)를 추방한 첫째 이유는 시가 현실(실재)과 멀리 동떨어진 사실이 아니라 거짓말(허구)이기 때문이다. 지식과 진리를 얻는 방식을 다루는 철학에 비해 인식론적으로 열등하다는 것이다. 둘째, 시는 도덕 윤리적으로도 해롭다고 했다. 특히 젊은이들에게 비이성적인 사유를 심어주기 때문이다. 러셀의 종교에 대한 이런 비판[진실이 아니고 해로운 것]은 문학을 새롭게 봄으로써 스승인 플라톤을 극복한 아리스토텔레스의 방식으로 비판할 수 있다. 아리스토텔레스는 문학의 근본적인 문제를 인간의 모범 본능에서 찾는다. 인간은 실재를 모방함으로써 즐거움을 느낀다는 것이다. 문학에서의 모방은 오히려 실재를 새롭게 재현하며 좀 더 그럴듯하게 개연성(probability)을 줄 수 있다. 그러므로 문학은 거짓말이기보다 개연성 있는 꾸며낸 이야기일 뿐이다. 철학에서 말하는 실재를 그대로 그려내는 것이 아닌 허구라는 담론 체계라고 볼 수 있다. 이것은 오히려 실재에 가깝거나 실재보다 나을 수도 있다. 허구지만 실재보다 더 진실일 수 있다는 이야기이다. 중요한 것은 비록 허구라도 개연성이 있으므로 믿는 것이 필요하다. 종교의 문제도 "진실"만의 문제가 아니라 "믿음"의 문제가 아닌가.

플라톤이 문학을 도덕적으로 해롭다고 선언한 것에 대해 아리스토텔레스는 플라톤처럼 윤리적 접근이 아니라 심리적 접근을 시도함으로써 스승이 빠진 오류에서 벗어날 수 있었다. 아리스토텔레스는 비극(문학)이 "동정심과 공포"를 통해 관객이나 독자들에게 하나의 정신적 카타르시스(정화작용)를 가져온다고 말함으로써 문학의 효용성을 지지하였다. 공자는『시경』에서 시의 효용을 "사무사"(思無邪)라 규정하여 카타르시스와 유사한 개념을 피력하였다. 그러므로 지나친 단순화를 무릅쓴다면 이성에만 토대를 둔 철학자인 플라톤과 러셀에 저항하기 위해 아리스토텔레스를 원용하는 것은 종교는 문학처럼 도덕적으로 유해하기보다 오히려 척박한 시대의 고단한 삶 속에서 고통받는 영혼들을 치유하는 힘이 있다. 모든 종교와 문학을 같은 범주에 두는 것이 정확한 것은 아니다. 그러나 인간의 로고스, 파토스, 에토스의 균형을 생각할 때 러셀은 지나치게 로고스만을 강조하는 인상을 지울 수 없다.

7

러셀은 1967년부터 1969년에 3부에 걸쳐 출간한『자서전』의 "나는 무엇을 위해 살아왔나"라는 부제가 붙은 프롤로그에서 다음과 같이 웅변적으로 말한다.

단순하지만 누를 길 없이 강렬한 세 가지 열정이 내 인생을 지배해 왔으니 사랑에 대한 갈망, 지식에 대한 탐구욕, 인류의 고통에 대한 참기 힘든 연민이 바로 그것이다. 이러한 열정들이 마치 거센 바람과도 같이 나를 이리저리 제멋대로 몰고 다니며 깊은 고뇌의 대양 위로, 절망의 벼랑 끝으로 떠돌게 했다. …

사랑과 지식은 나름대로의 범위에서 천국으로 가는 길로 이끌어 주었다. 그러나 늘 연민이 날 지상으로 되돌아오게 했다. 고통스러운 절규의 메아리들이 내 가슴을 울렸다. 굶주리는 아이들, 압제자에게 핍박받는 희생자들, 자식들에게 미운 짐이 되어버린 의지할 데 없는 노인들, 외로움과 궁핍과 고통 가득 찬 이 세계 전체가 인간의 삶이 지향해야 할 바를 비웃고 있다. 고통이 덜어지기를 갈망하지만 그렇게 하지 못해 나 역시 고통받고 있다. 이것이 내 삶이었다. 하지만 나는 그것이 살 만한 가치가 있다는 것을 알았으므로 만일 기회가 주어진다면 기꺼이 다시 살아 볼 것이다. (『자서전』상, 13~14쪽)

러셀은 지식의 면에서는 "약간의 지식"을 얻는 데 성공했고 사랑의 면에서도 "결국 그것을 찾아냈다"고 선언했다. 생의 후반부에 만난 여인 이디스(Edith)에게서 사랑을 찾았다고 그녀에게 보낸 시에서 적고 있다: "오랜 세월을 두고/나는 평온을 찾아 애썼노라. … 광기와 마주쳤고/외로움에 떨었노라, … 그러나 끝내 찾지 못하였노라./이제 늙어 종말에 가까워서야/비로소 그대를 알게 되었노라/그토록 오랜 외로움의 세월 끝에,/나는 인생과 사랑이 어떤 것인지 아노라…."(『자서전』하, 제사) 우리는 러셀이 자신이 늙어 네 번째로 만난 여인을 통해 사랑을 찾았노라고 하는 말을 믿어야겠지만 너무 안이한 결론이 아니었을까? 러셀은 자신이 일생 동안 갈구한 사랑을 여인에게 찾았다고 선언하지만 자신을 속이는 것은 아닌지 모르겠다. 그렇다면 이전에 한때나마 열렬히 사랑하여 결혼했던 여인들은 무엇이란 말인가? 러셀은 어떤 면에서 솔직하지 못한 것이다. 러셀은 지식 분야에서 약간이나마 이룩한 것을 사랑에서도 얻었다고 주장하여 자신의 삶은 실패가 아니라고 말하고 싶었을 것이다.

그러나 러셀이 특히 끔찍한 제1차 대전(1914~1919)을 경험하고 커다란 사상적 변모를 겪으면서 품었던 "인류의 고통에 대한 참기 힘든 연민" 문제는 어떤가? 이것을 위해 그가 저술 활동과 사회참여를 통해 6개월간 감옥까지 가는 등 인생 후반기에 열심히 노력한 것은 사실이다. 추상적인 수학자이며 논리적인 철학자 러셀이 현실 사회에서 운동권으로 살아갔다는 것은 러셀의 생이 얼마나 치열했는가를 보여주어 감동적인 것도 사실이다. 그러나 그는 결국 자신의 고백처럼 이 문제를 해결하지 못했고 계속해서 고통받았다. 그러나 러셀은 안이하게 그런 삶이라 해도 "살 만한 가치"가 있다고 결론 내린다. 고통받는 삶에서 살만한 가치로의 비약은 너무 심하다. 물론 인간적인 노력도 필요하고 약간의 성공도 있겠지만 궁극적으로 실패할 수 없다는 점이 가장 중요하다. 러셀은 80세 생일을 맞아 자서전의 저자 후기로 붙인 「내가 믿는 것들」이란 글에서 최종 결론의 문장 "비록 끔찍한 것들로 가득 찬 세상이지만 세상이 나를 흔들리지 못하게 만들었다"(『자서전』하, 563쪽)고 큰소리치고 있다. 그러나 그의 자서전의 전체 분위기와 맞지 않는 이런 결론도 서둘러 자신의 생이 굳건한 신념 위에 있었다는 것을 보여주기 위한 마지막 몸부림이 아니었을까?

러셀은 빅토리아 시대의 낙관적 진보주의자이며 자유주의자였고 이성과 과학만을 믿는 극단적 "이성"주의자였고, 논리와 수학에 근거한 기계적 세계관을 이룩하려는 엄격한 논리실증주의자였다. 그러나 러셀은 인생 후기에 접어들자 논리에서 현실 문제로 옮아갔고 구체적인 삶의 문제에 대한 관심을 통해 열렬한 현실참여주의자가 되었다. 그러나 그는 지적, 논리적 영역에서 삶의 "궁극적 문제"를 다루는 영적 초월적 영역에 대한 논의로 넘어가지 못하고 주저앉았다. 지성에서 영성으로 옮아가지 못했다. 러셀의 생의 마지막 관심사였던 "삶의 고통에 대한 연민"의 문제도 발로 뛰었던 현실 참여를 통해 시원하게 해결하지 못했다. 그는 삶의 고통을 현실 참여의 분주함 속에서 잠시 잊었을 뿐이다.

러셀은 다시 말해 지식의 문제에 매달린 근대적 문제의식에서 못 벗어나 영혼의 문제에 새롭게 관심을 가지는 탈근대적 문제의식에 도달하지 못한 닫힌 근대 지식인이었지 열린 탈근대 영성인은 아니었을지도 모른다. 러셀은 수학 연구로부터 시작하여 수많은 문제에 대해 사유하고 연설하고 저술하였지만 자신은 모순, 갈등, 동요, 불신에 빠져 "유령"으로 변했다.

> 그 결과 나는 유령 같은 존재가 되어 세상과 접촉을 하지 못한 채 여기저
> 기 떠다닌다오. 내가 다른 사람들과 아주 가까워졌다고 느낄 때조차도 내면
> 의 어떤 것이 신의 영역에 속하겠다고 고집하면서 지상의 친교로 진입하기
> 를 거부하는 듯하오. 신의 존재를 가정한다면, 나는 겨우 이런 식으로 그것
> 을 표현할 수 있을 뿐이오. 참으로 이상하지 않소? 나는 이 세상은 물론 그
> 속에 있는 많은 것들과 사람들을 열렬히 좋아하는 사람이오. 그럼에도 불구
> 하고 … 이승의 영역에서 벗어난 어딘가에서 온 유령이 항상 내게 무슨 말
> 을 해 주고, 나는 그 참뜻도 이해하지 못하면서 세상에 대고 되풀이해 말해
> 야 하는 운명인 듯 느껴지오. 그러나 내가 스스로 유령인 양 느끼게 되는 이
> 유는 유령의 말을 듣고 있기 때문이오. (『자서전』 상, 544~545쪽)
>
> …
>
> 유령처럼 세상을 떠돌며 남들 귀에 들리지 않는 말을 지껄이고, 다른 별
> 에서 떨어진 존재인 듯 방황할 때, 그 엄청난 외로움을 나는 잘 아오. (『자서
> 전』 상, 572쪽)

"성령"으로 인도되지 못한 러셀의 영혼은 "유령"이 되어 이 세상을 떠다
닐 수밖에 없다. 인간의 지식과 이성으로 모든 것을 해결하려는 지성주의와
과학주의는 한계를 가질 수밖에 없다. 인간 문제들에 대한 인간중심적 해결
은 섣부른 낙관론을 가져올 수 있다. 인간의 사유 능력을 지나치게 믿고 이
성과 과학에 대해 맹신에 빠지게 되면 인간적으로 가능한 것과 불가능한 것
의 경계가 흐려지고 인간 능력에 대한 겸손은 사라지고 지적 교만과 편견이
생겨나기 쉽다.

오늘날 우리가 러셀로부터 배우는 것은 긍정적인 면과 부정적인 면을 가
진다. 그의 탁월한 지적 사유 능력과 다양한 분야에서의 열정적인 저술 작
업은 놀랍기만 하다. 그러나 그가 맹목적인 이성주의와 지나친 인간중심주
의에 빠진 것은 무척 안타까운 일이다. 결론적으로 근대 지식인인 러셀에게

서 가장 감동적인 부분은 그가 삶과 역사의 문제를 단순하게 결정짓지 않고 언제나 복합적으로 사유했다는 점이다. 영국적 경험주의의 맥락에서 끝까지 순수 이성주의에 함몰되지 않고 대화적 상상력을 가졌던 그는 역동적인 위험한 균형을 유지할 수 있었다. 지식인이었던 그의 치열한 영적 갈등이 바로 그것이다. 앞으로 우리는 그에 대한 이러한 새로운 인식을 가지고 본고에서 다룬 두 권의 저서 이외 많은 관련 저서들을 포함시키어 그의 방대한 학문과 사상의 의미, 그의 지성사적 위상을 다시 한 번 점검해보아야 할 것이다. 이 글은 기독교를 부정하는 무신론자 또는 불가지론자로서의 러셀 중 누가 더 옳은가를 논쟁하는 자리가 아니라 러셀의 영적 갈등의 치열함을 인식하며 그의 고뇌를 이해하고 그를 다시 읽고 그의 지성자적 위상을 재평가하기 위한 자리이다.

6장 들뢰즈, 경험주의, 그리고 영미 문학

현대의 예술 작품은 이것이 되었다가 저것이 되었다가 다시 저것이 되었다가, 여하튼 우리가 원하는 모든 것이 될 수 있다. 이 예술 작품의 특징은 바로 우리가 원하는 것이라면 뭐든지 된다는 점, 우리가 원하는 바대로 스스로를 중층적으로 결정한다는 점이다. 왜냐하면 이 예술 작품은 작동하니까. 현대의 예술 작품은 기계이며 그러므로 작동한다.

—들뢰즈, 『프루스트와 기호들』

1. 들어가며: 푸코를 통한 들뢰즈/가타리 처음 만나기

서구의 수많은 철학자, 사회학자, 역사가들은 왜 예술에 주목하는가? 푸코, 리오타르, 바르트, 들뢰즈, 데리다, 로티, 에코 등 많은 탈근대론자들은 왜 아방가르드 문학에 열광하는가? 아마도 이들은 자신들의 철학적, 이론적 기본 가설을 위해 예술가들의 이론과 실천에서 어떤 통찰력을 얻어내는 것이리라. 이들은 아방가르드 예술에서 저항, 위반, 개입, 전복, 쇄신, 차이, 비판, 창조 등의 정신을 얻어내고 있다. 이들은 심지어 예술적 광기, 비-이성, 추상화, 초현실화, 극소화 등을 통해 기초 담론 질서와 체계, 더 나아가 소위 "근대적 기획"에 "탈"을 내어 탈근대로 나아가려는 것은 아닌가? 오늘 우리는 들뢰즈를 논의함으로써 "문학의 위기" 시대에 어떤 문학적 사유가 가능한지 점검해보자. 문학을 공부하면서 오히려 문학의 잠재된 힘을 무시했던 것은 아닌지 다시 한 번 생각해보면서 말이다.

들뢰즈(1925~1995)와 푸코(1926~1984)는 70년대부터 서구 "근대"의 질병들을 광정하기 위해 포스트구조주의 이론으로 무장한 탈근대 이론가들이다. 1962년에 처음 만난 들뢰즈와 푸코는 서로 깊은 인간적 교류뿐만 아니라 이론적으로도 서로 영향을 주고받았다. 푸코는 "20세기는 들뢰즈의 세기로 알려질 것"이라고 선언하였다. 그것은 개인의 주체의 해체, 본질적인 것의 소멸, 서구 합리적 이성의 거부, 주변부 타자의 개념을 중심으로 한 들뢰즈의 사유가 당시 많은 새로운 프랑스 이론가들에게 이미 커다란 영향을 끼치고 있었기 때문이었을 것이다. 흔히 "프랑스의 니체"라고 불리는 푸코와 마찬가지로 들뢰즈의 철학적 대부도 니체였다. 니체를 통한 들뢰즈 필생의 철학적 기획은 다음의 세 가지였다.

(1) 서구 합리성의 전통적 원리들에 저항하는 비판 철학 세우기
(2) 부정의 부정 변증법을 대치하는 긍정의 철학 만들기
(3) 영원 불멸을 추구하는 이데아 철학을 전복하는 생성의 철학 행하기

들뢰즈는 푸코를 "19세기에서 완전히 벗어났다는 점에서 가장 완전한, 아마도 유일한 20세기의 철학자"로 평가하였다. 푸코는 『앙띠-오이디푸스』 영역판(1977)의 서문을 써주었고, 들뢰즈는 푸코의 『감시와 처벌』에 대한 서평을 해주었다. 그리고 들뢰즈는 1986년에는 자신과 푸코와의 차이를 드러내기 위해 『푸코』(국내에는 『들뢰즈의 푸코』라는 제목으로 1995년에 번역됨)를 출간했다. 푸코의 뒤를 이어 들뢰즈는 파리8대학의 철학 교수가 되었고, 1984년 푸코의 장례식에서 조사를 읽었다.

어떤 의미에서 들뢰즈와 푸코는 서로 존경하고 있었음에도 공동 작업은 별로 하지 않았지만 많은 새로운 개념들을 공동으로 창출해내었다고 해도

과언이 아니다. 들뢰즈와 푸코가 영향을 가장 많이 받은 철학자는 프리드리히 니체이다. 이 두 사람은 갈리마르 출판사에서 출간한 니체 프랑스어 번역 작업의 책임을 맡았고, 피에르 클로소프스키(Pierre Klossowski, 1902~)가 프랑스어로 번역한 니체의 『학문의 즐거움』에 공동 서문을 썼다. 푸코와 들뢰즈는 1972년 3월에 한 잡지 특별호에서 "지식인과 권력"이라는 중요한 대담을 하기도 하였다. 니체에 관한 들뢰즈의 해석은 푸코가 초기의 "고고학"(archeology)의 개념을 버리고 후기의 "계보학"(genealogy)이라는 새로운 개념의 방법론을 채택한 계기가 되었다. 특히 『앙띠-오이디푸스』(1972)는 푸코의 후기 저작에 많은 영향을 끼쳤다. 물론 푸코의 "광기"의 역사 연구에서 얻은 통찰력으로 들뢰즈(와 가타리)는 정신분석학을 새롭게 전복적으로 해석하는 계기를 마련하였다. 어떤 의미에서 푸코의 "권력" 개념은 들뢰즈를 통한 니체의 영향이라고 볼 수 있으며, "유목의 정치학"(nomadic politics)과 "미시정치학"(micropolitics)이라는 개념도 들뢰즈의 공저자인 펠릭스 가타리의 영향에서 나온 개념이다. 그러나 들뢰즈는 신역사주의의 토대가 된 푸코의 역사 담론의 실천을 연구하는 경험주의적 방법을 채택하지 않았다. 들뢰즈의 관심은 개념을 창조하는 철학 자체를 소생시키는 것이었다.

푸코는 『성의 역사』 제2권을 쓴 1977년 이후에 "쾌락의 윤리학"에 관심을 가졌고 들뢰즈는 "욕망의 정치학"에 더 많은 관심을 가지게 되면서 관심의 영역이 서로 달라졌지만 이것은 개인적이라기보다는 전략적인 것이다. 어떤 의미에서 푸코와 들뢰즈는 철학자로서 서로 다른 영역이지만 결국은 같은 문제와 개념들을 가지고 씨름했다고 볼 수 있다. 이제 독자들에게 편자가 이 서문을 푸코로 시작하는 이유가 명백해졌으리라 믿는다.

푸코는 1970년에 들뢰즈에 관한 서평을 썼다. 이 유명한 서평은 프랑스의 1968년 5월 혁명 이후 철학자 들뢰즈가 비로소 독창적인 목소리를 내기 시작했다는 평을 받은 『차이와 반복』(1968)과 『의미의 논리』(1969)에 관한 장문의 서평이다. 「철학 극장」이라는 제목이 붙은 이 서평은 단순한 서평이라기보다 들뢰즈 철학과 사유에 대한 아주 중요한 첫 번째 논문이며 평가이다. 이 서평에서 푸코는 들뢰즈적 "사유"의 핵심적 특징을 다음과 같이 잘 지적해내고 있다.

> 차이를 해방시킨다는 것은 모순 없는, 변증법 없는 그리고 부정 없는 사유를 요구한다. 다양성을 수용하는 사유, 이접(離接)을 도구로 사용하는 긍정적 사유이다. 즉 복합적인 것의 사유, 유사성의 제약에 의해 제한받거나 구속받지 않는 노마드적이고 분산된 복합성의 사유, 교육적 모델(대답이 이미 준비되어 있는 속임수)과 일치하지 않는 사유, 그러나 해결되지 않는 문제에 도전하는 사유, … 치환되어 반복의 유희 안에 내재하며 그 안에 존재하는 예외적인 지점들의 복합성을 표현하는 사유, 우리의 답변을 보다 높은 어떤 경지에 영원히 남겨두는 이데아의 여전히 불완전하고 희미한 이미지가 결코 아닌 그 문제는 이미 이데아 그 자체에 내재해 있다. 아니 오히려 이데아는 그 문제의 형태 안에만 존재한다. 그럼에도 불구하고 불명확성이 계속되고 질문이 끊임없이 제기되는 명백한 복합성. 질문에 대한 답은 무엇인가? 문제. 문제는 어떻게 해결되는가. 문제를 치환함으로써 가능하다. 제3의 것을 배제하는 논리를 통해서는 문제에 접근할 수 없다. 왜냐하면 그것은 분산된 복합성이기 때문이다. 그것을 데카르트적인 관념의 명백한 구별들에 의해서는 해결할 수 없다. 왜냐하면 하나의 관념으로서 그것은 애매하게 구별되기 때문이다. 그것은 헤겔적인 부정성의 진지함과 상응하지 않는다. 왜냐하면 그것은 복합성의 긍정이기 때문이다. 그것은 존재와 비존재의 모순에 종속되지 않는다. 왜냐하면 그것은 존재이기 때문이다. 우리는 변증법적으로 문제 제기하고 답하기보다는 문제적으로 사유해야 한다. (*Foucault*, 185~186쪽)

내가 처음 접한 들뢰즈의 저작은 들뢰즈/가타리의 공저로, 마르크스와 프로이트를 전복적으로 절합시키려는 그들의 야심 찬 프로젝트인 『앙띠-오이디푸스』였다. 자본주의와 정신분열증이라는 부제가 붙은 이 책은 나의 마음을 끌었다. 무엇보다 미셸 푸코의 「머리말」이 특히 재미있었다.

푸코는 『앙띠-오이디푸스』를 새로운 이론을 논하는 책이라기보다 "에로 예술"로 보고 있다. 다시 말해 에로 기술, 이론 기술, 정치 기술에 관한 책이라는 것이다. 우선 이 책이 가정하는 세 개의 적은 누구인가?

(1) 정치적 금욕주의자, 슬픈 전사, 이론의 테러리스트: 이들은 정치학과 정치담론의 순수 질서를 유지하고자 하는 사람들이다.
(2) 욕망의 서투른 기능공들, 모든 기호와 증상의 정신분석학자들과 기호학자들: 이들은 욕망이라는 다양체를 구조와 결여라는 두 개의 법칙에 종속시키는 사람들이다.
(3) 주적(主敵) 파시즘: 이들은 히틀러와 무솔리니처럼 대중의 욕망을 효과적으로 동원해서 사용하는 역사적 파시즘뿐만 아니라 우리를 둘러싸고 있는 권력을 사랑하게 하고 우리를 지배하고 착취하는 바로 그것을 욕망하도록 하는 파시즘이다. (xii~xiii쪽)

푸코에게 이 책은 "윤리학의 책"이 되며 "앙띠-오이디푸스가 되는 것은 사유하고 살아가는 방식인 삶의 양식이 되는 것이다." 따라서『앙띠-오이디푸스』는『비파시스트적 삶을 위한 개론』이며 일상생활의 안내서이다. 이러한 반파시스트적 운동을 위해서, 즉 우리 마음속의 파시즘을 척결하기 위해 예술, 특히 문학은 가장 효과적인 전쟁 기계가 되는 셈일까?

– 모든 단일하고 총체적 편집증으로부터 정치적 행동을 해방시키기.
– 확산, 병치와 이접에 의해 행동, 사유와 욕망을 발전시키기.
– 서구 사상이 가지는 부정적인 오래된 범주로부터 철수하기. 그리고 생산적인 것은 정태적인 것이 아니라 유목민적이라는 것을 믿기.
– 전투적이 되기 위해 우리는 슬퍼해야(엄숙해야) 된다고 생각하지 않기.
– 사유를 진리 속의 정치적 실천의 토대를 놓기 위해 사용하지 않기. 정치적 실천은 사유를 강화하기 위해 사용하고 문학은 정치적 행동의 개입을 위해 형식들과 영역의 복합자로서 사용하기.
– 정치를 개인의 "권리"를 복구하기 위해 사용하라고 요구하지 않기. 필요한 것은 복합화, 전위, 다양한 조합의 수단을 통해 "탈개인화하기".

－ 권력에 매혹되지 않기.

　편자가 푸코의 머리말을 이렇게 장황하게 소개하는 이유는 푸코가 들뢰즈와 가타리의 철학, 나아가서 그의 문학예술론의 핵심을 찌르고 있다고 생각되기 때문이다.

　다음으로 필자는『앙띠－오이디푸스』의 자매편인『천 개의 고원』(1980)의 일부를 읽게 되었다. 서론과 결론을 제외하고는 장의 순서도 제멋대로 조립되어 있어 읽어야 할 순서가 따로 없었다. 특히 이 책의 서론에서 전개되는 "리좀"에 관한 논의는 들뢰즈와 가타리의 문학에 관한 가장 핵심이 되는 부분이라 여겨진다. 리좀에 토대를 둔 책에 관한 파격적 논의는 자신들의 책에 대한 옹호이기도 하다.

　　한 권의 책이란 객체도 아니고 주체도 아니다. 책은 다양하게 형성된 질료들과 아주 다른 날짜들과 속도로 만들어진다. 책을 하나의 주체에로만 돌리는 것은 질료들의 이러한 작용과 질료 관계의 외재성을 무시하는 것이다. … 모든 사물에서와 같이 한 권의 책에서 절합 혹은 선분성의 선, 성층 그리고 영토들이 있다. 뿐만 아니라 탈주의 선이고 탈영토화와 탈성층화의 움직임이 있다. … 이 모든 것 선들과 측정할 수 있는 속도가 하나의 **배치**를 구성한다. 책이란 이런 종류의 **배치**이다. 그리고 그 자체가 원인을 찾을 수 없다. 책은 다양체이다. … 책은 또한 유기체를 지속적으로 해체 분해시키는 **기관 없는 신체**와 대면하는 측면을 가지고 있다. … 책이 말하고 있는 것과 그것이 만들어지는 방식 사이에 차이가 없다. 따라서 책이란 대상을 가지고 있지 않다. 하나의 **배치**로서 책은 다른 조립과의 연결 속에서 그리고 기관들 없는 다른 신체와의 관계 속에서만 존재한다. … 책이란 오로지 외부를 통해 외부 위에서만 존재한다. 책 자체는 하나의 작은 기계이다. … 우리는 문학 작가들을 너무 많이 인용한다고 비판받아왔다. 그러나 우리가 글을 쓸 때 유일한 문제는 문학 기계가 작동하기 위해 다른 어떤 기계와 틀어(끼워) 넣을 수 있고 틀어넣어야만 하는가이다. … 문학은 하나의 배치이다. 문학은 이데올로기와 아무런 관계가 없다. 이데올로기란 없고 지금까지도 없었다. … 글쓰기란 의미화하고는 아무런 관계가 없다. 그것은 앞으로 나타날 영역들을 조사하기(찾기), 지도 그리기와 관계가 있다. (*A Thousand Plateaus*, 3~5쪽)

들뢰즈와 가타리는 세 종류의 책을 소개하고 있는데 첫 번째 책은 뿌리 책(root-book)으로 전통적이고 고전적인 책 개념이다. 이 책은 고상하고 의미를 부여하고 주체적인 유기적 내재성을 가지고 있다. 그러나 두 번째 종류의 책은 잎, 줄기, 뿌리가 한 군데서 군생하는 총생 뿌리, 다시 말해 뿌리 줄기, 땅속줄기를 말하는 어린뿌리(radicle) 개념과 연결시킨다. 그러나 세 번째 유형의 책은 "리좀"과 연결시킨다. 리좀은 땅속에서 길게 옆으로 보통 아래쪽으로 뿌리를 뻗으며, 위로 싹이 돋는다. 그들은 리좀의 특징을 다음과 같이 다섯 가지로 요약하고 있다.

(1) 연결의 원리와

(2) 이질성의 원리들: "리좀의 어떤 지점은 다른 것과 연결될 수 있고 되어야만 한다. 이것은 한 지점을 기도하고 하나의 질서를 고정시키는 나무나 뿌리와는 아주 다르다."

(3) 다양체의 원리: "다양체는 주체와 객체로서 자연이나 정신적인 실재, 이미지나 세계로서 "하나"와 어떤 관계도 가지기를 중지하는 것은 다양체가 효과적으로 하나의 실체, "다양체"로 취급될 때만이다. 다양체들은 리좀적이다. 객체 속에서 주축으로 봉사하고 주체 속에서 분리하는 통일성은 없다.

(4) 의미화 단절의 원칙: "구조를 분리하거나 유일 구조를 절단시키는 과잉의 미화의 분열에 대항하여, 리좀은 절단되고 어떤 주어진 시점에서 부서질 수도 있다. 그러나 오래된 선이나 새로운 선상에서 다시 시작할 것이다." "리좀은 반계보학이다."(11쪽) "단절에 의해 리좀을 언제나 따르라: 비상의 선을 확장하고, 연기하고 연계시키라. 리좀을 다양하게 하여 … 선의 가장 추상적이며 가장 꾸불꾸불한 것을 만들 그때까지."(11쪽)

(5) 지도 제작(그리기) 원칙과

(6) 판박이 그림(decalcomania: 특수지에 그린 유화나 도안을 다른 종이, 나무, 금속, 도자기, 유리 따위에 옮김): "리좀은 어떤 구조 또는 생성 모형을 받아들이지 않는다. 리좀은 발생적(유전의) 축이거나 심층구조에 대한 개념과는 이질적이다."(12쪽) "지도는 열려 있고 모든 차원에서 연결될 수 있다. 또는 분리될 수 있고 거꾸로 바꿀 수 있다. 지속적인 면모에 민감하다." (*A Thousand Plateaus*, 12쪽)

위와 같은 "리좀"의 특징 "고원"(plateau)의 개념과도 연결된다. "고원"이란 개념은 그레고리 베이트슨(Gregory Bateson)의 『마음의 생태학』(*Steps to an Ecology of Mind*)에서 빌려온 것이다. 들뢰즈와 가타리의 설명에 따르면 "고원"이란 말은 외적인 단절에 의해 방해받지 않고 어떤 정점을 향해 건설하지도 않는 방식으로 구성된 강렬성을 가진 끊이지 않는 지역들"의 의미로 쓰인다. 한 개의 고원은 보편 내재의 한 조각이다.(113쪽) 열두 개의 장(章)은 각각 그 자체의 주제들과 개념을 가진 한 개의 '고원'이다. 이 각 고원은 다른 고원들과 통합되기 위한 것이 결코 아니고, 추상적 체계를 만들기 위한 것도 아니다. 다시 말해 이 책의 구성 원리는 "나무"가 아니고 "리좀"(뿌리줄기)이다. 이 땅속의 뿌리줄기는 땅 위의 풀(grass)과 같다. 풀은 유일한 출구이다. 다시 말해 풀은 리좀이다. 리좀은 오이디푸스적인 코드 체계, 즉 상징계로 결코 환원되지 않은 욕망의 흐름에 다름 아니다. 리좀의 리비도적인 에너지는 니체의 "권력에의 의지"(will to power)와 같은 것이다.

"리좀"과 "기관 없는 신체"를 타고 가로지르는 들뢰즈의 "유목민적 사유"는 "문학적 상상력"에 다름 아니다. 들뢰즈는 무엇보다도 반플라톤주의자이다. 들뢰즈는 서양철학의 시조 플라톤의 가장 중요한 핵심어인 "이데아"가 가져다주는 서양철학의 병폐적 한계를 "다양체"로 포획하고자 한다. 동일성에 대항하여 "차이"를 강조하고 또한 동일한 것의 단순한 반복이 아닌 차이의 "반복"을 기도한다. 따라서 처음이 있고 중간이 있고 끝이 있다는 아리스토텔레스적인 유기체론을 통해서가 아니라 언제나 "중간"(가운데, 옆구리)인 "기관 없는 신체"에서 사방으로 확산되는 다양체인 "리좀"을 통해서 현실의 잠재성으로부터 새로운 "생성"(되기)이 가능해진다. 전통적인 형이상학의 이분법적 억압성을 전복시키며 가로질러 창조를 위한 "탈주의 선"을 마련하는 것이 유목민적 사유(노마디즘)이다. 여기서 탈주의 선은 변증법이나 총체화를 해체하고 탈영토화를 실천하는 유목민적 사유의 행동 지침이다.

들뢰즈는 16세기의 데카르트, 18세기의 칸트, 19세기의 헤겔을 모두 타고 넘는다. 들뢰즈는 서양 철학사에서 이단자로 간주되었던 16세기의 네덜란드의 철학자 스피노자로부터 출발하여 18세기 영국의 경험주의 철학자 데이비드 흄과 칸트를 통해 19세기의 니체를 밟고 다시 20세기에는 앙리 베르그송을 부둥켜안고 뒹굴다가 다시 일어난다. 20세기 후반은 푸코의 지적 대로 들뢰즈의 시대였다. 21세기 또한 유럽의 중세처럼, 중앙아시아의 징기스칸의 시대처럼, 들뢰즈의 유목주의(Nomadism)의 시대가 다시 반복되고 시작되는 것은 아닌가? 세계화 시대는 실로 새로운 자본, 기술, 노동력, 문화가 전 지구적으로 대이동하는 새로운 유목민의 시대이다. 들뢰즈에게 문학은 이 새로운 시대를 살아가기 위한 "전쟁 기계"가 아닌가? 들뢰즈는 유목민적 사유와 유목민적 정치 · 경제의 시대에 예술로서의 "문학"을 전혀 새로운 "개념"으로 "작동"시키며 "생성" 기계의 가능성을 진지하게 탐구하고 "실험"하고 있기 때문이다.

2. 들뢰즈 철학의 다섯 가지 문학적 주제

들뢰즈는 프랑스의 작가 피에르 클로소프스키의 작품을 가지고 신체와 언어와의 관계를 논하면서 부정적이거나 배타적인 분리, 다시 말해 "교환과 반복의 분리, 신체에 의한 부정적이거나 숨겨진 언어와 언어에 의해 형성된 영광스러운 신체와의 분리 그리고 신의 질서와 반그리스도의 질서의 분리"(*Logic of Sense*, 296쪽)를 지적해내고 있다. 클로소프스키는 "도착(倒錯), 신학 또는 반신학의 현재적 개념의 상황들을 제시하고 있다는 점에서 아주 새로운 길을 열어주었다"고 높이 평가되고 있다.(282쪽) 여기에서 재미있는 것은 들뢰즈가 궁극적으로 신의 질서와 반그리스도의 질서를 대비시키고 있다는 점이다. "신의 질서"는 "궁극적 토대로서의 신의 동일성, 기초가 잘 되어 있는 행동인으로의 개인의 동일성, 토대로서의 신체의 동일성, 그리고 다른 모든 것을 의미화(표시)하는 힘으로서의 언어의 동일성"을 유지시키는 것이다.(292쪽) 그러나 현대에 일어나고 있는 신의 죽음은 반그리스도의 질서를 가져온다. 이 새로운 질서는 신의 질서의 정반대로 모든 동일성의 토대는 무너진다. "세계의 파괴, 개인의 해체, 신체의 분해, 언어의 표류하는 기능." 이것들은 이제 철학의 주제가 되었고 나아가 문학의 주제가 되었다.

들뢰즈의『비평과 진단』을 영어로 번역하고 탁월한 서문을 쓴 대니얼 W. 스미스는 들뢰즈의 이 말을 확장시켜 들뢰즈와 문학론을 신의 죽음에서 파생되는 불가피한 다섯 가지 결과물로 나누었다.(xxiv~lvi쪽) 그것은 세계의 파괴, 주체의 해체, 신체의 분해, 정치학의 소수화(미시정치학), 언어의 "더 듬거림"이다. 이제부터는 스미스를 통해 이 문제들을 구체적으로 소개해보기로 하자.

1) 세계의 파괴(특이성들 singularities과 사건들 events)

세계는 이제 더 이상 단일한 유기적인 체계가 아니라 다양하게 분기하는 "무질서한 우주"(Chaosmos = chaos + cosmos)이다. 여기에서 등장하는 개념이 다성성과 복합성이다. 들뢰즈는 이 개념을 "하나의 특이성이 수많은 방식으로 다른 것과 연결될 수 있는 리좀"으로 표현하고 있다.

> 나무는 혈연관계이나 리좀은 유일하게 결연관계이다. 나무는 동사 "존재한다"를 부과하지만 리좀의 조직은 "그리고 … 그리고 … 그리고 …"의 연접이다. 이러한 연접은 "존재한다." 동사를 흔들고 뿌리를 뽑는 충분한 힘을 가지고 있다. 어디로 가는가? 어디에서 오는가? 어디로 향하는가? 이러한 질문들은 전적으로 쓸모없는 것들이다. 백지상태를 만들기, 0에서부터 다시 시작하기, 시작에서 토대를 추구하는 것—이것들은 항해와 운동에 대한 잘

못된 개념을 암시한다. … 그러나 … 미국 문학 그리고 이미 영국 문학은 … 서로들 사이로 이동하고 그리고의 논리를 수립하고, 존재론을 전복시키고, 토대들을 없애버리고, 끝과 처음을 무효화시키는 방법을 알고 있다. 영미 문학은 화용론을 실천하는 방법을 알고 있다. (*A Thousand Plateaus*, 25쪽)

이것은 특히 언어의 이접적 종합(disjunctive synthesis)으로 나타난다. 들뢰즈는 다양한 유형의 "혼성어"(Smog = smoke + fog)들을 만들어내는 19세기 영국 작가 루이스 캐럴을 그 예로 들고 있다. 20세기 아일랜드의 소설가 제임스 조이스의 『율리시즈』나 『피네건의 경야』는 "무질서한 우주"(Chaosmos)의 좋은 예로 제시되고 있다. 이 세계의 모든 현상은 특이성으로 이루어진 하나의 "사건"(event)이다. 특이성이란 "어떤 과정 속에 놓아도 반복될 수 없는 전환점"을 뜻한다.

2) 주체의 해체(정동 affect과 지각 percept)

단일한 질서 정연한 세계가 파괴됨에 따라 개인 주체도 모나드적 주체(monadic subject)에서 유목민적 주체로 해체된다. 즉, 모나드학(monadology)은 노마드학(nomadology)이 된다. 개인의 정신분열증화로 자아의 정체성도 해체되어 이접적이고 잡종적인 무질서한 세계에서 "되기"(becoming, 생성)의 과정으로 빠져버린다. 여기에서 "되기"란 두 개 "사이"의 "어떤 것"이며 어떤 것은 순수한 정서 또는 지각이다. 용어를 정리해보자. "되기"란 한 다양체가 다른 다양체에 의해 탈영토화될 때 다양체에 의해 겪는 "주체나 목적이 없는 하나의 과정"이다. "정서"란 "하나의 힘을 행사하는 느낌이나 감정으로 의식과 관계 속에서 정의되지 않는 감정의 순수하고 주체 이하의 상태로 정서를 불러일으키거나 영향을 받는 능력"이다. "지각"은 관찰자와의 관계에 의해 정의되지 않는 비전이나 통찰력으로 존재의 다른 양식에 대한 계시이다. 아일랜드의 극작가 사뮈엘 베케트 작품의 등장인물들은 "자아의 놀라운 해체" 속에서 모든 것을 잃고 생태학적으로 자신들을 소진시켜 가능성의 영역으로 들어간다. 여기서 자아란 "되기"의 지대이며 다양체의 공간이다. 탈주의 선을 통해 자아는 두 개의 다양체 사이의 입구이며 문, 즉 되기이다.

들뢰즈와 가타리는 『철학이란 무엇인가』에서 문학이란 정서에 다름 아니라고 전제하고 "위대한 소설가는 무엇보다도 알려지지 않은 또는 인식되지 않은 정서를 발명하여 그 정서들로 등장인물 모두의 되기(생성)를 만들어내는 예술가이다"(174쪽)라고 말한다. 바로 여기에서 삶과 문학이 만난다. 정서는 되기(생성)에 도움을 준다. 따라서 "순수한 정서는 탈주체화의 기획이다. … 삶만이 살아 있는 존재의 소용돌이치는 지대를 창출해내고 예술만이 공동 창조의 기획 속에서 그 지대에 다다르고 침투할 수 있다."(173쪽) 이러한 순수한 지각들의 예로 19세기 미국 소설가인 허먼 멜빌의 『모비 딕』에서 에이헙 선장의 "바다", 20세기 영국의 탐험가이며 작가인 T. E. 로렌스의 『지혜의 7개의 기둥』에서 아라비아의 "사막", 그리고 20세기 영국 소설가 버지니아 울프의 『댈러웨이 부인』의 런던이라는 "도시"가 있다. 따라서 "우리는 세계 속에 있는 것이 아니다. 세계와 더불어 생성된다."(169쪽) 주체의 극복을 통해 진정한 개인성을 획득할 수 있다. 왜냐하면 "우리 자신에 대한 실천만이 우리의 유일한 정체성이기 때문이다."(*Dialogues*, 11쪽)

3) 신체의 분해(강렬성intensities과 되기becomings)

주체의 해체는 유기적인 신체의 해체로 이어진다. 여기에서 들뢰즈의 유명한 "기관 없는 신체"의 개념이 뒤따른다. 기관 없는 신체란 "비생산적인 지속:강렬성이 보여지는 지역이며 기능하지 않는 욕망하는 기계이며, 모든 무의식적 과정들의 총체"이다. 들뢰즈는 20세기 프랑스의 작가 앙토냉 아르토(Antonin Artaud)에게서 이 용어를 빌려왔다. 기관 없는 신체는 "삶이라는 모형 자체이며 강력한 비유기체이고 강렬한 생명력"이다. 반면에 유기체는

"삶의 과정이 아니라 오히려 삶을 구속하는 것"이다. 따라서 여기서 강렬성은 "감각이나 느낌의 정도이며, 진동이며 생명력"이다.

들뢰즈와 가타리가 『천 개의 고원』에서 미국 문학의 지도제작적인 측면에 대하여 지적한 것을 대니얼 스미스는 다음과 같이 설명하고 있다; "동부에서는 미국적 코드의 추구와 유럽과의 재코드화가 있었고(헨리 제임스, T. S. 엘리엇, 에즈라 파운드) 남부에서는 노예제도의 폐허에 대한 덧코드화가 있었다.(윌리엄 포크너, 콜린 콜드웰, 플래너리 오코너) 북부에서는 자본주의적인 재코드화가 있었고(더스 패서스, 시어도어 드라이저), 서부에서는 심원한 탈주의 선이 있었다. 다시 말해 끊임없이 후퇴하는 한계, 변하고 옮겨진 경계, 인디언들과 문화들, 광기였다.(잭 케루악, 켄 케이시, 비트파 시인)(xi쪽)

4) 정치학의 "소수화"(화용론 speech acts과 우화 만들기 fabulation)

미시정치학은 문학의 정치적 성격의 요체이며 이것이 문학의 변혁과 혁명의 새로운 가능성이다. 문학의 정치적 책무는 파편화와 해체의 토대 위에서 새로운 토대를 구축하는 것이다. 이렇게 함으로써 기존의 주류였던 다수 종족들에게 말하기보다는 잃어버린 소수 종족들을 만들어낼 수 있다. 여기서 주류는 백인, 서구, 남성, 성인, 합리적, 이성애적, 도시민, 표준어 사용하기 등이다. 이에 반해 "소수"는 고정된 모형이 없고 그 자체가 하나의 창조적인 되기이거나 탈주하는 과정이다. 여기에서 들뢰즈 정치학의 소수화, 즉 "미시정치학"의 전략이 수립되는 것이다. 들뢰즈는 중앙 유럽인 프란츠 카프카의 『성』의 주인공인 K, 그리고 미국의 허먼 멜빌의 단편소설 『서기 바틀비』의 주인공 바틀비와 같은 등장인물들을 가진 작품을 높이 평가한다. 이들 작품은 작가의 특이성을 통해 어떤 진정한 집단적 힘을 표현할 수 있는 소수자들의 집단적 발화를 이끌어낸다는 의미에서 화용론적이다. 들뢰즈에 따르면 이들 소수자들의 자유 간접 담론은 효소나 촉매와 같은 혁명적 힘을 가질 수 있다는 것이다.

이런 맥락에서 소수자들의 문학은 또한 베르그송이 종교에서 우화 만들기로 설명하는 것, 즉 신들과 거인들을 만드는 비전적인 능력을 가진다. 들뢰즈는 우화화를 문학과 예술에서 작동하는 능력에 적용하고 정치적 의미를 부여한다. 즉 우화화 기능은 순수하고 창조적인 언표의 집단적 배치에 다름 아니다. "이런 의미에서 우화 만들기는 사람들과 예술 모두에 공통적인 기능이다."(xiv쪽) 따라서 "소수자들은 결코 기성 제품으로 존재하지 않는다. 진격하거나 공격하는 방식인 탈주의 선상에서 형성되는 것이다."(*Dialogues*, 43쪽)

5) 언어의 더듬거림(구술 syntax과 스타일 style)

들뢰즈의 "소수자 되기" 과정은 필연적으로 언어 문제와 연결된다. 들뢰즈는 특히 작가의 "말 더듬거리기"(stuttering) 효과에 주목한다. 이것은 어떤 의미에서 작가가 주류의 언어 관습에서 벗어난 새로운 외국어 또는 소수 언어를 만들어내는 작업이다. 소수자적 작가의 언어는 더듬거리는 소수자 언어이며 자본주의 사회의 탈영토화와 재영토화의 끊임없는 운동 속에서 재영토화의 포획에서 벗어나는 절대적 탈영토화의 가능성을 드러낸다. 소수자 문학은 소수자 언어로 쓰여진 문학이 아니라 주류 언어를 소수자적으로, 다시 말해 타자적으로 사용하는 문학이다. 여기에서 또다시 푸코식의 소수 언어의 미시정치학적 영역인 전복과 혁명의 가능성이 생겨난다. 작가의 언어적 더듬거림도 주류의 흐름에 개입하고 위반하는 정치적 행동이다. 들뢰즈는 사뮈엘 베케트의 글쓰기 과정을 다음과 같이 설명하고 있다.

> 베케트는 문장의 중간에 자신을 위치시키고 그 문장을 중간으로부터 성장하게 만든다. … 창조적 더듬거림은 언어를 돛같이 중간에서 자라게 만든다. 그것은 언어를 나무가 아닌 리좀으로 만드는 것이며, 언어를 끊임없이 불균형 상태로 만드는 것이다. 더듬거리지 않고 잘 말하는 것이 결코 위

대한 작가들의 눈에 띄는 특징이거나 관심사는 아니었다. (*Essays Critical and Clinical*, 111쪽)

문체(Style)는 언어를 다양하게 사용하는 방식이다. 문체는 언어의 한계를 극복하고 그 가능성을 극대화시키는 장치이다. 들뢰즈와 가타리의 말을 들어보자: "언어가 더 이상 그것이 말한 것에 의해서가 아니라 그것을 움직이고 흐르게 만드는 것에 의해 정의 내려지는 순간에 문체가 작동하는 것이다. … 왜냐하면 문학은 정신분열과 같은 것이기 때문이다. 문학은 하나의 과정이지 목적이 아니다. … 그 자체를 완성하는 순수한 과정이고 '실험'으로서의 예술로서 문학이 진행되는 동안 완성을 향해 결코 멈추지 않는 순수한 과정이다."(*Anti-Oedipus*, 133쪽)

문학은 이제 변화와 생성을 이끌어내는 거대한 쇄신의 실험 기계이다. 문학작품은 독자가 숨겨진 의미를 찾아내는 보물찾기 놀이의 정태적 대상이 아니다. 문학은 거대한 다양체로 삶의 등가물이다. 우리는 이제 문학을 가지고 편집증적으로 더욱 "순수"해진 자본주의 시대에 경계 없는 산종(散種)의 과업을 수행하는 유목민의 전쟁 기계이다. 이 고착된 문학이여! 이제 관념과 인식의 질곡을 내파(內破)시켜 무한한 외연을 향해 "탈주의 선"을 마련하라. 욕망의 생산적 해방을 통해 분열증적 생성(되기)의 전위가 되라.

20세기 최고의 "공감" 이론가인 들뢰즈는 공감, 배치, 그리고 신체와의 관계를 다음과 같이 아름답게 설명하고 있다.

작가는 자신을 발명해낸 배치(assemblages)로부터 시작하여 배치를 발명해내고 하나의 복수성(다양성)이 복수성으로 변하게 한다. 여기서 어려운 부분은 모든 비동질적 집합(set) 요소들을 수렴하도록 하는 것이고, 그 요소들을 함께 기능하도록 하는 것이다. 구조들은 동질성의 상태와 연계되어 있으나 배치는 그렇지 않다. 배치는 공통 기능하기이며 "공감"(sympathy)이며 공생이다. 가장 깊은 공감으로. 공감은 존경의 막연한 느낌이거나 정신적인 참여의 느낌이 아니다. 그 반대로 공감은 증오이든 사랑이든 신체들의 작

용이며 침투이다. 왜냐하면 증오 역시 복합물이기 때문이다. 공감은 신체이
다. 공감이 신체가 증오하던 것과 부합되지 않으면 공감은 좋은 것이 아니
다. 공감은 서로를 사랑하거나 미워하는 신체들이다. 그때마다 이러한 신체
들 속에서 그리고 이러한 신체들 위에서 사람들이 놀이(증오와 사랑) 중에
있다. 신체들은 물리적, 생물학적, 감정적, 사회적, 언어적일 수 있다:왜냐
하면 이런 것들은 언제나 신체들이거나 육체들이기 때문이다. … 우리는 …
더불어 말하고, 더불어 써야만 한다. 세계와 더불어, 세계의 한 부분과 더불
어 사람들과 함께 말이다. 말하는 것이 결코 아니라 하나의 공모, 사랑과 증
오의 충돌 말이다. 공감 속에는 판단이 없고 모든 종류의 신체들 사이에 편
리한 동의들이 있다. "원한을 많이 품은 증오로부터 가장 열정적인 사랑에
이르는 수많은 영혼의 모든 미묘한 공감들." 이것이 내적 세계와 외적 세계
사이에 마주침의 선 위에 있는 중간에 존재하는 배치이다. 중간에 존재하기.
(*Dialogues*, 51~52쪽)

거리 두기와 동일화라는 이항대립적인 덫에 걸려 있는 우리가 가야 할
길은 그 "중간"에 있다. 그것이 바로 공감이다. 인간은 이미 언제나 경험주
의자로, 다원주의자로서 배치하는 작업의 한가운데에 있다. 여기에서 인식
과 느낌의 작동 기계는 공감이다. 이것만이 주체와 객체, 자아와 세계 등 모
든 이항대립을 거대한 소화력으로 함께 배치하는 진정한 창조력이다. 따라
서 공감은 거리 두기나 동일화에 대항하는 "탈주의 선"이다. 여기서 탈주의
선은 도피나 무시가 아니다. 그것은 새로운 창조의 공간을 마련해내며 변혁
의 몸짓이다. 또한 공감은, 즉 리좀과 같은 다양체들의 배치는 추상적이며
정신적인 작업이 아니다. 그것도 몸과 몸이 서로 부딪치는 치열한 구체적인
강도 높은 하나의 "사건"이다.

구체적인 예를 들어보자. 포스트모더니즘 소설의 선구자로 불리는 18세
기 영국의 놀라운 소설가인 로렌스 스턴의 소설『감성 여행』(*A Sentimental
Journey*, 1768)에서 주인공 요릭(Yorick)이 여행하면서 여러 사람들과 만날
때 몸과 몸이 부딪치면서 좌충우돌하는 방식이 바로 들뢰즈가 말하는 신체

에 토대를 둔 "공감"의 원리이다. 이런 의미에서 감성(sentimental)은 단순히 감상이라고 폄하해서는 안 된다. 감상은 인간관계 사이의 교감의 "시작"을 작동시키는 "기계"이다. 그러나 감성의 궁극적인 지점은 공감의 지대이다. 이 공감의 지대는 들뢰즈가 지적한 대로 주체와 타자가 만나 새로운 상호 간의 창조를 이루는 중간 지대이다. 공감은 다양체들의 차이와 반복 속에서 "생성"(becoming)하고 창조할 수 있는 거대한 엔진이며 추동력이다.

18세기 후반 소위 이성과 합리주의 시대로 일컬어지는 계몽주의의 정점에 있었다. 프랑스를 여행하면서 이 소설의 주인공이 연출하는 바는 바로 거리 두기와 동일화라는 감성의 고갈에 저항하고 개입하여 위반하는 정치적 행위이기도 하다. 이것이 바로 거리 두기와 동일화의 과정에 더욱 익숙해져버린 21세기 독자들이 스턴의 기행체 소설『감성 여행』을 쉽게 무시할 수 없는 이유이다. 의지가 박약하고 주체성이 없어 보이는 주인공은 오히려 우리가 약점이라고 생각하고 웃음거리라고 여기는 바로 그러한 점들을 역전시키고 변형시켜 사랑하든 미워하든 인간들이 서로 교감하면서 교류하는 공감이라는 중간 지대를 생성하고 창조하는 "마음 비우는 능력"(Negative Capability)을 지닌 것은 아닐까? 키츠는 이 마음 비우기를 셰익스피어와 같은 위대한 작가의 제1의 자질이라고 믿었다. 이보다 앞서 같은 낭만주의 시대의 시인 P. B. 셸리도 감동적인 문학론인『시의 옹호』에서 모든 도덕의 요체는 사랑이며 사랑의 추동력은 공감, 즉 "상상력"이라고 선언하였다.

> 도덕의 요체는 사랑이다. 즉 자기의 본성에서 빠져나와 자기의 것이 아닌 사상, 행위 혹은 인격 가운데 존재하는 미와 자신을 일체화하는 것이다. 사람이 크게 선해지기 위해서는 강렬하고 폭넓은 상상력을 작동시키지 않으면 안 된다. 다른 한 사람, 다른 많은 사람의 처지에 자신을 놓지 않으면 안 된다. 동포의 괴로움이나 즐거움도 자기의 것으로 삼지 않으면 안 된다. 도덕적인 선의 위대한 수단은 상상력이다. 그리고 시는, 원인인 상상력에 작용함으로써 결과인 도덕적 선을 조장한다. 시는 언제나 새로운 기쁨으로 가

득 찬 상념을 상상력에 보충하여 상상력의 범주를 확대한다. 이와 같은 상념은 다른 모든 상념을 스스로의 성질로 끌어당겨 동화시키는 힘을 가지고 있다.

스턴이 말하는 "감성," 셸리가 주장하는 "공감," 키츠가 제시하는 "마음 비우는 능력"은 모두 서구 합리주의 정점인 과학주의와 자본주의 속에서 거리두기와 동일화를 실천하고 있는 21세기를 살아가는 우리에게 던져주는 "광야의 울부짖음"들이다. 우리가 이들의 애정 어린 충고를 무시해버린다면 지상낙원이라고 착각하면서 모래바람이 이는 사막의 한가운데서 서로에게 버림받은 자기 추방자(self-exile)들이 될 뿐이다.

『감성 여행』은 여행기라는 이점이 있다. 여행은 한 곳에서 다른 곳으로의 이동이다. 여행은 고정된 공간으로서의 "점"(point)과 또 다른 점 사이를 "연결"시키는 "통과"이다. 여기에서 유목민적 사고가 출현하는 것이다. 우리는 본능적으로 안정을 희구하고 정착하기를 언제나 갈구한다. 그러나 이것은 정체와 동일화에 빠지는 길일 뿐이다. 끝없이 이리저리 움직이는 여행은 이런 의미에서 하나의 생성(becoming)의 연출이다. 그래서 12세기 색스니의 성직자 위그 드 생빅토르는 다음과 같이 말하지 않았던가.

> 그러므로 훈련받은 마음이 처음에는 조금씩 가시적이고 일시적인 것들에 관해 변화하는 것을 배우는 것은 위대한 미덕의 원천이다. 그리고 나서 나중에 그 마음은 그것들을 모두 뒤에 내버려두고 떠날 수도 있다. 자신의 고향을 아름답다고 생각하는 사람은 아직도 상냥한 초보자이다. 모든 땅을 자신의 고향으로 보는 사람은 이미 강한 사람이다. 그러나 전 세계를 하나의 타향으로 생각하는 사람은 완벽하다. 상냥한 사람이란 이 세계의 한곳에만 애정을 고정시켰고, 강한 사람은 모든 장소들에 애정을 확장했고, 완전한 인간은 자신의 고향을 소멸시켰다. (사이드, 『문화와 제국주의』, 564쪽에서 재인용)

우리가 살고 있는 이곳을 영원히 타향이라고 느끼면서 타자로서 자기 추방자로서 살아가는 것이 진정으로 강한—아니 결국은 가장 부드러운—사람이 아니겠는가? 이런 유목민적 사고야말로 우리를 "이미 언제나 중간"으로 가져다놓는 것이다. 그곳에서는 고정되거나 안정은 없다. 불안정하지만 복합성이 있는 중간 지대이다. 앞서 지적했듯이 중간 지대에서만 우리는 배치라는 "공감"을 갖고, 다른 것으로 생성되고 새로운 것을 창조할 수 있다. 이것이 바로 들뢰즈가 말하는 유목민적 사유(노마디즘)일 것이다. 이 소설의 주인공 요릭도 이 유목민적 사유를 실천하고 있는 것이다.

20세기 말에 21세기를 위한 사전을 만들어낸 자크 아탈리는 유목 또는 유목민의 의미를 다음과 같이 개진하고 있다.

> 1만 년 전에 정착된 문명은 머지않아 유목을 중심으로 재건될 것이다. … 유목의 가치는 끊임없이 충돌하면서도 연결된 두 세계 사이에 위치한 사회, 유목의 가치를 흔쾌히 받아들이고 관용적인 태도를 보이며 … '유목민은' 다음 세기 '21세기'의 전형적인 모습. 유목민의 가치와 사상, 그리고 욕구가 사회를 지배할 것이다. 시장은 모든 노력을 총동원해서 유목민을 만족시키고자 한다. 유목민은 자기 집을 가지고 어디든지 이동할 수 있으며 주로 오아시스와 항상 연결되어 있다. … 30년 후에는 적어도 인류의 10분의 1이 부유하든 가난하든 유목민이 될 것이다. 뿌리의 개념은 점차 희박해지고 도시화가 진행되면서 시민이나 소비자, 배우자 혹은 노동자가 되듯이 앞으로는 유목민이 될 것이다. … 유목민은 누구든지 가볍고, 자유롭고, 타인을 환대하고 언제나 주의를 게을리하지 않고 늘 접속되어 있으며 박애를 지녀야 한다. (230~231쪽)

여행기가 소설이 되어버린 『감성 여행』은 기행문학의 백미(白眉)이다. 인간이나 사회가 "나무"처럼 정착되고 고정된 삶의 양식이 탈영토화되어 흐르면서 생성하기의 양상은 마치 들뢰즈/가타리의 "뿌리줄기"의 리좀의 형상을 취한다. 모든 것은 다원적으로 퍼져 있고 복합적으로 산종 상태에 있다. 또한 모든 것은 여러 다양체들의 조합이요 배치(assemblage)이다. 들뢰즈/가타리의 유목학(nomadology)적 사유는 이 소설의 날줄과 씨줄을 복잡하게 짜놓은 리좀이다. 이 소설의 주인공은 18세기 후반에 이미 21세기의 유목학을 경험하고 있지 않은가? 자크 아탈리는 21세기의 유목민을 세 종류로 분류하고 있다. 자유로운 하이퍼 계급의 "부유한" 유목민이고 생존을 위해 여기저기 떠돌아다녀야 하는 "가난한 유목민", 그리고 지금은 어느 한곳에 박혀 살고 있으나 언젠가는 부자가 되어 자유롭게 떠다닐 수 있다고 꿈꾸면서도 동시에 언제 가난한 유목민으로 전락할지 몰라 경계심을 늦추지 않고 있는 "가상" 유목민이 그것이다. 우리 모두 이 소설의 주인공처럼 대부분을 구성하는 "가상 유목민"들이다. 어떤 종류의 유목민이든 "자유로움" "환대" "경계심" "접속" "박애"라는 특성을 가진다. 무엇이든지 합리화, 논리화, 체계화하려는 (도구적) 이성에 대한 치유제로서 감성은 위의 들뢰즈적 노마디즘의 특성을 가진다.

3. 문학의 기능과 영미 문학의 우수성

들뢰즈는 이미 『프루스트와 기호들』(1964)과 『소수집단의 문학을 위하여』(1965)에서 프랑스 문학과 독일 문학에 대한 단행본 연구서를 내었다. 여기에서 들뢰즈는 20세기 현대 소설의 새로운 그림을 그렸다. 들뢰즈는 영미 작가에 대해서는 단행본을 낸 바 없으나 언제나 주목하며 여러 편의 논문을 써냈고 그의 철학 저작에서 광범위하게 논의하고 언급하였다. 들뢰즈가 왜 특히 영미 문학에 열광했을까?

무엇보다도 철학자 질 들뢰즈의 문학에 대한 관심은 이미 언제나 특별하다. 들뢰즈는 자신의 철학적 작업을 문학에 관한 논의와 거의 병치시키고 있다. 그는 개념 창출이라는 철학의 업무를 달성하기 위해 끊임없이 수많은 작가들과 문학작품에 의존하였다. 우선 들뢰즈의 작가와 문학에 관한 논의를 열거해보자.

1953년: 『경험주의와 주체성: 흄의 인간 본성론』(쉬운 입문서)

1964년: 『프루스트의 기호』(마르셀 프루스트의 『잃어버린 시간을 찾아서』 연구서)

1967년: 『매저키즘: 냉정함과 잔인함에 대한 서론』(사커 마조크에 대한 연구)

1968년: 『차이와 반복』(특히 사유를 재현이 아니라 생성(창조)으로 간주하는 들뢰즈의 핵심 사상이 들어 있는 3장 "사유의 이미지"가 중요하다.)

1969년: 『의미의 논리』(19세기 영국 작가 루이스 캐럴에 대한 연구가 포함되어 있고 부록으로 클로소프스키, 미셸 투르니에, 에밀 졸라, 앙토냉 아르토, 말콤 라울리, 스콧 피츠제럴드에 대한 논의가 수록되어 있다.)

1972년: 『앙띠-오이디푸스; 자본주의와 정신분석』(가타리와 함께 쓴 이 책에는 D. H. 로렌스, 헨리 밀러 등 많은 작가들과 문학에 관한 논의들이 들어 있다.)

1975년: 『카프카: 소수문학을 향하여』(펠릭스 가타리와 함께 쓴 프란츠 카프카 연구서)

1977년: 『대화』(클레르 파르네와 함께 쓴 이 책에는 「영미 문학의 우수성에 관하여」란 글이 실려 있다.)

1979년: 『하나의 못 미치는 선언』(카르멜로 베네에 관한 긴 논문)

1980년: 『천 개의 고원: 자본주의와 정신분열증』(가타리와 함께 쓴 이 책에는 허먼 멜빌, 사뮈엘 베케트, 아르토, 윌리엄 포크너, 토머스 하디, 제임스 조이스, 카프카, 하인리히 크라이스트, D. H. 로렌스, 헨리 밀러, 프루스트 등 많은 작가들과 문학 일반론에 관한 논의가 들어 있다.)

1992년: 『소진된 사람들』(사뮈엘 베케트에 관한 긴 논문)

1993년: 『비평과 진단』(루이 볼트슨, 루이스 캐럴, 사뮈엘 베케트, D. H. 로렌스, 마조크, 월트 휘트먼, 멜빌(단편 「서기 바틀비」론), T. E. 로렌스 등에 관한 글들과 글쓰기와 문학론에 관한 글들이 실려 있다.)

이 밖에도 들뢰즈(와 가타리)의 문학, 글쓰기, 작가들에 대한 논의는『철학이란 무엇인가』(1991)와 같은 저작을 포함해서 산발적으로 나타나고 있다. 이와 더불어 들뢰즈의 철학과 문학론을 이용해 문학작품을 새로 읽는 저작들도 분열증적으로, 아니 리좀적으로 나오고 있다. 중요한 것으로는 존 휴즈의『탈주의 선들: 하디, 기싱, 콘라드, 울프와 더불어 들뢰즈 읽기』(1997)와 이언 부캐넌과 존 막스가 편집한『들뢰즈와 문학』(2000)이 있다. 이 책에는 윌리엄 카를로스 윌리엄스, 사뮈엘 베케트 등의 새로 읽기가 제시되고 있다. 특히 2002년에 출간된 클레어 콜브룩의『질 들뢰즈』는 들뢰즈의 핵심 개념과 사상을 소개하며 문학작품을 읽는 방법을 가장 설득력 있게 제시하고 있다. 국내에서도 본서에 실린 글들과 같이 들뢰즈/가타리와 함께 영미 문학 텍스트를 읽는 경우가 점차 늘고 있다.

들뢰즈/가타리는 한 작가가 얼마나 위대한가를『앙띠-오이디푸스』에서 다음과 같이 설명한다.

> 작가는 그 자신이 흐름들을—추구하는 것과 자신의 작품의 보편적이고 전체적인 기표를 산산조각 내고 수평선 위에 있는 혁명 기계를 반드시 키워주는—순환되도록 만드는 것을 막을 수 없다. 그것은 스타일이 존재하는 것이고 아니 오히려 스타일의 부재—비구문적, 비문법적인—이다. 언어가 더 이상 그것이 말하는 것에 의해 그리고 나아가 언어가 의미화 작용을 하는 것으로 만드는 것에 의해 정의 내려지지 않고 언어를 움직이고 흐르고 그리고 폭발하게 만드는 것, 즉 욕망에 의해서 정의 내려지는 순간에 문학은 정신분열증과 같다. 그것은 과정이지 하나의 목표가 아니며, 하나의 생산이지 표현이 아니기 때문이다. (*Anti-Oedipus*, 133쪽)

그들이 작가와 문학의 기능을 높이 평가함을 알 수 있다. 이 구절은 들뢰즈/가타리 자신의 철학하는 방식과 사유하는 스타일을 특징짓는 부분이기도 하다. 문학과 철학은 과정이며 생산으로서의 정신분열증이다.

들뢰즈/가타리는 프랑스 작가 앙토냉 아르토의 분열증적 요소에 대해 언급하면서 분열증 환자 아르토가 "문학"을 완성했다고까지 선언한다.

> **아르토는 정신의학을 폐허로 만든다. 그가 정신분열증이 아니라서가 아니라 정확히 정신분열증적이기 때문이다.** … 그가 기표의 장벽을 허문 지도 오래되었다. 아르토는 정신분열증자이다. 자신의 고통과 영광의 심연으로부터 아르토는 욕망의 흐름들을 탈코드화하는 과정 속에서 사회가 정신병자를 만드는 것을 비난할 권리를 가진다.(『반 고흐, 사회 때문에 자살한 사람』) 또한 사회가 신경증적이거나 도착(倒錯)적인 재코드화의 이름으로 문학을 정신병과 적대시할 때 문학을 만드는 것도 비난할 권리를 가진다.(순문학의 겁쟁이인 루이스 캐럴) (*Anti-Oedipus*, 135쪽)

들뢰즈는 이렇게 예술이나 문학을 정신병으로 간주하지 않고 "분열증"과 연계시키고 있다. 따라서 모든 문학 텍스트의 읽기는 "분열증 분석"과 유사한 과정을 거칠 수밖에 없게 된다. 여기에서 분열증은 『천 개의 고원』에서 들뢰즈/가타리가 처음부터 공들여 설명하고 있는 "리좀"에 다름 아니다. 이렇게 "글쓰기"는 기성품이 아니라 언제나 분열증과 리좀을 통한 다른 어떤 것들과의 끊임없는 "배치"(assemblages)이며, 타자 또는 소수자 "되기"이며, "탈주의 선"을 마련한다는 것이다.

들뢰즈는 저자(author)와 작가(writer)를 구별한다. 저자는 언표의 주체이나 저자가 아닌 작가는 그렇지 않다. 작가는 배치들로 시작해서 배치들을 발명해냄으로써 다른 것과 다른 하나의 다양체를 만들어낸다. 여기에서 작가에게 문제가 되는 것은 비동질적인 것들의 요소들을 한데 모아 일정한 기능을 만들게 한다는 것이다. 또한 구조와 배치는 대비된다. 배치는 하나의 공동 기능이며 공생이며 공감이다. 문학은 이제 삶과 현실이라는 다양체의 "한가운데"에 있는 중간적인 기관 없는 신체이다. 문학은 궁극적으로 공감이면서 신체이다.

> 우리는 배치들 사이에서 조합할 수 있을 뿐이다. 우리는 투쟁하고 글을

쓰는 공감만을 가지고 있다고 D. H. 로렌스는 말해왔다. 그러나 … 공감은 삶을 위협하고 오염시키는 것을 미워하고 공감이 확산되는 곳을 사랑하는 신체적 투쟁이다. … 되기(becoming)는 알코올이나 마약이나 광기 없이 사랑하는 것이다. 점점 더 풍요로워지는 삶을 위해 제정신이 되는 것이다. 이것이 공감이며 배치이다. (*Dialogues*, 52~53쪽)

이런 맥락에서 들뢰즈는 흥미롭게도 미국 문학과 영국 문학을 다른 유럽 문학에 비해 특별히 애호하였다. 그 이유는 무엇인가? 그는 자신의 전복적 철학적 사유가 가장 잘 실천되고 있는 것이 영미 문학이라고 보았던 것일까?

들뢰즈는 영미 문학에 관심을 가지기 전에 무엇보다도 프랑스의 이성주의(rationalism)와 대립되는 영국의 경험주의(empiricism)에 애정을 가졌고 특히 18세기 스코틀랜드 출신 회의주의 철학자 데이비드 흄(1711~1776)에 주목했다. 들뢰즈는 흄을 학사 논문의 주제로 삼았고 그 후 1953년에 이 논문을 보완해 첫 번째 저서인『경험주의와 주체성—흄의 인간 본성에 관한 이론에 관한 에세이』를 상재한 바 있다. 흄이 들뢰즈의 사상 형성에 중요한 자리를 차지하고 있다는 것은 확실하다. 들뢰즈는 이 책의 영어 번역판 서문(1989)에서 "우리는 때때로 한 위대한 철학자에 의해 창조된 새로운 개념들만을 목록으로 보여주는 철학사를 꿈꾼다"고 전제한 후 흄의 가장 핵심적이고 창조적인 기여로, 첫째 신념(belief)에 대한 개념을 새로 수립해 지식의 위치에 가져와 놓은 점을 들었고, 둘째 관념(idea)들의 "연상"(association)에 새로운 의미를 부여한 점을 들고 있다. 마지막으로 들뢰즈는 철학사에서 흄의 독창적인 기여는 "관계들"(relations)에 대한 위대한 논리를 개발한 것이라고 지적한다. "모든 관계들은 그들 용어들의 외부에 존재한다. 그 결과 흄은 관계들의 외재성의 원리에 토대를 둔 경험의 복합적인 세계를 구축하였다."(*Empiricism and Subjectivity*, x쪽) 이러한 복합적이고 학제적인 사유의 이미지는 들뢰즈가 흄을 통해 구축하려 했던 "초월적 경험주의"이다. 여기에서 생성되는 과정은 다양한 부분들을 기능적인 이론 기계로의 "배치"이다.

들뢰즈는 흄이 제시하는 진정으로 경험적인 세계를 다음과 같이 설명한다.

> 진정으로 경험적인 세계는 외재성의 세계, 즉 사유 자체가 외부와의 근본적인 관계 속에서 존재하는 세계이며, 용어들이 진정한 원자들이며 관계들이 진정한 외부와의 통로인 세계, 접속사 "그리고"가 동사 "이다(있다)"의 내면성의 왕좌를 찬탈하는 세계이며, 의사소통이 외부와의 관계들을 통해 일어나는 다양한 색깔의 문양들과 총체화할 수 없는 단편들의 다채로운 세계이다. 흄의 사유는 이중으로 세워졌다. 즉, 관념들과 감각적 인상들이 어떻게 시간과 공간을 생산하는 꼼꼼한 최소한도를 지시하는가를 보여주는 원자주의(atomism)를 통해 그리고 관계들이 어떻게 … 이러한 용어들 사이사이에서 수립되고 다른 원리들에 의존하는가를 보여주는 연상주의(associationism)를 통해 세워졌다. 다시 말해 전자는 마음의 물리학이고 후자는 관계들의 논리이다. 따라서 서술적 판단의 제한적인 형태를 처음으로 깨뜨리고 원자들과 관계들의 접속적 세계를 발견하여 관계들의 자율적인 논리를 가능하게 만든 것은 바로 흄이다. (*Pure Immanence*, 38쪽)

18세기의 주류 철학에서 벗어나 미래의 철학을 예견한 흄을 통해 들뢰즈는 생성 철학의 토대를 마련하였다. 『경험주의와 주체성』의 영어 번역판 서문에서 콘스탄틴 바운다스는 들뢰즈가 흄의 경험주의 철학을 통해 모든 종류의 초월 철학에 대항하였고, 흄의 차이의 경험주의적 원리, 즉 모든 관계의 외재성의 이론을 통해 소수자 담론을 구성했으며, 병렬적 나열물의 문제틀을 수립하였고, 초월의 장에 바로 주체적인 동격자들을 부여하는 모든 이론들의 미해결의 전제에 기초를 두고 입론하는 오류에 반대했다(*Empiricism and Subjectivity*, 2쪽)고 말한다. 들뢰즈는 *Dialogues*의 영어판 머리말에서 경험주의를 다음과 같이 명쾌하게 규정한다. "개념은 이성주의에서와 같이 경험주의에서도 똑같이 존재한다. 그러나 그 개념은 완전히 다른 성격을 가진다. 왜냐하면 그 개념은 하나 되기, 총체적으로 되기 또는 주체 되기 대신에 다양체 되기이기 때문이다. 경험주의는 근본적으로 하나의 논리, 즉 다양체의 논리와 연결되어 있다." 이제 본격적으로 들뢰즈의 영미 문학론으로 들어가자.

들뢰즈는 1977년에 발표한 「영미 문학의 우수성에 대하여」란 유명한 글에서 영미 문학의 특징을 "탈주의 선"과 "탈영토화"의 개념을 이용하여 다음과 같이 설명하고 있다. 떠나고 탈주하는 것은 하나의 선을 추적하는 것이다. 들뢰즈는 "떠나고 떠나고 탈주하기, … 수평선 횡단하기, 또 다른 삶에 들어가기, … 이것이 멜빌 자신이 태평양 한가운데서 발견한 자신이다. 멜빌은 진정으로 수평선을 가로질러 갔다"고 지적하면서 미국 문학에 관해 논의한 D. H. 로렌스를 인용하여 문학의 최고 목표는 바로 떠나고 탈주하고 가로질러 가는 것이라고 주장한다.

> 탈주의 선은 탈영토화이다. 프랑스 사람은 이것을 잘 이해하지 못한다. 프랑스인들은 다른 사람들처럼 탈주하는 것은 분명하지만 그들은 탈주가 신비주의건 예술이건 간에 이 세상으로부터 탈출하는 것이라고 생각하거나 다른 이런 탈주 행위는 참여와 책임을 회피하는 옳지 않은 행동이라고 생각한다. 그러나 탈주하는 것은 행동을 포기하는 것이 아니다. 탈주만큼 활동적인 것은 없다. … 탈주한다는 것은 하나의 선, 선들, 전체적인 지도를 추적하는 것이다. 우리는 길고, 절단된 탈주를 통해서만 세상을 발견할 수 있다. 영미 문학은 끊임없이 이러한 절단들을 보여주고 영미 작가들은 탈주의 선을 통해 창조하는 탈주의 선을 창출한다. 토마스 하디, 멜빌, 스티븐슨, 버지니아 울프, 토머스 울프, 로렌스, 피츠제럴드, 밀러, 케루악. 이들에게는 모든 것이 출발, 되기, 통과, 도약, 악마, 외부와의 관계이다. 이들은 새로운 대지를 창조한다. 그러나 아마도 대지의 움직임은 탈영토화 자체이다. 미국 문학은 지리학적 선들에 따라 작동한다. 서부로의 탈주, 진정한 동부는 서부에 있다는 것을 발견하고 변경 지대를 가로질러야 할, 뒤로 밀어붙여야 할 그리고 건너 넘어가야 할 것으로 느낀다. 되기는 지리학적이다. 프

랑스에는 이와 같은 것이 없다. 프랑스 사람들은 너무 인간적이고 너무 역사적이고 미래와 과거에 너무 집착한다. 프랑스인들은 심층 분석에만 시간을 사용한다. 그들은 되기 방법을 모르고 역사적 과거와 미래의 관점에서만 생각한다. 혁명에 대해서도 프랑스인들은 혁명가–되기보다 "혁명의 미래"에 관해 생각한다. (*Dialogues*, 36~37쪽)

들뢰즈는 지독한 영미 문학의 중독자이다. 들뢰즈는 자신의 전복적 철학적 기획인 탈주하는 유목적 사유 방식을 영미 문학에서 찾아낸 것이 아닐까?

기이한 영미 문학. 토머스 하디로부터, D. H. 로렌스로부터, 맬컴 라우리에 이르기까지, 헨리 밀러로부터 앨런 긴즈버그와 잭 케루악에 이르기까지, 이들은 어떻게 떠나며, 코드를 뒤흔들고, 흐름들을 순환시키고, 기관 없는 신체의 사막을 횡단하는지를 알고 있다. 그들은 한계를 극복하고 자본주의의 장애물인 벽을 무너뜨린다. 그리고 물론 그들은 그 과정을 완수하는 일에 실패하지만 결코 실패하는 것을 멈추지 않는다. … 막다른 골목들과 삼각형들을 관통하며 정신분열증적 흐름은 저항할 수 없이 흐른다. 정자(精子), 강, 하수구, 달아오른 생식기의 점액, 코드화되지 않도록 하는 언어의 흐름, 이것은 너무도 유동적이고 너무도 점착성이 강한 리비도이다. 이것은 통사법에 대항할 폭력, 기표에 대한 함의된 파괴, 흐름으로서 세워진 무의미, 모든 관계에 회귀하는 다성성. 그 문학의 문제가 이데올로기로부터 시작한다면 얼마나 잘못된 접근인가. (*Anti-Oedipus*, 132~133쪽)

들뢰즈/가타리는 『천 개의 고원』에서 프랑스 소설과 영미 소설을 다음과 같이 비교하면서 영미 소설의 우수성을 또다시 주장하고 있다.

그대는 블랙홀을 어떻게 벗어날 것인가? 벽을 어떻게 부수고 나갈 것인가? 얼굴을 어떻게 망가뜨릴 것인가? 프랑스 소설에서는 어떤 천재가 있다해도 그런 것은 그들의 문제가 아니다. 프랑스 소설은 벽을 재는 데 또는 벽을 건설하는 데, 블랙홀의 깊이를 재고 얼굴을 만들어내는 데 너무나 많은 관심을 쏟는다. 프랑스 소설은 너무나 비관적이고 관념적이다. "삶을 창조하기보다 삶에 비판적이다." 프랑스 소설은 등장인물들을 구멍 아래로까지 떨어뜨리고 벽에 부딪쳐 튀게 만든다. 프랑스 소설은 구성된 항해만을 인식하고 예술을 통해서만 구원을 꿈꾸고 다른 말로 하면 영원을 통해서 구원을 인식할 수 있다. 프랑스 소설은 (움직이는)선들—탈주나 긍정적인 탈영토화의 역동적인 선들을 그리는 대신에 (정지된)지점들을 만드는 데 시간을 다 보낸다. 영미 소설은 이와 전적으로 다르다. "탈출하라, 밖으로 탈출하라. … 수평선을 가로질러…" 하디에서 로렌스로, 멜빌에서 밀러로 똑같은 함성이 울려 퍼진다. 가로질러 가라. 탈출하라. 돌파구를 마련하라. 직선을 만들어라. 한 지점에 묶이지 말라. 배반의 지점까지 분리선을 찾아라. 이것을 따르든지 창조하라. 이것이 영미 작가들이 맺은 다른 문명들, 동양 문명, 남아메리카 그리고 또한 마약이나 항해와의 관계가 프랑스의 그것과의 관계와 전적으로 다른 이유이다. 영미 작가들은 주체성의, 의식과 기억의, 그리고 부부와 혼인이라는 블랙홀에서 벗어나는 것이 얼마나 어려운지 알고 있다. … 영미 작가들은 또한 기표의 벽에 돌파구를 마련하는 것이 얼마나 어려운지 알고 있다. (*A Thousand Plateaus*, 186~187쪽)

들뢰즈는 다른 곳에서는 프랑스적 사유와 영미의 사유를 대비시키고 있다. 이미 지적했듯이 들뢰즈는 처음부터 영국의 경험주의를 선호하였다. 그래서 학사학위 논문의 주제를 데이비드 흄으로 택하였고 자신의 첫 저서로 만들었을까? 계속 그의 말을 직접 들어보자.

영미인들은 프랑스인들처럼 다시 시작하기를 같은 방식으로 하지 않는다. 프랑스식 다시 시작하기는 백지상태에서이며 기원의 지점, 정박의 지점으로서의 일차적인 확실성을 추구한다. 반면에 다시 시작하기의 다른 방식은 중단된 선을 취하여 파편을 부서진 선에 맞대어 좁은 협곡의 두 개의 바위 사이 또는 … 공허의 꼭대기 위에 그 파편을 통과시키는 것이다. 흥미로운 것은 시작이나 끝이 결코 아니다. 시작과 끝은 지점들이기 때문이다. 흥미로운 것은 중간이다. 영국식의 영(zero)은 언제나 중간에 존재한다. 병목은 언제나 중간에 있다. 하나의 선이 중간에 존재한다는 것은 가장 불편한 자세이다. 사람들은 중간을 통해서 다시 시작한다. 프랑스인들은 지식의 나무, 나무 형상의 지점들, 알파와 오메가, 뿌리들과 절정들과 같은 지나치게 나무들의 관점으로 사유한다. 나무들은 풀의 반대이다. 풀은 사물의 중간에서 자랄 뿐만 아니라 중간을 통해 성장한다. 이것이 영국 또는 미국적 문제이다. 풀은 탈주의 선을 가지지 뿌리를 취하지는 않는다. 우리는 머리에 나무가 아닌 풀을 가진다. (*Dialogues*, 39쪽)

시작과 끝 vs. 중간, 나무 vs. 풀의 대비는 들뢰즈가 애호하는 비유법이다. 들뢰즈는 영미 문학의 매력이 논리적 이성이나 합리주의를 일탈하여 새로운 "탈주의 선"을 따라가는 것으로 보았다. 사물이건 인간이건, 사회이건 삶이건, 자연이건 문명이건, 철학이건 문학이건 모든 것은 정태적이고 선형적 논리 방식을 따르기보다 역동적인 다양체적 배치의 방식을 따르는 것이 아니겠는가? 들뢰즈는 등위접속사 "그리고"로 계속 이어지고 증식되고 산종될 수 있는 관계망의 구축(영토화), 탈구축(탈영토화), 재구축(재영토화)의 끊임없는 과정을 바로 영미적 사유의 전형으로 보고 있다.

여기에서 자연스럽게 프랑스의 합리주의와 독일의 관념주의와 대조되는 영국의 경험주의와 공리주의, 그리고 미국의 실용주의가 등장하게 된다.

연접들을 해방시키고 관계들을 사유해온 사람들은 영국인들과 미국인들이다. 이것은 영미인들이 논리에 대해 아주 특별한 태도를 가지고 있기 때문이다. 영미인들은 그 자체로 제1원리들을 담고 있는 일반적인 형식으로 그 논리를 인식하지 않는다. 그들은 반대로 논리를 포기하도록 강요받든가 그렇지 않으면 논리를 발명하도록 인도될 것이라고 말한다! 논리는 단지 주요 도로와 같은 것이다. 시작에 있는 것도 아니고 끝을 가진 것도 아니고 중지할 수도 없는 것이다. 정확하게 말한다면 관계들의 논리를 창조하고 관계를 판단하는 권리를 실존과 속성을 판단하는 것과 구별되는 자율적인 영역이라고 인식하는 것만으로는 충분하지 못하다. … 우리는 더 멀리 나가야 한다. 우리는 관계들과의 만남을 모든 것에 침투시키고 모든 것을 타락시키고 존재를 망가뜨리고 전복시키도록 만들어야만 한다. (*Dialogues*, 56~57쪽)

인간의 "경험"은 논리와 이성만을 제1원리로 내세우지 못한다. 그것은 "사이"의 다양한 관계 속에서 복합체를 만들어낼 뿐이다. 순수성과 단순명료성을 고집하는 프랑스인들과는 달리 경험주의와 실용주의를 믿는 영국인들은 "언어" 문제에 있어서도 엄청난 다양성을 수용한다. 영어는 제국주의적이고 헤게모니적이기는 해도 남아공 영어, 호주 영어, 서인도제도 영어, 인도 영어, 홍콩 영어 등 전 세계적으로 얼마나 많은 다양한 영어들이 인정되고 있는가. 미국 내에서도 흑인 영어, 히스패닉계 영어, 아시아계 영어 등 수없이 많은 소수민족 영어들이 병존하고 있다. 소위 "여왕 영어"나 "대통령 영어"와 같은 표준 영어 개념도 이제 서서히 이주민 또는 토착(민) 영어로 대치되고 있지 않은가? 바로 이 점이 영미의 횡단하는 사유적 특성과 리좀적인 문학적 변별성을 가지는 중요한 이유일 것이다.

들뢰즈는 경험주의적, 다원적, 복합적인 사유자로서 영미 작가들이 생산해내는 작품들의 특징을 "다양체의 배치"로 파악하고 있다. 영어판 *Dialogues*의 서문(1986)에서 그는 다음과 같이 설명하고 있다.

다양체 안에서 중요한 것은 용어들이나 요소들이 아니라 "사이"에 있는 것, 즉 서로 분리될 수 없는 일련의 관계들이다. 모든 다양체는 풀잎이나 리좀같이 중간에서 자라난다. 우리는 두 개의 개념들과 심지어 아주 다른 두 개의 사유 방식과 같이 리좀과 나무를 끊임없이 대비시킨다. 하나의 선은 한 지점에서 다른 지점으로 가는 것이 아니라 … 끊임없이 여럿으로 나뉘면서 지점들 사이를 지나간다. … 이러한 선들은 진정으로 "되기들"이다. 이 되기들은 통일성과 구별될 뿐만 아니라 반전된 역사와도 구별된다. 다양체는 역사 없는 되기들로 이루어졌고, 주체 없는 개체화(하나의 강, 기후, 사건, 하루, 한 시간이 개별화되는 방식)로 이루어졌다. … 경험주의는 근본적으로 하나의 논리, 즉 관계들이 하나의 양상에 불과한 복합체의 논리이다. (viii쪽)

다양체는 "사이"에서 "중간"에서 "가운데"서 생겨난다. 삶과 사물의 상태들은 단일성, 총체성, 주체성도 아니고 다양체이기 때문이다. 들뢰즈적인 "사이"와 "중간" 개념을 중심으로 한 복합주의는 그의 문학론 일반 그리고 영미 문학론의 요체이다.

4. (중간에서) 나가며: 문학과 철학을 가로지르기

들뢰즈는 분열증적—복합적, 유목민적, 리좀적, 차이—글쓰기와 글짜기를 통해 단순한 핵심적인 자유 유희나 목적 없는 제멋대로 되라는 식의 "해방구"의 방랑적인 황홀감에 머무르는 것이 결코 아니다. 그는 차이를 통한 "탈영토화"를 시도하면서 결국은 하나의 방법을 모색한다. 들뢰즈는 형식이나 양식적인 실험을 통해 분명한 정치적 목적을 가지고 있다. 여기에서 들뢰즈의 미학과 정치학이 만나는 중간 지점이다. 여기에서 들뢰즈의 전략은 하나의 거대한 "나무"와 같은 체계와 조직에 대항하는 방식이다. '나무'와 같은 '작품'이 아니라 리좀과 같은 '책'이다. 다른 말로 하면 파시즘과 싸우는 국지적-게릴라적-리좀적 투쟁의 전략이며 미시정치학의 전략이다. 이러한 작은 국지적인 저항들이 요원의 불길처럼 퍼질 때 새로운 정치적 가능성은 분명해진다. 철학의 목적은 개념의 생성이라고 단언한 들뢰즈(와 가타리)는 이를 위해 타자 되기(becoming other)의 전략을 수립한다. 어린이 되기, 여성 되기, 비백인 되기, 동물 되기 등 타자 되기는 "타자적 상상력"을 통한 영혼, 연민, 공감을 통한 "사랑"의 실현이다.

오늘날 문화권력 집단의 하나인 '대학'이라는 제도권 안에서 문학을 전공하는 우리는 들뢰즈의 논의에서 무엇을 배울 것인가? 우리는 이미 그 무한한 미학적, 정치적, 윤리적 가능성을 상실해버리고 주변부 타자로 몰린 "문학"이라는 또 다른 제도 속에 안주하고 있는 것은 아닌가? 신자유주의의 전 지구적 자본주의 체제 속에서 순종하고 길들여진 우리는 문학의 새로운 가능성을 망각한 채 문학을 박제화하고 전공 논문을 생산하는 기능공으로 전락했다. 우리는 이러한 척박하고 고단한 시대에 유기적인 문학 지식인 그리고 비판적인 문학 교사가 되기 위해서 통념과 관습의 껍질을 벗고 벼락을 맞은 듯 대오각성해야 한다. '문학'이란 본질적으로 중심 세력이 아니라 이미 언제나 부차적인 주변부 타자들의 담론이다. 우리는 전복과 생성의 전략을 통해 문학예술의 위반과 차이를 가져오는 비판적 문화정치학의 몫을 다시 회복시켜야 하며, 언어와 문학예술의 새로운 가능성을 탐구하여 '인문학의 위기'와 '문학의 죽음'의 시대를 극복할 수 있는 적극적이고 대안적인 이론을 '발명'해내야 한다. 움베르토 에코가 제임스 조이스 문학에 열광하여 '카오스모스 미학'을 수립했듯이, 우리는 문학을, 차이를 가치화하는 하나의 저항 담론으로 만들고, 새로운 윤리적 임무를 지속적으로 부과하는 탈근대 담론으로 만들어야 한다. 들뢰즈는 열린 마음으로 움직이는 사유를 꿈꾸었던 철학자였다. 그가 문학(그리고 예술)을 만났을 때 문학은 기존의 모든 체계를 위반하고 전복하여 유목민처럼 대지를 가로지르는 기계가 되었다. 이 전쟁 기계를 통해 들뢰즈는 리좀적인 병렬적 상상력으로 생성과 창조를 위한 탈주의 선을 마련하였다.

이 서문을 푸코의 글 「철학 극장」으로 시작했듯이 끝도 푸코로 마무리하겠다.

언젠가는 들뢰즈라는 이름으로 주어지게 될 번득이는 폭풍이 나타날 것이다. 새로운 사유는 가능하다. 다시 말해 사유는 다시 한 번 가능해졌다. 이 사유는 새로운 시작들에서 가장 멀리 떨어져 있는 사람들에 의해 약속된 미래에 있는 것이 아니다. 그것은 밖으로 분출되고 우리 앞에서 우리 가운데에서 춤추는 들뢰즈의 텍스트 속에 있다. 다시 말해 그것들은 생식기적인 사유, 강렬한 사유, 긍정적 사유, 무범주적 사유이며 그들 각각은 인식할 수 없는 얼굴이며 우리가 이전에는 결코 보지 못했던 가면이다. 그것들은 지금까지 예상할 수 없었던 차이들이며 그럼에도 불구하고 … 플라톤, 둔스 스코투스, 스피노자, 라이프니츠, 칸트와 다른 모든 철학자들의 회귀를 이끌어낸다. 이것은 사유의 철학이 아니라 극장의 철학이다. 다시 말해 눈먼 몸짓으로 서로에게 신호하는 복합적이고, 은밀하고, 즉석의 장면들로 이루어진 무언극의 주장이다. 이것은 소크라테스의 가면을 쓰고 소피스트(궤변학자)들이 갑작스레 웃음을 터뜨리는 극장이며, 실체가 미친 행성처럼 탈중심화된 원 주위를 맴돌 때 스피노자 방법들이 탈중심화된 원 안에서 야성적인 춤을 추는 극장이다. (Foucault, 196쪽)

이제 우리는 극장으로서의 철학을 만들어낸 들뢰즈를 통해 영미 문학 텍스트를 읽어내고자 했으나 앞으로는 영미 문학 텍스트 읽기를 통해 들뢰즈 극장의 철학을 해명해본다면 어떻게 될까? 차이와 내재성에 토대를 둔 들뢰즈 철학의 영역은 우선 비재현적 방식으로 사유를 가능케 만드는 "사유의 외부"에 대한 관심이다. 다음 관심은 변증법적 종합에서 파생되는 총체성과 통일성에 대한 적대감을 표출시키는 것이다. 이렇게 되어 들뢰즈는 결국 시뮬라크르 이론을 지지하게 된다. 들뢰즈에게 사유는 언제나 바깥에서 시작된다. 사유는 이러한 바깥의 힘이나 영향에 대해 동화되기보다 안과 밖, 힘과 영향의 관계 속에서 역동적인 다른 것을 만들어낸다. 들뢰즈가 문학에서 추구하는 것은 바로 이 "초월적 경험주의"의 사유 과정이리라.

7장 심미적 이성, 공감적 감성, 생태학적 상상력
― 김우창의 "깊은 마음의 생태학"

… 철학의 개념적 사유는 어떤 사유의 이미지를 암묵적으로 전제하고 있으며, 선-철학적이고 자연적인 이 사유의 이미지는 공통감의 순수한 요소로부터 차용되었다. 이 이미지에 비추어보면, 사유는 참과 친근하고 형상적으로 참을 소유하며 질료상으로는 참을 원한다. 또 모든 사람들 각각이 사유한다는 것은 의미를 알거나 알고 있다고 간주되는 것도 바로 이러한 사유의 이미지 위에서이다.

… 이런 사유의 이미지를 우리는 독단적 혹은 교조적 이미지, 도덕적 이미지라 부를 수 있다. 물론 이 이미지에는 여러 가지 변이형들이 있다. 가령 '합리론자'들과 '경험론자'들은 모두 이 이미지를 확립한 것으로 가정하지만, 결코 똑같은 방식으로 가정하는 것은 아니다. … 아무리 철학자가 진리는 결국 '어떤 도달하기 쉽고 모든 사람들이 이해할 수 있는 사태'가 아니라고 강조한다 해도, 이 이미지는 암묵적인 사태에서 계속 굳건하게 버티고 있다. 바로 이런 이유에서 우리는 철학들에 따라 바뀌게 되는 이러저러한 사유의 이미지가 아니라 철학 전체의 주관적 전제를 조성하는 하나의 단일한 이미지 일반에 대해 말하는 것이다.

―질 들뢰즈, 『차이와 반복』, 김상환 역, 294~295쪽

1. 들어가며

김우창은 우리 시대의 대표적인 비판적 지식인이다. 김우창은 문학, 사회, 문화, 정치 등 다양한 분야에 대해 복합적인 사유를 실천하는 종합적 또는 대화적 또는 적대적 또는 다면체적 인문학자이다. 이 글의 목적은 김우창의 여러 사유의 갈래 중에서 환경생태에 관해 논의하는 것이다. 김우창의 환경생태에 대한 관심은 그의 지적 생애를 관류하는 하나의 커다란 궤적을 그리고 있어서, 대체로 10년 주기로 세 개의 계기를 가지고 있다. 1970년대 후반부터 산업화, 근대화, 도시화에 대한 관심을 본격적으로 가지기 시작한 것이 그 첫 번째 계기이다. 그 결과 1981년에 출간된『지상의 척도』(전집 2권)의 제I부는 「꽃과 고행의 땅」이라는 제목으로 산업화에 따른 여러 가지 문화적인 문제점을 제기하고 있다. 두 번째 계기의 결실로 1993년에 출간된 『이성적 사회를 향하여』(전집 5권)에서 그는 산업주의, 근대화 이데올로기, 환경과 기술의 문제, 문화도시 등의 문제를 논의함으로써 환경생태에 관한 논의가 우리 시대의 문화와 사회의 좀 더 넓은 영역으로 확대되고 있다. 특히 김우창의 환경생태론의 전환점을 이루는 세 번째 계기는 1998년에『녹색평론』에 발표한 「인간중심주의를 넘어서」란 글이다. 그는 1990년부터 본격적으로 주장하기 시작한 '심미적 이성'을 토대로 생태중심주의 또는 깊이의 생태학을 자신의 사유 체계 안으로 끌어들이기 시작했다. 그리고 2000년에 상재한『정치와 삶의 세계』에서도 김우창은 환경생태 문제를 또 다시 깊이 있게 다루었다. 이 책의 마지막 부분인 제4부에 '환경과 깊이의 사유'란 제목을 붙인 것은 의미가 크다고 하겠다. 그리고 제4부의 마지막 글을 「깊은 마음의 생태학」 즉 심층 생태학으로 배치시킨 것도 최근 들어 김우창이 자신의 담론에서 환경생태 문제를 얼마나 중요시하는지를 보여주고 있다고 할 수 있다.

2. 자연과 문명: 근대화, 산업화, 도시화에 대한 문제 제기

오늘날 환경생태 문제의 뿌리는 근대성, 근대화에서 출발한다. 서구 17, 18세기의 계몽주의 시대의 합리성에 토대를 둔 '근대' 정신은 합리적으로 사유할 수 있는 능력을 가진 인간이 자신의 운명과 인간의 문명을 개선시키고 역사를 발전시켜 미몽과 결핍에서 해방시킬 수 있다는 소위 진보 신화에 다름 아닌 인간화, 세속화, 문화화의 과정이라고 볼 수 있다. 근대 이후 인간의 주체는 강조되고 자유의지는 막강해졌다. 그러나 주체란 말 'subject'에는 동시에 '종속된'이라는 뜻도 있다. 인간의 주체란 결국 자족적 독립체(개체 생명)이지만 동시에 생태계(온생명)에 종속된 존재라는 뜻이 아닌가? 이렇게 자연과 인간의 상호의존성이 약화됨에 따라 자연의 주체성도 현저히 약화되었다. 계몽사상 이후에 막강해진 인간의 자유의지는 자연에 대한 책임 의식을 방기하고 무절제한 방종으로 이어졌다. 결국 자연은 인간과 유리되고 인간–자연의 상호관계가 무너지면서 궁극적으로 상호협력 체제는 지배–피지배의 수탈과 착취의 관계로 전락하였다. 계몽주의와 근대성 이념의 합리주의가 과학주의와 자본주의를 가져와 엄청난 생활의 편리와 물질적 풍요를 가져온 것은 엄연한 사실이다. 그러나 근대의 그늘은 인간중심주의, 과학만능주의, 경제효율제일주의, 제국주의적 식민주의, 자연 파괴를 통한 생태계 교란 등 녹록치 않은 수많은 문제점을 야기하였다. 아이러니컬하게도 계몽(enlightenment)의 불빛은 우리의 눈을 멀게 하였고 근대의 이성은 우리를 광기로 몰아넣고 있다. 초기의 '좋은' 근대가 내포하는 이상적인 합리주의와 개혁적 해방 신화는 점차로 '나쁜' 근대의 자연을 개발하고 인간을 착취하는 자본주의와 인간중심적인 과학기술주의로 전락하기 시작했다. 실제 인간의 역사와 사회의 진전은 이와 같은 단선적 진행이 아니라 훨씬 복잡한 모양으로 전개되었을 것이다. 문제는 우리들이 이미 근대화라는 이름의 무서운 속도로 질주하는 주거너트의 마차를 타고 있다는 사실이다. 제동장치가 파손된 이 마차는 언제 어떻게 멈출 수 있을 것인가?

우리 나라의 근대화는 개항 이래 (어떤 이들은 18세기 영·정조 시대까지 올라가지만) 계속되어 착취 구조에 토대를 둔 일제의 식민지 근대화를 거쳐 해방을 맞았다. 그러나 본격적인 근대화와 산업화는 박정희 정권 때부터라고 할 수 있다. 이런 역사적 맥락에서 김우창도 1978년대 말 근대화에 대한 문학의 태도를 논하는「시, 현실, 행복」이란 글에서 '근대화'를 일단 우리의 삶의 추동력으로 보고 있다.

> 말할 것도 없이 오늘날의 우리 현실의 방향을 결정하고 그것을 강력하게 움직여가고 있는 것은 근대화라고 불리고 있는 거대한 변화의 힘이다. 근대화는 한편으로는 사회자원의 거의 전부가 물질생산에 동원되고 사람의 생활도 생산활동 속에 전폭적으로 편입되어 재구성된다는 것, 다른 한편으로 이렇게 하여 생산되는 물질의 소비가 행복한 생활의 주된 이상이 된다는 것 ―이 두 가지 면에서 특징지어진다. 우리의 생각도 이 방향으로만 몰아붙여진다. (전집 2권『지상의 척도』, 94~95쪽)

넓은 의미의 근대화를 이룩하는 가장 직접적인 방법은 '산업화'일 것이다. 우리의 산업화는 1953년 한국전쟁이 끝난 후부터 지금까지 겪고 있는 '급격하고 근본적인 변화'이며 '사회의 외적인 모습과 기구에 관계되는 것이면서, 산업이라는 것이 사회 성원의 삶의 구석구석에 관련되어 있는 것인 한, 삶의 내적인 결을 송두리째 바꾸어놓은 것'이다.(제5권『이성적 사회를 향하여』, 165쪽) 김우창은 그러나 오늘의 산업화의 폐해에 대해「환경과 기술의 선택」이란 글에서 고전적인 진술을 제시한다.

> 오늘의 산업화는 그것의 진전과 더불어 문제가 심각해져 가게 되는 모순의 과정을 이룬다. 자연자원의 고갈, 생태계 파괴, 환경 오염 등이 산업화의 결과임은 새삼스럽게 말할 필요도 없다. 산업화는, 또 그 보이지 않는 효과로서, 도처에서 사회공동체를 와해시키고 자연과 사회 그리고 자신의 본성으로부터의, 인간의 소외를 가져왔다. 이러한 것은, 산업화가 세계사의 거

의 불가항력적인 추세라고 할 때 지구상의 모든 사회가 직면하는 문제이지만, 유독 새로이 산업화를 시작하거나, 그 길에 들어서 있는 사회들에게 특이한 부담을 안겨준다. 부담이란 산업화와 동시에 그 엄청난 대가—인간의 자연과의 관계, 동료 인간과의 관계, 또 스스로의 본성에 있어서 엄청난 대가를 지불하기를 요구한다는 말이다. 아니면 이것을 피할 수 있는 전혀 새로운 길이 있을까? (앞의 책, 447~448쪽)

이러한 개발도상국의 무분별한 산업화의 폐해는 도시 환경에서부터 직접적으로 나타난다. 자연과의 질서와 조화 속에서 이루어져야 하는 도시와 건축 문화는 어떻게 되었는가?

건축과 도시는 자연의 인간화를 위한 노력이다. 그러나 근본적으로 그것은 자연에 순응함으로써 완성된다. 아무리 훌륭한 건조물도 그 주변의 자연이 완성하여 주지 아니하면 아름다운 건조물이 될 수 없다. 우리의 전통은 원래 자연과 인간의 조화를 중요시하는 것이었다. 그러나 오늘날의 자연 훼손, 직접적인 의미에서만이 아니라 산과 바다와 하늘의 모습을 차단하고 일그러뜨리는 거대하고 추한 건물들이 가져오는 미적 자연 훼손은 이러한 전통을 부끄럽게 한다. (앞의 책, 444쪽)

공간의 인간화로서의 건축이 아니라 자연과 환경과 아랑곳 없이 솟구쳐 있는 건축, 사람이 세계의 품 안에 이룩한 삶의 터로서의 집이 아니라 경제적인 투자의 대상으로서만 간주되는 주택, 사람의 횡포 속에 파헤쳐지는 山河, 우리의 불안정한 언어, 주로 이 모든 것은 우리의 삶이 크게 이지러진 것이 되었음을 말하여 주는 것이다. (전집 2권 『지상의 척도』, 363쪽)

위와 같은 파행적인 산업화와 근대화의 결과로 주거 환경 파괴는 개발 이익에만 혈안이 된 최근의 각종 난개발과 천민 자본의 광란의 춤인 부동산 (특히 일부 지역의 주상복합아파트 투기) 열풍에서도 적나라하게 드러나고 있다. 문명 산업 사회의 여러 가지 역기능, 다시 말해 '인간의 기술적 정치적 통제, 환경오염(다른 면으로 볼 때는 자연환경의 고가화(高價化), 따라서 서민의 자연환경과 유기적 기능으로부터의 소외를 가져오는)'(전집 5권, 512~513쪽)을 해소할 수 있는 '새로운 가능성, 새로운 미래에 대한 다양한 기획들'은 무엇인가? 김우창은 여기에서 대체 기술과 총체적 기술인 '환경에 우호적인 녹색 과학기술'을 제시하고 있다. 그 기술은 제1세계의 근대화와 산업화에서 노정된 문제들을 답습하지 않으면서 우리 한국 사회에 알맞은 '적정 수준의 기술(appropriate technology) 또는 중간 정도의 기술(intermediate technology)'이며 또한 '전통적 기술의 집중적 개선에 기초한 자생적 기술로 한편으로 지역사회의 필요, 다른 한편으로 환경 보전의 필요를 중시하는 기술'(앞의 책, 450~451쪽)이다. 이것은 '작은 것은 아름답다'와 '전지구적으로 사유하되 지방적으로 행동하라'는 생태학의 원리나 표어와도 맥이 닿는 제안이다. 물론 이것이 소위 생태제국주의―즉, 근대화와 산업화를 끝낸 선진 제국들이 후발국들에게 부과시키는 환경생태계 유지의 책임 부과―에 복종하는 방식을 취해서는 안 될 것이고 오히려 우리가 사는 지역의 생태환경을 최대한으로 유지시키면서 근대화와 산업화라는 발전을 성공시켜 '지탱 가능한' 사회를 만드는 전략이 되어야 할 것이다. 모든 환경 개선에 대한 논의가 단지 아마추어 수준에서 선언적이거나 운동적인 차원에 머물러서는 안 된다. 환경경제나 환경공학과 같은 좀 더 치밀하고 과학적이고 구체적인 대응책들이 이성적 노력을 통해 제시되어야 할 것이다.

이런 맥락에서 김우창이 제시하는 것은 이성적인 '총체적 기술'에 따른 기술발전이다.

그것은 한편으로 사회공동체와 환경보전에 우호적인 기술과 선진기술을 동시에 추구하는 것이다. 물론 여기서의 선진기술은 환경에 우호적이거나 스스로 환경피해에 대한 교정능력을 가진 기술이다. 이러한 기술이 단순히 후발 산업국들에 의하여 개발될 수 없는 것임은 물론이다. 이것은 선진국 기술 속에서 또는 선진국이 스스로의 사회적 또는 세계적 기능을 재정립

함으로써 생겨날 수 있는 것이다. 이렇게 볼 때, 후발 산업국에서 대체기술 Alternative Technology이 활용될 수 있게 되는 계기는 그러한 나라에서보다 선진국에서 온다고 할 것이다. 이러한 선진국 스스로의 지구공동체적 방향 정립 없이 제3세계의 대체기술을 이야기하는 것은 불평등의 영속화를 위한 제국주의적 전략으로 받아들여질 가능성이 크다. (앞의 책, 452쪽)

이렇게 볼 때 결국 환경생태 문제는 엘니뇨 현상, 오존층 파괴, 지구온난화, 핵폐기물 처리, 황사 현상, 기상이변과 같은 예에서도 볼 수 있듯이 한 지역이나 한 국가의 문제가 아니라 전 지구적 문제이다. 또한 선진국은 총체적 기술개발의 윤리적 책무를 가질 수밖에 없다.

그러나 이미 언제나 환경생태 파괴의 근본 문제는 인간의 마음속에 있다. 즉 계몽과 근대성의 무의식인 '이성' 안에 있다. 근대화, 산업화 이데올로기도 이성과 합리주의의 산물이다. 그리하여 우리는 환경생태 위기 시대에 결국 인간의 '이성'에 대한 논의로부터 시작하지 않을 수 없게 된다. 이것은 결국 이성주의자 아니 '심미적 이성주의자'로서 김우창이 걸어가는 길이기도 하다.

3. 도구적 이성에서 심미적 이성으로—근대를 포월하기

단도직입적으로 말해 김우창은 보기 드문 이성주의자이며 합리주의자이다. 김우창은 「이성적 사회를 향하여」에서 정치적 갈등, 사회적 혼란, 경제적 불평등, 도덕적 타락, 문화적 무질서 속에서 하나의 새로운 질서를 찾기 위해서는 일정한 규범이 필요하고 규범은 보편타당성을 가져야한다고 역설한다. 이것은 다양한 '삶의 공존을 모색'하고 '사회 평등화를 향하여 나아가는 기초'가 이성적 사회를 향하는 길이기 때문이다. 여기에서 제기되는 것이 '전체와 평등한 배분의 원리로서의 이성'이다.

사회 통합의 이치로서의 이성은 그 안에 몇 가지 계기를 가지고 있다. 그 것은 모든 사람이 납득할 수 있는 것이라야 한다. 이것은 다원적인 입각지에 서 있는 인간들의 납득을 말한다. 그러기 위해서 그것은 전체와 개체에 관계되는 두 가지 조건을 만족시킬 수 있어야 한다. 이성은 우선 전체의 원리, 즉 부분과 부분의 조정과 조화를 보장해 줄 수 있는 원리라야 한다. 그 러면서 그것은 그 전체를 구성하고 있는 부분들의 원칙적인 평등성을 고려하는 것이라야 한다. 이것은 사람이 독립적이고 자율적인 존재이며 삶의 구극적인 현장이 개체에 있다는 것을 전제한 것이다. … [전체와 평등한 배분의 원리로서의 이성의] 하나의 사회적 요청은 한편으로는 사회 전체를 포용할 수 있어야 하고 다른 한편으로는 실존적 구체성으로 옮겨질 수 있어야 비로소 이성적으로 납득할 만한 것이 되는 것이다. (앞의 책, 53~55쪽)

김우창은 자신이 엄정한 '이성주의자'라는 평에 대해 한 대담에서 "이성을 절대적이라고 생각해서 그런 건 아니고… 사람과 사람의 관계를 규정하는 데서 절대적이라고 생각해요. [이성으로] 다 해결되는 게 아니고 사람과 사람의 관계를 정의롭게, 적절하게 대처하고, 그 다음 사는 데 자기가 잘해야지요. … 저는 지금 전체의 사회적 합리성을 말하고자 하는 것입니다"(「사람은 무엇으로 사는가」, 김우창 · 김종철 대담, 37쪽)라고 말한다.

그러나 분명한 것은 김우창은 오늘과 같은 탈근대 시대에 차이와 다양성의 잡종 상태인 혼돈에 대한 감식가가 되기보다는 그러한 혼돈을 타고 넘어가는 '통합의 원칙'으로서의 이성의 힘과 질서의 가능성을 굳게 믿고 있다는 것이다. 따라서 김우창은 인간의 이성을 지나치게 과대평가하는 것은 아닌가? "이성적 질서가 편협하고 추상적인 전체의 이념이 아니라 끊임없이 비판의 과정을 통해서 사람의 생존의 전폭을 수용할 수 있는 참으로 전체적이고 구체적인 질서"(전집 5권, 65~66쪽)의 가능성을 믿으며 이성의 자기 초월, 이성의 비판 의식, 이성의 해방 가능성에 이르기까지 이러한 인간의 이성에 대한 과대한 기대는 낙관적이기보다 순진한 생각일 수도 있다. 인간이란 동물에게서 궁극적으로 기대한 것이 제아무리 이성이라 할지라도 인간은 얼마나 쉽게 이성의 타자인 광기에 빠지는가? 한 예로 2차 대전 중 600만 유대인 학살을 보라. 이성적 사유와 합리적 철학을 자랑하는 서구인들이 저지른 이 만행을 어떻게 설명할 것인가? 최근의 인종 분쟁, 종교 분쟁, 이념 분쟁, 무한 개발 등은 이성으로만 해결할 수 있을 것인가? 우리는 비이성적, 비합리적인 현실에 직면하여 인간 이성의 한계와 맹목성을 인정해야 하지 않겠는가?

천인공노할 비극인 9 · 11테러도 피해자의 입장에서 보면 가장 야만적이고 미친 짓이겠지만 가해자의 입장에서 보면 합리적인 사유의 결과라고 주장하지 않겠는가? 그렇다고 여기서 이성을 모두 폐절하자는 말을 하는 것은 아니다. 18세기 계몽주의 시대의 영국의 위대한 통치가인 조너선 스위프트는 인간을 단지 '이성이 가능한 동물'(animal rationis capax)이라 하지 않았던가? 인간의 이성과 합리성을 지나치게 맹신하다 보면 사태의 본질과 문제의 해결을 오히려 그르칠 수 있다. 오늘날 중요한 모든 이념들인 진보 신화, 개발 논리, 산업화, 근대화, 자본주의, 사회주의 등은 모두 이성과 합리주의의 산물이다. 인간은 역사적으로 볼 때 이성을 통해 많은 것을 이룩하고 얻었지만 그것을 위해 지불한 대가가 너무 컸다. 이제 우리는 인간 이성 자체에도 재갈을 물릴 때가 된 것이 아닌가? 인간 '이성'의 광기를 치유하기 위해서 우리는 '감성'의 문제를 개입시켜야 한다. 우리는 더 이상 분리와 차이를 준별하려는 인간의 이성에 토대를 둔 지능지수(IQ)에만 매달릴 것이 아니라 통합과 조화를 가져올 수 있는 감정지수(EQ)도 이제 중시해야 한다. 타자화된 대상으로서의 자연과 공감적인 새로운 관계 맺기를 더욱 더 가능케 하기 위해서 감정지수는 다시 생태적으로 사유하고 생활하는 삶의 방식의 지표인 생태지수(ecological literacy)까지 포섭해야 한다. 문명의 현 단계에서 우리는 생태지수를 우리 교육의 목표, 과정, 그리고 평가에 있어 새로운 요소로 편입시켜야 할 것이다.

여기에서 김우창이 제시하는 새로운 이성은 바로 '심미적 이성'이다. 김우창은 1991년에 발표한 「심미적 이성」이란 글에서 이를 다음과 같이 설명하고 있다.

> 우리는 사회와 역사의 이해의 근본적 기제를 다시 생각할 필요가 있다. 어떠한 현실 이해도 관계된 개인들의 주체작용을 통과하지 아니할 수 없다. 그리고 그것은 끊임없이 변하는 구체화의 통로에서만 의미 있는 것으로 드러날 수 있다. 어떤 의미에서는 전체는 경직적 추상화에서도 그렇지만, 단순히 지나치게 관심의 초점에 놓이고 주제화되기만 하여도 그 모습을 감추어버린다. 이것은 시각작용에서 주변이 중심이 되면 그 바탕으로서의 고유한 성격을 잃어버리는 경우와 같다. 유동적인 현실에 밀착하여 그것을 이성의 질서 속에 거두어들일 수 있는 한 원리를 메를로 퐁티는 〈심미적 이성〉이란 말로 불렀다. (전집 4권 『법 없는 길』, 494~495쪽)

김우창이 『지각의 현상학』을 세 번씩이나 읽었을 정도로 메를로 퐁티에 경도된 이유는 퐁티가 실존주의자, 마르크스주의자, 현실학자로서 '구체적 실존' 문제에 누구보다도 더 많은 관심을 가졌기 때문일 것이다. 여기서 구체적 실존은 바로 "유동적인 현실에 밀착하여 그것을 이성의 질서 속에 거두어들일 수 있는 원리"의 토대가 된다. 김우창은 최근 한 인터뷰에서 심미적 이성의 개념을 다시 한번 정의한다: "사람은 끊임없이 일어나고 사라지는 감각적인 세계와 그것을 통일할 수 있는 일관된 세계의 통합을 바란다. 구체적이지만 보편적인 존재가 되기 바라는 것이다. 심미적 이성은 이런 것을 통합하는 이성을 말한다고 할 수 있다. 감각적인 가변성과 이성적인 통일을 할 수 있는 유연한 이성으로 볼 수 있다."(『교수신문』, 2002. 9. 23, 9면)

이성주의자인 김우창은 무엇 때문에 '심미적'이란 말을 끌어들임으로써 스스로 패러독스를 연출하는가? 개인의 삶의 구체적 실존 속에서 어떤 '구체적 보편'—즉 전체와 부분의 유기적 조화—을 가져다주는 것은 심미적 차원이기 때문이다.

> 사람의 세상을 살 만한 것이 되게 하는 것은 시요, 예술이다. 그것은 인간

조건의 전체적인 필연과 작은 구체적인 감각의 행복을 연결시켜 하나가 되게 한다. … 희랍 사람들은 이 전체적 필연과 행복한 자유의 연결을 '칼로카가티아(Kalokagathia)'란 말로 표현하였다. 이것은 이성적이고 의지적인 선과 감각적인 미를 하나로 합쳐 놓은, 이상적 인간의 자질을 말한다. … 추상적 이념의 교육에 의하여서가 아니라 지각작용을 통하여—모든 형식 교육에 선행하여 시작되며 일생에 줄곧 우리의 삶의 느낌의 현실감의 핵심을 이루는 지각작용을 통하여 이루어진다. 이것은 우리와 우리의 생활환경과의 끊임없는 상호작용 이외의 다름이 아니다. 이러한 상호작용을 좀 더 강화하고 의식하고 그것을 삶의 전체적인 요청에 끌어올리려는 것이 예술이다.
(『심미적 이성의 탐구』, 47~49쪽)

'형성적인 힘'으로서의 조화를 생성해내는 예술에 대한 김우창의 강조는 "생존투쟁의 필연성이 줄어지는 곳에서 예술은 점점 중요한 위치를 차지"하는 것을 인식한 결과이다. 다시 말해 이것은 문학과 예술이 주는 '심미적 즐거움'의 문제와 관계된다. 김우창에 따르면 우리는 '사물의 독자성 또는 타자성'을 인정해주어야 "[사물]이 우리와는 다른 것이기 때문에 값진 것이며 또 다른 것들로 이루어진 커다란 질서를 암시하는 데에서" 우리는 '심미적인 즐거움'을 얻는다는 것이다. 또한 이러한 미적 체험은 우리에게 고양감과 해방감을 주고 "우리와 우리의 생존의 밑바탕이 되어 있는 사물의 세계 및 사회적 세계와의 역설적인 조화"(전집 2권 『지상의 척도』, 53쪽)를 가져온다는 것이다.

이렇게 김우창에게 있어서 통합의 원리로서의 이성의 우위가 우리 삶의 모든 것을 유기적으로 조화시키는 심미적 이성으로 옮겨가고 궁극적으로 미적 체험의 강조로 전이된다는 것은 무엇을 의미하는가? 이러한 사유의 궤적은 김우창의 『궁핍한 시대의 시인』(1977)을 시작으로 『이성적 사회를 향하여』(1993)를 거쳐 최근의 『정치와 삶의 세계』(2000)를 관통하고 있다. 김우창은 굳건한 이성에 토대를 둔 합리적 유토피아 사회를 꿈꾸나 최근에 이르러 특히 환경생태 위기에 직면하여 우리 시대의 문명을 논하면서 심미 감각, 감성, 공감, 공경, 예술적 상상력, 초월의 힘의 인식을 더욱 자주 거론하고 있다. 앞으로 김우창의 심미적 이성의 사유 체계는 근대화, 산업화, 문명화 속에서 인간의 삶과 사회를 근본적으로 바꿔야 한다는「깊이의 생태학」에 다름 아닌 '생태학적 상상력'으로 발전될 것이다. 생태학적 상상력의 토대는 나와 나 이외의 모든 것과 교환하는 '감성의 원리' 즉 '사람이 자유로우면서 또 사회적 질서 속에 조화되게 하는 가장 적절한 원리'이다. 인간 문명의 현 단계에서 심미적 이성에서 한 걸음 더 나아간 감성의 원리는 인간과 인간, 인간과 동물, 인간과 사물, 인간과 자연의 상호침투적 관계성의 회복을 활성화시킬 수 있는 매개체로서 정치적 과업과 윤리적 의무에 이르는 길을 열어주는 것이 아닌가? 피가 말라버려 건조하고 뼛조각들만이 딸가닥거리는 이성의 세계가 아니라 피가 흐르고 살이 붙은 뼈가 움직이는 심미적 이성을 포함하는 감성의 세계가 우리가 꿈꾸어야 할 세계일 것이다. 이러기 위해서는 무엇보다도 근대화, 산업화를 만들어낸 도구적 이성을 맹목적으로 작동시킨 인간중심주의를 혁파해야 한다. 결국 심미적 이성은 도구적 이성, 기술적 이성, 공리적 이성의 반대 개념이다.

4. 인간중심주의를 넘어서 '깊이의 생태학'으로

지구는 대략 3천만 종의 각종 생물들이 한데 어울려 사는 생명 공동체이다. 그러나 지금은 하루에도 100여 종의 생물들이 소멸해가고 있다. 이것은 만물의 영장이라 자부하는 '인간'이란 동물의 무절제한 탐욕 때문에 일어나는 일들이다. 지구의 역사라 대략 50억 년으로 볼 때 인간이란 동물이 불과 몇만 년 전에 지구에 나타나서 창궐하기 시작한 소위 인간 현상은 눈 깜짝할 사이에 불과하다. 더욱이 지구의 종의 다양성이 급격히 떨어지고 지구의 생태 체계가 근본적으로 위기에 처하게 된 것은 지난 200~300년 동안의 소위 근대 문명 이래의 일이다. 지구의 종말이란 것이 있다면 그것은 아마도 인간중심주의 근대 문명 시대에 도래할 가능성이 있다. 지혜롭지 못한 인간에 의해 생겨날 이러한 지구종말론은 최근의 각종 지구 생태계 교란 현상들을 묵도하는 비관적인 상황에서 볼 때 과장된 것만은 아니다. 따라서 이제 지금까지 지구에서 살아왔고 우리 후손들에게도 살아갈 만한 지구를 물려주기 위해서라도 자연 착취와 지구 파괴의 인간중심주의를 넘어서 새로운 종의 다양성이 유지되는 삼라만상주의와 같은 지탱 가능한 생태중심주의로 전환이 시급하다. 새로운 지구생태문화윤리학을 수립하는 것이 오늘날 자연을 조종하는 우리 인간에게 부과된 최대의 도덕적 책무이다. 이를 위해 무엇보다도 우리는 지구상의 수없이 많은 '온생명' 체계 속에 단지 하나의 '개체 생명'에 불과하다는 겸손한 마음을 가져야 할 것이다.

이런 맥락에서 김우창은 인간중심주의를 발전적 진화 개념과 과학적 인식론과 연계지어 다음과 같이 설명하고 있다.

> 그러나 인간중심의 생각은 문화적 사회적 이유보다는 더 깊은 곳—과학의 인식론적, 그러니까 자기비판에 철저하지 못한 과학의 인식론에서 나오는 것이라고 할 수 있다. … 사람이 자연을 연구관찰의 대상으로, 그 자신의 표상영역으로 포착하려고 할 때, 그는 자연에 연구대상으로 다가가 대상이 용도품이 되어 사라질 때까지 그러한 추구를 계속하라는 요청에 답하고 있는 것이다. … 모든 과학기술을 동원하여 자연만물을 사람의 편의에 봉사하게 해야 한다는 생각의 보편화는 새삼스럽게 거론할 필요도 없다. 뿐만 아니라 사람과 사물 또 사람과 사람의 관계는 시킴과 부림의 관계로만 규정된다는 생각은 인간의 모든 행동에서 기본적인 강령이 되고 있다. … 그러나 생태계 보존은 단순한 공리주의적 관점에서만은 정당화될 수 없다. 이것은 소위 '심층생태학'의 입장에서 어떤 학자들이 주장해온 바이다. 이들의 주장은 과학적인 근거가 있으며, 시인이나 철학자들의 직관을 포용한다. 그것은 결국 인간의 관리능력이나 이해능력을 넘어가는 부분이 자연에 존재함을 인정할 것을 요구한다. (「인간중심주의를 넘어서」, 5~7쪽)

인간과 자연과의 관계를 잘못 파악하고 있는 과학적 인식론에 토대를 둔 인간중심주의를 근본적으로 혁파하기 위해서는 생태중심주의에 다름 아닌 심층 생태학의 원리에 귀기울일 수밖에 없다. 우리가 자연의 '다른 생물체와 공진화를 통해 다른 생명체에 대한 감정적인 유대감' 인 '생명친화감'(Biophilia)을 다시 회복하기 위해 자연으로 다시 돌아갈 필요가 있다. 예측 불가능한 자연에 대한 경이감, 신비감 나아가 공경감이 바로 그것이다. 자연은 이제 더 이상 하나의 '타자' 로서 조종, 이용, 착취, 파괴의 대상이 될 수 없다. 삼라만상의 거대한 유기적 순환 과정인 자연의 무한한 다양성과 복합성을 쉽게 이해하고 재단하고 통제할 수 있다는 우리의 생각은 오기 이상의 광기에 가깝다. 그렇다면 자연의 의미는 우리에게 어떠한 것이 되어야 하는가?

> 자연의 감각은, 다른 감각적 체험, 가령 많은 인위적인 감각적 체험과는 달리, 우리를 하나의 감각적 체험에 폐쇄시키는 것이 아니라 그것을 통하여 자연 전체의 넓음에로 이끌어간다. 오늘의 맑은 날씨는 이미 그 안에 태평양은 아니더라도 우리가 있는 곳을 넘어가는 넓은 공간을 지니고 가을의 맑은 날과 계절의 긴 리듬을 포개어 가지고 있다. 한 포기의 꽃이 우리에게 주는 기쁨은 그 자체의 어여쁨에 못지않게 그것이 나타내는 자연의 식물적 생명의 싱싱함에서 온다. 이러한 포갬이 없이 자연의 감각적 매력으로부터 우리는 우리 자신의 새로워지는 느낌을 가질 수 없을 것이다. 바람의 서늘함, 꽃의 싱싱함은 바로 내 자신의 서늘함과 싱싱함을 나타낸다.
> 자연은 한 순간에 충실하면서 또 긴 지속과 무한한 펼쳐짐을 포개어 지닌다. … [그러나] 자연의 전체성이란 느낌이나 생각으로 가까이 갈 수 있는 것이지 실질적으로 차지할 수 있는 것이 아니다. 그것은 충만감을 주는 것이면서 또 체념을 강요하는 체험이다. (전집 3권『법 없는 길』, 10~11, 20쪽)

자연에 대한 이러한 태도는 김우창을 '깊이의 생태학'의 길로 끌어 "정말 에콜로지 문제의 궁극적인 해결은 심층 에콜로지를 얘기하는 사람들의 말이 맞는 것 같"(「공경의 문화를 위하여」, 6쪽)다고 언명하게 만든다. 여기의 심층 생태학에서 심층(deep)이란 말은 표층 또는 천층(shallow)의 반대말로 인간중심주의 문명 자체를 근본적으로 그리고 급진적으로 전복시키자는 뜻을 가진다. 다시 말해 심층 생태학은 인간, 자연, 환경 문제를 다룰 때 적극적, 절대적, 장기적, 생태중심적, 미래중심적이다. 이에 반해 표층 생태학은 소극적, 기회주의적, 임기응변적, 단기적, 인간중심적, 현세중심적이다. 오늘날 환경생태 문제는 이미 어떤 제지선을 넘어버려 표층 생태학으로는 근본적인 해결이 어려운 지경에 이르렀다. 심층 생태학은 단순히 지구오염이나 자원 고갈을 반대하는 자연 보존인 개량주의적 인간중심주의적 환경운동에서 과감히 탈퇴하여 좀 더 본질적이고 과감하고, 깊이 있는 차원 즉 철학, 도덕 인식 개조와 구체적 실천의 차원에서 새로운 패러다임의 전 지구적인 신문명이다. 그러나 이러한 깊은 마음의 생태학은 이상적이어서 실현 불가능한 태도는 결코 아니다. 김우창은 심층 생태학을 깊이의 생태학 또는 깊은 마음의 생태학이라 부른다.

> 결국 생태학이 권장하는 삶의 방식에로의 전환은 인간의 삶의 문제에 대한 가장 현실적인 답안이 되는 것이다. 이것은 자연과 환경 그리고 생태계에 대한 낭만적 태도가 가장 현실적인 것이라는 말이 된다. 다시 말하여 결국 현실의 구조가 그 깊이에 있어서 낭만적이라는 말이 되는 것이다. 그러나 이것은 장기적이고 전체적인 관점에서이다. 그러나 오늘의 사회가 허용하지 아니하는 것이 크게 보고 깊이 생각하는 일이다. … 오늘의 삶에서 우리가 잊어버린 것은 일체의 깊이에 대한 감각이다. 오늘의 생태계의 위기, 또는 더 좁혀서 환경의 위기도 이러한 깊이의 상실에 연루되어 있다. 깊이의 생태학은 적어도 세계와 인간의 생존에 상실된 것이 있다는 것을 지적하는 점만으로도 매우 중요한 기능을 수행한다고 할 것이다. (『정치와 삶의 세계』, 362~363, 366쪽)

김우창은 깊이의 생태학의 단계에 이르면 역설적으로 마음의 보수주의자가 된다. 왜냐하면 지구상에서 우리가 인간으로서 살아가면서 가질 수밖에 없는 '근본적인 한계'를 의식하고 그런 의미에서 우리는 무한정의 자원 개발과 무절제한 발전에 토대를 둔 진보 신화를 거부한다는 의미에서이다. 따라서 모든 생태론자들은 "자연이라는 건 사람 사는 데 영원한 테두리고 도저히 사람을 벗어나서는 안 된다"(「사람은 무엇으로 사는가?」, 45쪽)고 주장하기 때문에 역설적으로 가장 보수적인 사람들이다. 그러나 생태론자가 다 보수주의자가 되는 것은 아니다. 독일의 녹색당의 일부를 이루는 급진좌파들의 경우에서처럼 자본의 횡포가 계급의 차원에서보다 자연의 착취를 통해 더욱더 적절하게 드러나고 있다고 주장하는 경우가 있다. 이렇게 볼 때 오늘날 당대 문화에서 종족, 성별, 계급의 문제의식보다 환경생태 문제가 가장 중차대한 문제틀로 부상되었다고 볼 수 있다. 또한 '심층' 생태학의 급진성도 자본이 조종하는 과도한 산업화, 상업화, 도시화에 대해 '근본적'으로 반대하는 사실을 잊어서는 안 될 것이다.

김우창의 생태론에서 우리가 결코 간과할 수 없는 것은 심미적 이성을 통한 '공감적 감성'에 이르는 방식이다. 여기서 '감성'이란 심미적인 기원을 가진 이성과 대비되는 개념이다. 심미적인 말의 대표적인 양식은 예술과 문학이다. '공감적'이란 말도 자연과 인간, 인간과 인간, 인간과 사물 사이의 교환, 이해, 사랑의 의미를 가진다. 김우창이 문학의 역할을 특별히 강조하는 이유도 여기에 있다. 시를 통해 우리는 "자연을 노래하면서 자연을 일상화하는 과정에서 자연과 인간의 공감의 벡터는 우주적으로 열릴" 수 있고 "일상에서 자기 마음을 경건한 상태로 귀의하게 하고 그 경건한 상태에서 자연과 조화를 이"룰 수 있다.(앞의 책, 28~29쪽) 여기에서 현대 미국시를 생태적으로 읽는 강의를 자주 하는 김우창이 인용한 로빈슨 제퍼스의 시를 적어 본다. 우리는 자연의 아름다움을 어떻게 보아야 할 것인가?

> 느끼고 말할 것은 사물들의 놀라운 아름다움—지구, 돌, 물,
> 짐승, 남자와 여자, 해, 달 그리고 별—
> 인간성의 피어린 아름다움, 그 생각들, 광증과 정열,

그리고 인간이 아닌 자연의 한없이 높은 실재성—

사람의 반쪽은 꿈이니, 아니면 사람은 꿈꾸는 자연.

그러나 바위와 물과 하늘은 변함없다—자연의 아름다움을

크게 느끼고, 크게 알고, 크게 표현하는 것

그것이 시의 할 일이다.

나머지는 잡동사니일 뿐…

—「사물의 아름다움」중에서

우리 주위의 사물—자연, 인간, 모두 포함해서—을 아름답게 보기 위해서는 공감적 감성이 필요하다. 이 공감적 감성은 예술적 충동을 촉발시키는 모든 예술의 초월적 방법의 하나이다. 김우창에 따르면 예술적 충동은 '사람의 근원적인 충동이며 … 사람이 그의 삶을 창조적인 기쁨으로서 또 세계의 진리와의 조화로서 실현해보려는 충동이[며] … 예술은 궁극적으로 사람의 참다운 삶의 지혜이다.'(전집 2권, 363쪽) 이 공감적 감성을 통해 우리는 생태학적 상상력으로 나아가는 것이 아닐까? 생태학적 상상력이란 결국 예술적 초월과 맞닿는 것이다.

예술의 초월에 대한 관심의 동기는 대체로 이 세상에 남아 있으면서 저 세상의 체험까지를 원하는 데 있다고 할 수 있다. 뿐만 아니라 초월적인 것이 체험으로 가능하기 위해서는 감각과 사고의 가능성 속에 있어야 한다. 이 표현의 필요만도 예술의 초월을 제한한다. 그러면서도 예술이 일상적 세계에 비해서는 그것을 넘어가는 무엇을 가리키고자 하는 것은 사실이다. (「전통문화 속의 땅과 풍경」, 41쪽)

5. 나가며

김우창은 무엇보다도 도구적 이성에 의해 구축된 근대화와 산업화, 다름 아닌 '문명된 삶'의 살벌함과 기만성에 대해 언제나 예민하게 느낀다. 이러한 자연과 유리된 시대와 문명에 대한 불만과 거부감을 치유하기 위해서는 다시 소외된 자연과의 회복을 꿈꿔야 할 것이다. 자연, 나아가 다른 인간들, 그리고 사물들과의 유기적 상호관계를 부활시키는 생태학적 상상력은 낭만주의적 이상만이 아닌 가장 절실하고 현실적인 문제로 떠오른다. 이 현실 문제 해결의 출발은 자연과 사물에 대한 경(敬)의 문제로 귀결된다. 길가의 이름 없는 조약돌 하나라도, 인적이 드문 산속의 들꽃 하나라도 공중에 매달려 있는 구름 한 점도 우리에게는 모든 '풍경'의 의미 있는 대상물이다. 우리가 들판의 메뚜기들과 같이 살지 못한다는 것이 그만큼 우리 자신의 삶의 터전 자체를 파괴하는 것이라는 지혜를 얻을 수 있어야 한다. 메뚜기와 우리 인간은 하나의 거대한 생태계라는 고리에 함께 매달려 있는 상호주관성의 유기적 관계에 놓여 있다.

끊임없는 진보 신화와 개발 논리에 사로잡혀 공리적 가치만이 난무하는 문명된 삶에서는 아름다움이나 기쁨이 없다. 그저 지속적인 욕망의 확대 재생산만이 있고 소위 무한 경쟁이 만들어내는 투쟁과 싸움만이 있을 뿐이다. 이 고리를 끊을 수 있는 것은 과연 무엇일까? 이것은 김우창이 주장하는 공경의 에콜로지이다. 자연과 우리 삶을 연계시키는 생태학적 상상력은 우리 시대에 절대적으로 필요한 심미적 이성 또는 공감적 감성의 원리이다. 오늘날 보기 드문 사유의 깊이와 넓이를 지닌 학제적 인문 지식인인 김우창의 환경생태에 관한 논의는 우리에게 인간, 자연, 사물들이 함께 어우러져 살아갈 만한 삶의 공동체를 만들기 위한 근본적인 처방을 제시하고 있다. 우리에게 남는 문제는 선택과 실천이다. 이것이 없다면 제아무리 탁월한 사유와 지식을 가지고도 환경생태 문제에 작은 현실적 개혁의 불씨를 지필 수 없을 것이다.

8장 한국 영어교육의 기능주의 포월하기
— 인문학적 전망을 위하여

1

영어가 문화, 정치, 경제, 학문, 군사 등 각 분야에서 세계 공용어로서 급부상하면서 국내에서 영어에 대한 열풍이 시작된 지 오래되었다. 어린이들에서부터 대학 입시를 준비하는 중·고등학생들은 물론 취업을 준비하는 대학생들, 그리고 일반인들까지도 학원 등 과열된 사교육 시장에 동참한 상태이며 수많은 사람들에게 영어가 하나의 강박관념이 되고 있다. 영어에 대한 사회적 비용이 만만치 않은 상황에서 대학의 영어영문학과와 영어교육과는 상종가를 달리며 덩달아 우리 사회의 영어과열증에 편승하여 별다른 노력 없이 인기 학과로 대접받는 무임승차를 하고 있는 듯하다. 그러나 과연 인문대 영문과와 사범대 영어과가 한국 영어교육의 현장에서 자신들의 역할과 기능을 제대로 수행하고 있는지 의문이다. 특별히 1980년대 이후 미국을 중심으로 한 TESOL(Teaching English to Speakers of Other Language)이나 TEFL(Teaching English as a Foreign Language)이 새로운 응용 학문으로 떠오르면서 영어 교육은 새로운 전문교육 체제로 진입하였다. 미국에서 훈련받고 석·박사 학위를 마친 많은 영어교육 전공자들이 한국 영어교육계를 점령(?)하기 시작하여 유아, 초등, 중등 수준에서 대학에 이르기까지 모든 단계에서 영어교육은 좀 더 체계적이고 기술적이 되어갔다.

그러나 대학의 영문학과에서 외국어로서의 영어와 영문학을 가르치는 평자의 입장에서 볼 때 최근 각종 단계의 영어교육이 영어로 효과적으로 의사소통을 하게 만든다는 목표를 가졌음에도 그 흐름이 지나치게 기능주의적으로 흐르지 않았나 하는 우려를 하지 않을 수 없다. 다시 말해 듣기, 말하기, 읽기, 쓰기의 네 가지 기술(skill)이 보편적이고도 종합적인 언어 능력 배양이라는 측면에서 이루어지는 것이 바람직함에도 불구하고 실제 영어교육 현장의 경향이 단순히 발음과 억양, 문장구조나 구문, 설정된 상황 등 기술적인 영역으로 치우치는 것이 아닌가 하는 느낌이 든다. 물론 최근 영어교육 이론의 실제가 영어의 음성, 음운 단계에서부터 언어의 상위구조인 문화에 이르는 광범위한 부문에서 전문적이고 기술적인 접근을 하고 있음이 사실이지만, 무엇인가 언어교육에서 영혼에 해당되는 인간의 기본적이고 궁극적인 문제들을 다루는 "인문학"에서 많이 벗어난 기능주의 또는 기술주의에 경도된 것이 아닌가 하는 생각이 든다. 바로 이 시점에서 한국의 영어교육 현장에서 이와 같은 인문학이 부재한 기능주의 중심의 방법을 반성해보고자 하는 사유와 노력이 결실을 맺은 한 권의 책이 상재되었다. 그것은 영문학을 가르치는 몇몇 학자들과 중·고등학교의 일선 영어교사들이 모여 지난 수년간 논의와 토론 끝에 나온 『영어교육의 인문적 전망』(서울대학교 출판원, 2014)이라는 연구결과이다. 만시지탄의 감이 있다.

우선 평자 개인적인 이야기로부터 시작하자. 평자가 중등학교와 대학에서 영어와 영문학을 가르치기 시작한 1970년대 초만 해도 한국영어교육학회는 영어와 관련된 다양한 전공자들이 모이는 학술단체였다. 그 당시에는 나 같은 영미 문학 전공자들이 오히려 주류를 이루었고 여기에 음운론, 음성학, 통사론, 의미론 등 일반 언어학 전공자들과 영어교수법 전공자들이 영어교육학회를 구성하였다. 한국에서 영어영문학과 교수라는 사람은 기본적으로 외국어인 영어를 가르치는 "영어교사"들이다. 영어를 가르친다는 것은 종합예술이다. 영문학자건, 언어학자건, 교수법 전공자건 한국의 영어 교수나 교사는 영어라는 언어의 기본 요소인 일반 언어학적 접근, 인문학으로서의 영문학적 접근 그리고 영어를 어떻게 효과적으로 가르칠 수 있는가 하는 교육학으로서의 영어교수법을 종합적으로 숙지하고 있어야 하는 것 아닐까? 항상 학부나 대학원의 강의실에서 아무리 난해한 영시나 소설 그리고 문학비평 이론을 강의할 때도 나는 문학주의자가 아닌 기본적으로 "외국어"로서 영어를 가르치는 영어교사임을 잊은 적이 없었다. 어떤 텍스트를 학생들에게 가르치고 토론할 때도 기회 있을 때마다 수시로 영어로 된 그 텍스트의 발음, 리듬, 문법, 구문, 문단, 수사, 구성 등을 논하고 그 텍스트와 그 시인, 작가의 역사 · 문화적 배경까지도 논의하면서 영어를 문화 속 하나의 총체적인 언어 현상으로 보고자 노력하고 있다. 다시 말해 어느 단계든 한국에서는 영문학자건, 언어학자건, 영어교육학자건 교실에서 영어 텍스트를 가르칠 때는 기본적으로 종합적 소양을 갖춘 영어교사가 되어야 한다는 말이다.

그런데 1990년대 이후 어느 날부터 한국영어교육학회에 주로 미국에서 영어교육을 전공한 학자들이 모여들기 시작하더니 급기야 점령(?)해버렸다. 그리고 그들만이 영어교육 논의에서 전매특허를 가진 듯 영문학 전공자들이나 일반 언어학 전공자들을 영어교육과 관계없는 비전공자들로 취급하기 시작했다. 그 후 졸지에 문학주의자 또는 일반 언어학자로 낙인 찍힌 소위 교수법을 전공하지 않은 비전공자들은 한국영어교육학회에서 추방당했다. 물론 여기에는 일부 영문학 전공자와 언어학 전공자들의 잘못도 크다. 그들은 한국에서 넓은 의미의 영학(English Studies)이 기본적으로 외국어라는 "영어"를 가르친다는 사실을 망각한 채 자신들의 학문주의에 빠져 교육과 연구에서 영어교육적인 측면을 무시했다는 점에서 자업자득이다.

개인적인 이야기를 한 가지 더 보태자. 1960년대 말 70년대 초에 평자가 다녔던 국립대학교 사범대학 영어교육과에는(당시 학과의 공식명칭은 외국어교육과 영어전공이었고 보통은 영어과라고 불렸다) 다양한 전공의 교수들이 포진해 있었다. 시, 소설 등 영미 문학 전공자와 음운론, 구문론, 의미론 등 일반 언어학 전공자가 균형 있게 배치되어 있었고 오히려 영어교수법 전공자는 소수였다. 그 후 1990년대 이후부터 영어교육과는 주로 미국에서 공부한 영어교육 전공자들로 채워지기 시작하여 지금은 영미 문학 전공자와 일반언어학 전공자들이 극소수가 되어버렸다. 물론 영어교육과 전공 분야의 인적 구성만을 논하는 것은 아니다. 한국 영어교육의 본령인 인문학으로서의 영문학, 일반 언어이론으로서의 언어학, 그리고 영어교육방법론으로서의 영어교수법이 다양하고도 균형을 유지해야 문화적 총체로서 언어교육인 영어교육이 완전한 모습이 될 수 있다는 뜻이다. 매우 유감스럽게도 오늘날 한국에서 각급 학교의 영어교육이 기능주의와 기술주의에 경도되는 것은 미국 학문의 영향이 아닌가 우려된다. 한국 영어교육학과의 교수들 대부분이 미국에서 공부하고 학위를 취득했기 때문이다. 역사가 짧은 미국 학문의 문제점으로 알려진 현실 비판과 역사의식이 박약하다는 것은 널리 인정되고 있다. 다시 말해 미국의 모든 학문 분야에서 역사·문화적 맥락이 대체로 무시되고 자본주의에 토대를 둔 시장 사회의 영향으로 기술주의, 기능주의, 효율주의에 경도되고 있다는 것이다. 이것은 비단 영어교육 분야뿐 아니라 문학, 역사, 철학, 사회학 등 모든 분야가 유사한 경향을 보인다고 할 수 있다. 만약에 이것이 어느 정도 사실이라면 한국에서 주체적 학문과 교육을 위해 우리는 이러한 측면에서 우리 자신들을 성찰하고 반성해야 하리라 본다.

2

이제부터『영어 교육의 인문적 전망』의 구성과 내용을 살펴보자. 이 책은 크게 3부로 구성되어 있다. 제1부에는 영어교육의 현실과 인간화 전망, 제2부는 중등 영어교육의 인문적 전망, 제3부에는 대학 영어교육을 위한 새로운 탐색이라는 제목이 붙어 있고 이 책의 집필자인 김길중이「머리말」을 썼다. 김길중은 여기에서 한국 영어교육의 인문적 전망을 논하는 이 책 전체의 주제를 다음과 같이 밝히고 있다.

영어를 위시한 모든 선택된 외국어는 모국어와 나란히 어문교육의 기반을 공유하고 시민의 교육에 함께 참여하는 것이다. 그러므로 다음과 같은 과제 판단을 할 수 있다. 곧, 학교 차원의 영어교육은 중등 수준이든지, 대학 수준이든지, 전문 기능교육의 영역이 아니라 어문 소양교육의 일환이라는 점, 그런 면에서 영어소양은 외국어 기반의 인간적 시민적 인문적 세계 전망을 감당하여야 한다는 점, 그것으로 학과와 학습의 기반이 창의 속에 정당하고 풍부하여지면 학습의 동기와 성취의 수준도 의미 있게 제고될 것이라는 점, 교육의 인문적 비전 속에서 문학 내지 문학적 상상력의 역할이 상대적으로 높아질 것이라는 점 등이다. (vi~vii쪽)

여기서 김길중의 요점은 한국 영어교육에서 기능주의의 일정한 공헌을 인정하면서도 미시적으로 "인간 내용을 탈색하고 미시적인 기능적 어법주의에 더욱 경도하는 역설"(vi쪽)을 지적하고 거시적인 "인간적, 시민적, 인문적 세계 전망"을 개입시키고자 하는 것이다. 그러면서도 김길중은 "인문적 전망은 기본적으로 인간과 인간 가치의 교육적 전망"으로 "텍스트의 인문적 전략이 요청되지만" "문학의 특권적 위상을 전제하는"(vii~viii쪽) 인문주의나 문학주의만을 내세우는 것이 아님을 밝히고 있다.

제1부의 첫 글인 「영어교육의 인문적 전망에 대하여」에서 김길중은 인문적 전망에 대한 역사적 배경과 문제의식 그리고 다른 아시아 나라의 사례들을 논한다. 그는 계속 영어교육에서 인간화의 전망을 갖춘 "시민의 소양과 역량"을 다시 역설한 후 기능주의를 다음과 같이 비판한다.

영어를 위시한 모든 언어의 본령인 인문 역량을 굳이 어법적 기능으로 환치하는 퇴행은 인간의 무궁한 역량을 생리적 차원으로만 돌리는 환원주의와 흡사하다. 퇴행하는 기능주의 학습은 무지에서 출발하여 '영어'를 찾아 열심히 나아가지만 세계의 전망 없이 어법의 캄캄한 폐쇄회로에 갇히는 자폐증에 비견할 수 있다. 어법에서 출발하여 어법 안으로 자신을 가두는 영어에 대하여 당연히 상대적으로 열린 인문적 학습전망을 상정할 수 있다. (23~24쪽)

한국 영어교육계의 기능주의에 대한 비판은 신문수의 글「우리 시대의 영어만능주의」에서도 분명해진다. 신문수는 "유감스럽게도 우리의 영어교육계는 영어습득의 기술과 방법론에 주된 관심을 기울일 뿐 그것의 교육적 문제점이나 사회문화적 함의를 아울러 생각하는 문제의식은 미흡"(47쪽)하다고 전제하고 그 원인으로 "탈맥락적인 기능주의 영향"에 따른 "전문화 요구"(47쪽)로 제시하고 있다. 이와 함께 신문수는 국내 영어교육과의 교육과정에서 "인문적 소양과 문화적 문해능력"을 함양하는 교과들은 점점 없어지고 교수방법론 과목들이 대폭 늘어나 영어교육의 내용과 기능(방법) 사이에 균형이 깨지고 있다는 점을 날카롭게 지적한다. 이에 대한 대안은 무엇인가? 그것은 영어교육에서 삶의 내면적 깊이를 회복하는 일이다.

> 영어교육학은 전문화되고 양적으로 번창하고 있을지 모르지만 영어교육의 질적수준은 저하되고 있는 역설적인 상황인 것이다. … 유연한 마음가짐은 내면적 삶의 깊이, 곧 인문적 소양과 공감적 지성에서 나온다. 영어를 숙달해야 할 기능으로만 보지 않고 정신문화의 창으로서 받아들이고 이를 통해 지적·문화적·심미적 소양을 함양시키는 교사 교육이 되어야 한다. 이런 넓은 지평에 설 때 비로소 참다운 의미의 의사소통 능력도 배양할 수 있다는 사실은 거듭 강조되어야 한다. (52쪽)

문제는 "인문적 소양과 공감적 지성"을 가진 교사 양성이다. 신문수는 현재 한국 영어교육계의 최대 과제는 "도구적 이성으로 무장한 전문 기능인이 아니라 창의적이면서도 정감적이고 인간에 대한 이해가 깊은 이런 교사를 길러내고 선양하는 체제로 방향 전환"(54쪽)이라고 강조한다. 여기서 또다시 문제는 인간으로 돌아온다. 가르치는 교사나 배우는 학생이나 영어교육 현장에서 기계적 기능주의에 함몰되지 않고 인간적인 상호 공감 속에서 적절한 인지 성숙도에 따라 "수준과 능력과 특성과 요구"가 함께 어우러지는 공론의 장에서 따뜻하게 살아 있는 상호관계를 만드는 방책을 수립해야 한다.

「언어의 창조성과 사유의 훈련」이란 글에서 김재오는 영국의 영문학자 F.

R. 리비스를 중심으로 언어의 창조성과 우리 시대 문학의 위상을 영어교육적 측면에서 논의하고 있다. 김재오는 영어교육과 관련하여 언어는 문화의 본질적인 생명력이며 문학은 이러한 살아 있는 언어의 발현체라고 보는 리비스를 따라 먼저 "언어창조성"에 주목한다. 따라서 창조적인 언어 사용의 결과로서의 문학을 통해 "공론의 장"에서 "교양 있는 일반인"은 삶에 대한 감수성과 지성을 결합할 수 있다. 문학은 작가가 창조적인 언어로 이루어 놓은 최고의 "살아 있는 원리"를 제공한다. 따라서 언어교육에서 문학(성)을 배제한다는 것은 영혼이 빠져버린 기계인간을 만드는 일이다. 김재오는 다음과 같은 결론에 다다른다.

> 문학작품에서 드러나는 이 언어의 잠재력은 삶의 구체성 내지 실감을 직접적으로 환기시킨다는 점에서 인간 삶의 경험을 심층적이고 역동적으로 파악하는데 필수적이다. 한 문화의 본질적 생명력이 문학 작품에서 발현된다는 리비스의 주장은 바로 개별주체의 창조적 언어 사용 자체가 '심층적이고 역동적인' 사회의 총체성의 구현에 다름 아님을 강조한 것이라 할 수 있다. 문학 공부가 현실에 실천적으로 개입할 가능성을 찾는 과정에서 리비스를 참조해야 할 이유가 여기에 있다 하겠다. (75쪽)

리비스가 20세기 중반 영국의 문화적 황폐함을 치유하기 위해 영문학 교육을 강조한 것은 21세기 초반 우리 한국의 영어교육 일반 그리고 영어교육에서도 우리가 타산지석으로 삼아야 할 것이다. 사실상 리비스의 문화교육으로서 문학교육 강조는 19세기 후반 영국의 시인, 비평가인 매슈 아널드의 반향이다. 아널드는 19세기 후반 영국 역사상 가장 풍요로운 시대였던 빅토리아 시대를 살아가는 당시 일반 시민들에게 크게 절망하였다. 당시 사회에는 자본주의와 산업화의 급속한 발전에 따른 물질적 풍요 속에서 편의주의와 속물주의가 만연해 있었다. 직업으로 30여 년간 장학관을 지내면서 교육에 관심을 가지고 있었던 아널드가 이러한 빅토리아 시대의 질병을 치유하기 위해 내세운 것이 문학을 통한 교육이었다. 그는 문학이 과학과 종교를 대치할 수 있다고까지 선언하며 문학교육의 목표를 시민들이 공평무사한 마음을 가지고 사실을 있는 그대로 봄으로써 점진적으로 완전한 경지로 나아가게 하는 것으로 생각했다. 아널드의 논의는 19세기 후반 영국 사회와 문화를 광정하기 위해 내놓은 방책이지만 오늘날 또 다른 지독한 속물주의에 중독된 지금, 한국 사회를 살아가는 우리에게도 좋은 선행 사례가 될 수 있다. 다시 말해 문학을 통해 더 좋은 세상을 만들려고 했던 아널드의 논의를 21세기 초 한국의 외국어로서의 영어교육 현장에도 개입시킬 수 있을 것이다.

한국 영어교육의 인문적 전망을 위한 지금까지의 이론적 논구를 토대로 강규한은 구체적인 영어교육 방법을 「문학 텍스트를 통한 통합적 영어교육의 가능성」이란 글에서 논의한다. 강규한은 지난 수십 년간의 영어교육 방법을 역사적으로 점검한다. 전통적인 문법 번역식 교수법(Grammar Translation Method)을 시작으로 행동주의 심리학과 구조주의 언어학에 토대를 둔 청화식 교수법(Audiolingual Method)을 지나 촘스키의 인지주의 언어학의 영향으로 의사소통적 언어교수법(Communicative Language Teaching)에 이른다. 그는 "복합적이고 예민한 인간 사유"를 토대로 한 언어 사용은 수동적인 해독이 아니라 능동적인 창조 과정으로서 "통합적 양상"(81쪽)을 강조하고 오늘날 대세로 의사소통적 언어교수법의 한계를 지적하며 "총체적 영어교육" 방법을 제시한다. 그의 말을 들어본다.

> 실제 영어사용이 읽기, 말하기, 쓰기, 듣기의 네 기능 중 어느 하나 또는 음성 언어와 문자 언어의 양자택일에 의해서가 아니라 통합된 양상으로 이루어지듯이, 영어교실에서도 영어의 어느 한 기능만을 따로 떼어 다루거나, 음성 언어와 문자 언어를 분리하여 제시하는 대신, 영어의 여러 기능과 측면이 통합된 '총체적 언어'의 관점으로 접근함으로써 진정한 의미의 의사소통능력 향상을 도모해야 한다는 것이 총체적 영어교육의 주요 원칙 중에 하나이다. (83쪽)

이것은 "어떻게 영어가 총체적 언어로 경험될 수 있도록 할 것인지 하는 점이야말로 영어교육의 핵심 사안"(83쪽)이라고 말하는 강규한의 당연한 주장이라 할 수 있다.

강규한은 문학을 통한 영어교육에 가해진 네 가지 비판들을 다음과 같이 소개한다.

> 1. 영문학 공부가 사고 능력이나 판단 능력을 길러준다는 것은 언어 기술과는 관계없는 일반적 차원이므로 특별한 이점이 될 수 없다.
> 2. 문학 텍스트는 복잡한 구문과 독특한 어휘로 구성되어 있기 때문에 일반 언어교육에 도움이 되지 않으며 따라서 문학 텍스트를 이용한 영어학습은 학생들의 학문적, 직업적 성취에 기여하기 힘들다.
> 3. 영어교육에 문화적인 요소가 필요하다고 해도, 문학은 특수한 문화적 시각에 대한 반영이므로 일반 학생들에게 문학을 통해 문화를 제시하는 것은 적절하지 않을 수 있다.
> 4. 문학 텍스트를 읽는 것은 독해력을 길러줄 수는 있지만 듣기, 말하기, 쓰기 능력 등을 신상시키는 데는 기여하지 못한다. (84쪽)

강규한은 이에 대해 조목조목 반박하면서 문학 텍스트를 영어교육 현장에서 "고도로 압축된 언어 텍스트를 통해 언어의 일반적 의사소통 과정을 고밀도로 경험하도록 도와주는 것"(86쪽)으로 규정한다. 맥락화된 언어로서 문학 텍스트는 의사소통이 이뤄지는 다양한 삶 상황들을 복합적이고 생생하게 보여줄 수 있기 때문에 영어를 가르치는 사람이나 배우는 사람이 모두 차원 높은 "인격적 성장"에 기여할 수 있다는 것이다. 교실에서 각종 수준의 영어교육이 지나치게 규칙화와 단순화되는 경향은 단기간 내에 효율만을 고려하는 일종의 편의주의적 태도에서 나온 것이다. 언어 현상 자체가 복잡하고 총체적인 문화 현상 안에 놓여 있는데 영어교육에서 다양하고도 복합적인 언어와 문화 현상들을 무리하게 기능적으로만 진행시킨다면 퇴행적인 왜곡과 책임 회피가 될 것이다.

강규한은 널리 읽히는 아동문학 작품인 E. B. 화이트의『샬롯의 거미줄』(1952)을 예로 들어 문학 텍스트가 어떻게 영어교육 현장에서 통합적 언어 경험의 모형으로 효과적으로 사용될 수 있는가를 잘 보여주고 있다. 나아가 그는 "언어를 스토리 구조 안에 담아 제시하는 스토리텔링 교수법의 효율성"(98쪽)도 언급하며 영어교육 현장에서 학습자 수준에 맞는 문학 텍스트를 선택하는 "하향식(top-down) 모형이나 상호작용 모형"(99쪽)을 고려할 필요성을 강조한다. 결국 다양한 영어교육 현장에서 교육자의 역할이 매우 중요함을 다시 한 번 인식할 수 있다. 외국어로서 영어교육을 효율성과 기능성만을 생각하기보다 듣기, 말하기, 읽기, 쓰기의 네 영역 모두에서 역동적이고 복합적인 언어 생활을 고려하여 학습자의 흥미와 수준에 맞는 인지 수준과 문화 수준까지 고려하는 교재와 교안을 준비하는 각고의 노력이 필요하다. 이것은 결국 영어교사나 교수의 "사랑의 수고"가 아니겠는가?

3

제2부는 "중등 영어교육의 인문적 전망"에 관한 내용으로 되어 있다. 첫 번째 글인「중등 영어교육에서 인문적 가치의 중요성」에서 조자룡은 한국이 이미 "세계 자본주의 질서" 속으로 편입되어 "영어를 가르치는 목적 역시 인문적 가치를 기르고 배양하는 것으로부터 경쟁과 이윤의 창출이라는 도구적 기능을 중시하는 것으로 함께 변화해왔고, 영어교육에 대해서도 이러한 목적을 위해 부응할 것이 요청되었다"(108쪽)고 전제한다. 그는 초·중등 영어교육에서 '인문적'인 내용이 얼마나 있는지 구체적으로 분석한 후 "우리 사회가 길러내야 할 바람직한 인간의 최종적인 목표에 대한 근본적인 반성"(121쪽)이 필요하다고 언명하면서 아래와 같이 결론을 내린다.

중고등학교 교과서에 들어 있는 한 학년에 열 내지 열두 개의 단원 중에서 한 단원이라도 인문적 가치를 가지고 있는 명문이 들어가는 것이 아쉬운 상황을 고려하면 … 의사소통 기능과 언어 능력이 인문적 소양과 함께 조화를 이루어 나갈 수 있다면 아마도 전 세계 영어교육의 새로운 이론적, 실천적 장을 열어가는 것이 될 것이다. (121쪽)

「고등학교 영어수업에서 문학 텍스트의 활용 방안」에서 김은실은 "언어교육에서 문학 텍스트의 의미는 단순한 학습자료 이상의 것이다. 문학 텍스트는 삶의 모든 국면을 다루고 있으며, 그 언어를 사용하는 사람들의 언어 생활의 일부로서, 언어 교육에 있어서 단순한 문장의 분석과 해석을 넘어서는 포괄적인 언어 체험을 제공하게 된다"(126쪽)고 전제한다. 나무 그리기 식의 단순한 문장 분석을 넘어 고등학교에서 문학 텍스트 활용의 실제 사례로 E. A. 포의 단편소설 「도둑맞은 편지」와 찰스 디킨스의 소설 『위대한 유산』의 영화 텍스트와 한국문학의 영어 번역본인 염상섭의 『삼대』(*Three Generation*)를 중심으로 실제 수업에서 어떻게 구체적으로 활용될 수 있는지를 상세하게 제시하고 있다. 김은실은 "인간과 인간이 진정으로 의사소통을 할 수 있기 위해서는 … 일상생활에서 목표언어를 항상 연습하고 사용할 수 있는 환경이 아닌 우리 현실에서, 마음을 움직이는 글을 읽고 그 글 속에서 의사소통을 연습하게 되는 일이 문학 텍스트 활용이 주는 의미 있는 효과"(143쪽)라고 마무리짓는다. 이 책의 필자들이 모두 동의하고 주장하는 것처럼 문학은 인간 삶의 살아 있는 모습들을 가장 총체적으로 언어로 재현한 문자예술이다. 문학은 어떤 하나의 논리나 규칙으로 요약할 수 없는 유기적인 생명체이다. 그렇다고 영어교육에서 문학주의로 돌아가자는 말은 결코 아니다. 오늘날과 같이 기능주의가 유행하는 상황에서 문학을 통해 "인간에 의한 인간을 위한 인간의" 인문 정신을 회복하자는 말이다.

「고등학교 수업시간에 영소설 읽기」라는 글에서 윤미정은 고등학교 영어수업 현장에서 교재로 장편소설 읽기의 문제를 매우 상세하게 논의한다. 또 다른 논자인 이진경은 「고등학교 교과서 읽기 자료의 문제점과 개선 방안: 의사소통적 관점」이란 글의 서두에서 영어교육 전공자들과 영문학 전공자들의 차이점을 극명하게 대비시키고 있다.

> 영문학 연구자들의 입장에서는 '무엇'에 초점을 두었다면 영어교육 전공
> 자들은 '어떻게'를 중요하게 고려하였다고 할 수 있다. 그러나 어떻게 가르
> 칠 것인가 하는 문제는 무엇을 가르치는가에 따라 결정되는 것이므로 무엇
> 을 가르칠 것인가를 먼저 고민해야 마땅할 것이다. 왜냐하면 내용과 방법은
> 엄격하게 분리된 것이 아니기 때문이다. 내용은 방법의 눈으로 포착된 내용
> 이며, 방법 역시 내용으로 투사되고 규정된 방식이다. 둘 사이를 엄격하게
> 구분 짓는 것은 영어교육을 한층 기능적인 방향으로, 영문학을 계속 고답적
> 인 영역으로 남겨둘 개연성이 높다. (174쪽)

한국에서 영어교육을 담당하고 있는 두 주체에 대한 이 같은 비교 대조는
매우 설득력이 있다. 이렇게 분리된 두 개의 문화가 계속 각기 제 갈 길만을
간다면 한국의 영어교육은 재앙을 면치 못할 것이다. 아니 이미 그런 단계
에 들어간 것은 아닌가? 이 두 개의 자기들만의 문화는 다시 만나 대화를 시
작하고 협업 체제를 구축해야 파국을 막을 수 있다.

이진경은 이 두 개의 문화를 이어주는 다리로서 "의사소통중심 교수법"
을 제창하고 이어 의사소통 중심적이지 않은 읽기 텍스트를 첫째 사건의 나
열과 설명 위주의 글, 둘째 정서적 어휘의 결핍, 셋째 진정성의 결여의 세
종류로 나눈다.(179~186쪽) 셋째 진정성이 결여된 텍스트를 의사소통 능력
함양의 견지에서 다시 세 개의 관점으로, 즉 (1) 상호작용의 측면에서 (2) 통
합적 교수의 관점에서 (3) 문화적 이해의 관점에서 논한다. 그의 결론은 따
라서 자명해진다: "인문학으로서의 영문학이 응용 학문으로서의 영어교육
과 대화하고 협력하여야만 영어교육의 내용이 풍성해질 것이다."(194쪽) 이
를 위해서는 오히려 한국의 영문학 전공자들이 문학주의적 연구만을 고집
할 것이 아니라 언제나 영어교사라는 사실을 잊지 않고 영어교육 전공자들
을 도와야 하지 않을까? 제2부에서 그다음의 논자 정종호는 「고등학교 학생
들 가슴 속에 영문 명연설 담기」라는 글에서 흑인 민권운동가로서 1968년에

암살당한 마틴 루터 킹 주니어 목사의 연설문 "I Have a Dream"과 애플사의 회장이었던 스티브 잡스의 2005년 스탠퍼드 대학 졸업식 연설문인 "You've Got to Find What You Love"를 중심으로 고등학교 영어교육에서 명연설의 중요성과 효과에 대해 분석적이며 구체적인 흥미로운 보고를 하고 있다.

이 책의 제3부는 대학에서의 영어교육 문제를 주로 다루고 있다. 첫 번째 글인 「절충주의식 셰익스피어 교육방법: 『리어 왕』을 중심으로」에서 조광순은 셰익스피어 교육과 연구의 최근 동향에 주목하면서 4대 비극의 하나인 『리어 왕』을 가르칠 때 종래의 문학적 방법만이 아닌 셰익스피어 시대의 무대 공연을 심도 있게 고려하였던 작품의 총체적 의미를 탐구하는 공연비평적 방법을 추천한다. 여기서 공연비평적인 요소란 "무용, 일인이역, 시각적 무대장치, 시극의 공연"(231쪽)을 가리킨다. 조광순은 『중등학교에서의 셰익스피어』를 저술한 영국의 셰익스피어 학자 렉스 깁슨이 셰익스피어 본문을 공연 대본으로 접근하는 공연 비평을 소개한다. 이러한 절충주의적 교수법을 통해 엘리자베스 시대와 영어의 이해, 작품의 문학성뿐 아니라 셰익스피어의 인문학적 가치 그리고 학생들의 영어구사력도 높일 수 있다고 글을 맺는다.

다음 김경한은 「영문학 기반 문화교육 과정 개발」에서 언어와 문화를 분리할 수 없다는 전제 아래 영문학 교육에서의 영어권 문화교육을 강조하고 있다. 그는 또한 영어가 모국어가 아닌 학습자로서 대학생들의 영어 수준에 맞는 작품들인 "아동문학, 청소년문학, 대중문학, 추리문학, 판타지, 만화, … 전래동요, 동시, 노래"(260쪽)를 가르칠 것을 추천한다. 나아가 그는 영문학기반 문화교과목 중 서양 문화의 토대가 되는 『성서』, 그리스 로마 신화, 플라톤과 아리스토텔레스의 그리스 철학, 동화, 우화, 동요, 종교개혁 등을 비롯해 영국 문화와 미국 문화를 이해하는 데 필요한 텍스트들을 소개하고 있다. 이를 통해 "영문학은 EFL 상황에서의 독특한 영미 문화교육 지식 체계를 확립하고 발전시켜 나감으로써 국내외의 영어교육에 이바지할 수"(281쪽) 있음을 강조한다.

「영어교육과 인문학적 가치의 재정립: 영문학과 교과과정의 경우」란 글에서 이인기는 "인본적인 가치와 그 추구의 과정을 통괄하는 개념을 인문학적 가치"(283쪽 각주1)로 전제하고 영문학 교과과정의 새로운 인문학적 가치를 모색한다. 대학졸업 청년실업이 최고조에 달한 현실에서 영문학이 교육 수용자인 학생들의 취업, 졸업 인증, 기초 실력 배양 등 맞춤형 교육을 수행해야 함도 결코 무시할 수 없음을 인정하여 "사회의 현실적인 요구와 양립하는 인문학적 가치를 재정립할 가능성을 모색"(308쪽)해야 한다고 지적하며 몇 가지를 제안한다.

1. 전공교육에서 교수요목의 다양화 추세를 수용하기
2. 역할극을 활용함으로써 수업을 '권위주의적 독백'으로부터 학생을 주체로 만들기
3. 교양교육에서 텍스트의 진정성이 있는 글 확보하기
4. 실용 영어교육이라도 인문학자로서의 교수의 존재를 확립하기 (308쪽)

강유나의 「드라마를 체험하는 교양영어」라는 글은 대학의 교양영어 학습 현장에서 작품으로서의 드라마를 통해 "'언어 습득'뿐 아니라 '창의적인 생각', '공동체적 경험'까지 할 수 있어야 한다는 당위"와 함께 "인문학적인 분석력"(319쪽)이 배양될 수 있다는 믿음을 보여준다. 이 글은 구체적 수업 설계와 실제에 대한 상세한 논의를 통해 교수자와 학습자 사이에 좀 더 역동적인 관계가 형성됨을 잘 보여준다. 이 책의 마지막 글은 이원주의 「웹 기반 학습 환경을 활용한 실용영어와 인문 소양의 개발」이다. 여기서 그는 고도 영상매체 시대에 걸맞게 최첨단 인터넷 기제를 사용하는 영상 영어교육을 시도한다. 그러나 여기서도 영어교육의 실용적인 면만을 강조해서는 안 되고 인문적 소양도 적절히 개입되어 그 균형을 잃어서는 안 된다는 점이 강조된다. 지금까지 이 책에 실린 모든 글들을 짧게나마 소개한 것은 초 · 중등학교와 대학에서 영어교육을 수행함에 있어서 기능주의에 경도되는 것을

막고 인문학적 상상력을 살려내기 위한 다양한 이론들과 현장에서의 구체적인 방법들을 다양하게 소개하기 위함이다.

4

모든 교사들은 강단에서 어떤 과목을 가르치든 간에 '교육'이란 무엇인가에 대한 깊은 사유를 항상 게을리하지 않아야 한다. 교육이란 궁극적으로 학생들을 독립적이고 주체적인 개인으로 세우고 나아가 우리 사회를 하나의 지속가능한 공동체로 구성하는 일원으로 키우는 것이다. 학생들에게 공동체에 유익한 기본적인 자질과 능력을 배양하기 위해서는 인문학적 소양이 필수적이다. 인문학이란 인간학에 다름이 아니므로 인문학의 근본적인 문제의식은 인간이란 무엇인가라는 정체성 문제뿐 아니라 어떻게 살아가야 하는가라는 윤리적인 문제에까지 이른다. 각 인간은 한 개인으로의 신체적, 감성적, 지성적, 영성적 성장과 성취뿐 아니라 함께 더불어 사는 존재이기에 인문학적 소양이 문제가 되는 것이다. 오늘의 주제인 한국의 영어교육의 장에서도 당연히 인문학적 소양이 중요할 수밖에 없다. 그러나 영어교육의 현장은 지나치게 언어의 비교적 단순하고 손쉬운 기능적인 기술 습득에 치중하게 된다. 좀 더 다양하고 복잡한 인문학적 조망은 효율성을 극대화하는 단기적 성과주의에 쫓겨 무시당하기 일쑤이다. 인문학적 소양은 비록 외국어로서 영어를 배워 진정한 의미의 의사소통 능력을 극대화하기 위해서는 아무리 귀찮고 어렵다 해도 포기할 수 없는 가치이다. 이런 맥락에서 이번에 상재된 『영어교육의 인문적 전망』은 한국 영어교육의 근본적인 문제 제기를 위한 중대한 의미를 가질 수밖에 없다. 이 주제는 그동안 우리가 각급 학교의 영어교육에서 논의하고 개입시키기를 꺼려 했던 뜨거운 감자였다.

"언어는 인간 존재의 감옥이다"라는 말은 언어 없이 소통이 불가능하기에 언어가 우리의 삶에서 빠져나올 수 없는 족쇄라는 인식에서 출발하여 지난 세기에 "언어학적 결정론"(Linguistic Determinism)으로까지 발전되어 문학,

역사, 철학의 인문학 분야는 물론 사회과학과 자연과학 분야에까지 크게 영향을 끼쳤다. 또한 언어는 무엇보다도 살아 움직이는 생명력이다. 언어는 인간의 상상력을 통해 무엇인가를 창조하는 능력이 있다. 역사와 상황에 따른 현실을 변형시키고 변혁하는 힘이 있다. 이러한 힘들은 인문학에 잠재태로 무한히 매장되어 있다. 인문학은 이것을 불러내고 작동시켜 우리의 제약된 삶의 현장에서 우리를 생존시키고 지속시키는 동력과 비전을 제공하는 놀라운 시공간이다. 한 언어로서 영어도 예외는 아니다. 외국어로서 또는 타자로서 영어의 잠재된 힘을 기능주의에 함몰시키는 것은 결코 현명한 처사가 아니다. 영어교육에서 인문적 힘을 소생시키기 위해서는 어떠한 난관이 있더라도 소위 영어교육 전문가들과 인문학자로서 영문학 전공자들이 자주 만나고 협력하여 한국 현실에 알맞은 새로운 모형을 개발해야 한다.

이런 맥락에서 영어교육 현장에서 지금까지의 영문학 전공자들은 지나치게 문학중심주의라는 폐쇄된 오만과 무지 속에서 현실을 애써 외면하면서 직무유기해온 것은 아닐까? 거듭 말하거니와 한국의 영어영문학과와 영어교육학과의 모든 언어학 전공자, 영어교육 전공자, 영문학 전공자들은 기본적으로 외국어로서 영어를 가르치는 '영어교사'라는 점을 잊어서는 안 된다. 언어 예술인 문학을 언어학적 지식 없이 영문학자들이 연구할 수 있단 말인가? 일반 언어학자들은 시학, 수사학 등 언어의 최고 수준의 현현체인 문학을 외면한 채 어떻게 통합적이고도 신비스러운 언어 현상을 설명할 수 있단 말인가? 영어교육 전공자들은 영어교육에서 한 언어의 토대와 배경이 되는 언어학과 영문학을 경시한 채 진정한 의미의 영어 언어교육을 할 수 있단 말인가? 모두들 자기 영토만을 지키기 위해 두더지처럼 한 구멍만 파는 것이 점점 더 불가능해지는 융복합 시대이다. 언어학자, 영어교육학자, 영문학자들이 자주 만나고 모여서 21세기 통합적 영어교육 개혁연대라도 결성함이 어떨지 모르겠다.

『영어교육의 인문적 전망』에서 아쉬운 점 한 가지를 지적하면서 이 글을 마치고자 한다. 인문학 정신의 기본 중의 하나가 비판 교육이라고 볼 때 이 책에 실린 글들 중에서 행간에 이러한 비판 언어교육이나 담론 분석 등에 대한 논의를 전제한 글들이 있는 것은 사실이나 좀 더 본격적으로 제국주의 언어로서의 영어, 신자유주의, 금융자본주의 시대의 언어로서의 영어에 대한 반성과 비판을 본격적으로 다룬 글이 눈에 띄지 않는다. 그러한 비판 작업은 부차적인 것이라는 주장도 가능하겠지만 평자의 견해로는 이 작업을 비교적 초기 단계에서부터 개입시켜야 한다고 본다. 이러한 비판 언어교육이 배제된다는 것은 또 다른 기능주의가 아니겠는가?

에필로그: 재난시대를 위한 지속가능한 새로운 인간상 모색

— 포스트휴머니즘에 관한 단상

이 인간, 참으로 천지조화의 걸작, 이성은 숭고하고, 능력은 무한하고, 그 단정한 자태에다 감탄할 운동, 천사 같은 이해력에다 자세는 흡사 신과 같고, 세상의 꽃이요 만물의 영장인 인간, 즉 물질의 정수랄까, 이것이 내게는 먼지의 먼지로밖에 보이지 않는단 말야. 인간의 꼴이 보기 싫어. 여자, 여자의 꼴도 보기 싫고, 웃는 것을 보니, 자네들은 그렇지 않은 모양이지.

— 셰익스피어, 『햄릿』 II막 2장, 311~318행, 김재남 역

인간의 합당한 연구대상은 인간이라.
이 옹색한 중간적 위치에 놓여 있는,
어두우면서도 지혜롭고, 거칠면서도 위대한 존재.
회의론적 입장을 취하기에는 너무 지식이 많고
금욕론자의 교만한 입장을 취하기에는 너무 약점이 많아
중간에서 우물쭈물, 자신있게 행동하지도 가만히 있지도 못하며
자신 있게 그 자신을 신으로도 짐승으로도 생각 못하여
자신 있게 정신도 육체도 택하지 못하며
태어나선 죽고, 판단하되 그르치며
그의 이성 그 정도니, 적게 생각하나,
많이 생각하나 무지하기 마찬가지.

사상과 감정은 온통 뒤죽박죽의 혼란.

언제나 미망에 속고 깨고

일어났다 주저앉도록 지어지고

만물의 영장이면서도 만물의 제물이라.

진리의 유일한 재단자이면서도 끊임없는 오역 속으로 내던져지니

진정 온 세상의 영광이요, 웃음거리요, 수수께끼로다.

— 포프, 『인간론』 II, 2~18행, 강대건 역

1. 서론—21세기에 다시 "인간"이란 무엇인가

인문학은 인간에 대한 학문 즉 지성, 감성, 영성, 육성을 토대로 한 인식
체계이다. 인문학의 중심적 주제는 인간이다. 인간에 대한 이해가 전제되
지 않는 인문학은 성립될 수 없다. 오늘날 인문학의 위기 또는 쇠퇴 또는 추
락의 원인은 인간학에 대한 수립이 부족했기 때문이다. 인간은 자신의 얼
굴 모습을 결코 볼 수 없다. 거울을 통해 자신을, 그것도 뒤집혀진 자신의
모습을 볼 수 있을 뿐이다. 이것이 인간 존재의 역설이다. 거울이라는 도구
나 타인을 통해서만 자신의 전체 모습을 보거나 들을 수 있다. 우리는 이
런 상황 속에서도 자신을 잘 알고 있다고 생각하며 살아간다. 그러나 인간
은 자신이 누구인지 잘 모른다. 아니 알 수가 없다. 18세기 유럽의 이성주의
(rationalism)가 절정에 달했던 계몽주의 시대의 영국 작가 조너선 스위프트
(Jonathan Swift)는 소설 『걸리버 여행기』(*The Gulliver's Travel*)에서 "인간"에
대한 낙관적인 정의인 "이성적인"(rational) 동물에서 "이성이 가능할 뿐인(ra-
tionis capax)" 동물로 매우 회의적인 정의로 바꾸었다. 이것이 영국 시인 알
렉산더 포프(Alexander Pope)가 「인간론」(*Essay on Man*)이란 철학시에서 설명
할 수 없고 이해할 수 없는 기묘한 중간적 존재인 인간을 "수수께끼"라고 결
론지을 수밖에 없었던 이유이다. 인간이 자신의 모습을 볼 수 없다는 것은
일종의 저주로 분명한 "자기 눈멂"이다. 인간은 자신을 흔히 주인된 주체(명

사 subject)라고 생각하지만 인간은 또한 타인들에게 종속된(형용사 subject) 존재일 수밖에 없다. 이 기막힌 역설과 아이러니 속에서 인간이 할 일은 무엇인가? 상형문자인 한자로 보아도 인간(人間)은 서로를 받쳐주고 의지하며 "사이"에서 살아야 하는 존재이다. 사람과 사람, 사람과 사회, 인간과 자연 사이의 중간 존재가 인간의 엄정한 실존적 상황이다.

인간이 자신의 얼굴을 못 본다는 것은 무엇을 의미하는가? 그것은 언제나 자신이 무엇일까 누구일까를 사유하고 상상해야 한다는 뜻이다. 어떤 의미에서 인간의 최초의 타자는 이미 언제나 자기 자신이다. 얼굴을 볼 수 없는 자신을 타자화하고 낯설게 하는 것이 우리 삶의 시작이다. 그러나 우리는 흔히 타자인 자신을 가장 잘 알고 있다고 착각한다. 내부의 타자인 자신을 사유하기 위해서 밖의 타자인 이웃과 사물과 자연 "사이"에서의 자신을 상상해야만 한다. 동양에서 사람에 대한 형상은 서로 기대어 있는 모습인 사람 인(人)자에 잘 나타나 있다. 서구에서도 인간을 "사회적 동물"이라 규정지은 것도 이 때문일 것이다.

오늘날 인문학의 위기는 인간 자신의 내면적 성찰과 사유를 게을리한 데서부터 시작되었다. 인문학의 쇠퇴는 인간에 대한 성찰 부족에서 온 근대문화의 결과이다. 인간학의 토대를 이루는 언어를 위시한 문학, 역사, 철학(소위 文史哲)의 위기는 인간이란 무엇인가 인간은 어떻게 해야 하는가 무엇을 해야 하는가 등에 대한, 즉 인간 자신에 대한 성찰과 반성이 부족한 데서, 아니 잘못된 인간에 대한 오해와 과신에서 오는 것이다. 인간은 주위 환경, 즉 타인, 사회, 자연, 우주 등과의 상호의존성 또는 상호침투성에 대한 진정한 이해와 상상 없이는 인간학의 근본 문제를 해결하기 쉽지 않을 것이다. 19세기 영국 낭만주의 시인인 셸리(P. B. Shelley)는 "상상력"(imagination)을 나 자신을 벗어나 타자에 대한 관심과 배려로 이끄는 사랑의 철학으로 파악한다. 오늘날 인문학의 위기는 셸리의 상상력 이론에 따르면 모든 도덕의 요체인 인간에 대한 상상력의 결여에서 오는 것이다.

서양에서는 2차 대전 이후에 오래된 휴머니즘에 대한 반성과 비판이 본격화되었다. 실존주의와 구조주의를 거치면서 레비스트로스(Claude Levi-Strauss), 라캉(Jacque Lacan), 알튀세르(Louis Althusser), 푸코(Michel Foucault) 등 소위 이론적 반인본주의 철학이 부상하였다. 2009년 101세의 나이로 타계한 레비스트로스는 『야만의 마음』(1962)에서 "인간과학의 최종 목표는 인간을 구성하는 것이 아니라 인간을 해체하는 것이다"(247쪽)라고까지 언명하였다. 과학적인 인류학은 반경험주의적이고 반역사적인 것으로 바뀌고 있었다. 70년대의 미셸 푸코의 "주체의 죽음" 논의가 대표적인 예이다. 미국에서도 60년대를 거치면서 시작된 "반문화운동"은 기존의 인본주의적인 문화 질서에 대한 본원적인 회의와 반성으로, 유럽중심주의에 대한 반성, 여권주의의 부상, 대중문화에 대한 진지한 관심과 연구, 자연환경에 대한 생태 운동, 소수민족에 대한 복권 등이다. 이러한 논쟁의 중심에는 언제나 "인간(문제)"이 있다. 인간주의(휴머니즘)와 반인간주의의 논쟁은 가열되었다.[1] 코소보 사태에 대한 책에서 노엄 촘스키는 미국의 대량폭격과 같은 군사작전이 내걸었던 "군사적 휴머니즘"이라는 말을 비판하였다. 휴머니즘이란 말은 이제 완전히 뒤틀리어 거의 모순어법의 경지까지 가버린 것이다. 1970~80년대를 거치면서 전통적 자유주의적 휴머니즘은 새로운 가치들인 다른 것들로 대체되어갔다.

이제 우리는 다시 한 번 전 지구적 기후 변화, 과학기술의 급진적 발전,

---

[1] 심광현은 근대 계몽주의의 인간주의(휴머니즘)의 성공과 실패에 대해 다음과 같이 언명하였다: "근대 자본주의의 필요에 의해 생활세계는 물론 근대 분과학문 전반에 강제되어온, 이론적으로는 '인간주의'(휴머니즘)를 표방했지만 실천적으로는 '반인간주의'(반휴머니즘)에 불과했던 '근대성의 패러다임'은 몇 가지 성공과 여러 가지 실패를 동시에 보여주었다. '휴머니즘' 이데올로기는 신 중심의 중세적 질서를 해체하는 '해방의 담론'을 확산하고 실천했지만, '인간 해방의 담론'은 결국 부르주아의 새로운 지배체제로 귀착되었을 뿐이다. '휴머니즘'이 제시한 새로운 인간상이란 것도 결국은 백인 남성 부르주아 '주체'의 표상 중심적 '의식'을 지닌 인간상으로 표준화되고 여기에 맞지 않는 인간의 다양한 측면은 '비인간적'이거나 '야만적'인 것으로 배제되었다. '기술해방의 담론'은 자연의 거친 위협으로부터 인간을 해방한다는 명목으로 기술개발을 촉진하는 데 성공했으나, 자연의 도구화가 지나쳐 무제한의 개발주의로 귀착되었고, 생명과 인간의 복잡성을 단순한 물리주의로 환원하여 도구화하고, 인간 역능의 다양성을 임금노동으로 환원하는 '노동중심사회'를 초래하게 했을 뿐이다."(21~22쪽)

체계적인 경제 불안, 새로운 민족간 종교간 분쟁 등 문물 상황이 격변하고 있는 21세기를 위해 새로운 인간상을 수립해야 할 때이다. 포스트구조주의와 포스트모더니즘의 시기를 거치면서 해체론과 계보학의 기치 아래 인간론은 새로운 논의로 바뀌기 시작하였다. 이제 오래된 휴머니즘은 반인간주의를 거쳐 "신인간학"(New Human Sciences)을 향하고 있다.[2]

이 글은 21세기에 새로운 인간상을 수립하기 위한 예비 단계로 영어권 문화를 중심으로 여섯 가지 새로운 "인간상"을 논의하는 것이다. 이 글의 문제의식은 새로운 금융자본주의 시대와 초고속 과학기술 시대의 한가운데인 21세기에 인간이란 것을 다시 생각해보는 것이다. 다시 말해 인간 본성, 인간의 가치, 인간의 권리, 인간의 능력, 인간의 가능성 등의 문제들을 전통적인 자유주의적 휴머니즘에 대해 비판적 시각으로 인문학적인 사유를 수행하는 것이다.(Molina and Swearer, vii쪽 참조)

---

2) "신인간적" 논의에서 필자는 전통적인 인간중심적 휴머니즘(humanism)과 대비되는 최근의 과학기술에 토대를 둔 새로운 (기계적) 인간을 염두에 두는 포스트휴머니즘(posthumanism)이나 트랜스휴머니즘(transhumanism)이라는 용어는 사용하지 않을 것이다. 필자가 말하는 "신인간학"에는 분명히 이 두 가지 휴머니즘의 범주가 포함되는 것은 사실이지만 GNR이나 사이보그 인간을 잠시 논의하는 수준에서 멈추고자 한다. 그 이유는 이 글은 본격적인 포스트휴머니즘 논의에 앞서 좀 더 일반적이고 초보적인 인문학적 논의이기 때문이다. 참고로 헤이즈(K. Michael Hays)의 '포스트휴머니즘'에 관한 정의를 여기에 소개한다: "포스트휴머니즘은 찬양이든 비난이든 간에 기술적 현대화가 초래한 심리학적 자율성과 개인주의의 와해에 대한 의식적인 반응이다. 또한 그것은 주체성에 대한 인본주의적 개념 즉, 독창성, 보편성과 저자성(권위)에 관한 가정들로부터 벗어나기 위한 미학적 실천을 수행하는 것이다."(Hays, 6쪽) 헤이즈는 그 후 김성도와의 대담에서 포스트휴머니즘에 대해 자신의 견해를 밝히고 있다: "이제 인간은 좋건 싫건 인공적 생명·지능적 기계와 더불어 살 수밖에 없습니다. 이는 사이버네틱스·인공생명 이론·정보 이론이 축적되면서 가능해진 일입니다. 그런 점에서 데카르트 이후 서구의 전통적 인문주의에서 기정사실로 해온 주체성·자율성·합리성·의식 등을 재검토할 것과 새로운 인간상에 대한 개념의 정립을 요합니다. 이런 인간성의 새로운 비전을 저는 '포스트휴먼(posthuman)'이라고 부릅니다."(천현순에서 재인용 358쪽) 이 밖에 윤지영의 논문「포스트휴머니즘의 급진적 운동성—얼굴 형상의 탈구(dislocation)로서의 탈인간화 작업」참조.

2. 21세기 신인간학 모색을 위한 여섯 개의 잠정적인 논의

1) 도덕적 감정(Moral Sentiment)으로 무장한 공감하는 "탈자본적 인간"

자본은 이미 언제나 우리의 원죄이다. 전지구적 자본주의 시대의 자본은 광속처럼 이동한다. "사람의 얼굴"을 가지지 않은 금융자본주의는 전염병처럼 전 지구로 급속히 확산된다. 기술, 정보, 지식에 편승한 자본의 논리는 무자비한 이윤 추구 법칙과 다름없다. 자본은 모든 것을 물신화하고, 상품화하고, 모든 것을 본질적 가치나 사용가치보다는 교환가치로 바꾸어버린다. 사회적 약자와 빈곤층을 끌어안는 "착한" 자본주의는 과연 가능한가?

그러나 인간의 이기적 탐욕과 도구적 합리주의의 최악의 결과물인 금융자본주의 시대에 자본의 손아귀를 벗어나기는 쉽지 않다.[3] 인간의 영혼과 윤리마저도 매수하고 있는 다국적 자본주의는 사회주의, 공산주의도 이미 흡수해 먹어치워버렸다. 이제 새로운 신자유주의적 자본주의를 누가 막을 수 있을까? 이미 세계 자본주의는 노동, 시장, 환경, 문화의 모든 영역을 탈−영토화시키는 무소불이이다. 주거너트의 마차, 브레이크가 파열된 자동차처럼 멈출 줄 모른다. 자본주의는 위기 때마다 여러 가지 다른 가면을 쓰고 새로운 모습으로 나타난다. 자기 갱신과 변형에 능한 새로이 부상한 새천년의 자본주의는 그 장밋빛 낙관주의에도 불구하고 민주주의적인 평등구조를 무너뜨리고 새로운 착취−지배 구조인 양극화를 더욱 강화시키고 있다. 그러나 우리는 소비 자본주의를 무조건 잡아죽일 수는 없다. 우리가 자본을 완전히 포기할 수는 없지 않은가? 그렇다면 자본을 길들여야 한다. 우리 지식인들은 모두 저항, 위반, 개입, 비판하여 미쳐 날뛰는 전지구적 자본

---

3) 이 주제와 관련하여 최근에 나온 인문학자인 강내희의 역저『신자유주의 금융화와 문화정치경제』(문화과학사, 2014) 참조.

주의를 포위하여 산 채로 사로잡아야 한다.

21세기에 우리는 "사람의 얼굴"을 가진 고전적인 자유주의적 자본주의, 다시 말해 18세기적인 인본주의적 자본주의로 되돌아가야 한다. 그리하여 발호하는 전 지구적 자본주의에 재갈을 물리자. 난장판 치는 금융자본주의의 독 이빨을 빼버려야 한다. 자본은 "욕망"과 같이 결코 만족할 줄 모르며 끊임없이 전위되거나 대치되면서 확대 증식을 위해 미쳐 날뛰고 있다. 우리가 제아무리 자본주의가 가진 자유, 흐름, 역동성과 같은 창조성을 완전히 무시해버릴 수는 없다 해도, 미친 말을 그대로 둘 수 없다. 자본주의도 서구식 합리주의의 결과이지만, 금융자본주의 시대의 그 합리적 이성이 광기로 돌변하고 있다. 실패한 세계 금융자본주의는 이제 응분의 규제를 받아야 한다. 자본에 일정한 통제를 효과적으로 부과함으로써 우리는 이미 자기 통제력을 상실한 신자유주의 자본주의의 파괴성을 막을 수 있을 것이다. 여기에서 정글의 법칙을 강요하는 야수와 같은 자본주의에 저항하는 인간상을 위해 원시 자본주의가 시작되었던 18세기 계몽주의 시대의 한 사회경제학자에게서 그 가능성을 찾아보자.

스코틀랜드 출신인 애덤 스미스는 18세기 영국 지성사에서 특이한 존재이다. 우리는 스미스를 『국부론』(*The Wealth of Nations*, 1776)을 써서 처음으로 경제학을 사회과학으로 수립하고 자유방임주의적 자본주의를 창조한 고전 경제학의 아버지로만 알고 있다. 그러나 스미스는 옥스퍼드 대학교에서 6년간 수학한 후 스코틀랜드의 글래스고 대학교에서 논리학 교수로 수사학과 순수문학론을 강의했고 후에 에든버러 대학교에서는 도덕철학(Moral Philosophy)교수로 지냈던 당대 최고의 다면체적 계몽 지식인이었다. 그는 당시 경험론적 회의주의자였던 데이비드 흄(David Hume) 등과 더불어 소위 "스코틀랜드 계몽주의"(Scottish Enlightenment)를 주도했던 인물이었다. 일생 독신으로 지낸 스미스는 17세기부터 유럽에서 시작된 계몽주의 사상 및 인간의 이성과 과학 정신 그리고 인간 사회의 진보와 역사의 발전을 굳게 믿었다. 그는 18세기 후반 영국과 스코틀랜드가 급속히 상업화되기 시작하고 자본주의 시장경제가 시작된 시기에 이상적인 계몽적 근대 시민사회 (Civil Society)를 건설하고자 했다. 우리는 18세기 최고의 계몽 지식인 학자였던 애덤 스미스의 널리 알려진 정치경제학 저서인『국부론』에 앞서 첫 번째 저서인『도덕감정론』을 다시 읽음으로써 그 중요성을 새롭게 부각시키고 21세기의 인문학의 위기 시대에 인문 지식인으로서의 애덤 스미스의 위상을 다시 사유할 수 있다.

사회철학자로서 스미스는 근대 시민사회의 "상호선행"을 실천하기 위한 새로운 미덕으로 '자기억제'(self-command), '친절'(benevolence), '신중'(prudence), 그리고 '정의'(justice)의 네 가지를 제시하였다. 이상적인 '공평무사한 관찰자'로서 자신의 시대와 사회를 편견없이 객관적으로 보고자 했던 스미스는 당시 급속한 산업화와 상업화 과정에 있던 영국 사회에 이러한 네 가지 덕목을 개입시킴으로써 개인과 이웃, 개인과 사회의 조화와 균형을 유지시켜 서로 대화하는 사회를 공적 영역으로 만들고자 했다. 여기에서 스미스는 근대 시민사회의 중요한 도구로서 대화(conversation)와 친교(society)를 강조한다. 이것은 동료 감정이나 공감적 상상력을 위한 가장 구체적인 방법이다.

> 대화와 친교의 큰 즐거움은 감정과 의견이 어느 정도 일치하고 정신들이 어느 정도 조화를 이루는 데에서 생겨난다. 그것은 수많은 악기들처럼 서로 일치하고 또한 박자가 맞아야 한다. 그러나 감정과 의견의 자유로운 교환이 없으면 이러한 유쾌한 조화는 이루어질 수 없다. (『도덕감정론』, 604쪽)

이렇게 볼 때 우리가 흔히 오해하듯이 애덤 스미스는 자유방임주의적 자본주의 경제만을 신봉한 정치경제학자가 결코 아니었다. 그는 후세에 천민자본주의의 비인간성을 예견하였던 것이다. 오늘날 우리는 스미스의 무한자유와 경쟁을 토대로 한 자본주의 경제학만을 기억하고 이와 함께 그가 제시했던 미덕들을 잊었을 뿐이다. 『도덕감정론』이 신자유주의의 전지구적 자본주의가 더욱 기승을 부리고 그 지역적 결과로서 지금 우리 한국 사회에서도 처절하게 경험하고 있는 사회 양극화 현상이 창궐하는 이 시대를 치유하고 '탈주의 선'을 마련해주지는 않을 까? 이것이 18세기 (스코틀랜드) 계몽주의자들이 기획하였던 공감에 토대를 두었던 시민사회의 이상형을 되살려 21세기의 문제를 적시하고 반성하고 미래의 새로운 시민사회 이념을 창출해내는 '온고지신'과 '법고창신'의 지혜가 아니겠는가? 그렇다면 18세기 계몽주의 시대가 21세기인 우리 시대에 줄 수 있는 가능성은 무엇인가?

스미스가『국부론』을 쓴 이유는 궁극적으로 근대 시민사회의 상호 선행을 위하여 사회질서를 유지시키고 개인의 행복을 담보하기 위해 정부의 규제가 없는 자유로운 상업과 무역을 통해 국가의 부를 증진시킬 필요가 있었기 때문이었다. 결국 한 국가의 부는 개인의 부와 연계되어 있어서 여유로운 경제 생활 속에서의 자기애의 실현을 통해 인간 내면의 도덕적 감정인 공감과 상상력 그리고 정의감을 정상적으로 가동시킬 수 있다는 낙관론을 가능하게 만들기 때문이다. 바로 여기가『도덕감정론』과『국부론』이 만나는 지점이며, 이 두 저작이 하나의 연작이라는 가설이 가능하게된다.

스미스가 18세기에 이상적인 근대 시민사회를 위해 사유하였던 도덕, 법률, 경제의 축에서 우리는 스미스의 초기 강의록인『수사학과 문학이론 강의』까지 덧붙여 문학–도덕–법률–경제의 4부작(사서 四書)을 4원소처럼 함께 논의해야 할 것이다. 애덤 스미스는 요즘식으로 말한다면 융합하는 인문 지식인이다. 스미스 자신은 문학, 도덕, 법률, 정치경제에 관한 저술 작업을 통하여 하나의 통합된 체계로 인간과 세계를 읽고 분석하며 공평하고 공감 있는 새로운 시민사회 건설을 위한 인문학적 토대를 진정으로 세웠다고 할 수 있다. 이런 의미에서 "인문학의 위기"가 논의되고 있는 오늘날 애덤 스미스는 반드시 다시 불러내야 할 유령이다.

이것이 바로 우리가 스미스 자신이 필생의 대작으로 꼽은『도덕감정론』을 더욱 악랄하게 질주하는 후기자본주의와 신자유주의 시장 주의가 더욱 기승을 부리고 있는 21세기의 초두에 다시 주목해야 하는 까닭이다. 앞으로 통합 인문 지식인으로서 우리에게 남은 작업은 스미스의 주요 저작 다시 읽기를 통해 시민사회의 진정한 태동기인 18세기와 새천년대인 21세기를 상호침투시켜 자본주의에 저항하는 인간 창조를 위한 담론 창출을 구체적으로 시도하는 일일 것이다.

2) '탈'근대정치학과 (급진적)"민주주의 인간"

1968년 프랑스 5월 혁명의 열망과 "인간의 얼굴을 가진 사회주의를 주창한 프라하의 봄"의 변혁이 실패하자 유럽의 좌파 지식인들은 커다란 실망과 좌절을 맛보게 되었다. 여기에서 "포스트구조주의로의 대전환(poststructuralist turn)"이 일어났다. 모든 지식인들은 마르크스주의와 같은 "거대담론"에 대해 거부감을 가지기 시작했다. 이런 맥락에서 어네스토 라클라우(Ernesto Laclau)와 샹탈 무페(Chantal Mouffe)는 포스트구조주의 이론으로 마르크스주의를 비판하고 급진적 다원주의와 민주주의적 노선에서 정치이론과 실천의 문제를 다시 생각한 대표적 이론가들이다. 라클라우는 아르헨티나 출신의 사회정치이론가이며 현재 영국 대학에서 가르치고 있다. 벨기에 태생의 무페는 알튀세르 밑에서 공부한 학자이다. 이들의 관심사는 알튀세르의 이데올로기 이론과 그람시의 헤게모니 이론을 결합시켜 비환원적인 급진적 민주주의 이론의 정치학을 수립하는 것이다. 이들이 공저로 내놓은 『헤게모니와 사회주의적 전략—급진적 민주주의정치학을 향하여』(*Hegemonyy and Socialist Strategy: Towards a Radical Democratic Politics*, 1985)는 포스트마르크스주의적 특징을 잘 나타내고 있다.

라클라우와 무페의 이 책은 포스트구조주의/포스트모더니즘 사회 분석의 토대 위에서 민주주의를 활성화하기 위한 노력의 소산이다. 또한 무페는 「급진적 민주주의: 근대인가 탈근대인가」(1988)라는 글에서 그들의 기획을 다음과 같이 명확하게 제시하였다.

"급진적이고 자유주의적인 민주주의"가 마르크스주의적 사회주의와 사회민주주의의 동일한 함정들을 회피할 수 있는 사회주의적 전략들을 어떻게 제안할 수 있는지를, 좌파에게 새로운 표상들, 즉 위대한 해방투쟁들의 전통에 대해 언급하고 동시에 심리분석과 철학 등의 최근의 이론적 성과들을 고려하는 표상들을 제시함을 통해 보여주고자 한다. … 실제로 그러한 전략은 근대적이면서 동시에 탈근대적인 것으로서 정의될 수 있다. 그것은 "근대성의 완수되지 않은 전략"을 추구한다. 그러나 하버마스와는 달리 우리는 이 전략 속에서 계몽주의의 인식론적 측면이 수행할 역할은 더 이상 없다고 믿는다. (『포스트모던의 문화 · 정치』, 263쪽)

그러나 사실상 모두의 평등, 자유를 뜻하는 계몽 사상의 정치적 기획을 버릴 필요는 없다. 다만 계몽주의가 지닌 본질주의적, 합리적, 인간주의적 토대 즉 근대성만을 문제 삼는 것이다. 라클라우는 「정치학과 근대성의 한계」(1988)에서 이 점을 분명히 한다.

나는 지금 문제가 되는 것은 정확히 근대성의 담론들의 중심적 범주들이 차지하는 존재론적 지위이지 그것들의 내용이 아니라고 말하고 싶다. 또한 나는 이러한 지위의 침식이 "탈근대적" 감수성을 통해 표현되며, 이 침식은 결코 부정적인 현상이 아니라, 근대성의 가치들의 내용과 실시 가능성의 거대한 확대를 그 가치들을 계몽주의적 전략—그리고 다양한 실증주의자들 또는 헤겔주의적-마르크스주의의 재정식화들—의 토대들보다 훨씬 더 강고한 토대 위에 기반할 수 있도록 하는 것을 의미한다고 주장하고 싶다. (『포스트모던의 문화 · 정치』, 283쪽)

따라서 계몽주의의 근대성 신화를 거부하는 것은 허무주의로 가는 것이 아니라 오히려 탈근대성의 기획에 따라 "계몽주의와 마르크스주의가 줄 수 있는 해방의 가능성을 급진화"(『포스트모던의 문화 · 정치』, 298쪽)하는 것이라는 것이 그들의 주장이다.

그렇다면 새롭고도 급진적인 민주주의의 전망은 무엇인가? 「헤게모니와 새로운 정치주체」에서 개진하고 있는 무페의 의견을 들어보자.

> 만일 사회주의를 말하는 것이 어떤 의미를 가진다면, 그것은 사회관계들의 총체에 민주주의 혁명의 확대를 그리고 급진적·자유방임적·다원적 민주주의의 획득을 가리키는 것이어야 한다. … 즉 자유와 평등이 서로 만나서 융합되는, 사람들이 "완전히 평등하기 때문에 완전히 자유로운, 그리고 완전히 자유롭기 때문에 완전히 평등한" 바로 그 궁극적 도달점을 지향한다. (『사회변혁과 헤게모니』, 256쪽)

무페는 「급진적 민주주의: 근대인가 탈근대인가」에서 "진실로 다원적이고 민주주의적인 개인성의 새로운 형태를 가능하도록 하는 정치철학을 발전시키는 것이 포스트모던적 비평의 중요한 목표이다. … 급진적 민주주의는 포스트모던 철학의 발전을 결코 위협으로 간주하지 않고 오히려 그것을 자신의 목표를 성취하는 데 있어서의 필수불가결한 도구로서 환영하는 것이다"(278쪽)라고 언명하였다.

새로운 포스트모던 정치이론과 실천을 재구성하려는 라클라우와 무페의 노력은 다양한 개인들과 단체들의 호응을 얻어 비정부기구들과 미시정치학의 여러 새로운 사회운동들을 활성시키는 데에도 중요한 역할을 하였다. 사회 변혁과 개혁을 위해 강력한 총체적인 연대가 필요한 것도 사실이다. 그러나 정치사회적 사안에 따라 거시정치학적 측면이 필요한 경우도 있을 것이고 주체 집단 형성의 복합화된 그 욕구의 다양화 등으로 인해 미시정치학의 시각이 더 효율적인 경우도 있을 것이다. 이를 위해 라클라우와 무페의 급진적 민주주의 정치학은 우리에게 일정한 통찰력을 제공할 수 있을 것이다. 구소련이 와해된 1990년대에 라클라우는 1994년에 발간된 책의 서문에서 "보편주의의 위기"를 지적하며 새로운 세계질서에 부응하는 정치이론의 개발을 계속 주장하였다. 라클라우와 무페의 급진적 민주주의 요체는 사회적인 것의 담론성, 불확정성, 차이성, 상호관계를 강조하는 탈근대윤리학에 근거를 둔다. 따라서 사회적인 것에 대한 낙관주의와 마르크스주의의 단순화 등 이들의 이른바 포스트마르크스주의 또는 탈근대마르크스주의 이론에 대한 많은 문제제기와 반론이 있다. 그러나 이들의 급진적 구성주의가 사회적인 것의 내부에서 발전 가능한 전략들을 확대시키고 다변화시키므로 다양한 목소리들이 혼재된 상황에서 근본적이고 다원주의적인 민주주의 정치학의 수립은 21세기를 위한 새로운 인간의 정치적 정체성을 이끌어낼 수 있을 것이다.

3) 저항의 인문학과 반성하는 "비판적 인간"

『저항의 인문학: 인문주의와 민주적 비판』은 사이드(Edward Said)가 10년간의 암 투병 생활 뒤 2003년 9월 타계한 후 나온 그의 마지막 저서이다. 특히 이 책은 실천적 인문 지식인인 사이드가 2001년 9·11테러 사태 이후 미국의 인문주의를 반성하고 새롭게 대안 제시를 해주는 중요한 책이다. 더욱이 사이드가 타계하기 직전까지 원고를 정리한 소위 "말년"의 최후의 저작이라는 데 또 다른 의미가 있다. 40여 년간 미국 대학에서 인문학을 가르치고 저술 활동을 하면서 사이드가 인문주의의 새로운 기능, 대화와 평등을 강조하는 민주주의 이상, 비판 의식으로서의 인문학, 언어와 텍스트 읽기로서의 문헌학, 공적 지식인의 사회역사적인 역할에 대한 자신의 견해를 21세기를 위한 새로운 인문주의의 재정립을 위해 분명히 밝히고 있다.

사이드가 지향하는 인문주의는 "오늘날 교전과 실제 전쟁, 각종 테러리즘으로 넘쳐나는 이 혼란스러운 세계를 살아가는 선생이자 지식인으로서 한 인간이 해야 할 일을 알려주는"(18쪽) 비판적 실천과 다름없다. 사이드는 인문주의를 다음과 같이 정의한다.

> 저는 더 나아가 인문주의가 곧 비판이며, 이 비판이란 대학의 안과 밖의 사건들이 처한 상황 속으로 우리를 인도한다고 주장하겠습니다. (이는 스스

로를 엘리트 육성으로 내세우며, 편협하게 트집 잡는 인문주의가 취하는 입장과는 전적으로 거리가 있지요.) 그리고 이 비판의 힘과 현재성은 그 민주적, 세속적, 개방적인 특성에서 비롯된다고 말하고 싶습니다. (18쪽)

여기서 사이드의 핵심어 중 하나인 "세속적"(secular)이라는 말을 살펴보자. 인문주의는 왜 세속적이어야 하는가? 여기서 세속적이란 말은 현실에서 벗어난 상아탑이 아닌, 정치적이고 사회적인 세계를 가리킨다. 이런 의미에서 사이드의 모든 비평 담론 체계는 지극히 정치적, 사회적, 역사적이라고 할 수 있다. 그는 추상적, 객관적, 초월적인 것을 믿지 않았고 "정전적 인문주의"를 "오만한 유미주의의 가장 극단적 형태"(49쪽)로 거부한다.

사이드는 인문주의의 영역에 대한 논의를 마친 후 "오늘날 언어와 인문주의적 실천에서 일어나고 있는 변화"(52쪽)의 지형도에 대한 토론을 시작한다. 사이드는 오늘날 인문학자들의 최대의 실수는 현재 전 지구적으로 용원의 불길처럼 일어나고 있는 거대한 근본적인 토대의 변화를 외면하고 도피하는 것이라고 개탄한다. 이러한 도피로 인문학자들 자신이 소위 인문학의 위기를 자초했다는 것이다. 사이드는 아널드(Matthew Arnold), 엘리엇(T. S. Eliot), 프라이(N. Frye)가 추종하는 인문주의는 유럽 중심과 남성 중심으로 이루어져 "극단적으로 비정치적이며, 경직된, 나아가 기술적인 관념"(64쪽)으로 격하되어 결과적으로 인종, 성별 등 소수자 타자 문제는 배제된 유럽 중심주의 인문주의라고 비판한다. 오늘날의 인문주의는 "고정관념에 대한 저항"이자 "모든 종류의 진부함과 부주의한 언어에 반대"(69쪽)하는 것이라고 하면서, "인문주의의 중심에 비판"을 위치시키며 21세기를 위한 인문학에서 비판적 상상력을 강조하고 있다.

사이드는 위와 같은 인문학에서 비판적 상상력을 키우기 위해서는 비판정치학을 강조하는 것이 아니라 의외로 "언어"의 중요성을 강조하며 인문학자가 출발할 곳은 바로 언어라고 말한다. 사이드는 인문학 작업을 "누가 읽으며, 언제, 무슨 목적으로 읽는가와 같은 질문들이 들끓고 있으며, 이러한 질문들은 미적 관심의 순수한 황홀경이란 상태"(70~71쪽)를 거부하는 것으로 이해한다. 사이드는 텍스트 읽기가 중심적인 작업이지만 일부 포스트구조주의자들이 말하는 기표와 기의가 미끄러지는 기호들의 놀이터인 텍스트의 황홀경 같은 것은 반대하고 있다. 사이드는 인문학자의 임무는 분리와 갈등이 아니라 공존과 평화의 모델을 제공하는 것으로 파악하고, "세속적이고 통합적인 방식 속에서, 격리나 분리와는 구별되는 방식 속에서 문헌학적으로 독해한다"(78쪽)는 것에 의미를 부여하고자 한다.

사이드에 따르면 문헌학이란 "언어에 대한 애정"이다. 문헌학적 독해만이 인문주의의 본질적 가치를 충분히 실행할 수 있다. 문헌학적 독해는 텍스트 속에 숨겨진 이데올로기와 욕망을 드러낼 수 있으며 반민주적이고 반지성적인 전문적인 지식을 독해 작업이라는 저항과 비판을 통해 "자유, 계몽, 해방으로" 이끌 수 있다는 것이다. 현재 유통되는 사상과 가치의 내부인이면서 동시에 외부인이 되어야 하는 인문학도는 "다양한 세계와 복잡하게 상호작용하는 전통에 대한 감각, … 소속과 분리, 수용과 저항이라 표현했던 피할 수 없는 조합을 갈고 닦는 것"(113쪽)이 필요하다고 사이드는 지적한다.

그렇다면 사이드가 추천하는, 모두가 인문학도인 작가와 지식인의 공적 역할은 무엇인가? 그는 "언제든, 어디서든 변증법적으로, 대립적으로 … 투쟁을 드러내고 설명하고, 강요된 침묵과 보이지 않는 권력의 정상화된 평온에 도전하고 이를 물리치는 것이 지식인의 역할"(188쪽)이라고 선언한다. 그런 다음 사이드는 지식인들이 비판 활동을 위한 "지적 개입과 진중한 노고"에 필요한 세 가지를 제시하고 있다. 첫 번째, 인문 지식인은 진정한 역사의식을 위해 "역사의 다원성과 복합성을 분명하게"(195쪽) 밝혀야 한다. 두 번째, 공적 지식인은 "지적 노력을 통해 전투의 영역이 아닌 공존의 영역을 구축"(195쪽)해야 하고, 세 번째, 인문학도의 임무는 "저항적이며 비타협적인 예술의 영역"(198쪽)을 인정하고 겸허하게 받아들여야 하나 비판에만 그치지 않고 해결책에 대한 가능성을 찾는 노력을 중단하지 않아야 한다.

이것이 인문 지식인이 저항하고 비판하면서도 평화의 공존을 유지할 수 있는 지혜를 가진 현자가 되는 길이다. 인간이 점점 자본의 논리와 욕망의 회로에 갇히고 경쟁의 수레바퀴에 걸려 세계가 더욱더 위기에 빠지고 "위험사회"에 가까워질수록 인간은 항상 깨어 있는 "비판적 인간"이 되어야 한다. 끊임없는 반성과 비판 나아가 자기 조롱이 없다면 인간은 결코 광기의 인간 문명에 대한 해독제와 치유제를 제시하지 못할 것이다.[4]

4) 잡종과 융복합시대 우세종으로서의 "통섭적 인간"

잡종의 시대가 왔다.[5] 아니 잡종의 시간은 이미 우리의 의식을 앞질러 가고 있다. 세계화와 다문화주의가 질주하는 21세기는 전 지구적으로 잡종의 시대가 될 것이다. 모든 것은 섞이고 합쳐져 주체성과 정체성의 위기 속에서 새로운 기회를 맞을 수 있을 것이다. 최근의 몇 가지 잡종적 문화 현상을 예로 든다면, 백남준의 비디오 아트에서 이미 극명하게 나타나고 있듯이 예술이 서로 다른 형식들과 잡종 교배하는 크로스오버, 동양 음악과 서양 음악이 자유롭게 교접되어 사물놀이와 재즈밴드의 연주가 한 무대에서 펼쳐지는 퓨전 음악, 세분화된 학문 영역의 울타리를 허물고 자연과학, 사회과학, 인문과학자들이 다면체적, 다학문적으로 접근하고 교류하여 이질 학문 간의 교배가 이루어지고 사유의 지평이 넓혀지는 학문의 융복합(학제적 통섭), 된장 소스를 바른 스테이크, 피자 군만두 등 동서양 음식을 멋들어지게 뒤섞은 퓨전 음식 등이 그것이다. 오래된 분리와 분열의 이념은 다시 종합

---

4) 최근 전 세계적으로 요원의 불길처럼 일어나고 있는 기성 정치경제 체제에 저항하는 운동들, 예를 들어 아프리카 튀니지에서 시작된 재스민 혁명에 따른 아프리카 민주화 운동, 미국에서 착취적 독점자본주의 반대운동으로 금융자본주의의 진원지인 뉴욕의 월 가에서 일어난 운동 "월가를 점령하라!" 등 2011년 전세계의 항의운동에 대한 논의로는 강내희의 시평, 「21세기 세계혁명조짐으로서의 2011년 항의운동」 참조.

5) 잡종문화(hybrid culture)에 대한 탁월한 논의로는 Néstar Gracìa Canclini의 *Hybrid Cultures: Strategies for Entering and Leaving Modernity* 참조. 최근 국내 학자의 논의로는 김용규의 『혼종문화론—지구화 시대의 문화연구와 로컬의 문화적 상상력』(소명출판, 2013) 참조.

과 통합의 이념으로 바뀌고 있다.

이런 예는 지난 세기말인 1997년에 골프 천재 타이거 우즈에 의해 이미 증명된 바 있다. 우리는 우즈를 흔히 흑인(Black)이라고 부르지만 그 자신은 이를 거부했다. 우즈의 아버지는 흑인이지만 북미 인디언과 백인의 피가 섞인 사람이고, 어머니는 태국인이며 우즈는 자신을 '카블리나시언'(Cablinasian)이라고 불렀다. 이 말은 백인 코카서스인(Caucasian), 흑인(Black), 미국 인디언(American Indian), 그리고 아시아인(Asian)을 합성한 말이다. 우즈는 순종 백인이 아니면 모두 유색인종으로 보려는 주류 미국인들의 이분법적 사고에 과감하게 도전하여 자신을 자랑스러운 '잡종'으로 선언한 것이다. 특히 우즈가 자신을 단순히 흑인으로 분류당하는 것을 거부하고 잡종을 선언한 일은 새천년대에 인류 문화사에서 커다란 이정표를 세운 것이다. 이것은 일종의 전 세계 잡종의 독립선언과 같은 것이다.

지난 2008년은 세계 정치사상 대격변의 해였다. 버락 후세인 오바마(Barack Hussein Obama)라는 비백인이 미합중국의 44대 대통령으로 선출되었고 2012년 이번 대통령선거에서도 재선되었다. 오바마 대통령은 단순히 아프리카계 미국인이라고 분류되지만 그는 잡종적 인간이다. 오바마는 아프리카 출신 흑인 아버지와 미국의 백인 어머니 사이에서 태어나 인도네시아 출신 양아버지 밑에서 자랐다. 인간 오바마는 어떤 의미에서 미국(유럽)의 백인, 아프리카의 흑인, 아시아의 황인종이 결합된 민족적으로 잡종의 절정인 문자 그대로 '전 지구인,' 또는 명실 공히 '세계인'일지도 모른다. 이것은 이종교배(잡종)의 위대한 승리이다. 오바마 현상은 세계 경제 정치뿐 아니라 문화적으로도 엄청난 사유의 대전환을 가져올 것이다. 21세기는 위대한 잡종의 시대가 될 것이다.

문학의 경우는 어떠한가? 전통 순수 문학 형식들인 시, 소설에 다른 예술이나 매체가 과감하게 침입하여 이종교배를 시도하고 있다. 소설에 저널리즘적인 르포르타주의 기법이 가미되기도 하고 순수소설의 전통적인 리얼리즘적 재현 양식에 공상과학소설(SF), 추리소설, 공포괴기소설, 고딕소설의 기법에 나오는 초현실적이고 환상적인 기법이 등장하기도 한다. 또한 판화시, 그림시같이 시에 그림, 사진, 지도 등 영상이 등장하기도 한다. 최근에는 시에 노래를 가미한 형식까지 나왔다. 사이버 공간에서도 문자 문학의 한계를 급진적으로 극복하기 위해 소리가 나고 움직이고 냄새까지 나는 동영상 매체와 결합된 새로운 사이버 문학이 이미 생산되고 있다. 독자와 작가가 함께 또는 독자가 이야기를 함께 끌어가는 인터랙티브 소설 창작도 사이버 공간에서 실행되고 있다. 문학 기법적인 면뿐만 아니라 소재적인 면에서도 장애인 문학, 동성애자 문학, 사이보그 문학 등 영역이 확장되고 있다.

'잡종'에 대한 문화정치학적 지위가 변화하고 있다. 잡종은 이제 열등하고 피해야만 하는 종(種)이 아니다. 우리는 그동안 동종교배를 통해 우생학적으로 문제가 있는 동종들을 얼마나 양산해내었는가? 이제 전 지구적인 이종교배 또는 이종잡배의 시대가 와야 하는지도 모르겠다. 잡종에 대한 긍정적인 평가는 개인의 주체, 공동체, 사회, 국가의 정체성에 순수주의와 본질주의에 대한 반성을 가져다주었다. 민족 순수주의나 우월주의보다 혼혈주의 또는 혼합주의가 사람과 사상의 새로운 교류가 필연적인 전 지구적 상황에서는 더 바람직하다는 말까지 나오고 있다. 예전에는 '사해동포주의'(四海同胞主義) 또는 세계시민주의(cosmopolitanism)라는 말이 있었고 요즈음은 '지구마을 사람들'(Global Villagers)이 등장하였다. 사실상 단일 '민족국가'라는 개념 자체가 서구의 근대화 과정에서 발생한 지리상의 발견, 탐험주의, 식민주의, 제국주의, 자본주의 발전의 결과물이 아닌가? 서구인들은 민족국가 개념을 내세워 전쟁, 식민 등을 통해 지배, 억압, 착취 등 많은 야만적인 비극을 만들어냈다. 이제는 혼혈, 비순수, 잡종들의 새로운 대화와 타협(협상)의 시대이다. 잡종 의식은 이제 새로운 전 지구적 문화의 인식소가 되어야 한다.[6]

---

6) 김석수는 독일 현대 냉소주의 철학자인 슬로터다이크(Peter Sloterdijk)의 이론을 중심으로 휴머니즘, 냉소주의, 새로운 인간의 탄생 문제를 논하는 자리에서 "혼혈적 실재"에 대해 다음과 같이 논하였다: "그[슬로터다이크]는 기존의 이원론, 즉 육체와 영혼, 주체와 객체, 문화

5) 로봇, 인공지능, GNR 시대의 "사이보그(기계) 인간"

인간의 능력이나 가능성을 초월하게 만들 수 있는 과학기술과 연계된 새로운 휴머니즘인 인공지능, 인공두뇌학(cybernetics), 신경과학, 신경약물학(neurophanmacology), 이종 장기이식(xenotransplanatation), 복제(cloning), 나노기술, 유전공학, 로봇학, 보철술(prosthetics), 신경-컴퓨터 결합 등은 포스트휴머니즘(postmodernism) 논의의 토대들이며 트랜스휴머니즘(transhumanism)은 새로운 과학기술로 인간의 삶과 형태를 초월하는 새로운 인간론이다. 결국 이러한 신인간론은 비인간들(기계나 다른 동물들)과의 관계 속에 인간의 문제를 다시 논의해보려는 것이다. "인공두뇌학적 기계주의와 생물학적 유기주의", "로봇기술과 인간의 목표", "육체적 존재와 컴퓨터 시뮬레이션"의 차이와 경계는 점점 없어지는 것인가?

우선 '사이버 공간'(cyber space)에 관해 사유해보자.

1. 사이버 공간은 모든 것이 만나고 다시 흩어지고 그리고 다시 만나는 끊임없는 상호접속(interconnect)의 지대이다. 모든 것이 상호침투하고 상호자극하고, 상호활성화하는 상호교환(interactive)의 시간이다.

2. 사이버 공간은 전자국경인 텔레메틱(telemetic) 안에 머무르는 유목민(전자인)이 전자파라는 말을 타고 달리는 광활한 고원 지대이다. 이 전자 세계는 천 개의 고원들의 중간 지대이다. '사물'의 한가운데이고 '사상'의 중간이고 '차이'들이 섞여 있는 다양성의 중간 지대이다. 사이버 공간은 기원이나 파생의 수직적 상상력이 아니고 동맹과 결연의 수평적 상상력이다. 꿈도 현실도 아닌, 아니 이 둘이 어우러지는 몽상 지대

와 자연 사이를 구분하는 이원론을 거부하였다. 그가 보기에 지금의 이 시대는 이들 사이에 상호작용이 일어나는 공존의 장들이 확산되고, 기술의 발전과 더불어 '혼혈(혼성, 잡종)적 실재'(hybrid reality)가 창조되고 있다. 그래서 그는 새로운 휴머니즘, 이른바 포스트휴머니즘을 제창한다. 그가 주장하는 이 포스트휴머니즘은 완전히 서로 분리되어 있는 것으로 이해되었던 이들 상이한 요소들을 통합하려고 하며, 인간, 동물, 식물, 기계들 모두를 통합하는 "존재론적 구성"을 창조하고자 한다."(39쪽)

이다. 사이버 공간은 다민족 지대이며 복합문화의 공간이며 초교파 지역이다.

3. 사이버 공간은 입구나 출구가 없는, 들어가고 나가는, 시작되고 끝나는 지대가 아니다. 언제나 어디서든지 시작될 수 있고 끝날 수 있는 시공간이다. 모두가 대화하고 참여하는 의사소통의 공공영역(public sphere)이고, 같이 느끼고 울고 웃을 수 있는 공감(public feeling)의 중간 지대이다. 사이버 공간은 성별, 종족, 계급, 지역, 노소 등의 모든 "차이들"을 포월하는 병렬적 상상력의 시공간이다.

문학 이야기를 해보자. 문학은 이제 엄청난 자본과 기술과 과학의 결정체인 컴퓨터를 "욕망하는 기계"로 만들어내는 사이버 공간(가상현실)이 되어 끊임없이 방황하고 저항하는 배신자인 작가와 독자(결국 우리 모두)가 참여하는 "탈주의 선"을 찾아야 한다. 사이버 문학은 이제 억압과 금지의 국가기구(state apparatus)에 대립되는 미시정치학의 장인 들뢰즈/가타리의 "전쟁기계"(war machine)이다. 사이버 문학은 결국 "사이버"라는—컴퓨터라는 기계를 토한—멀고도 가까운 가상 전자 존재(telepresence)와 우리의 욕망과 땀과 호흡과 혼이 담겨 있는 신체적 존재(bodily presence)인 "문학"의 인터페이스이다. 이러한 상호보완적인 연계의 성패는 궁극적으로 우리 문명의 미래의 성패와도 직결되어 있는 것이다.

대표적인 기계인간의 이야기인 윌리엄 깁슨의 소설 『뉴로맨서』를 살펴보자.

뉴로맨서의 역할과 기능은 이 소설에서 각별한 의미가 있다. 우선 그의 이름은 그 자신의 해명에도 불구하고 다의적(多義的)이다. '뉴로 + 맨서'는 그의 말대로 신경조직을 만들고 관리한다. 신경조직은 인간의 육신 중에서도 가장 섬세하고 중요한 부분이다. 또한 '뉴로 + 로맨서'라면 신경조직을 가진 낭만적인 대화와 사랑을 할 수 있는 또는 그러한 이야기를 만들어내는 존재이기도 하다. 이렇기에 기계 속에서 자신과 윈터뮤트와의 낭만적인 결합을 가능하게 하지 않았을까? 그는 죽은 사람들과 얘기를 나눔으로써 미래에 관해 배우는 일종의 강신술사이다. 거대한 기계의 네트워크 속에서 죽어가는 인간들을 다시 불러내어 살리고 이야기해주는 마법사가 아닐까? 끝으로 '뉴 + 로맨서'는 신낭만주의자, 로맨스 작가, 공상가의 의미를 가질 수 있다. 20세기 후반기에 신낭만주의자라면 새로운 러다이트로 기계주의에 저항하는 낭만주의자일 것이다. 뉴로맨서의 모토는 '인격'과 '영원성'이다. 이렇게 볼 때 윈터뮤트가 '뼈'라면 뉴로맨서는 '피와 살'이고 '영혼'이다. 이의 결합으로 '뼈 + 살 + 피 + 영혼'이 있는 '온전하게 된 존재'가 탄생하고 '통합'이 이루어지는 것이 아닌가? 그들은 결합하여 상호 침투하여 서로를 공유하게 되는 것이다. 그들은 컴퓨터가 가져다주는 새로운 놀라운 기술 세계이며 가상현실 세계인 사이버스페이스와 결합을 시도하는 '새로운' 낭만주의자일까?[7] 그러나 우리는 이런 현상에 일단은 의심의 눈초리로 바라볼 수밖에 없다.

끝으로 최근에 학계에서 새로운 화두로 떠오르고 있는 GNR 문제를 생각해보자.

과학기술은 이미 언제나 우리보다 항상 앞질러간다. 그럴 때마다 우리 인문학자들은 닭 쫓던 개가 지붕 쳐다보는 꼴이 되기 일쑤다. 과연 우리는 닭이라는 잡기 힘든 과학기술을 얼마나 열심히 따라잡고 있는가? 수십 년 전 C. P. 스노는 "두 개의 문화"를 논하면서 인문학자들의 과학기술에 대한 무지와 과학기술자들의 인문학에 대한 무관심을 질타한 적이 있다. 요즈음 다양한 학문들을 가로지르는 소통과 융·복합 그리고 통섭이 이구동성으로 강조되고 있지만 아직도 초보 단계에 머물러 있다. 하지만 어떤 과학자는 앞으로 30~40년 안에 첨단과학 기술의 3인조인 유전학(Genetics), 나노기술(Nanotechnology), 로봇학(Robotics)의 학문간 경계가 허물어지고 통합되어 시너지 효과가 극대화될 때 미증유의 가공할 만한 새로운 문물 세계가 도래할 것이라고 예언하였다. 바로 3인조 각각의 첫 자를 딴 합성어 GNR 혁명

---

7) 포스트휴머니즘의 시각에서 소설 『뉴로맨서』에 대한 상세한 논의로는 하상복의 논문 「새로운 주체의 가능성: 포스트휴머니즘과 윌리엄 깁슨의 『뉴로맨서』를 중심으로」 참조. 또한 김종갑의 논문 「아이러니와 기계, 인간: 휴머니즘과 포스트휴머니즘」도 참조.

이 일어나고 있다. 무지한 인문학자로서는 실감 나지 않는 이야기지만, 오로지 전통적인 인간주의(hmanism)에만 매달려 급격한 과학기술의 발전을 인간의 기본 가치와 위상에 위협이 되는 것으로 불평만 하고 있다면 시대 변화에 둔감하여 현실 분석과 기술에도 서툴고 미래에 대한 전망도 제대로 제시하지 못하는 무비판적 인문 지식인이 될 것이다.[8)]

　"유전학"은 인간 게놈의 발견과 유전자 지도 작성 등 첨단을 걸어가는 학문으로 아직도 신비스런 생명 현상에 대하여 커다란 도전을 하고 있다. 유전학은 인간을 위한 과학을 표방하지만 유전자 구성 체계의 조작 등으로 다양한 종의 생물체로 새롭게 구성하고 복제할 수 있게 되어 생명체들의 정체성과 주체성은 흔들리게 되었다. 인간 복제도 예외는 아닐 것이다. 만일 이런 사태가 일어난다면 생명의 존엄성이 심각하게 왜곡될 수밖에 없다. 탈-역사적인 기술문화 속에서 인간들의 건전한 양식과 판단력은 마비되고 있고 욕망과 자본의 무한 질주 속에서 인간 사유의 비판적 기능은 점점 사라지고 있다. 소위 GNR 혁명으로 인해 우리는 "멋진 신세계"인 테크노피아이기보다 검은 먹구름이 드려진 환멸과 자조의 디스토피아로 향하고 있다. 이것은 또다시 지나친 비관적 패배주의일까?

　나노기술은 또 무엇인가? 미국의 21세기 나노기술 연구 개발법 제10조 2항에 따르면, 그것은 "본질적으로 새로운 분자의 구성이나 특성, 기능을 갖는 소재, 소자, 시스템을 창출할 목적으로 원자, 분자 및 초분자 수준의 이해와 측정, 조작, 제조를 가능하게 만드는 과학과 기술"이다. 고도의 나노기술이 가져온, 예를 들어 초소형 정밀 가공 기술, 첨단 바이오 분석 기술, 나노바이오 이미징 기술 등은 우리 삶의 지형 자체를 전혀 다른 각도에서 바라보게 할 것이다. 그러나 나노기술과 나노융합의 긍정적인 면뿐 아니라 안전성과 윤리적인 문제 등 부정적 영향 역시 깊이 생각해볼 문제이다.

---

8)　이와 관련한 좀 더 자세한 논의는 강내희의 논문 「GNR혁명과 탈인간주의 시대의 지식생산」 참조.

급속히 개발되고 있는 로봇학은 어떠한가. 로봇은 현재로는 고도의 인공지능이 장착된 인간 대용물이다. 그러나 결국 기계인 로봇이 생명체인 인간보다 기능 면에서 훨씬 효율적이고 나아가 초능력을 가지게 되어 주체인 인간이 도구인 로봇의 노예로 종속되는 결과를 가져올지도 모른다. 물론 오늘날 의족, 보청기, 인공관절, 전자 심박동 제어장치, 실리콘을 주입하는 성형 등은 아직은 초보적인 사이보그 인간들의 도구들이다. 기계와 인간이 결합된 고도의 정보통신 기술의 결과인 사이보그들의 사이버 공간에서의 인간의 삶은 변종적 삶이 될 것이 분명하다. 그러나 앞으로 탄생하게 될 본격적인 인간과 기계의 잡종적인 존재인 21세기의 사이보그는 19세기의 프랑켄슈타인과 같은 괴물이 될 수 있다.

모든 문제는 "이미 언제나" 인간에 관한 문제였다. 그러나 오늘날 일부 인문학을 제외하고는 인간 문제에 대해 무관심하다. 사회과학, 자연과학 등 저마다 열심히 하고 있으나 모든 학문의 본령인 인간은 소외되기 일쑤이다. 이제 우리는 인간 문제를 좀 더 종합적으로 심도 있게 논의해야만 한다. 특히 효율과 성과에만 공급한 과학기술 문화는 인간 문제를 근본적으로 경시하고 있다. 자본의 확산과 기술의 발전의 도상에서 인간 문제가 주변부로 밀려 배제되는 사태가 계속되는 상황에서 우리는 어떻게 인간을 구출해낼 것인가? 여기서 인간학의 문제가 다시 도출된다.

우리는 인간과 공존할 수 있는 과학문화를 궁극적으로 수립하기 위하여 GNR 혁명과 같은 과학기술의 무서운 질주를 모조건 외면하거나 부정할 수 없다. GNR 혁명 시대와 더불어 본격적인 단순한 신(新)인간학이 아닌 쇄신의 탈(脫)인간학이 필요하다. 여기서 "탈"인간학은 인문주의적 인간학을 일부 "탈"을 내고 21세기의 새로운 과학의 문물 상황 속에서 새로운 "탈"을 씌우는 지난한 작업이다. 앞으로도 GNR 혁명보다 더 급진적인 과학과 기술의 융복합의 결과물인 변종이 계속 생겨날 것이다. 21세 중반이 되기 전에 안정된 주체성과 고유한 정체성, 독특한 지위를 지닌 "인간"이란 동물은 지구에서 더 이상 견뎌내지 못할지도 모른다. 우리는 인간을 통해 지금까지와는 전혀 다른 새로운 어젠다를 택할 것인가? 여기서 18세기 실학자 연암 박지원이 제시한 "법고창신"(法古創新)의 정신이 가능할 것인가? 우리는 이제부터라도 문명의 현 단계에서 책임 있는 공적 지식인들로 전통적인 인문학적 인간과 과학기술적 사이버 인간이 공존하는 새로운 "인간학" 담론 창출을 위해 인문학, 예술학, 사회과학, 자연과학, 기술학이 함께 동참하는 장대한 통섭의 길로 나아가야 할 것이 아닌가?

6) 근대를 타고 넘어가는 "생태학적 인간"

우리 문명에 중차대한 환경 위기에 봉착하여 문제 해결을 위해 노력을 기울이지 않는다면 인간의 모든 사상과 학문이 무슨 의미가 있겠는가! 21세기에도 "지속가능한" 지구를 위해 기존 학문 체계는 전면적으로 환경친화적으로 재구성되어야 한다. 문제는 "이미 언제나" 인간중심적 인식론이다. 인문과학은 이러한 인간중심적인 사고 유형을 혁파하고 인간과 자연의 상호관계에 초점을 맞추어야 한다. 인간을 포함한 삼라만상의 "상생"(相生)이라는 이론의 틀거리를 만들어내야 한다. 만물은 상호의존적이라는 명제 아래 심층생태학, 에코페미니즘이 출현한 것처럼 녹색윤리학, 환경심리학, 생태문학, 생태역사학 등이 새로운 학문 체계로 부상되어야 한다. 사회과학도 이론 환경에 대한 새로운 이론과 실천의 영역을 구축해야 한다. 지구와 자연과 환경이 배제된 인간, 사회, 제도를 연구하는 어떠한 사회과학도 온전한 것은 아니다. 우리 시대의 모든 지적 담론의 화두인 성별-계급-종족에 환경이 추가 개입되어야 하며, 녹색경제학, 사회생태학, 환경정책학 등이 활성화되어야 한다. 예를 들어 신자유주의의 무한 경제 논리와 효율제일주의에 빠진 자본의 교활하고 무자비한 증식 논리에 갇혀버린 인간의 무한한 욕망을 효과적으로 승화시켜 "작은 것은 아름답다"를 노래 부르게 하는 것이 녹색경제학의 주요 과제이다. 근대 과학기술은 모든 것을 분리하고 나누고 잘라 단편화시켰다. 자연과학 기술 분야에서는 지구, 자연, 산업, 인간이라는 네 겹의 상호보완의 구도 속에서 지속적으로 지탱가능한 역동적인 전지구적 체제를 유지시키는 방법을 연구하는 학제적 기술 환경 인간 공학이 수립되어야 한다. 이것이 과학기술의 무거운 윤리적 책무이다. 과학기술은 근대와 산업화가 가져다준 "빛"에 의해 눈이 먼 우리의 "위험사회"를 치유할 수 있는 구체적, 실천적 방책을 마련해야 하기 때문이다.

지혜의 시대가 되어야 하는 21세기를 위해 생태학적 상상력이 화급하게 전 학문 영역에서 교육되어야 한다. 상상력은 우리의 인식과 마음의 밭을 새로 갈아엎어 반생태 근대 문명을 쇄신, 혁파, 광정하여 대안 문화를 창출하는 밑거름이다. 이제 우리는 새로운 유토피아를 꿈꾸고 있는 것일까? 유토피아는 단순히 허황된 미학이 아니라 우리의 현재 과업과 의무를 새롭게 바라보게 하는 실천윤리학으로서의 문화정치학이다. 여기에 "생태적 인간"(homo ecologicus)을 위한 7개항의 선언문을 띄운다.

1. 인간이란 동물은 지구에 존재하는 삼라만상 중의 한 종(種)에 불과하다. 패권적 인간중심주의를 벗어나 생물종의 다양성을 지키는 것은 인간의 전 지구적 윤리학이다. 지구는 삼라만상이 상호의존하는 생명 공동체이기 때문이다.

2. 인간의 유일한 삶터 지구에는 공기, 물 땅 기타 가용 자원이 한정되어 있으며, 그 자원은 인간만을 위한 것이 아니다. 자원의 과용은 다음 세대의 것을 미리 훔치는 행위이다.

3. 오늘날 인간과 지구에 위기와 재앙을 가져오게 한 서구의 근대론을 혁파해야 한다. 근대 기획을 획일적으로 포기할 수는 없다 해도 근대를 성찰하고 비판하여 생태학적 탈근대성으로 만들어야 한다. 근대 문명의 판을 다시 짜야 한다.

4. 경제효율제일주의와 과학기술 중심 사상이 인간에게 편리함과 즐거움을 가져다준 것은 사실이지만 그것은 동시에 많은 고통과 재앙을 가져다준 판도라의 상자이다. 인간은 하늘에 구멍을 내고 열대림을 파괴하

고 바다와 강을 더럽히고 다른 종들을 멸절시키고 있다.

5. "지금 여기"를 지탱가능한 세계로 만들기 위한 희망의 문화정치학과 실천 전략을 위해 생태철학, 환경과학, 경제정책, 과학기술 등이 모두 학제적인 협업 체제를 구축해야 한다. 이러한 인간들의 공동 노력으로 생명 공동체의 미래를 위한 전 지구적 거대 이론을 화급하게 창출해야 한다.

6. 전 지구적 생태 위기에서 우리의 마지막 선택은 생태적 인간으로의 대변신이다. 인간은 무책임한 종말론적 비관론에 빠지지 말고 지금까지의 실패와 과오에서 새로운 미래학을 수립하려는 "비극적 환희"를 가져야 한다.

7. 생태학적 상상력의 요체는 "의미 있는 타자"(자연, 동물, 식물, 다른 인간들)에 대한 사랑이다. 사랑은 타자를 강제로 지배하거나 착취하지 않고 다만 상호 교환하고 활성화시킨다. 사랑은 모든 것을 변화시키고 창조하는 위대한 힘이다. 생태학적 혁명가인 "생태적 인간"의 궁극적인 목표는 따라서 생태학적 상상력의 발현이다.

> 눈동자를 들어 바라보자. 힘차게 하늘을 날아오르는 종달새를…
> 귓바퀴를 땅에 갖다 대고 들어보자. 잔뿌리가 솟아오르는 미묘한 소리를…
> 손바닥을 벌려 만져보자. 꽃과 나무를, 다람쥐와 뱀을…
> 콧구멍을 열고 맡아보자. 달구지 지나간 길 위, 소똥구리 냄새를…
> 혓바닥을 내밀고 맛보자. 상큼한 아지랑이, 바람의 흐름들을…

3. 결론: 21세기 성(聖)의 회귀와 우주적 "영적 인간"을 향하여

인문학의 위기는 결국 인간의 위기이다. 인간 구성의 네 가지 요소는 프롤로그에서 이미 언급한 바와 같이 신체, 감성, 지성, 영혼이다. 이 네 가지가 균형과 조화를 이루어야 "온전한 인간"(whole man)이 될 수 있다. 그러나 여기에서 빠져버린 것이 바로 "영혼"(soul, spirit)이다. 인간에게서 영혼을 복구하는 일은 종교가 맡은 일이다. 현대 인간 문명의 지나친 속(俗)을 벗어나 성(聖)에 이르는 길이 영혼을 회복하는 길일 것이다. 탈근대 시대의 새로운 윤리학은 근대에 인간에게서 잃어버린 초월적인 것, 영적인 것, 성스러운 것을 다시 찾는 일이다. 18세기 말 독일의 철학자 임마누엘 칸트가 그의 미학론인 『판단력비판』에서 말하는 "무목적성의 목적"과 19세기 영국의 낭만 시인 존 키츠(John Keats)가 말하는 "소극적 수용력" 또는 "마음을 비우는 능력"(Negative Capabilities)만이 우리 인간으로 하여금 경험, 논리, 이성의 세계를 넘어서는 신비로운 의혹에 싸인 미와 숭고의 세계를 있는 그대로 인정하고 포섭할 수 있게 만들 수 있다.

이렇게 근대의 가장 큰 특징은 인간 중심의 세속화이다. 인간이 지구와 우주의 주인이 되어 이성에 따라 세계를 관리 경영하게 되자 많은 미신들과 우상숭배는 없어졌다. 그러나 동시에 신비와 초월적인 것에 대한 것도 같이 사라져버렸다. 의기양양한 인간은 오만방자해졌고 자신의 능력으로 모든 문제들을 해결할 수 있다고 자신만만해했다. 흄(T. E. Hulme)은 지금부터 100여 년 전인 20세기 초에 인간 중심 휴머니즘을 거부하고 반(反)인간주의 다시 말해 신중심인간주의를 주창하였다. 이 논문의 맥락에서 볼 때 여기에서 그를 인용하는 것은 맥락상 매우 적절하다고 볼 수 있다.

> 나는 궁극적 가치에 관해서는 종교적 개념이 옳고 휴머니즘적 개념이 옳지 않을 주장하는 것이다. … 중요한 것은 종교적 태도의 범주에 대한 가장 가까운 표현인, '원죄'의 교의와 같은 교의를 아무도 이해하지 못하는 것 같이 보인다고 하는 점이다. 인간은 어떠한 의미에서도 완전치를 않고, 가련한 피조물인데 그런대로 완전성을 파악할 수 있다는 교의이다. … 중요한 것은, 이 태도가 말하자면 역사적 설명에 있어서의 '균형'을 위해서 내가 흥미를 느끼고 있는 대조적인 태도일 뿐 아니고 오늘날의 우리들에게는 완전히 가능한 현실적 태도이기도 하다는 점이다. 이것을 깨닫는 것은 일종의

개종이다. 그것은 근본적으로 우리의 물리적 지각을 바꾸어놓는다. 그래서 세계는 전혀 다른 양상을 띠게 되는 것이다. (72쪽)

21세기에 들어와서도 현대 문화 및 문학이론의 대가 중의 한 사람인 스탠리 피시(Stanley Fish)는 2004년 자크 데리다(Jacques Derrida)가 타계하고 난 후 문학이론의 향후 전망에 대한 글인 「신(神) 아래서 하나의 대학?」이란 글에서 앞으로 미국 대학에서 비평 이론 담론의 중심은 "종교"가 될 것이라고 다음과 같이 언명하였다.

> 무엇이 대학에서 지성적 활력의 중심축으로 고급이론인 종족, 성별과 계급을 대치할 것인가? 종교이다. … 과목명에 "종교"란 명칭을 가진 강좌를 개설해보라. 그러면 엄청난 수강생들이 몰려올 것이다. "우리 시대의 종교"란 강연을 광고해보라. 그러면 큰 강연 장소가 필요할 것이다. 그리고 그 강연에 오는 사람들은 지식을 추구할 뿐 아니라 안내와 영감을 찾을 것이며 많은 사람들이 종교는—한 종교든, 여러 종교들이든 일반적인 종교든지 간에—그런 것들을 제공할 것이라 믿고 있다. 우리는 준비되어 있는가?
>
> 우리는 준비해두는 것이 좋을 것이다. 왜냐하면 현 상황이 그런 지점에까지 이르렀다. 자크 데리다가 세상을 떠났을 때 나는 어떤 기자에게 전화를 받았는데 그는 무엇이 대학에서 지성적 활력의 세 가지 중심축인 종족, 성별, 계급을 대치할 것인가를 질문했다. 나는 즉석에서 대답했다. 종교가 그 모든 것들을 대치할 것이라고. (2쪽)

우리는 이제 21세기의 새로운 인간상을 수립하기 위해 다양한 학문들과 방법들을 동원하여 학제적 그리고 융복합적으로 접근해야 함이 명백해졌다. 어느 한 분야의 분리적이고 파편적인 방법이나 접근 방식은 복합적인 인간에 대한 적절한 분석이나 합당한 평가에 미치지 못할 것이다. 우리는 언제나 학문적 겸손을 가지고 인간 문제에 대해 꾸준히 노력하고 탐구해야 할 것이다. 이 과정에서 가장 필요한 미덕은 이미 언제나 그랬던 것처럼 극단을 피하는 "중용의 도"이다. 조화로운 음양으로 대표되는 태극사상이 동북아 지역 윤리론의 절정이다. 중도는 동서고금의 최고의 교훈이다. 아리스토텔레스의 『니코마코스 윤리학』에서 황금률 즉 조화와 균형의 중간의 길을 최고의 지혜로 삼았고 『성서』에서도 "좌로나 우로나 치우치지 말라"고 가르치고 있다. 중도나 중간은 결코 정태적이거나 반동적이 아니고 언제나 역동적이고 진보적이다. 중간 지대는 닫힌 공간이 아니라 무한한 사유의 지대이며 정지된 점이 아니다. 탈주의 선이다. 우리는 21세기에 "온전한 인간상"을 세우기 위해서 이단을 낳을 수 있는 극단을 거부해야 한다. 그러나 중도의 길이란 얼마나 어렵고 험난한 길인가?

인간의 이성과 합리주의에 의해 세운 자본주의, 사회주의, 과학기술주의, 개발주의 등은 파열음을 내기 시작하였고 급기야 인간의 근대 문명은 지탱 가능할 수 없을 정도로 각종 위기와 난관에 봉착하였다. 문명의 현 단계에서 인간은 반성하고 겸손해지는 영적 지혜를 찾아야 할 때가 왔다. 최근 한 여류 인문학자 김명주는 이 문제를 인문학의 위기와 연계하여 다음과 같이 갈파하였다.

> 인문학이 위기에 처한 것은 인문학이 그 본연의 정신성으로 멀어졌기 때문이고 그 정신성[또는 영성 Spirituality]의 회복을 통해 위기를 극복할 수 있다. … 정신성의 구체적 내용을 분석하기 위하여 문학과 종교 공통의 정신성을 살펴보고 이를 초월적, 역설적, 상징적 상상력이라 분류해 보았습니다. 인문학이 본연에서 멀어졌다는 말도 바로 이런 초월적 정신성에서 일탈을 의미합니다. 삶의 궁극적 의미, 물자체를 갈망하고 질문하며, 한계로부터의 자유와 구원을 꿈꾸는 초월적 정신성의 존재를 인정하고 회복하는 것이 결국 인문학이 위기를 극복할 수 있는 한 방법이 될 것이라고 제안합니다. 인문학의 정신성을 인정하고 회복할 때 비로소 인문학이 느릴 수밖에 없음을 또한 인정하게 됩니다. 사회의 변화란 궁극적으로 개인의 변화에 달려있고, 개개인의 실천을 통해 변화하기 때문에 인문학은 느릴 수밖에 없음을 인정하게 될 것입니다. (345쪽)

영적 인간 이외에도 21세기를 위한 신인간은 여러 유형이 가능할 것이다. 지구촌에서 인간과 인간, 인간과 자연, 인간과 기계, 인간과 동물들이 함께 자유롭고 평등하게 살아가는 새로운 문화윤리학을 수립하기 위해서 앞으로도 새로운 유형의 인간들이 계속 필요할 것이다.[9]

---

9) 21세기 새로운 인간상이란 결국 이 시대에 파생된 문제들을 예리하게 분석점검하고 궁극적으로 현명하게 그 해결책을 마련할 수 있는 사람들일 것이다. 이 문제는 프랑스의 저명한 미래학자 자크 아탈리(Jacques Attali)가 우리 시대를 위한 문제점으로 제시한 21개의 질문들과도 깊은 관계가 있을 것이다.(x~xii쪽)

참고문헌

국내 논문 및 단행본

강내희, 「'GNR 혁명'과 탈인간주의 시대의 지식생산」, 『문화과학』 제57권(봄호), 2009, 13~39
　　쪽.

＿＿＿, 「21세기 세계혁명조짐으로서의 2011년 항의운동」, 『안과 밖』 제32호(상반기), 2012,
　　182~210쪽.

＿＿＿, 『신자유주의 금융화와 문화정치 경제』, 문화과학사, 2014.

강두형, 「신역사주의의 도전—문화, 사회와 권력」, 『세계와 문학』 여름호, 1991.

고경신, 「정신과 기계」(토론 자료), 중앙대학교 인문과학연구소, 1994. 5.

구효서, 「뛰는 독자, 걷는 작가」, 『현대비평과 이론』 4호, 1992년.

권택영, 「새로운 역사비평: 낭만시 읽기를 중심으로」, 『현대문학』, 1989. 7.

김경미, 「박제가 시의 연구」, 연세대학교 대학원 박사논문, 1991.

김구슬, 「T. S. 엘리엇의 비평이론과 생태학적 통찰」, 『T. S. 엘리엇 연구』 제8호(가을·겨울),
　　2002.

김길중 외, 『영어교육의 인문적 전망』, 서울대학교 출판원, 2014.

김명주, 「인문학 위기탈출의 해법으로서의 정신성—문학과 종교의 초월, 역설, 상징적 상상력」,
　　『현대이론과 신인문학』, 정정호 편, 책사랑, 2008.

김병종, 『라틴 화첩기행』, 랜덤하우스 코리아, 2008.

김산해, 『최초의 신화 길가메쉬 서사시』, 휴머니스트, 2013.

김상구, 「포스트휴먼 시대의 문학, 뉴럴 텍스트(neural text)」, 『21세기 문예이론』 김성곤 편, 문학
　　사상, 2005.

김석수, 「휴머니즘과 냉소주의, 그리고 새로운 인간의 탄생—슬로터다이크(Peter Sloterdijk)의

　　　이론을 중심으로」,『철학논증』제46집 4권, 2006, 23~46쪽.

김영정,「컴퓨터—번역·비평·창작기계로서의 가능성」,『현대비평과 이론』4호.

김우창,『이성적 사회를 향하여』, 민음사, 1993.

＿＿＿,『깊은 마음의 생태학—인간중심주의를 넘어서』, 김영사, 2014.

김원중,「생태묵시록으로서의 엘리엇의『황무지』」,『T. S. 엘리엇 연구』제11호(가을·겨울), 2001.

김종갑,「아이러니와 기계, 인간: 휴머니즘과 포스트휴머니즘」,『비평과 이론』제13권 1호(봄·여름호), 2008, 69~92쪽.

김종미,「중국미학의 거작『문심조룡』을 다시 읽으며」,『비평』5호(가을), 2001.

박경일,『니르바나의 시학: "회전하는 세계의 정지성" 탐구』, 민음사, 1989.

박제가,『정유각집』상·중·하, 정민 외 역, 돌베개, 2010.

설준규,「셰익스피어 비평의 최근 경향에 대한 비판적 점검—문화적 유물론과 신역사주의를 중심으로」,『한신대 논문집』, 1990.

＿＿＿·서강목,「영미문학 연구의 현황과 과제—그리고『햄릿』의 경우」,『창작과 비평』19권 4호, 1991.

손호철,『마추픽추 정상에서 라틴아메리카를 보다』, 서울 ; 이매진, 2007.

심광현,「신자유주의 시대의 휴머니즘 비판과 다중의 생태주의 문화정치」,『문화과학』제41호(봄호), 2005, 11~38쪽.

여홍상,「문학의 새로운 이해와 현대문화이론」,『문학과 사회』겨울호, 1991.

유형원·박지원 외,『한국의 실학사상』, 강만길 외 역, 삼성출판사, 1978.

윤지영,「포스트휴머니즘의 급진적 운동성—얼굴형상의 탈구(dislocation)로서의 탈인간화 작업」,『철학논집』제26집, 2011, 195~220쪽.

윤호병,「신역사주의 문학이론과 비평」,『비교문학』15집, 1990.

이남호,『녹색을 위한 문학』, 민음사, 1998.

이상섭,「전율하며 읽은 엘리엇의 시」,『T. S. 엘리엇을 기리며』, 한국T. S.엘리엇학회 편. 도서출판 웅동, 2001.

이재호,『『황무지』와 신화재현」,『장미와 무궁화—영문학산책』, 탐구당, 1983.

이정호,『T. S. 엘리엇 새로 읽기』, 서울대출판부, 2001.

이종권,「정신과 기계」(토론 자료), 중앙대학교 인문과학연구소, 1994. 5.

이창배,『T. S. 엘리엇 문학비평』(이창배전집 3권), 동국대학교 출판부, 1999.

＿＿＿,『T. S. 엘리엇: 인간과 문학』(이창배전집 8권), 동국대학교 출판부, 2001.

＿＿＿,『T. S. 엘리엇 전집: 시와 극』(이창배전집 9권), 동국대학교 출판부, 2001.

임용한,『박제가, 욕망을 거세한 조선을 비웃다』, 역사의아침, 2012.

장경렬,「컴퓨터로 글쓰기, 무엇이 문제인가?」,『현대비평과 이론』4호.

장회익,『삶과 온생명: 새과학문화의 모색』, 솔, 1998.

정　민,『미쳐야 미친다—조선 지식인의 내면 읽기』, 푸른역사, 2004.

정재서, 「정경교융(情景交融)의 시학과 생태학적 문학론」, 『비평』 창간호(상반기), 1999.

정경원 외, 『라틴아메리카 문화의 이해』, 학문사, 2000.

정정호, 「사이버 스페이스 소설의 미학과 정치학—윌리엄 깁슨의 『뉴로맨서』와 문학의 위기를
　　　타고 넘어가기」, 『문학사상』, 1997. 6.

_____, 「엘리엇의 유령」, 『T. S. 엘리엇을 기리며』, 한국T. S.엘리엇학회 편, 도서출판 웅동,
　　　2001.

_____, 「영국의 '문화학'」, 『문화예술』 158호, 1992. 9.

_____, 「T. S. 엘리엇과 21세기 문학비평: 엘리엇의 초기비평 다시 읽기」, 『T. S. 엘리엇 연구』
　　　제8호(봄 · 여름), 2000.

정충권, 「실학파 문인들의 실학적 미의식」, 『고전 산문 교육의 이론』, 이상익 외, 집문당, 2000.

조병호, 『성경과 5대 제국—앗수르, 바벨론, 페르시아, 헬라, 로마』, 통독원, 2012.

천현순, 「포스트휴머니즘 시대 인간과 기계의 공존 가능성」, 『브레히트와 현대 연극』 제30집,
　　　2012, 355~375쪽.

최희섭, 「『황무지』의 불의 설교의 불교적 고찰」, 『T. S. 엘리엇 연구』 제12권 1호, 2002.

하상복, 「새로운 주체의 가능성: 포스트휴머니즘과 윌리엄 깁슨의 『뉴로맨서』를 중심으로」, 『새
　　　한 영어영문학』 제49호 4호, 2007, 119~141쪽.

과학세대 편, 『두뇌에 도전하는 미래 컴퓨터』, 벽호, 1993.

대한성서공회, 『일러스트레이션 성경전서』(표준새번역 개정판), 대한성서공회, 2003.

이화여자대학교 이화인문과학원 편, 「트랜스, 포스트휴머니즘 담론의 지형」(Mopping Trans
　　　—and Posthumanism as Fields of Discourse, 자료집), 2014. 5, 28~29쪽.

괴테, 요한 볼프강, 『문학론』(괴테 전집 14권), 안삼환 역, 민음사, 2010.

기니스, 오스, 『오스 기니스의 인생』, 박지은 역, IVF 출판부, 2009.

네루다, 파블로, 『스무 편의 사랑의 시와 한 편의 절망의 노래』, 정현종 역, 민음사, 2000.

들뢰즈, 질, 『차이와 반복』, 김상환 역, 민음사, 2005.

라클라우, 어네스토 · 샹탈 무페, 『사회변혁과 헤게모니』, 김성기 외 역, 터, 1990.

러셀, 버트런드, 『나는 왜 기독교인이 아닌가』, 송은경 역, 사회평론, 2005.

_____, 『러셀 자서전』 상 · 하, 송은경 역, 사회평론, 2003.

로스, 안드류 외, 『포스트모던의 문화 · 정치』, 배병인 외 역, 민글, 1993.

베이츤, 그레고리, 『마음의 생태학』, 서석봉 역, 민음사, 1989.

보이아, 뤼시앵, 『상상력의 세계사』, 김웅권 역, 동문선, 2000.

사이드, 에드워드, 『저항의 인문학—인문주의와 민주적 비판』, 김정하 역, 마티, 2008.

샌다즈, N. K, 『길가메시 서사시』, 이현주 역, 범우사, 2013.

셰익스피어, 윌리엄, 『셰익스피어 전집』, 김재남 역, 을지서적, 1995.

쉴러, 프리드리히, 『인간의 미적 교육에 관한 서한』, 최익희 역, 이진출판사, 1997.

스미스, 애덤, 『도덕감정론』(The Theory of Moral Sentiments), 박세일 · 민경국 역, 비봉출판사,
　　　1996.

애트우드, 마거릿, 『홍수』, 이소영 역, 민음사, 2012.

체 게바라, 에르네스토, 『라틴 여행일기』, 이재석 역, 이후, 2000.

_____, 『체 게바라 자서전』, 박지민 역, 황매, 2005.

_____, 『체 게바라 시집』, 이산하 역, 노마드북스, 2007.

초서, 제프리, 『캔터베리 이야기』, 김진만 역, 탐구당, 1976.

칸트, 임마누엘, 『판단력 비판』, 백종현 역, 아카넷, 2014.

케네디, 마에브, 『낭만적 모험과 진실의 발견』, 신동현 역, 알바트로스, 2005.

코르미에, 장, 『체 게바라 평전』, 김미선 역, 실천문학사, 1997.

키스터, 다니엘 A, 「중국시론으로 본 『황무지』와 4중주의 시학」, 『포스트모던 T. S. 엘리엇』, 이정호 편, 서울대학교 출판부, 1996.

흄, T. E, 『휴머니즘과 예술철학에 관한 성찰』, 박상규 역, 현대미학사, 1993.

국외 논문 및 단행본

Abusch, Tzvi, "The Development and Meaning of the Epic of Gilgamesh: An Interpretive Essay", *Journal of the American Oriental Society*. Vol. 121. No. 4(2001). pp.614~622.

Alpert, Barry, "Post-Modern Oral Poetry: Buckminster Fuller, John Cage, and David Antin", 1975.

Althusser, Louis, *Lenin and Philosophy and Othe Essays*. London: New Left Books, 1971.

Altieri, Charles, "From Symbolist Thought to Immanence: The Ground of Postmodern American Poetics", 1973.

_____, "The Postmodernism of David Antin's Tuning", 1986.

Anderson, David R. and Gwin Kolb. Eds., *Approaches to Teaching the Works of Samuel Johnson*, New York: MLA, 1993.

Antic, David, *Definitions 13*, 1967.

_____, *Talking*, 1972.

_____, "Talking to Discover", 1976.

_____, "Modernism and Postmodernism: Approaching the Present in American Poerty", 1972.

_____, "So to Speak", 1986.

Attali, Jacques, *A Brief History of the Future: A Brave and Controversial Look at the Twenty-first Century*, Trans. Jeremy Leggatt, New York: Arcade Publishing, 2011.

Ayer, A. J., *Hume*, New York: Hill and Wang, 1980.

Bakhtin, Mikhail, *The Dialogic Imagination*, ed., Michael Holquist, Austin: U of Texas P, 1981.

Beck, Lewis. W. Ed., *18th-Century Philosophy*, New York: The Free Press, 1966.

Belsey, Catherine, *Critical Practice*, London: Methuen, 1980.

Berkeley, George, *Three Dialogues Between Hylas and Philonous*, ed., Robert M. Adams, India-napolis: Hackett Publishing Company, 1979.

Brady, Frank Ed. *The Life of Samuel Johnson*, By James Boswell, New York: A Signet Classic, 1967.

Bremner, Robert H. Ed., *Essays on History and Literature*, Columbus: Ohio State UP, 1966.

Bréhier, Emile, *The History of Philosophy*, Vol. V. *The Eighteenth Century*, Trans Wade Baskin, Chicago: The U of Chicago P, 1971.

Bressler, Charles E., *Literary Criticism*, Englewood Cliffs: Prentice Hall, 1994.

Bronson, Bertrand G. Ed., *Samuel Johnson*, New York: Holt, Rinerhart and Winston, 1958.

Brown, J. E., *Critical Opinions of Samuel Johnson*, Princeton: Princeton UP, 1926, 1961.

Brunel, Pierre Ed., *Companion to Literary Myths, Heroes and Archetypes*, Trans., Wendy Allatson et al., London: Routledge, 1992.

Burgh, W. G. de, *The Legacy of the Ancient World*, Baltimore: Penguin Books, 1965.

Campbell, Joseph, *The Hero with a Thousand Faces*, Princeton: Princeton UP, 1949.

Canclini, Néstar Gracìa, *Hybrid Cultures: Strategies for Entering and Leaving Modernity*, Trans., Christopher L. Chiappari and Sivia L. Lopez, Minneapolis: U of Minnesota P, 1995.

Chung Ho Chung, *Samuel Johnson and Twentieth-Century Literary Criticism*, Seoul: Chung-Ang UP, 1993.

_____, *Dialogics of Order and Exuberance*, Seoul: Mannm Press, 2000.

Clausen, Christopher, "A Comment on the Postmodernism of David Antin", 1987.

_____, "The Place of Poetry", 1981.

Clingham, Greg. Ed., *The Cambridge Companion to Samuel Johnson*, Cambridge: Cambridge UP, 1997.

Cohen, Walter, "Political Criticism of Shakespeare", *Shakespeare Reproduced: The Text in History and Ideology*, eds., Jean E. Howard and Marion F. O'Connor, London: Methuen, 1987.

Colomb, Gregory and Mark Turner, "Computers, Literary Theory, and Theory of Meaning" in *The Future of Literary Theory*, ed., Ralph Cohen, New York: Routledge, 1989.

Connor, Steven, *Postmodernist Culture: An Introduction to Theories of the Contemporary*, 1989.

Copleston, Frederick S. J., *A History of Philosophy*. Vol. 5. Modern Philosophy, The British Phi-losophers, part II, Berkeley to Hume, Garden City: Doubleday and Company, Inc., 1964.

Cox, Jeffrey H. and Larry J. Reynolds des., *New Historical Literary Study: Essays or Reproducing Texts, Representing History*, Princetion: Princetion UP, 1993.

Damrosch, David, *What is World Literature?*, Princeton: Princeton UP, 2003.

_____, *The Buried Book: The Loss and Rediscovery of the Great Epic of Gilgamesh*, New

York: Henry Holt and Company, 2006.

Damrosch, Leopold, Jr., *The Uses of Johnson's Criticism*, Charlottesville: UP of Virginia, 1976.

Deleuze, Gilles, *Dialogues: Gilles Deleuze and Claire Parnet*, Trans., Hugh Tomlinson and Barbara Habberjam, New York: Columbia UP, 1987.

_____, *Empiricism and Subjectivity: An Essay on Hume's Theory of Human Nature*, Trans. Constantin V. Boundas, New York: Columbia UP, 1991.

_____, *Pure Immanence: Essays of A Life*, Trans., Anne Boyman, New York: Zone Books, 2001.

Dickinson, Stephen, *Machu Picchu: The Complete Guide*(출간지, 출간년도 미상).

Dunn, John, *Locke*, Oxford: Oxford UP, 1984.

Eckermann, J. P., *Conversation with Goethe*, Trans., Gisela C. O'Brien, Selected by Hans Kohn, New York: Frederick Ungar, 1964.

Edward, Paul, "Russell, Bertrand Arthur William", in *Encyclopedia of Philosophy*, vol. 8, Farmington Hills, MI: Thomson, 2006. pp.536~539; 555~561.

Eliot, T. S., "Johnson as Critic and Poet" *On Poetry and Poets*, London: Faber, 1957.

_____, *After Strange Gods: A primer of Modern heresy*, London: Faber, 1932.

_____, *Notes Towards the Definition of Culture*, London: Faber, 1948(1972).

_____, *On Poetry and Poets*, London: Faber, 1957. 『문화란 무엇인가』, 김용권 역, 중앙일보사, 1574.

_____, *Selected Essays*, London: Faber, 1932(1972).

_____, *Selected Prose of T. S. Eliot*, Ed., Frank Kermode, London: Faber, 1975. Frazer, James, *The new Golden Bough*. Ed., Theodor H. Gaster, new York: mentor books, 1959.

_____, *The Idea of a Christian Society and other Writings*, London: Faber, 1932(1982). 『그리스도교 사회의 이념』, 박기열 역, 양문사, 1959.

_____, *The Sacred Wood*, London: Methuen, 1920(1972).

Fish, Stanley, "One University, Under God?", *Chronicle of Higher Education*, Vol. 51. Issue 18. pp.1~2.

Fox-Genovese, Elizabeth, "Literary Criticism and the Politics of the New Historicism", *The New Historicism*, ed., H. Aram Veeser, London: Routledge, 1989.

Foucault, Michel, "What Is Enlightenment?" in *The Foucault Reader*. Ed. Paul Rabinow, New York: Pantheon Books, 1984.

_____, *Language, Countermemory, Practice*, ed., Donald F. Bouchard, Ithaca: Cornell UP, 1977.

Freire, Paulo, *Pedagogy of the Oppressed*, Trans., Myra Bergman Ramos, New York: Continuum, 1998.

Geertz, Clifford, *The Interpretation of Cultures: Selected Anthropology*, New York: Basic Books,

1983.

_____, *Local Knowledge: Further Essays in Interpretive Anthropology*, New York: Basic Books, 1983.

Geroge, Andrew, *The Epic of Gilgamesh: The Babylonian Epic Poem and Other Texts in Akkadian and Summerian*, London: Penguin Books, 1999.

Glotfelty, Cheryll et al Eds. *The Ecocriticism: Landmarks in Literary Ecology*, Athens: U of Georgia P, 1996.

Goldberg, Roselee, *Performance: Life Art 1909 to the Present*, 1979.

Gramsci, Antonio, *Selections from the Prison Notebooks*, New York: International Publisher, 1971.

Grayling, A. C., *Russell*, Oxford: Oxford UP, 1996.

Greenblatt, Stephen, *Renaissance SElf-Fashioning: From More to Shakespeare*, Chicago: U of Chicago P, 1980.

_____, *Shakespeare Negotiations: The Circulation of Social Energy in Renaissance England*, Berkeley: U of California P, 1988.

_____, "Shakespeare and the Exorcists," *Contemporary Literary Criticism*, eds., Robert Con Davis et al., London: Longman, 1989.

_____, "Culture", *Critical Terms for Literary Study*, eds., Frank Lentricchia et al., Chicago: U of Chicago P, 1990.

Greene, Donald, *The Age of Exuberance*, New York: Randon House, 1970.

Hagstrum, Jean H., *The Literary Criticism of Samuel Johnson*, Chicago: U of Chicago P, 1967.

Hassan, Ihab, *The Postmodern Turn*, 1987.

Hays, K. Michael, *Modernism and the Posthumanist Subject: The Architecture of Hannes Meyer and Ludwig Hiberseimer*, Cambridge: Massachusetts Institute of Technology P, 1995.

Hohendahl, Peter Uwe, "A Return to History: The New Historicism and Its Agenda", *New German Critique*, No.55 (Winter 1992).

Horkeheimer, Marx and Adorno, Theodor W., *Dialectics Of Enlightenment*, Trans., John Cumming, New York: Continuum, 1969.

Hume, David, *On Human Nature and the Understanding*, Ed., Anthony Frew, New York: Collier Books, 1971.

_____, *The Philosophy of David Hume*, Ed., V. C. Chappell, New York: The Modern Library, 1963.

Hussey, Charles, "Earl, Philosopher, Logician, Rebel" in *Molders of Modern Thought*, Ed., Ben B. Seligman. Chicago: Quardrangle Books, 1970. pp.89~99.

Jameson, Fredric, *Postmodernism or, the Cultural Logic of Late Capitalism*, Durham: Duke UP, 1991.

James, William, *The Varieties of Religious Experience: A Study in Human Nature*, Introduction and

Notes by Wayne Proudfoot, New York: Barnes and Noble, 2004.

Johnson, Samuel, *The Yale Edition of Workds of Samuel Johnson*, Vol. I-XX, New Haven: Yale UP, 1958~.

Jolley, Nicholas, *Locke: His Philosophical Thought*, Oxford: Oxford UP, 1999.

Keast, W. R., "Johnson and Intellectual History", *New Light on Dr. Johnson*, Ed., Frederick W. Hilles, New York: Archon Books, 1967.

LaCapra, Dominick, "On the Line: Between History and Criticism," *Profession 89*, New York: MLA, 1989.

Layard, Austen Henry, *Nineveh and its Remains with an Account of a Visit to the Chaldaean Christians of Kurdistan, and the Yezidis, or Devil-Worshippers*, Vols.1 and 2, Cambridge: Cambridge UP, 2013(1849).

Lee, Peter H. Ed., *Sourcebook of Korean Civilization*, Vol II, New York: Columbia UP, 1996.

Leeuwen, Henry G. Van, *The Problem of Certainty in English Thought: 1630~1690*, The Hague: Martinus Nijhoff, 1970.

Leitch, Vincent B., *Cultural Criticism, Literary Theory, Poststructuralism*, New York: Columbia UP, 1992.

Liu, Alan, "The Power of Formalism: The New Historicism", *English Literary History*, 56.

Locke, John, *An Essay Concerning Human Understanding*, Abridged and ed., A. D. Woozley, New York: A Meridion Book, 1964.

Lyotard, Jean-Francois, *The Postmodern Condition*, Minneapolis: U of Minnesota P, 1984.

Mazzaro, Jerome, *Postmodern American Poetry*, 1980.

Molina, J. Michelle and Donald K. Swearer Eds., *Rethinking the Human*, Cambridge: Harvard UP, 2010.

Morris, Wesley, *Toward a New Historicism*, Princeton: Princeton UP, 1972.

Mossner, E. C., "Hume and the Legacy of the Dialogues", in *David Hume: Bicentenary Papers*, Ed., G. P. Morice, Edinburgh: At the University Press, 1977.

Neruda, Pablo, *Canto General*, Trans. by Jack Schmitt, Berkeley: U of California P, 2000.

Nussbaum, Relicity and Naura Brown, "Revising the Critical Practices: An Introductory Essay", *The New 18th Century: Theory, Politics. English Literature*, London: Methuen, 1987.

Passmore, J. A., "Hume and the Ethics of Belief" in *David Hume: Bicentenary Papers*, Ed., G. P. Morice, Edinburgh: At the University Press, 1977.

Pechter, Edward. "The New Historicism and Its Discontents: Politicizing Renaissance Drama", *PMLA*, 102:3 (May, 1987).

Perloff, Marjorie, *The Poetics of Indeterminacy*, 1981.

_____, "Postmodernism and the Impasse of Lyric", 1984.

Pope, Alexander, *The Poems of Alexander Pope*, Ed., John Butt. London: Methuen, 1963.

Popkins, Richard H., "Berkeley and Pyrrhonism" *The Review of Metaphysics*, Vol. V. No. 2, December 1951, pp.145~166.

Rabb, Theodore K. and Robert I. Rotberg eds., *The New History, the 1980s and Beyond: Studies in Interdisciplinary History*, Princetion: Princeton UP., 1989.

Rassam, Hormuzd, *Babylonian Cities*, London: E. Strandford, 1975.

Reed. T. J., *Shiller*, Oxford: Oxford UP, 1991.

Robinson, Alan, *Instabilities in Contemporary British Poetry* (1988).

Russell, Bertrand, Religion and Science, London: Oxford UP, 1935.

_____, *Why I am not a Christian*, Ed., Paul Edwards. N. Y.: Simm and Schuster, 1957.

_____, *The Conquest of Happiness*, London: George Allen and Unwin, 1930.

_____, *"Am I an Atheist or an Agnostic? A Plea for Tolerance in the Face of New Dogmas"[1949]* in Bertrand Russell, *Last Philosophical Testament 1943~1968*, Vol II. Ed., John G. Slater, London: Routledge 1997.

_____, *Mysticism and Logic and Other Essays*, London: Allen and Unwin, 1910.

Sayre, Henry. "David Antin and the Oral Poetics Movement", 1982.

_____, "Performance" in *Critical Terms for Literary Study*, eds., Frank Lentricchia, et al., 1990.

Schechner, Richard, *Essays on Performance Theory 1970~1976*, 1977.

Schiller, Friedrich von, *Native and Sentimental Poetry and On the Sublime*, Trans., Julius A., Elias, New York: Ungar, 1980.

Sharratt, Bernard, "CyberTheory" in *The State of Theory*, ed., Richard Bradford, New York: Routledge, 1993.

Sigworth. Oliver F., "Johnson's Lycidas: The End of Renaissance Criticism" *Eighteenth-Century Studies*. 1(Dec. 1967), pp.159~168.

Sinfield, Alan, "Literary Theory and the 'Crisiis' in English Studies", *Critical Quarterly*, Vol. 25, No. 3 (Autumn 1983).

Smith, George, *The Chaldean Account of Genesis*, New York: Charles Scribner's Sons, 1880.

Stock, Robert D. Ed., *Samuel Johnson's Literary Criticism*, Lincoln: U of Nebraska P, 1974.

Swift, Jonathan, *The Writings of Jonathan Swift*, Eds., Robert A. Greenberg and William B. Piper, New York: Norton, 1973.

Talmor, Ezra, *Descartes and Hume*, New York: Pergamon Press, 1980.

Thomas, Brook, *The New Historicism and Other Old-Fashioned Topics*, Princetion: Princeton UP, 1991.

Tigay, Jeffrey H., *The Evolution of the Gilgamesh Epic*, Wanconda: Bolchazy-Carducci Publishers, Inc, 1982.

Tipton, I. C., *The Philosophy of Immaterialism*, London: Methuen & Co. Ltd., 1974.

Vance, John A., *Samuel Johnson and Sense of History*, Athens: U of Georgia P, 1984.

Veeser, Harold A., ed., *The New Historicism*, London: Routledge, 1989.

Wain, Joh. Ed., *Johnson as Critic*, London: Routledge, 1973.

Warner, Michael, "Literary Studies and the History of the Book", *The Book* 12, 1985.

Watkins, W. B. C, *Johnson and English Poetry Before 1660*, New York: Gordian Press, 1965.

Wayne, don E., "New Historicism," *The Encyclopedia of Literature and Criticism*, London: Routledge, 1990.

Wellek, René, *The Rise of English Literary History*, Chapel Hill: U of North Carolina P, 1941.

Weston, Jessie L., *From Ritual to Romance*, Garden City: Doubleday Anchor Books, 1920, 1957.

White, Hayden V., *Metahistory: The Historicla Imagination in Nineteenth-Century Europe*, Baltimore: Johns Hopkins UP, 1973.

_____, *Topics of Discourse: Essays in Cultural Criticism*, Baltimore: Johns Hopkins UP, 1978.

Williams, Raymond, *Marxism and Literature*, Oxford: Oxford UP, 1977.

_____, *The Country and the City*, New York: Oxford UP, 1973.

_____, *The Sociology of Culture*, New York: Schocken Books, 1982.

Wilson, Richard and Richard Dutton eds., *New Historicism and Renaissance Drama*, London: Longman, 1992.

Wimsatt, W. K. Jr., "History and Criticism: A Problematic Relationship", *PMLA*. 66, 1951, pp.21~31.

Wordsworth, Ann, "Derrida and Foucault: Writig the history of historicity" in Derek Attridge et als eds., *Poststructuralism and the Question of History*, Cambridge: Combridge UP, 1990.

찾아보기

인명

작품, 논문

정정호 鄭正浩

1949년 서울에서 태어나, 인천중학교와 제물포고등학교를 졸업하였다. 서울대학교 영어교육과 및 같은 대학원 영어영문학과를 졸업하였으며, 미국 위스콘신(밀워키) 대학교에서 영문학 박사 학위를 취득하였다. 국제 PEN클럽 한국본부 전무이사, 중앙대학교 문과대학장, 중앙도서관장, 인문과학연구소장, 2008년 서울 아시아 인문학자대회 준비위원장, 2010년 국제비교문학회 서울 세계대회 조직위원장, 한국영어영문학회장, 국제비교문학회(ICLA) 부회장 등을 역임하였다.

현재 중앙대학교 인문대학 영어영문학과 교수, 한국영미문화학회 회장이다.

대표 저서로 『탈근대 인식론과 생태학적 상상력』『근대와 계몽의 대화』『문화의 타작』『탈근대와 영문학』『문학과 환경』『이론의 문화정치학과 비판적 페다고지』『영미문학비평론』『비교세계문학론』 등이 있으며 역서로는 『현대문학이론』(라만 셀던 외, 제5판, 공역)『헤럴드 블룸 클래식』(헤럴드 블룸 저, 공역) 등이 있다.

재난의 시대를 위한 희망의 인문학
전 지구적 위기 속에서 인간성 쇄신에 관한 에세이

인쇄 · 2015년 2월 25일 | 발행 · 2015년 3월 5일

지은이 · 정정호
펴낸이 · 한봉숙
펴낸곳 · 푸른사상
주간 · 맹문재 | 편집 · 지순이, 김선도 | 교정 · 김수란

등록 · 1999년 7월 8일 제2-2876호
주소 · 서울시 중구 충무로 29(초동) 아시아미디어타워 502호
대표전화 · 02) 2268-8706(7) | 팩시밀리 · 02) 2268-8708
이메일 · prun21c@hanmail.net / prunsasang@naver.com
홈페이지 · http://www.prun21c.com

ⓒ 정정호, 2015

ISBN 979-11-308-0328-9 93800

값 42,000원

재난의 시대를 위한 희망의 인문학

전 지구적 위기 속에서 인간성 쇄신에 관한 에세이

정 정 호

The Humanities of Hope in the Age of Disaster

Essays on Innovation of the Human in the Global Crisis

Chung Ho Chung